張恨水精品集1

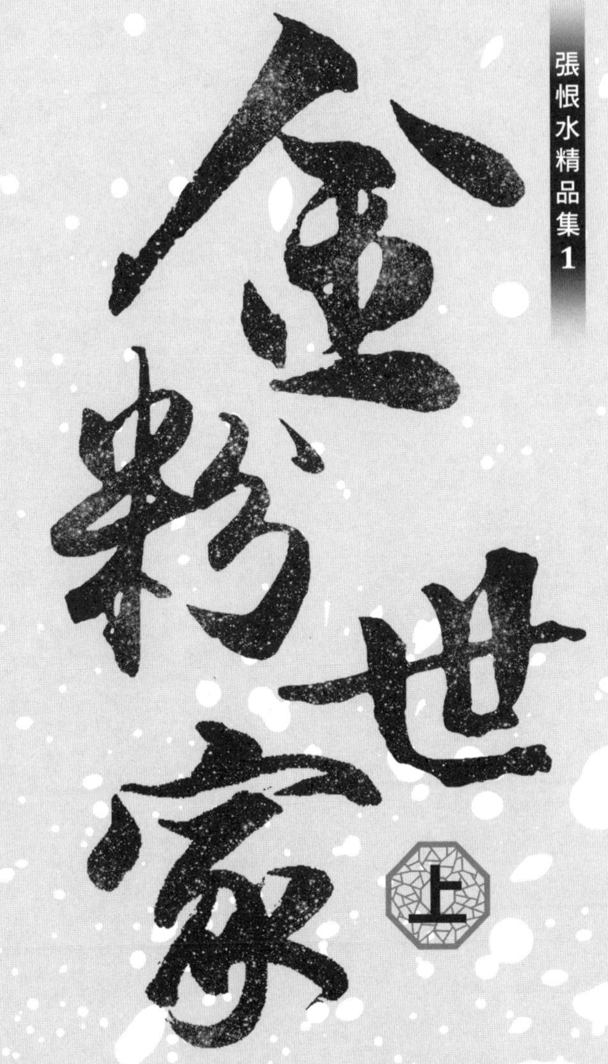

典藏新版

張恨水 著

張愛玲與張恨水：新文學史上的兩大傳奇

- 張愛玲是新文學史上傳奇性的作家，然而，她在其名著《流言》中，明晃晃地寫道：「我喜歡張恨水」。她甚至連張恨水小說《秦淮世家》《夜深沉》中的小配角都如數家珍；則她對張恨水的優質代表作像《啼笑因緣》《金粉世家》等的喜愛，自不待言。
  後來有評論家說張愛玲是張恨水的「粉絲」，這或許言過其實；但她明示對張恨水的讚佩和投契，確有惺惺相惜之意，畢竟是新文學史上的一段佳話。
- 張愛玲的文風，華麗、濃稠，卻又蒼涼；張恨水的文風，則是華麗、灑落，而又惆悵。名字適成對仗，文風亦恰可互映。由於作品皆以寫情為主，二人均曾被歸為鴛鴦蝴蝶派；事實上，他們的文學成就和境界均遠遠超越了鴛蝴派。二人均以抒寫古典轉型社會的繁華與破落見長，然張愛玲作品往往喻指文明的精美與崩毀，而張恨水作品則涵納了人生的滄桑與頓悟。張愛玲的《傾城之戀》，張恨水的《啼笑因緣》，皆予人以「萬古長空，一朝風月」的感慨。
- 當初，張愛玲的作品抗衡了四十年代整個左翼文壇的巨流；而張恨水的作品牽動了萬千多情讀者的心緒，同被來勢洶洶的左翼作家視為異己和頑敵。
- 但文學品位終究不會泯滅，所以魯迅、林語堂、老舍、冰心等名家衷心揄揚張恨水，正如夏志清、劉紹銘、水晶、張錯等學者熱烈稱頌張愛玲。
- 張愛玲在台港及海外華人圈早已炙手可熱，帶動小說風潮；張恨水卻因種種詭譎莫名的緣故，受到不合理的封禁。如今，本社毅然突破封禁，推出精選的張恨水作品集，以饗喜愛優質小說的廣大讀者，庶免愛書人有遺珠之憾！

金粉世家（上）

目錄

楔子 金夫人小史的由來

人生的歲月，如流水地一般過去。

記得滿街小攤子上，擺著泥塑的兔兒爺，忙著過中秋，好像是昨日的事。可是一走上街去，花爆攤，花燈架，宜春帖子，又一樣一樣地陳設出來，原來要過舊曆年了。

到了過年，由小孩子到老人家，都應得忙一忙。在我們這樣一年忙到頭的人，倒不算什麼，除了焦*著幾筆柴米大賬，沒法交代而外，一律和平常一樣。到了除夕前四五日，一部分的工作已停，反覺消閒些啦。

這日是廢曆*的二十六日，是西城白塔寺廟會的日子。下半天沒有什麼事情，便想到廟裡去買點梅花水仙，也點綴點綴年景，一起這個念頭，便不由得坐車上街去。

到了西四牌樓，只見由西而來，往西而去的，比平常多了，有些人手上提著大包小件的東西，中間帶上一個小孩玩的紅紙燈籠，這就知道是辦年貨的。再往西走，賣曆書的，賣月分牌的，賣雜拌年果子的，漸漸接觸眼簾，給人要過年的印象，那就深了。

快到白塔寺，街邊的牆壁上，一簇一簇的紅紙對聯掛在那裡，紅對聯下面，大概總擺著一張小桌，桌上一個大硯池，幾隻糊滿了墨汁的碗，四五枝大小筆，桌子邊，照例站一兩個穿破舊衣服的男子。這種人叫作書春的。就是趁著新年，寫幾副春聯，讓人家買去貼，雖然不外乎賣字，買賣行名卻不差，叫作書春。

但是這種書春的，卻不一定都是文人。有些不大讀書的人，因為字寫得還像樣些，也做這行買賣，所以一班人對於書春的也只看他為算命看相之流，不十分注意。就是在下落拓京華，對於風塵中人物，每引為同病，而對於書春的，卻也是不大注意。

這時我到了廟門口，下了車子，正要進廟，一眼看見東南角上圍著一大群人在那裡推推擁擁，當時我的好奇心動，丟了廟不進去走過街，且向那邊看看。

我站在一群人的背後，由人家肩膀上伸著頭向裡看去，只見一個三十附近的中年婦人，坐在一張桌子邊，在那裡寫春聯。旁邊一個五十來歲的老婦人，卻在那裡收錢，向看的人說話。原來這個婦人書春和別人不同，別人都是寫好了，掛在那裡賣，她卻是人家要買，她再寫。人家說是要貼在大門口的，她就寫一副合於大門的口氣的；人家說要貼在客堂裡的，她就寫一副合於客堂的口氣的。

我心裡想，這也罷了，無非賣弄她能寫字而已。至於聯文，自然是對聯書上抄下來的，但是也難為她記得。我這樣想時，猛抬頭，只見牆上貼著一張紅紙，行書一張廣告，上面是：

飄茵閣書春價目

諸公賜顧，言明是貼在何處者，當面便寫。文用舊聯，小副錢費二角，中副三角，大副四角。命題每聯一元，嵌字加倍。

這時候我的好奇心動，心想，她真有這個能耐？再看看她，那廣告上，直截了當，一字是一字，倒沒有什麼江湖話。也許她真是個讀書種子，貧而出此。但是那「飄茵閣」三字，明明是飄茵墜溷*的意思，難道她是潯陽江上的一流人物？

我在一邊這樣想時，她已經給人寫起一副小對聯，筆姿很是秀逸。對聯寫完，她用兩隻手撐著桌子，抬起頭來，微微嘘了一口氣。

我看她的臉色，雖然十分憔悴，但是手臉洗得乾淨，頭髮理得齊整，一望而知，她年輕時也是一個美婦人了。

我一面張望，一面由人叢中擠了上前。那個桌子一邊的老婦人，早對著我笑面相迎，問道：「先生要買對聯嗎？」

我被她一問，卻不好意思說並不要對聯，只得說道：「要一副，但是要嵌字呢，立刻也就有嗎？」

那個寫字的婦人，對我渾身上下看了一看，似乎知道我也是個識字的人，便帶著笑容插嘴道：「這個可不敢說，因為字有容易嵌上的，有不容易嵌的，不能一概而論。若是眼面前的熟字眼，勉強總可以試一試。」

我聽她這話，雖然很謙遜，言外卻是很有把握似的。我既有心當面試她一試，又不免有同是淪落之感，要周濟周濟她，於是我便順手在衣袋裡掏出一張名片來。這些圍著在那裡看的人，看見我將名片拿出來，都不由得把眼睛射到我身上。

我拿著名片，遞給那個老婦人，那個老婦人看了一看，又轉遞給那書春的婦人。我便說道：「我倒不要什麼春聯，請你把我的職業做上一副對聯就行，用不著什麼頌揚的口氣。」

那婦人一看我的名片，是個業餘新聞記者的，署名卻是文丐，笑道：「這位先生如何太謙？我就把尊名和貴業做十四個字，行麼？」

我道：「那更好了。」

她又笑道：「寫得本來不像個東西，做得又不好，先生不要笑話。」

我道：「很願意請教，不必客氣。」

她在裁好了的一疊紙中，抽出兩張來，用手指甲略微畫了一點痕跡，大概分出七個格子，於是分了一張，鋪在桌上，用一個銅鎮紙將紙壓住了，然後將一枝大筆伸到硯池裡去蘸墨，一面蘸墨，一面偏著頭想，不到兩三分鐘的工夫，她臉上微露一點笑容，於是提起筆來，就在紙上寫了下去。七個字寫完，原來是：

文章直至饑臣朔

我一看，早吃了一大驚，不料她居然能此，這分明是切「文丐」兩個字做的，用東方朔的典來詠文丐，那是再冠冕沒有的了，而且「直至」兩個字襯托得極好，饑字更是活用了。

她將這一聯寫好，和那老婦人牽著，慢慢地鋪在地下，從從容容，又來寫下聯。那七個字是：

斧鉞終難屈董狐

這下一聯，雖然是個現成的典，但是她在「董狐」上面加了「終難屈」三個字，用的是活對法，便覺生動而不呆板。這種的活對法，不是在詞章一道下過一番苦功夫的人，絕不能措之裕如。

到了這時，不由得我不十二分佩服，叫我當著眾人遞兩塊錢給她，我覺得過於唐突了。雖然這些買對聯的人，拿出三毛五毛，拿一副對聯就走，可是我認她也是讀書識字的，兔死狐悲，物傷其類，這樣藐視文人的事，我總是不肯做的。

我便笑著和老婦人道：「這對聯沒有乾，暫時我不能拿走，我還有一點小事要到別處去，回頭我的事情完了再來拿。如是晏些，收了攤子，到你府上去拿，也可以嗎？」

那老婦人還猶疑未決，書春的婦人一口便答應道：「可以可以！舍下就住在這廟後一個小胡同裡，門口有兩株槐樹，白板門上有一張紅紙，寫『冷宅』兩個字，那就是舍下。」

我見她說得這樣詳細，一定是歡迎我去的了，點了一個頭，和她作別，便退出了人叢。其實我並沒有什麼事，不過是一句遁詞。我在西城兩個朋友家裡各坐談了一陣，日已西下，估計收了攤子了，便照著那婦人所說，去尋她家所在。果然，那個小胡同裡，有兩株大槐樹，槐樹下面，有兩扇小白門。

我正在敲門問時，只見那兩個婦人提著籃子，背著零碎東西，由胡同那頭走了過來。我正打算打招呼，那個老婦人早看見了我，便喊著道：「那位先生，這就是我們家裡。」

她們一面招呼，一面已走上前，便讓我進裡面去坐。

我走進大門一看，是個極小的院子，僅僅只有北房兩間，廂房一間。她讓進了北屋，有一個五十多歲的老人，帶著一個上十歲的男孩子，在那裡圍著白泥爐子向火*。見了我進來，起身讓坐。

這屋子像是一間正屋，卻橫七豎八擺了四五張桌椅，又彷彿是個小小的私塾。那個老婦人自去收拾拿回來的東西，那書春的婦人卻和那個老頭子來陪我說話，我便先問那老人姓名，他說他叫韓觀久。

我道：「這裡不是府上一家住嗎？」

韓觀久道：「也可以說是一家，也可以說是兩家。」便指著那婦人道：「這是我家姑奶奶，她姓冷，所以兩家也是一家。」

我聽了這話不懂，越發摸不著頭腦。

那婦人知道我的意思，便道：「不瞞你先生說，我是一個六親無靠的人，剛才那個老太太，我就是她餵大的，這是我媽媽爹呢。」

我這才明白了，那老婦人是她乳母，這老人是乳母的丈夫呢。

這時我可為難起來，要和這個婦人談話了，我稱她為太太呢，稱她為女士呢？且先含糊著問道：「貴姓是冷？」

對道：「姓金，姓冷是娘家的姓呢。」

我這才敢斷定她是一位婦人，便道：「金太太的才學，我實在佩服，蒙你寫的一副對聯，實在好。」

金太太嘆了一口氣，說道：「這實在也是不得已才去這樣拋頭露面，稍微有點學問有志氣的人，寧可餓死，也不能做這沿街鼓板一樣的生活，哪裡談到好壞？本來呢，我自己可以不必出面，因為託我媽媽爹去賣了一天，連紙錢都沒有賣出來，所以我想了一個下策，親自出去，以為人家看見是婦人書春，好奇心動，必定能買到一兩副的。」說著臉一紅，又道：「這是多麼慚愧的事！」

我說：「現在潮流所趨，男女都講究經濟獨立，自謀生活，這有什麼做不得？」

金太太道：「我也只是把這話來安慰自己，不過一個人什麼事不能做，何必落到這步田地呢？」

我道：「賣字也是讀書人本色，這又何妨？我看這屋子裡有許多小書桌，平常金太太也教幾個學生嗎？」

金太太指著那個男孩子道：「一來為教他，二來借此混幾個學費，其實也是有限得很，還靠著晚上做手工來補救。」

我說：「這位是令郎嗎？」

金太太淒然道：「正是。不為他，我何必還受這種苦，早一閉眼睛去了。」便對那孩子道：「客來了，也不懂一點禮節，只躲到一邊去，還不過來鞠躬。」

那孩子聽說，果然過來和我一鞠躬。

我執著那孩子的手，一看他五官端正，白白淨淨的，手指甲剪得短短的，身上穿的藍布棉袍，袖口卻是乾淨，並沒有墨跡和積垢。只看這種小小的習慣，就知道金太太是個賢淑的人，更可欽佩。但是學問如此，道德又如彼，何至於此呢？只是我和人家初交，這是人家的秘密，是不便於過問的，也只好放在心裡。不過我替她惋惜的觀念，就越發深了。

我本來愁著要酬報她的兩塊錢，無法出手，這時我便在身上掏出皮夾來，看一看裡面，只有三張五元的鈔票。我一想，像我文丐，當這歲暮天寒的時候，決計沒有三元五元接濟別人的力量，但是退一步想，她的境遇總不如我，便多送她三元，念在斯文一脈，也分所應當。一剎那間，我的惻隱心戰勝了我的慳吝心，便拿了一張五元鈔票，放在那小孩子手裡，說道：「快過年了，這個拿去逛廠甸買花爆放吧。」

金太太看見，連忙站起來，將手一攔那小孩，笑著說道：「這個斷乎不敢受！」我說：「金太太你不必客氣。我文丐朝不保夕，決不能像慷慨好施的人隨便。我既然拿出來了，我自有十二分的誠意，我決計是不能收回的。」

金太太見我執意如此，諒是辭不了的，便叫小孩子對我道謝，將款收了。那個老婦人，已用兩隻洋瓷杯子斟上兩杯茶來。兩隻杯子雖然擦得甚是乾淨，可是外面一層珐瑯瓷，十落五六，成了半隻鐵碗。杯子裡的茶葉，也就帶著半寸長的茶葉棍兒，浮在水面上，我由此推想他們平常的日子，都是最簡陋的了。我和他們談了一會兒，將她對聯取了，自回家去，把這事也就扔下了。

過了幾天，已是新年，我把那副對聯貼在書房門口。我的朋友來了，看見那字並不是我的筆跡，便問是哪個寫的？我抱著逢人說項的意思，只要人家一問，我就把金太太的身世對人說了，大家都不免嘆息一番。

也是事有湊巧，新正初七日，我預備了幾樣家鄉菜，邀了七八個朋友，在家裡盡一日之樂。大家正談得高興的時候，金太太那個兒子忽然到我這裡來拜年，並且送了我一部木版的《唐宋詩醇》。

那小孩子說：「這是家裡藏的舊書，還沒有殘破，請先生留下。」他說完，就去了。

我送到大門口，只見他母親的媽媽爹在門口等著呢。

我回頭和大家一討論，大家都說：「這位金太太雖然窮，很是介介*，所以她多收你三四塊錢就送你一部書。而且她很懂禮，你看她叫媽媽爹送愛子來拜年，卻不是以尋常人相待呢。」

我就說：「既然大家都很欽佩金太太，何不幫她一個忙？」

大家都說：「忙要怎樣幫法？」

我說：「若是送她的錢，她是不要的，最好是和她找一個館地，一面介紹她到書局裡去，讓她賣些稿子。」

大家說：「也只有如此。」

又過了幾天，居然給她找到一所館地。

我便親自到金太太家裡去，把話告訴她。她聽了我這話，自然是感激，便問：「東家在哪裡？」

我說：「這家姓王，主人翁是一個大實業家，只教他家兩位小姐。」

金太太說：「是江蘇人嗎？」

我道：「是江蘇人。」

金太太緊接著說：「他是住在東城太陽胡同嗎？」

我道：「是的。」

金太太聽說，臉色就變了。她頓了一頓，然後正色對我道：「多謝先生幫我的忙，但是這地方，我不能去。」

我道：「他家雖是有錢，據一般人說，也是一個文明人家。據我說，不至於輕慢金太太的。」

金太太道：「你先生有所不知，這是我一家熟人，我不好意思去。」她口裡這樣說，那難堪之色，已經現於臉上。

我一想，這裡面一定有難言之隱，我一定要追著向前問，有刺探人家秘密之嫌，便道：「既然如此，不去也好，慢慢再想法子吧。」

金太太道：「這王家，你先生認識嗎？」

我說：「不認識，不過我託敝友輾轉介紹的。」

金太太低頭想了一想，說道：「你先生是個熱心人，有話實說不妨。老實告訴先生，我一樣地有個大家庭，和這王家就是親戚啦，我落到這步田地……」

說到這裡，那頭越發低下去了，半晌，不能抬起來，早有兩點眼淚，落在她的衣襟上。

這時，那個老婦人端了茶來，金太太搭訕著和那老婦人說話，背過臉去，抽出手絹，將眼睛擦了一擦。

我捧著茶杯微微呷了一口茶，又呷二口茶，心裡卻有一句話要問她，那麼，你家庭裡那些人，哪裡去了呢？但是我總怕說了出來，衝犯了人家，如此話到了舌尖，又吞了下去。

這時，她似乎知道我看破了她傷心，於是勉強笑了一笑，說道：「先生不要見怪，我不是萬分為難，先生給我介紹館地，我決不會拒絕的。」

我道：「這個我很明白，不必介意。」

說完了這兩句話，她無甚可說了，我也無甚可說了。屋子裡沉寂寂的，倒是胡同外面賣水果糖食的小販，敲著那銅碟兒聲音一陣陣送來。我又呷了幾口茶，便起身告辭，約了過日再會。

我心裡想，這樣一個人，我猜她有些來歷，果然不錯。只是她所說的大家庭，究竟是怎樣一個家庭呢？

後來我把她的話，告訴了給她找館地的那個朋友。那朋友很驚訝，說道：「難道是她呢？她怎樣還在北京？」

我問道：「你所說的她，指的是誰？」

我那朋友搖搖頭道：「這話太長，不是三言兩語可以說完的。若真是她，我一定要去見見。」

我道：「她究竟是誰？你說給我聽聽看。」

我的朋友道：「現在且不必告訴你，讓我見了她以後，哪一天晚上你扇一爐子大火，沏一壺好茶，我們聯床夜話，我來慢慢地告訴你，可當一部鼓兒詞聽呢。」

他這樣說，我也不能勉強。但是我急於要打破這個啞謎，到了次日，我便帶他到金太太家裡去，作為三次拜訪。不料到了那裡，那冷宅的一張紙條已經撕去了，門口另換了一張招租的帖子。我和我的朋友都大失所望。

我的朋友道：「不用說，這一定是她無疑了。她所以搬家，正是怕我來找她呀。既然到此，看不見人，進去看看屋子，也許在裡面找到一點什麼東西，更可以證明是她。」

我覺得這話有理，便和他向前敲門。

裡面看守房子的人，以為我們是賃房的，便打開門引我二人進去。我們一面和看守屋子的人說話，一面把眼睛四周逡巡，但是房子裡空空的，一點什麼痕跡都沒有。

我的朋友望著我，我望著他，彼此微笑了一笑，只好走出來。

走到院子裡，我的朋友看見牆的犄角邊，堆著一堆字紙，便故意對著看屋子的人道：「你們把字紙堆在這裡，不怕造孽嗎？」說時，走上前便將腳撥那字紙。

我早已知道他的命意，於是兩個人四道眼光，像四盞折光燈似的，射在字紙堆裡。

他用腳撥了幾下，一彎腰便撿起一小捲字紙在手上。我看時，原來是一個紙抄小本子，燒了大半本，書面上也燒去了半截，只有「零草」兩個字。這又用不著猜的，一定是詩詞稿本之類了。

我本想也在字紙堆裡再尋一點東西，但是故意尋找，又恐怕看屋子的人多心，也就算了。我的朋友得了那個破本子，似乎很滿意的，便對我說道：「走吧。」

我兩人到了家裡，什麼事也不問，且先把那本殘破本子攤在桌上，趕緊地翻著看。但是書頁經火燒了，業已枯焦，又經人手一盤，打開更是粉碎，只有那兩頁書的夾縫不曾被火熏著，零零碎碎，還看得出一些字跡，大概這裡面也有小詩，也有小詞。

但是無論發現幾個字，都是極悲哀的。一首落真韻的詩，有一大半看得出，是：

……莫當真，浪花風絮總無因。燈前閒理如來懺，兩字傷心……

我不禁大驚道：「難道這底下是押身字？」

我的朋友點點頭道：「大概是吧？」

我們輕輕翻了幾頁，居然翻到一首整詩，我的朋友道：「證據在這裡了。你聽！」他便念道：

銅溝流水出東牆，一葉芭蕉篆字香，不道水空消息斷，只從鴉背看斜陽。

我說道：「胎息渾成，自是老手。只是這裡面的話，在可解不可解之間。」

我的朋友道：「你看這裡有兩句詞，越發明瞭。」

我看時，是：

……說也解人難。幾番向銀燈背立，熱淚偷彈。除是……

這幾句詞之後，又有兩句相同的，比這更好，是：

……想當年，一番一回腸斷。只淚珠向人……

我道：「詩詞差不多都是可供吟詠的，可惜燒了。」

我的朋友道：「豈但她的著作如此，就是她半生的事，也就夠人可泣可歌呢。」

我道：「你證明這個金太太，就是你說的那個她嗎？」

我的朋友道：「一點不錯。」

我說道：「這個她究竟是誰？你能夠告訴我嗎？」

我的朋友道：「告訴可以告訴你。只是這話太長了，好像一部二十四史，難道我還從三皇五帝說起說到民國紀元為止嗎？」

我想他這話也是，便道：「好了，有了一個主意了。這回過年，過得我精窮，我正想做一兩篇小說，賣幾個錢來買米，既然這事可泣可歌，索性放長了日子幹，你緩緩地告訴我，我緩緩地寫出來，可以做一本小說。倘若其中有傷忠厚的，不妨將姓名地點一律隱去，也就不要緊了。」

朋友道：「那倒不必，我怎樣告訴你，你怎樣寫得了。須知我告訴你時，已是把姓名地點隱去了哩。再者我談到人家的事，雖重繁華一方面，人家不是嚴東樓，我勸你也不要學王鳳洲。」

我微笑道：「你太高比，憑我也不會作出一部《金瓶梅》來，你只要把她現成的事蹟告訴我，省我勾心鬥角，布置局面，也就很樂意了。」

我的朋友笑道：「設若我造一篇謠言哩？」

我笑道：「當然我也寫上。做小說又不是編歷史，只要能自圓其說，管他什麼來歷！你替我搜羅好了材料，不強似我自造自寫嗎？」

我的朋友見我如此說，自然不便推辭。而且看我文丐窮得太厲害了，也樂得贊助我做一篇小說，免得我逢人借貸。

自這天起，我們不會面則已，一見面就談金太太的小史。我的朋友一天所談，足夠我十天半個月的投稿。有時我的朋友不來，我還去找他談話。所幸我這朋友，是個救急而又救窮的朋友，立意成就我這部小說，不嫌其煩地替我搜羅許多材料，供我鋪張。

自春至夏，自秋至冬，經一個年頭，我這小說居然作完了。至於小說內容是否可歌可泣，我也不知道，因為事實雖是夠那樣的，但是我的筆笨寫不出來，就不能令人可歌可泣了。好在下面就是小說的正文，請看官慢慢去研究吧。

一 金少爺風靡京華

這書所說，不知是哪一年的事，不過照書中事情看來，卻是國民黨軍北伐以前，發生在北京的事。

先說北京西直門外的頤和園，為遜清*一代留下來的勝蹟。相傳那個園子的建築費，原是辦理海軍的款項。用辦海軍的款子，來蓋一個園子，自然顯得偉大了。

在前清的時候，只是供皇帝、皇太后一兩個人在那裡快樂。到了現在，不過是劉石故宮，所謂亡國鶯花。不但是大家可以去遊玩，而且去遊覽的人，夕陽芳草，還少不得有一番憑弔呢。

北地春遲，榆楊晚葉，到三月之尾，四月之初，百花方才盛開。那個時候，萬壽山是重巒疊翠，昆明湖是春水綠波，頤和園和鄰近的西山，便都入了黃金時代。

北京人從來是講究老三點的，所謂吃一點，喝一點，樂一點，像這種地方，豈能不去遊覽?所以到了三四月間，每值風和日麗，那西直門外，香山和八大處去的兩條大路，真個車水馬龍，說不盡的衣香鬢影。

這一年三月下旬，正值天氣晴和，每日出西直門的遊人絡繹於途、什麼汽車、馬車、人力車、驢子，來來往往，極是熱鬧。

但是有些闊公子，馬車、人力車當然是不愛坐。汽車又坐得膩了；驢子呢，嫌牠瘦小。先有一項不願受的，就是驢夫送來的那條鞭子太髒，教人不敢接著。

有班公子哥兒，家裡餵了幾頭好馬，偶然高興出城來跑上一趟馬。在這種春光明媚的時候，輕衫側帽，揚鞭花間柳下，目擊馬嘶芳草的景況，那是多麼快活呢！

在這班公子哥裡頭，有位姓金的少爺，卻是極出風頭。他單名一個華字，取號燕西，現在只有一十八歲。兄弟排行，他是老四，若是姐妹兄弟一齊論起來，他又排行是第七，因此他的僕從，都稱呼他一聲七爺。

他的父親，是現任國務總理，而且還是一家銀行裡的總董，家裡的銀錢，每天像流水般地進來出去，所以他除了讀書而外，沒有一樁事是不順心的。

這天他因天氣很好，起了一個早，九點多鐘就起來了。在家中吃了一些點心，叫了李福、張順、金榮、金貴四個聽差，備了五匹馬，主僕五人，簇擁著出了西直門，向頤和園而來。

燕西將身上堆花青緞馬褂脫下，扔給了聽差，身上單穿一件寶藍色細絲駝絨長袍，將兩隻衫袖微微捲起一點，露出裡面豆綠春綢的短夾襖，右手勒著馬韁繩，左手拿著一根湘竹湖絲灑雪鞭。兩隻漆皮鞋，踏著馬鐙子，將馬肚皮一夾，一揚鞭子，騎下的那匹玉龍白馬，在大道之上掀開四蹄，飛也似的往西馳去。

後面的金榮打著馬趕了上來，口裡嚷道：「我的小爺，別跑了，這一摔下來，可不是玩的。」說時，那後面的三匹馬也都追了上來。路上塵土被馬蹄掀起來，捲過人頭去。

燕西這一跑，足有五里路，自己覺得也有些吃力，便把馬勒住。那四匹馬已是抄過馬頭，回轉身來，擋了去路。

燕西在駝絨袍子底下抽出一條雪花綢手絹，揩著臉上的汗，笑道：「你們這是做什麼？」

金榮道：「今天路上人多，實在跑不得。摔了自己不好，碰了別人也不好，你看是不是？」

燕西笑道：「你們都是好人？前天你學著開汽車，差一點兒把巡警都碰了。」

金榮笑道：「可不是！你騎馬的本領和我開車的本領差不多，還是小心點吧，高高興興出來玩一趟，若是惹了事，就是不怕，也掃興得很啦。」

燕西道：「這倒像句話。」

李福道：「那麼，我們在頭裡走。」說著，他們四匹馬掉轉頭，在前面走去。燕西鬆著馬韁繩，慢慢在後面跟著。

這裡正是兩三丈寬的大道，兩旁的柳樹垂著長條，直披到人身上馬背上來。燕西跑馬跑得正有些熱，柳樹底下吹來一兩陣東風，帶些清香，吹到臉上，不由得渾身爽快一陣。他們的馬，正是在下風頭走，清香之間，又覺得上風頭時有一陣蘭麝之香送來。燕西在馬背上目睹陌頭春色，就不住領略這種香味。燕西心裡很是奇怪，心想，這倒不像是到了野外，好像是進了人家梳頭室裡去了呢。一面騎著馬慢慢走，一面在馬上出神。那一陣香氣，卻越發地濃厚了。

偶然一回頭，只見上風頭，一列四輛膠皮車，坐著四個十七八歲的女學生追了上來。燕西恍然大悟，原來這脂粉濃香就是她們那裡散出來的。

在這一剎那間，四輛膠皮車已經有三輛跑過馬頭去。最後一輛，正與燕西的馬並排走著，燕西的眼光不知不覺地就向那邊看去。

只見那女子挽著如意雙髻，髻髮裡面，盤著一根鵝黃絨繩，越發顯得發光可鑑。身上穿著一套青色的衣裙，用細條白辮周身來滾了，項脖子披著一條西湖水色的蒙頭紗，被風吹得翩翩飛舞。

燕西生長金粉叢中，雖然把倚紅偎翠的事情看慣了，但是這樣素淨的妝飾，卻是百無一有，他不看猶可，這看了之後，不覺得又看了過去，只見那雪白的面孔上，微微放出紅色，疏疏的一道黑留海披到眉尖，配著一雙靈活的眼睛，一望而知是個玉雪聰明的女郎。

燕西看了又看，又怕人家知覺，把那馬催著走快幾步，又走慢幾步，前前後後，總不讓車子離得太遠了。

車子快快地走，馬兒慢慢行，這樣左右不離，燕西也忘記到了哪裡。前面的車子因為讓汽車過去，忽然停住，後面跟的車子也都停住了。

燕西見人家車子停住，他的馬也不知不覺地停住。那個漂亮女子偏著頭，正看這邊的風景，她猛然間低頭一笑，也來不及抽著手絹了，就用臨風飄飄的蒙頭紗捂著嘴。

在這一笑時，她那一雙電光也似的睛眼又向這邊瞧了一瞧。

燕西一路之上追看人家，人家都不知覺，這時人家看他，他倒有些不好意思起來。忽然低頭一看，這才醒悟過來。原來自己手上拿的那條馬鞭子，不知何時脫手而去，已經落在地下了。大概人家之所以笑，就是為了這個。

自己要下去拾起馬鞭子來吧，真有些不好意思；不撿起來吧，那條馬鞭子又是自己心愛之物，實在捨不得丟了，不免在馬上躊躇起來。

金榮一行四匹馬，在他前面，哪裡知道，只管走去。金榮一回頭，不見了燕西，倒嚇了一跳，勒轉馬頭，腳踏著馬鐙，昂首一看，只見他勒住馬，停在一棵柳樹蔭下。

金榮加起一馬鞭，連忙催著馬跑回來，便問道：「七爺，你這是做什麼？」

燕西笑了一笑，說道：「你來了很好，我馬鞭子掉在地下，你替我撿起來吧。」

金榮當真跳下馬去，將馬鞭撿了起來交給燕西。他一接馬鞭子，好像想起一樁事似的，也不等金榮上馬，打了馬當先就跑。金榮在後面追了上來，口裡叫道：「我的七爺，你這是做什麼？瘋了嗎？」

燕西的馬，約莫跑了小半里路便停住了，又慢慢地走起來。

金榮跟在後面，伸起手來搔著頭髮，心裡想道：這事有些怪，不知道他真是出了什麼毛病了？自己又不敢追問燕西一個究竟，只得糊裡糊塗在後跟著。

又走了一些路，只見後面幾輛人力車追了上來，車上卻是幾個水蔥兒似的女子。金榮恍然大悟，想道：**我這爺，又在打糊塗主意呢！怪不得前前後後老離不開這幾輛車子，我且看他注意的是誰。**

這樣想時，眼睛也就向那幾輛車子上看去，他看燕西的眼光不住地盯住那穿青衣的女子，就知道了。

但是自己一群人有五匹馬，老是蒼蠅見血似的盯著人家幾輛車子，這一種神情未免難看，便故意趕上一鞭，和燕西的馬並排走著，和燕西丟了一個眼色。只這一剎那的工夫，馬已上了前，燕西會意，便追上來。

金榮打著馬只管向前跑，燕西在後面喊道：「金榮，要我罵你嗎？好好的，又要什麼滑頭？」

金榮回頭一看，見離那人力車遠了，便笑道：「七爺，你還罵我耍滑頭嗎？」

燕西笑道：「我怎樣不能罵你耍滑頭？」

金榮道：「我的爺，你還要我說出來，上下盯著人家，也真不像個樣子。」復又笑道：「真要看她，三百六十天，天天都可以看得到，何必在這大路上追著人家？」

燕西笑道：「我看誰？你信口胡說，仔細我拿鞭子抽你！」

金榮道：「我倒是好意。七爺這樣說，我就不說了。」

燕西見他話裡有話，把馬往前一拍，兩馬緊緊地並排，笑道：「你說怎樣是好意？」

金榮道：「七爺要拿鞭子抽我呢，我還說什麼，沒事要找打挨嗎？」

金貴三人聽見這話，大家都在馬上笑起來。

燕西道：「你本是冤我的，我還不知道？」

金榮道：「我怎敢冤你？我天天上街，總碰見那個人兒，她住的地方，我都知道。」

燕西笑道：「這就可見你是胡說了，你又不認識她，她又不認識你，憑空沒事的，你怎樣會注意人家的行動？」

金榮笑道：「我問爺，你看人家，不是憑空無事，又是憑空有事嗎？好看的人兒，人人愛看，那樣一位鮮花似的小姐在街上走著，狗看見也要擺擺尾呢，何況我還是個人。」

燕西笑道：「別嚼蛆了，你到底知道不知道？」

金榮道：「爺別忙，聽我說，這一晌，七爺不是出了一個花樣，要吃蟹殼黃燒餅嗎？我總怕別人買的不合你意，總是自己去買。每日早上一趟單牌樓，是你挑剔金榮的一樁好差事。」

燕西道：「說吧，別胡扯了。」

金榮道：「在我天天去買燒餅的時候，總碰到她從學校裡回來，差不多時刻都不移，有一天她回來早些，我在一個地方，看見她走進一個人家去，我猜那就是她的家了。」

燕西道：「她進去了，不見得就是她的家，不許是她的親戚朋友家裡嗎？」

金榮道：「我也是這樣說，可是以後我又碰到兩次哩。」

燕西道：「在什麼地方？」

金榮笑道：「反正離我們家裡不遠。」

燕西道：「京城裡，離我們家都不遠，你這話說得太靠不住了。」

金榮道：「我決不敢冤你，回去的時候，我帶你到她家門口去一趟，包你一定歡喜。先說出來，反沒有趣了。」

燕西道：「那倒也使得，那時你要不帶我去，我再和你算賬！」

金榮笑道：「我也有個條件呢，可不能在大路上盯著人家，要是再盯著，我就不敢說了。」

燕西看他說得一老一實，也就笑著答應了。

主僕一路說著，不覺已過了海淀。

張順道：「七爺，頤和園我們是前天去的，今天又去嗎？」

燕西在馬上躊躇著，還沒有說出來，李福笑道：「你這個人說話，也是不會看風色的，今天是非進去逛逛不可呢。」

張順笑道：「那麼，我們全在外面等著，讓七爺一個人在裡面慢慢地逛吧。」

燕西笑罵道：「你這一群混蛋，拿我開心。」

金貴道：「七爺，你別整群地罵呀，我可沒敢說什麼哩。」

主僕五人，談笑風生地到了頤和園，將馬在樹下拴了，五人買票進門。

燕西心裡想著，那幾個女學生一定是來逛頤和園的，所以預先進來，在這裡等著。不料等了大半天，一點影子也沒有，恐怕是一直往香山去了。無精打采，帶著四個僕人一直回家。

剛一到大門口，只見剛停著一輛汽車，他的大嫂吳佩芳、三嫂王玉芬和著第三個姨媽翠姨，都從車子上下來。

翠姨一見燕西下馬，便笑道：「閒著沒事，又到城外跑馬去了嗎？你瞧，把臉曬得這樣紅紅的，又算什麼？回頭上讓你那白妹妹瞧見，又要抱怨半天。」

燕西將馬鞭子遞給金榮，便和他們一路進去，問道：「一夥兒的，又從哪裡來？」

佩芳笑道：「翠姨昨晚上打撲克贏了錢，我們要她做東呢。」

燕西道：「吃館子嗎？」

佩芳道：「不！在春明舞臺包了兩個廂，聽了兩齣戲呢。」

燕西道：「統共不過三個人，倒包了兩個廂。」

翠姨道：「這是她們把我贏來的錢當瓦片兒使呢，我說包一個廂得了，她們說：有好多人要去呢，後來，廂包好了，東找也沒有人，西找也沒有人。」

燕西一頓腳，正要說話，在他前面的王玉芬哎喲一聲，回頭紅著臉要埋怨他，然後又忍不住笑了，說道：「老七，你瞧，我今天新上身的一件嗶嘰斗篷，你給人家踩髒了。」說時，兩隻手抄著她那件玫瑰紫斗篷的前方，扭轉頭只望腳後跟。

燕西一看，在那一路水鑽青絲辮滾邊的地方，可不是踏了一個腳印。

燕西看了，老大不過意，連忙蹲下身子去，要給他三嫂拍灰。王玉芬一扭身子，往前一閃，笑道：「不敢當！」

大家笑著一路走進上房，各人房裡的老媽子早已迎上前來，替她們接過斗篷提囊去。

燕西正要回自己的書房，翠姨一把扯住，說道：「我有樁事和你商量。」

燕西道：「什麼事？」

翠姨道：「聽說大舞臺義務戲的包廂票，你已經得了一張，出讓給我？成不成？」

燕西道：「我道是什麼要緊的事，就是為了這個？出什麼讓，我奉送得了。」

翠姨道：「你放在你那裡，我自己來拿，若是一轉手，我又沒份了。」

燕西答應著，自己出去了。

一回書房，金榮正在替他清理書桌。

金榮一看，並沒有人在屋子裡，笑道：「七爺，你不看書也罷，看了滿處丟，設若有人到這裡來看見了，大家都不好。」

燕西道：「要什麼緊？在外面擺的，不過是幾本不相干的小說，那幾份小報送來沒有送來？我兩天沒瞧哩。」

金榮道：「怎樣沒有送來，我都收著呢，回頭晚上要睡覺的時候，再拿出來瞧吧。」

燕西笑了一笑，說道：「你說認得那個女孩子家裡，你現在可以告訴我了。」

金榮道：「我不敢說。」

燕西道：「為什麼不敢說？」

金榮笑道：「將來白小姐知道了，我擔當不起。」

燕西道：「我們做的事，怎樣會讓她們知道？你只管說，保沒有什麼事。」

金榮笑了一笑，躊躇著說道：「對你不住，在路上說的那些話，全是瞎說的。」說著，對燕西請了一個安。

燕西十分不快，板著臉道：「你為什麼冤我？」

金榮道：「你不知道，在路上你瞧著人家車子的時候，人家已經生氣了，我怕再跟下去，要鬧出亂子來呢。」

燕西道：「我不管，你非得把她的家找到不可，找不到，你別見我了。」說畢，在桌上抽了一本雜誌自看，不理金榮。

金榮見燕西真生了氣，不敢說什麼，做畢了事，自退出了。他和幾個聽差一商量，說道：「這豈不是一樁難事，北京這麼大的地方，叫我在哪裡去找這一個人？」

大家都說道：「誰叫你撒謊撒得那樣圓，像真的一樣。」

金榮也覺差事交代不了，嚇得兩三天不敢見燕西的面，好在燕西玩的地方很多，兩三天以後，也就把這事淡下來了。金榮見他把這事忘了，心裡才落下一塊石頭。

偏是事有湊巧，這一天金榮到護國寺花廠子裡去買花，頂頭碰見那個女學生買了幾盆花，在街上雇車，講的地方，卻是落花胡同西頭。

金榮這一番，比當學生的做出了幾個難題目還要快活，讓她車子走了，自己也雇了一輛車子跟了去。

到了那地方，那女學生的車子停住，在一個小黑門外敲門。金榮的車子一直拉過西口，他才付了車錢下來，假裝著找人家似的，挨著門牌一路數來，數到那個小黑門那兒，門牌是十二號，只見門上有塊白木板，寫著「冷寓」兩個字。

那門恰好半掩著，在門外張望，看裡面倒是一個小院子，只是那院子後面，一帶樹木森森，似乎是人家一個園子。正在這裡張望，又見那女學生在院子裡一閃，這可以斷定她是住在這裡了。

金榮看在眼裡，回得家去，在上房找著燕西，和他丟了一個眼色，燕西會意，一路和他到書房裡來。

金榮笑道：「七爺，你要找的那個人，給你找到了。」

燕西道：「我要找誰？」

金榮笑道：「七爺很掛心的一個人。」

燕西道：「我掛心的是誰？我越發不明白你這話了。」

金榮道：「七爺就全忘了嗎？那天在海淀看到的那個人呢。」

燕西笑道：「哦！我說你說的是誰，原來說的是她，你在哪裡找到的？又是瞎說吧？」

金榮道：「除非吃了豹子膽，還敢撒謊嗎？」他就把在護國寺遇到那女學生的話說了一遍，又笑道：「不但打聽得了人家的地方，還知道她姓冷呢。」

金榮這一片話，兜動了燕西的心事，想到那天柳樹蔭下，車上那個素妝少女飄飄欲仙的樣子宛在目前，不由得微笑了一笑，然後對金榮道：「你這話真不真我還不敢信，讓我調查證實了再說。」

金榮笑道：「若是調查屬實，也有賞嗎？」

金燕西道：「有賞，賞你一隻火腿。」

金燕西口裡雖這般說，心裡自是歡喜，他也等不到次日，馬上換了一套西裝，配上一個大紅的領結，又揀了一雙烏亮的皮鞋穿了，手上拿著一根柔軟藤條手杖，正要往外去，忽然記起來還沒戴帽子。

身上穿的是一套墨綠色的衣服，應該也戴一頂墨綠色的帽子。記得這頂帽子，前兩天和他們看跑馬回來，就丟在上房裡了，也不知丟在哪個嫂子屋裡呢，便先走到吳佩芳這邊來。

剛要到月亮門下，只見他大嫂子的丫頭小憐搬了幾盆蘭花，在長廊外石階上曬太陽，拿了條濕手巾在擦瓷盆。她一抬頭，見燕西探出半截身子一伸一縮，不由得笑了。

燕西和她點一點頭，招一招手，叫她過來。小憐丟了手巾，跑了過來，反過一隻手去，摸著辮子梢。笑道：「有話說就說吧，這個樣子做什麼？」

金燕西見她穿一身灰布衣服，外面緊緊地套上一件六成舊青緞子小坎肩，厚厚地梳著一層黑劉海，越發顯得小臉兒白淨，便笑道：「這件坎肩很漂亮呀。」

小憐道：「漂亮什麼？這是六小姐賞給我的，是兩三年前時興的東西，現在都成了老古董了。」

金燕西道：「可是你穿了很合身。」

小憐道：「你叫我來，就是說這個話嗎？」

金燕西笑道：「大少奶奶說，讓你伺候我，你聽見說嗎？」

小憐對他微微地啐了一下，扭轉身就跑了。燕西用手杖敲著月亮門，吟吟地笑。

吳佩芳隔著玻璃窗子便叫道：「那不是老七嗎？」

燕西便走進月亮門說道：「大嫂，是我。」

佩芳道：「你又什麼事，鬼鬼祟祟的？」說時，佩芳已走了出來。

小憐低著頭在那裡擦花盆，耳朵邊都是紅的。佩芳在長廊上，燕西站在長廊下，佩芳掩嘴笑了一笑，燕西也勉強笑了，便道：「我頭回戴著的墨綠的呢帽子，丟在這裡嗎？」

佩芳笑道：「趁早別這樣說了，年輕輕的哥兒們，戴個什麼綠帽子呀？」

金燕西道：「現在戴綠帽子的，多著呢！」

佩芳明知他把話說愣了，故意嘔著他道：「因為戴綠帽子的多，你就也要戴上頭頂嗎？」

燕西笑道：「你這是沒碴找碴兒啦。」

佩芳笑道：「你聽聽，自己說話說錯了，還說我找碴兒啦。」

燕西道：「得了，你告訴我一聲吧，帽子在這裡不在這裡？我等著要出去呢。」

佩芳道：「你總是這樣，東西亂丟，丟了十天半月也不問，到了要用的時候，就亂抓了。這個毛病，有個小媳婦兒管著就好了。」說到這裡笑了一笑，又道：「我看你待小憐很好，要不，我對母親說一聲，先讓她去伺候你，給你收拾收拾衣服鞋襪吧？」

小憐一撒手道：「大少奶奶也是的！」說著，一掉辮子就跑了。

燕西道：「人家也是十六七歲的孩子了，你就這樣當面鑼對面鼓地開玩笑，也不怕人害臊。」

佩芳笑道：「害什麼臊？她還不願意嗎？」

燕西道：「到底帽子在這裡不在這裡？」

佩芳道：「帽子沒有，馬褂倒是有一件扔在我這裡，你別處找吧。」

燕西想著，二嫂那裡是沒有的。不在翠姨那裡，或者就在三嫂那裡，因此由長廊下轉到後重屋子裡來。

一轉彎，只見小憐拿了一根小棍子，挑那矮柏樹上的蛛絲網。這柏樹一列成行，栽著像籬笆似的。

金燕西在這邊，小憐在那邊。小憐看見金燕西來了，說道：「你找什麼帽子？」

金燕西道：「剛才不是說了，你沒聽見嗎？你又想我說一句找綠帽子吧？」

小憐笑說：「我才不占你的便宜哩。」說時，用棍子指著金燕西衣服，問道：「是和這個顏色一樣的嗎？」

金燕西道：「是的。你看見沒有？」

小憐道：「你的記性太不好了，不是那天你穿了衣服要走，白小姐留你打撲克，把帽子收起來了嗎？」

金燕西道：「哦！不錯不錯，是白小姐拿去了。她放在哪裡，你知道嗎？」

小憐道：「她放在哪裡呢？就扔在椅子上，我知道是你買的，而且聽說是二十多塊錢買的，我怕弄掉了，巴巴的撿起來，送到你屋子裡去了。」

燕西道：「是真的嗎？」

小憐道：「怎樣不真？在你房背後，洗澡屋子裡第二個帽架子上，你去看看。」

金燕西笑道：「勞駕得很！」

小憐將那手上的小棍子對燕西身上戳了一下，笑道：「你這一張嘴最不好，亂七八糟，喜歡瞎說。」

燕西笑道：「我說你什麼？」說著，燕西就往前走一步，要捉住她的手，搶她的棍子，小憐往後一縮，隔著一排小柏樹，燕西就沒有法子捉住她。

小憐頓著腳，揚著眉，噘著嘴道：「別鬧！人家看見了笑話。」

燕西見捉她不到，沿著小柏樹籬笆，就要走那小門跑過來，去扭小憐。

小憐看見，掉轉身子就跑，當燕西跑到柏樹那邊時，小憐已經跑過長廊，遙遙地對著金燕西點點頭笑道：「你來你來！」

金燕西笑道，就跑上前來。小憐身後，正是一個過堂門，她手扶著門，身子往後一縮，把門就關上了。

金燕西笑了一陣，走回書房，找了帽子戴上，自出大門來。他這個地方，叫來雀巷，到落花胡同還不算遠，他也不坐什麼車，帶遊帶走，自向那裡走來。

金榮已經告訴他，那冷家住在西頭，他卻繞了一個大彎，由東頭進去。

他挨著人家，數著腳步，慢慢地走去，越到西頭越是注意。一條胡同差不多快要走完了，在那路南，可不是有一家小黑門上釘了一塊冷宅的門牌嗎？燕西一想，一定是這裡了。但是雙扉緊閉，除了門口那塊冷宅宅名牌子而外，也就別無所獲。躊躇了一會子，只得依舊走過去。

走過這條落花胡同，便是一條小街。他見轉彎的地方有一家小煙店，便在煙店裡買了一盒煙。買了煙之後，又復身由西頭走過來，可是看看那小黑門，依然是雙扉緊閉。心裡想道：來來去去，我老看這兩扇黑門，這有什麼意思呢？

這時，那黑門外一片敞地上，有四五個十幾歲的孩子在那裡打錢，吵吵鬧鬧，揪在一團。金燕西見機生意，背著手，拿了藤杖，站在一邊，閒看他們哄鬧，卻不時地回過頭偷看那門。

大概站了一個鐘頭的光景，忽聽得那門一陣鈴鐺響，已經開了。在這時，有很尖嫩的北京口音叫賣花的，金燕西不由心裡一動，心想，這還不是那個人嗎?他又怕猛然一回頭有些唐突，卻故意打算要走的樣子，轉過身來，慢慢地偷眼斜著望去。

這一看，不由得自己要笑起來，原來是個梳鑽頂頭的老媽子，年紀總在四十上下，但是自己既然轉身要走，若是突然停住，心裡又怕人家見疑，於是放開腳步，向胡同東頭走來。

剛走了三五家人家的門面，只見對面來了一個藍衣黑裙的女學生，對著這邊一笑，這人正是在海淀遇著的那一位。

燕西見她一笑，不由心裡撲通一跳。心想，她認得我嗎?手舉起來，扶著帽子簷，正想和人家略略一回禮，回她一笑。但是她慢慢走近前來，看她的目光，眼睛望前看去，分明不是對著自己笑啦。

接上聽見後面有人叫道：「大姑娘，今天回來可晚了。」那女學生又點頭略笑了一笑。

燕西的笑意，都有十分之八自臉上呈現出來了，這時臉上一發熱，馬上把笑容全收起來了，人家越走近，反覺有些不好意思面對面地看人家，便略微低了頭走了幾步。

及至自己一抬頭，只見右手邊一個藍衣服的人影一閃，接上一連微微的脂粉香，原來人家已走過去了，待要回頭看時，又有些不好意思，就在這猶豫期間，又走過了兩家人家了。

只在一刻之間，他忽然停住了腳，手扶著衣領子，好像想起一樁什麼問題似的，立刻回轉身來，裝著要急於回頭的樣子。及走到那門前，正見那個人走進門去，背影亭亭，一瞥即逝。

燕西緩走了幾步，不無留戀，卻正好那些打錢的小孩子大笑起來，燕西想道：他們是笑我嗎？立刻挺著胸脯，走了過去。

走出那個落花胡同，金燕西停了一停，想著：「這是我親眼看見的，她住在這裡，是完全證實了。但是證實了便證實了，我又能怎麼樣？我守著看人家不是有些呆嗎？這就回得家去，一個人坐在書房裡呆想，那人在胡同口上那微微一笑，焉知不是對我而發的？當時可惜我太老實了，我就回她一笑，又要什麼緊？我面孔那樣正正經經的，她不要說我太不知趣嗎？說我不知趣呢，那還罷了，若是說我假裝正經，那就辜負人家的意思了。」

他這樣想著，彷彿有一個珠圓玉潤的面孔，一雙明亮亮的眼珠一轉，兩頰上泛出一層淺淺的紅暈，由紅暈上，又略略現出兩個似有似無的笑渦。燕西想到這裡，目光微微下垂，不由得也微微笑起來。

正在這個時候，忽然有人說道：「七爺，你信了我的話吧？沒有冤你嗎？」

燕西抬眼一看，卻是金榮站在身邊，也含著微笑呢。

燕西道：「信你的什麼話？」

金榮道：「你還瞞著我呢，要不然，今天不是出去了一趟嗎？這一趟，誰也沒跟去，一定是到落花胡同去了。依我猜，一定還看見那個小姐呢，要不然，剛才為什麼想著笑？」

燕西道：「胡說，難道我還不能笑？一笑就是為這個事？」

金榮道：「我見你一回來，就有什麼心事似的，這會子又笑了，我想總有些關係呢。」

燕西道：「你都能猜到我的心事，那就好了。」

金榮笑道：「猜不著嗎？得了，以後這事就別提了。」

燕西笑了一笑，說道：「你的話都是對了，我們又不認識人家，就是知道她姓名住址，又有什麼用？」

金榮笑道：「反正不忙，你一天打那兒過一趟，也許慢慢地會認識起來。前兩天你還提了一段故事呢，不是一個男學生天天在路上碰見一個女學生，後來就成了朋友嗎？」

燕西道：「那是小說上的事，是人家瞎謅的，哪裡是真的呢？況且他們天天碰著，是出於無心。我若為了這個，每天巴巴的出去走一趟路，這算什麼意思？」

金榮笑道：「可惜那屋前屋後沒有咱們的熟人，要是有熟人，也許借著她的街坊介紹，慢慢地認識起來。」

金榮這是一句無心的話，卻憑空將他提醒，他手把桌子一拍，說道：「我有辦法了！」

金榮站在一邊，聽到桌子忽然拍了一下響，倒嚇了一跳，說道：「辦雖然可以那樣辦，但是那條胡同可沒有咱們的熟人呢。」

金燕西也不理他，在抽屜裡拿出一盒雪茄，取了一根，擦了火柴，燃著火起來。一歪身躺在一張大鵝絨沙發上，右腿架在左腿上，不住地發笑。

金榮不知道他葫蘆裡賣的什麼藥，也不敢問他，悄悄地走了。他躺在椅子上想了一會兒，覺得計畫很是不錯。不過這一筆款子，倒要預先籌畫一下才好。

這個星期日，他們的同樂會一定是要賭錢的，我何不插上一腳，若是贏了，就有得花了。這樣想著，覺得辦法很對。當時在書房裡休息了一會，按捺不住，腳又要往外走，於是戴了帽子，重行出來。

走到大門口，只見粉牆兩邊，一路停著十幾輛汽車，便問門房道：「又是些什麼人來了，在我們這裡開會嗎？」

門房道：「不是，今天是太太請客，七爺不知道嗎？」

燕西道：「劉四奶奶來了沒有？」

門房道：「來了，烏家兩位外國小姐也來了。」

燕西聽說，要想去和劉四奶奶談話，立刻轉身就往裡走。走到重門邊，又一想，這時候她或者抽不開身，我還是去幹我的吧。這樣想著，又往外跑。

這時候，天色已經晚了，街上的電燈已是雪亮，自己因為在路上走，不坐車，不騎馬，碰見熟人很不好意思的，因之只揀胡同裡轉。

胡打胡撞，走進一條小胡同，那胡同既不到一丈寬，上不見天，兩頭又不見路，而且在僻靜地方並沒有電燈，只是在人家牆上橫牽了一根鐵絲，鐵絲上懸著一些玻璃燈罩，燈罩裡面，放著小煤油燈在玻璃罩裡，放出一種淡黃色的燈光，昏昏的略看見些人影子。

那胡同裡兩邊的房屋又矮，伸手可以摸到人家的屋簷，看見人家屋脊黑魆魆的，已經有些害怕，自己心裡一慌，不敢抬頭，高一腳，低一腳，往前直撞。

偏是心慌，偏是走不出那小胡同，只覺一個黑大一塊的東西蹲在面前，抬頭看時，原來是堵倒了的土牆。看明白了，自己心裡才覺安慰些，偏是牆上又現出一團毛蓬蓬的黑影，裡面射出兩道黑光，不由得渾身毛骨悚然，一陣熱汗湧了出來，一顆心直要跳到口裡來。

這時往前走不是，停住也不是，不知怎樣是好。正在這時，那團毛蓬蓬的影子忽然往上一聳，咪咪地叫了一聲，金燕西這才明白過來，原來是一隻貓。

自己拍了一拍胸口，又在褲子口袋裡抽出手絹來，揩一揩頭上的汗，趕快地便往前走，好容易走出胡同口，接上人家門樓下，又鑽出一條大獅子野狗，頭往上一伸，直竄了過去，把他又嚇了一跳。

這時抬頭一看，面前豁然開朗，卻是一片敞地。因為剛才那胡同小，在那裡不啻坐井觀天。這時走出來，滿地雪白，一片月色，抬頭一看，一輪將圓的月亮已在當頭，四圍的人家在月色之中靜悄悄的，唯有賣東西的小販遠遠地吆喚著，還可以聽見。燕西對這種情形，真是見所未見，心想，**這城市裡面，原來也有這樣冷靜的地方**。

踏著水樣的月色，繞過這一片敞地，找到一個崗警，才知正是落花胡同的西頭。記著門牌，只走過幾家人家，便是冷家了。

燕西在人家門口站了一會子，看那屋後的一片樹影，在朦朧月色之中，和自己所逆料的一點不錯。不覺自己一個人微笑起來，想道：我這計畫，準有一半成功了。

走到門樓邊，忽然有塊石頭將自己的腳一絆，幾乎跌倒。低頭看時，原來是塊界石，上面寫著什麼字，卻也未曾留意。但是想道：白天那人站在這裡，和那個老媽子說話時，手上好像扶著一塊什麼東西，不就是一塊界石嗎？由此又想道：她那素衣布裙，淡雅宜人的樣子，決不是向來所見脂粉隊裡那班人可比，自己現在站的地方，正是人家白天在此站的地方，若是這月亮之下和她並肩一處，喁喁情話，那是何等有趣！想到這裡，簡直不知此身何在。

呆了半天，直待有一輛人力車，叮叮噹噹，一路響著腳鈴過來，才把他驚醒。

車子過去了，他趁著胡同裡無人，仔細將屋旁那叢樹看了一遍，見那樹的枝丫直伸過屋的東邊，東邊似乎是個院子，這大門邊的一堵土牆，大概就是這院子後面了。這一查勘，越發覺得合了他的計畫，高興極了，出胡同雇了一輛車，直馳回來。

到了家裡，只見大門口一直到內室，走廊下，過堂下，電燈大亮，知道是來的女客未散，便慢慢走到裡面，隔著一扇大理石屏風向裡張望。

一看裡面時，是他母親和大嫂佩芳在那裡招待客人，正中陳設一張大餐桌，上面花瓶果碟新紅淡翠，陳設得花團錦簇，分席而坐的都是熟人，尤其是兩個穿西裝的女子，四隻雪白的胳膊自肋下便露出來，別有手致。

燕西想道：門房說是外國小姐，我以為是密斯露斯和密斯馬麗呢，原來是烏家姊妹兩個。正看得有趣，只聽見後面有腳步聲，回頭看時，卻是西餐的廚房下手廚子，捧著托盤，送菜上來。

燕西連忙對他一招手，叫他停住；一面在身上抽出日記簿，撕了小半頁，用自來水筆寫了幾行字，交給廚子道：「那席上第二個穿西裝的小姐，你認識嗎？」

廚子道：「那是烏家二小姐。」

燕西笑道：「對了。你上菜的時候，設法將這個字條交給她看。」

廚子道：「七爺，那可不是要的，弄出……」

燕西隨手在袋裡一摸，掏出一捲鈔票，拿了一張一元的，塞在廚子手裡，輕輕地笑著罵道：「去你的吧，你就不會想法子嗎？」

廚子手端著托盤，蹲了一蹲，算請了一個安，笑著去了。

燕西依舊在屏風邊張望，看那廚子上了菜之後，卻沒有到烏二小姐身邊去，心裡恨道：這個笨東西，真是無用。

一會兒廚子出來，燕西一直走到廊上，問道：「你這就算交了差了嗎？」

廚子笑道：「七爺，你別忙呀，反正給你辦到得了。」

燕西道：「怎樣辦到？你說。」

廚子回頭一望，並沒有人，然後輕輕地對燕西說了，笑著問道：「七爺，這樣辦，好嗎？」

燕西也就笑著點了一點頭。廚子又上兩道菜，便上咖啡，等咖啡送到烏二小姐席上時，廚子把手上那個糖塊罐子伸到面前，那手腕幾乎和二小姐的眼睛一般平。

二小姐見他送東西直抵到面前來，有些不高興，正要說不要糖時，眼光一閃，只見他手掌心朝裡，上面卻貼了一張字條，上面有幾個字是：

「我在外面等你，必來！燕西。」

烏二小姐眼皮往上一撩，臉上含著笑意，和廚子微微點了一個頭，廚子會意，自走了。

烏二小姐一面喝咖啡，一面對燕西的母親金太太道：「伯母，聽到你家五小姐說，你家七爺在學彈七弦琴，現在學會了嗎？」

金太太道：「咳！**我家老七不過是淘氣而已，哪裡會學什麼？他什麼東西也愛學，可是學不了三天又煩膩了。**」

烏二小姐道：「這個古琴還是在一個音樂會裡聽過的，記得那調子叫什麼《沙洲飛雁》。」

大少奶奶佩芳道：「是《平沙落雁》吧？」

烏二小姐笑道：「對了，據他們彈琴的人說，怎樣怎樣的。」說著，一回頭對烏大小姐道：「姐姐，那回音樂會，你不也去了嗎？靜悄悄地坐了三四個鐘頭，我真正地悶得厲害。」

烏大小姐道：「可不是，那天是南苑跑馬的日子，倒耽誤了沒去。」

烏大小姐對面坐的是劉四奶奶，她穿了一件杏黃印度緞白金細花的旗袍，是全座衣服中最漂亮的一人。她把胳膊撐在桌上，用三個指頭捏著小茶匙，挑了半茶匙咖啡，送到嘴唇邊呷了一口，卻把無名指和小指翹了起來，露出無名指光燦燦的一個鑽石戒指。

她肩膀一聳，身子一扭，笑了一笑，說道：「你兩位是喜歡買跑馬票的人，所以喜歡看跑馬，可是我和你性情不同，什麼運動會，我倒懶得去。」

劉四奶奶鄰座的邱惜珍小姐，也是個時髦女子，滿頭的頭髮全燙著捲了起來，用一條淡青的小絲辮，沿額繞了一匝，在髻下扭了一個小小的蝴蝶結兒，上身穿一件絨緊身衫兒，外面罩了一件海棠紅色軟葛單衫，細條條兒的一個身子，單衫挖著雞心領圈，並沒有領子，雪白的脖子整個兒露在外面，胸前倒繞了一串珠子，竟是不中不西的服裝。

她聽到劉四奶奶那樣說，便道：「劉少奶奶像我一樣，喜歡看電影，所以她渾身的姿勢，不知不覺都成了電影明星的樣子了。」

劉四奶奶順便伸出一隻手，撫摸著她的頭道：「你這個樣子，就很像黛維斯呢！」惜珍道：「你像誰呢？」說時，口裡含著一個指頭，偏著頭，斜著眼珠，望劉四奶奶的臉。

劉四奶奶笑道：「瞧你這個樣子，還不是演電影嗎？」

邱惜珍道：「我看你很像康絲鈿，你自己承認不承認？」

劉四奶奶道：「那我怎樣配？」

邱惜珍道：「明星不是人做的嗎？可惜我不在美國，我要在美國，一定要到好萊塢去試試。」

烏二小姐笑道：「密斯邱真不愧是個電影迷，說出話來，句句都是本行。」

佩芳便接嘴道：「邱小姐那樣愛電影，何不買一個機器，在自己家裡映著玩？」

邱惜珍道：「那是不成的，看電影不像聽話匣子，一張片子可以盡聽，電影是頂多看兩次，三次就沒有意思的。若是買機器在家裡演，買一套片子，只能看一兩回，況且出賣的片子，哪裡有好東西，零零碎碎的，只好讓小孩子玩罷了。你想，好的片子，電影院租來演一演，有幾千塊錢的呢，如今七八上十塊錢就可以買一套片子，哪還看得上眼嗎？若說租片子來自演，花錢多，還要等電影院映完了才能來，更不合算，所以買電影機在家裡玩是不成的。」

烏二小姐笑道：「真是個內行，說得頭頭是道。」便對佩芳道：「你家七爺喜歡看小說和雜誌，這電影雜誌也有嗎？」

佩芳道：「大概有。我們有時和他要一兩本小說看看，這些雜誌，倒沒有看過。」

邱惜珍連忙說道：「若是有英文的，我要借兩本看看。」

烏二小姐道：「密斯邱認識他家七爺嗎？」

邱惜珍道：「不認識。」

烏二小姐道：「我可以介紹，我們一起到他書房裡去，親自和他借去。」

惜珍心裡想著，他們家燕西，女朋友裡面很有個名兒，只是無緣接近，烏二小姐這話，正合心意，便道：「很好，就請你介紹介紹。」

這時，大家已散了席，各人隨便說話，烏二小姐便引著邱惜珍同來訪燕西。

燕西已換了長衣服，套了小坎肩，頭髮理得光滑滑地，他聽到窗子外面的咯的咯的一陣高跟皮鞋的聲音，就知道是烏二小姐來了。

但是一面還有兩個人的笑語聲，似乎不是一個人，心裡想著，難道姊妹二人都來了？馬上就聽見門外有人叫道：「七爺。」

燕西連忙道：「啊喲，密斯烏，請進請進。」

門簾一動，烏二小姐進來，後面跟著一位十八九歲的姑娘，早是含著笑容，遠遠地一鞠躬。燕西認得她是邱惜珍，而且見面多次，不過沒有談過話罷了，便笑嘻嘻地道：「這是密斯邱，一向沒有請教過，難得來的，請坐請坐！」

烏二小姐笑道：「你們認識呀？」

燕西道：「原是不認識的，因為上次白府上的二爺結婚，女邊是密斯邱的儐相，聽見人說，那位就是邱小姐，所以我認識了。」

烏二小姐笑道：「就是這樣，二人也總算彼此認識，無須介紹了。」

燕西將她兩人讓在一張沙發椅上坐了，自己對面相陪，眼睛卻不由得對烏二小姐射了兩眼，心裡說，你何必帶一位生客來？

烏二小姐也會其意，眼皮一撩，不免露著微笑。

燕西因為邱惜珍是生朋友，自然要先敷衍她，便說道：「密斯邱，近來到白府上去過嗎？」

惜珍道：「常去的。那個新娘子是我的老同學，我們感情很好的。」

燕西道：「是，他們新夫婦剛由南邊度蜜月回來哩，聽說又要到日本去了。」說著，笑了一笑，然後說道：「這種風俗，中國學樣的，也慢慢地多了。」

邱惜珍沒甚可說，只微微一笑。

烏二小姐是個知趣的人，覺得燕西的話，邱惜珍有些難於接著說，便道：「你猜我們做什麼來了？」

燕西想，你知我知，還要猜什麼呢？答道：「我是個笨人，哪裡猜得著你們聰明人的心竅？」

烏二小姐道：「聽說七爺的雜誌很多，我們要來借著看呢。」

燕西道：「有有有！」順手將身後一架穿衣鏡的鏡框子一摸，現出一扇門，門裡是一間書房，屋的四周全是書櫥書架。

燕西站起來用手向裡一指，說道：「請到這裡面去看，靠東邊一帶，三方書架，全是雜誌。要什麼，請二位隨便拿。」

烏二小姐和邱惜珍走到裡面去，見裡面除了一案一椅一榻之外，便全是書。看那些書，一大部分是中外小說，其次是中外雜誌，也略微有些傳奇和詞章書。大概這個屋子是燕西專為消遣而設的，並不是像旁人的書房是用功之地。

邱惜珍翻一翻那外國雜誌，名目很多，不但有電影雜誌，就是什麼建築雜誌、無線電雜誌都有，邱惜珍道：「七爺很用功，還研究科學？」

燕西笑道：「哪裡，我因為那些雜誌上有許多好看的圖畫，所以也訂一份，好在外國的雜誌，他們是以廣告為後盾，定價都很廉的，並不值什麼。」

惜珍在那些雜誌堆裡挑了一陣，拿了六七本電影雜誌在手上，說道：「暫借我看幾天，過日叫人送回來。」

燕西笑道：「說什麼送回來的話？」

邱惜珍道：「我雖不是一個讀書人的，但是讀書人的脾氣我是知道的，你借他別的什麼珍愛的東西，你不還他，他都不在乎，你若是借了書不還他，他很不願意的。七爺，對不對？」

燕西笑道：「從前我原是如此，後來書多了，東丟一本，西丟一本，又懶去整理，於是乎十本書倒有九本是殘的，索性不問了，丟了就讓它丟。」

烏二小姐笑道：「這倒是七爺的實話哩。」

邱惜珍道：「那我總是要還的，因為有借有還，再借不難呢。」

烏二小姐笑道：「你這人看也惹不得，第一回剛到手，又預定著借第二次了。」

燕西道：「不要緊，有的是，儘管來要。」

邱惜珍一面說話，一面就走。

烏二小姐跟著惜珍後面，也一路地走出來，燕西一再把眼睛對她望著，意思叫她多坐一會兒，烏二小姐含著微笑，只當不知道，燕西只得說道：「二位何不坐一會兒？」

惜珍道：「今天不早了，急於要回去，過日再來談吧。」

燕西道：「密斯烏也是這樣忙嗎？」

烏二小姐回頭對燕西一笑，說道：「說忙呢，沒有什麼大不了的事，說不忙呢，可也沒有坐著談天的功夫。」

燕西道：「不是留你閒談，我有一樁事和你相商呢。」

烏二小姐停住腳，便回轉頭問道：「什麼事？」

燕西被她這一問，倒說不出所以然來。笑著低頭想了一想，說道：「暫且不說，明天再談吧。」目視邱惜珍後影，姍姍而去。

這時，惜珍已走得遠了，烏二小姐連忙也走開，燕西由走廊上一路跟了下來，說道：「我真有句話對你說。」一面說一面向前看，見惜珍已轉過迴廊去了，便道：「我那張字條，你看見嗎？」

烏二小姐笑道：「什麼字條？我沒有看見。」

燕西道：「你不要裝傻，不是看見字條，你怎麼來著？」

烏二小姐道：「我介紹密斯邱和你借書來了。」

燕西道：「她何以知道我有電影雜誌？」

烏二小姐笑道：「那我怎樣知道？」說畢，把兩隻雪白的胳膊豎將起來，抱著拳頭，撐著左邊的臉，格格的笑。

燕西看見她這樣子，笑道：「到我那裡去坐坐，我有話和你說。」

烏二小姐把手輕輕地對燕西一推，說道：「我對白小姐說去，說你喜歡交女朋友。」

燕西將她兩手捉住，說道：「交朋友，她也不能干涉我。」

烏二小姐將兩手往懷裡一奪，轉身就走。

她也不沿著迴廊走，跨出小欄杆，便閃到一叢花架子後面去。這花架子上正安有一盞大電燈，見她將右手三個指頭在嘴唇上一比，然後反過巴掌來對燕西一拋，就轉身跑進裡院門去了。

燕西一隻手扶著走廊上的木柱，一隻手插在褲兜裡，呆呆地對裡院望著。後面忽然有一個人喊道：「老七，一個人站在這裡做什麼？」

燕西回頭看時，是他大哥金鳳舉，便道：「在屋子裡坐著怪頭暈的，出來吸一吸新鮮空氣。」

鳳舉道：「你出口就是謊，你要吸空氣，你那屋門口一個大院子，比這裡就寬敞得多，何必還到這裡來?我剛才看見一個女子的影子一閃，又是一陣皮鞋響，不是有人在這裡和你談話來了嗎？」

燕西道：「分明你看見了，還問我做什麼？」

鳳舉道：「我說句老實話，勸你不要和烏家兩位來往，她兩人的外號，不很好聽。」

燕西道：「她有什麼外號，我沒有聽見說過。」

鳳舉道：「我不必告訴你，我若告訴你，你一定說我造謠。」

燕西道：「她又不是我什麼人，我何必那樣為著她，你只管說，她有什麼外號？」

鳳舉道：「難道你一點兒都不知道麼？」

燕西道：「自然是一點兒不知道，我要知道，何必問你！」

鳳舉笑了一笑道：「她那個外號，可真不雅呢，叫她……」

燕西道：「她叫什麼？」

鳳舉道：「咳！說起來真不好聽，她叫鹹水妹呀。」

燕西聽了這話，心裡倒好象受了一種什麼損失一樣，說道：「你這話有些靠不住，我不敢信。」

鳳舉道：「我知道說出來了你不相信麼，這也難怪，情人眼裡出西施啦。其實呢，你仔細一調查密斯烏的家境，你才知道這話有來歷。你想想看，她父親只那一點小差事，姊妹兩人每月給的汽車費也就去一大半呀，能夠讓她姊妹倆晝夜奔走交際場中這樣揮霍嗎?由此類推，我們可想她倆用的錢絕不出自家中，錢既然不出自家中，下文也就不必說了。我看你和她，感情還不十分濃厚，所以老實說出來，不然我還不說呢。」

燕西雖然不服他這話，但是他所舉的理由卻極為充足，說道：「各人有各人的秘密，旁人哪會知道呢，再說，這話果然對的話，今天請客是大嫂的東，為什麼你不攔阻，還讓她請呢？」

鳳舉道：「事先我原不知道，就是知道，我也不會攔阻的，因為她請過你大嫂好幾回了。我主張趕快還了禮，以後少來往些。所以我常說：幾個熟人聽聽戲打打小牌還不要緊，一捲入交際漩渦，花錢是小事，昏天黑地，不分晝夜，身體也吃不住。據我所聞，她們這些交際明星，不是適用烏氏姊妹這種辦法，沒有不虧空的，前沒兩天，何家大小姐私私地拿了一些珠子託你大嫂和她賣。看那東西要值三千上下，她說兩千塊錢就賣了。你想，何家那種人家是什麼體面人家，那他的大小姐至於把首飾出賣，私債應該到了什麼地步？女人尚且如此，男人更何消說！」

燕西道：「這事是真的嗎？」

鳳舉說：「你如不信，你去問一問你大嫂。」

燕西道：「不是我不信，因為前天我還看見她在西來飯店大廳大請客，大概那一餐飯，總在四五百元，既然手頭很窘，何必還要這樣花錢？」

鳳舉說：「唯其如此，所以虧空越鬧越大呀。」

燕西聽說，便去思忖她們所以如此的緣故。

鳳舉見燕西低頭不語，自向後面去了。

燕西抬頭，不見鳳舉，也各自回房。一回房，便想起落花胡同那個女孩子，心想，老大的話果然不錯，若說交女朋友，自然是交際場中新式的女子好，但是要結為百年的伴侶，主持家事，又是樸實些的好，若是我把那個女孩子娶了回來，我想她的愛情一定是純一的，人也是很溫和的，絕不像交際場中的女子，不但不能干涉她的行動，她還要干涉你的行動啦，就以姿色論，那種的自然美，比交際場中脂粉堆裡跳出來的人還要好些呢。

好，就是這樣辦。主意想定，便按鈴將金榮叫了進來，說道：「我挑你發一筆小財，你能不能辦到？」

金榮笑道：「發財的事，還有不幹的嗎？」

燕西道：「幹，我是知道你幹，我是問你辦得到辦不到？」

金榮道：「這就不敢胡答應，得先請請你的示。」

燕西道：「我要圈子胡同十二號那所房子，你去找拉縴的，把那房子給我買來。」

金榮道：「七爺說的是玩話吧？你要買那房做什麼？」

燕西道：「我和你說什麼玩話，你和我買來得了，你看那房子要多少錢？」

金榮道：「我又不知道那屋是朝東朝西，是大是小，知道要多少錢呢？」

燕西也覺這話問得冒失了，便笑道：「我彷彿記得和你說過呢，好吧，你明天早上去看一看，再來回我的信。」

金榮笑道：「七爺聽見誰說那房子出賣？」

燕西道：「我沒聽見誰說。」

金榮道：「那麼，是在報上瞧見廣告上出賣吧？」

燕西道：「也沒有。」

金榮道：「這又不是，那又不是，你怎樣會知道人家房屋出賣呢？」

燕西道：「我並不知道，我想買就是了。」

金榮道：「我的爺！你怎樣把天下事情看得這樣容易？這又不是什麼店裡鋪裡的零星東西，我們要什麼，便買什麼，人家並沒有出賣的意思，我怎樣去問人家的價錢？」

燕西道：「我看那所房屋是空的，不出賣，也出租，你去問問，準沒有錯。」

金榮低頭想了一想，他為什麼要置起產業來，這不是笑話嗎？哦！是了，那裡到落花胡同很近，大概就是為和那個人兒做街坊的意思，便笑道：「我這一猜，便猜到你心裡去了，你要在那裡買房，預備辦喜事呢，可是在那裡到落花胡同，還隔著一條胡同呢。」

燕西笑道：「你別管，給我辦去就是了。」

金榮湊近一步，笑問道：「這自然是您私下買，要守秘密的，但是你預備了這些現款嗎？」

燕西道：「我的事，我自然有辦法，不用著你多慮，我叫你去買房子，你就去買房子得了，別的你不用管。」

金榮不敢再多說話，免得找釘子碰，便答應著出去了。

到了次日，金榮便根據燕西的話，自向圈子胡同十二號來看房子。

一到門口，見關著兩扇大門，並沒有貼招租的帖子，在門縫裡向裡張望，裡面空蕩蕩的，並沒有什麼人，悄悄地聽了一會子，也沒有什麼聲音，倒好像是一所空房。

躊躇了一會子，不知道怎麼好，心想，門既是由裡朝外關的，一定裡面有人，我且叫一聲試試看，便將門敲了幾下。接上聽見門裡面有一陣咳嗽聲音，繼繼續續，由遠而近，踢踏踢踏，一陣腳步響，到了門邊，門閂剎落一聲，又慢慢地開了一扇門。

金榮看時，伸出一顆腦袋來，一張枯蠟似的面孔，糊滿了鼻涕眼淚，毛蓬蓬的鬍子裡發出蒼老的聲音來，問道：「你找誰呀？」

金榮陪著笑道：「我來看房的。」

那個老頭子道：「我這房子不出賃呀。」說畢，頭往裡一縮。

金榮怕他關上門，連忙將腳往裡一插，人也進去了，說道：「你這裡不是空房嗎？怎樣不出賃？」

那老頭子道：「人家不願出賃，就不願出賃，你老問什麼？」

金榮見他是個倔老頭子，不能和他硬上，便在身上掏出兩根煙捲，將一根遞給那老頭子道：「你抽煙。」

那老頭子接了一根煙捲，便道：「你要取燈兒嗎？」說著，伸手在袋裡摸了一摸，摸出幾根火柴，將一根擦著，和金榮燃煙。

金榮道了一聲勞駕，將煙就著火吸上了，然後那老頭子也自己把煙吸上。

金榮道：「你貴姓？」

老頭子道：「我叫老李，是看房的。」

金榮道：「我猜就是。這種事，非年老忠厚的人是辦不來的，還有別人嗎？」

老李道：「沒有別人，就是我一個。」

金榮道：「你好有耐性，看的日子不少了吧？」

老李道：「可不是！守著兩個多月了。」

金榮一面說話，一面往裡走。一看時，是一重大院子，把粉壁來一隔為二，裡外各有一株槐樹，屋子帶著走廊，也很大的，就是油漆剝落，舊得不堪。

走進這重院子，兩邊抄手遊廊，中間一帶假石山，抵住正面一幢上房，有兩株小樹，一方葡萄架，由這裡左右兩轉，是兩所廂房。廂房後面，十來株高低不齊的樹，都鬱鬱青青，映得滿院陰陰地。

地上長的草，長得有三四尺長，人站在草裡，草平人腹。草裡穢土瓦礫，也是左一堆右一堆，到處都是，看一看，實在是一所廢院，草堆裡面，隱隱有股陰黴之氣觸鼻。這房子前前後後沒有一點興旺的樣子，金榮心裡很奇怪，這屋子除了幾株樹而外，沒有一件可合我七爺意思的，他為什麼看中了一定要買過來？

金榮將前後大致一看，逆料這房東是有錢人家，預備把房子來翻造的，不然，這一所破屋還留著幹什麼？便問那老人道：「這房為什麼不賃出去？」

老人道：「人家要蓋起來，自己住哩。」

金榮道：「什麼時候動手呢？」

老人道：「那就說不上。」

看他樣子，有些煩膩似的。金榮在身上一摸，摸出兩張毛錢票，遞給老人道：「我吵你了，這一點兒錢，讓你上小茶館喝壺水吧。」

老人道：「什麼話！要你花錢。」說時，他搓著兩隻枯瘦的巴掌，眼睛望著毛錢票笑，金榮趁此，便塞在那老人手上了。

老人將錢票收起，笑著說道：「我是這裡收房錢的王爺叫來的，東家我也不認識，你要打聽這裡的事，找那王爺便知道，這幾日他常來，來了就在胡同口上大酒缸待著，你到大酒缸那裡去找他，準沒有錯。」

金榮道：「我怎樣認得他？」

老人道：「他那個樣子容易認，滿臉的酒泡，一個大紅鼻子，三十上下年紀，說話是山東口音，那大酒缸，除了他，也沒有第二個這樣的人。」

正說話時，一陣叮叮噹噹的小鑼響，聽那響聲，正在院牆外面，大概是小胡同裡，銅匠擔子過去了。

金榮道：「這牆外面，是什麼地方？」

老人道：「是落花胡同。」

金榮心裡明白了，想道：我們七爺對於這事真也想得周到，看這一所房子，連前門到後牆，都看了一周呢，既打了這個傻主意，大概非將房子弄到手是不甘休的。

那老人道：「你要打聽這事，是想賃這房子嗎？」

金榮便含糊答應道：「是的，但是房東既然要蓋房，那是賃不成了。」

老人道：「不要緊，你運動運動那王爺就成了。」說著，低了一低聲音道：「咱們都是和人家辦事的人，你還有什麼不明白？」

金榮笑著點了一點頭，便走出大門來。

那老頭還說道：「你若是再來，只管敲門，我是一天到晚在這裡待著的。」

金榮知道是那幾毛錢的力量，含笑答應去了。他想，既來一趟，索性把事情辦個徹底，因此就先到大酒缸去喝酒，打聽打聽姓王的什麼時候來。

也是事有湊巧，不到半個鐘頭，就有一位酒糟面孔的人自外面來。金榮看他那樣子，正和那老頭說的一般無二。

金榮見他一進門，連忙站起身來相讓，那人看金榮樣子，猜是同道朋友，也就點了一個頭。

金榮道：「尊駕貴姓王嗎？」

那人道：「對了，我叫王得勝。尊駕認得我？」

金榮道：「倒好像那裡會過一面，只是記不起來。」說著，便讓王得勝一處坐下，先就給他要了一壺白乾。

王得勝見人讓他喝酒，他就一喜，覺得金榮是誠心來交朋友的，只謙讓了一下，也就安之若素。

金榮道：「我和你打聽一件事，那圈子胡同十二號的房子，是貴東家的嗎？」

王得勝道：「是的。」

金榮道：「現空在那兒呢，為什麼不賃出去？」

王得勝道：「東家要翻蓋新的呢。」

金榮道：「我也知道，不過那房子老空著，到什麼時候才賃出去呢？反正蓋好了賃出去，是得錢，不蓋好了賃出去，也是得錢，若是現在有人要賃，我看賃出去也好。」

王得勝知道他是要求賃房子的，便道：「這話也是，不過房東他要蓋了新的再賃，他有他的算盤，我們哪裡知道。」

金榮道：「敝東是因有一樁事要在這圈子胡同辦，一刻兒工夫，這裡又沒有房子出賃，沒有辦法，恰好你這裡房子空出來了，所以很想賃過來。至於房錢要多少，那倒好商量。」

王得勝想了一想，知道他一定有什麼要緊的事，非賃這房子不可，便道：「敝東家房子有的是，他倒不在乎幾個租錢。」

金榮道：「這是咱們哥兒們自己說話，不必相瞞。我看王爺就能給貴東家作一大半主，只要你能湊合湊合，一定可以辦成功的。再不然的話，這房子也很狼狽了，若是貴東家能出讓，價錢一層，只要酌乎其中，倒是沒有什麼關係的。」

王得勝見他索性進一步要買這房子，心裡倒很詫異起來，心想，難道我這房子出寶貝嗎？何以這個樣子要得厲害？於是就丟了房子不談，慢慢地探問金榮東家是誰，為什麼喜事不辦？從頭到尾，盤問個不了。

金榮一想，若是不把話說明，王得勝一定要當作一種的發財買賣做，一輩子也說不攏，便把這屋是少爺要住的話說明了，至於要住的目的呢，就是為著要娶這附近一個姑娘作外室。

王得勝喝了幾杯酒，未免有些醉意，笑著問道：「我打聽打聽，是哪家的姑娘？」

金榮道：「我也不知道，反正總離這房子不遠。」

王得勝想了一想，笑道：「哦！我知道了，一定是落花胡同冷家的，這兩條胡同，就要算她長得標緻，她住著的屋子，也是我們的，難怪你們少爺要想住這房子了。既然是你金府上要買，有的是錢，只要你捨得價錢，管他三七二十一，我就勸敝東賣了。」

金榮道：「那麼，你看要多少錢？」

王得勝道：「大概總要在一萬以上吧？」

金榮笑道：「這所房子，屋是沒用了，就剩一塊地皮，哪裡值得許多？」

王得勝道：「要以平常論，怕不是只值四五千塊錢，現在你一個要買，一個不賣，不出大價錢哪行？再說，我還是白說一句，東家的意思，我還不知道呢。」

金榮見有了一些眉目，越發盯著往下說，約了明天上午，再在此地相會。今日各人告訴東家，商量此事。

當時會了酒錢，走回家去，對燕西一頭一尾說了。燕西大喜，馬上就叫金榮吩咐開車，帶著金榮坐了汽車，就到圈子胡同來看房子。

燕西進去看了一遍，覺得屋子實在太舊，但是一到後院，他一看看隔壁，臉上忽露出笑意，好像記起了什麼似的，於是帶著金榮，繞道走到落花胡同那屋後身來看了一會兒，果然前日晚上所看的那一排樹，正是後院。

那屋和冷家緊隔壁。冷家門那邊，記得有一塊界石，這時一看，正是在牆轉角處，一看那界石上的字和這邊牆腳下界石上的字恰是一樣，同是「三槐堂界」四個字。

燕西笑對金榮道：「那姓王的，不是說冷家住的房也是他的嗎？這一看，果然不錯。你告訴他，我全買了。」

金榮道：「那邊一所破屋，他就要一萬，這邊屋雖然很小，卻是好好的，怕又不要三四千嗎？」

燕西道：「哪要你和我心痛花錢，你只把事情弄得好好的也就得了。」

燕西看了一遍，正是高興，心裡盤算著，就派他一萬吧，反正總值個六七千，**那吃虧也有限**，**只當一場大賭輸了**，我那存款摺上記得還有六七千塊錢，各處湊著借三四千，也不值什麼，這事就妥了。

看了一遍，計畫一遍，甚是高興，回得家去什麼也不過問，一直就回臥室，去盤自己的賬，可是在床底下那小保險箱子裡，將存摺拿出來一看，大為失望，只有二千多塊錢了，自己好生疑惑，心想，我怎樣就把錢花去許多？便從頭至尾，將賬看了一看，覺得也差不多。

這時，玻璃窗上發出一種磨擦的聲音，猛然一抬頭，只見窗子外，一個花衣服的影子一閃，燕西問道：「誰？」

窗子外有人笑著答道：「是我。」

燕西笑道：「小憐，你進來，我有話和你說。」

小憐道：「我不進來，你有什麼事？」

燕西道：「真有事，你進來。」

小憐道：「巧啦！我來了，你就有事，我不來呢，你這事叫誰做去？」

燕西道：「你不信，我也沒法，我自己做吧。」

小憐道：「真有事嗎？進來就進來，你反正不能吃我下去。」說時，笑著進來了。

燕西見她穿了一件白底印藍竹葉的印度布長衫，笑道：「駭我一跳，我怕是南海觀世音出現了呢。」

小憐笑道：「這是我新做的一件衣服，你看好不好？」

燕西道：「好！好得很！我不是說了，像觀音大士吧？」

小憐道：「你是笑我，哪是說好哩？」

燕西笑道：「你別動，讓我仔細看看。」說著，站起身來，歪著頭對小憐周身故意仔細地看。

小憐道：「我知道你沒有什麼事麼。」說畢，掉轉身子就要跑。

燕西一把將她衣裳拖住，說道：「真有事，你別跑。」說著，就把扔在沙發椅上的存摺撿了起來，遞給小憐道：「勞你駕，給我細細地算一算，賬目沒有錯嗎？」

小憐道：「你自己為什麼不算？」

燕西道：「我是個粗心人，幾毛幾分的，我就嫌它麻煩，懶算得，可是不算幾毛幾分，又合不起總數來。我知道你的心最細，所以請你算一算。」

小憐笑著把一隻左眼睛睞了一下，又把嘴一努，說道：「別灌米湯了。」

燕西道：「怪呀！這灌米湯一句話，你又在哪裡學來的？」說時，握著小憐一隻手，笑道：「我為什麼要灌你的米湯？」

小憐的手一揮，說道：「別鬧，讓人看見了，成什麼樣子？要我算不要我算？要我算，你就坐在一邊不許動。不要我算，我就走了。」說完，身子一扭，臉朝著外，就有想走的樣子。

燕西連忙搶上前，擋住門，兩手一伸開，說道：「別走！別走！就讓你好好地算，我坐在一邊不動，這還不行嗎？」

小憐道：「那就行。」便坐在桌子邊，用筆演算法一筆一筆的，把那存摺上的賬算起來，她算賬時，依舊不住地用眼睛瞟著燕西，看他動不動。

燕西只是微笑，身子剛一起，小憐扔筆就跑。跑到窗子外，然後說道：「我知道你要動手動腳呢。」

燕西在屋子裡說道：「叫你算賬，你怎樣不算完就跑了？」

小憐道：「我都算完了，沒有錯。」

燕西道：「總數是多少？」

小憐道：「那存摺上不寫得清清楚楚嗎？還問我做什麼？」說時，人已走遠了。

燕西自言自語道：「**這東西，喜歡撩人，撩了人，又要跑，矯情極了**，哪一天我總要收拾收拾她！」猛一抬頭，只見張順站在面前，不由得臉上一紅，說道：「進來做什麼？」

張順道：「不是七爺叫我嗎？」

燕西道：「誰叫了你？」

張順笑道：「你還按著鈴呢。」

燕西低頭一看，果然自己手按在電鈴機上，笑道：「我是叫金榮。」

張順道：「七爺不是叫他出去了嗎？」

燕西道：「那就算了吧。」

張順摸不著頭腦，自走了。

燕西撿起存款摺，把數目又看了一遍，心想，這個數目和預算差得太多了，怎樣能夠買房呢？現在只有兩個法子，第一個法子到銀行裡去透支一筆，第二個法子是零碎借去，不過第一著怕碰釘子，還是實行第二著吧。

他主意已定，於是實行第二著起來。

燕西所想的第二個計畫，不能到外邊去，還是在家裡開始籌畫。

家裡向男子一方面去籌款誰也鬧饑荒，恐怕不容易，還是向女眷這一方面著手較為妥當，女眷方面，大嫂、三嫂、翠姨，大概均可以借幾個，母親那裡或者也可以討些錢。

主意定了，也不加考慮，便先來找翠姨，走到院子裡，故意把腳步放重些，一聽翠姨一人在裡面說話，大概是和人打電話，燕西便不進去，在院子裡站著，聽她說些什麼。

只聽翠姨操著蘇白說道：「觸黴頭，昨涅子輸脫一千二百多洋鈿，野勿曾痛痛快快打四圈，因為轉來晏一點兒，老頭子是勿答應格。」

燕西一想，這不用去開口了，她昨晚輸了一千多塊錢，今天多少有些不快活的，這樣想，便來找他三嫂王玉芬。

這一排屋，三個院子，住的是他父親一妻二妾，這排後面兩個院子，是大兄弟夫妻兩對所住。中間一個過廳，過廳後進，才是燕西三個姐姐和老三金鵬振夫妻分住兩院。

燕西由翠姨那邊來，順著西首護牆迴廊，轉進月亮門，便是老二金鶴蓀的屋子。一進門，只見二嫂程慧廠手上捧著一大疊小本子走了出來。一見燕西，搶上前一步，一把抓住他的手說道：「老七，我正要找你。」說時，把手上那一疊小本子放在假山石上，另外抽出一個本子來，交給燕西道：「你也寫一筆吧。」

燕西一看，卻是一本慧明女子學校募捐的捐簿，便笑著說道：「二嫂，好事你不照顧兄弟，這樣的事，你就找我了，我看你還是去找父親吧。」

程慧廠冷笑道：「找父親，算了吧，別找釘子碰去！前次我把婦女共進會章程送上一本去，還沒有開口呢，他就皺著眉毛說：這又是誰出風頭？保不定要來寫捐。我有錢不會救救窮人，拿給他們去出風頭做什麼。我第二句也不敢說，就退出來了。」

燕西一面說話，一面翻那捐簿，上面有寫五十塊錢的，有寫三十塊錢的，五姐敏之、六姐潤之，都寫了五十元，程慧廠自己獨多，寫了二百元，便笑著說道：「從大的寫起，不應就找我，應該找大哥；從親的寫起，也不應先找我，應該找二哥。」

慧廠道：「我本來是去找大哥的，碰見了你，所以就找你。」

燕西道：「二哥呢？」

慧廠道：「他有錢不能這樣用，要送到胡同裡去花呢。」說時，燕西二哥鶴蓀，在裡面追了出來，說道：「我沒有寫捐嗎？我給你錢，你把它扔在地下了。」

慧廠道：「誰要你那十塊錢？寫了出來，人家一問，叫我白丟人，倒不如你不寫還好些呢。」

燕西本也想寫十塊錢的，現在聽見二哥寫十塊錢碰了釘子，便笑道：「兩個姐姐在前，都只寫五十塊，我寫三十塊吧。」

慧廠笑道：「老七，你倒很懂禮。」

燕西笑了一笑。慧廠道：「不是我嘴直，你們金家男女兄弟，應該倒轉來才好，就是小姐變成少爺，少爺變成小姐。」

鶴蓀笑道：「這話是應該你說的，不是老五老六，多捐了幾個錢嗎？」

慧廠道：「他們姊妹的胸襟本來比你們寬闊得多，就是八妹妹年紀小，也比你們兄弟強。」

鶴蓀對燕西微笑了一笑，說道：「錢這個東西實在是好，很能製造空氣哩。」

燕西急於要去借錢，不願和他們歪纏，便對慧廠道：「二嫂，你就替我寫上吧，錢身上沒有，回頭我送來得了。」說畢，就往後走。

走在後面，只見王玉芬穿了一件杏黃色的旗袍，背對著穿衣鏡，儘管回過頭去，看那後身的影子。

他三哥金鵬振在裡面屋子裡說道：「真麻煩死人！一點鐘就說出門，等到兩點鐘了，你還沒有打扮好，算了，我不等了。」

玉芬道：「忙什麼？我們怎能和你爺們兒一樣，說走就走。」

鵬振道：「為什麼不能和爺們兒一樣？」

玉芬道：「你愛等不等，我出門就是這樣的。」

燕西見他哥嫂又像吵嘴，又像調情，沒有敢進去，便在門外咳嗽了一聲。玉芬回頭一看，笑道：「老七有工夫到我這裡來！無事不登三寶殿，此來必有所謂。」

燕西笑道：「三嫂聽戲的程度越發進步了，開口就是一套戲詞。」

玉芬笑道：「這算什麼！我明天票一齣戲給你看看。」

燕西道：「聽說鄧家太太們組織了一個繽紛社，三嫂也在內嗎？」

玉芬對屋裡努一努嘴，又把手擺一擺，說道：「我和他們沒有來往，我學幾句唱，都是花月香教的。」

燕西道：「難怪呢，我說少奶奶小姐們捧坤伶有什麼意思，原來是拜人家做師父。」

玉芬道：「誰像……」

鵬振接著說道：「得了得了，不用走了，你們就好好地坐著，慢慢談戲吧。」

玉芬道：「偏要談，偏要談！你管著嗎？」

燕西見他夫妻二人要出去，就笑著走了。

燕西一回自己屋裡，自言自語地道：「倒楣！我打算去借錢，倒被人家捐了三十塊錢去了。這個樣子，房子是買不成了。」一人坐在屋子裡發悶。

過了幾個鐘頭，金榮回來，說道：「已經又會到了那個王得勝，說了半天，價錢竟說不妥。」

燕西道：「我並不一定要那所破房，我們就賃住幾個月罷了，可是一層，不賃就不賃，那兩幢相連的屋，我一齊要賃過來。」

金榮道：「那幢房子現有人住著，怎樣賃得過來？」

燕西道：「我不過是包租，又不要那房客搬走，什麼不成呢？」

金榮想了一想，明白了燕西的意思，說道：「成或者也許成，不過王得勝那人非常刁滑，怕他要敲我們的竹槓。」

燕西不耐煩道：「敲就讓他敲去！能要多少錢呢，至多一千塊一個月罷了。」

金榮道：「哪要那些？」

燕西道：「這不結了！限你兩天之內把事辦成，辦不成，我不依你。」

金榮還要說話，燕西道：「你別多說了，就是那樣辦，你要不辦的話，我就叫別人去。」

金榮不敢作聲，只得出去了。

第二日，金榮又約著王得勝在大酒缸會面，特意出大大的價錢，開口就是一百五十元，賃兩處房子。說來說去，出到二百元一月，另外送王得勝一百元的酒錢。

王得勝為難了一會兒，說道：「房錢是夠了，可是冷家那幢房子，我們不能賃，因為東家一問起來，你們為什麼要包租，我怎樣說呢？」

金榮道：「你就說我們為便利起見。」

王得勝道：「便利什麼？一個大門對圈子胡同，一個大門對落花胡同，各不相投，現在人家賃得好好地，你要在我們手上賃過去，再賃給他，豈不是笑話？」

金榮想著也對，沒有說話。

王得勝忽然想起一樁事，笑了一笑，對金榮道：「我有個法子，你不必賃那所房子，我包你家少爺也樂意。」

如此如此，對金榮說了一遍。金榮笑道：「好極，就是這樣辦。」

王得勝道：「房錢不要那許多，只要一百五十就行了，不過……」

金榮道：「自然我許了你的，決不縮回去，照你這樣辦，我們每月省五十，再補送你一百元茶錢得了，但是我們少爺性情很急，越快越好。」

王得勝道：「我們屋子擺在這裡，有什麼快慢，你交房錢來就算成功。」

金榮見事已成，便回去報告。

燕西聽說也覺滿意，便開一千塊錢的支票，交給金榮去拾掇房子，購置傢伙，限三日之內都要齊備，第四日就要搬進去。金榮知道他的脾氣，不分日夜和他布置，又雇了十幾名裱糊匠，連夜去裱糊房子。

那房子的東家，原是一個做古董生意的人，最會盤利，而今見有人肯出一百五十元一月賃這個舊房，有什麼不答應的，那王得勝胡說了一遍，他都信了。

到了第三日下午，燕西坐著汽車，便去看新房子。那邊看守房子的王得勝，也在那裡監督泥瓦匠，拾掇屋子，燕西一看各處裱糊得雪亮，裡裡外外又打掃個乾淨，就不像從前那樣狼狽不堪了。

王得勝看燕西那個風度翩翩的樣子，豪華逼人，是個闊綽的公子哥兒，便上前來對燕西屈了一屈，垂著一雙手，請了一個安。

金榮在一邊道：「他就是這裡看房子的。」

燕西對他笑了一笑，在袋裡一摸，摸出一張十元的鈔票，交給他道：「給你買雙鞋穿吧。」

王得勝喜出望外，給燕西又請了個安，回頭對金榮笑道：「那個事我已經辦好了，我們一路看去。」說著，便在前引導。

剛剛只走過一道走廊，只聽嘩啦嘩啦一片響聲，王得勝回頭笑道：「你聽，這不是那響聲嗎？大家趕快走一步。」

走到後院，只見靠東的一方短牆倒了一大半，那些零碎磚頭兀自往下滾著未歇，牆的那邊，是人家一所院子的犄角，接上那邊有人嚷著道：「哎呀！牆倒了。」

就在這聲音裡面，走出來兩個婦人，一個女子。內中一個中年婦人，扶著那女子說道：「嚇我一跳，好好的，怎樣倒下來了？」

那女子道：「很好，收房錢的在那邊，請他去告訴房東吧。」說著，拿手向這邊一指。

王得勝早點了一個頭，從那缺口地方走了過去，說道：「碰巧！我正在這裡，讓我回去告訴房東。」

那中年婦人道：「你隔壁這屋子已經賃出去了嗎？」

王得勝笑道：「賃出去了。」

那中年婦人道：「那就兩家怪不方便的，要快些補上才好呢。」

王得勝道：「都是我們的房，要什麼緊？人家還有共住一個院子的呢。」

他們在這裡說話，燕西在一邊聽著，搭訕著，四圍看院子裡的樹木，偷眼看那個女子，正是自己所心慕的那個人兒。

這時，她穿一套窄小的黑衣褲，短短的衫袖，露出雪白的胳膊，短短的衣領，露出雪白的脖子，腳上穿一雙窄小的黑絨薄底鞋，又配上白色的線襪，漆黑的頭髮梳著光光兩個圓髻，配上她那白淨的面孔，處處黑白分明，得著顏色的調和，越是淡素可愛。

那女子因燕西站在牆的缺口處，相處很近，不免也看了一眼，見他穿了一件淺藍色錦雲葛的長袍，套著印花青緞的馬褂，配上紅色水鑽鈕扣，戴著灰絨的盆式帽，帽箍卻三道顏色花綢的，心想，**哪裡來這樣一個時髦少年**？一時之間，好像在哪裡見過這人，只是想不起來。

燕西回轉身來正要和王得勝說話，不覺無意之中打了一個照面，那女子連忙掉轉頭，先走開了。

王得勝對燕西道：「金少爺，這就是冷太太，她老人家非常和氣的。」

燕西含著笑容，便和冷太太拱了一拱手。

王得勝又對冷太太道：「這是金七爺，不久就要搬來住，他老太爺就是金總理。」

冷太太見燕西穿得這樣時髦，又聽了是總理的兒子，未免對他渾身上下打量了一番，因為王得勝從中介紹，便對燕西笑了一笑。

燕西道：「以後我們就是街坊了，有不到的地方，都要請伯母指教。」

冷太太見他開口就叫伯母，覺得這人和藹可親，笑道：「金少爺不要太客氣了，我們不懂什麼。」一說時，又對王得勝道：「請你回去告訴房東一句，早一點拾掇這牆。」

王得勝滿口答應：「不費事，就可以修好的。」

冷太太這才自回屋裡去。一進門，他的女兒冷清秋便先問道：「媽，你認識那邊那個年輕的人嗎？」

冷太太道：「我哪裡認得他？」

清秋道：「不認識他，怎樣和他說起話來了呢？」

冷太太道：「也是那個收房錢的姓王的，要他多事，忙著介紹，那人客客氣氣的叫一聲伯母，我怎能不理人家？據姓王的說，他老子是金總理。」

清秋道：「看他那樣一身穿，也像公子哥兒，這個人倒很像在什麼地方見過。」

冷太太笑道：「你哪裡曾看見過他？這又是你常說的什麼心理作用，因為你看見他穿得太時髦了，你覺得和往常見的時髦人物差不多，所以彷彿見過。」

清秋一想，這話也許對了，說完，也就丟過去了。

下午無事，和家裡的韓媽閒談。韓媽道：「大姑娘，你沒到隔壁這幢屋子裡去過嗎？原來是一所很大的屋子呢。」

清秋道：「好，我們去看一看，我在這邊，總看見隔壁那些樹木，猜想那邊一定是很好的，不過那邊已在搬家，我們去不要碰到人才好。」

韓媽道：「不要緊，人家明天才搬來呢。」

清秋笑道：「我們就去，回頭媽要問我，我就說是你要帶我去的。」

韓媽笑道：「是了，這又不是走出去十里八里，誰還把我娘兒倆搶走了不成？」說著，兩個人便走那牆的缺口處到這邊來。

清秋一看這些屋子，裡裡外外正忙著粉刷。院子裡那些樹木的嫩葉子，正長得綠油油的，在樹蔭底下新擺上許多玫瑰、牡丹、芍藥盆景，很覺得十分熱鬧。

往北紫藤花架子下，一排三間大屋，裝飾得尤其華麗，外面的窗扇，一齊加上朱漆，油淋淋的還沒有乾，玻璃窗上，一色的加了鏤雪紗。

清秋道：「這種老屋，這樣大，拾掇起來有些不合算，要是有這拾掇的錢，不會賃新房子住嗎？」

韓媽道：「可不是，也許有別的緣故。」說時，推開門進去一看，只見牆壁上糊的全是外國漆皮印花紙，亮燦燦的。

清秋道：「這越發花的錢多了，我們學校裡的會客廳糊的是這種紙，聽說一間房要花好幾十塊錢呢。這間房，大概是他們老爺住的。」

韓媽道：「我聽見說，這裡就是一個少爺住，也沒有少奶奶。」

清秋道：「一個少爺賃這一所大房子住幹什麼？」

韓媽道：「誰知道呢？他們都是這樣說哩。」

兩人說話時，只見一抬一抬的精緻木器、古玩陳設正往裡面搬了進來。其中有一架紫檀架子的圍屏，白綾子上面繡著孔雀開屏，像活的一般，清秋看見，對韓媽道：「這一架屏風是最好的湘繡，恐怕就要值一兩百塊錢呢。」

韓媽聽說，也就走過來仔細地看，只聽見有人說道：「有人在那裡看，你們就不要動呀。」清秋回頭一看時，正是昨天看見的那個華服少年，現在換了一套西裝，站在紫藤花架那一邊。清秋羞得滿臉通紅，扯著韓媽低低地說道：「有人來了，快走快走。」

韓媽也慌了，一時分不出東西南北，走出一個迴廊，只見亂哄哄地塞了許多木器，並不像來時的路，又退回來。

那少年道：「不要緊，不要緊，我們都是街坊呢，那邊是到大門去的，我引你走這裡回去吧。」說著，就在前引導。

到了牆的缺口處，他又道：「慢慢地，別忙，仔細摔了！」

韓媽說了一聲勞駕。清秋是一言不發，牽著韓媽的手，只是往前走，到了家裡，心裡兀自撲撲地亂跳，因埋怨韓媽道：「都是你說的，要過去玩玩，現在碰到人家，怪寒磣的。」

韓媽道：「大家街坊，看看房子也不要緊。」

冷太太見他們說得唧唧咕咕，便過來問道：「你們說些什麼？」清秋不敢隱瞞，就把剛才到隔壁去的話說了一遍。冷太太道：「去看一下，倒不要緊，不過那一堵牆倒了，我們這裡很是不方便，應該早些叫房東補起來，況且聽到說，這個金少爺只是在這裡組織一個什麼詩社，並不帶家眷住，格外不方便了。」

清秋道：「這話媽是聽見誰說的？」

冷太太道：「是你舅舅說的，你舅舅又是聽見收房錢的人說的。」

一言未了，只見韓媽的丈夫韓觀久，提著兩個大紅提盒進來，將大紅提盒蓋子掀開，一邊是蒸的紅白桂花糕和油酥和合餅，一邊是幾瓶酒和南貨店裡的點心。

冷太太道：「呀！哪裡來的這些東西？」

韓觀久道：「是隔壁聽差送過來的，他說，他們的少爺說，都是南邊人，這是照南邊規矩送來的一點東西，請不要退回去。」

冷太太道：「是的！我們家鄉有這個規矩，搬到什麼地方，就要送些東西到左鄰右舍去，那意思說，甜甜人家的嘴，以後好和和氣氣的，但是送這樣的禮，從來是一碟子糕，一碟子點心，或者幾個粽子。哪裡有送這些東西的哩？」

正說時，冷清秋的舅舅宋潤卿從外面進來，便問是哪裡來的禮物，韓觀久告訴了他，又在提盒裡撿起一張名片給他看，宋潤卿不覺失聲道：「果然是他呀！」大家聽了，都不解所謂。冷太太道：「二哥認得這人嗎？」

宋潤卿道：「我認得這人那就好了。」

冷太太道：「你看了這張名片，為什麼驚訝起來？」

宋潤卿道：「我先聽王得勝說，隔壁住的是金總理的兒子，我還不相信，現在這張名片金華，號燕西，正合了金家鳥字輩分，不是金總理的兒子是誰？人家拿了名片，送這些東西來，面子不小，我們怎樣辦呢？」

冷太太道：「照我們南方規矩，這東西是不能不收的，若是不收的話，就是瞧人家不起，不願和人家作鄰居。」

宋潤卿道：「那怎樣使得？這樣的人家都不配和我們作鄰居，要怎樣的人家才配和我們作鄰居呢？收下收下！一刻兒工夫，我們也沒有別的東西回禮，明日親自去拜謝他吧。」

冷太太道：「那倒不必。」

宋潤卿不等冷太太說完，便道：「大妹主持家政，這些事我是佩服你，若說到人情世故，外面應酬，做愚兄的自信有幾分經驗，人家拿著總理少爺身分送了我們的東西，我們白白受下了，連道謝一聲都沒有，那成什麼話呢？」馬上在身上摸索了一會，摸出一張名片交給韓觀久，說道：「你去對那送東西的人說，就說這邊舅老爺明日親自過去拜訪，現在拿名片道謝。」又對冷太太道：「你應該多賞幾個力錢給他們聽差。」

冷太太見宋潤卿如此說，就照他的話，把禮收下了。

到了次日，宋潤卿穿戴好了衣帽，便來拜謝燕西。

他因為初次拜訪，不肯由那牆洞過來，卻繞了一個大彎，特意走圈子胡同到大門口，讓門房進去通報。

燕西一見是宋潤卿的名片，想起昨日送東西的金榮來說，這是舅老爺，馬上就請到客廳裡相見。

宋潤卿在門外取下了帽子捧著，一路拱手進來。

燕西見他五十上下年紀，養著兩撇小鬍子，一張雷公臉，配上一副銅錢大的小眼鏡，活像戲臺上的小花臉，身上的衣服雖然也是綢的，都是七八年前的老貨，衫袖像筆筒一般縛在身上，心想，那樣一個清秀人兒，怎樣有這樣一個舅舅？就是以冷太太而論，也是很溫雅的一位婦人，何以有這樣一個弟兄？

但是看在愛人分上，決不願意冷淡對他，便道：「請坐，請坐！兄弟還沒有過去拜訪，倒先要勞步，不敢當。」

宋潤卿道：「我聽說金先生搬在這裡來住，兄弟十分歡喜，就打算先過來拜訪，昨天蒙金先生又那樣費事，敝親實在不過意。」

燕西笑道：「小意思。我們都是南邊人，這是照南邊規矩哩，宋先生貴衙門在哪裡？」

宋潤卿拱拱手，又皺著眉道：「可笑得很，是一個小窮衙門，毒品禁賣所。」

燕西道：「令親呢？」

宋潤卿道：「敝親是孀居，舍妹婿三年前就去世了。」

燕西道：「宋先生也住在這邊？」

宋潤卿道：「是的。因為他們家裡人少，兄弟住在這裡，照應照應門戶。」

燕西笑道：「彼此既是街坊，以後有不到之處，還要多多指教。」

宋潤卿連忙拱手道：「那就不敢當，聽說金先生由府上搬出來，是和幾個朋友要在這裡組織詩社，是真嗎？」

燕西笑道：「是有這個意思，但是兄弟不會作詩，不過做做東道，跟著朋友學作詩罷了。」

宋潤卿道：「談起詩，大家兄倒是一個能手，兄弟也湊合能做幾句，明天金先生的詩社成功了，一定要瞻仰瞻仰。」

燕西聽他說會作詩，很中心意，便道：「好極了，若不嫌棄的話，兄弟要多多請教。」

宋潤卿道：「金先生笑話了，像你這樣世代詩書的人家，豈有不會作詩之理？」

燕西正色道：「是真話，因為兄弟不會作詩，才想組織一個詩社。」

宋潤卿道：「兄弟雖然不懂什麼，大家兄所留下來的書、詩集最多，都在舍親這裡，既然相處很近，我們可以常常在一處研究研究。」

燕西道：「好極。宋先生每日什麼時候在府上，以後這邊布置停當了，兄弟就可以天天過去領教。」

宋潤卿道：「我那邊窄狹得很，無處可坐，還是兄弟不時過來領教吧。」

燕西笑道：「彼此一牆之隔，都可以隨便來往的。」

宋潤卿不料初次見面，就得了這樣永久訂交的機會，十分歡喜，也談得很高興，一直談了兩個鐘頭，高高興興回家而去。

二　清秀佳人

宋潤卿拜訪了燕西，這就猶如上加了一道金黃的顏色一般，非常地好看，由外面一路拍手笑著進來道：「果然我的眼力不錯，這位金七爺真是一個少年老成的人，和我一說，氣味非常地相投，從此以後，我們就是朋友了。有了這樣一個朋友，找事是不成問題。」說著擺了幾擺頭。

冷太太一見，便說道：「二哥到人家那裡去還是初次，何以坐這麼久？」

宋潤卿道：「我何嘗不知道呢，無奈他一再相留，我只得多坐一會兒。」說著，一擺頭道：「他要跟著學詩呢，我要收了這樣一個門生，我死也閉眼睛。除了他父親不說，他大哥是在外交機關，他二哥在鹽務機關，他三哥在交通機關，誰也是一條好出路。他在哪個機關，我還沒有問，大概也總是好地方。他也實在和氣，一點少爺脾氣沒有，是個往大路上走的青年。」

冷太太見他哥哥這樣歡喜，也不攔阻他。

到了次日上午，那邊聽差就在牆缺口處打聽舅老爺在家沒有，我們七爺要過來拜訪。宋潤卿正在開大門，要去上衙門，聽到這樣一說，連忙退回院子來，自己答應道：「不敢當，沒有出去呢。」

說著，便吩咐韓觀久快些收拾那個小客房，又吩咐韓媽燒開水買煙捲，自己便先坐在客房裡去，等候客進來。

燕西卻不像他那樣多禮，徑直就從牆口跨過來，走到院子裡，先咳嗽一聲。宋潤卿伸頭一望，早走到院子裡，對他深深一揖，算是恭迎。

燕西笑道：「我可不恭敬得很，是越牆過來的。」

宋潤卿也笑道：「要這樣才不拘形跡。」當時由他引著燕西到客廳裡去，竭力地周旋了一陣，後來談到作詩，又引燕西到書房裡去，把家中藏的那些詩集一部一部地搬了出來，讓燕西過目。

燕西只和他鬼混了一陣，就回去了。

到了次日上午，燕西忽然送了一桌酒席過來，叫聽差過來說：「本來要請宋先生、冷太太到那邊去才恭敬的，不過新搬過來，淨是些粗手粗腳的聽差，不會招待，所以把這桌席送過來，恕不能奉陪了。」

宋潤卿連忙一檢查酒席，正是一桌上等的魚翅全席，今年翻過年來，雖然吃過兩回酒席，一次參與人家喪事，一次又是素酒，哪裡有這樣豐盛。再一看宴席之外，還帶著兩瓶酒，一瓶是三星白蘭地，一瓶是葡萄酒，正合脾胃。一見之下，不免垂涎三尺。

當時就對冷太太道：「大妹，你知道這是什麼意思嗎？這是他備的拜師酒呢。」

冷太太覺得他這話也對，便道：「人家既然這樣恭敬我們，二哥應該教人竭力作詩才是。」

宋潤卿道：「那自然，我還打算把他詩教好了，見一見他父親呢。」

清秋在一邊聽了，心裡卻是好笑，心想，我們二舅舅算什麼詩人？那個姓金的真也有眼無珠，這樣敬重他。宋潤卿卻高興得了不得，以為燕西是崇拜他的學問，所以這樣地竭力來聯絡，索性坦然受之。

倒是冷太太想著，兩次受人家的重禮，心裡有些過不去，一時要回禮，又不知道要回什麼好。後來忽然想到，有些人送人家的搬家禮，多半是陳設品，像字畫古玩都可以送的，家裡倒還有四方繡的花鳥，因為看著還好，沒有捨得賣，何不就把這個送他。

不過頃刻之間，又配不齊玻璃框子，不大像樣，若待配到玻璃框子來，今天怕過去了。躊躇了一會子，決定就叫韓媽把這東西送去，就說是自家繡的，請金七爺胡亂補壁吧。

主意決定，便把這話告訴韓媽，尋出一塊花布包袱，將這四方繡花包好，叫韓媽送了去。

那邊的聽差聽說送東西來了，連忙就送到燕西屋子裡去，這時屋子都已收拾得清清楚楚，燕西架著腳躺在沙發椅上，眼睛望著天花板，正在想心事，聽說是冷家派個老媽子送著東西來了，馬上站起來打開包袱一看，卻是四幅湘繡。

這一見，心裡先有三分歡喜，便對聽差道：「你把那個老媽子叫來，我有話和她說。」

聽差將韓媽叫進來，她見過燕西一面，自然認得，便和燕西請了一個安。

燕西道：「冷太太實在太多禮了，這是很貴重的東西呢。」

韓媽人又老實，不會說話，她便照實說道：「這不算什麼，是我們小姐自己繡的，你別嫌它糙就得了。」

燕西聽說是冷清秋的出品，更是喜出望外，馬上就叫金榮過來，賞了韓媽四塊現洋錢。

這些做傭工的婦女，最是見不得人家賞小錢，一見了就要眉開眼笑。你若是賞她鈔票，她還不過是快活而已，唯其是見了現洋錢，她以為是實實在在的銀子，直由心眼裡笑出來，一直笑到面上。

如今韓媽辦了一點小事，就接著雪白一把四塊錢，做夢也不曾想到的事情，這一快活，朝代都忘了，連忙趴在地下，給燕西磕了一個頭，起來之後，又接上請了一個安。

燕西道：「你回去給我謝謝太太小姐，我過一兩天再來面謝。」

韓媽道：「糙活兒，你別謝了。」

燕西道：「這是我的意思，你務必給我說到。」

韓媽道：「是，我一定說到的。」於是歡天喜地地回去了。

燕西將那四方湘繡看了又看，覺得實在好，心想，我家裡那些人，會繡花的倒有，但是從春一直數到冬，誰是願意拿針的？二嫂程慧廠滿口是講著女子生活獨立，我看她衣服脫了一個鈕襻兒，還要老媽子縫上；佩芳嚷著要繡花賽會，半年了，還不曾動針，冷家小姐家裡便隨時拿得出來，我們家裡人誰趕得上她？

他越想越高興，便只往順意一方去想，**莫不是冷家小姐已經知道我的意思？不然的話，為什麼送我這種自己所繡的東西？**馬上就把紙剪了一個樣子，吩咐張順去配鏡框子，又吩咐汽車夫開車上成美綢緞莊。

這綢緞莊原是和金家做來往的，他們家裡人，十成認得六七成，燕西一進門，早有三四個夥友，滿臉堆下笑容來道：「七爺來了。怎樣白小姐沒來？」於是簇擁著上樓。

有兩個老做金家買賣的夥友，知道燕西喜歡熱鬧的，把那大紅大綠的綢料儘管搬來讓燕西看。燕西道：「你們為什麼老拿這樣華麗的料子出來？我要素淨一些的。」

夥計聽了說道：「是！現在素淨的衣服也時興。」於是又搬了許多素淨的衣料擺在燕西面前。

燕西將藕色印度綢的衣料挑了一件，天青色錦雲葛的衣料挑了一件，藏青的花綾、輕灰的春縐又各挑了一件，想了一想，又把絳色和蔥綠的也挑了兩件。

夥友問道：「這都是做單女衣的了，現在素淨衣服很時興釘繡花辮，七爺要不要？」

燕西道：「繡花辮罷了，你們那種東西怎樣能見人。」

夥友還不知其所以然，笑著說道：「給七爺看，很好的。」

燕西道：「不用看了，老實說，拿你們那種東西給人家看，準要笑破人家肚子呢。」

綢緞莊裡夥友無故碰了一個釘子，也不知說什麼好，只得含著笑說：「是是。」

燕西也沒問一齊多少錢，只吩咐把賬記在自己名下，便坐了汽車回家。

金榮見他買了許多綢緞回來，心裡早就猜著了八成，搭訕著將綢料由桌子上要往衣櫥裡放，便問：「是叫杭州的老祥，還是叫蘇州的阿吉來裁？」

燕西道：「不用，我送人。」

金榮道：「七爺買這樣許多好綢料，一定是送那家的小姐，就這樣左一包右一包的送到人家去，太不像樣子。」

燕西道：「是呀，你看怎樣送呢？」

金榮道：「我想，把這些包的紙全不要，將料子疊齊，放在一個玻璃匣子裡送去，又恭敬，又漂亮，那是多好？」

燕西道：「這些綢料，要一個很大的匣子裝，哪裡找這個玻璃匣子去？」

金榮道：「七爺忘了嗎？上個月，三姨太太做了兩個雕花檀香木的玻璃匣子，是金榮拿回來的，當時七爺還問是做什麼用的呢，我們何不借來用一用？」

燕西道：「那個怕借不動，她放在梳頭屋子裡，裝化妝品用的呢。」

金榮道：「七爺若開一個字條去，我想準成。」

燕西道：「她若問起來呢？」

金榮笑道：「自然撒一個謊，說是要拿來做樣子，照樣做一個，難道說是送禮不成？」

燕西道：「好，且試一試。」便立刻開了一張字條給金榮。那字條是：

翠姨：

前天所託買的東西，一時忘了沒有辦到，抱歉得很。因為這兩天辦詩社辦得很有趣，明天才回來呢。貴處那兩個玻璃匣子，我要借著用一用，請金榮帶來。

阿七手稟

燕西又對金榮道：「你要快去快回，就開了我的汽車去吧，不然又晚了。」

金榮答應一聲，馬上開了燕西的汽車，便回公館來，找著翠姨使喚的胡媽，叫她將字條遞進去。

這胡媽是蘇州人，只有二十多歲年紀，不過臉孔黑一點，一雙水眼睛，一口糯米牙齒，卻是最風騷的，金家這些聽差，當面叫她胡家裡，背後叫她騷大姐，沒有一個人不喜歡和她玩的，就是她罵起來，人家說她蘇州話罵得好聽，還樂意她罵呢。

胡媽接了字條問道：「好幾天沒有看見你們，上哪兒去了？」

金榮笑道：「我不能告訴你。」

胡媽道：「反正不是好地方，若是好地方，為什麼不能告訴人？」

金榮笑道：「自然不是好地方呀，但是你和我非親非故，干涉不了我的私事，真是你願意干涉的話，我倒真願你來管呢。」

說話時，旁邊一個聽差李德祿正拿著一把勺子，在走廊下鸚鵡架邊，向食罐子裡上水，他聽說，便道：「金大哥，你兩人是單鞭換兩鐧，半斤對八兩，要不，我喝你倆一碗冬瓜湯。」

胡媽道：「你瞎嚼蛆，說些什麼？什麼叫喝冬瓜湯？」

李德祿道：「喝冬瓜湯也不知道，這是北京一句土話，恭維和事佬的，要是打架打得厲害，要請和事佬講理，那就是請人喝冬瓜湯了。」

胡媽道：「那麼，我和他總有請你喝冬瓜湯的一天。」

金榮早禁不住笑，李德祿卻做一個鬼臉，又把一隻左眼睞了一睞。

他們在這裡和胡媽開玩笑，後面有個老些的聽差說道：「別挨罵了，這話老提著，叫上面聽見，他說你們欺侮外省人。」

胡媽看他們的樣子，知道喝冬瓜湯不會是好話，便問老聽差道：「他們怎樣罵我？」

金榮笑道：「德祿他要和你作媒呢。」

胡媽聽說，搶了李德祿手上的勺子，一看裡面還有半勺水，便對金榮身上潑來。金榮一閃，潑了那聽差一身。胡媽叫了一聲哎呀，丟了勺子，就跑進去了。她到翠姨房裡，將那張字條送上。

翠姨一看，說道：「你叫金榮進來，我有話問他。」

胡媽把金榮叫來了，他便站在走廊下玻璃窗子外邊。
翠姨問：「七爺現在外面做些什麼？怎樣兩天也不回來。」
金榮道：「是和一班朋友立什麼詩社。」
翠姨道：「都是些什麼人？」
答：「都是七爺的舊同學。」
問：「光是作詩嗎？還有別的事沒有？」
答：「沒有別的事。」
翠姨拿著字條，出了一會兒神，又問：「借玻璃匣子做什麼？」
答：「是要照樣子打一個。」
問：「打玻璃匣子裝什麼東西？」
這一問，金榮可沒有預備，隨口答道：「也許是裝紙筆墨硯。」
翠姨道：「怎麼也許是裝紙筆墨硯？你又瞎說。大概是做這個東西送人吧？」
翠姨原是胡猜一句，不料金榮聽了臉色就變起來，卻勉強笑道：「哪有送人家這樣兩個匣子的呢？」
翠姨道：「拿是讓你拿去，不過明後天就要送還我，這是我等著用的東西呢。」說著，便叫胡媽將玻璃匣子騰出來，讓金榮拿了去。
金榮慢慢地走出屏門，趕忙捧了玻璃匣子上汽車，一陣風似的，就到了圈子胡同。
燕西見他將玻璃匣借來了，很是歡喜，馬上將那些綢料打開，一疊一疊地放在玻璃匣子裡。放好了，就叫金榮送到隔壁去。

金榮道：「現在天快黑了，這個時候不好送去。」

燕西道：「又不是十里八里，為什麼不能送去？」

金榮道：「不是那樣說，送禮哪有個晚上送去的，不如明天一早送去吧。」

燕西一想，晚上送去，似乎不很大方，而且他們家裡又沒有電燈，這些鮮豔的顏色，他們不能一見就歡喜，也要減少許多趣味，但是要明日送去，非遲到三點鐘以後不可。因為要一送去，讓那人看了歡喜，三點鐘以前，那人又不在家，躊躇了一會子，覺得還是明天送去的好，只得擱下。

到了次日，一吃過早飯，就叫張順去打聽，隔壁冷小姐上學去了沒有，去了幾時回來。張順領了這樣一個差事，十分為難，心想，無緣無故打聽人家小姐的行動，我這不是找嘴巴挨。但是，**燕西的脾氣，要你去做一樁事，是不許你沒有結果回來的**，只好靜站在那牆的缺口處等候機會。

偏是等人易久，半天也不見隔牆出來一個，又不能直走過去問，急得了不得。他心想，老等也不是辦法，只得回裡面去，撒了一個謊，說是上學去了，四點鐘才能回來。

燕西哪裡等得，便假裝過去拜訪宋潤卿，當面要去問。一走到那牆的缺口處，人家已將破門抵上大半截了，又掃興而回。

好容易等到下午四點，再耐不住了，就叫金榮把東西送過去。

其實冷清秋上午早回來了。這時和她母親撿著禮物，見那些綢料光豔奪目，說道：「怎麼又送我們這種重禮？」

韓媽在旁邊，看一樣，讚一樣，說道：「這不是因為我們昨天送了四幅繡花去，這又回我們的禮嗎？」

冷太太道：「我們就是回他的禮，這樣一來，送來送去到何時為止呢？」

冷清秋道：「那麼，我們就不要收他的吧。」

冷太太道：「你不是看見人家穿一件藕色旗袍，說是十分好看嗎？我想就留下這件料子，給你做一件長衫吧，要說和你買這個，我是沒有那些閒錢，現在有現成在這裡，把它退回人家，你心裡又要暗念幾天了。韓媽拿一柄尺來，讓我量量看，到底夠也不夠？」

及至找來尺一量，正夠一件袍料。

清秋拿著綢料，懸在胸面前比了一比。她自己還沒有說話，韓媽又是讚不絕口，說道：「真好看，真漂亮。」

清秋笑道：「下個月有同學結婚，我就把這個做一件衣服去吃喜酒吧。」

冷太太道：「既是賀人家結婚，藕色的未免素淨些，那就留下這一件蔥綠的吧。」

清秋笑道：「最好是兩樣都留下，我想我們收下兩樣，也不為多。」

冷太太道：「我也想留下一件呢，你留下了兩件，我就不好留了。」

清秋道：「媽要留一件，索性留一件吧，我們留一半，退回一半吧。」

冷太太道：「那也好，但是我留下哪一件呢？」

商量了一會兒，竟是件件都好。

冷太太笑道：「這樣說，我們全收下，不必退還人家了。」

清秋道：「我們為什麼收人家這樣的全份重禮？當然還是退回的好。」結果，包了兩塊錢力錢，留下藕色蔥綠綢子兩樣。

誰知韓媽將東西拿出來時，送來的人早走了，便叫韓觀久繞個大彎子由大門口送去。去了一會兒，東西拿回來了，錢也沒有收。他們那邊的聽差說，七爺吩咐下來了，不許受賞，錢是不敢收的。

冷太太道：「清秋，你看怎麼樣？他一定要送我們，我們就收下吧。」

清秋正愛上了這些綢料，巴不得一齊收下，不過因為覺得不便受人家的重禮，所以主張退回一半，現在母親說收下，當然贊成，笑道：「收下是收下，我們怎樣回人家的禮呢？」

冷太太道：「那也只好再說吧。」

於是清秋把綢料一樣一樣地拿進衣櫥子裡去，只剩兩個玻璃空匣子，清秋道：「媽，你聞聞看，這匣子多麼香？」

冷太太笑道：「可不是！大概是盛過香料東西送人的，你聞聞那些料子，也沾上了些香味呢。有錢的人家出來的東西，無論什麼也是講究的，這個匣子多麼精緻！」

清秋笑道：「我看金少爺也就有些姑娘派，只看他用的這個匣子哪裡像男子漢用的哩！」

他們正說時，宋潤卿來了。他道：「哎呀！又收人家這樣重的禮，哪裡使得？無論如何，我們要回人家一些禮物。」

冷太太道：「回人家什麼呢？我是想不起來。」

宋潤卿道：「當然也要值錢的，回頭我在書箱裡找出兩部詩集送了去吧。」

冷太太道：「也除非如此，我們家裡的東西，除了這個，哪有人家看得上眼的哩。」

到了次日，宋潤卿撿了一部《長慶集》，一部《隨園全集》，放在玻璃匣子裡送了過去。宋潤卿的意思，這是兩部很好的版子，而且曾經他大哥工楷細注過的，真是不惜金針度人，不但送禮而已。誰知燕西看也沒有看，就叫聽差放在書架子上去了，他心裡想著，綢料是送去了，知道她哪一天穿，哪一天我能看見她穿？倘若她一時不做衣服呢，怎樣辦呢？自己呆著想了一想，拍了一拍手，笑起來道：「有了，有了，我有主意了。」立刻叫金榮打一個電話到大舞臺去，叫他們送兩張頭等包廂票來，這兩個包廂，是要相連在一處的，不連在一處，就不要。

一會兒，大舞臺賬房將包廂票送來了，燕西一看，果然是相連的，很是歡喜。

到了次日，便借著來和宋潤卿談詩，說是人家送的一張包廂票，我一個人也不能去看，轉送給裡面冷太太吧。這戲是難得有的，倒可以請去看看。

宋潤卿接過包廂票一看，正是報上早已宣傳的一個好戲，連忙拿著包廂票，進去告訴冷太太去了。那冷太太聽說金家少爺來了，看在人家迭次客氣起見，便用四個碟子盛了四碟乾點心出來。

燕西道：「這樣客氣，以後我就不好常來了，我們一牆之隔，常來常往，何必費這些事？只是你這邊把牆堵死了，要不然，我們還可以同一個門進出呢。那個管房子的王得勝，性情非常怠慢，我早就說，趕快把這牆修起來，他偏是一天挨一天，挨到現在。」

宋潤卿道：「不要緊，彼此相處很好，還分什麼嫌疑嗎？依我說，最好是開一扇門，彼此好常常敘談，免得繞一個大彎子。」

燕西道：「好極了！就是那樣辦吧，我就能多多領教了。」

這是第一日說的話，到了第二日，王得勝就帶著泥瓦匠來修理牆門，那扇門由那裡對這邊開，正像是這裡一所內院一般。

開了門以後，燕西時常地就請宋潤卿過去吃便飯，吃的玩的，又不時地往這邊送。冷太太見燕西這樣客氣，又彬彬多禮，很是過意不去。有時燕西到這邊來，偶然相遇，也談兩句話，就熟識許多了。

時光容易，一轉身就是三天，到看戲的日子只一天了。清秋早幾天已經把那樣藕色的綢料限著裁縫趕做，早一天就做起來了。

到了這天晚上，燕西又對宋潤卿說，不必雇車，可以叫他的汽車送去送來。宋潤卿還沒有得冷太太同意，先就滿口答應了，進去對冷太太道：「我們今天真要大大舒服一天了，金燕西又把汽車借給我們坐了。」

韓媽笑道：「我還沒坐過汽車呢，今天我要嘗嘗新了。」

清秋道：「坐汽車倒不算什麼，不過半夜裡回來，省得雇車，要方便許多。」

冷太太原不想坐人家的車，現在見他們一致贊成，自己也就不執異議。

吃過晚飯，燕西的汽車早已停在門口。坐上汽車，不消片刻，到了大舞臺門口，燕西更是招待周到，早派金榮在門口等候。一見他們到了，便引著到樓上包廂裡來，那欄杆護手板上，乾濕果碟，煙捲茶杯，簡直放滿了，那戲園子裡的茶房以為是金家的人，也是加倍恭維。

約摸看了一齣戲，燕西也來了，坐在緊隔壁包廂裡。冷太太、宋潤卿看見，也忙打招呼，燕西卻滿面春風地和這邊人一一點頭，清秋以為人家處處客氣，不能漠然置之，也起身點了一點頭。

燕西見清秋和他行禮，這一樂真出乎意外，眼睛雖然是對著戲臺上，戲臺上是紅臉出，或者是白臉出，他卻一概沒有理會。

冷太太和清秋都不很懂戲，便時時去問宋潤卿，這位宋先生，又是一年不上三回戲園子的人，他雖然知道戲臺上所演的故事，戲子唱些什麼，他也是說不上來。後來臺上在演《玉堂春》，那小旦唱著咿咿呀呀，簡直莫名其妙。這齣戲的情節是知道的，可惜不知道唱些什麼。

燕西禁不住了，堂臺上還未唱之先，燕西就把戲詞先告訴宋潤卿，做一個「取瑟而歌，使之聞之」的樣子，冷太太母女先懂了戲詞，再一聽臺上小旦所唱的，果然十分有味。

直待一齣戲唱完了，方才作聲。

因為這一齣戲聽得有味了，後來連戲臺上種種的舉動也不免問宋潤卿，問宋潤卿，就是表示問燕西，所以燕西有問必答。

後來戲臺上演《借東風》，見一個人拿著一面黑布旗子，招展穿臺而過，清秋道：「舅舅！這是什麼意思？」

宋潤卿道：「這是一個傳號的兵。」

清秋道：「不是的吧，那人頭上戴了一撮黃毛，好像是個妖怪。」

宋潤卿笑道：「不要說外行話了，《三國演義》裡面，哪來的妖怪？」

燕西見他二人全說得不對，不覺對宋潤卿笑道：「不是妖怪，和妖怪也差不多呢。」

宋潤卿道：「怎麼和妖怪差不多？當然不是神仙，是鬼嗎？」

燕西道：「不是神仙，也不是鬼，他是代表一陣風刮了過去，一定要說是個什麼，那卻沒法指出，舊戲就是這一點子神秘。」

清秋聽了，也不覺笑起來。

燕西見她一笑，越發高興，信口開河，便把戲批評了一頓。這時他兩人雖沒有直接說話，有意無意之間，已不免偶然搭上一二句。

等戲將要唱到吃緊處，燕西便要走，宋潤卿道：「正是這一齣好看，為什麼卻要走？」

燕西道：「我想先坐了車子走，回頭好來接你們。」

宋潤卿道：「何必呢？我們都坐這車回去好了，你那汽車很大，可以坐得下。」

冷太太道：「是的，就一道回去吧，這樣夜深，何必又要車夫多走一趟呢？」

燕西道：「那可擠得很。」

宋潤卿一望，說道：「一共五個人，也不多。」

燕西見他如此說，當真就把戲看完。

一會兒上車，清秋和韓媽都坐在倒座兒上。

燕西道：「不必客氣，冷小姐請上面坐吧。」

清秋道：「不！這裡是一樣。」

燕西不肯上車，一定要她坐在正面，於是清秋、冷太太、宋潤卿三人一排，韓媽坐在清秋對面，燕西坐在宋潤卿對面。

宋潤卿笑道：「燕西兄，大概在汽車上坐倒座兒，今天你還是第一回。」

燕西道：「不，也坐過的。」說話時，順手將頂棚上的燈機一按，燈就亮了。

清秋有生人坐在當面，未免有點不好意思，低著頭撫弄手絹。

燕西見人家不好意思，也就跟著把頭低了下去，在這個當兒，不覺看到清秋腳上去，**見她穿著是雙黑線襪子，又是一雙絳色綢子的平底鞋，而且還是七成新，心裡不住地替她叫屈，身上穿了這樣一件漂亮的長衫，鞋子和襪子這樣的湊合，未免美中不足，只這一念之間，又決定給她解決這個問題了。**

燕西坐在車上，他由清秋的鞋子上不覺想得糊塗了，只管看。

清秋先是自己低了頭，不曾知道，及至偶然一抬頭，見燕西的眼睛看著自己的鞋子，自己明知鞋子太不高明了，於是把腳相疊著，向裡縮了一縮。燕西這才醒悟，一抬頭，這汽車也停止了，正是圈子胡同燕西屋子的大門口，燕西就請他們下車，請他們穿屋而過。

到了裡面，一定留著冷太太吃點心，說道：「這已經算到了家裡了，早一點兒回去，遲一點兒回去，那是沒有什麼關係的。」

冷太太笑道：「花費了金先生許多鈔票，這樣夜深還要吵鬧。」

燕西道：「並不費什麼，我向來是喜歡晚上看書的，廚房裡天天總給我預備一點麵食，今天也沒有別的，大概是一點湯麵。這個廚子是南京人，倒是江南口味，冷太太何不嘗嘗他的手段？」

宋潤卿聽到說吃麵，先有三分願意，說道：「既然如此，我們就老實一點吧。」

清秋對此，卻有些不願意，便輕輕地對韓媽道：「那就我們先回去吧。」

燕西道：「隨便用點麵，不必客氣，馬上就吩咐廚子送上來，並不耽擱的。」

冷太太道：「那你就也坐下吧，讓韓媽一個人先回去得了。」

清秋見母親如此說，只得留下。

一會兒，廚子送上東西來，擺了一桌子葷素碟子。燕西請冷太太一家三人入了席，親自給他們斟酒，斟到清秋面前，她也站起身來，捧著杯子相接，目光可射在手上，不敢正視。燕西也就恭恭敬敬，現出莊重知禮的樣子。

各人只喝了一杯酒，廚子便送上麵來。清秋向來食量不大好，而且又是半夜，不敢多吃，只挑了幾根麵吃，呷了兩口湯。

燕西看見，便問道：「冷小姐，何以不用，嫌髒嗎？」

清秋笑了一笑，說道：「言重了，向來是量小，請問家母便知道。」說著，便坐在一邊，抽開一看這屋子，一色紫檀雕花的小件木器，非常精巧，不像平常的木器那樣大而且笨。椅子上鋪著紫色緞子的繡墊，兩邊兩座鏤雲式的紫檀木架，高低上下，左右屈曲，隨著格子，陳設了一些玉石古玩，文件花盆。

總而言之，屋子裡一切的東西都是仿古的。就是電燈這樣東西，也用宮燈紗罩把它籠著。門邊兩個銅刻的高燭臺，差不多有一人高，上面用紅玻璃製成紅燭的樣子，卻在裡面安了百支光的電燈，最高的是蠟燭頭上，不知道用了一種什麼金屬的東西做成光焰的樣子。

她便輕輕地對冷太太道：「媽！你看這一對蠟燭真好玩。」

冷太太看了，也是讚不絕口。

燕西道：「既然說這東西好，我就可以奉送。」

冷太太笑道：「我們家裡那個房子，不配放這東西，況且也沒有電燈。」

燕西道：「現在住家沒有電燈，是不很方便的，而且電燈的消耗費，和煤油燈相差也無幾。」

宋潤卿笑道：「雖然相差無幾，但是那起首一筆裝設費就不算了嗎？」

燕西道：「宋先生要不要電燈？若是要的話，可以在我這裡牽了線過去，極是省事。」

宋潤卿見他要送電燈，又是佔便宜的事，雖不好馬上就答應，也不肯推辭，便道：「過兩天再說吧。」

吃完了麵，略坐了一坐，冷太太一行三人辭了燕西，從他後院回去。

燕西這一場歡喜著實不小，心想，既已認識，又曾說話，更又同席，從此一步一步做去，前途便不可思議了，回頭又想到她的鞋子襪子太不高明，要替她送些去，一來是孟子上說的，不知足而為屨，使不得；二來是無緣無故，怎樣送去？

盤算了一陣，竟沒有法子，心想，金榮知道的事太多了，這回不要問他，便叫了張順進來，問道：「我問你，有送人鞋子襪子的規矩嗎？」

張順摸不著頭腦，便道：「有的。」

燕西道：「送這種東西要什麼時候送才合宜，要用些什麼東西相配？」

張順道：「這是北京混混兒幹的。若是要謝謝人家，就送人家一兩雙鞋，不要什麼配。」

燕西道：「怎樣知道人家腳大腳小呢？」

張順笑道：「這是體面人不幹的事，七爺不明白，其實送鞋子，並不是真送鞋子，是送一張鞋子票給人，隨人家自己去試呢。」

燕西道：「我們那家熟鋪子安康鞋莊，他也出這個票子嗎？」

張順笑道：「這是做生意，他為什麼不出？」

燕西聽說，就拿了兩張十元的鈔票，交給張順道：「你去和我買一張票子來，票子上面，一定要注明是坤鞋。」

張順道：「這個鋪子裡不拘的，不過票子上載明多少錢，回頭拿票子去，只要是他鋪子裡的東西，在票子上價錢以內，什麼都可以拿。」

燕西道：「你糊塗！什麼也不懂，我要怎樣辦，你給我怎樣辦就是了。」

張順碰了釘子，拿錢自出去了。

到了次日早上，便到安康鞋莊買了一張禮票來。

燕西他已想好主意，便用一個紅封套，將禮票來套上，簽子上用左手寫字，來標明奉贈金七爺，隨便就壓在桌上墨水匣底下。

這幾天，宋潤卿是天天到這邊來的。他來了，一看紅紙封套，便問道：「燕西兄，有什麼喜事？不能相瞞，我也是要送禮的。」

燕西笑道：「哪裡是，因為我介紹一家鞋莊做了兩三筆大生意，大概有千把塊錢的好處，他還想拉主顧呢，就送我這一張票。」說時，將票子抽出來，給宋潤卿一看，說道：「你看，我又不能用。」

宋潤卿見那上面注明，憑票作價二十元，取用坤鞋，笑道：「果然無用，這鞋莊上送男子的禮，何必注明坤鞋呢？」

燕西道：「他以為我要拿回家去呢，不知道我家一些人正和他們把生意鬧翻了，我要拿張票回去，他們還要怪我多事，是給鞋莊介紹生意呢。」

宋潤卿道：「這樣說來，他這個人情竟算白做了。」

燕西笑道：「我還可以做人情呢，我就轉送給宋先生吧。宋先生拿回家去，總不像我會發生問題的。」

這與宋潤卿本人雖沒有什麼利益，但是很合他占小便宜的脾氣，便笑謝著收下了。他拿回去給冷太太看，冷太太倒罷了，這一來，正中清秋的意思，不久同學結婚，時髦衣服是有了，要一雙很時髦的鞋子，非五六元不可，不敢和母親要錢買，而今有了這張禮票，這問題就解決了，心想，真也湊巧，怎麼這姓金的，他就會送這一張禮票給我們？無論如何，她卻沒有想到燕西是有心送她的。

燕西那邊心裡卻不住著急，她將鞋子取來了沒有？

又過了四天，這日燕西拿著一本《李義山集》，到這邊來會宋潤卿，恰好他不在家，便一個人坐在他小客室裡。

原來冷家這邊院子雖小，卻有三株棗樹，丁字式的立著。這棗花開得早，四月中旬已經開了一小部分。這日天氣正好，大太陽底下，照得棗樹綠油油的濃蔭，一小群細腳蜂子在樹蔭底下嗡嗡地飛著，時時有一陣清香透進屋裡來。

樹蔭底下，一列擺著四盆千葉石榴。燕西正在窗子裡向外張望，只聽見韓媽笑道：「哎呀！我的姑娘，真美！」

燕西連忙從窗子裡望去，只見冷清秋穿了一件雨過天青色錦雲葛的長袍，下面配了淡青色的絲襪，淡青色的鞋子。她站在竹簾子外面，廊簷底下，那種新翠的樹蔭，映著一身淡青的軟料衣服，真是飄飄欲仙。

燕西伏在窗子邊竟看呆了。忽然身後有人拍了一下，說道：「燕西兄看什麼？」燕西回頭一看，乃是宋潤卿，心裡未免有些心虛，連忙說道：「你這院子裡三株棗樹，實在好，清香撲鼻，濃翠愛人。我那邊院子裡可惜沒有。我看出了神，正在想做一首詩呢。」說著，便將手上拿的《李義山集》隨便指出兩首詩，和宋潤卿討論一頓。

正在這時，聽清秋笑語聲音由裡而外走出去了。燕西隔著簾子，看見她穿了那身衣服，影子一閃就過去了，他坐著那裡出神，宋潤卿指手畫腳地講詩，他只是含著微笑，連連地點頭。宋潤卿把詩的精微奧妙談了半天方才歇住。

燕西伸了一個懶腰說道：「我談話都談忘了，還有人約著我這時相會呢。」於是便趕忙回去，將那本詩往桌上一丟，自己便倒在躺椅上，兩隻手，十個指頭相交，按在頭頂心上，定著神慢慢去想。以為唯有這種清秀的衣服，才是淡雅若仙，我這才知道打扮得花花哨哨的女人，實在是俗不可耐。

正在這裡想時，電話來了。金榮道：「是八小姐來的，請七爺說話。」燕西接了電話，那邊說：「七哥，你用功呀，怎樣好幾天不回來？」

這個小姐是燕西二姨母何姨太太生的，今年還只十五歲，因她長得標緻，而且又天真爛漫，一家人都愛她，叫她小妹妹。

她的名字，也很有趣味的，叫做梅麗。所以叫這個名字的緣故，又因為從小把她做個洋娃娃打扮，就索性替她起個外國女孩子的名字了。

現在她在一個教會女學校裡讀書，每天用汽車接送，國文雖然不很好，英文程度是可以的，尤其是音樂舞蹈，她最是愛好，學校裡有什麼遊藝會，無論如何總有她在內，燕西在家裡時，常和她在一處玩，放風箏，打網球，鬥蟋蟀兒，無所不為。

這天梅麗回來得早些，想要燕西帶她去玩，所以打個電話給他。燕西便問：「有什麼事找我，要吃糖果嗎？我告訴你吧，我昨天在巴黎公司，用五塊錢買了一匣，送在姨媽那裡了。」

梅麗道：「糖我收到了。不是那個事，我要你回來，咱們一塊兒去玩哩。」

燕西道：「哪裡去玩？」

梅麗道：「你先回來，我們再商量。」

燕西在這裡，除了到冷家去，本來是坐不住的，依舊一天到晚在外面混，現在梅麗叫他回去，他想家裡去玩玩也好，便答應了。掛上電話，便坐了汽車，一直回家來。

燕西到了家，知道梅麗喜歡在二姨媽房子外那間小屋裡待著的，便一直到那裡來。一進院子，便聽到二姨媽房裡有兩人說話，一個正是他父親金銓的聲音，連忙縮住了腳，要退回去。只聽見他父親喊道：「那不是燕西？」

燕西聽見，只得答應了一個是，便從從容容地走了進去。

金銓躺在沙發椅子上，咬著半截雪茄煙，籠著衫袖，對著燕西渾身上下看了一遍，說道：「只是你母親告訴我一聲，說是你和幾個朋友組織一個詩社，這是你撒謊的，還是真的？」

燕西道：「是真的。」

金銓道：「既然是真的，怎樣也沒有看見你做出一首詩來？不要是和一班無聊的東西組織什麼俱樂部吧？這一程子，我總不看見你，未必你天天就在詩社裡作詩？」

燕西的二姨媽二姨太太便道：「你這話也是不講理，你前天晚上才從西山回來，共總只有昨天一天，怎樣就是一程子了？」

燕西被他父親一問，正不知道要怎樣回答，二姨太太這一句話替他解了圍，才醒悟過來，便道：「原不天天去作詩，不過幾個同社的人，常常在社裡談談話，下下棋。」

金銓道：「我說怎麼樣？還不是俱樂部的性質嗎？」

燕西道：「此外並沒有什麼玩藝。」

金銓道：「你同社是些什麼人？」

燕西便將親戚朋友會作詩的人報了幾個，其餘隨便湊一頓。

金銓摸著鬍子笑道：「若是真作詩，我自然不反對，你且把你們貴社裡的詩拿給我看看。」

燕西一想，社都沒有，哪裡來的詩？但是父親要看，又不能不拿來，便道：「下次做了詩，我和社友商量，抄錄一份拿來吧。」

金銓道：「怎麼這還要通過大眾嗎？你們的社規，我也不要做破壞，你且把你做的詩拿來我看看。」

燕西這是無法推辭了，便道：「好，明天拿回來，請父親改一改。」

金銓噴了一口煙，笑道：「我雖丟了多年，說起作詩，那是比你後班輩強得多哩。」

二姨太太道：「梅麗剛才巴巴的打電話找你呢，你見著她了嗎？」

燕西道：「我正找她呢。」說著，借此緣故便退出去了。

原來金家雖是一個文明家庭，但是世代簪纓，又免不了那種世襲的舊家庭規矩，所以燕西對於他父親也有幾分懼怕，現在父親要他的詩看，心裡倒是一個疙瘩，不知要怎樣才能夠敷衍過去。

正自低頭走著，只聽見一片叮叮噹噹的鋼琴聲，抬頭一看，不知不覺走到正屋外面來了。這個地方一列是三間大樓，樓上陳設完全西式，有時候，大宴來賓，就可以在此跳舞，也可以說是個小小的跳舞廳。

燕西聽那琴聲，又像在樓上，又像在樓下。那拍子打得極亂，快一陣，慢一陣，心想，這種惡劣的琴聲，不是別人打的，一定是梅麗。

尋著琴聲，輕輕地走上樓，心裡想著，她不能一個人在這裡，看看究竟是誰？走到樓上，偏是沒人，原來又在樓外那個月臺上。

這地方，四周是楊柳和梧桐樹。這個時候，柳樹上半截拖著長條，正披到平臺上來。只聽見有人說道：「別再站過去，掉下去了，仔細摔斷了腿。」

又一個人道：「你看我這樣子像不像呢？」

燕西聽那個後說話的正是梅麗，先說話的，卻是白小姐白秀珠。

這白小姐是金家三少奶奶王玉芬的表姊妹，因為玉芬的介紹，所以和燕西認識了。認識以後，兩人慢慢就發生戀愛，從前是隔不了一天便見面的，不過現在才疏遠了些。

這時燕西隔著玻璃一望，只見秀珠穿了一套淡綠色的西服，剪髮梳成了月牙式，脖子和兩雙胳膊全露在外面，背對著這面，正坐在鋼琴邊下。

梅麗穿了一套白色的大袖舞衣，蓬著頭髮，兩隻手抓著柳條，把腳時時懸了起來，打鞦韆地一般擺動。

燕西看見，哈哈笑道：「別動，我去拿快鏡來照一個相，這是愛情之神呢？還是美術之神呢？」

秀珠站起來回頭一看，拍著胸道：「哎喲？嚇了我一跳。你幾時來的？」

梅麗也跑了過來，執著燕西的手道：「七哥，你看我扮得像不像？」

燕西笑道：「像是像，但是神仙有穿黑皮鞋的嗎？」

梅麗一看，果然自己還穿的是一雙漆皮鞋，笑道：「我忘了換呢。」

燕西道：「穿這種舞衣，應該打赤腳，至少也要穿和衣裳一色的鞋子，穿這樣美麗的衣服，配一雙漆黑的鞋子，比老太太的小腳還寒磣呢。」

梅麗道：「你等我一會兒吧，我去換衣服就來，回頭我們和秀珠姐一塊去玩去。」說著，連跑帶跳地走了。

秀珠見梅麗走了，便笑著問燕西道：「你忙些什麼？我怎樣兩天不見著你？」

燕西道：「我不是告訴過你了嗎？和朋友組織了一個詩社呢。」

秀珠冷笑道：「你不是那樣能斯斯文文玩兒的人，不要騙我。」

燕西道：「你不信，我把我們做的詩稿送給你看。」

秀珠道：「我不要看。我又不懂，我知道你們鬧的是什麼呢？」

燕西見她兩隻雪白的胳膊全露在外面，便伸手去握著她一隻手，正要低頭用鼻子去嗅，秀珠使勁一摔，將手摔開。卻掉過臉，手攀著柳條，用背對著燕西。

燕西道：「這個樣子，又是生氣，我很奇怪，怎麼你見我就生氣了？難道我這人身上帶著幾分招人生氣的東西，所以人家一見我，就要生氣嗎？得！我別不識相，儘管招人生氣吧。」

說畢，掉轉身也就要走。

秀珠連忙轉過來，說道：「哪裡去，不願意和我們說話嗎？」

燕西道：「你瞧，正是你把話倒說，分明你不願理我，還要說我不理你。」

秀珠笑道：「我若是不理你，我到府上來是找誰的？」

燕西道：「那我怎樣知道？」

秀珠道：「你當然不知道，你要是知道的話，哪裡還用得著梅麗打電話請你回來。大概你還不知道我在這兒，要是知道我在這兒，你都不上樓了。」

燕西道：「我們又不是冤家，何至於此？」

秀珠道：「不是冤家，將來總有成為冤家的一日。」

燕西含笑執著她的手，往懷裡便拉，說道：「這話是真的嗎？從哪日開始呢？」

秀珠道：「別拉拉扯扯，一會兒梅麗來了，又給人家笑話。」說著，將手往回一奪。

燕西道：「我不和你鬧，你把鋼琴按一個調子我聽。」

秀珠道：「好！我按一個進行曲給你聽。」於是綳咚綳咚便按起來。

只聽樓下有人問道：「樓上是秀珠在那裡嗎？」

秀珠答應道：「是我，樓下是表姐嗎？」說時，王玉芬和著燕西的五姐敏之一路上來。敏之是個美國留學生，未曾畢業回來的，秀珠醉心西方文明，對敏之是極端的崇拜，看見敏之上樓，連忙上前和她握手，笑著問玉芬道：「表姐，你怎樣知道我在這裡？」

玉芬抿嘴笑道：「我們這些人裡面，只有兩位鋼琴聖手。一位是八妹，我們在樓下已經碰見她了，還有一位，就是表妹。剛才我們聽那段琴，既知道八妹不在樓上，自然是你了。」

秀珠舉起拳頭，在玉芬背上輕輕敲了一下，說道：「你這小鬼，把話來損我，我不知道嗎？凡是一樁事，總要由淺入深，誰也不能生來就會呀。」

又對敏之道：「五姐，你看這話對不對？我想，你既在美國回來，鋼琴一定是好的，能不能夠彈一個曲子給我們聽？」

燕西笑道：「你這話就不合邏輯，難道在外國回來的人，都應該會彈鋼琴嗎？」

秀珠道：「人家又沒有和你說話，要你出來多什麼事？」

敏之笑道：「我倒真是不會，密斯白要學鋼琴的話，我路上有一個外國朋友，他倒是很在行，我可以介紹你去和他學。」

秀珠道：「那就好極了，看你二位是要出門的樣子，上哪裡去玩？」

敏之道：「我要買點古董，送幾個回美國的朋友。你也去一個嗎？」

玉芬對敏之丟了一個眼色，說道：「她剛來，哪裡能就走？」

秀珠道：「我不奉陪了，我還約著梅麗去玩呢。」

玉芬道：「怎麼樣？我就知道你不能走呢。」

秀珠道：「要走就走，有什麼不能去呢？」

玉芬拉著敏之，說道：「走吧，不要在這裡打攪了。」說畢，拉著敏之一陣風地走了。

秀珠道：「燕西，你真不客氣，當著人面就笑我。」

燕西道：「要什麼緊？都是一家人。」

秀珠道：「我不姓金，怎麼是你一家人呢？」

燕西笑道：「你還不打算姓金嗎？我今天非……」

一語未了，梅麗哈哈大笑，從玻璃格扇裡鑽了出來。

秀珠笑道：「你這小東西，也學得這樣壞，又嚇我一跳。」

梅麗道：「我什麼也沒說，我只笑了一笑就是壞人，這壞人怎樣如此容易當呀？」說著，便對燕西道：「我告訴你實話，今天不是我要你回來，是秀珠姐她……」

秀珠抽出手絹，走上前，將梅麗的嘴捂住，笑道：「你亂撒謊，我不讓你說。」

燕西解開道：「不要鬧了，我們上哪裡去玩？」

梅麗道：「看電影去。」

燕西道：「白天看電影，沒有意思。」

梅麗道：「逛公園去。」

燕西道：「公園裡去得多了，像家裡一般，沒趣味。」

梅麗道：「這樣也不好，那樣也不好，玩什麼呢？」

燕西道：「我有一個玩法，咱們自己開汽車，跑到城外去兜個圈子，比什麼也解悶。」

秀珠道：「自己開汽車罷了，上次也是你開汽車，一直往巡警身上碰，我真嚇出了一身冷汗。」

燕西道：「這樣吧，車夫送我們出城，出了城那裡人稀少，我們再自己開，你看好不好？」

梅麗道：「這個倒使得，我們就去。」

燕西就按了電鈴，叫了聽差，吩咐開一輛敞篷車，他們三人坐了車子，出得阜成門，向八大處大道而來。

出城以後，燕西叫車夫坐到正座上去，自己三人卻坐到前一排來，燕西扶著機子，開足馬力，往前直奔。

梅麗道：「七哥，這裡沒有人，你讓我開著試試看。」

燕西道：「沒有人就可以亂開嗎？一不留心，車子就要開地裡去的。車子壞了是小事，弄得不好，人還要受傷呢。」

他們正在說話時，秀珠哎喲一聲，果然出了事了。

當時，秀珠哎喲了一聲，燕西手忙腳亂，極力地關住機門，汽車唧嘎一聲突然停住，大家回頭一看，路邊一頭驢子撞倒在地，另外一個人倒在驢子下，地下鮮血淋漓，紫了一片。

梅麗用手絹蒙著眼睛，不敢看，藏在秀珠懷裡，秀珠也是面朝著前，不敢正眼一視。

汽車夫德海口裡叫著糟了，一翻身跳下車去，燕西也慢慢地走下車來，遠遠地站定，問道：「那人怎麼樣，傷很重嗎？」

德海看了一看說：「驢子壓斷了兩條腿，沒有用的了。人是不怎麼樣，似乎沒有受傷。」

燕西聽說人沒有受傷，心裡就放寬了些，走上前來，叫德海把那人扶起。那人倒不要人扶，爬了起來，抖了一抖身上的土。他一看那驢子壓死了，反而坐在地上，哭將起來。

燕西道：「你身上受了傷沒有？」

那人道：「左胳膊還痛著呢。」

燕西在身下一摸，只有兩張五元的鈔票，便問秀珠道：「你身上帶了有錢嗎？」

秀珠道：「有，多給他幾個錢吧，人家真是碰著了。」說著，在錢口袋裡抓了一把鈔票給燕西。

燕西拿著鈔票在手上，便問那人道：「這頭驢子是你的嗎？」

那人道：「不是我的，我借著人家的牲口，打算進城去一趟呢。」

燕西道：「你說，這一頭驢子應該值多少錢？」

那人道：「要值五十塊錢。」

德海聽了，走上前，對那人就是一巴掌。說道：「你這小子，看見要賠你錢了，你就打算訛人。」說時，牽著他身上那件破夾襖的大襟，一直指到他臉上，又道：「你瞧！你這個樣子，不是趕腳的，是做什麼的？你說牲口不是你的，你好訛人，是不是？」說著，又把腳踢一踢倒在地下的驢子，口裡說道：「這樣東西，早就該下湯鍋了，二十塊錢都沒人要，哪值五十塊錢？七爺，咱們賠他二十塊錢得了，他愛要不要。」

那人本是一個鄉下人，看見德海的凶樣子，先有三分害怕，哪裡還敢說什麼。燕西喝住德海道：「打人家做什麼？誰讓咱們碰了人家呢？」又對那人道：「也不能依你，也不能依他，現在給你三十塊錢，賠你這一頭牲口。你也跌痛了，不能讓你白跌，給你十塊錢，你去休養休養，這驢子已死過去了，你也不必再賣牠的肉，把牠埋了吧。」

鄉下人對一個錢當著磨子般看待的，他見燕西這樣慷慨，喜出望外，給燕西連請了幾個安。燕西對秀珠道：「開車真不是玩的，我們還坐到後面來吧。」於是依舊讓德海去開車。

德海坐上車，對那人罵道：「便宜了你這小子，今天你總算遇到財神爺了。」

燕西聽見汽車夫罵人，這是看慣了的，也就付之一笑。

車夫兜了一個圈子，一直開到西山旅館腳下。只見亭子上的西崽，眼睛最尖，一看汽車的牌號是金總理家裡的，早是滿臉堆上笑，走到亭子下來迎接。

等燕西走到面前，閃在一旁，微微地一鞠躬，說道：「你來了。」

燕西走進亭子去，只見男女合參，中西一貫，坐滿了人。正因為今天天氣好，所以出城來遊的人很多。燕西便讓梅麗、秀珠向前，走過了亭子去，在花邊下擺了一張桌子坐下。

只聽後面有人喊道：「密斯脫金，密斯白，密斯金。」鶯聲瀝瀝，一大串地叫了出來。回頭看時，乃是烏二小姐和兩個西洋男子坐在那裡喝啤酒吃霜淇淋。

一句話說完，她已走過來，和秀珠、梅麗握了一握手，然後再與燕西握手。烏二小姐道：「我和兩個新從英國來的朋友到這裡玩玩，一會兒我就過來相陪。」

秀珠笑道：「不要客氣了，我們兩便吧。」

燕西在一邊，只是微笑一下。

三人在亭子外坐著，正和亭子裡，隔了一層蘆簾子，彼此都不看見。

秀珠道：「密斯烏真是知道講究妝飾的，和中國朋友在一處，穿西裝，和外國朋友在一處，又穿中國裝，你不看她那件金絲絨單旗袍，滾著黑色的水鑽辮，多麼鮮豔奪目！」

梅麗輕聲道：「妖精似的，我就討厭她。」

秀珠用手摸著梅麗的頭髮，笑道：「小東西，說話要謹慎一點，不要亂說，仔細有人不高興。」說畢，眼睛皮一撩，眼睛一轉，望著燕西，問道：「你說是不是？」

燕西皺眉道：「何必呢？人家就在這裡，讓人家聽見，也沒有什麼意思。」

秀珠道：「我衛護著她還不好嗎？據我說，你那個心可以收收了，你不看看，她愛的是外國朋友哩，外國朋友有的是錢，可以供給她花，將來要到外國去玩，也有朋友招待，你怎樣比得上人家？比不上，你就不配和人家做情敵。」

燕西道：「你這話，是損她，是損我？」說時，臉上未免放一點紅色。

秀珠把燕西為人向是當他已被本人征服了看待，所以常常給他一點顏色看。燕西那時愛情專一，拜倒石榴裙下，秀珠怎樣說，他就怎樣好，決計不敢反抗，現在不然了，他吃飯穿衣以至夢寐間，他都是紀念著冷清秋，而且冷清秋是剛剛假以詞色，他極力地往進一步路上做去，這白秀珠就不然了，耳鬢廝磨，已經是無所不至，最後的一著，不過是舉行那形式上的結婚禮。

在往日呢，燕西也未嘗不想早點結婚，益發地可以甜蜜些，**現在他忽然想到結婚是不可魯莽的，一結了婚就如馬套上了韁繩一般，一切要聽別人的指揮，倘若自己要任意在情場中馳騁，乃是結婚越遲越好。**

既不望結婚，可以不必受白秀珠的挾制了，所以這天秀珠和他鬧脾氣，他竟不很太服調，這時秀珠又用那樣刻薄的話挖苦烏二小姐，心裡實在忍不下去，所以反問了一聲，問她是損哪個。誰知秀珠更是不讓步，便道：「也損她，也損你。」說時，臉上帶著一點冷笑。

燕西道：「現在社交公開，男女交朋友也很平常的，難道說，一個男子只許認識一個女子，一個女子只許認識一個男子嗎？」

秀珠道：「笑話，我何嘗說不許別人交朋友，你愛和哪個交朋友，就和哪個交朋友，關我什麼事？」

燕西道：「本來不關你什麼事。」

燕西這一句話似有意似無意地說了出來，在白秀珠可涵容不了，鼻子裡嘿了一聲，接上一陣冷笑，把坐的藤椅一挪，臉朝著山上。

在往日，決裂到了這種地步，燕西就應該陪小心了，今天不然，燕西端著一杯紅茶，慢慢地呷，又把牙齒碰茶杯沿上，時時放出冷笑。

旁邊的梅麗，其初以為他們開玩笑，不但不理會，還願意他兩人鬥嘴，自己看著很有趣。現在見他兩人越鬧越真，才有些著急，便問燕西道：「七哥，你是怎麼來？秀珠姐說兩句笑話，你就認起真來。」

燕西道：「我不認真，什麼事我也當是假的，可是白小姐她要和我認真，我有什麼法子呢？」

秀珠將椅子又一移，忽地掉轉身，說道：「什麼都是假的？你這話裡有話，當著你妹妹的面，你且說出來。」

燕西道：「這是一句很平常的話，我隨口就說出來了，沒安著什麼機巧，你要說我話裡有話，就算話裡有話吧。我不和你生氣，讓你去想想，究竟是誰有理？是誰沒理？」說畢，離開座位，背著兩隻手慢慢地走上大路，要往山上去。

梅麗對秀珠道：「你兩人說著好玩，怎麼生起氣來？」

秀珠道：「他要和我生氣，我有什麼法子？你瞧瞧，是誰有理？是誰沒理？」

梅麗想著，今天，實在是秀珠沒有理，但是燕西是自己的哥哥，總不能幫著哥哥來說人家的不是，便笑道：「他的脾氣就是這樣，過一會子，你要問他說了些什麼，我包他都會忘了。你和別人生氣，那還有可說，你和我七哥生氣，人家知道，不是笑話嗎？雖然有句俗話，打是疼，罵是愛，可是你還沒到咱們金家來，要執行威權，還似乎早了一點子哩。」

秀珠忍不住笑了，說道：「這小東西，一點兒年紀，這些話你又在哪裡學來的？要不，給你找個小女婿吧，讓你去打是疼，罵是愛，你看好不好？」

梅麗道：「胡鬧混扯，對我瞎說些什麼？你兩人今天那一場鬧，沒有我在裡頭轉圜，我看你倆怎樣好得起來？」

秀珠把脖子一扭，說道：「不好，又打什麼緊！」

梅麗用一個食指，對著秀珠的鼻子遙遙地點著笑道：「這話可要少說呀。」

秀珠道：「為什麼要少說？現在和他要好的人太多了，我要和他好，他不和我好，也是枉然。」

正說話時，只見由山上抬下兩頂藤轎來，坐轎的一男一女，秀珠認得，是劉家四少奶奶和四少爺劉寶善。他兩人看見，連忙叫轎夫將轎子停住，迎了上來。

秀珠請他二人坐下，便問：「要吃什麼？」

劉四奶奶說：「不用了，我們剛在山上喝了茶下來，等著回去呢。」

秀珠笑道：「你們的汽車很大，把我帶進城去好不好？」

劉寶善道：「白小姐不是坐汽車來的嗎？」

秀珠指著梅麗道：「是坐她府上車子來的，她和她令兄還要在這裡玩一會兒，我記起一樁事來了，正要回去，又不好叫人家一來就送我走，現在你一回去，真再巧也沒有了。」

劉寶善夫婦哪裡知道內中情由，自然很歡迎的，梅麗又是孩子脾氣，心想，你和七哥拌了兩句嘴，也不值得發脾氣先走，你要走，就讓你走，我不留你，看你怎麼樣？

秀珠對梅麗說道：「我們過天見吧。」說畢，竟和劉氏夫婦走了。

梅麗也沒作聲，只是笑著點了一點頭。

一會兒工夫，燕西自山邊兜了一個圈子回來，只見梅麗一人坐在這裡，便問：「秀珠哪裡去了？」

梅麗忍不住氣，少不得又添上幾句話，說她賭氣坐劉家的車子走了，以後不要和你見面呢。

燕西道：「那要什麼緊？」說畢，冷笑了一聲道：「掃興極了，回去吧。」

梅麗覺得也是沒趣，贊成燕西的提議，就坐車回家。

一進門，只見許多賣花的，一挑一挑的盡是將開的芍藥往裡面送。

燕西道：「家裡幾個花臺子的芍藥都在開了，這還不夠，又買這些。」旁邊早有聽差答應說：「七爺，你是不很問家事，不知道呢，總理就定了後天，在家裡請客看芍藥，總理請過之後，就是大爺大少奶請客，這些花都是預備請客用的。」

燕西聽說，很是歡喜，便問梅麗道：「你怎樣也不告訴我一聲？」

梅麗道：「我猜你總知道了，所以沒對你說，這個事你都會不知道，也就奇了。」

燕西道：「請的是些什麼人？自然男客女客都有了。」

梅麗道：「這個我不曉得，你去問大哥。」

燕西一頭高興，徑直就到鳳舉院子裡來，偏是他夫婦二人都不在家。一走進院子門，裡面靜悄悄的，一個老媽子，手上拿著一片布鞋底，帶著一道長麻線，坐在廊簷下打盹兒。

小憐一掀門簾子，從裡面剛伸出半截身子來，看見燕西，喲了一聲，又縮進去了。

燕西問道：「小憐，大爺在家嗎？」

小憐在屋子裡道：「你別進來吧，大爺大少奶奶都不在家。」

那老媽子被他兩人說話的聲音驚醒，趕緊站了起來，叫了一聲七爺，說道：「你好久也沒上這邊來了。」一面說著，一面替他掀簾子。

燕西一面進來，一面說道：「好香！好香！誰在屋子裡灑上這些香水？」

小憐在裡面屋子裡走出來，說道：「你聞見香嗎？」

燕西道：「怎樣不聞見？我鼻子又沒有塞住。」

小憐道：「糟了！大爺回來，一定要罵的。」

燕西道：「屋子裡香，罵你做什麼？」

小憐笑道：「告訴你也不要緊，是我偷著大少奶奶的香水，在手絹上灑了一點，不想不留神，把瓶子砸了，灑了滿地。」

燕西道：「砸了的瓶子呢？」

小憐道：「破瓶子我扔了，外面的紙匣子還在我那裡。」

燕西道：「你拿來我瞧瞧。」

小憐不知道他是什麼用意，當真拿來了。

燕西一看，乃是金黃色的，上面凸起綠色的堆花，滿沿著金邊，花下面，有一行花的法文金字，燕西道：「我猜呢，就是這個，你這個亂子大了，這是六小姐的朋友在法國買來的，共是一百二十個法郎一瓶。六小姐總共只有三瓶，自己留了一瓶，送了一瓶給大少奶奶，那一瓶是我死乞白賴要了去了，你現在把這瓶東西全灑了，她回來要不罵你，那才怪呢。」

小憐笑道：「你又駭嚇人，沒有一瓶香水值那些錢的。」

燕西道：「法國值整千法郎的香水還有呢，你不信就算了，等大少奶奶回來，看她說些什麼。你灑了她別樣香水，灑了就灑了，這個灑了，北京不見得有，她不心疼錢，也要心疼短了一樣心愛的東西呀。你看我這話對不對？」

小憐道：「你這話倒是，怎麼辦呢？」

燕西便對老媽子道：「你去看看六小姐在家裡沒有？」老媽子答應著去了。

小憐道：「你叫她去看六小姐做什麼？」

燕西笑道：「讓她走了，我有一句話要和你說。」

小憐一頓腳，說道：「嘿！人家正在焦心，你還有工夫說笑話。」

燕西笑道：「你自己先搗鬼我還沒說，你怎就知道我是說笑話呢？我告訴你吧，我那瓶香水還沒有動，我送給你，抵那瓶的缺，你看好不好？」

小憐道：「好好！七爺明天有支使我的時候，一叫就到。」

燕西道：「你總得謝謝我。」

小憐合著巴掌，和燕西搖了兩下說道：「謝謝你。」

燕西道：「我不要你這樣謝，你送我一條手絹得了。」

小憐道：「你還少了那個？我的手絹都是舊的。」

燕西道：「舊的就好，你先把手絹拿來，一會兒你到我那裡拿香水就是了。」

小憐紅著臉在插兜裡掏出一條白綾手絹，交給燕西道：「你千萬別對人說是我送給你的。」

燕西道：「那自然，我哪有那樣傻。」說時，隔著竹簾子，已見老媽子回來了。燕西道：「六小姐不在屋子裡吧？我去找她去。」說著，便走了。

一會兒工夫，小憐當真到燕西這裡來取那瓶香水。

燕西給了她香水之外，又給了她一條青湖縐手絹，小憐道：「我又沒有和你要這個，你送給我做什麼？我不要。」

燕西道：「你為什麼不要？你要說出一個緣故來，就讓你不要。」

小憐道：「我不要就不要，有什麼緣故呢？」

燕西就把手絹亂塞她手上，非要她帶去不可，小憐捏著手絹，就跑走了。

燕西再要叫住她時，忽聽得後面有人叫了一聲老七。燕西回頭看時，乃是大嫂吳佩芳從外面回來了。燕西道：「我正找你呢，你倒回來了。」

佩芳道：「我剛才看見一個人走這裡過去了，是不是小憐？」

燕西道：「我剛從房裡出來，沒留神。」

佩芳笑了一笑，也就不往下說，只問：「找我為什麼事？」

燕西道：「聽說你們要大請客呢，請些什麼人，怎樣請法？」

佩芳道：「這關乎你什麼事？你要問它。」

燕西笑道：「自然我也要加入，給你招待來賓。」

佩芳道：「我們是雙請的，招待員應該也要成雙作對，秀珠妹妹能來嗎？」

燕西道：「她和我有什麼關係？你千萬別請她，你請了她，我就不到。」

佩芳道：「這個樣子，小倆口兒又吵嘴了？人家沒過門的小媳婦，比蜜也似的甜，沒有看見你兩個人總是鬧彆扭。」

燕西道：「不是鬧彆扭，人家本和我沒有關係。」

佩芳笑道：「這好像是真生了氣呢，是怎樣吵嘴的？你說給我聽聽，讓我來評評這個理。」

燕西道：「沒有鬧，也沒有生氣，我說什麼呢？」

佩芳道：「不能夠，若是你兩人沒有生氣，你不會說這個話。」

燕西道：「你去問梅麗就知道了。」

佩芳笑道：「可不是！我猜你兩人又吵起來了。」

佩芳說時，見走廊上的電燈已經亮著，便道：「你別走，回頭咱們一塊兒吃晚飯，我有話和你說。」

原來他們家裡，上學的上學，上衙門的上衙門，頭齊腳不齊，吃飯的時間就不能一律，金太太就索性解放了，叫兒女媳婦們自己去酌定，願意幾個人一組的，就幾個人組一個團體，也不用上飯廳了，願意在哪裡吃就在哪裡吃。這樣一來，要吃什麼，可以私下叫廚子添菜，也不至於這個人要吃辣的有人反對，那個要吃酸的也有人反對，總是背地大罵廚子。所以他們家裡，除了生日和年節而外，大家並不在一處吃飯的。

結果，三個太太三組，金銓是三個太太的附屬品，一處一餐，三對兒媳三組，三個小姐一組，七少爺一人一組。他們有時高興起來，哥哥和妹妹、嫂嫂和小叔子也互相請客，今天佩芳叫燕西吃飯，也就是小請客了。

燕西皺眉道：「照說大嫂吩咐，我不能不來，可是大哥那個碎嘴子，吃起飯來還不夠受罪的。」

佩芳笑道：「我早就猜到你心眼裡去了，你必定要推辭的，你大哥今天晚上公宴他們的總次長，不在家裡吃飯了。」

燕西道：「那我一定來，請你趕快叫廚子添兩樣好吃的吧。」

佩芳道：「那自然，你一會兒就來吧。」

佩芳回到屋子裡，只聞見一陣濃厚的香味，用鼻子著實嗅了一陣，便說道：這又是小憐這東西做出來的，我出去了，就偷我的香水使。這也不知道灑了多少，滿屋子都香著呢。」

小憐在屋裡走出來答應道：「香水倒是灑了，不是少奶奶的，是我自己一瓶呢。」

佩芳又嗅了一陣，說道：「你別瞎說了，這種香味我聞得出來，不是平常的香味，你不要把我那瓶法國香水灑了吧？」

小憐道：「沒有沒有，不信，少奶奶去看看，那瓶香水動了沒有？」

佩芳見她這樣說，也就算了，便叫老媽子到廚房裡去，招呼廚子添兩樣時新些的菜。

一會子工夫燕西來了。小憐卻捏著一把汗，心想，不要他送我香水的事，少奶奶已經知道了。

燕西進來，坐在中間屋裡，隔著壁子問道：「大嫂，你說有話和我說，請我吃飯，有什麼差事要我當吧？」

佩芳在裡面道：「照你這樣說，我的東西，非有交換條件是得不到嗎？」

燕西笑道：「這又不是我說的，原是你言明有話說，請我吃飯呢。」

佩芳道：「話自然有話說，不見得就支使你當差事呀。」說時，佩芳換了一件短衣服出來，一面扣著肋下的鈕扣，一面低著頭望一望胸前。

燕西道：「大嫂也是那樣小家子氣象，回來就把衣服換了，其實時興的衣服不應該苦留。我看見許多人，看見時興什麼就做什麼，做了呢，以為是稱心的東西，捨不得穿，老是擱著，將來動還沒動呢，又不時興，只好重改一回，留在家裡隨便穿，另外做時興的，做了時興的，還是照樣辦，這一輩子也穿不了改做的衣服呢。」

佩芳道：「我倒不是捨不得衣服，穿著長衣服怪不方便的，我們的長袍又不像你們的長衫，腰身和擺都要做得極小，走起路來邁不開步，穿短衣服，就自由得多了。」

燕西道：「這倒是實話，不過長衣服在冬天裡是很合宜，第一就是兩隻胳膊省得凍著。」

佩芳笑道：「我看你很在這些事上面用功，一個年輕輕兒的人，不幹些正經事，太沒有出息。」

燕西笑道：「這是大嫂自己引著人家說呢，這會子又說人家不正經了。」說時，廚子已經送著菜飯來，小憐就揭開提盒，一樣一樣放在小圓桌上。兩對面，放著兩份杯筷。

燕西道：「又要杯子做什麼？」

佩芳道：「我這裡還有點子香檳酒，請你喝一杯。我也不能為你特意買這個，是你哥哥替部裡買的，帶了兩瓶回來。」

當時小憐拿著酒瓶子出來，斟上了一杯，放在左邊，對燕西道：「七爺這兒坐。」

燕西欠了一欠身子，笑道：「勞駕！」

佩芳道：「老七這樣客氣。」

燕西道：「到你這兒來了，我總是客，當然要客氣些。」

佩芳點頭微笑，便和燕西對面坐著飲酒，對小憐道：「你去把我衣服疊起來，不用你在這裡。」小憐答應著去了。

佩芳問燕西道：「你看這丫頭，還算機靈嗎？」

燕西道：「知臣莫若君，你的人，你自己應該知道，問我做什麼？」

佩芳道：「我自己自然知道，但是我也要問問人，究竟怎麼樣？」

燕西笑道：「強將手下無弱兵，自然是好的。」

佩芳端著酒杯，抿著嘴呷了一口，一個人微笑。

燕西道：「大嫂什麼事快活，由心裡樂出來？」

佩芳道：「我樂你呢！」

燕西道：「我有什麼可笑的？」

佩芳回轉頭望一望，見老媽子也不在面前，便對燕西笑道：「你不是喜歡小憐嗎？我說叫她伺候你也不止一回了，她呢，那不必說，是你剛說的話，由心眼裡樂出來，現在是兩好併一好，我叫她去伺候你，你看好不好？」

燕西笑道：「大嫂，是這樣說笑話，**真成了《紅樓夢》的寶二爺，沒結婚的人要丫頭伺候著**，恐怕只這一句話，我就夠父親一頓罵了。其實你誤會了，我不但對小憐是這樣，對玉兒、秋香都是這樣，因為她們都是可憐蟲，不忍把她們當聽差和老媽子一樣支使，你就在這上面疑心我，不是冤枉嗎？這個話，我原不肯說出來，因為你一再地挑眼，我不得不說了。」

佩芳道：「你以為我請你吃飯，是和你講理來了嗎？你才是多心呢。我老實告訴你吧，我已經不願留著她了，因為你心疼她，所以我說讓你去支使，你若是不要，我就要把她送走的。」

燕西心想，這為什麼？莫非就為的那瓶香水嗎？可是她一進門碰著我，就請我吃飯，並沒有知道這回事啦，便笑道：「我看你主僕二人感情怪好的，她有什麼事不對，你說她兩句就得了。她很調皮的，你一說，第二回就絕不會錯了。」

佩芳正伸著筷子揀那涼拌筍裡面的蝦米吃，於是豎拿著筷子，對燕西指點著笑道：「聽你這口氣，是怎樣地衛護她？」

燕西笑道：「我這是老實話，怎麼算是衛護著她？這個我也不要去多說，我來問你，你為什麼一定要把她送走？」

佩芳道：「傻子！連女大不中留這句話，你都不知道嗎？」

燕西道：「既然不中留，送到我那裡去，就中留了嗎？前兩年呢，她是一個小孩子，說讓她給我做做事，那還說得過去，現在她十六七歲了。」

佩芳道：「十六七歲要什麼緊？我沒來的時候，你大哥就愛使喚丫頭。」

燕西笑道：「那倒是真的，那個時候，老大有些紅樓迷，專門學賈寶玉，父親又在廣東，家裡由他鬧，母親是不管的。」

佩芳道：「可不是！我就為他這種脾氣，不敢讓小憐在我這院子裡待著，我本來想叫她去伺候母親，她老人家有個小蘭呢，或者不受。」

燕西起先是把佩芳的話當著開玩笑，現在聽她的口音，明白了十成之八九，原來他們主僕在那裡實行演三角戀愛，她是故意做圈套氣鳳舉的，從前對小憐有意無意之間還可以憐惜憐惜她，而今明白了內幕，還應該避嫌才是呢。

當時燕西低頭喝酒吃菜，沒有作聲。佩芳笑道：「心裡自然是願意，只是不好意思答應罷了，其實只要你答應一句話，我給你保留著，等你結了婚，再讓她伺候你也成。你不要以為你哥哥會怪你，這是我的人，我愛怎麼辦，就怎麼辦。」

燕西一時是心裡明白，口裡苦說不出來，只得笑笑。恰好老媽子、小憐都來了，兩人就把談鋒止住，只說些別的事。

吃完了飯，燕西就說要找人，便溜出來了，心想，我最怕是和老大攪麻煩，我還敢惹他嗎？因此兩天之內不敢上佩芳院子裡去，也不敢找小憐做事了。

過了兩天，金銓大請其客。

又過了一天，便是金鳳舉夫婦所舉行的芍藥會了。起先原是打算一雙一雙地請，後來有些客實在是無法可以雙請，因此雙請的也有，單請的也有。

他們的那個洋式客廳裡，許多張大餐桌子連接起來，拼成一個英文U的字形，桌子鋪著水紅色桌布，許多花瓶供著芍藥花。廳外，院子裡的花臺上，大紅的、水紅的、銀白的，那些盛開的芍藥都有盤子來大；綠油油的葉子中間，一朵一朵地托著，十分好看。

此外廊簷下，客廳裡，許多瓷盆都是各色的芍藥，門上、梁上、窗戶上，臨時叫花廠子裡紮了許多花架，也是隨處配著芍藥。正是萬花圍繞，大家都在香豔叢中。

客廳大樓上，也是到處擺著芍藥花。中間的樓板擦得乾乾淨淨，讓大家好跳舞。兩屋子裡，一排兩張紫檀長案，一面是陳設著餅乾、酪酥、牛乳、蛋糕等類的點心、一面是陳設著汽水、啤酒、咖啡等類的飲料。平臺上請了一隊俄國人在那裡預備奏西樂。

鳳舉是外交界的人，最講究的是面子，特意在家裡提了幾個漂亮的聽差；穿了家裡特製的制服，是清藍竹布對襟長衫，周身滾著白邊；一個個都理了髮刮了臉，也讓他們沾些美的成分。

鳳舉夫婦那是不消說，穿的是極時髦的西裝。燕西也穿了一套常禮服，頭髮和皮鞋都是光可鑑人，領襟上插著一朵新鮮的玫瑰花，配著那個大紅的領結，令人一望而知是個愛好的青年。他受了大哥大嫂的委託，在樓上樓下招待一切。

到了下午三點鐘，賓客漸漸來到。男的多半是西裝，女的多半是長袍。尤其是女賓衣服，紅黃藍白，五光十色，叫人眼花繚亂，不能把言語來形容。

今天白秀珠也來了，穿著一件銀杏色閃光印花緞的長衫，挖著雞心領，露出胸脯前面一塊水紅色薄綢的襯衫。襯衫上面，又露出一串珠圈，真是當得豔麗二字。

在她的意思，一方面是出風頭，一方面也是要顯出來給燕西看看。可是**情人的眼光是沒有定準的，愛情濃厚的時候，情人就無處不美；愛情淡薄的時候，美人就無處不平常**。本來燕西已經是對秀珠視為平常了，加上前幾天兩人又吵過一頓，燕西對於秀珠越發是對之無足輕重。

這時燕西既然是招待員，秀珠總也算是客，兩個人就不談往常的交情，燕西也就應該前去招待，可是秀珠一進來，看見燕西在這裡，故意當著沒看見，和別的來賓打招呼，以為燕西必然借著招待的資格前來招待，不料燕西就也像沒有看見一般，並不關照。

那些男女來賓紛紛上樓，有的坐在一旁談話，有的兩三個人站在一處說笑，有的便在西邊屋裡喝汽水。燕西也就隨著眾人一塊兒上樓，他一眼就看見從前借電影雜誌的邱惜珍女士。她穿著淡紅色的西裝，剪的短髮上束著小珠辮，玲瓏剔透，常是臉上露出兩個小笑窩。

這時她正站在一盆最大的芍藥花邊，把臉湊上芍藥花，去嗅花的那種香氣。燕西走上前去，輕輕地在後面叫道：「密斯邱。」

邱惜珍回頭一看，笑著點頭叫了一聲七爺。

燕西笑道：「我排行第七，是依著男女兄弟一塊兒算的，知道的人很少，密斯邱怎樣也知道？」

惜珍笑道：「我是常到你府上來的，所以很知道你府上的情形，你以為這事很奇怪嗎？」

燕西道：「並不是什麼奇怪，正以密斯邱知道舍下的事，不是平常的朋友呢。」

惜珍笑道：「像我這樣的人，只好算是平常的朋友罷了。」

燕西笑道：「這是客氣話。」

惜珍道：「唯其是平常的朋友，才會說客氣話啦。」

他二人站在這裡說話，決計沒有關心其他的事，可憐那個白秀珠小姐，今天正懷著一肚子神秘前來，打算用一番手腕與燕西講和，和是沒有講好，眼看自己的愛人和一個女朋友站在這裡有談有笑，只氣得渾身發顫，心裡就像吃了什麼苦藥一般，只覺一陣一陣的酸直翻到嗓子邊下來，便叫伺候的聽差倒了一杯咖啡，坐在一邊慢慢地喝。

但是這樓上有二三十位男女來賓，大家紛紛擾擾，擁在一處，都是笑容滿面，誰知道在座有個失意的人？

一會兒工夫，那邊的俄國人正在調提琴的弦子，大家一聽這種聲音，知道快要奏樂了，便紛紛去尋跳舞的伴侶。

當時燕西也就笑著對惜珍道：「密斯邱的舞蹈，一定是很好的了？」

惜珍笑道：「初學呢，哪裡能說個好字？」

燕西道：「密斯邱有舞伴沒有？」

惜珍道：「我不很大會。」

燕西道：「密斯邱能夠和我合舞嗎？」

惜珍眼皮一撩，對燕西望了一眼，兩隻露出來的白胳膊交叉一扭，聳肩一笑，說道：「舞得太不好呀。」

燕西道：「你舞得不好，我更舞得不好，何妨兩個不好同在一處舞一舞呢？」說時，平臺外的音樂已經奏將起來。不知不覺地，邱惜珍已經伸出手來，和燕西握著，身子略微湊上前一步，頭卻離著燕西肩膀不遠，於是燕西一手將惜珍環抱著，便合著拍子，在人堆裡跳舞起來了。

這裡面的男女賓，不會跳舞的占最少數，所以只剩了幾個人在西邊屋子裡喝咖啡吃點心。其餘十八對男女，就花團錦簇的，互相廝摟擁抱，穿過來，踅過去，圍繞在一堆。

這邊幾個未參加跳舞的，白秀珠也在內，她坐在一邊，無法遏止她胸頭的怒氣，只是喝汽水。眼見燕西和邱惜珍一同跳舞，這個是滿面春風，那個是一團和氣，要干涉是不能夠，不干涉是忍不住，只得眼不見為淨，一扭身子下樓去了。

這時，吳佩芳也在人堆中和鳳舉一個朋友跳舞。冷眼看見燕西、秀珠這種情形，也覺不妙。這時秀珠又滿臉怒容下樓去了，恐怕要發生衝突，卻屢次目視燕西，叫他不要舞了。燕西正在興頭上，哪裡肯停住？

正好音樂停止，大家罷舞，佩芳就趕快下樓找秀珠去。知道她一時不會走遠，一定找她表姐王玉芬去了。原來佩芳她們妯娌三個，玉芬是不會跳舞，慧廠又不喜歡這個，所以他們並沒有參與。

佩芳一直追到玉芬屋裡，只見秀珠果然坐在那裡，只是眼圈兒紅紅的，似乎受了極大的委屈。佩芳道：「也不知道密斯白怎樣到這裡來了？我特意來找你呢。」

秀珠道：「那裡的人太多，怪膩的，我到這裡來和玉芬姐談談話。」

佩芳笑道：「你不要冤我了，你是個最喜歡熱鬧的人，哪裡會怕煩膩，不要是嫌我主人招待不周吧？」

玉芬將嘴一撇道：「小倆口兒鬧上彆扭好幾天了，你不知道嗎？」

佩芳何嘗不曉得，裝著模糊的樣子，問道：「真的嗎？我是一點兒不知道。我看老七倒是笑容滿面地在那裡跳舞，不像生了氣。」

玉芬道：「他和誰在跳舞？」

佩芳道：「那個邱小姐。」

玉芬將手一撒，說道：「那還說什麼呢！今天他是一個主人，自己的好朋友來了，不但不睬，而且偏要和一個生朋友去跳舞，這不是成心搗亂嗎?叫人家面子上怎樣擱得下來呀？」

玉芬不說猶可，這樣說了幾句，引起秀珠一團心事，鼻子連聳幾下，不覺就伏在小茶几上哭將起來。

佩芳埋怨玉芬道：「全是你沒話找話，引起人家傷心。」

玉芬笑道：「人家十分地受了委屈了，好話也不讓我和她說兩句嗎？」

佩芳便走上前捉著秀珠的胳膊說道：「嘿！這大的丫頭，別小孩子似的了。」扶起她的頭臉，就拿自己的手絹給她去擦眼淚。

秀珠把頭一偏，將手一推道：「不要鬧。」

佩芳笑道：「喲！這小妞兒倒和我撒嬌呢，得了，和我吃糖吧。」

秀珠聽了這話，把兩隻胳膊伏在桌上，額角枕著胳膊，不肯抬頭。

玉芬道：「還哭呢，也看主人的面子呀。」

佩芳著：「瞎說，人家在笑，你說她哭。不信的話，我扶起來，給你看看。」說著，就用手來扶秀珠的頭。

秀珠低著頭，死也不肯抬起來。佩芳道：「你不抬起腦袋來，我胳肢你了。」

秀珠聽到一聲說胳肢，兩隻胳膊一夾，往旁邊一閃，格格地笑個不住，鼓著嘴道：「我們都欺侮我。」

玉芬道：「怎麼著？都欺侮你，我也欺侮了你嗎？我也來胳肢你。」

佩芳扯著她的手道：「別在這裡鬧了，走吧，大家就要入席了。」

秀珠身不由己的和她出了房門。秀珠道：「你別拉，我去就是了。」

佩芳一放手，秀珠又走進房去。

佩芳道：「咦！怎麼著，你還有氣嗎？」

秀珠將兩手一搓，又對臉上一拂。

佩芳道：「哦！我倒是沒留意。」便一路跟著秀珠到玉芬梳頭屋子裡來，先是代她在臉盆架上給她放開冷熱水管子，然後讓她先洗臉。回頭秀珠對著梳妝鏡子，敷上了一層粉，又找小梳子梳了一梳頭髮。都停妥了，站在兩面穿衣鏡中間，從頭到腳看了一看，再看鏡子裡複影的後身。

佩芳道：「行了行了，走吧。」於是挽著秀珠的手，一路又到大客廳裡來了。

這個時候，樓上奏著西樂，又在舉行第三次的跳舞。那些穿著中國衣服的太太小姐們還不過豔麗而已，唯有幾個穿西裝的，上身僅僅一層薄紗護著，胸脯和背脊一大截白肉露在外面，下身穿著稀薄的長統絲襪，也露著肉紅，只有中間一層，是荷葉皺的裙子遮住了。

所有那些加入跳舞的男子，覺得中國的女子穿著短衣，下面裙子太長，舞的時候，減少下半部的姿態，穿著長衣，舞蹈開步比較便當些，但是腰肢現不出原形，失了曲線美，所以大家都主張和西裝的女子跳舞，一來是抱腰的手，可以撫摩著對方凝酥堆雪的肌膚，二來又可以靠近鑑賞肉體美，就是不能與西裝女子跳舞的，他的目光也是不轉睛地射在人家身上。

惜珍既然穿的是西裝，人又漂亮，因之燕西和她合舞了一回，又合舞第二回。秀珠走上樓來看見他二人還在一處，依舊是生氣。

這時正有兩個人站在那裡等舞伴，他們都是鳳舉的同事，一個是黃必發，和了姨太太同來，他的姨太太正在和別人合舞呢，一個夏綠遊，他卻是一個人。

黃必發迎著佩芳笑道：「密斯吳，能和我合舞嗎？」

佩芳道：「可以。」

黃必發和佩芳說話，不免對秀珠望了一眼。佩芳覺得不能讓人呆站在一邊，便和秀珠介紹給黃夏二人，然後就和黃必發去跳舞。

夏綠遊便對秀珠微微一鞠躬，笑著問道：「密斯白肯和我跳舞嗎？」

秀珠的本意，原不願意和生人跳舞，但是今天肚子裡實在有氣，心想，你既然當我的面和別人跳舞，我也就當你的面和別人跳舞，於是一口答應下來道：「可以的。」也就擁抱著，加入跳舞隊裡去了。

燕西在一邊看見，心裡暗笑，想道：你以為這樣就對我報復了，可以讓我生氣，其實我才不管你的行動哩。

這次跳舞完了，大家就下樓入席，一雙一雙的男女夾雜坐著，燕西恰好又是和邱惜珍坐在並肩，這樣大的席面，自然是各找著附近的人說話，所以燕西和惜珍也是談得最密切。

鳳舉夫婦在座抬頭一看，見萬花叢中珠光寶氣，圍成一團，列席的來賓不分男女，都是笑嘻嘻地，真是滿室生春，這對主人翁主人婆也就十分高興。

在場的人，多少都是沾著一些洋氣的，所以席上就有人站立起來，高高的舉著一玻璃杯子酒，說道：「我們喝這一杯酒，恭祝一對主人翁的健康。」

大家不約而同地站了起來，就共乾了一杯。

主人翁家裡有的是酒，大家就拚命地喝，女客有個一兩杯，已經是面紅耳赤，大半就算了。男客不然，極不濟事的也喝三四杯葡萄酒，其餘喝香檳的，喝白蘭地的，喝威士忌的，各盡其興。

俗言說：「酒蓋三分羞。」大家一喝完了，男女互相牽著所愛的人，在芍藥花下談笑取樂。

燕西挽著惜珍的手，先在芍藥花臺上的石板上坐著談了一會兒，便道：「密斯邱，你要看電影雜誌，我那裡又寄來了許多，這幾期更有精彩，很多電影明星的相片在上面。」

惜珍很歡喜地道：「好極了，我正要再和你借著看呢。」

燕西道：「那麼，請到我書房裡去坐坐。」於是在前引導，和惜珍一路走到書房裡去。

惜珍一歪身倒在沙發椅上，順手撿起一小本書當著扇子，在胸前扇了幾扇，眼睛望燕西笑道：「酒喝多了，心裡發燥呢。」

燕西順便也在沙發椅上坐下，說道：「密斯邱，你的酒量不壞，今天這多人，不能好好地喝，我打算明天請密斯邱到德國飯店去喝兩杯，不知道肯賞光不肯賞光？」

惜珍笑道：「何必老遠地跑到德國飯店去？」

燕西道：「那裡的人比較齊整些，不像北京飯店那樣亂。」

惜珍笑道：「不是那樣說，我以為到處可以喝酒，何必是大菜館呢？」

燕西道：「你看哪裡好呢？」

惜珍道：「你一定要請我喝酒，那是什麼意思？」

燕西道：「我想借個地方痛痛快快地談一談。」

惜珍道：「談話就非喝酒不可嗎？」

燕西笑道：「喝了酒，容易說真的話呢。」

惜珍道：「那也不見得吧？現在我們都喝了酒，都說的是真話嗎？」

燕西笑道：「呵喲！鬧了半天，你還以為我說的都是假話呢。」

惜珍本來借電影雜誌的，談了半天，竟把正題目丟開，說些不相干的笑話，越談越有趣。

惜珍偶然抬頭一看牆上掛的小金鐘，不覺已是十一點多，笑道：「我們是幾點鐘來的？」

燕西道：「大概六七點鐘吧？」

惜珍道：「好！足夠半夜的工夫了，過天再會，我要回去了。」

燕西道：「還早呢，坐坐吧，坐坐吧。」

惜珍站了起來，將兩手扶著椅子背，一隻腳站著，一隻腳用皮鞋尖點著地，似乎沉吟著什麼似的。

燕西又說道：「還早呢，坐坐，坐坐。」

惜珍沒法子只好又坐下來。約摸又談了十來分鐘，惜珍再說道：「時候實在不早，我要走了。」燕西挽留不住，便按鈴叫聽差來，開著自己的汽車，將惜珍送回家去。

這晚上，燕西就在家裡住著，沒有到圈子胡同去。

次日，早上起來，燕西只吃了一些點心，便出門到落花胡同去，先進冷家的大門。一進門，就見清秋穿了一身新衣服，從裡面出來。她穿著蔥綠的長衫和白緞子繡綠花的平底兩截鞋，越發顯著皮膚粉雕玉琢。

另外還有一件事，是燕西所詫異的，就是她的衣服之外，卻掛了一串珠圈，那珠子雖不很大，也有豌豆大一粒，它的價值，恐怕要值二千元上下。

匆匆之間，和清秋點了一個頭，各自走開。

他一到屋子裡，坐下來一想，這很奇怪，她哪有這些個錢買這一掛珠子？若說是家裡的積蓄品，也未見得。

過了一會兒，踱到冷家院子裡來，假裝看樹上的棗花。冷太太在簾子裡看見，便喊道：「金先生，請到裡面坐。」

燕西一面掀簾子，一面走進來說道：「伯母在家裡嗎？我以為和冷小姐一路出去了哩。」冷太太笑道：「她是有一個同學結婚，賀喜去了。這些花花世界，都是你們年輕人去的地方，哪有我們老太太的份？清秋她早就發愁呢，說是沒有衣服，不好意思去，多謝金先生兩次破費，她衣服有了，鞋襪也有了，所以今天是心滿意足去了。」

燕西笑道：「我進門來，正碰著你們小姐，原來是賀喜去了。本來呢，年輕的人，誰不好個熱鬧，就像昨日下午家兄請客，來的男男女女全是青年人，我又新學了一個乖，原來現在雖不時興首飾，可是鑽石和珠子這兩樣東西，倒是小姐太太們不可少的。」

冷太太道：「正是如此呀，我家清秋為這個就是到處設法呢。」

燕西道：「要說買珠子，我倒有個地方可以介紹。有一家烏斯洋行，他的東西很真實，價錢也很公道。」

冷太太道：「金先生是我們緊隔壁的街坊，舍下的事有什麼還不知道，別說沒有錢，就是有錢，也不能買這樣貴重的東西給小孩子。」

燕西一想，她既然這樣說，那一串珠子不是假的，也就是借來的，借來的呢，那倒罷了，若是假的，被人識破了，豈不是太沒意思？沉吟了一會兒，忽然笑道：「到有些地方去，大家都有，僅僅是一兩個人沒有，那也很不合適的，以後冷小姐要用這些東西的話，只要冷太太對我說一聲，我立刻可以到家裡去拿。這些個東西，又不是綢緞衣服，給人戴著，拿回來也不會短什麼，我家裡嫂嫂姊妹們，她們就是這樣通融，互相轉借的。」

冷太太道：「我們也沒有什麼大不了的地方去，要這些東西的時候很少，將來真是要用的話，自然少不了和金先生去借。」

燕西說話時，看見壁上貼了一張小紙條子，記著地點和日期，大概是怕什麼事忘了，特意寫著貼出來，好讓記著的。

那字寫得極是秀媚，燕西道：「這字寫得很好，是冷小姐寫的嗎？」

冷太太道：「是的，據她舅舅說沒有筆力呢，哪裡好得起來？」

燕西道：「這是靈飛經，最是好看，看起來沒有筆力，但是一點也不能討便宜，不是功夫深，是寫不好的。」

冷太太笑道：「這是金先生誇獎，像他們當學生的，寫得出什麼好字！」

燕西道：「真話，並不是奉承，我的脾氣向來就不肯奉承呢，我明天拿一把扇子來，請冷小姐替我寫一寫。」

冷太太道：「金先生有的是會寫會畫的朋友，哪要她給你寫？」

燕西道：「朋友是多，可是寫這種簪花格小楷的朋友，可真沒有，回頭我叫人將扇子送過來，就請冷太太替我轉請一聲。」

冷太太道：「金先生真是不嫌她髒了扇子，拿來就得了，還用得上請嗎？反正這兩天她也在和人寫《金剛經》，多寫一把扇子，還值什麼？」

燕西笑著一拍大腿，站了起來道：「哦！我說什麼呢？不是好字，人家是不會請著抄經的，宣紙的闊幅白手折，寫上這樣清秀的小楷字，那實在是好看，難怪有人請呢。」

冷太太道：「這也是她一個老教員好研究佛學，叫她寫一部《蓮華經》，說是暑假裡，可以寫完這一部經，寫經的時候自然不熱，比在西山避暑還涼快呢，清秋一高興就答應了，後來一翻書，厚厚的兩大本，她連忙送回去了。昨日那教員又勸了一頓，說是寫經真有好處，若是能關起門來寫經，什麼除病除災，積功德的話，那涉於迷信，不敢冤青年人，可是真能慢慢寫經，帶著研究這裡面的意思，一定可以省些煩惱，她被人家勸不過，就把這部字少的《金剛經》帶回來了。」

燕西道：「本來這個經，既要寫得好，又要沒有錯字，非是細心的人，那是辦不了的，明天冷小姐寫完了，我還要瞻仰呢。」

冷太太笑道：「金先生這樣一說，那就把她抬高了，她有這樣好的字，那我也不發愁，可以指望她賣字來養我了。」

二人談了一會兒，燕西起身回去，就把書櫥格下的扇子翻了出來。摺扇倒有十幾柄，不過上面都是有字有畫的，不能合用。只有一柄湘妃竹骨子的，一面畫著張致和《水趣圖》，一面是空白。

燕西想，這張畫太清淡了，不是定情之物，但是急忙之中又找不到第二把，心想，管他呢，拿去寫就是了，誰耐煩還等著買去。當時燕西拿著那柄湘妃竹骨子的扇子，又親自送到隔壁冷家去，冷太太雖然覺得這個人的性子太急，但是也就收下了。

他這樣性急，冷太太心裡好笑。

三門詩

到了晚上九點鐘，清秋回來了，臉上帶著兩個淺淺的紅暈。

冷太太道：「你又喝酒了嗎？」

清秋道：「沒喝酒。」

冷太太伸手替她理著鬢髮，用手背貼著清秋的臉道：「你還說沒喝酒，臉上紅得都發了熱，覺得燙手呢。你不信，自己摸摸看。」說時，握著清秋一隻手提了起來，也讓她把手背去試了一試臉上，然後笑問道：「怎麼樣？你自己不覺得臉上已經在發燒嗎？」

清秋笑道：「這是因為天氣熱，臉上發燒哩，哪裡是喝醉了酒？」

清秋走進房去，一面脫衣服，一面照鏡子，自己對鏡子時的影子一看，可不是臉上有些紅暈嗎？將衣服穿好，然後出來對冷太太道：「哪裡是熱？在那新房裡發躁呢。」

冷太太道：「在新房裡會發什麼躁？」

清秋噘著嘴道：「這些男學生真不是個東西，胡鬧得了不得。」

冷太太笑道：「鬧新房的事，那總是有的，那只有娘兒們可以夾在裡面瞧個熱鬧，姑娘小姐們就應該走遠些，誰教你們在那兒呢？」

清秋道：「哪裡是在新房呀？在禮堂上他們就鬧起，一些人的眼睛全望著我們幾個人，到了新房裡越發是裝瘋。」

冷太太笑道：「你們當女學生的，不是不怕人家看嗎，怎樣又怕起來了？」

清秋道：「怕是不怕人，可是他們一雙眼睛，釘子似的，釘在別人身上，多難為情呀。」

冷太太道：「後天新人不是另外要請你們幾位要好的朋友嗎？你去不去呢？」

清秋道：「我聽到說，也請了男客，我不去了，古先生拿來的《金剛經》，只抄了幾頁就扔下了，他若要問起我來，我把什麼交給人？我想要三四天不出門，把它抄起來。」

冷太太道：「你說起抄經，我倒想起一樁事，金燕西拿了一把很好的扇子來，叫你給他寫呢。」

清秋道：「媽也是的，什麼事肚子內也擱不住，我會寫幾個字，何必要告訴人。」

冷太太道：「哪裡是我告訴他的？是他看見這牆上的字條談起來的。他還說了呢，說是我們要用什麼首飾，可以和他去借。」

清秋道：「他這句話，分明是賣弄他有家私，帶著他瞧我們不起。」

冷太太笑道：「你這話可冤枉了人家，我看他倒是和藹可親的，向來沒有在我面前說過他家裡一句有錢的話。」

清秋道：「拿一把什麼扇子給我寫？」

冷太太便到屋子裡，將那柄湘妃竹扇子拿出來，清秋打開一看，見那邊畫的《水趣圖》，一片蒹葭，兩三點漁村，是用墨綠畫的，淡遠得神，近處是一叢深蘆，藏著半截漁舟。

清秋笑道：「這畫實在好，我非常歡喜，明天託舅舅問問他看，畫這扇面的人是不是他的朋友？若是他的朋友，託那人照樣也替我們畫一張。」

冷太太道：「你還沒有替人家寫，倒先要人家送你畫。」

清秋道：「我自然先替他寫好，明天送扇子還他的時候，再和他說這話呢。」

次日，清秋起了一個早，將扇子寫好，便交給了宋潤卿，讓宋潤卿送了過去。

宋潤卿走到那邊，只見燕西床上，深綠的珍珠羅帳子，四圍放下，帳子底下，擺著一雙鞋，大概是沒有起來呢。

桌子上面，擺了一大桌請客帖子，已經填了日期和地點，就是本月十五，燕西在這裡請客，請帖的一旁，壓著一張客的名單，自己偷眼從頭看到尾，竟沒有自己的名字在內，心裡想著，這很奇怪，我是和他天天見面的人，他又在我家隔壁請客，怎樣會把我的名字漏了？於是把桌上煙盒裡的雪茄取出一根，擦了火柴來吸著，接上咳嗽了兩聲。

燕西在床上一翻身，見他坐在桌子邊，本想不理，後來一看他手上捏著一柄摺扇，正是自己那柄湘妃竹子的，大概是清秋已經寫上字了，連忙掀開帳子，走下床來，說道：「好早，宋先生幾時來的？我一點也不知道。」

宋潤卿道：「我們都是起慣了早的，這個時候，已經做了不少的事了，這一把扇子，也是今天早上寫好的，金先生你看怎麼樣？筆力弱得很吧？」

燕西拿扇子來一看，果然寫好了，蠅頭小楷，寫著蘇東坡的遊赤壁賦，和那面的《水趣圖》正好相合。燕西看了，先讚幾聲好。再看後面，並沒有落上款，只是下款寫著「雙修閣主學書」。

燕西道：「這個別號很是大方，比那些風花雪月的字眼莊重得多。」

宋潤卿道：「年紀輕輕的女孩子稱什麼樓主閣主，未免可笑，前兩天，她巴巴的用了一張虎皮紙，寫著『雙修閣』三個字，貼在房門上，我就好笑。後來據她說，是一個研究佛學的老教員教她這樣的呢。」

燕西道：「冷小姐還會寫大字嗎？我明天也要拿一張紙，請她和我寫一張。」

宋潤卿道：「她那個大字罷了，若是金先生有什麼應酬的東西，兄弟倒可以效勞。」

他這樣一說，燕西倒不好說什麼，恰好金榮已送上洗臉水來，自去洗臉漱口。

宋潤卿見他沒有下文，也就不好意思，伏在桌子上，翻弄鋪下的兩本書。

燕西想起桌上的請帖，便道：「宋先生，過兩天，我請你陪客。」

宋潤卿笑道：「老哥請的多是上等人物，我怎樣攀交得上？」

燕西道：「太客氣了。而且我請的，也多半是文墨之士，絕不是政界中活動的人物。實不相瞞，我原是為組織詩社，才在外面這樣大事鋪張，可是自從搬到這裡來，許多俗事牽扯住了，至今也沒開過一次會，前兩天家父問起來，逼著我要把這詩社的成績交出來，你想，我把什麼來搪塞呢？我只得說詩稿都拿著印書去了，下次社課，做了就拿來。

「為著求他老人家相信起見，而且請他老人家出了兩個題目，這次請客，所以定了午晚兩席，上午是商議組織詩社的章程，吃過午飯，就實行作詩。要說到作詩，這又是個難題目，七絕五絕我還勉強能湊合兩句，這七律是要對四句的，我簡直不能下手。」

宋潤卿連忙搶著說道：「這不成問題，我可以和金先生擬上兩首，請你自己改正，只要記在肚子裡，那日抄出來就是了。」

燕西道：「那樣就好，題目我也忘了，回頭我抄出來，就請宋先生先替我做兩首。」說著，對宋潤卿一抱拳，笑著說道：「我還另外有酬謝。」

宋潤卿道：「好玩罷了，這算什麼呢，不過我倒另外有一件小事要求。」

燕西道：「除非實在辦不到的，此外總可以幫忙，怎麼說起要求二個字來？」

宋潤卿笑道：「其實也不干我的事，就是這把扇子上的畫，有人實在愛它，諒這個畫畫的人必是你的好友，所以叫我來轉請你，替她畫一張小中堂。」

燕西道：「咳！你早又不說，你早說了，這把扇子不必寫字，讓冷小姐留下就是了。」

宋潤卿道：「君子不奪人之所好，況且你那上面已經落有上下款，怎樣可以送人呢？」

燕西道：「不成問題，我絕可以辦到，三天之內，我就送過去。」

宋潤卿道：「這也不是什麼等著要的東西，遲兩天也沒有什麼關係。」

燕西道：「不要緊，這個會畫的，是家父一個秘書，立刻要，立刻就有，三天的限期已經是很客氣了。」

燕西的脾氣就是這樣，說做就做，立時打電話，去找那個會畫的俞子文。那俞子文接了少主人的電話，說是要畫，答應不迭，趕了一個夜工，次日上午就把畫送給燕西。因為燕西吩咐了的，留著上下款不必填，所以連圖章也沒有蓋上一顆。燕西卻另外找了一個會寫字的，填了上下款，上款題的是「雙修閣主人清秋」，下款落的「燕然居士」敬贈。因為裱糊是來不及了，配了一架玻璃框子，次日就叫聽差送過去。

這一幅畫，是燕西特囑的，俞子文越發畫得雲水蒼茫，煙波縹緲，非常的精妙，清秋一看，很是歡喜。就是那上下款，倒也落落大方，但是這「燕然居士」四個字，分明是燕西的別號，把人家畫的畫他來落款，不是誠心掠美嗎？好在這是小事，倒也沒有注意。

這日下午，她因為宋潤卿不在家，他那間半作書房半作客廳的屋清靜一點，便拿了白摺，在那裡抄寫《金剛經》。

約摸抄了一個鐘頭，只聽門簾子啪嗒一響，抬頭看時，卻是燕西進來了。清秋放下筆，連忙站起來。

燕西點了一個頭問道：「宋先生不在家嗎？」說畢，回身就要走。

清秋笑道：「請坐一坐。」

燕西道：「不要在這裡耽誤冷小姐的功課。」

清秋笑道：「是什麼功課呢，替人抄幾篇經書罷了。」便隔著窗戶對外面喊道：「韓媽，請太太來，金先生來了。」

燕西原是男女交際場中混慣了的，對於女子，很少什麼避嫌的事，唯有對於清秋這種不新不舊的女子，持著不即不離的態度，實在難應付，本來說了兩句話，就要走的，現在清秋請她母親出來陪客，這又是挽留的樣子，便索性坐下來。

冷太太適好在裡面屋子裡有事，這一會兒還沒有出來，暫時由清秋陪著。一時找不到話說，清秋先說道：「多謝金先生送我那一張畫。」

燕西道：「這很不值什麼，冷小姐若是還要這種畫，十幅八幅我都可以辦到。」

清秋笑道：「行了，哪裡要這些個，這種小房子，要了許多畫，到哪裡擺去。」

燕西一面說話，一面用眼睛看著桌上抄的經卷說道：「冷小姐的小楷實在是好，雖然蒙冷小姐的大筆，給我寫了一把扇子，可惜不能裱糊掛起來，冷小姐閒了，請你隨便寫幾個字。」

清秋道：「我向來就沒敢替人寫什麼東西，這次因為家母說金先生是熟人，寫壞了，也可以原諒的，所以才勉強瞎塗了幾個字，真要裱糊起來當陳設品，那是笑話了。」

說時，她側著身向著燕西，把右手拇指食指依次撫弄著左手五個指頭，眼睛望著那白裡透紅的手指甲，卻不向燕西正視。

她身上穿的是一件半新舊白色印藍花的薄紗長衫，既乾淨，又伶俐，燕西想到哪裡有這樣兩句詩：**淡淡衣衫楚楚腰，無言相對已魂銷**，現在看將起來，果然不錯。可惜邱惜珍比她開通，沒有她這樣溫柔。她比邱惜珍可憐可愛，又不很開通，要和她在一處跳舞，那是絕對沒有這種希望的。

清秋見燕西坐在那裡發愣，不知道是什麼意思，先咳嗽了兩聲，回頭又喊著韓媽道：「韓媽，你也來倒茶呀。」

燕西笑道：「無須乎客氣了。我是一天不來三趟，也來兩趟，幾乎和自己家裡差不多了，要是客氣，還客氣不了許多哩。」

清秋笑道：「還有我們那位舅舅，一天也不知道到先生那邊去多少次哩。」

燕西道：「唯其如此，所以彼此才不用得客氣呀。」

清秋淡笑了一笑，好像承認他這句話似的。

接上無話可說，她又去低頭撫弄著手指頭，燕西道：「冷小姐，在上一個多月，到萬壽山去過一回嗎？」

清秋隨口答道：「是的，去過一回。」這句話說完，忽然想道：我到萬壽山去過一回，你怎麼知道？於是對燕西臉上看了一眼，好像很疑惑似的。

燕西會意，笑道：「那天，我也去逛的，看見貴校許多同學，坐著一大群車子，在大路上走。冷小姐，你不是坐著第三輛車子嗎？」

清秋一想，怪呀，那個時候，你並不認得我，怎樣知道是我呢？不過這話不好說出來，便道：「哦！那天金先生也去逛的。」接上笑道：「金先生倒是好記性，還記得很清楚。」

燕西道：「這一次遊覽，我覺得很是有趣的，所以還記得呢。」

清秋仔細一想，是了，那天在大路上，有一個時髦少年，帶著幾個僕人，騎著匹馬在車前車後走，大概就是他了。

清秋這樣想著，由此更推測到燕西近來的舉動，覺得他是處處有意的，抬眼皮一看，他穿著一件白秋羅的長衫，梳著一個溜光的西式分頭，不愧是個風流俊俏人物，在這個當兒，竟好好地臉上會發起熱來，儘管地低下頭去。

燕西又覺得無話可說了，站到桌子邊來，看那寫的《金剛經》，先是說了一陣好，然後又說道：「冷小姐，你寫的這部經，送給我，好嗎？」

清秋道：「金先生也好佛學嗎？」

燕西笑道：「這是迷信的事，我們青年人學這個做什麼，那不是消磨自己的志氣？」

清秋道：「我也是這樣想，這是老媽媽幹的事，我們哪裡幹得來這個？可是我們有個老教員老是說好，再三再四地教我寫一部經，我可真不願寫呢，金先生既不學佛，要抄經做什麼？」

燕西笑道：「實在寫得太好了，我想要了去，裱糊起來掛在書房裡呢。不過我這人未免得隴望蜀，倒是請你寫了一把扇子，這會子又要這部經，太不知足了。」

清秋還沒有回話呢，忽然後面有人說道：「清秋，你就把那個送金先生吧，你再抄一本得了，這值什麼呢？」

回頭看時，原來是冷太太進來了。

燕西道：「冷伯母你瞧，我又來胡鬧了，你說要全部的，那太費事了，隨便給我寫一張兩張就成。」

清秋道：「那樣也不成一個格式呀，真是金先生要的話，我仔仔細細地寫一個小條幅奉送吧。」

燕西笑道：「那就更好了，正是我不好出口的話哩。」

冷太太道：「這值什麼呢，將來放了暑假，就寫個十張八張，也有的是工夫呀。」

她所以說出這樣的話，正因為燕西送來的東西太多了，老是愁著沒有什麼回報人家，現在人家既願要一張字，正可藉此了心願。

清秋個人也是這樣想，而且她更要推進一層，以為看他那種情形，對於我是十分欽慕的，不然，要是出於隨便的話，為什麼送我一次東西又送一次東西，我老是這樣收著，心裡也有些不過意，現在他既要拿字去裱糊，恐怕在字的好壞問題以外，還存有別的意思，關於這一層，我且不問他，只要我辦得到，這一點小人情落得依允的。

她這樣想著，所以當日下午，她親自到街上去買了一幅絹子，工工整整地將庾信那篇《春賦》，一字不遺寫了一個橫條。後面落著款：「燕然居士雅正」，雙修閣主某年月日午晴，讀庾子山春賦既已，楷書於棗花簾底，茶熟香沉之畔。

寫完之後，照樣的也配了一個玻璃架子送給燕西。這庾信的《春賦》，本來也很清麗的，加上清秋這種簪花格的字，真是二難並具了。絹子原來極薄，清秋在那下面托了一幅大紅綾子，隔著玻璃映將出來，正是飛霞斷紅色，非常好看。

燕西得著，非常的歡喜，他的歡喜，並不在這一張字上，心想，他從來未見清秋對他有這樣懇切的表示，據這樣看來，她對於我，是不能說絕對沒有意思的。

在這個時候，應該私自寫一封信給她，表示謝意，一面說些欽慕的話，然後看她怎樣答覆，信怕落了痕跡，最好是寄給她一首詩，可惜自己的詩做得要不得，只好從寫信入手了。

咳！不要談到寫信，自己幾乎有半個月沒有動筆了，再說，像烏二小姐、密斯邱，那只要用鋼筆蘸紅墨水，用上好的西式信箋，隨便寫幾句白話就成了，對於她若是用這種手腕，那是不合宜的。

前幾天對於這件事本也籌畫了一番，將風情尺牘、香豔尺牘買了好幾部，仔細查了一查。可是好看的文字雖多，全篇能合用的，簡直沒有，要說尋章摘句弄成一篇吧，那些文字，十句倒有八句是典故，究竟能用不能用，自己又沒有把握，實在也不敢動手。因此躊躇了半天，還不曾決定辦法。

後來一想，長日如年，反正也沒有什麼事，慢慢地湊合一篇試試看，這樣想著，將房門簾子垂下，將幾部尺牘書和一部《辭源》一齊攤在桌上，先要把用的句子抄著湊成一篇草稿，然後把自己不十分明瞭的句子，在《辭源》上一句一句把它找出娘家來，由上午找到上燈時候，居然沒有出門。

伺候的幾個聽差未免大加詫異，心想：**從來也沒有看過我們七爺這樣用功的，莫非他金氏門中快要轉運了**？大家走他門口過來過去，也是悄悄然的，不是燕西按鈴，不敢進去。

燕西在裡面，做起來，也不過如此，只是前後查了幾十回《辭源》，把腦袋都查暈了，伸了一個懶腰，道了一聲哎喲，人才舒服些，然後站起身來，走到院子外來，吸吸新鮮空氣，信足所之，不由得走到冷家大門這邊來。

只見一個老媽子捧著兩個扁紙盒子進去，這大門邊，早由燕西那邊的電燈牽了線過來，安上電燈了，在燈光之下，看見那紙盒子上面貼著一張紅紙剪的壽字，燕西一看，忽然心裡一動，心想，他家是誰過生日，送這樣的壽禮，便在門口站了一會兒，等那送禮的人出來。不多一會兒，果然出來了，卻是韓媽隨在後面，出來關門。

燕西笑道：「這個送禮的人多麼晚啦。」

他說這句話，原是指著天氣晚了，韓媽卻誤會了意思，笑道：「就因為這樣，才等不及明日就送來了。」

燕西道：「送禮的是誰？」

韓媽道：「是梅家小姐，還是新娘子啦。」

燕西道：「是你們小姐的同學吧？」

韓媽道：「你怎樣知道？」

燕西道：「不是沒有兩天，你小姐還去吃過喜酒的嗎？」

韓媽道：「對了，她和我們小姐最好不過，不是做新娘子，也許明天親自來哩。」

燕西道：「明天是冷小姐的生日，你該有麵吃了。」

韓媽笑道：「金少爺，我們小姐明天生日，你怎樣知道？」

燕西道：「我早就知道了，是你們舅老爺告訴我的呢，我的禮物，是要到過生日的那天才送去的。」

韓媽道：「你可別多禮，原是我們太太怕讓你知道了，又要你費事，所以才瞞著，你要一多禮，我們太太又要說是我嘴不穩，說出來的了。」

燕西道：「你的嘴還不穩嗎？不是我說出來了，你一輩子也不肯認賬哩。」說畢，笑著回家去了。

他得了這一個消息，真是如逢救苦救難的觀世音，把圍解了，這一下子，要寫信，不愁沒有題目可找了。

自己想了一想，既然是人家的生日，總要送她一樣最合宜的東西才好，據我想，她現在最羨慕的，恐怕要算珍珠項圈，我明天起個早，就到烏斯洋行去買一串送她。我還存著有兩千塊錢，拚了一千五六百塊錢，買一串上中等的送她。

不過這樣的重禮，人家不會生出疑心來，不肯收嗎？大概不會吧，等她不受，我再退回洋行去，也不要緊，好在是老主顧，不成問題。

無論如何，她也不過覺著禮重些罷了，還能說我不是嗎？主意想定，就是這樣辦。再一查那風情尺牘剛好有賀女子生日，和送珍珠的兩篇，兩篇湊在一處就是一篇很合適的信了。

到了這時，白天用的那番工夫總算是沒白費，順手一把將草稿捏在手裡就是一頓搓，把它搓成一個紙團兒，扔在字紙簍裡，於是重新攤開香豔尺牘和風情尺牘來，把選的那兩篇揣摩了一會，一個去了前半段，一個去了後半段，稍微添改幾個字倒也可用，如是便先行錄起草稿來。那信是：

清秋女士雅鑒：

一簾瑞氣，青鳥傳來，知仙桃垂熟之期，值玉樹花開之會，恍然昨夕燈花，今朝鵲喜，不為無故。女士錦秀華年，芝蘭慧質，故是明月前身，青年不老，燕嘗瞻清範，倍切心儀，今夕何夕，能毋申祝？則有廉州微物，泉底餘珍，嘗自家藏，未獲愛者，今謹效贈劍之忱，藉作南山之頌，敢云邀憐掌上，比之寒光，取其記事，使有所托耳！
馳書申賀，遙祝福慧無疆！

金燕西頓首

自己看了又看，覺得還可以，信以南山之頌，在書信裡本是藉作投桃之報。這是曉得的，平常的信上都有這句話，不是賀壽用的，因此參照尺牘上別一段來改了，能毋申祝，接則有兩個字，就是兩篇一半，合攏的地方，覺得十分恰合，天衣無縫。

自己看了一遍，又念了一遍，很是得意，便拿了信紙寫將出來。

燕西鬧了半夜，將信寫完。次日早上，便坐著汽車，到烏斯洋行買了一串珠圈回來。不說別的，就是盛珠子的那盒子也格外漂亮，盒子是長方形的，乃是墨綠色的天鵝絨，糊成外表，周圍用水鑽嵌著花邊，盒子裡面是紫色鍛子，白色的珠子，放在上面非常好看。而且盒子裡面早擱上了香精，將盒子蓋打開，撲面一陣香氣，燕西買了非常滿意，立時吩咐金榮，暗暗地把韓媽叫了來。

先在抽屜裡，掏了兩塊錢，交給她道：「這個是給你的，你收下吧。」

韓媽右手伸著巴掌，將錢接住，左手搔著兩眼的癢，笑道：「不！金少爺！又花你的錢。」

燕西道：「你收下吧，我既然給你，就不收回來的。」

韓媽將身子蹲了一蹲，笑著說道：「謝謝你啦。」

燕西先將那個盒子交給她道：「這個東西你交給太太，你說今天是小姐生日，我來不及買什麼東西，就只來了一掛珠子，這是外國洋行裡再三讓來的，不能退回，請你太太千萬收下。」

韓媽逐句答應著，燕西又在身上掏一封信來，把臉格外裝著沉重些說道：「這一封信，是給你家大小姐拜壽的，請你交在她手裡。」

韓媽答應是，然後又道了謝，回身要走，燕西又把她叫回來，含著笑說道：「這個信，你不要當著你太太的面拿出來。」

韓媽也笑著說：「知道。」

她拿了這珠圈回家，就送給冷太太看，說是金少爺送我們小姐的壽禮。這是人家特意買的，我們自然是要收下來的。

冷太太將那盒子拿過來，就知道是一件貴重的東西，等到盒子打開一看，只見裡面是一串珠子，不覺大聲叫了一聲哎喲！便問道：「這是那金少爺交給你的嗎？」

韓媽道：「是的。」

冷太太道：「那我們怎能受人家這樣重的大禮，那非退回去不可。」

韓媽道：「人家既然送來了，我還能退回去，不是掃了人家的面子嗎？我可不管送。」

冷太太道：「你說話也不知道輕重。你猜猜，這珠子要值多少錢？」

韓媽道：「值多少錢呢，還能夠貴似金子嗎？也不過幾十塊錢罷了。」

冷太太道：「幾十塊錢？十個幾十塊錢也不止呢。」

韓媽道：「值那麼些錢？」

冷太太道：「可不是，你想，我們和人家有什麼交情，能受那重的禮嗎？你這就替我送回去吧。」

韓媽一想，自己先接了人家兩塊錢，若是送回去，差事沒有辦到，第二回就沒有指望了，便說道：「這個東西太貴重，我不敢拿，若是一失手摔在地下砸了，拆老骨頭也賠不起呢。」

她們正在這裡說話，清秋走了出來，冷太太順手將盒子遞給她，說道：「你看，送我們這樣重的大禮，這還了得！」

清秋將盒子接過來看見是一串珠子，也是心裡一跳。她用兩個指頭將珠子捏了起來，先掛在手腕上看看，回頭又掛在脖子上，把鏡子照了一照，便對冷太太道：「這掛珠子真好，恐怕比梅小姐的那一掛還要好些。」

冷太太道：「當然好些，這是在洋行裡挑了來的哩。」

清秋將珠子取下，緩緩放在盒子裡，手托著盒子，又看了一看。

冷太太見她愛不忍釋，看在她過生日的這一天，不忍掃她的興，沒有說收下，也沒有說退還，便由清秋將那個天鵝絨盒子放在枕頭桌上。

當這個時候，韓媽跟著清秋進來，緩緩地將那信擱在盒子邊，說道：「金少爺送這東西來的時候，還有一封信呢。」

清秋聽了這話，心裡又是一跳，心想，他和我一牆之隔，常常可以見面，要寫什麼信？便道：「哦！還有封信嗎？讓我看看。」說著，從從容容將信拆開，拿著信從頭一看，兩手一揚道：「沒有什麼，不過是說叫我們把東西收下呢，你把信給太太看了嗎？」

韓媽道：「沒有。」

清秋道：「你不要告訴她吧，她是這個脾氣，越叫她收下，她越是不收下的。這掛珠子，我是很愛，捨不得退還人家呢。」

韓媽道：「是呀，我也是這麼想，太貴的東西，我們沒有錢買，人家送我們，我們就收下吧。」

清秋等韓媽走了，關上房門，睡在床上，避到帳子裡，把那信從衣袋裡掏出來，重新看了一遍。

古詩上說得好，**有女懷春，起士誘之，兩性間的吸引，也是往往不期然而然地會發動起來**，在這最初時期的一個關頭擺脫開了，就擺脫開了，擺脫不開呢，那麼，二期三期以至成熟，就要慢慢地挨著來。

清秋本是個聰明女子，什麼不曉得？現在有一個豪華英俊的少年，老是在眼前轉來轉去，這自然不免引起情愫，她起初只聽說燕西會作詩，半信半疑，現在看他這一封信，竟是一個文學有根底的人，倒出於意料之外。

她將信看完，便塞在枕頭下，被褥最下的一層，只聽外面她母親說道：「人家不曉得那就算了，人家既曉得了，就應該送幾碗麵過去。」

清秋聽說，開門出來道：「那是當然要送的，但是人家送我們這重的禮，我們請人家吃碗麵，就算還禮嗎？」

冷太太聽她的口音，竟是要把珠子收下來了，笑道：「憑我們回什麼禮，也不能和人家禮物相等啦。」

清秋道：「不是那樣說，我覺得自己家裡煮幾碗麵送到那邊，俗得了不得，反而顯得小氣。他們家裡有的是廚子，什麼麵也會煮，把我們這樣的麵送給人家去，豈不讓人家笑話？」

冷太太道：「你這話說得也是，依你的意思，要怎麼樣呢？」

清秋笑著說：「媽！我在西洋烹飪法裡，學會了做一樣點心叫玫瑰蛋糕，叫媽媽爹去和我買些東西來，我做一回試試看。做得了，送人家一些，我們自己也吃一些。」

冷太太道：「怪不得你上次帶了那些洋鉛的傢俱回家，原來是做雞蛋糕吃的。我說你準能做得好嗎？」

清秋道：「做不好，就不送給人家，那還有什麼不成？」

冷太太總是愛著這一個獨生的姑娘，就拿了錢出來，叫韓觀久替她去買去。

清秋也很高興，繫了一條白色的圍裙，親自到廚房裡去做這玫瑰蛋糕。人在高興的時候，什麼事也辦得好。兩三個鐘頭，她已蒸得了許多。這蛋糕是淡黃色，上面卻鋪了青紅橙皮、葡萄乾、香蕉瓤，一些又軟又香的料子，而最重要的一部分卻是玫瑰糖精，因此這蛋糕倒是香甜可口。

清秋挑了兩格好的，趁著熱氣，用個瓷盤子盛了，就叫韓媽送到燕西那邊去。

恰好燕西在家，他一見韓媽送東西來，正要探聽那一封信的消息。連忙說道：「多謝多謝，看這個樣子，熱氣騰騰的，是自己家裡做的呢。」順手一摸，又掏出一塊錢來賞韓媽。

韓媽道：「今天已經花了你一回錢了，怎樣又花你的錢?真不敢接。」

燕西道：「你儘管拿著，要不，第二回我就不敢煩你做事了。」

韓媽見他如此說，道了一聲謝謝，只得把錢收下。

燕西道：「這是你家太太做的嗎？」

韓媽道：「不，是我家小姐做的。你嘗嘗看，好吃嗎？」

燕西聽說是清秋做的，便道：「好吃好吃。」

韓媽心裡好笑。然後問道：「我那一封信……」

韓媽道：「我送給小姐了。」

燕西道：「她看了嗎？」

韓媽道：「看了。」

燕西道：「你看見她看信的嗎？」

韓媽道：「我看見她看信的。」

燕西這才用手撕了一塊玫瑰蛋糕，放在嘴邊慢慢地咀嚼，笑著問道：「她說了什麼呢？」

韓媽道：「她沒有說什麼，她看信的時候，我也就走開了。」

燕西道：「她不能一句話都沒有說，總說了兩句吧？」

韓媽道：「她說是說了一句，她問我給太太看了沒有？我說沒有，她就說，別告訴太太。」

這幾句話，說得燕西心花怒放，便道：「你很會辦事，我還要託託你，你順便的時候，可問她一聲有信回覆我沒有？若是有信的話，你可以一直送到我屋裡來，我那些聽差要問你，你就說是我叫你來的。」

韓媽因為燕西待她好，她以為是應該報答人家的，燕西這樣說，她就這樣答應，因為金榮進來，她才走了。

金榮問道：「七爺，我們明天請客，酒席是家裡廚子做呢，還是到館子裡去叫呢？」

燕西道：「就是家裡廚子做吧，說一聲就得了，省得費事。」

金榮答應著去了。

因此一問，燕西想起作詩來了，把他父親出的題目拿了出來，攤著看看，研究怎樣下手。那題目是春雨七律一首；芍藥七絕，不拘首數；登西山絕頂放歌，七古一首。燕西一想，除了芍藥的七絕，自己還有些把握外，其餘一概不知怎樣下手。這沒有法子，只好請教宋潤卿了。當時就把宋潤卿請來，把題目給他看，問他是作哪個題目。

宋潤卿道：「要作幾個題目，才算完卷哩？」

燕西道：「作兩個題目就算完卷了，那七絕，我是選定了，現在就是想著在這首七古和七律裡面究竟是選哪一首好？」

宋潤卿道：「就是春雨吧，七古這種詩才力氣，三缺一不可，若是作得欠妥，詩社裡無所謂，恐怕呈給令尊看，不能放過去。」

燕西道：「很好，那麼，就請宋先生替我做首七律吧。」

宋潤卿道：「好，讓我回家去做，做好了，晚上送來。」

燕西道：「還有七絕呢？」

宋潤卿道：「這個也要我作嗎？」

他原是順口反問這樣一句，燕西聽了，就覺得未免過重一點，倒有些不好意思。

宋潤卿見燕西說不出所以來，自己也覺得這話重了，便道：「我對於七絕，向來是作不好的，不過我也可以擬幾首，回頭請燕西兄來刪改，到了晚上，和那首七律我一併送過來就是了。」

燕西聽了，自然歡喜。

到了次日，所請作詩的客都緩緩來了，到的共是十位，那是鄒肇文、謝紹羆、楊慎己、沈從眾、韓清獨、孔學尼、孟繼祖、馮有量、錢能守、趙守一各先生。

燕西出來招待，都請他們在客廳裡坐下。

其中孟孔錢趙，是四位少爺，其餘都是參金事之流。

鄒肇文先拱一拱手，對燕西說道：「七爺興趣很好，弄起詩社來了，這裡許多人就是我不成。不用說，七爺的詩，那要首屈一指了。」

燕西笑道：「我能作什麼，不過跟著諸位後面學一學罷了。」

謝紹麗打了一個哈哈，然後說道：「這是笑話了，七爺跟著我們學詩嗎？謙遜太過，謙遜太過，這一回是七爺值課，這題目當然是由七爺酌定的，我想七爺一定擬好了？」

燕西道：「擬是擬好了，不過還請大家決定。」

孔學尼道：「是什麼題目？燕西兄先說出來聽聽。」

燕西道：「這題目也不是我擬的，因為我把立詩社的話告訴了家嚴，家嚴很是歡喜，就代出了三個題目。」

鄒肇文手一拍道：「怎麼著！是金總理出的題目？這一定很有意思，讓我來想想，他老人家要出哪一類的題目？」說著，昂起頭來，望著天想了一想。

謝紹麗道：「據我想，或者切點世事，如秋感之類。」

鄒肇文道：「不對，金總理有一番愛國愛民的苦心，這樣的題目，他會留著自己作的，但是他老人家高興，會出這一類題目也未可知。」

說時，燕西已把宣紙印花箋抄的題目十幾張，分散給在座的人。

鄒肇文念道：「春雨七律一首，芍藥七絕不拘首數，登西山絕頂放歌，七古一首。」

鄒肇文又將手一拍，說道：「我說怎麼樣，他老人家的題目，一定是重於陶冶性情一方面的。」

那楊慎己年紀大些，長了一些鬍子，笑道：「這春雨的題目，金總理是有意思的！必須學張船山梅花之詠，王漁洋秋柳之詞，那才能發揮盡致，他老人家叫我們作一首，我們能作的，不妨多作幾首，至於這芍藥呢？哼……」

說著，又將鬍子摸了一摸道：「這個應該作個十首八首方才合適，至少也要像李太白的《清平調》一般，做個三絕。要說到這七古，恐怕在座諸位才調有餘，魄力或不足。我是選定了，先做這個。」

燕西心裡討厭道：我原不打算請這個老東西的，無奈父親說，他是一個老手，要請他加入。你看他還沒有作呢，先把在座的人批評一頓，這樣老氣橫秋的樣子，我實在看不入眼，便說道：「請諸位先吃一些點心，一會兒，我還要介紹一位詩家和諸位見面呢。」

大家聽說是吃點心，都停止了談論，站起身來，客廳隔壁，一列兩間廂房，已經擺好桌椅。大家少不得有一番讓座。

趁此時間，燕西已經把宋潤卿也請來了。

燕西將在座的人一一和他介紹，那楊慎己瞟了他一眼，心想，所謂詩家，莫非就是他？我看穿得這樣寒磣，就不是一個會作詩的人。

大家坐定，便端上菜和麵來，大家一面吃麵，一面談話，非常熱鬧，吃過點心之後，燕西引導著眾人進了書房，就讓他們開始去作詩。

楊慎己先說道：「燕西兄，我們這詩社，今日成立的第一天，以後當然要根據今日做去，要不要先議個章程？」

謝紹羆道：「這個提議我先贊成，不過這三個題目的詩，要作起來恐怕很費事，不如我們先作詩，把詩作完了，大家有的是富餘的工夫，然後再議章程，就很從容了，哪怕議到晚上十二點鐘去呢。」

楊慎己道：「諸位覺得作詩很難，很耽誤時候，那麼先作詩，後議章程也好。」說時，摸著鬍子笑了一笑，說道：「依我而論，有兩個鐘頭作詩儘夠了，作完了詩，又議章程，恐怕不到吃晚飯，諸事都完了。」

那鄒肇文生怕大家依了楊慎己的提議，先就拿著那張題目給燕西看，指著「芍藥」兩個字說道：「我先作這個。今天是燕西兄的主人，我們應該聽燕西兄的號令，燕西兄，你看要不要限韻？」

燕西道：「不限韻吧！若是限了韻，大家有許多好句子都要受束縛，寫不出來，豈不可惜？」

鄒肇文道：「極對，我就是這樣想。」

那孔學尼是個近視眼，將題目紙對著眼睛上，由上往下，由下往上地移動著，看了一遍，對燕西說道：「好久沒有作七古了，不知道成不成？」

孟繼祖道：「要就發揮意思上說，還是應大吹大擂一番。」

楊慎己知道他二位是兩個闊少爺，便道：「孔孟二兄是有心胸的人，所以說的話，正和愚見相同，我們三個人各作一篇吧。」

他們在這裡發議論，燕西早督率著聽差，擺上十幾個位子，每個位子上，一個白銅墨水匣，一枝精選羊毫，一疊仿古信箋。此外一處一份杯碟，斟滿了上等的碧螺春茶，又是兩支雪茄，一盒金龍煙捲，這都是助文思的。

布置已畢，各人入位，立刻把滿屋囂張的空氣就安靜下去了。

但是大聲已息，小聲又漸漸震動起來。那聲音嗡嗡的，就像黃昏時候屋裡的蚊子鼓舞起來了一般。仔細聽那聲音，有念「清明時節雨紛紛」的，有念「名花傾國兩相歡」的。燕西的稿子，本來是胸有成竹，他一點也不用得忙，反而抽著煙捲，冷眼去看在座的人搜索枯腸。只見在座十幾顆腦袋，東晃西盪，正自上勁。

那韓清獨坐的位子正在楊慎已的前一排，他兩隻腳在桌子下面拚命地抖著，上面也就搖動起來，把楊慎已桌上一杯茶震動得起了波浪，直往杯子外跑。

楊慎已有些忍不住了，便道：「清獨兄，你的大作得了嗎？」

韓清獨抽出一方小手絹，去揩頭上的汗，說道：「得了一半，我念給你聽。」

楊慎已道：「不用的，回頭做完了，大家瞧吧，你把椅子移上前一點，好不好？」

韓清獨道：「怎麼樣？擋住了光線嗎？」

楊慎已不便說明，只得說：「是。」

韓清獨將椅子移了一移，依舊又是搖擺起來。

楊慎已再忍不住了，便說道：「清獨兄，你別搖啊。」

韓清獨正為著那首七絕末了一句接不起來，極力地搖擺著身軀，在那裡構思，聽見楊慎已說別搖，隨口答道：「二蕭裡面，沒有再好的字了，不用搖字，用什麼字呢？」

大家聽說，都笑了起來。

韓清獨莫名其妙，不知道大家為什麼大笑，倒愣住了，不過這樣一來，大家都有戒心，不敢放肆著擺文了。

前後約摸有兩個多鐘頭，果然算楊慎已的才思敏捷，他的詩先做起來了一首七律，隨後孔學尼、馮有量、趙守一也各得了一首。

達到三個鐘頭的時候，十停之中，有八停都得了，於是燕西吩咐聽差，叫他上點心，每人席上是一碗雞汁湯，一葷一糖兩個大一品包子。

鄒肇文見點心來了，首先一個拿著包子就吃，不料使勁太猛，一口咬下去，水晶糖稀往外就是一摽，這糖餡是滾熱的，流在手上，又黏又燙，他急得將包子一扔，正扔在楊慎己的席上，把人家幾張信箋全黏上了糖稀，黏成了一片。

楊慎己已翻著兩隻大眼睛對鄒肇文望著，鄒肇文大大地沒趣，只得把自己的面前一張信箋送了過去。

燕西生怕為著這般的小事鬧了起來，很是不雅，拿著一張詩稿念了一句：「昨宵今早尚紛紛。」問道：「這是哪位的大作？」

謝紹羆正在喝雞汁湯，咕嘟一口吞下，連忙站起來，向前一鑽，說道：「這是兄弟做的那首春雨七律呢。」

大家聽說，便湊上前來看，那首詩是：

昨宵今早尚紛紛，半灑庭蕪半入雲。
萬樹桃花霞自濕，千枝楊柳霧難分。
農家喜也禾能活，旅客驚兮路太葷。
自是有人能燮理，太平氣象樂欣欣。

楊慎己看了，先點了一點頭道：「紹羆和我共事稍久，他這個意思，我是能言的。第一二句，自然由『錦城絲管日紛紛，半入江風半入雲』脫胎得來，若以為是把『清明時節雨紛紛』一句改的，那就不對。但是寫得好，你看他用『尚紛紛』三個字，已經形容春雨連綿了，加上庭蕪和雲，簡直寫得春雨滿城哩。」

謝紹羆見楊慎己和他把詩注釋起來，非常高興，手上拿著一柄白紙摺扇摺將起來，頂著下頦，含著笑容，站立一旁。

楊慎己又道：「這項聯，不必疑了，無非是形容雨中之景，而暗暗之中，自有雨在那裡了。腹聯農家喜也禾能活，旅客驚兮路太葷，是運事，上七律規矩，是這樣的，三四句寫景，五六句運事，若是三四句運事呢，五六句就寫景，不過這『路太葷』的『葷』字，押韻好像牽強一點。」

謝紹羆道：「楊先生說得自有理，但是這句詩是含有深意的，俗言道：春雨滑如油，滿街都是油，豈不太葷？」

楊慎己點了一點頭道：「也說得過去。至於末句這歸到頌揚金總理，很對，今之總理，昔之宰相也。宰相有燮理陰陽之能，所以他那一句說自是有人燮理，言而不露，善頌善禱之至。」

大家看他說得這樣天花亂墜，真也就不敢批評不是。

其次由燕西拿出一張稿子來，說道：「這是楊先生的大作。」

謝紹羆要答覆人家一番頌揚的好處，於是接著念道：

登西山絕頂放歌

西直門外三十里，一帶青山連雲起。
上有寺觀庵廟與花園，更有西洋之樓躲在松林裡。
流水潺潺下山來，山上花香流水去。
我聞流水香，含笑上山崗。

謝紹羆笑道：「韻轉得自然，這樣入題，有李太白《夢遊天姥吟留別》之妙。」接上念道：

一步一級入雲去，直到山巔覺八方。近看瓜地與桑田，一片綠色界破大道長。遠看北京十三門，萬家官闕在中央，至此萬物在足下，仙乎仙乎我心良。我雖非吳牛，喘氣何茫茫？我雖非冀馬，空群小北方。

那韓清獨先被楊慎己說了兩句，餘憤未平，這時聽到他詩裡有「牛馬」兩個字，不覺冷笑一聲。

楊慎己見他背著兩隻手，眼睛斜望著，大有藐視之意，心裡發臊，臉上紅將起來，說道：「我看韓先生微微一笑，有不屑教誨之意，清獨兄以為然否？」

韓清獨裝著笑容道：「楊先生這話可言重了，不過我也有一點意思，這我雖非吳牛四句，楊先生豈不太謙了？」

楊慎己自負為老前輩，居然有人在大庭廣眾之下批評他的詩不好，是可忍，孰不可忍也？

他把藍紡綢長衫的袖子一捲，兩手向上舉，閉著眼睛，對天念道：

「鵬飛萬里，燕雀豈能知其志哉？吾聞之：孔子弟子有冉牛，不以名牛為恥也。兩晉天子，複姓司馬，何辱於其人？太史公尚曰牛馬走，莊子亦曰，呼我為馬者，應之以為馬，呼我為牛者，應之以為牛。舜何人也？予何人也？我不敢自儕於牛馬乎？」

謝紹羆見楊慎己大發雷霆，恐怕他們真鬧起意見來，連忙笑道：「兩賢豈相厄哉？在楊老先生固然是發揮所學，但是在清獨兄，也不過盡他攻錯之誼，都算沒有壞意。別嚷，還是讓我一口氣把這詩念完吧。」於是又念道：

君不見夫子登泰山，眼底已把天下小，又不見雄心勃勃秦始皇，也曾尋仙蓬萊島？我來上山不是偷梨棗，亦非背著葫蘆尋藥草。我非今之衛生家，更不是來為空氣好。人人都說不能合時宜，不合時宜我有一肚皮。情願走到西山頂，大聲疾呼吐我胸中疑。夕陽下山歸去來兮。

謝紹羆一口氣念完，楊慎己在一旁顛頭搖腦，漸漸把心中不平之氣也會減少，便對大家問道：「我覺得我很用了一番功夫，諸位以為如何？」

大家先是見他怒氣勃勃，誰還敢說不好的字樣，都道：「很好很好。」

這裡面有一位沈從眾先生，稿子還沒有做完，正伏在桌子上推敲字句，聽到大家說好，他自不便默然，也在那裡說道：「好好。」

別人見了，以為他自己讚許自己的稿子呢。

那孔學尼道：「沈先生的大作，慢慢地推敲，一定有好的句子作出來，我們要先睹為快了！」於是大家都擁到沈從眾位上來，將他的稿子拿了去看。

沈從眾道：「我的詩還沒有改好呢，諸位等一等吧。」

孔學尼道：「我們看了再斟酌吧，這是七律，又是詠春雨的呢。」便念道：

近來日日念黃梅，念得牙酸霧未開。
何處生風無綠柳？誰家有院不青苔？
昨夜驚心聞賊至，今朝搔首鬥詩來。
但得郊外春色好，驅車不厭幾多回。

孔學尼在這裡念，那孟繼祖背著兩手，也在他後面念。

他是舌辯之徒，最歡喜挑眼的，剛才因為楊慎己在那裡，怯他三分老牌子，不敢說什麼，現在換了一個好好先生孔學尼在這裡念，他的嘴就忍不住了，說道：「詩自然不惡，不過來韻一聯，卻是有些杜撰。」

沈從眾本來是個近視眼，眼睛上框著銅錢大的小托力克眼鏡。

這時，那副眼鏡因頭低得太久，且又是搖擺不定的，所以一直墜將下來，落到鼻子尖上。

他一會兒忙詩，忘了眼鏡，這時要看人才記將起來，用兩個指頭把眼鏡一送，直靠著眼睛，然後昂著臉對孟繼祖一望，笑道：

「說此話者，豈非孟少爺乎？閣下生長於富貴之家，哪裡知道民間故事，須知道這陰雨天是賊的出產之日。古人不云乎？偷風不偷月，偷雨不偷雪，昨宵雨夜，寒家雖為物無多，恰好部裡發薪之後，怎樣不驚賊之將至呢？」

孟繼祖道：「這雖然言之成理，究竟和春雨二字不大相干。」

沈從眾道：「剛才楊慎己先生不已言之乎？七律規矩，三四句寫景，五六句就運事，我正是這樣做法呀！」

孟繼祖道：「那麼，起句日日念黃梅，是不是用黃梅時節家家雨那個典？」

沈從眾道：「對的。」

孟繼祖道：「那就不對了，黃梅是四五月的事，題目卻是春雨，那不是文不對題嗎？」

那楊慎己和沈從眾是同事，沈從眾附和著他，自己覺得有面子，便道：「先一看，好像不是切題，其實我們要當注意那個『念』字。念者，未來之事，心中有所懷之也，所以下面連忙接著就說：何處無柳，誰家不苔，不言春雨而春雨自見，這叫羚羊掛角，無跡可尋。」

這其中的馮有量，是個少年大肉胖子，為了幾個芍藥花的典搬不出來，急得頭上的汗像黃豆一般大，只管往下落，他站起來道：「諸位別先討論，我有個問題要提出來研究，就是這七絕詩，兩首能不能算完卷？」

燕西見他手上拿著聽差剛打的手巾把子，捏著一團，只望額頭上去揩汗，這個樣子大概是逼不出來了，便先道：「當然可以。我們原是消遣，何必限多少呢。」於是走上前，就把他的詩稿子接了過來，看了一看。

那孟繼祖知道馮有量的詩是跟楊慎己學的，他要實行報復主義，就高聲念道：

人人都愛牡丹花，芍藥之花也不差。
昨日公園看芍藥，枝枝開得大如瓜。

這首詩念完，所有在座的人都不覺哈哈大笑。

馮有量他臉色也不曾變，站在大眾堆裡說道：「這麻韻裡的字很不好押，諸位看如何？給我改正改正吧。」

孟繼祖極力地忍住笑，說道：「這一首詩所以能引得皆大歡喜，就在於詩韻響亮。我再念第二首詩給諸位聽。」於是又高聲念道：

油油綠葉去扶持，白白紅紅萬萬枝，
何物對他能譬得？美人臉上點胭脂。

孟繼祖道：「馮先生這一譬，真譬得不壞，芍藥花那種又紅又白的樣子，真是美人臉上點了胭脂一般。」說著，臉向著楊慎己一笑道：「閣下和馮君是常在一處研究的，我想楊君的七絕也是這樣一類的作風。」

這話要是別人說了，楊慎己一定要反脣相譏，現在孟繼祖是個總長的兒子，和孟總長多少要講究聯絡一點，當然不能得罪他的兒子，只得笑道：「孟世兄總是這樣舌鋒銳不可擋。」

馮有量也走上前，拉著他的手道：「老弟臺，你這種不批評的批評，真教人夠受的了。你明明說我兩句，哪處好哪處不好，那才是以文會友的道理。」

這樣一說，孟繼祖反而有些不好意思。

燕西道：「繼祖兄他就是這樣，歡喜開玩笑，其實有量兄這時的意思，就很新鮮。」

楊慎己道：「燕西兄這句話極是公正不過，我們也很願看看繼祖兄的大作如何？」

孟繼祖也正要賣弄他的才調，說道：「雖然作得不好，我倒很願意公開出來，大家指正。」於是抽出他的詩稿，交給楊慎己，讓他去看。

楊慎己就念道：

陰雲黯黯忽油然，潤遍農家八畝田。
河北兩堤芳草地，江南二月杏花天。
踏青節裡飛成陣，布穀聲中細似煙。
屈指逢庚何日是，石磯西畔理漁船。

楊慎己還沒有批評呢，孔學尼先就說道：「這真不愧是亞聖後人，你看他一提筆，就用了孟子上兩句典。」

說到這裡，用兩個指頭在空中畫著圈圓，口裡念道：「河北兩堤芳草地，江南二月杏花天。」接上搖著頭道：「繼祖繼祖，你這一顆心也許是玲瓏剔透的東西呢？何以你形容春雨之妙一至如此！我就常說：七律詩是工整之外，還要十分活潑，令人捉摸不定。像你這天韻，完全是王漁洋家數，真是符合此旨的呀。」

楊慎己念了這一首詩，本來也覺得字面上好看一點。但是自己總不輸這口氣，正要吹毛求疵，扯他一點壞處。第一，用經書的典作詩，這是不合的。第二，杏花春雨江南，本是老句。完全用來，嫌他太便宜了，但是這兩點，孔學尼先就說好，真不好駁他。

那沈從眾，他見孔學尼滿口說好，楊慎己也不說壞，認為這詩一定很好，也拍著手道：「好詩好詩，今天這一會，應該是孟兄奪魁的了。」說著，上前就是一揖，笑道：「恭喜恭喜。」

孟繼祖剛才批評了沈從眾一頓，他都是這樣佩服，其餘的人是更不必談了，這時自己真是自負得了不得。

在場的人，因為他和孔學尼是總長的兒子，燕西是總理的兒子，大家早也就預備好了，這前三名由他三人去分配。現在既是說孟繼祖的好，大家就恭維一陣，鼓起掌來。

那鼓掌的聲浪，由近而遠直傳到冷家這壁廂來，這時清秋端了一把藤椅子，拿了一本小說，躺在棗子樹蔭下乘涼，忽然聽得這樣人聲大嘩，便問韓媽道：「乳娘，這是哪裡鬧什麼？」

韓媽道：「我的姑娘，你真是會忘記事啦，剛才金少爺那邊送點心來，不是說那邊請客嗎？」

清秋這才想起來了，這是他們開詩社作詩，這樣大樂呢。聽那聲音，就在房後面，這房後面是個小院子，靠著一道短粉牆，牆頭上一列排著瓦合的檳榔眼，心想，偷著看看這詩社是怎樣立的，於是端了一把小梯子，靠著牆爬了上去，伸著頭在檳榔眼裡張望。

他們聚會的地方，在槐樹下面，乃是一片大敞廳，由這裡看去，正可以看得清清楚楚。只見那裡面，燕西同著一班文縐縐的朋友擁在一塊，其中有個木瓜臉有一撇小黃鬍子的人，指手畫腳，在那裡說道：「且慢，我們不要亂定魁首，主人翁的大作還沒有領教呢。」

大家都說是呀，我們忙了一陣子，怎樣把主人翁的大作忘了？那小黃鬍子走到燕西身邊，拍著他的肩膀笑道：「燕西兄，你的詩是總理親自指示的，家學淵源，無論如何，隨便寫出來都會比我們做的好。」

燕西笑道：「不要取笑了，我作得很匆忙，萬趕不上諸位的。」說畢，就在一張桌上，拿了幾張信箋遞與他們。

清秋自小跟著她父親念漢文，學作詩和填詞，雖然不算升堂入室，但是讀起詩文來，很能分別好歹。她早聽見說燕西會作詩，心裡就想著，他們紈褲子弟，未必作得好東西出來，現在有這個機會，倒要看看他的詩如何？無奈自己不是個男子漢，若是個男子漢，一定要做一個不速之客，擠上前去看看他的大作。

可是正在她這樣著想之際，只見那小黃鬍子用手將大腿一拍，說道：「要這樣的詩，才算得是律詩，要這樣的詩，才算得是詠春雨，我說燕兄家學淵源，真是一點不錯。」

那小黃鬍子誇獎了一陣，那些人都要擁上前來看。

小黃鬍子說：「諸位這樣擁擠，反而是看不見，不如讓我來念給諸位聽。」便高聲念道：

新種芭蕉碧四環，垂簾無奈響潺潺。
雲封庭樹詩窗冷，門掩梨花燕子閒。

乍見湖山開畫境，卻驚梅柳渡江關。
小樓一作天涯夢，只在青燈明鏡間。

這些人裡面，要算孔學尼的本領好一點，本來就不把這些人放在眼裡，現在燕西的詩，作得通體穩適，倒出乎意料以外，心想，他向來不大看書的人，幾時學會了作詩，無論如何，我得駁他一駁的，別讓他出這十足的風頭，便問道：

「燕西兄這詩，句句不是春雨，卻句句是春，句句是雨，可是這個梅字，剛才大家起了一番異議，說是不合節令呢。」

燕西被他一駁，自己也不知道怎樣答應好，眼望著宋潤卿。

宋潤卿本來就要說了，現在燕西有意思要他說，他更是忍不住，便道：「孔先生，你誤會了燕西兄的意思了，他所說的梅，不是梅子，乃是梅花，從來詞章上梅柳兩個字在一處，都是指梅花，不是梅子呢。春天梅花開得最早，楊柳也萌芽最早，凡是形容春之乍來，用梅柳二字是最穩當不過了。」

那沈從眾聽了這一遍話，也就把頭望前一伸，用那雙近視眼逼近著宋潤卿。

宋潤卿看到一個腦袋伸到面前來，嚇了一跳，仔細看時，原來是沈從眾含著笑容，前來說話哩。宋潤卿便道：「沈先生，你有什麼高論？」

沈從眾道：「宋先生，我很佩服你的高論。我說的那個梅，也是指梅花，所以說近來日日念黃梅，念得牙酸霧未開，暗暗之中，用了一個『開』字，是指梅花的一個證據。所謂詩眼，就在這裡。世上只有說開花，沒有說開果子的，那麼，我說的黃梅，當然是梅花了。毛詩，摽有梅，其實七兮。那個梅，才是梅子呢。」

清秋在牆這邊檳榔眼裡，看見那一股酸勁，實在忍不住笑，爬著梯子慢慢地下來，伏在梯子上笑了一陣，然後撫摸了一會兒鬢髮，走到前面院子裡去。

冷太太看見，問道：「什麼事？你一個人這樣笑？」

清秋道：「剛才我在牆眼裡，看見一班人在隔壁作詩，那種酸溜溜的樣子，真是引人好笑。」

冷太太道：「你不要瞎說，金先生的學問很是不錯。」

清秋正色道：「他的詩倒是不錯，我聽見人家念來著呢，一個大少爺脾氣的人，居然能作出那樣的好詩，那倒是出乎人意料以外。」

冷太太道：「他們家裡有的是錢，在學堂裡念了書不算，家裡又請先生來教他，那文章是自然會好了。」

清秋道：「舅舅也在那裡呢，回頭舅舅回來，我倒要問一問，那是些什麼人？」

冷太太道：「你舅舅怎樣會加到他們一塊去了？其實他要常和這些人來往，那倒比和一些不相干的人在一處糾纏好得多。我想，你舅舅的文章和金先生一比起來，恐怕要差得遠哩。」

她母女這樣議論，以為宋潤卿不如金燕西，其實燕西今天出了個大風頭，對於宋潤卿是欽佩極了。

晚上宋潤卿吃得醉醒醒地回來，一路嚷著進屋，說道：「有偏*你母女了，我今天可認識了不少的新朋友，裡面有孔總長的少爺、孟總長的少爺、楊科長許多人，下一次會是孔先生的東哩。我知道的，他家的房屋非常好，我倒要去參觀參觀。孔先生為人是很謙讓的，坐在一處，你兄我弟毫無芥蒂的談話，此外孟先生也是很好的，不過年紀輕，調皮一點。要論起資格來，今天在座的十幾個人，除了三個公子哥兒，他們誰都比我的資格深些。」

清秋笑道：「舅舅的官癮真是不淺，飲酒賦詩，這樣清雅的事也要和人家比一比官階大小。」

宋潤卿道：「姑娘，你不是個男子，所以不想做官，但是我又問你一句，將來做舅舅的給你找姑爺的時候，你是願意要做官人家弟子呢？還是要平常人家弟子呢？」

清秋板著臉道：「喝醉了酒，就是在這裡亂說，一點也不像做老前輩的樣子。」說畢，自己進屋子裡去了。

宋潤卿看見哈哈大笑，一路走歪斜步子，回屋睡覺去了。

在他的思想，不過外甥女罵得太厲害了，借此報復一句，實在也沒有別的意思。在清秋聽了，倒好像她舅舅話出有因似的，讓宋潤卿走了，就和她母親說：「媽，舅舅今天酒喝得不少，你看他說話，顛三倒四。」

冷太太笑道：「你知道他是醉話，還說什麼，就別理他呀！」

清秋道：「醉了也不能好好的提起這句話呀。」

冷太太道：「你舅舅本來有口無心，何況是醉了，你別理他。」

清秋見他母親老是說別理他，也就不往下追。

到了次日，清秋見了宋潤卿就說：「舅舅，你昨天喝得不少吧？」

宋潤卿笑道：「昨晚倒是算樂了個十足的。」

清秋對他笑一笑，心想，你說的好話哩，但是這一句話說到口邊又忍回去了。

宋潤卿不能未卜先知，自然不曉得她是什麼意思，看她笑了一笑，也就跟著一笑道：「你別瞧舅舅什麼嗜好也沒有，就是好這兩盅，這也花錢很有限的哩。」

清秋道：「昨天舅舅喝得那個樣子，也能作詩嗎？」

宋潤卿道：「幹什麼去的？當然要作詩。」

清秋道：「舅舅把這些人的詩都抄了一份嗎？你把詩稿子給我看看。」

宋潤卿道：「我自己的詩稿子在這裡，他們的，我沒有抄。」

清秋道：「舅舅的詩，我還看少了嗎？我是要看那些人做的是些什麼呢？」

宋潤卿道：「他們的詩，不看也罷了，我這裡有燕西作的兩首詩，倒還可以。」說時，在袋裡摸了一陣，拿出一卷稿子，交給清秋。

清秋道：「怎麼這字是舅舅的筆跡哩？」

宋潤卿道：「這本來是……我抄的哩。」

清秋將詩念了一遍，手上帶著手絹，撐著下頦，點了一點頭，見燕西的詩頭頭是道，似乎還不在她舅舅以下哩。

宋潤卿道：「你看怎麼樣，比你舅舅如何？」

清秋笑道：「筆力都是一樣的，不過詞藻上比舅舅還漂亮些。」

宋潤卿笑道：「你的眼力不錯，總算沒有說我不如人家呢。」說畢，笑著走了。

清秋看那詩，覺得他意思未盡，很想和他一首。走回屋去，走到書案上正要動筆硯，猛然見筆架上斜放著一封信，上面寫著：請袖交冷清秋小姐玉展，那筆跡正是燕西的字。這一見，心裡不由得撲通一跳，心想，這一定是乳娘帶來的，她怎樣做這荒唐的事，把來信放在桌上，這要是讓母親看見，一查問起來，怎樣回答？

在她這般想時，手上早將那一封信順手拿了過來，放在袋裡。看一看，屋外並沒有人，便躺在床上，抽出信來看，她眼睛雖然看著信，耳朵可是聽著窗外有什麼響動沒有。

她用手慢慢將信撕開，早是一陣香味撲入鼻端，抽出來是一張水紅色的洋信紙，周圍密排小線點，那個字用藍墨水寫的，襯托得非常好看。那信是語體，後面抄出剛才的兩首詩，要請指教。

清秋覺得人家太客氣，老是置之不理，未免不合人情，因此也寫了一張八行，對他的詩誇讚了兩句。信寫好了，用個信封來套著，標明金燕西先生親啟。

但是信雖寫好了，可沒有主意送去，隨便就把那信也塞在枕頭下。照說，要讓韓媽送了去，最是穩當，自己卻不好意思拿出來，若是親自送到郵政局裡，讓它寄了去，心想，舅舅是常到那邊去的，設若他不知道，隨便把信放在桌上，一不碰巧，讓舅舅看出筆跡來，也是不方便。

籌思了半天，沒有什麼好計策，便叫韓媽道：「乳娘，你來。」

韓媽捲著衫袖，濕了兩隻手走進房來，笑著對清秋道：「我洗衣服呢，姑娘，你叫我什麼事？」

清秋話說到口邊，頓了頓又吞回去了，還說：「我渴極了，你把那菊花沏壺水來喝。」

韓媽道：「哎喲！你躺著一點兒事沒有，你就自己去沏吧。」說時，用圍裙揩著手，正要開櫥子去拿菊花，清秋道：「你別拿了，省得麻煩，媽那裡有茶，我去喝口涼茶就成了。」

韓媽道：「你瞧，叫人來，又不去，這是怎樣一回事？」

清秋笑道：「你不是怕麻煩嗎？省得你麻煩啦。」韓媽也猜不透她的心事，又出去了。

那邊燕西寫了兩封信了，沒有看見什麼回響，也沒接著回信，不知道是什麼緣故。在上午等了一會兒，不見韓媽來，下午要把詩稿給父親看，就坐著汽車回家了。

先是在自己那邊書房裡鬼混了一陣，後來就向上房去找父親，只進了月亮門，就見梅麗提著一個銅絲穿的千葉石榴花的花籃，從西院笑嘻嘻地走過來。

燕西道：「嘿！哪裡來的這一個花籃？遠望著像個火球一般。」

梅麗笑道：「今天是三嫂子的老伯母過生日，你不知道嗎？」

燕西道：「你別胡說了，人家五六十歲的老人家，要你送這樣紅通通的東西給她？這要是一二十歲的人結婚，新房裡也許用著它。」

梅麗道：「王伯母的禮，幹嘛要我送？我是把這花籃送給朝霞姐姐的。」

燕西笑道：「是的，她家那個朝霞和你很說得來，她母親做生日，你送她一個花籃這算什麼意思？」

梅麗道：「你不知道嗎？她家今天有堂會戲呢，咱們家裡有好些個人要去。」

燕西笑道：「這裡面自然少不了一個你。」

梅麗道：「戲倒罷了，聽說有幾套日本戲法兒，我非去看看不可，和朝霞好久沒有見面哩，今天見了，送她一個籃子讓她歡喜歡喜。七哥，你也去一個嗎？要不要打一個電話給秀珠姐姐？」

燕西道：「你為什麼總忘不了她？」

梅麗笑道：「你兩個人真惱了嗎？我瞧你惱到什麼時候為止？」

燕西淡淡地笑道：「你瞧吧！」又問道：「爸爸在哪兒，你知道嗎？」

梅麗道：「今天不知道有什麼事，一早就出去了，還沒有回來呢。」

燕西笑道：「那可好極了。」說時，把手上一個紙包交給梅麗，說道：「爸爸回來了，你就把這個交給他，就說是我拿回來的。」

梅麗道：「你大概剛回來，又要走嗎？」

燕西道：「我不走，我還找六姐去呢。」

梅麗道：「回頭上王宅去聽戲，咱們一塊兒嗎？」

燕西道：「我不定什麼時候去，也許不去呢。」說著，竟自向潤之這邊院子裡來。這裡她姊妹倆，一個是美國留學生，一個是法國留學生，都是帶著西方習氣的人，所以她們的飲食起居也是歐化的，她們屋外，是一帶綠漆欄杆的走廊，走廊內，一面掛著懸床，一面放著活動椅，是為她姊妹二人在此看書而設的。

那粉牆上，原掛著幾個網球拍子，這時都不見。燕西一猜，一定是她大姐兒倆到後面大院子裡去打網球去了，這時屋裡一定沒人，心想，偷她們一兩件愛好的東西，和她們開開玩笑。推門進去，果然裡面靜悄悄的。

到潤之屋裡去，只見她桌上一個銀絲絡的小網盤子裡，有許多風景信片，拿起來一看，有古戲場，有自由神的雕刻像，有許多偉大的建築品，信紙上面，用紅色印的英文，注明是羅馬的風景，翻過那一面來看，卻是潤之未婚夫方遊來的信。信有法文的，也有漢文的，那日期都注著禮拜六，這樣子，大概是每星期寄一封信回來呢。

燕西是不認得法文的，把法文的信扔開，揀了一張漢文的看，那一張上寫著：

露莎：

今天參觀了羅馬大戲場，建築的偉大，我簡直無法形容。但是許多人把羅馬當作是世界建築的模範，還是不好。我以為人工與自然，各盡其妙，唯其是這樣，所以合乎藝術。

祝你康健！

遊白

這露莎兩個字，是潤之法文的名字，方遊又把它翻轉譯成漢文的，這樣直接寫著外國名文，他以為彼此是愛慕的表現呢。隨又看了一張是：

露莎：

今天我又到凱自爾路那家理髮店裡去了。當然的，你要疑心我不是去理髮或者刮臉，乃是去修指甲。可是我要告訴你一件可嘉的消息，我以前所說那個含情脈脈的修指甲女子，她已被店主辭去了。今天這個新女工，我猜她是下等酒店裡的舞女，不敢惹她呢。

寫出博你一笑。祝你放心！

你誠實的朋友遊

燕西看了，羨慕他們這情書寫得甜蜜有趣，以為能學他一學也是好的，他就索性一張一張拿起來看，是漢文的，一張也不漏下。

正看得有趣，只聽見院子外一陣腳步響，似乎是潤之回來了，連忙將信扔下，迎了出來。

只見潤之穿著白色的運動裝，一走一跳地上那石階，後面江蘇帶來的大小姐阿囡，拿著球網和球拍子，一路進來。

燕西道：「六姐，你和誰打球，怎樣一個人回來了？」

潤之指著阿囡道：「我和她打球。」

燕西對著阿囡笑道：「怎麼樣，你也會打球嗎？」

阿囡一面放下東西，一面笑道：「六小姐要過球癮，沒有人陪她，我只好勉強出手了。」

燕西道：「我是不敢和五姐六姐比的，既然你也會，好極了，我得領教領教。」

潤之一隻手撐著走廊上的柱子，一隻手牽著薄紗的上衣，迎著風乘涼。聽了燕西這話，斜視著他笑道：「就憑你？」

燕西道：「六姐這句話，藐視我到極點了，我戰不過你們這二位勇將罷了，難道你們手下這一位……」

潤之搶著道：「阿囡，他笑你是個無名的小卒呢，你和他試一試。」

燕西一時高興，便道：「好好！試試瞧。」

阿囡對著燕西笑了一笑，沒有作聲。

燕西見她並不怯陣，走過來撿了一個球拍子在手，輕輕地拍著阿囡的肩膀，說道：「去去！我試試看。」

潤之對阿囡將一隻右眼睞了一下，笑道：「阿囡，你爭一點氣，可別輸整個的格姆*呀。」

阿囡含著笑，又拿著球拍子，一路到後面大院子裡來，潤之也跟著後面來看。

兩人在淺綠的草地上安上了網子，讓阿囡先發球，阿囡倒不願就顯出本領來，正正當當的把球送到燕西面前，燕西見她發球的拍子打得非常自然，不往上挑，只是平平地托著，就勢一送，預料那球落下去，離她有三大步，阿囡未必趕得上。

誰知她就早料定了燕西有此著似的，身子早往前一竄，那一把撒黑絲穗子似的辮梢迎風擺蕩，正是翩若驚鴻一般，搶上前兩步，腳站定了，伸手一托球，輕輕悄悄的，已送過了網子。

燕西要去接時，那球落在草裡，只滾了幾滾，並不往上高躍，於是燕西只動了一步，便停住了。回過頭去，聳了一聳肩，對潤之一笑。

潤之笑道：「誰叫你走來就下毒手？你不信強將手下無弱兵這句話嗎？」

阿囡一隻手拿著球拍，一隻手理著鬢髮，對燕西笑道：「七爺，我們還是穩穩當當的吧！不要這樣拚命地鬧了。」

燕西笑了點著頭答應。可是他心裡急於求勝遮過說大話的羞恥，越是不惜用猛烈的手段。二次阿囡發球過來，他用出全副的精神，將球拍迎著球，由上往下一撲，打算直接把它撲在地下，以報剛才一球之恥。

不料他用力過猛一點，不高不低，正碰在網子頂上，再高兩寸也就過去了。

燕西一看這種形勢，萬萬的是贏不過人，這一個格姆，最多也是雙方無勝敗了，心想，真要是輸了，未免有些自打嘴巴，就趁潤之哈哈大笑的時候，將球拍子一扔，也笑對阿囡說道：「我今天算是輸給你了，要趕著去看堂會戲呢，過一天再來比賽吧。」在草地裡，撿起衣服，搭在胳膊上就往外逃跑。

潤之笑道：「他就是這樣無聊，無論下棋打牌，贏了就說大話，輸了就逃跑。」燕西跑了兩步，又回轉來，笑道：「忙什麼？有的是工夫，過一天再來得了，這就算我輸定了嗎？」

潤之笑道：「我知道，你是輸理不輸氣，輸氣不輸嘴的。」

燕西道：「我已經承認輸了還不成嗎？我倒有一樁事要求你，請你幫我一個忙。」

潤之笑道：「什麼事，你要補習法文嗎？」

燕西道：「你知道，我不是為這個，成心搗亂。」

潤之說：「我當真不知道嗎？大概又是沒有錢花了，要我給你去討錢。」

燕西道：「也不是。」

潤之道：「你還有什麼事？一天到晚地玩，沒有玩夠嗎？」

燕西本想說，見阿囡在那裡，頓了頓，然後說道：「今天王家堂會戲你去不去？」

潤之道：「我不去，這和幫你忙的事，又有什麼相干？」

燕西道：「你不知道，我有一個女朋友，她也要去看戲，我想，是別家，我可以送她進去，是王家呢，我們家裡的狗，他們也認識，怎樣可以冒充？回頭我給你介紹介紹，就說是你的朋友，讓你帶她去，你看好不好？」

潤之笑道：「你又在跳舞場上認識哪一個交際明星？」

燕西道：「不要胡說了，人家是規規矩矩的女學生。」

潤之道：「規規矩矩女學生，你怎樣會認識？」

燕西道：「她舅舅是我們詩社裡的社友，她就住在她舅舅家，你說，我能認識不能認識？」

潤之道：「梅麗去呢，你不會叫梅麗帶她去？」

燕西道：「梅麗恐怕要和母親一路去，我不願意母親知道呢。」

潤之道：「這樣說來，還是不正當的行動呀，正當的行動，為什麼怕母親知道呢？」

燕西道：「我先不用說，回頭我介紹你一和她見面，你就知道了。」

潤之道：「你不知道我是不愛聽戲的嗎？一坐幾個鐘頭，怎樣坐得住呢？五姐倒是打算到王家去一趟，你找她去吧。」說著，笑了向前一指。

敏之正拿了一本西裝書，剛由外面進來，坐到活動椅上去，便問道：「指著我說什麼？麻煩你的事，你讓他來麻煩我嗎？」

燕西便代潤之答道：「並不是什麼麻煩事，你若是到王家去，請你帶個人去聽戲罷了。」

於是又把剛才的話說了一遍。

敏之一想，燕西是歡喜在女人面前賣力的，也許是人家隨便說了一句，他就滿口答應了，現在自己送去不便，只得來求人，便道：「好吧，我給你做一個面子，我在家裡等，你可以引她來。」

燕西聽了，很是歡喜，和他姐姐握了一握手，轉身就跑。

敏之笑罵道：「看你這不成器的樣兒！」

燕西也不理，依舊坐了汽車，回到圈子胡同。在家裡稍坐了一會，就到冷家來對冷太太道：「伯母，我家五姐要請冷小姐過去談談，因為敝親家裡有堂會戲，還要陪著去聽戲。」

冷太太道：「啊喲！那怎樣成？她是個小孩子，一點禮節也不懂，到你府上去，那不要失儀節嗎？」

燕西道：「伯母不要客氣了，舍下也是很隨便的，我那五家姐，那人尤其是隨便的人，她新從美國回來不多久，恐怕冷小姐懂的禮節，她還不知道呢。五家姐也說了，一會兒就叫汽車來接，所以我先來說一聲。」

冷太太聽說燕西姐姐來接清秋去談話，本來就有幾分願意，再又聽到燕西的五姐是美國留學生，讓清秋交一個這樣的女友也是不錯，於是便一口答應了。

燕西和冷太太在外面說話，清秋也就早聽見了，想著，金家是闊人家，到底闊到怎麼一個樣子，我倒要去看看。先還怕母親不答應，後來母親答應了，很是歡喜，立刻就開箱子，找衣裳換。

燕西送的那串珠圈，因為清秋捨不得退回去，一天挨一天，模模糊糊，就這樣收下了。清秋想著，既然到有錢人家去，別要顯出小家的氣象，把這珠圈也帶了去。

這裡衣服剛剛換下，門口汽車喇叭響，果然來了一輛汽車，這是金小姐派來接這裡冷小姐的，同時，汽車夫就遞進一張金敏之的名片。冷太太一直把清秋送上汽車，見這輛汽車比燕西常坐的還要精緻，心想，有錢的人家真是不同，連女眷坐的汽車都格外漂亮些呢。

清秋坐了汽車，一刻兒工夫就到了金宅。車子一停住，就見燕西站在門口，清秋下車，燕西便迎上前來，說道：「家姐正等著你呢，我來引導吧。」說畢，果然在前面走。

清秋留心一看，在這大門口，一片四方的敞地，四柱落地，一字架樓，朱漆大門，門樓下對峙著兩個號房。到了這裡，又是一個敞大院落，迎面首立一排西式高樓，樓底又有一個門房。門房裡外的聽差都含笑站立起來。

進了這重門，兩面抄手遊廊，繞著一幢樓房。燕西且不進這樓，順著遊廊繞了過去，那後面一個大廳，門窗一律是朱漆的，鮮紅奪目。大廳上一座平臺，平臺之後，一座四角飛簷的紅樓。這所屋子周圍，栽著一半柏樹，一半楊柳，紅綠相映，十分燦爛。

到了這裡，才看見女性的僕役，看見人來，都是早早地閃讓在一邊。就在這裡，楊柳蔭中，東西閃出兩扇月亮門。進了東邊的月亮門，堆山也似的一架葡萄，掩著上面一個白牆綠漆的船廳，船廳外面小走廊，圍著大小盆景，環肥燕瘦，深紅淺紫，把一所船廳簇擁作萬花叢。

燕西笑道：「冷小姐，你看這所屋子怎麼樣？」

清秋道：「很好，豔麗極了。」

燕西笑道：「這就是我的小書房和小會客廳。」

清秋點頭微笑，說道：「這地方讀書不錯。」

燕西又引著她轉過兩重門，繞了幾曲迴廊，花明柳暗，清秋都要分不出東西南北了。這時，只見有個十六七歲的女孩子，穿著黑湘雲紗的大腳褲，紅花白底透涼紗的短褂，梳著一條燙髮辮，露著雪白的胳膊和脖子在外，面如滿月，披著海棠鬢的覆髮，清秋一想，難道這就是他姐姐？然而年紀像小得多呀。

自己還沒有敢打招呼，那女孩子轉身走回，搶上臺階，對屋子裡叫道：「五小姐，客來了。」

清秋這才知道，她不過是一個侍女，幸而自己沒有理她，不然，豈不是大大一個笑話？

這女孩子一面說話時，一面已打起湘妃竹的簾子，燕西略退後一步，讓清秋走進去，隨後也就跟著進來。

清秋進門，就見一個捲髮西裝女子，面貌和燕西有些相像，不過肌膚更豐潤些，面色更紅些，這一定是燕西的姐姐無疑了。

那敏之先以為燕西認得的女友，當然是交際明星一流，現在見清秋白色的緞袍，白色的絲襪，白色的緞鞋，脖子上掛一串亮晶晶的珠子，真是玉立亭亭，像一樹梨花一般。看那樣子，不過十七八歲，挽有墜鴉雙髻，沒有說話，臉上先緋紅了一陣。

敏之雖然是文明種子，這樣溫柔的女子沒有不愛的，她不等清秋行禮，早搶上前一步，伸著一雙粉團也似的光胳膊，和清秋握手。

燕西趁著這機會，就在兩邊一介紹。

敏之攜著清秋的手，同在一張軟椅子上坐下，竟是很親摯地談起來。

燕西從來沒有見敏之對人這樣和悅的，心裡很得意的，便對清秋道：「請你在這裡稍坐，我不奉陪了。」說畢，趕到母親這邊來，看他們走了沒有？及至一打聽，王宅那邊打了電話，催去鬥牌，已經是早走了。

這時燕西倒沒有了主意，在家裡，又坐不定，要上王家去，堂會戲好的還早著呢，早去也是沒意思，一人便在廊下踱來踱去。順步走到翠姨這邊院子裡來，只見一個小丫頭玉兒在一張小條桌上剝蓮子。燕西便問道：「姨太太呢？」

玉兒道：「早出去了。」

燕西道：「這是誰吃的蓮子？」

玉兒道：「預備晚上總理來吃的。」

燕西道：「幹嘛不叫廚房弄去？」

玉兒道：「這許多日子，晚上總理來了，吃的點心都是姨太太在火酒爐子上做的，說是怕廚子做得不乾淨呢。」

燕西看那玉兒說話伶俐，一時動了惻隱之心，覺得十三四歲的孩子，離了家庭父母，到人家家裡來做丫頭，怪可憐的，那桌上碗裡堆上一碗未剝的蓮子，夠她剝的了，便就走過來替她剝一個。

玉兒笑道：「少爺，你不怕髒了手嗎？」

燕西道：「不要緊，我正在這裡發愁，沒有什麼事做呢。」於是一面剝蓮子，一面找些不相干的閒話和玉兒談。一直將一碗蓮子剝完了，燕西還覺得餘勇可賈。

玉兒道：「七爺，我給你打點水來洗手吧？」

燕西把頭抬著看了一看太陽，說道：「不用洗手了，我有事呢。」於是走到自己書房裡，休息片刻，便坐汽車到王家來。

這時王宅門口一條胡同，各樣車子都擺滿了，還有投機的小販挑著水果擔子，提著燒餅筐子，都塞在車子堆裡，做那臨時的生意。不必進內，外面就熱鬧極了，那門口早是搭了五彩燦爛的牌坊，還有武裝的遊緝隊，分排在兩邊。

燕西是坐汽車來的，門裡的招待員早是迎上前來，請留下一張片子，旁邊就有人說道：「這是金七少爺，不認識嗎？」

招待員聽說是金府上來的，連忙就閃開一條路，燕西一進門，一直就往唱戲的這所大廳裡來。只聽後面有人喊道：「燕西，燕西，哪裡去？」

燕西回頭看時，卻是孟繼祖，便問道：「你也是剛才來嗎？」

孟繼祖道：「我早來了。你為什麼不上禮堂去拜壽，先就去聽戲？」

燕西笑道：「我最怕這個，而且我又是晚輩，遇見了壽公壽婆，少不得還要磕頭。」

孟繼祖道：「你怕，就不去嗎？」

燕西道：「反正賀客很多，誰到誰不到，他們也不記得的。」

孟繼祖道：「那麼，我們一塊兒去聽戲吧。」拉著燕西的手就走。

走進戲場，只見圍著戲臺，也搭了一個三面相連的看臺，那都是女賓坐的。臺的正面一排一排的椅子，那就是男賓的位子了。

燕西進來，見男座裡還不過一大半人，女座裡早是重重疊疊，坐得沒有縫隙了。孟繼祖道：「太太們到底不像男賓那樣懂戲，聽了鑼響就要來，來了就捨不得走的。」

燕西道：「堂會戲大概也不至於坐不住，女子們的心比男子的心要靜些的，也無怪於她們來了不願走了。」說時，目光四圍一轉，只見敏之和清秋也來了，正看著臺上的戲在說話呢。

敏之旁邊有個中年婦人，胸襟前掛著紅綢，佩著紅花，大概是招待員，她在那裡陪著說話。燕西一想，清秋既然認識這個招待員，就是敏之走了，以後也有人招待，不至讓她覺得冷清，心裡才寬慰些。

約摸看了兩齣戲，來賓漸漸地擁擠起來了，燕西抬頭一看敏之，已然不見，只見清秋在那裡。清秋對於他並沒有注意，似乎還不知道，心想，五姐已離開那裡，不要讓她從中又一介紹，大家都認識了，那倒是老大不方便。

自己躊躇了一會兒，正沒主意，只見招待員挨著椅子請道：「已經開席了，諸位請去入席。」

這些來賓，聽說赴席就有一半走的。燕西趁著大眾紛亂，也離了戲場，且先不去赴席，繞到外邊，在女招待員休息的地方，找著剛才看見的那位女招待員，脫下帽子點了一個頭，笑著問道：「敝姓金，你看見我的家姐嗎？」

招待員道：「你問的是金小姐嗎？她走了，有一位同來的令親還在這裡。」

燕西道：「我正是要找她，她府上來了電話，請她回去呢。」

那招待員信以為真，一會兒就把清秋引來了。

清秋問道：「家母來了電話嗎？」

燕西含糊地答應道：「是的，打一個電話到我那邊去，叫我的聽差去問一聲：有什麼事沒有？若沒有要緊的事，好戲在後呢，就不必回去了。」

清秋也是捨不得回去，就問電話在什麼地方，燕西道：「這裡人亂得很，我帶你到後面去打電話吧。」於是燕西在前，清秋在後，轉了好幾進門，先是人來人往的地方，後來漸漸轉到內室。

清秋便停住腳道：「我們往哪裡去呢？」

燕西道：「不要緊，這是舍親家裡，哪兒我都熟悉的。」

這時，天色已經晚了。因為是月頭，夜色很明，清秋向前一看，只見一疊假石山，接上走廊，四周全是花木，彷彿是個小花園子。到了這裡，她狐疑起來，站住了不敢向前。

燕西道：「接連兩齣武戲，鑼鼓喧天，耳朵都震聾了，在這裡休息一下，不好嗎？」

清秋站在走廊上，默默地沒有作聲。

燕西道：「這個園子雖小，布置得倒還不錯，我們可以在這裡看看月色，回頭再去看戲。」

清秋道：「我還要打電話呢。」說這話時，聲音就小得多，不免把頭也低下去了。

燕西走近前一步，低聲說道：「清秋，你還不明白嗎？我有幾句話要對你說一說哩。」

清秋手扶著廊柱，頭藏在袖子底下。

燕西道：「你這人很開通的，還害臊嗎？」

清秋道：「我們有什麼話可說呢？」

燕西道：「我寫了幾封信給你，你怎樣只回我一封信，而且很簡單，很客氣，竟不像很知己的話了。」

清秋笑道：「我怎敢和你稱起知己來呢？」

燕西挽著她的手道：「不要站在這裡來說，那邊有一張露椅，我們坐到那裡去慢慢地說一說，你看怎樣？」

一面說，一面牽著清秋走，清秋雖把手縮了回去，可是就跟著他走過來。

這地方是一叢千葉石榴花，連著一排小鳳尾竹，一張小巧的露椅就列在花下，椅的前面，擺著許多大盆荷葉，綠成一片，所以人坐在這裡，真是花團錦簇，與外間隔絕。

清秋和燕西在這裡，自然可以盡情地將兩方思慕之忱傾囊倒篋地說了出來。

那時一顆半圓的月亮本來被幾層稀薄的雲蓋上，忽然間，雲影一閃，露出月亮，照著地方雪白，兩個人影並列在地下。

清秋看見了這般情景未免有些不好意思，便說道：「是了，還有許多好戲我還沒有看見，我去聽戲了。」

燕西道：「你還沒有吃晚飯呢，忙什麼，你先去吃飯。吃過飯之後，你也只要看兩齣戲，你在樓上一起身，我便到大門口去開汽車，好送你回去。」

清秋道：「不，我雇洋車回去吧。」

燕西道：「我吩咐汽車夫，叫他不要響喇叭，那麼，你家裡人一定不知道是坐著我的車子回去的。」

清秋笑道：「難為你想得周到，就是那樣辦吧。」清秋用手理了一理鬢髮，又按了一按髮髻，走出花叢，到廊簷下來，低頭牽了一牽衣襟，搶先便走。

燕西在後慢慢地走出來，心裡非常高興，自己平生之願，就在今日頃刻之間完全解決了。就是這樣想著，真個也樂從心起，直笑到臉上來。

自己低頭走了，忘卻分什麼東西南北。應當往南走的時候，偏是往北拐，胡打胡撞，竟跑到王家上房來。抬頭一看，只見正面屋裡燈火輝煌，有一桌的女賓在那裡打麻雀牌。

燕西縮著腳，回頭就要走，偏是事有湊巧，頂頭遇見了王玉芬，玉芬道：「咦！老七幾時來的？」

燕西道：「我早來了，在前面看戲呢。」燕西一面說，一面往外走。

玉芬一把抓住他的衣服，說道：「別走，給我打兩盤，我輸得不得了。」

燕西道：「那裡不是有現成的人在打牌嗎？怎樣會把你臺下的一個人打輸了？」

玉芬道：「我是趕到前面去聽一齣《玉堂春》，託人替我打幾盤，現在你來了，當然要你替我打了。」

燕西道：「全是女客，那兒都有誰？」

玉芬道：「你還怕女客嗎？況且都是熟人，要什麼緊？」

燕西道：「我耽擱了好幾齣戲沒聽，這時剛要走，又碰到了你這個劫路的。」

玉芬道：「耽擱了好幾齣戲嗎？你哪裡去了？」

燕西道：「找你家令兄談談……」

玉芬笑道：「胡說，他先在這兒看牌，後來我們一路去聽戲的，你又沒做好事。」

玉芬本來是隨口一句話，不料正中了燕西的病，他臉上一紅說道：「做了什麼壞事呢？難道在你府上作客，我都不知道嗎？」

玉芬也怕言重了，燕西會生氣，笑道：「不管那些，無論如何，你得替我去打兩盤。」說時，把身子望外一閃，轉到燕西前面，擋住了他的去路，說道：「你非打不可！」

燕西沒有法擺脫，只得笑道：「可以可以，我有約在先，只能打四盤，多了我就不管。」

玉芬眼珠一轉，對燕西微微一笑：「只要你去，多少盤不成問題。」

燕西不知道她葫蘆裡賣什麼藥，只得跟她去。

玉芬在後面監督著把燕西引到屋子裡去。這一來，把燕西直逼得坐起不是，進退兩難。原來在座的，一個是玉芬的嫂子袁氏，一個是陳少奶奶，也是王家的親戚，一個是劉寶華太太，還有一個呢，正是白小姐白秀珠。

他們見了燕西進來，都笑著點了一個頭，唯有白秀珠板著面孔，自看桌上的牌。

燕西偷眼看她，不說別的，就是那樣一對鑽石的耳墜，在兩腮之下顫抖不定，便可以知道她一顆芳心紛亂已極。自己也覺有些不忍，但是自己和她翻了臉，玉芬是知道的，她不理我，我也不能理她，所以也沒有作聲，在座的人，也都知道他兩人交情很厚，見面當然可以很隨便，誰也沒有理會。

這兩個人心裡正在大鬧彆扭，這裡只有玉芬心裡明白，便對她嫂子袁氏丟了一個眼色，問道：「你又給我輸了不少，你這個槍手不成，我另找一個人來。」

袁氏會意，便站起身來笑道：「七爺，你來吧。」

陳少奶奶笑道：「呵唷！使不得！白小姐坐上首，他坐下首，能保他們不串通一氣嗎？只要白小姐放牌稍微鬆一點，那我們就受不了哩！」

白秀珠用手按著袁氏的手道：「別走，還是咱們來，要不，玉芬姐自己上場也可以。」

玉芬笑道：「人家說笑話呢，你就急了，當真說你兩個人打牌會讓張子嗎？交情好，也不在這上頭呀！」

秀珠道：「你說的是些什麼話？我就那樣無心眼兒嗎？」

玉芬道：「那麼，你怎樣不讓老七上場？」

秀珠眼睛望著桌上的牌，故意不對燕西看著，說道：「我是說桌上老是換人不方便，別人上場不上場，我管不著。」

秀珠這樣說話，陳少奶奶和劉太太都看出來了，準是和燕西鬧了彆扭，玉芬從中撮合，大家越是要起鬨了。陳少奶奶道：「七爺，你非坐下來打不可，你不坐下，我說的玩話倒要認真起來了。」

玉芬一手扯著燕西，本沒有放，燕西走不脫，又怕人識破機關，一面笑著，一面坐下來，說道：「世上只有請槍手打槍的，沒有逼槍手打槍的，三嫂這真是拘留我了。」

四 新歡舊愛

打牌以後，玉芬手扶著椅子背，聽他倆怎樣開始談話。

這第一盤，是劉太太和了。秀珠嵌了白板，又碰了二筒，應該收小和錢，燕西正是赤足和，應該給秀珠的錢，因為回轉頭去和陳少奶奶講牌經，把這事忘了。

秀珠便問玉芬道：「玉芬姐，你幾和？我是二十和。」

玉芬笑道：「奇了！你不問打牌的，問我看牌的，多少和，我管得著嗎？」

秀珠道：「你輸了錢不給錢，打算賴賬還是怎麼著？」

玉芬道：「我已派了代表，代表就有處理全權，要不然，我還要派代表做什麼呢？」

秀珠道：「不說那些個，你給我錢不給？」

她兩人一吵，燕西才知道了，對著牌說道：「我們八和，找十二和。」於是拿了四根籌碼，送到秀珠面前。

秀珠又對玉芬說：「你什麼八和？我沒瞧見。」

玉芬道：「好囉唆！我不是說了嘛，我又不打牌，我怎知道牌多少和？我又不是郵政局，替人家傳信的，你不願意我在後面看牌，我不看成不成？」說畢，玉芬一閃，就閃到陳少奶奶後面去了。

秀珠沒法，只好算了。

燕西一面理牌，一面想道：剛才只吃兩鋪下地，並沒有碰，哪裡來的八和？這時，陳少奶奶笑道：「七爺，你不找我的小和嗎？」

燕西一想，她實在倒是八和，便拿出一根大籌碼，找兩根小籌碼回來。

秀珠看見問道：「四嫂，你不是八和嗎？怎樣和人家要錢？」

陳少奶奶笑道：「我的八和是特別加大的，他應當給我錢。」

秀珠道：「我知道嗎，這就是冤人，哪裡有八和？是九和吧？」

燕西借著這個緣由，哈哈大笑，說道：「哦！是我記錯了，白小姐，對不住。」說道，又送了八根小籌到秀珠面前。

秀珠也不把眼睛望著燕西，口裡嘰咕著道：「真氣人。」說時，把籌碼使勁往懷裡一擲。

陳少奶奶對劉太太道：「他兩人還是這樣丁是丁，卯是卯的，我們猜他是一副轎槓，那真冤枉。」

劉太太笑道：「你理他呢，這是故意做的假圈套兒。」

秀珠先是鼓著臉，一點不笑，後來禁不住了，把胳膊枕著頭，把臉藏起來笑。

燕西笑道：「陳少奶奶，你今天帶了多少錢來坐轎子？」

陳少奶奶笑道：「雖沒帶多少，輸光了，可以打電話回去，叫家裡再送來，那是夠你們倆抬的了。」

劉太太道：「不要緊，我是上家，在轎子後面，多注意一點就好了。」她一面說話，一面發牌，秀珠手快，就掀起墩上的牌來，一看，卻是一張綠發，摸上來要成嵌，心裡一喜。

不料就在這一看的時間，燕西喊了一聲碰，那一張綠發被陳少奶奶摸去了，秀珠又不敢怒形於色，怕對門知道了，不打出來，只微微瞪了燕西一眼。

乃至劉太太再發牌，燕西二次又叫碰時，秀珠道：「這是怎麼回事？到我面前就有人叫碰，這墩上的牌，我別上手了。」

燕西知道秀珠是說他，也不作聲。

偏是事有湊巧，到了劉太太面前發出一張七筒，燕西對了，就可以和西風九筒的對倒。秀珠手上，一張八筒，一張九筒，正等著這張七筒吃，她連忙把八九筒放下來說道：「我先吃起來，還有人碰嗎？」

燕西這可為難了，不碰吧？對對和清一色兩臺牌，放著不定失了機會；碰了吧？連在秀珠面前碰三張，而且又奪去她要吃的邊張，她一定要生氣的。

正在這躊躇未定之間，秀珠已打出牌來了，這個時候，燕西就是要叫碰也來不及，只得算了，順手在墩上一掏，掏了一張四個頭的紅中，沒有拿起，就把它打出去了，下手陳少奶奶接上打了一張七筒，燕西才叫對。

陳少奶奶嚷起來道：「咦！這是怎麼回事？劉太太打的，你不對，留著對我的。」

燕西道：「我剛摸起來一對呢。」

陳少奶奶撿起桌上的紅中，說道：「七爺剛才摸的是這一張，我不知道嗎？」

燕西笑道：「我說句老實話吧，因其接連在人家面前碰三張牌，我有些不好意思。」

劉太太笑著對秀珠道：「白小姐，你聽聽，這可是不打自招，真憑實據啦。」

秀珠這一看，倒是燕西真讓了牌，笑道：「也許是他忘了對呢，他有那好的事，見我吃了邊張不碰嗎？」

秀珠這話，乃是其詞若有憾焉，其實乃深喜之。

玉芬笑道：「老七！怎麼著？你不是輸自己的錢不心疼嗎？我瞧瞧你手上有些什麼牌？」

燕西怕她一瞧，越發露出馬腳來了，連忙將四張牌向桌上一覆說道：「我已經落了空了，你別瞧，露出形色，就和不著的。」

說話時，牌又一周，陳少奶奶啪的一聲，打出那張綠發來，秀珠一翻牌和了。

玉芬乘燕西不提防，猛然將桌上四張牌拿起來一看，是一對西風，一對九筒，便嚷道：「這真不依你了，把個兩抬牌白白扔了，你要是先對了七筒，秀珠妹妹吃不著她的八九筒，非拆了打出不可的，那不是早和了九筒嗎？」

玉芬一面將四張牌望桌上一擺，說道：「請你們大家瞧瞧，有這樣子打牌的嗎？」

秀珠一看，果然燕西不碰七筒，乃是誠意相讓，心裡倒很是高興，但是燕西做出這種不合法的事情，實在有些不好意思。將牌一推，站起身來就跑，口裡說道：「我不幹了，我不幹了。」口裡說，人已跑出屋子外面去了。

玉芬笑著罵道：「我以為請了一個好幫手來了，原來是個漢奸呢。」

燕西也不聽那些，低著頭笑了出去。

走進戲場，頂頭又碰到王家的少爺王幼春。他笑道：「燕西，你什麼時候來的？」

燕西隨口說道：「剛到。」

王幼春用指頭點著燕西道：「你怕拜壽，這個時候才來，對不對？」

燕西紅著臉道：「白天有事耽誤了，趕不來，三家兄來了，還不能代表嗎？」

王幼春道：「他是女婿，他拜壽，是他本名下的事，你是世侄，不應該去行個鞠躬禮嗎？」

燕西道：「你說得有理，請你帶我到上房去拜壽。」

幼春笑道：「我跟你說著玩哩，我自己就怕這個，加上我們家裡這些底下人又是雙料的渾蛋，整批到壽堂上去磕頭，家父家母也只敷衍了一陣，就叫我在禮堂上攔住，剛剛打發他們下去，一些先到的少奶奶小姐已經來了，我只好避開。事後我一個人單獨去磕頭，又不成規矩，我索性也就含糊過去。自己也如此，何況親戚？」

燕西笑道：「這是你做兒子的人應該說的話嗎？」

王幼春道：「**孝順父母，只看你是真心是假心，哪在乎這種虛偽的禮節上**，我倒是說實話呢。走吧，瞧戲去。」他手挽著燕西，就走進戲場來。

燕西的目光，早射到了看樓上去，見清秋還端坐在以前的座位上，這邊母親和梅麗卻走了，大概是赴席去了。

王幼春見他對著樓上注意，便用手掌掩著半邊嘴臉，對著他耳朵說道：「樓上有一位美人，你看見嗎？」

燕西皺眉道：「鄭重一點吧。」

王幼春道：「這個人你不能不看一看，你要不看，你今天算白來了。」

燕西聽說，有些不耐煩了，說道：「我要聽戲，你別鬧。」

王幼春依舊笑道：「你早就說著要見一見我的達必留*，她今天來了，我好意要介紹你看看，你倒不願意。」

燕西恍然大悟，連忙笑道：「我倒錯怪了你，那人在哪兒？」

王幼春用嘴向正面看臺上一努，笑道：「那個穿淡紅衣服的，披鵝黃綢巾的，剪著月牙式的頭，皮膚白白的，臉子略為圓圓的。」

燕西道：「我看見了，我看見了，你不要加上那多形容詞了。」

王幼春笑道：「怎麼樣？桃萼露垂，杏花煙潤。加得上這八個字的考語嗎？」

燕西道：「你又在哪裡找到這八個字的考語？」

王幼春道：「你不要藐視我，我現在也念書了，那個人在中學畢業了，國文考第一。心想，我要不用功，明天結婚的時候，鬧起三難新郎來，豈不要大相公的好看？」

燕西道：「你這樣一派不規矩的樣子，仔細你夫人看了不高興。」

王幼春笑道：「不要緊，她知道我是很頑皮的，我這樣子已經看慣了，不要緊的。」

燕西偷眼向臺上一看，恰好清秋也正向樓下一看。她見了燕西，便站起身來，燕西會意，便對王幼春道：「我找點東西吃去，就來，你在這兒等著吧。」

燕西走到後面，與清秋相遇。

清秋道：「你和誰說話？老往臺上望著。」

燕西道：「你以為人家是看你嗎？他是看他自己的愛人呢。」

清秋笑道：「這分明是你胡謅的。」

燕西道：「你為什麼不信？你看他是對你那邊望著，還是對正面望著？」

清秋悄悄地道：「不要說話了，這裡來來往往全是人，你到門口去開汽車過來等著我吧。」

燕西聽說，真個先走一步，將汽車找到了。開到門口來，汽車夫將車門開了，清秋走上車去，燕西已先坐在車中了。

清秋道：「你自己不會開車嗎？」

燕西道：「會開車。」

清秋笑道：「你既然會開車，怎樣不自己開車送我回去？這事我不願意讓汽車夫知道呢。」

燕西道：「那要什麼緊，我把車子送客，也不是一回，這有什麼不能公開的？」

清秋笑道：「我聽說你會跳舞，一定女朋友很多吧？」

燕西聽說到這裡，覺得自己一句話露了馬腳，笑道：「從前是有這一種嗜好，但是覺得那種交際是很無聊的，自從搬到你府上隔壁以後，對於那些舞女早就生疏得多了。」

清秋道：「那為什麼呢？」

燕西也問道：「你說為什麼呢？」

清秋微笑，也不肯言語。

說著話時，汽車開得很快。清秋對外面一望，快要到家了，便對燕西道：「你對汽車夫說，不要按喇叭。」

燕西道：「就讓令堂知道是我送你回來的，也不要緊，我看令堂對我很客氣，並不討厭。」

清秋踢著腳道：「你還是叫他不要按喇叭，不然……」

燕西不等她說完，便道：「你先不是說了嗎？我早就吩咐他們了，你說的話，我沒有辦不到的，還用你說第二次嗎？」

清秋道：「那麼，請你馬上下車去，成不成？」

燕西口裡說了一個成字，就站起身來，要招呼汽車夫停車。清秋將手一攔，逼得燕西坐下，笑道：「坐下吧，別搗亂了。」

燕西道：「我打算明後天到西山去玩一趟，想請你去一個，成不成？」

清秋道：「老遠的跑到西山去做什麼？我不去。」

燕西道：「這個日子，西山太好玩了，為什麼不去？一定要去的。」一語未完，汽車已經到了清秋門口，停住了。

汽車夫跳下車來，就去開車門。燕西一把握著清秋的手問道：「去不去？」

清秋急於要擺脫，只得說了一個去字，就下了車了。

清秋下了車，將門叫開，一直走回自己屋子去。

冷太太在屋裡問道：「怎樣到這時候才回來？」

清秋道：「金家大小姐帶我看戲去了。」

冷太太道：「在哪裡看戲？」

清秋道：「是她家的親戚家裡。咳！媽！不要提了，這兩家房子實在好！」

冷太太笑道：「你不要說鄉下人沒有見過世面的話了。」

清秋道：「金家那房子實在好，排場也實在足。由外面到上房裡去，倒要經過三道門房。各房子裡傢俱都配成一色的，地下的地毯有一寸來厚。」

清秋一面說話，一面走到她母親屋裡來。

冷太太低頭一看，只見她穿的那一雙月牙緞子鞋還沒有脫下，上面還有兩道黑印，便說道：「你上哪裡去了，怎麼把一雙鞋弄髒了？」

清秋低頭一看，心裡一想，臉都紅了，便道：「我也不知道是怎麼弄的？大概是聽戲的時候，許多人擠，給人踏了一腳。」

冷太太道：「他們闊人家裡聽戲，還會擠吧？」

清秋道：「不是看戲坐著擠，大概是下樓的時候，大家一陣風似的出來，踏了我一腳了。」

冷太太道：「你應該仔細一點穿，你穿壞了，叫我買這個給你，那是做不到的。」

清秋也沒有再和她母親分辯，回房換鞋去了。

到了次日，忽然發覺身上掖的那條新手絹不知道到哪裡去了？一條手絹丟了是不要緊的，可是自己在手絹犄角上挑繡了「清秋」兩個小字，讓人家撿去了，可是不便。想起來，繫在鈕扣上，是繫得很緊的，大概不至於失落，一定是燕西偷去了的。但是他要在我身上偷手絹，絕不是一刻工夫就偷去了。他動手為什麼我一點不知道？

清秋這樣一想，也不管那手絹是不是燕西拿的，便私下對韓媽說：「昨天我到金家去，有一條手絹丟在他家裡，你去問金七爺撿著了沒有？」

韓媽道：「一條手絹值什麼？巴巴的去問人，怪寒磣的。」

清秋道：「你別管，你去問就得了。」

韓媽因為清秋逼她去問，當真去問燕西。燕西道：「你來得正好，我要找你呢，我有一個字條請你帶去。」

韓媽道：「我們小姐說，她丟了一條小絹，不知道七爺撿著了沒有？」

燕西笑道：「你告訴她，反正丟不了，這字條兒就是說這個事，你拿給她看，她就知道了。」

韓媽聽說，信以為真，就把字條拿了回來。

清秋道：「手絹有了信兒嗎？」

韓媽將字條交給她道：「你瞧這個，就知道了。」

清秋一看，只見上面寫道：「遊山之約，不可失信，明天上午十二時，我在公園等你，然後一路出城。」

清秋看了，將字條一揉，揉成一個小紙團，說道：「這又沒提手絹兒的事。」

韓媽道：「七爺說，你瞧這個就知道哩，他不是說手絹，又說什麼？」

清秋頓一頓說道：「是些不相干的話，說昨天到他家裡去，他家招待不周，不要見怪。」

韓媽不認識字，哪知他們葫蘆裡賣什麼藥？也就不復再問。

清秋等她走了，把揉的那個紙團重新打開，看了一看。心裡一想，到西山去，來去要一天整的，騙著母親說是去會同學，恐怕母親不肯信，若是不去吧？又對燕西失了信。躊躇了好一會兒，竟不能決。但是盤算的結果，赴約的心事究竟戰勝了她怕事的念頭。

次日一早起來，就趕著梳頭，梳好了頭，又催著韓媽作飯。冷太太道：「你又忙什麼，吃了飯要出去嗎？」

清秋道：「一個同學邀我到她家裡去練習算學。」

冷太太見她如此說，也就不追問。

一會兒吃了飯，清秋換了衣鞋，就要走，冷太太道：「你這孩子，有幾件好衣服就要把它穿壞了事，到同學家裡去，何必穿這些好衣服？」

清秋道：「你老人家都是這樣想，有了衣服，留著不穿，可是到了後來，衣服不時新，又要把新的改著穿了。」

冷太太道：「你要穿就穿起走吧，別說許多了。」

清秋坐車到了公園，早見燕西的汽車停在門口，清秋走進去，遙遙地就見燕西在樹林底下的路上徘徊瞻望。他一看見，連忙迎上前來，笑道：「你才來，我可餓極了。」

清秋道：「你怎樣餓極了？」

燕西道：「我沒吃飯，等著你來吃飯呢。」

清秋道：「你早又不告訴我，我已經吃了飯了。」

燕西道：「吃了飯嗎？你陪我到大餐館裡去吃點東西，成不成？」

清秋道：「我吃了飯來的，我怎樣又吃得下？」

燕西道：「我這是癡漢……」說時，連忙把話忍住了。

清秋笑道：「你就說我是丫頭也不要緊，我看你們府上的丫頭，都花朵兒似的，恐怕我還比不上哩。」說著，對燕西抿嘴一笑。

燕西笑道：「不用著急。也許將來有法子證明你這話不確。走吧，我們去吃點東西。」

清秋道：「我實在是不要吃了，陪你去坐一會兒得了。」

二人走到露臺上，揀了一副座頭。燕西便叫西崽遞了菜牌子過來，轉交給清秋看。

清秋道：「我實在不吃。」

燕西道：「不能吃，你就靜坐在這裡看我嗎？」

清秋道：「也罷，我吃一點果子凍。」

燕西道：「不可，剛吃飽飯，不宜吃涼的。」於是叫西崽另送來一杯咖啡，放在她面前，自己一面自吃大菜。

菜都吃完了，西崽送了一碟果子凍上來。燕西剛拿了茶匙，將那塊凍下的半片桃子一撥，只覺一個沸熱的東西按在手背上，低頭看時，乃是清秋將喝咖啡的那個小茶匙伸了過來。

她笑道：「剛才你不要我吃冷的，為什麼你自己吃起冷的來？」

燕西笑道：「吃西餐是不忌生冷的。但是你不讓我吃，我就不吃。」

清秋道：「我也讓你吃，你也讓我吃，好不好？」

燕西道了一想說道：「好，就是這樣辦。」於是將這碟果子凍送到清秋面前。

清秋道：「你的給我，你呢？」

燕西道：「我只要一點兒，你吃剩下的給我吧。」

清秋用小茶匙畫著一半凍子，低著頭笑道：「這樣有錢的大少爺，又這樣省錢，捨不得請人另吃一碟。」

燕西笑道：「可不是，不但省錢，我還撿人的小便宜呢。」說時，在身上掏出一條手絹，向空中一揚，說道：「你瞧，這不是撿便宜來的呢？」

清秋笑道：「你不提起，我倒忘了，你是怎樣在我身上把手絹偷去的，我怎麼一點兒也不知道？」

燕西道：「豈但手絹而已哉？」

清秋見他話中有話，也不往下問，只是用那茶匙去翻果子凍，一點兒一點兒向嘴裡送。約摸吃了一半，將碟子一推，笑道：「太涼了。」

燕西見她將碟子推開，順手一把就將碟子拿了放在面前。

清秋笑道：「你真那麼饞，把它拿下去吧。」

燕西不答，帶著笑，一會兒工夫，把兩片桃子，半塊凍子，一陣風似的吃下去了，抬手一看手錶，已是一點了，便問清秋道：「我們到香山？還是到八大處？還是到湯山？」

清秋道：「誰到湯山去？那是洗澡的地方，就是香山吧。」

燕西會了飯賬，和清秋同坐了汽車，出了西直門，直向香山而來。

到了山腳，燕西扶著清秋下了汽車，問道：「我們先到旅館裡去，還是先在山上玩玩？」

清秋道：「我們既然是來逛山的，當然先逛山。」

燕西道：「你不怕累嗎？」

清秋道：「我們在學校裡也常跑著玩，這點兒算什麼？」說時，兩人順著石階，上了一個小山坡。

清秋負著那柄小綢傘，越走越望後垂，竟有負不起的樣子。站在一個小坦地上，抽出手絹來揩汗。

燕西順手接過傘笑道：「怎麼樣，覺得累吧？那邊上甘露旅館是很平穩的，上那邊去吧？」於是燕西站在清秋身後，撐著傘，給她遮住太陽，向這邊大道而來。

走到甘露旅館，靠著露臺的石欄邊揀了一副座頭坐下。

茶房送了茶來，燕西便斟了一杯放到清秋面前。清秋笑道：「為什麼這樣客氣？」

燕西笑道：「古人不是說，相敬如賓嗎？」

清秋端起茶杯來，呷了一口，卻是沒有作聲。

燕西喝著茶，朝東南一望，只見山下青紗帳起，一碧萬頃，左一叢右一叢的綠樹，在青地裡簇擁起來，裡面略略露出屋角，冒著青煙。再遠些，就是一層似煙非煙，似霧非霧的東西，從地而起，遠與天接。

燕西道：「你看，到了這裡，眼界是多麼空闊？常常得到這種地方來坐坐，豈不是好？」

清秋笑道：「可惜生長這種地方的人，他領略不到；能領略的人，又沒法子來。」

燕西道：「為什麼沒法子來？坐汽車來也很快的，一個鐘頭，可以到了。」

清秋笑道：「這是你少爺們說的話，別人家裡，不能都放著汽車，預備逛山用吧？」

燕西道：「我不是說別人，我是說你呢。」

清秋道：「你說我，我有汽車嗎？」

燕西道：「你自然會有的。」

清秋見他說到這句，抓了碟子裡一把瓜子，放在面前，一粒一粒撿起來，用四題雪白的門牙慢慢地嗑著，心裡可是極力地忍住了笑。

燕西又追著問道：「你想，我這句話在理嗎？」

清秋微笑，點著頭道：「在理在理！我若不是有道法，可以變出一輛汽車來，就是做個女強盜，搶一輛來。」

燕西道：「都不用，你自然會有，你看我這話對不對？」

清秋笑道：「你這話，或者也對，或者也不對，我可不知道。」

燕西道：「老實說了吧！我有汽車，就等於你有汽車。」

清秋聽了，只是不作聲。

燕西說了這句話，似乎到了極點了，要怎樣接著往下說，也是想不起來，於是兩人相對默然，坐著喝了一會兒茶。

燕西指著右邊一片坦地，說道：「那邊的路很好走，我們到那裡散步散步去。」

清秋道：「剛坐一會兒，又要走。」

燕西道：「那裡有一道青溪，水非常的清，咱們看看魚去。」說道，燕西已站起身來。清秋雖不大願去，也不知不覺地跟著他走。

走到那溪邊，一片樹蔭，映著泉水都成了綠色。東南風從山谷中穿來，非常地涼爽。靠著溪邊，一塊潔白的山石，清秋斜著身子坐在石上，向清溪裡面看魚。燕西在石頭下面一塊青草上坐了，兩隻手抱著膝蓋，望著清溪裡的水發呆。

清秋的長裙被風吹著，時時刮到他的臉上，他都會不知道。半晌，燕西才開口說道：「我今天請你到香山來的意思，你明白嗎？」

清秋依舊臉望著水，只是搖搖頭，沒有作聲。

燕西道：「你不能不明白，前天在王家花園裡，我已經對你說了一半了。」說時突然站立起來，一隻手牽著清秋的手，一隻手在袋裡摸出一個金戒指來。

清秋回頭一看，也站起來了。且不將那隻被握的手奪回去，可是另伸出一隻手，握住燕西拿戒指的那隻手。燕西見她這樣，倒是有拒絕的意思，實在出於不料。

清秋也不等他開口，先就說道：「你這番意思，不在今日，不在前日，早我就知道了，可是我仔細想了一想，**你是什麼門第，我是什麼門第？我能這樣高攀嗎？**」

燕西道：「我真不料你會說出這句話，你以為我是假意嗎？」

清秋道：「你當然是真意。」

燕西道：「我既然是真意，你我之間，怎樣分出門第之見來？」

清秋道：「你既然對我有這番誠意，當然已無門第之見，但是你家老太爺、老太太，還有令兄令姊，許多人都沒有門第之見嗎？」

清秋說完了，撒開手，便坐在石頭上，揀著石頭上的小砂子，緩緩地向水裡扔，只管望著水出神。

燕西道：「你這是多慮了，婚姻問題是我們的事，與他們什麼相干？只要你愛我，我愛你，這婚約就算成立了，況且我們家裡，無論男女，各人的婚姻都是極端自由的，他們也決不會干涉我的事。」

清秋道：「我問你一句話，府上有人和貧寒人家結親的嗎？」

燕西道：「有雖然沒有，可是也沒有誰禁止誰和貧寒人家結親呀！婚姻既然可以自由，那我愛和誰結婚，就和誰結婚，家裡人是不能問的，況且，你家不過家產薄弱一點，一樣是體面人家，我為什麼不能向你求婚？」

清秋道：「你說的話都很有理，我不能駁你，但是我不敢說府上一致贊成。」

燕西道：「我不是說了嗎？婚姻自由，他們是不能過問的，只要你不嫌棄我，這事就成立了。漫說他們不能不贊成，就是實行反對，他還能打破我們這婚約嗎？你若是拒絕我的要求，就請你明說。不然，為了兩家門第的關係，將我們純潔的愛情發生障礙，那未免因小失大。而且愛情的結合，只要純正，就是有壓力來干涉，也要冒萬死去反抗，何況現在並沒有什麼阻礙發生呢？」

清秋坐在那裡，依然是望著水出神，默然不作一聲。

燕西又握著她的手道：「清秋，你當真拒絕我的要求嗎？是了，我家裡有幾個臭錢，你嫌我有銅臭氣，我父親我哥哥都做官，你又嫌我家是官僚，沒有你家乾淨，對不對？」

清秋道：「我不料你會說出這種話來，這簡直不是明白我心事的話了。」

燕西道：「你說怕我家裡人反對。我已說了，不成問題，現在我疑你嫌我家不好，你又說不是，那麼，兩方都沒有阻礙了，你為什麼還沒有表示？」

清秋坐在石上，目光看著水，還是不作聲，不過她的臉上，已經微微有點笑容了。

燕西緊緊地握著她的手，說道：「你說，究竟還有異議沒有？」

清秋笑著把臉偏到一邊去，說道：「我要說的話都已說了，沒有什麼可說的了。」

燕西道：「你總得說一句，我才放心。」

清秋道：「你叫我說什麼呀？」

燕西笑道：「你以為應該怎樣說，就怎樣說。」

燕西越逼得厲害，清秋越是笑不可抑，索性抬起一隻胳膊來將臉藏在袖子下面笑。

燕西把她的胳膊極力地壓下來，說道：「我非要你說一句不可。這樣吧，省得我不好直說，你也不好直答，我說句英語吧，你不答應我，我今天就和你在這裡站到天黑，由天黑站到天亮。」

清秋把頭一擺，笑道：「我不懂英文。」

燕西道：「不要客氣了，你真不懂嗎？我就直說了。」於是一隻手拿出戒指來，給清秋看了一看，問道：「清秋，你願……」

清秋不讓他說完，連忙將手絹捂住燕西的口，笑道：「別往下說了，怪不中聽的。」

燕西道：「這就難了，說英國語，你說不懂，說中國語，你又嫌不中聽，就這樣糊裡糊塗就算事嗎？那麼，這戒指戴得也沒有緣由了。無論如何，我總要你說一句。」

清秋道：「你實在是太麻煩，你就說句英文試試看。」

燕西道：「我說了，你要不答應，我這話可收不轉來。」

清秋道：「我若是答應不來，怎麼辦呢？」

燕西道：「很容易答應的，你只要說一個字，答應一個Yes就行了，你說不說？」

清秋笑道：「就說一個Yes嗎？這個總行的吧。」

燕西道：「你不要裝傻了，也不要難我了，我可說了，你可要答應。」

清秋笑道：「當真光說一個Yes嗎？那或者行。」

燕西道：「不要或者兩個字，要光說行。」

清秋笑道：「就不要或者兩個字，你說吧。」

燕西於是將清秋的手舉起一點兒來，他也微微的伸出無名指，意思是讓她戴上戒指。燕西便道：「I Love You！」

清秋早是格格地笑起來，哪裡還說得出話。燕西道：「怎麼了，你不答應我嗎？」

清秋被他逼不過，只得點點頭。

燕西道：「你這頭點得不湊巧，好像是說不答應我呢。」

清秋道：「別麻煩了，我是答應你那句英文呢。」

燕西道：「點頭還是不成，你得口中答應才行。我再說過一句，你可得接上就答應。」

正說著，遙見山腳下有一群男女遙遙上山而來，清秋道：「人來了，別鬧了。」

燕西道：「人來了也不要緊，要你答應了，我給你戴上戒指。」於是又含著笑道：「I love you！」

清秋笑著低了頭，輕輕說道：「是的。」百忙下把那Ｙｅｓ一個字又忘記了。

燕西手上拿的戒指，只微微一伸，戒指已經套上了。清秋連忙將手擺脫，離開石頭站著。

燕西笑道：「你答應了我的要求，我很感激你，但是我們還欠缺一點手續，因為自由的婚姻，應該完全仿著歐美的辦法，他們的女子在允了婚以後，是要……」

清秋道：「要什麼？走，喝茶去吧。」

燕西道：「愛情電影裡面，他們一男一女最後是怎麼樣？你知道嗎？我們就是欠缺那一道手續，這一道手續不辦完，什麼事也可以不忙，別說喝茶。」說時，便抵住她的去路。

清秋笑道：「我們趕快一點到旅館裡去吧，我口渴了，要喝茶呢，您瞧山底下的人，已經到面前來了。」

在此時間，那一班遊客果然漸走漸近，清秋當著人，慢慢地步回原路，燕西沒有法子，也只好一路到旅館裡來。

清秋坐下，低頭將戒指看了一看，於是對燕西道：「我有一句話說，你可別疑心，這事情，我母親同意不同意，我是一點把握都沒有，得慢慢地和她去說。在未和她說明以前，我這戒指暫時不能戴著。」

燕西道：「那是自然。但是我看伯母的意思，對我並不算壞，絕不會不贊成的。」

清秋道：「我也是這樣想，不至於不贊成，這個我倒不擔心，我最擔心的，還是你那一方面，你上面有好幾位老人家，又是大家庭，你回去一說，他們要知道是我這樣一個人，一定輿論大嘩起來，就是你，恐怕也受窘。」

燕西道：「你總是這一點放心不下，我就斬釘截鐵說一句，就讓他們不贊成這一件婚事，我和母親私下開談判，請他給我們幾萬塊錢到外國留學去，等我們畢了業回來，我們自己就可以撐持門戶，那個時候，他們絕不能對我們怎樣了。」

清秋道：「照你這樣說，倒是很容易解決的，不過說起來容易做起來難。」

燕西道：「有什麼難？我說要去留學，家裡還能不給錢嗎？只要他給錢，我們就隨便什麼時候都可以走了。」

清秋道：「照你說，樣樣都有理。只是你將來能有這個決心嗎？」

燕西道：「怎麼沒有？我能說出來，就能做出來。你儘管放心，不要懷疑，我若說了不能履行，就是社會所不齒的人，永不將『金燕西』三個字和社會見面。」

清秋笑道：「你為什麼發急？」

燕西道：「我不起誓你不相信，那有什麼法子呢？」

清秋笑道：「這是你自己要這樣，並不是我逼你的呀！」

燕西道：「這是我誠意的表示，非這樣，你不能放心的。」

清秋道：「你不要提了，說別的吧。」

燕西道：「我心裡很快樂，彷彿得了一種可愛的東西一樣，可是又說不出來，你也是這一樣嗎？」

清秋抿嘴一笑。

燕西道：「我們吃點什麼？」

清秋道：「你不是吃了飯出城的嗎，怎樣又要吃東西？」

燕西笑道：「我們似乎當喝一杯酒，慶祝慶祝。」

清秋道：「我可是什麼也吃不下。」

燕西道：「坐在這裡也是很無聊的，我們順著山坡，到山上去玩玩。走餓了，回來再喝酒。」

清秋道：「我走不動。」

燕西道：「路很平的，而且也不遠。」

清秋笑道：「我穿著這白緞子鞋，回頭只剩光鞋底了。」

燕西道：「鞋子壞了，你要什麼樣的鞋子，我打一個電話到鞋莊上去，就可叫他們送到家來，值什麼？」

清秋道：「不怕曬嗎？」

燕西道：「我們揀一個樹蔭坐下，不很涼快嗎？」

清秋道：「山上沒人，怪冷靜的。」

燕西道：「遊山自然是冷靜的，難道像前門大街那樣熱鬧嗎？」

清秋笑道：「我怎麼樣說，你怎麼樣答覆，你總是對的。」

燕西道：「並不是我說的完全就對，實在因為你問的是誠心攪擾，所以我一說，你就沒有法子回答了。別麻煩了，走吧。」於是燕西在前，清秋在後，兩人一同走上山去。

這一去，一直過了好幾個鐘頭，等到太陽偏西，方才回到原處。

燕西道：「由山上走來走去，現該餓了，我們應當吃點東西吧？」

清秋道：「你老要我吃東西做什麼？」

燕西道：「我不是說了嘛？慶祝慶祝呀。」於是燕西叫茶房開了兩客西菜，斟上兩杯葡萄酒，和清秋對喝。

清秋將手撫摩著杯子道：「這一大杯酒，我怎樣喝得下去？」

燕西笑道：「你喝吧，喝不了再說。」說畢，將玻璃杯子對清秋一舉，清秋沒法，也只得將杯子舉了一舉。可是只把嘴脣皮對酒杯口上浸了一浸，就把杯子放下了。

燕西道：「無論如何，你得真喝一點，這種喝酒，是和酒杯接吻，我不能承認的。」

清秋對燕西一笑道：「你說什麼？」

燕西笑道：「我沒說什麼，可是敬茶敬酒無惡意，你也不能怪我吧？」說畢，又舉著杯子。

清秋見他舉了杯子，老不放下來，只得真喝了一口。

燕西道：「你那杯也太多了，我只剩小半杯呢，你倒給我喝吧。」便將清秋大半杯酒接了過來，向自己杯子裡一傾，剩了一個空杯，然後再將自己杯子裡的酒，分了一小半倒在那裡面。

清秋笑道：「這為什麼，你發了呆嗎？」

燕西道：「酒多了，怕你喝不了，給你分去一點，不好嗎？」於是將酒杯遞給她道：「你喝。」

清秋拿著那個杯子，她不肯喝，只是紅著臉，笑嘻嘻的。

燕西道：「你為什麼不喝？」

清秋道：「你心裡不準又在那搗什麼鬼呢？」

燕西也笑道：「你知道就更好了，那是非喝不可的。」

清秋道：「你這人說起來樣樣文明，為什麼這一點這樣頑固？」

燕西道：「我就是這樣，文明得有趣，我就文明；頑固得有趣，我就頑固。」

清秋見他說得這樣頑皮，也就笑起來了。

這一天，他們一對未婚夫婦，在香山鬧了一個興盡意足，夕陽下山方始進城。

燕西回得城來，將清秋送到胡同口，且不進他那個別墅，自回家來。在書房待了片刻，也坐不住，便到五姐六姐這裡來閒談，敏之笑道：「老七，那位冷小姐非常的溫柔，我很喜歡她，你和她感情不錯嗎？」

燕西道：「我不是說了嗎，我和她舅舅認識，和她不過是間接的朋友哩。」

敏之道：「你這東西，就是這樣不長進。好的女朋友，你不願和她接近，狐狸精似的東西，就是密友了。」

潤之正躺在一張軟椅上看英文小說，笑道：「哪個姓冷的女子？我向來沒聽見說。」

燕西道：「是我新交的朋友呢。你問五姐，那人真好。她不像你們，專門研究外國文學的，她的國文非常好，又會作詩。」

潤之笑道：「聽見母親說，你在外面起了一個詩社呢。剛學會了三天，又要充內行了。」

燕西道：「我又不是說我會作詩，我是說人家呢，她不但會作詩，而且寫得一筆好小字。」

潤之道：「據五姐說，那人已經是長得很好了，而今你又說她學問很好，倒是一個才貌雙全的女子了？」

燕西道：「在我所認識的女朋友裡面，我敢說沒有比她再好的了。」

潤之道：「無論怎樣好法，不能比密斯白再好吧？」

燕西道：「我不說了，你問問五姐看，秀珠比得上人家十分之一嗎？」

敏之還沒答話，只聽門外一陣笑聲，有人說道：「這是誰長得這樣標緻？把秀珠妹妹比得這樣一錢不值。」

在這說話聲中，玉芬笑站進來了。

潤之笑道：「老七新近認識了一個女朋友，他在這裡誇口呢。」

燕西連忙目視潤之，讓她別說，但是已經來不及了。玉芬道：「這位密斯姓什麼，能告訴我嗎？」

燕西道：「平常的一個朋友，你打聽她做什麼？告訴你，你也不認識她。」

玉芬道：「因為你說得她那樣漂亮，我不相信呢。我們秀珠妹妹，我以為就不錯了，現在那人比秀珠好看十倍，我實在也想瞻仰瞻仰。」

敏之知道了她為表姊妹一層關係，有些維護白秀珠，不可說得太露骨了，笑道：「你信老七胡扯呢，也不過是一個中學裡的女學生，有什麼好呢？他因為和密斯白嘔了一場氣，還沒有言歸於好，所以說話有些成心損人。」

玉芬道：「真有這樣一個人嗎？姓什麼，在哪個學堂裡？」

燕西怕敏之都說出來，不住地丟眼色，敏之只裝不知道，很淡然的樣子，對玉芬說道：「我也不詳悉她的來歷，只知道她姓冷而已。」

玉芬是個頑皮在臉上、聰明在心裡的人，見他姊弟三人說話遮遮掩掩，倒實在有些疑心。

燕西更是怕她深究，便道：「好幾天沒聽戲了，今天晚上不知道哪家戲好，倒想聽戲去。」

玉芬笑道：「你是為什麼事瘋了，這樣心不在焉，前天聽的戲，怎樣說隔了好幾天？」

燕西道：「怎麼不是好幾天，前後有三天啦。」

玉芬對他笑了一笑，也不再說，便問敏之道：「上次你買的那個蝴蝶花絨，是多少錢一尺？」

敏之道：「那個不論尺，是論碼的，要十五塊錢一碼呢，那還不算好，有一種好的，又細又軟又厚，是梅花點子的，值三十塊錢一碼。」

玉芬道：「我不要那好的。」

敏之道：「既然要做，就做好的，省那一點子錢算什麼？」

玉芬道：「我不是自己做衣服，因為送人家的婚禮，買件料子，配成四樣。」

敏之道：「送誰的婚禮？和我們是熟人嗎？」

玉芬道：「熟人雖然是熟人，你們不送禮，也沒有關係，是秀珠妹妹的同學黎蔓華。說起來，倒是有一個人非送不可。」說著，將手向燕西一指。

燕西道：「我和她也是數面之交，送禮固然也不值什麼，不送禮，也很可以說得過去。」

玉芬道：「說是說得過去，不過她因為秀珠的緣故，也要下你一份帖子，人家帖子來了，你不送禮，好意思嗎？」

燕西道：「我想她不至於這樣冒昧下我的帖子，就是下了帖子，我不送禮也沒關係。」

玉芬道：「你是沒有關係，但是秀珠妹妹有臉見人嗎？」

燕西道：「你這話說得很奇怪了，我不送禮，她為什麼沒有臉見人？」

玉芬道：「老七，我看你和秀珠，感情一天比一天生疏，你真要和她翻臉嗎？」

燕西冷笑道：「這也談不到翻臉，感情好，大家相處就親熱些；感情不好，大家就生疏些，那也沒有什麼關係。」

敏之見燕西的辭色極是不好，恐怕玉芬忍受不了，便笑道：「你別理他，又發了神經病了。」

玉芬心裡明白，也不往下再說，談了些別的事情，就回房去了。

只見鵬振躺在床上，拿著一本小說看。玉芬道：「你瞧這種懶樣子，又躺下了。」說時，將鵬振手上的書奪了過來，往地下一擲。

鵬振站起來笑道：「我又招你了？」

玉芬道：「你敢招我嗎？」

鵬振便拍著她的肩膀笑道：「又是什麼事不樂意，這會子到我這兒來出氣？」

玉芬將身子一扭，說道：「誰和你這樣嬉皮笑臉的？」

鵬振道：「我這就難了。理你不好，不理你又不好，這不知是誰動了咱們少奶奶的氣，我非去打他不可。」說著，摩拳擦掌，不住地捲衫袖，眼睛瞪著，眉毛豎著，極力地抿著嘴，閉住一口氣，做出那打人的樣子。

玉芬忍不住笑，一手將他抓住，說道：「得了吧，不要做出那些怪樣子了。」

鵬振道：「以後不鬧了嗎？」

玉芬道：「我鬧什麼？你們同我鬧呢。」

鵬振道：「到底是誰和誰鬧彆扭，你且說出來聽聽！」

玉芬道：「實在是氣人！叫我怎麼辦？」

鵬振道：「什麼事氣人，你且說出來聽聽。」

玉芬道：「還有誰？不就是你家老七。」

鵬振道：「你和他小孩子一般見識，不是找氣受嗎？」

玉芬道：「說起來倒和我不相干。」

鵬振道：「這就奇怪了，和你不相干，要你生什麼氣？」

玉芬道：「我也是路見不平，拔刀相助罷了。」於是便將燕西和白秀珠喪失感情的話，略為對鵬振說了一遍，鵬振皺著眉道：「切！你管得著他們這些事嗎？」

玉芬道：「怎麼管不著？秀珠是我的表妹，她受了人家的侮辱，我就可以出來說話。」

鵬振道：「就是老七也沒什麼事侮辱她呀！」

玉芬道：「怎麼不算侮辱，要怎樣才算侮辱呢？他先和秀珠妹妹那樣好，現在逢人便說秀珠妹妹不是，這種樣子對嗎？」

鵬振道：「老七就是這樣喜好無常，我想過了些時，他就會和密斯白言歸於好的。」

玉芬道：「**人家秀珠妹妹不是你老七的玩物，喜歡就訂約訂婚，鬧得不亦樂乎；不喜歡扔在一邊，讓她氣消了再言歸於好。你們男子都是一樣的心腸，瞧你這句喜好無常的話，就不是人話，愛情也能喜好無常，朝三暮四的嗎？**」

鵬振笑道：「好哇！你同我幹上了。」

玉芬也笑道：「不是我罵你，把女子當玩物，你們男子都是這一樣的心思。」

鵬振笑道：「這話我也承認，**但是你們女子自己願作玩物，就怪不得男子玩弄你們了**，就說你吧，穿的衣服一點兒不合適，你就不要穿。」說時，指著玉芬身上道：「你身上穿的紗袍子，有名字的，叫著風流紗，這是解放的女子應該穿的嗎？」

玉芬道：「這是一些混賬男子起的名字，這白底子加上淡紅柳條不見得就是不正經。若說紗薄一點，那是圖涼快呀。」

鵬振道：「這話就算你對了，你為什麼在長衣服裡要縛上一件小坎肩？」

玉芬笑道：「不穿上坎肩，就這樣挺著胸走，像什麼樣子呢？」

鵬振道：「縛著胸，有害於呼吸，你不知道嗎？因為要走出去像樣子，就是肺部受害，也不能管，這是解放的女子所應當做的事嗎？」

玉芬道：「別廢話了！誰和你說這些。」

鵬振笑道：「我告訴你吧，天下萬物，大半都是雄的要好看，雌的不要好看，只有人是反過來的，因為一切動物，不論雌雄，各人都有生存的能力，誰不求誰。那雄性的動物，要想做生殖的工作，不得不想法子得雌性的歡心，所以無論什麼禽獸都是雄的羽毛長得好看，雌的羽毛長得不好看，甚至於一頭蟋蟀兒，也是雄的會叫，雌的不會叫，人就不然了，**天下的男子，他們都會工作，都能夠自立，女子也不能工作，也不能自立，她們全靠男子養活，要男子養活，就非要男子愛她不可，所以她們極力地修飾，極力地求好看，請問，這種情形之下，女子是不是男子的玩物？**」鵬振越說越高興，嗓子也越說越大。

他的二嫂程慧廠正由這院子裡經過，聽見鵬振說什麼雌性雄性的話，便一閃閃在一架牽牛花下，聽他究竟說些什麼，後來鵬振說到什麼女子全靠男子養活，什麼女子是男子的玩物，禁不住搭腔道：「玉妹，老三這話侮辱女子太甚了，你能依他嗎？」

鵬振道：「二嫂，進來坐坐，我把這理對你講一講。」

程慧廠知道他夫妻兩人感情很好，常常是在一處鬧著玩的，他們吵這樣不相干的嘴，也就懶進去，笑了一聲便走了。

也是事有湊巧，次日是一個光明女子小學在舞臺開遊藝會的日子，慧廠是個董事，當然要到。在戲園子裡，又碰到白秀珠。

秀珠笑道：「二嫂真是個熱心公益的人，遇到這種學校開會的事情，總有你在內。」

慧廠笑道：「起先我原替幾個朋友幫忙，現在出了名，我就是不到，他們就也要找我的，熱心公益四個字，我是不敢當，像我家老三對令表姐說：女子是男子的玩物，這一句話，我總可以推翻了。」

秀珠道：「他兩人老是這樣鬧著玩的。」

慧廠眉毛一揚，笑道：「你將來和我們老七也是這樣嗎？」

秀珠道：「二嫂是規矩人，怎麼也拿我開心？」

慧廠笑道：「我這樣是規矩話呀。」說畢，慧廠自去忙她的公務。

秀珠也是一時的高興，回家之後，打了一個電話給王玉芬，先笑著問道：「你是金三爺的玩物嗎？」

玉芬道：「怪呀！你怎樣知道這個典故？」

秀珠道：「我有個耳報神，你們在那裡說，耳報神就早已告訴我了。」

玉芬道：「你還提這個呢，這話就為你而起。」

秀珠道：「怎樣為我而起？我不懂，你說給我聽聽。」

玉芬隨口把這句話說了出來，沒有想到秀珠跟著要追問，這時後悔不迭，便道：「算了吧，不相干的話，說著有什麼趣味？」

秀珠道：「你夫妻倆打哈哈，怎麼為我而起，這話我總得問問。」玉芬被她逼得沒法，只得說道：「這事太長，在電話裡不好說，哪天有工夫你到我這兒來，我慢慢地告訴你吧。」

秀珠是個性急的人，忍耐不住，次日便到金家來了。一進門，就見一輛汽車停在門口，梅麗挾著一包書，從車上下來，秀珠便叫道：「老八剛下學嗎？」

梅麗回頭一看，笑道：「好幾天不見哩，今天你來好極了，我約了幾個人打小撲克，你也加入一個。」

秀珠笑道：「你們一家人鬧吧，肥水不落外人田，別讓我贏去了。」梅麗對秀珠望著，將左眼睞了一下，笑道：「你不是我一家人嗎？就讓你贏了去了，也不是肥水落了外人田啦。」

秀珠笑道：「你這小東西，現在也學會了一張嘴，我先去見你三嫂，回頭再和你算賬。」梅麗笑道：「我不怕，我到六姐那裡去補習法文，你到那裡去找我得了。」談畢，梅麗的皮鞋得得地響著，已跑遠了。

秀珠且不追她，她便一直來會玉芬，恰好是鵬振不在家，玉芬站在窗臺邊，左肩上撐著一柄凡呵零*，眼睛看著窗臺上斜擺的一冊琴譜，右手拿著琴弓，有一下沒一下地拉著，咿咿呀呀，非常難聽。

秀珠輕輕地走到她身後，在她腰上胳肢了一下，玉芬身子一閃，口裡不覺得哎呀了一聲，凡呵零和琴弓都扔在地下，回頭一看，見是秀珠，一隻手撐著廊下的白柱子，一隻手拍著胸道：「嚇死我了，嚇死我了！」

秀珠倒是拍著手，笑得前仰後合。

玉芬指著秀珠道：「你這東西，偷偷摸摸地來了也罷了，還嚇我一大跳。」

秀珠笑道：「你膽子真小，我輕輕地胳肢你一下，你會嚇得這個樣子。」

玉芬道：「冒冒失失的，有一個東西戳了一下，怎樣不嚇到！」

秀珠笑道：「對不住，我來攙你吧。」於是要來扶玉芬進去。

玉芬將身子一扭，笑道：「別耍滑頭了。」說時，撿起了凡呵零，和秀珠一路進屋子去。

玉芬道：「今天天氣好，我要來找你上公園玩玩去，恰好你就來了。」

秀珠道：「我倒不要去玩，可是昨天你在電話裡說的話，我聽了心裡倒拴了一個疙瘩，究竟為什麼事？要求你告訴我。」

玉芬一想，萬萬抵賴不了，只得將燕西和敏之、潤之說的話，一一對她說了，便道：「你也不必生氣。我想老七知道我和你是表姊妹，故意拿話氣我，讓我告訴你，你要真生氣，倒中了他的計了。」

秀珠淡淡地一笑，說道：「我才管不著呢，他認識姓冷的也好，認識姓熱的也好，那是他的行動自由，我氣什麼？」

玉芬道：「剛才我還聽見他的聲音，也許還在家裡，你若看見他，千萬別提這個，不然，倒像我在你兩人中間搬弄是非似的。」

秀珠道：「自然我不會和他說，梅麗在敏之那裡，還叫我去呢。」說畢，便向敏之這邊來。

果然，敏之和梅麗兩人坐在走廊下的吊床上。

梅麗手上捧著一本法文，敏之的手指著書，口裡念給她聽。敏之一抬頭，見秀珠前來，連忙笑道：「稀客！好久不見啦。」迎上前來，一隻手握著秀珠的手，一隻手扶著她的肩膀。

秀珠笑道：「也不算稀客，頂多有一禮拜沒來罷了。」

敏之道：「照理你就該一天來一趟。」

秀珠道：「一天來一趟，那不但人要討厭，恐怕府上的狗也要討厭我了。」

敏之且不理她，回轉臉對屋子裡說道：「老七，客來了，你還不出來？」

這時燕西坐在屋子裡，正和潤之談閒話，早就聽見秀珠的聲音了，他心想著，秀珠說些什麼？暫不作聲，這時敏之叫他出來，他只得笑著出來，問秀珠道：「什麼時候來的？我一點不知道。」

秀珠見他出來，早就回過臉去，這時候他問話，秀珠就像沒有聽見一般，問梅麗道：「你不說是打撲克嗎？怎麼沒有來？」

梅麗道：「人還不夠，你來了就可以湊上一局了。」

燕西見秀珠不理，明知她餘憤未平，也不在意，依舊笑嘻嘻地站在一邊，絕沒有料到和玉芬閒談的話已經傳入她的耳朵。

秀珠一面和敏之姊妹說話，一面走進屋子去。潤之也迎上前來，秀珠見潤之手上拿著一疊小小的水紅紙，便問道：「這顏色很好看，是香紙嗎？」

潤之便遞給她道：「不是，你瞧瞧。」

秀珠接過一張來一看，那紙極薄，用手托著，隔紙可以看見手紋，而且那紙像棉織物一般，握在手上非常柔軟，那紙上偏有很濃厚的香料，手一拿著就沾了香氣。秀珠道：「這紙是做什麼用的？我卻不懂，絕不是平常放在信封裡的香紙。」

潤之道：「這是日本貨，是四姐姐在東京寄來的。你仔細看，那上面不是有極細的碎粉嗎？」

秀珠道：「呵，這是粉紙，真細極了。」

潤之道：「街上賣的那些粉紙疊又糙又厚，真不講究，還有在面子上印著時裝美人像的，看見真是要人作嘔。你看人家這紙是多麼細又是多麼美觀，它還有一層好處，就是這粉裡略略帶一點紅色，擦在皮膚上，人身上的熱氣一托，就格外鮮豔。我想這種紙若是在夾衣服裡，或者棉衣服裡鋪上一層，那是最好，一來，可以隔著裡面，不讓它磨擦，二來，有這種香味藏在衣服裡，比灑什麼香水，放什麼香晶要強十倍，因為那種香是容易退掉的，這種香味藏在衣服裡面，遍身都香，比用香水點上一兩滴，那真有天淵之隔了。」

一番話說得秀珠也愛起來了，便問潤之有多少，能否分一點兒用用？潤之把嘴向燕西一努，笑道：「恐怕有一兩百張哩。」

燕西果然有這個紙不少，但是他也受了潤之的指教，要做一件內藏香紙的絲棉袍子送給清秋，而且這種計畫，也一齊對清秋說了，估量著，那紙面積很小，除了一件衣服所用而外，多也有限，現在潤之教秀珠和他要，又是一件難辦的事，說道：「有是有，恐怕不夠一件衣服用的了。」

潤之道：「怎麼不夠？有一半就成了。」

燕西道：「你以為我還有那多麼？我送人送去了一大半呢。」

潤之道：「不管有多少，你先拿來送給密斯白吧，我做衣服多了，再送給你。好不好？」

燕西笑道：「你倒會說話，把我的東西做人情。」

潤之道：「怎麼算是把你的東西做人情？你沒有了，我還要送你啦，再說，以你我二人和密斯白的關係而論，你簡直談不到一個送字，只要你有，密斯白她就能隨便的拿。」

燕西聽了只是微笑，秀珠卻板著臉不作聲。

潤之道：「怎麼樣？你辦得到嗎？」

燕西笑道：「這又不是什麼大問題，為什麼辦不到？」

秀珠道：「六姐，還是你直接送我吧，不要這樣三彎九轉。」

潤之笑道：「我看你兩人鬧著小彆扭，還沒有平息似的，這還了得！現在你兩人，一個姓金，一個姓白，就這樣鬧啦，將來……」

秀珠不等潤之說完，搶上前一步，將手上的手絹捂住潤之的嘴，先板著臉，後又笑道：「以後不許這樣開玩笑了。」

敏之道：「我以大姐的資格，要管你二人一管，以後不許再這樣小狗見了貓似的，見面就氣鼓鼓的。」

燕西道：「我不是小狗，也不是小貓，我就沒對誰生氣。」

秀珠這才開口了，說道：「那麼，我是小狗，我是小貓了？」

燕西道：「我沒敢說你呀。」

敏之道：「別鬧了。無論如何，總算是老七的不對，回頭老七得陪著密斯白出去玩玩，就算負荊請罪。」

秀珠道：「他有那個工夫嗎？」

燕西笑了一笑，沒有作聲。

秀珠道：「玩倒不必，我請七爺到舍下去一趟，成不成？」

燕西還沒有說話哩，敏之、潤之同聲說道：「成，成，成！」

燕西道：「請你在這裡等一會兒，我去拿那個香粉紙。」

燕西走了，敏之笑道：「密斯白，我看老七很怕你的，這東西現在越過越放蕩起來，沒有你這樣去約束，也好不起來的。」

秀珠道：「你姊妹幾個總喜歡拿我開玩笑，現在我要正式聲明，從今天以後，什麼笑話都可以說，唯有一件，千萬不要把我和燕西牽涉到一處。」

潤之笑道：「那為什麼？」

秀珠道：「你等著吧！不久就可以完全明瞭的。」

敏之笑道：「等著就等著吧，我們也願意看的。」

梅麗笑道：「我又要說一句了，人家說話，你都不願和七哥牽在一處，為什麼你倒要和七哥常在一處玩呢？」

敏之、潤之都笑起來了，秀珠也沒有話說。

她們在這裡說笑，不多一會兒，燕西已來了，說道：「走吧，我這就送你去。」

秀珠起身告辭，和燕西出大門。燕西的汽車正停在門口，二人一路上車，便向白家來。到了白家，秀珠在前引著，一直引他到書房裡坐著。秀珠的哥哥白雄起，上前和燕西握手，笑道：「忙人呀，好久不會了，今天是什麼風，把你吹來了？」

秀珠道：「就是今天，還是再三請來的呢，有那樣大的風，把他刮得動嗎？」

燕西只是含著笑，坐在一邊，不能作聲。

白雄起陪著他們在一處談了一會兒，便站起來說道：「我要到衙門裡去一趟，燕西兄弟請坐一坐，在我這裡吃晚飯去，一刻我就趕回來陪你。」

燕西道：「你有事請便吧，我到裡面去陪嫂嫂坐坐。」

原來白雄起他是一個退職的師長，現在在部裡當了一個歐洲軍事調查會的委員，又是一個大學校的軍事學教授。雖然是個武人，留學德國多年，人是很文明的。他的夫人是日本人，又是一個文明種子，不受禮教束縛的。

他夫婦二人，贊成外國的小家庭制度，家裡除了秀珠而外，沒有別人。可是有一層德國風氣，是極樸實的，日本風氣又極節儉，白雄起染了德國的風氣，白太太也不失掉她祖國的遺傳性，因此白家雖還有錢，家庭只談到潔淨整齊，絕沒有什麼繁華的習氣。

白秀珠自小就在和靈女學校讀書，那個學校是美國人辦的，學生完全是小姐，在學校裡，大家就拼著花錢，中學畢業後，除了一部分同學升學和出洋而外，其餘的不是闊太太闊少奶奶，便是交際明星，因此秀珠的習氣受了學校的教育和同學的薰染，一味奢華，與兄嫂恰恰相反。

他們是文明家庭，白雄起當然不能干涉妹妹，加上老太太很疼愛這個小姐的，每年總要在江南老家匯個兩千塊錢來給秀珠用，雄起津貼有限，至於秀珠個人的婚姻或交際問題，更是不為顧問。後來秀珠和燕西交情日深，白太太因為可以和總理結親，正合了日本人力爭上流的個性，尤其是極力地贊成。

這時秀珠引燕西到上房裡來，白太太正拿著一柄噴水壺，在院子裡澆那些盆景，一眼看見燕西，丟了噴水壺，就在院子裡向燕西行禮不迭，使了她貴國的老著，兩隻手按著大腿，深深地一個鞠躬，笑道：「請屋裡坐。」

燕西道：「請你叫聽差到我汽車上去把我一個手絹包拿來，那裡面還有貴國帶來的東西呢。」

白太太笑道：「敝國的東西，那我倒要看看。」

他們三人進了屋內，聽差將手絹包取來，打開一看，卻是一包櫻桃色的香紙，白太太笑道：「這是小姐用的東西，我們都好多年沒用過了，怎樣七爺有這個？」

燕西笑道：「我正是拿來送你家大小姐的。」

秀珠笑道：「你暫且別把這個送我，憑著我嫂嫂在這裡，我有一句話問你，請你明白答覆。」

燕西見她還含著笑容，倒猜不出她有什麼用意，笑道：「請你說，只要我知道的，我當然可以明白答覆。」

秀珠道：「自然是你知道的，你不知道的，我問你有什麼用處呢？我先問你一句，你女朋友裡面，有沒有一個姓冷的？」

燕西萬不料她會問出這一句話，笑道：「不錯，有一個姓冷的。」

秀珠道：「還好，你肯承認。那人長得怎麼樣，十分漂亮吧？」

燕西看她臉上的顏色，雖然還像有些笑意，已是矜持得很，逆料她的來意不善，自己本來已有把握，也絕不會因這樣就說假話，也笑道：「這話很難說，在我看來很漂亮，或者別人看她並不漂亮呢。」

秀珠道：「在你看怎麼樣呢？」

燕西笑道：「在我看嗎？總算是漂亮的。」

秀珠道：「自然啦，否則你和她的感情也不會那樣深，可是你儘管說別人好，不應該把我拉在裡面，和人家打比，你當面說我無論怎樣，我不惱，你在背後說我，你在態度就不光明。」

燕西冷笑道：「你叫我到你府上來，原來是教訓我呵。」

秀珠道：「怎麼是教訓你？我們是朋友，你有話也可以問我，我有話可以問你。」

燕西道：「你這種口吻，是隨便的問話嗎？嫂嫂在這裡，請她說一句公正話。」

白太太先還認為他們說著好玩，現在看見不對，便道：「開玩笑就開玩笑，為什麼生氣？」

秀珠道：「並不是生氣，我實在太受屈……」說到一個屈字，嗓子已經哽了，不知不覺在臉上墜下兩行淚珠。

燕西看見這種情形，心裡未免軟下了大半截，說道：「這事真是奇怪，好好地怎麼生起氣來？這時候我不說什麼，越說你越要生氣的，我暫且回去等你消了，我再來。」於是把那一包香紙笑嘻嘻地送到秀珠手上。

秀珠聽說要走，越發有氣，見他將香紙拿過來，接著就在屋裡往院子外一扔，那紙質極其輕，而且一張一張相疊，一疊一疊相壓，不過是些彩紙相束，現在她用力一擲，紙條斷了，那些紙一散，便扔不出去，不但扔不出去，並且那紙隨風一揚，化作了許多的水紅色的蝴蝶在空中亂飛。

到了這時，燕西實在忍不住了，冷笑道：「你這是何苦？官也不打送禮的，我好意送你的東西，你倒這樣掃我的面子。」

秀珠道：「這就算掃你的面子嗎？你在人面前數長數短，說我的壞處，那怎樣說呢？這就算我掃你的面子吧，我還是當面和你吵，你卻在我背後罵我這樣那樣，你說一說，這是誰的態度公正？」

燕西道：「不錯！是你的態度公正，我的態度曖昧，算我是個卑鄙小人，你不要和我交攀，成不成？好！從此以後，我們永遠斷絕關係。」

秀珠道：「永遠斷絕關係就永遠斷絕關係！」說畢，抽身一轉，就走開了。

白太太見了這種情形，真是嚇慌了，連忙攔住燕西道：「七爺，你別生氣，大妹她還沒有脫小孩子氣，你不要和她一般見識。」

燕西道：「嫂子，你看她對於我是怎麼樣？我對她又是怎麼樣？」

白太太道：「我都看見了，完全是她沒有理。回頭雄起回來了，我對雄起說一說，教他勸說大妹幾句，我想大妹一定會後悔的。」

燕西道：「那也不必，反正是我的不是，我以後避開她，和她不見面，這事也就過去了。」

正說著，只見秀珠端著一個小皮箱氣憤憤地跑了出來。她急忙忙地將箱子蓋一掀，只見裡面亂哄哄的許多文件。秀珠在裡面一陣尋找，尋出幾疊信封，全是把彩色絲線束著的，全拿了出來，放在燕西面前。

燕西一看那些信，全是兩人交朋友以來，自己陸陸續續寄給秀珠的，彼此原已有約，所有的信，雙方都保存起來，將來翻出來看，是很有趣味的，現在秀珠將所有的信全拿出來，這分明是消滅從前感情的緣故，卻故意問道：「你這什麼意思？」

秀珠道：「你不是說我們永遠斷絕關係嗎？我們既然永遠斷絕關係，這些信都是你寫給我的，留在我這裡是一個把柄，所以全拿出來退還你。所有我寄給你的信，你也保留不少，希望你也一齊退還我，彼此落一個眼前乾淨。」

燕西道：「不保留，把它燒了就得了，何必退還。」

秀珠道：「我不敢燒你的信，你要燒，你自己拿回去燒。」

白太太就再三的從中勸解，說道：「這一點小事，何至於鬧得這樣？大妹，你避一避吧。」說時，把秀珠就推到旁邊一間屋裡去，將門帶上，順手把門框上的鑰匙一套，將門鎖起來了，笑道：「那裡面屋子裡，有你哥哥買的一部小說，你可以在裡面看看。」

燕西道：「嫂子，那何必，你讓我避開她吧。」說時，起身就要走。

秀珠見他始終強項，對於自己這樣決裂的表示，總是不稍稍轉圜，分明一點兒情意沒有，便隔著喊道：「燕西，你不要走，我們的事還沒有解決。」

燕西道：「有什麼不解決？以後我們彼此算不認識就了結了。」

秀珠要開門，一時又打不開來，回頭一看，壁上掛著她哥哥的一柄指揮刀。她性子急了，將指揮刀取了下來，對門上就是一陣亂打。

燕西已經走到院子裡了，只聽見一陣鐵器聲響，嚇了一跳，恰好那屋子裡的玻璃窗紗已經掀在一旁，隔著玻璃，遠遠的望見秀珠拿著一柄指揮刀在手中亂舞。

燕西嚇慌了，喊道：「嫂子嫂子，刀！刀！快快開門，她拿著一把刀！」

白太太在外面屋子裡也聽見裡面屋子刀聲響亮，拿著鑰匙在手上，塞在鎖眼裡，只是亂轉，半天工夫也沒有將門打開。本來那門上有兩個鎖眼，白太太開錯了，這樣一鬧，老媽子、聽差都跑來了。

一個聽差搶上前一步，接過鑰匙才將門打開，秀珠閃在一旁，紅著臉，正在喘氣。

不料這門他開得太猛些，往裡一推，秀珠抵制不住，人往後一倒，桌子一被碰，上面一隻瓷瓶倒了下來，嘩啦一聲，碰了一個粉碎。

白太太慌了，急著喊道：「怎麼了？」搶上前，就來奪秀珠的指揮刀，說道：「這個事做不得的，做不得的。」

秀珠拿著指揮刀，原是打門，她嫂嫂卻誤認為她是自殺，秀珠看著面前人多，料也無妨，索性舉起指揮刀來，要往脖子上抹。白太太急了，只嚷救命，兩三個聽差僕婦，擁的擁，抱的抱，搶刀的搶刀，好容易才把她扶到一邊去。

秀珠偷眼一看燕西，在外面屋子裡，靠著一把沙發椅子站定，面色慘白，大概是真嚇著了，秀珠看見這樣，越發是得意，三把鼻涕，兩把眼淚哭將起來。

在秀珠以為這種辦法可以引起燕西憐惜之心，不料越是這樣，越顯得潑辣，反而教燕西加上一層厭惡。

白太太到裡面勸妹妹去了，把燕西一個人扔在外面屋子裡，很是無趣，他也就慢慢地走將出來，六神無主地坐著汽車回家。

燕西到了家，把這事悶在心裡，又覺著擱不住，便把詳細的情由，一五一十對敏之、潤之談了。

敏之道：「怪道她要你送她回家，卻是要和你辦交涉。但是這事也很平常，用不著這樣大鬧，我不知道你們私下的交涉是怎樣辦的？若照表面上看來，你兩人並沒有什麼成約似的。」

燕西道：「我和她有什麼成約？全是你們常常開玩笑，越說越真，鬧得她就自居不疑，其實我何嘗把這話當作真事。」

潤之笑道：「你也不要說那種屈心話，早幾個月，我看你天天和她在一處玩，好像結婚的日子就在眼前一般，所以連母親都疑惑你有什麼舉動，到了近來，你才慢慢和她疏遠，這是事實，無可諱言的。」

燕西道：「你這話我也承認，但是我和她認識以來，並沒有正式和她求婚，不過隨便說一說罷了。」

敏之道：「虧你說出這有頭無尾的話！我問你，**怎樣叫正式求婚？怎樣叫隨便說說？別的什麼還可以隨便說，求婚這種大事也可以隨便說嗎？你既然和她說了那話，就是你和她有了婚約。**」

燕西被兩個姐姐一笑，默然無語。

敏之道：「你們既鬧翻了，你暫且不要和這人見面。」說著，把三個指頭一伸。

潤之道：「那也是，玉芬嫂和她的感情極好，我看這次的是非都是由她那裡引出來的。」

敏之目視潤之道：「我想人家也未必願意生出是非來，你不要多說了。」

燕西坐了一會兒，只覺心神不安，走出門來，頂頭碰到阿囡。她一把揪住燕西衣服，笑道：「七爺，請求你一件事情，你可願意替我辦？」

燕西道：「什麼事，你又想抽頭？」

阿囡笑道：「七爺說這話，倒好像跟我打過好多回牌似的。」

燕西道：「我想你沒有什麼事要求我的。」

阿囡道：「我想請七爺給我寫一封信回家去。」

燕西道：「五小姐六小姐閒著在屋裡談天呢，你不會找她。」

阿囡道：「我不敢求她寫，她們寫一封信，倒要給我開幾天玩笑。」

燕西道：「你寫信給誰？」

阿囡紅著臉道：「七爺給我寫不給我寫呢？」

燕西見她眉飛色舞，半側著身子，用手折了身邊的一朵千葉石榴搭訕著，把花揉得粉碎，便覺阿囡難操侍女之業，究竟是江蘇女子，不失一派秀氣。

他這麼一想，把剛才惹的一場大禍便已置之九霄雲外，只是呆呆地賞鑑美的姿勢。

阿囡見他不作聲，問道：「怎麼著？七爺肯賞臉不肯賞臉呢？」

燕西賞鑑美的姿勢，不覺出了神。阿囡也不知道他為了什麼發呆，只得又重問一聲。

燕西笑道：「你不說，我倒猜著了，你不怕我開玩笑嗎？」

阿囡道：「七爺從來沒有和我開過玩笑，所以我求七爺和我寫。」

燕西道：「寫信倒不值什麼，只是我沒有工夫。」

阿囡把蘇白也急出來了，合著掌給燕西道：「哎呀！謝謝耐，阿好？」

燕西笑道：「你一定要我寫，我就給你寫吧。你隨我到書房裡來。」

阿囡聽說，當真跟著來了，給他打開墨水匣，抽出筆，鋪上信紙，然後伏在桌子的橫頭，說道：「七爺，我告訴你，他姓花，叫炳發。」

燕西笑道：「這個姓姓得好，可惜這名字太不漂亮。」

阿囡道：「哎喲！做手藝的人，哪裡會取什麼好名字？」

燕西道：「這個且不問，你和他是怎樣稱呼？」

阿囡道：「隨便稱呼吧。」

燕西道：「瞎說！稱呼哪裡可以隨便，我就在信上寫炳發阿爹成不成？」

阿囡笑道：「七爺又給我開玩笑了。」

燕西道：「不是我給你開玩笑，是我打譬方給你聽。」

阿囡笑道：「那就不要稱呼吧。」

燕西道：「寫信哪裡可以不要稱呼？就是老子寫給兒子，也要叫一句我兒哩。」

阿囡道：「你們會作文章的人，一定會寫的，不要難為我了，我要會寫，何必來求七爺呢？」

燕西笑道：「不是我不會寫，可是這裡面有一種分別，你兩人結了婚，是一樣稱呼；沒有結婚，又是一樣稱呼。」

阿囡笑道：「怎樣五小姐沒有問過我這話，她也一樣地寫了呢？」

燕西道：「她知道你的事，所以不必問，我不知道你的事，當然要問了。」

阿囡道：「那就作沒有寫吧。」

燕西道：「什麼沒有？」

阿囡道：「你知道，不要為難我了。」

燕西笑道：「好！就算我知道了。你說，這信上要寫些什麼？」

阿囡道：「請你告訴他，我身體很好，叫他保重一點。」

燕西道：「就是這幾句話嗎？」

阿囡道：「隨便你怎樣寫吧，我只有這幾句話，再不然添上一句，叫他常常要寫信來。」

燕西道：「這完全是客套，值不得寫一封信，你巴巴的請我給你寫信，就是為這個嗎？」

阿囡笑道：「話是有好多話說，可是我說不出來，七爺你看要怎麼寫，就怎樣寫。」

燕西笑道：「我又不是你……」說到這裡，覺得這句話說出來太上當了，改著說道：「我又不是你家管家婆，怎樣知道你的心事？這樣吧，還是由我的意思來替你寫吧。」

阿囡笑道：「就是那樣，七爺寫完了，念給我聽一聽。從前五小姐寫信，就是這樣。」

燕西於是展開信紙，把信就寫起來，寫完之後，就拿著信紙念道：

親愛的炳發哥哥：

你來的幾次信我都收到了。我身體很好，在金府上住得也很安適，不必掛念。倒是我在北京很掛念你，因為上海那個地方太繁華了，像你這樣的老實人，是容易花那無謂的銀錢的。不大老實的朋友，我望你少和他們往來。

阿囡笑道：「七爺寫得好，我正是要這樣說，就是起頭那幾個字不好，你把它改了吧。」

燕西道：「這是外國人寫信的規矩，無論寫信給誰，前面都得加上一個親愛的。」

阿囡道：「我又不是外國人，他也不是外國人，我學外國人做什麼？」

燕西笑道：「我就是這樣寫，你不合意，就請別人寫吧。」

阿囡道：「就請你念完了再說吧。」

燕西於是又笑著念道：

因為這個緣故，我久在北京是很不放心的，我打算今年九、十月裡，一定到上海來。

阿囡道：「哎喲，這句話是說不得的，他就是這樣，要我回上海去，我不肯呢。」

燕西笑道：「你別忙，你聽我往下念，你就明白了。」又念道：

炳發呀！我今年是十九歲了，我難道一點兒不知道嗎？每次看到天上的月亮圓了，花園裡的花開了，想起我們的青春年少……

阿囡先還靜靜地往下聽，後來越聽越不對，劈手一把，將燕西手上的信紙搶了過去，笑道：「你這人真是不老實，人家那樣地求七爺，七爺反替我寫出這些話來。」

燕西道：「你不是說了隨便我寫嗎？我倒是真隨便寫，你又說不好，我有什麼法子呢？」

阿囡道：「七爺總也有吩咐我做事的時候，你看我做不做？」說著，把嘴一撇，一扭身子走了。

她順手將燕西的門一帶，身子一閃，卻和廊簷下過路的人撞了一個滿懷。

阿囡一看是梅麗，笑道：「八小姐，我正要找你呢。」

梅麗笑道：「你眼睛也不長在臉上，撞得我心驚肉跳，你還要找我呢。」

阿囡道：「不是別的事，我請八小姐給我寫一封信。」

梅麗道：「我不會寫毛筆字，你不要找我。」

阿囡道：「我又不是寫給什麼闊人，不過幾句家常話，你對付著寫一寫吧。」於是把自己的意思對梅麗說了一遍，一面說著，一面跟著梅麗到她屋裡來。

梅麗道：「寫是我給你寫，明天夏家辦喜事，我一個人去，很孤單的，你陪我去成不成？」

阿囡道：「五小姐六小姐哪裡離得開我呀？你叫小憐去吧，她在家裡，一點事也沒有哩。」

梅麗道：「好，我在這裡寫信，你去把她叫來，我當面問她。」

阿囡和小憐感情本來很好，她去不多大一會兒，果然把小憐叫來了。這裡梅麗的信也寫好了。

小憐道：「阿囡姐說，八小姐要帶我去作客，不知道是到哪裡去？」

梅麗道：「看文明結婚。去不去？」

小憐道：「不是夏家嗎？我聽說是八小姐作儐相呢，還有儐相帶人的嗎？」

梅麗道：「老實說，這是魏家小姐再三要求我的，我先是沒法兒，只得答應下來，現在我一想，怪害臊的，我有些不敢去。況且魏家小姐和我同學，和她家裡人不很熟。夏家呢，簡直完全是生人，我總怕見了生人，自己一個人會慌起來，帶一個人去壯一壯膽子也是好的。」

小憐道：「八小姐，那不成，我是更不懂這些規矩啦。去了又有什麼用？」

梅麗道：「不是問你成不成，只要你陪著我，我若不對，你在一邊提醒提醒我就成了。」

小憐道：「去是我可以去，我得問一問大少奶奶。」

梅麗道：「太太答應了，大少奶奶還能不答應嗎？」

小憐道：「那與我一路見太太去。」

梅麗笑道：「你倒壞，還怕我冤你呢。」於是梅麗將信交給阿囡，帶了小憐，一路來見金太太。

梅麗道：「明天夏家喜事，我一個人有些怕去，帶小憐一路去，可以嗎？」

金太太道：「外面報上都登出來了，說是我們家裡最是講究排場，現在你去給人作儐相，還要帶個傭人去，不怕人罵我們搭架子嗎？」

梅麗聽她母親這樣一說，又覺得掃了面子，把小憐引來，讓人家下不了場。便鼓著嘴道：「我一個人怕去的，我不去了。」說畢，也不問別人，自回房去了。

一會兒功夫，新娘家裡把儐相穿的一套新衣送了過來，金太太派老媽子來叫梅麗去試一試，她也不肯去。

原來魏家這位小姐，非常美麗，夏家那位新郎也是俊秀少年，兩邊事先約好了，這男女四位儐相非要找四位俊秀的不可，而兩位男儐相穿一色的西裝，是由男家奉送，女儐相穿一色的水紅衣裙，也是女家製好奉送，這樣一來，將來禮堂上一站立，越發顯得花團錦簇，這都是有錢的人，能在樂中取樂。

梅麗在魏小姐同學中是美麗的一個，所以魏小姐就請了她，這種客，是魏家專請的，不像平常的客可以不去，這時梅麗鬧彆扭，說是不去，金太太確有些著急。

梅麗她雖然是庶出的，因為她活潑潑地，金銓夫妻都十分寵愛，所以金太太也不忍太拂她的意思。

梅麗一次叫不來，金太太又叫人把小憐叫來，讓她引著梅麗來。

金太太道：「你既然怕去，先就不該答應，既然答應了，就不能不去。你若不去，叫人家臨時到哪裡去找人？這回不去，你下次有臉見魏小姐嗎？」

梅麗道：「媽要我去，我就得帶小憐去。」說到這裡，只聽見吳佩芳在窗子外廊簷下應聲道：「八妹什麼事，這樣看得起小憐？非帶她去不可。」一面說，一面走進來。

金太太道：「你聽聽這個新鮮話兒，人家去請她作儐相，她要帶小憐去，我想，是個老太太出門呢，帶一個女孩招呼招呼還說得過去，一個當女學生的人，還要帶一個人跟著，好像是有意鋪排，不怕人家罵嗎？」

佩芳笑道：「我倒猜著了八妹的意思，一定是聽到人說，魏夏兩家人多，儐相是要惹著人家看的，有些怯場，對不對？」

梅麗一扭身，背著臉笑了。

金太太道：「既然怯場，就不該答應人家。」

佩芳笑道：「不是生得標緻，人家是不會請作儐相。既然請了，就很有面子，許多人還想不到呢，哪有拒絕的？當時魏家小姐請八妹，八妹一定一時高興就答應了，後來一想，許多人看著，怪害臊的，所以又怕起來。」於是扯著梅麗的衫袖道：「我猜到你心眼裡去了不是？」

梅麗被她一猜，果然猜中了，越發低著頭笑。

金太太道：「帶了小憐去，就不怕臊嗎？你要帶她去，你不怕人罵，我可怕人罵！」

吳佩芳道：「八妹真要她去，我倒有個法子。那魏小姐和我會過幾回面，也下了我一封帖，我本想到場道一道喜就回來，現在八妹既要她去，我就不去了，叫小憐代表我去吧。」

金太太道：「你越發胡說了，怎麼叫使女到人家家裡作客？」

佩芳道：「媽媽也太老實了，使女的臉上又沒掛著兩個字招牌，人家怎樣知道？不是我們替自己吹，我們家裡出去的丫頭，比人家的小姐還要好些呢。叫小憐跟著八妹去，就說姨少奶奶，不就可以代表我嗎？」

小憐聽了這句話，鼓著嘴扭身就跑，口裡說道：「我不去。」

吳佩芳笑著喝道：「回來！抬舉你，倒不識抬舉。」小憐手裡握著門簾一步一步地慢吞吞地走進來。

梅麗笑道：「大嫂這話本來不對，人家是個姑娘，哪有叫人冒充姨少奶奶的？」

佩芳笑道：「依你說，她把什麼資格來做我的代表？」

梅麗道：「那裡人多極了，又是兩家的客在一處，誰知道誰是哪一邊的客？有人問，就說是我們南邊來的遠房姐妹，不就行了嗎？」

金太太道：「你倒說得有理。佩芳，你就讓小憐去吧，梅麗既要她去，你得借件衣服給她穿。」

佩芳道：「她個兒比八妹長，八妹的衣服不合適，我有幾件新衣服，做小了腰身，不能穿，讓她穿去出風頭吧。」

金太太道：「你的衣服腰身本來不大，既然你穿不得，小憐一定可以穿的，你帶她去穿了來，讓我看看。」

佩芳一時高興，當真帶著小憐去，穿了一身新衣服重來。

金太太見她穿著鴨蛋綠的短衣，套著飛雲閃光紗的長坎肩，笑道：「好是好，這衣服在熱天穿，太熱鬧些。」

佩芳道：「她們女孩子穿，要什麼緊？」

金太太道：「嶄新的衣服，別梳辮子拖髒了，改著梳頭去吧。」

小憐道：「我梳不好呢，誰和我梳哩？」

金太太道：「虧你說！這大的孩子，梳不來頭？」

佩芳道：「她早就要學八妹一樣，把頭髮剪了，我看她一時新鮮主意，後來又捨不得，可是她一梳辮子，就自己抱怨著，今天索性讓她剪了吧。」

金太太笑道：「我真不懂你們年輕人為什麼都和頭髮過不去？慧廠是剪了，玉芬昨天也說要剪。」

佩芳笑道：「不瞞你老人家說，我也要剪呢，只是他反對，美觀不美觀地說了一大遍。」

金太太道：「小憐那就不能剪了，剪了他大爺要反對的。」

小憐站在一邊嘰咕著說：「我跟著大少奶奶轉總沒有錯，大少奶奶剪，我也剪。」

佩芳笑道：「看你不出，你倒能挾天子以令諸侯呢。」

一句話沒說完，外面有人接著說道：「喲！誰又在挾天子以令諸侯？」說話的人走進來，乃是王玉芬。佩芳便把剪頭髮的話說了。

玉芬道：「我是怕母親不答應，不然，別人反對我是不管的。」

金太太道：「頭髮長在你們頭上，要也好，不要也好，我管什麼呀。」

玉芬道：「你老人家不管，我就要剪了。大嫂！到我那裡去，我和你剪，你和我剪，好不好？二嫂那裡新買了一套剪髮的傢伙，我們借來一用。」

說著，玉芬、佩芳、梅麗、小憐四個人，一陣風似的，便到玉芬屋子裡來。玉芬便叫她的丫頭素香，到慧廠那裡把剪髮的傢伙拿來。

在這當兒，慧廠也跟著來了。笑道：「你們都要剪髮，我來看看。」

小憐道：「二少奶奶，我也剪，好嗎？」

慧廠笑道：「你也剪？你為什麼要剪？」

小憐道：「現在都時興剪髮，小姐少奶奶們能剪，我們當丫頭的，就不能剪嗎？」

慧廠道：「你們聽聽，剪髮倒是為了時髦呢，那麼，我看你們不剪的好，將來短頭髮一不時髦，要長長可不容易啦。」

佩芳道：「你聽她瞎說。你來了，很好，請你作顧問，要怎樣的剪法？」

慧廠笑道：「老實說一句，小憐說的話倒是真的，你們剪髮一大部分為的時髦。既然要美觀，現在最普通的是三種，一種是半月式，一種是倒捲荷葉式，一種是帽纓式。要戴帽子，是半月式的最好，免得後面有半截頭髮露出來；不戴帽子呢，荷葉式的最好。」

玉芬道：「好名字，倒捲荷葉，我們就剪那個樣子吧。半月式的罷了，不戴帽子，後面露出半個腦勺子來，怪寒磣人的。」

他們大家剪了髮，彼此看看，說是小憐剪得最好看。小憐心裡這一陣歡喜，自不必談。到了次日，穿著吳佩芳的衣服，又把她的束髮絲辮將短髮一束，左邊下束了一個小小蝴蝶兒，越發是嫵媚。

梅麗也穿上魏家送來的衣服，和小憐同坐著一輛汽車同到魏家去。

魏家小姐既然是新娘子，便不出來招待客了，都是由招待員招待來賓，他們只知道請了金家兩位，一位是八小姐，一位是大少奶奶。

梅麗穿著儐相的衣服，他們已認識了，小憐和梅麗同來，他們也就猜是少奶奶了，一到客廳裡，賀喜的女賓花團錦簇，大家都不認識，自然也沒有人知道。

在魏府上吃過一餐酒，梅麗和另一個儐相何小姐，又四個提花籃的女孩，先向夏家去。她坐來的汽車，卻讓小憐坐著，一會兒新娘的花馬車要動身，小憐也就到夏家來了。

這夏家是個世祿之家，賓客更多。小憐在金家多年，這些新舊的交際看得不少，加上金家的交際，除了金太太，就是佩芳出面，小憐學著佩芳落落大方的樣子，在夏家內客廳裡和女賓周旋，倒一點也不怯場。

可是一看女賓中百十個人，並無兩位女儐相在內，心想，梅麗原來叫來陪著她的，她若找不著我，一定見怪，便問女招待員，女儐相在什麼地方？

女招待道：「儐相另外有一個休息的地方呢。」

小憐道：「在什麼地方，請你引一引，好不好？」

女招待道：「不必引，由這裡出去向南一轉彎就到了。」

這夏家的房屋，迴廊曲折，院落重疊，又隨地堆著石山，植著花木，最容易教人迷失方向。那女招待叫小憐往南轉，小憐轉錯了，一到迴廊，卻是向西走，這裡一重很大的院落，上面雕梁畫棟，正是一所大客廳。

客廳裡人語喧嘩，許多男賓在那裡談話，小憐一看，一定是走錯了，一時眼面前又沒有一個女賓，找不著一個人問話。

正在為難之際，一個西裝少年，架著玳瑁邊大框眼鏡，衣襟上佩著一朵紅花，紅花下面，垂著一條水紅綢子，書明「招待員」三個字，他看見小憐一身的豔裝，水紅的蝴蝶結絲辮，束著青光的短髮，正是一個極時髦的少女，老遠地已經看定了。

走到近處，卻又在迴廊邊，挨著短欄杆走，讓小憐走中間，鼻子一直向前，眼睛不敢斜視，僅僅聞著一陣衣香襲人而已。

小憐見他是招待員，便對他笑著點了一個頭，問道：「勞駕！請問這位先生，女儐相的休息室在哪一邊？」

這位少年不提防這位美麗的少女會和他行禮問話，連忙站住答應道：「往東就是。」這腦筋中第一個感覺，命令他趕快回答一句話，立刻第二個感覺，想到人家才行了一個點頭禮，於是立刻命令著他回禮。

但是這時間過得極快的，當那少年要回禮時，小憐的禮已行過好幾分鐘，所以他覺得有些不妥，第三個感覺，於是又收回成命，命令他另想補救之法，他便說道：「這裡房屋是很曲折的，你這位小姐似乎是初來，恐怕不認得，我來引一引吧。」

小憐笑道：「勞駕得很。」

那人看她笑時，紅唇之中露出一線雪白的牙齒，兩腮似乎現出一點點小酒渦，而且她的目光就在那一剎那之間，閃電似的在人身上一轉。這招待員便鞠著躬笑道：「不客氣，這不是當招待員應盡的義務嗎？」於是他上前一步，引著小憐來。

在走的時候，他總想問小憐一句貴姓，那句話由心裡跳到口裡，總怕過於冒昧，好幾回要說出，又吞回去了。

就是這個問題盤算不決，一路之上都是默然，沒有說出話來，可是這一段迴廊，不是十里八里，只在這一盤算之間業已走到，當時便即來到女儐相休息室，他往裡一指道：「這就是。」

小憐和著他又點了一個頭，道了一聲勞駕，掀開翠竹簾子，便進屋去了。

梅麗與何小姐果然都在這裡，還有四個小女孩子，和新娘牽紗捧花籃的，都是玉雪聰明，穿著水紅紗長衣，束著花辮，露出雪白的光胳膊和光腿子，許多女賓正圍著她們說笑呢。

正在這個時候，隱隱聽見一陣悠揚鼓樂之聲，於是外面的人紛紛往裡喧嚷，說是新娘子到了，新娘子到了。儐相和那幾個女孩子、女招待員等等，都起身到前門去迎接。

小憐因為梅麗說了，叫她站在身邊壯壯膽子，所以小憐始終跟著梅麗走。

這個時候，屋裡男賓女賓和外邊看熱鬧的人，紛紛攘攘，那一種熱鬧難以形容。

夏家由禮堂裡起，到大門為止，一路都鋪著地毯。新人一下馬車，踏上地毯，四個活潑的小女孩子，便上前牽著新人身後的水紅喜紗，臨時夏家又添四個小姑娘，捧著花籃在前引導，兩個豔若蝴蝶的女儐相緊緊地夾著新人向裡走來，於是男女來賓，兩邊一讓，閃出一條人巷。十幾個男女招待員都滿臉帶著笑容，站在人前維持秩序。

新人先在休息室裡休息了片刻，然後就上大禮堂來舉行婚禮。那新郎穿著西式大禮服，左右兩個白面書生的男儐相依傍著，身後一帶，也盡是些俊秀少年。

那些看熱鬧的人，且不要看新人，只這男女四位儐相，穿著成對的衣服，喜氣洋洋，秀色奪人，大家就暗暗喝了一聲彩。

儐相之後，便是招待員了。小憐雖不是招待員，因為照應梅麗的緣故，依舊站在梅麗身邊。舉目一看，恰好先前引導的那個男招待站在對面。

小憐舉目雖然看了一下，倒是未曾深與注意，可是那個男招待倒認為意外的奇緣，目光灼灼，只是向這邊看來。

五 虛鳳假凰

當兩位新人舉行婚禮之後，大家照相，共是三次，一次是快攝法，把禮堂上的人全攝進去，一次卻只是光攝新人和儐相等等。最後卻是一對新夫婦了。

當攝第一張影片時候，小憐自然在內，就是那招待員也在內。他這時一往情深，存了一種私念，便偷偷地告訴照相館裡來的人，叫他把這一次的片，多洗一張。

正在說這話時，忽然後面有個人在肩上拍了一下，笑道：「密斯脫柳，你做什麼？」他回頭看時，是做男儐相的余健兒。另外還有個男儐相，他們原不認識，余健兒便介紹道：「這是密斯脫柳春江，這是密斯脫賀夢雄。」

柳春江笑道：「剛才禮堂上，許多人不要看新人，倒要看你們這男女四位陪考的了。你對面站的那個女儐相最是美麗，那是誰？」

余健兒把舌一伸道：「我們不要想吃天鵝肉了，那是金家的八小姐，比利時女學最有名的全校之花，你問她，有問鼎之意嗎？」

柳春江笑道：「我怎配啦，你在禮堂上是她的對手方，你都說此話，何況是我呢？」

賀夢雄笑道：「不過舉行婚禮的時候，密斯脫柳卻是全副精神注射那一方呢。」

柳春江道：「禮堂上許多眼睛，誰不對那一方看呢，只我一個嗎？」

賀夢雄道：「雖然大家都向那一方面看，不像閣下，只注意一個人。」

余健兒道：「他注意的是誰？」

賀夢雄道：「就是八小姐身邊那個穿鵝黃色紗長坎肩的。」

余健兒搖頭道：「那也是一隻天鵝。」

柳春江道：「那是誰？」

余健兒道：「她叫什麼名字，我不知道，我只知道她和金家八小姐常在一處，好像是一家人，不是七小姐，也是六小姐了。你為什麼打聽她？」

柳春江道：「我也是因話搭話呀，難道打聽她就有什麼野心嗎？」

余健兒道：「其實你不打聽，你要打聽，我倒有個法子。」

柳春江笑道：「你有什麼法子？」

余健兒道：「你對她又沒有什麼意思，何必問呢？」

柳春江笑道：「就算我有意思，你且說出來聽聽看。」

余健兒對賀夢雄一指道：「他的情人畢女士，是招待員，託畢女士一問不就明白了嗎？」說著，又對賀夢雄一笑道：「你何妨給他做一個撮合山呢。」

這大家本是笑話，一笑而散，可是他們這樣一提，倒給了柳春江一個線索。他就借著一個事故，找著一位五十來歲女招待員，和她說道：「據這邊賬房裡人說，要提出幾個特別的女賓，陪著女儐相在一處吃酒，不知道和金小姐在一處的那位小姐，是不是金家的？若是的，就請她在一處。」

這位女招待員是個老實太太。她把他「請在一處」一句話聽錯了，當著請她去，便說：「請你在這兒等一等，我去問一問看。」

柳春江便站在院子裡一棵芭蕉樹下等候消息，不多大一會兒，那位太太竟一路把小憐引著來了。

柳春江遙遙望見，大窘之下，心想，好好的把她請來，教我對人說什麼？心裡正在盤算，小憐已是越走越近。這時要閃避也來不及，只得迎上前去。

小憐一見是柳春江，倒懷著鬼胎，反而有些不好意思。那女招待便指著柳春江道：「就是這位先生要請你去。」

柳春江笑道：「並不是請這位女士去，因為這邊的來賓也有夏府上的，也有魏府上的，人一多，恐怕招待不周，要請面生些的男女來賓都賜一個片子，將來好道謝。」

小憐道：「對不住，我沒有帶片子來。」

柳春江道：「那沒關係。」說時，忙在身上掏出自來水筆和日記本子，將本子掀開，又把筆套取去，雙手遞給小憐，說道：「請女士寫在上面，也是一樣。」

小憐跟著吳佩芳在一處多年，已經能看《紅樓夢》一類小說，自然也會寫字。當時接著日記本，就在本子上面寫了「金曉蓮」三個字。

柳春江接過一看，說道：「哦，原來是金小姐，那八小姐是令妹嗎？」

小憐道：「我們是遠房姊妹。」

柳春江道：「府上現在哪裡？」

小憐道：「我是剛從南來，就住在敝本家那裡。」

柳春江道：「哦，是的。」說時，他將日記本一翻，恰好這裡面有他的自己一張名片，恭而敬之地獻給小憐，小憐一時未加考慮，也就收下來了，可是轉身一想，又沒有請問他的姓名，他無緣無故遞一張名片過來，這又是什麼意思呢？這一想，倒有好些個不自在了。

這時只有那柳春江就像得了一筆意外的財喜一樣，丟了正經招待的事務不管，只在人叢中走來走去，不時借著事情往女賓這邊跑，好像多來一次，多看到小憐一回，心中便得到什麼安慰似的。

小憐到了這時，已猜中他的一半意思，看見他，倒不免有些閃避了。

夏家本也有人送了一臺科班戲，婚禮結束以後，來賓紛紛地到戲場上去看戲。偏偏柳春江又是這裡一位招待，他預料小憐是要來的，早給她和梅麗設法留著兩個上等座位。

小憐和梅麗一進門，柳春江早就笑臉相迎，微微一點頭道：「金小姐請上東邊，早已給二位留下座位了。」

梅麗愣住了，望他一眼，心想，這招待員何以知我姓金？小憐心裡明白，理會人家有些不好意思，不理會人家，又不合禮，便低低說了勞駕兩個字，這兩個字說罷，已是滿臉通紅了。

柳春江將她二人引入座，又吩咐旁邊老媽子好好招待，然後才走。

梅麗問小憐道：「這個招待員怎麼認識我們？」

小憐道：「哪裡是認得我們，還不是因為你做儐相，大家都認識嘛？」

梅麗一想，這話有道理，就未予深究。

可是一會兒工夫，也見柳春江坐在前幾排男賓中看戲，已經脫去西裝，換了一套最華麗的長衣，梅麗看她的戲沒有留心，小憐是未免心中介介的，看見這樣子，越發有些疑心了。

但是在她心裡，卻又未免好笑，心想：**你哪裡知道我是假冒的小姐呢，你若知道，恐怕要惘惘然去之了，看他風度翩翩，也是一個闊少，當然好的女朋友不少，不料他無意之間竟鍾情**

於一個丫鬟，恐怕做夢也想不到哩。

在小憐這樣忖度之間，不免向柳春江望去。有時柳春江一回頭，恰好四目相射，這一來，真把個柳春江弄得昏頭顛腦，起坐不安。恰好幾齣戲之後，演了一齣《遊園驚夢》，一個花神引著柳夢梅出臺，和睡著的杜麗娘相會。柳春江看戲臺上一個意致纏綿，一個羞人答答，非常有趣，心想，那一個人姓柳，我也姓柳，他們素不相識，還有法子成了眷屬，我和金曉蓮女士彼此會面，彼此通過姓名，現在還同坐一堂呢，我就一點法子沒有嗎？姓柳的，不要自暴自棄呀！

他這樣想入非非，臺上的戲卻一點也不曾看見。那後面的小憐雖不懂崑曲，看過新出的一部標點《白話牡丹亭演義》，也知道《遊園驚夢》這段故事，戲臺上的柳夢梅既然那樣風流蘊藉，再一看到面前的柳春江，未免心旌搖搖。

梅麗一回頭，說道：「咦！你耳朵框子都是紅的，怎麼了？」

小憐皺著眉道：「人有些不自在呢。想必是這裡面空氣不好，悶得人難過，我出去走走吧。」

梅麗笑道：「那就你一個人去吧，我是要看戲。」

小憐聽說，當真站起身來，慢慢出去，當她走出不多時，柳春江也跟了出來。

小憐站在樹蔭底下，手扶著樹，迎著風乘涼，忽見柳春江在迴廊上一踅，打了一個照面，小憐生怕他要走過來，趕快掉轉身去不理會他。偏是不多大一會兒，柳春江又由後面走到前面，仍和她打了一個照面，小憐有些害怕，不敢在此停留，卻依舊進去看戲，自此以後，卻好柳春江並不再來，才去一樁心事。

一直到晚上十二點鐘，小憐和著梅麗一路回家。

剛要出門時候，忽來了一個老媽子，走近身前，將她衣服一扯，小憐回頭看時，老媽子瞇著眼睛，堆下一臉假笑，手上拿著一個白手絹包，便塞在小憐手裡。

小憐對她一望，正要問她，她丟了一個眼色，抽身走了。小憐這時在梅麗身後，且不作聲，將那手絹一捏，倒好像這裡包著有什麼東西，自己暫且不看，順手一揣，便揣在懷裡。

她心裡一想，看這老媽子鬼頭鬼腦，一定有什麼玄虛，這手絹裡不定是什麼東西。若是讓梅麗知道，她是小孩子脾氣，一嚷嚷出來，家裡人能原諒也罷了，若是不原諒，還說我一出門就弄出事情來，那我真是冤枉，所以把東西放在身上，只當沒有那事，一點兒不露出痕跡來。

小憐到了家裡，依舊不去看那東西，一直到自己要睡覺了，掩上房門，才拿出來看。

原來外面不過是尋常一方手絹，裡面卻包了一個極小的西式信封，那上面寫著：「金曉蓮女士芳啟，柳上。」拆開信封，裡面是一張白洋紙信箋，寫了很秀麗的小字。那上面寫的是：

曉蓮女士芳鑒：

我寫這一封信給你，我知道是十二分冒昧，但是我的欽仰心，戰勝了我的恐懼心，我自己無法止住我不寫這封信。

我想女士是落落大方的態度，一定有極高尚的學問。無論如何，是站在潮流前面的，是贊成社交公開的，因此，也許只笑我高攀，並不笑我冒昧。古人有傾蓋成交的，我今初次見著女士，雖然料定女士並不以我為意，可是我確有傾蓋成交之妄念。

在夏府禮堂上、客廳上、戲場上，我見著女士，我幾乎不能自持了。不過我有一句話要聲明的，我只是個人欽慕過熱，絕沒有一絲一毫敢設想到女士人格上。我不過是一個大學生，一點沒有建設，家父雖做過總長省長，也絕不敢班門弄斧，在金府上誇門第的。只是一層，我想我很能力爭上游。就為力爭上游這一點，想和女士訂個文字之交，不知道是過分的要求不是？設若金女士果然覺得高攀了，就請把信扔了，只當沒有這回事。

小憐看到這裡，心裡只是亂跳，且放著不看，靜耳一聽，外面有人說話沒有？等到外面沒有人說話了，這才繼續著看下去。信上又說：

若是金女士並不嫌棄，就請你回我一封信，能夠告訴我一個地點，讓我前來面聆芳教，我固然是十二分的歡迎。就是女士或者感著不便，僅僅作為一個不見面的文字神交，常常書信來往，也是我很贊成的。

我的通信地址，綺羅巷八號，電話號碼，請查電話簿就知道了。我心裡還有許多話要說，因為怕增加了我格外冒昧的罪，所以都不敢吐露出來。若是將來我們真成了好友，或者女士可以心照哩。專此恭祝前途幸福！

欽佩者柳春江上

小憐看畢，就像有好些個人監視在她周圍一樣，一時她心身無主，只覺遍身發熱。心裡想著，這些男子漢的膽實在是大，他不怕我拿了這封信出來，叫人去追問他嗎？

自己正想把這信撕了，消滅痕跡，轉身又一想，他若直接寫信到我家裡來，那怎麼辦呢？亂子就弄大了。我不如名正言順地拒絕他的妄念，這信暫且保留，讓我照樣地回他一封信。因此，信紙信封依舊不動，打開自己收藏零用小件的小皮箱，把這封信放在最下一層，直貼到箱子底。收拾好了，自己才上床睡覺。

翻來覆去，哪裡睡得著。次日清早起來，天氣很早，便把佩芳用的信紙信封私自拿了一些來，趁著家裡並沒有人起來，便回了柳春江一封信，那信是：

春江先生大鑒：

你的來信太客氣了，我在此處是寄住的性質，只是一個飄泊無依的女子，沒有什麼學問，也不懂交際。先生請約為朋友，我不敢高攀，望彼此尊重，以後千萬不必來信，免生是非。專此奉覆。

金上

小憐將信寫完，便藏在身上。

上午的時候，假裝出去上絨線店買化妝品，便將這信扔在路旁的信筒子裡了。

在她的意思，以為有了這一封信去，柳春江決計不會再來纏擾的，**不料她的信中，只是一個飄泊無依的女子一句話，越惹著柳春江起了一番憐香惜玉之意，以為這樣一個好女子，難道也和林黛玉一般寄居在賈府嗎？**可惜自己和金家沒有什麼淵源，對她家裡的事一點不知道。若是專門去調查，事涉閨闥，又怕引起人家疑心，竟萬分為難起來。

左思右想，想不出一個妙計。後來他想，或者冒險寫一封信去，不寫自己姓名不要緊，可是又怕連累金曉蓮女士。

想來想去，忽然想到余健兒說過，賀夢雄的未婚妻畢女士和金家認識，這豈不是一條終南捷徑？我何妨託余健兒去和我調查一下。主意想定，便到余健兒家裡來。

這余健兒也是個公子哥兒，他的祖父在前清有汗馬功勞，是中興時代一個儒將，死後追封為文介公。他父親排行最小，還趕上餘蔭，做了一任封疆大吏，又調做外交官。

這位余先生，單名一個正字，雖然也有幾房姬妾，無奈都是瓦窯，左一個千金，右一個千金，余先生弄了大半生瓦窯，一直到了不惑之年才添一位少爺。在余先生，這時合了有子萬事足那個條件，對於這少爺是怎樣地疼愛，也就無待贅言。

不過，這少爺因為疼愛太過，遇事都有人扶持，竟弄成一個娟如好女，弱不禁風的態度。余先生到底是外交官，有些洋勁，覺得這樣疼愛非把兒子弄成廢物不可，於是特意為他取字健兒，打破富貴人家請西席去家裡教子弟的惡習，一到十歲，就讓他進學校讀書。家裡又安置各種運動器具，讓他學習各種運動。這樣一來，才把余健兒見人先紅臉的毛病治好。

可是他依舊是斯文一脈，不喜運動。余先生沒法，不許他穿長衣，非制服即西服，要糾正他從容不迫的態度。但是這件事，倒是很合少年的時髦嗜好。

時光容易，余健兒慢慢升到大學，國文固然不過清通而已，英文卻早登峰造極，現在在做進一步的學問，讀拉丁文和研究外國詩歌啦。憑他這個模樣，加上上等門第，大學生的身分，要算一個九成的人才了。

他所進的，是外國人辦的大學，男女是很不分界限的，許多女生都未免加以注意，可是在余健兒心裡卻沒有一個中意的，因此，同學和他取了一個綽號，叫「玉面菩薩」。

可是在余健兒也未嘗無意，只是找不到合意的人兒罷了，因此，便瞞著父親，稍稍涉足交際之場，以為在這裡面，或者可以找到如意的人，所以交際場中又新認識不少的朋友，柳春江本是同學，而且又同時出入交際場中，於是兩人的交情比較還不錯，有什麼知心話，彼此也可以說。

這天柳春江特意來找他，先就笑道：「老余，你猜我今天為什麼來找你來了？」

余健兒道：「無頭無緒，我怎樣猜呢？你必得給我一點線索，我才好著手。」

柳春江笑道：「就是前兩天新發生的事，而且你也在場。」

余健兒哪裡記得夏家信口開河的幾句笑話，猜了幾樣都沒有猜著。柳春江道：「那天你還說了呢，可以給我想法子呢，怎樣倒忘了？」

余健兒道：「是哪一天說的話？我真想不起來了。」

柳春江笑道：「恐怕你存心說不知道呢，夏家禮堂上一幕，你會不記得嗎？」

余健兒笑道：「呵！我想起來了，你真個想吃天鵝肉嗎？」

柳春江道：「你先別問我是不是癩蛤蟆，你看我這東西。」說時，便將小憐給他的一封信交給余健兒看。

余健兒將信紙信封仔細看了幾遍，又把信封上郵政局蓋的戳子看了一看，笑道：「果然不是私造的，你怎樣得到這好的成績？佩服佩服！」

柳春江於是一字不瞞地把他通信的經過說了一遍，便念道：「不做周方，埋怨煞你個法聰和尚。」

余健兒笑道：「我看你這樣子，真個有些瘋魔了，怎麼著，要我給你做紅娘嗎？我怎樣有那種資格。」

柳春江道：「當然不是找你，你不是說密斯脫賀的愛人和金家認識嗎？你可否去對密斯脫賀說一說，請密斯畢調查一下。」

余健兒道：「男女私情，不通六耳，現在你託我，我又託賀夢雄，賀夢雄又託密斯畢，繞這麼大一個彎子，大家都知道了，那怎樣使得？」

柳春江道：「有什麼使不得？我又不是做什麼違禮犯法的事，不過打聽打聽她究竟和金家是什麼關係罷了。打聽明白了，我自用正當的手續去進行，就是舊式婚姻，男女雙方也免不了一番打聽啦，這有什麼使不得？」

余健兒道：「你雖然言之成理，我也嫌你用情太濫，豈有一面之交，就談到婚姻問題上去的？」

柳春江道：「你真是一個菩薩。古人相逢頃刻，一往情深的，有的是啦。」於是笑著念詞道：「我驀然見五百年風流孽冤，顛不剌的見了萬千，這般可喜娘罕曾見。咳，我透骨髓相思病纏，怎當她臨去秋波那一轉？我便是鐵石人，也意惹情牽。」

余健兒笑道：「得了得了，不要越說越瘋了。說我是可以和你去說，真個有一線之希望，你怎樣地謝我？」

柳春江道：「只要我力量所能辦到的，我都可以辦。」

余健兒道：「我要你送我一架鋼琴，成不成？」

柳春江道：「哎呀，送這麼大的禮，那還了得？」

余健兒道：「你不說是只要力量所能辦的就可以嗎？難道你買一架鋼琴還買不起不成？」

柳春江道：「買是買得出來，可是這個禮……」說到這裡，忽然興奮起來，將腳一跳道：「只要你能介紹成功，我就送你一架鋼琴，那很不算什麼。」

余健兒笑道：「看你這樣子，真是情急了。三天以後，你等著回信吧，我余某人也不乘人於危，敲你這大竹槓。無論如何，後天回信，你請我吃一餐小館子吧。」

柳春江道：「小事小事，小極了。就是那麼說，你無論指定哪一家館子都可以，準以二十元作請客費。」

余健兒道：「二十元，你就以為多嗎？」

柳春江道：「不知道你請多少客？若是不大請客的話，我想總夠了。」

余健兒道：「我們兩人對酌，那有什麼趣味？自然要請客的。」

柳春江笑道：「你不要為難我了，你所要求的，我都答應就是。」

余健兒見他說出這可憐的話，這才不再為難他了。

當天余健兒打了一個電話給賀夢雄，說是要到他家來。這賀夢雄在北京並無家眷，住在畢姨丈家裡，姨表妹畢雲波就是他的愛人。他兩人雖沒有結婚，可是在家總是一處看書，出門總是一處遊玩，一點不避嫌疑，所以有什麼話彼此就可以公開地說。

這天余健兒去找他們，正值他兩人在書房裡看書。他們見余健兒進門，都站了起來。余健兒笑道：「怪不得柳春江那樣地找戀人，看你們二位的生活，是多麼甜蜜呀。」

畢雲波抿嘴兒微笑一笑，沒有作聲。

賀夢雄道：「氣勢洶洶地跑了來，有什麼事？」

余健兒笑道：「當然有事呀，而且是有趣的事呢。」於是便將柳春江所拜託的事，一頭一尾地說了。因笑著問畢雲波道：「那個人，密斯畢認識嗎？」

畢雲波道：「那天來賓人很多，我不知道你們指的是誰？」

余健兒將頭撓了一撓，笑道：「這就難了，你根本就不知她姓什麼，這是怎麼去調查？」

畢雲波道：「有倒有個法子，我親自到金家去走一趟，問那天和梅麗同來的是哪一位，這不就知道了嗎？」

余健兒原怕畢雲波不肯做這樁事，現在還沒有重託，她倒先告奮勇起來，卻是出於意料以外。笑道：「若有你這樣熱心肯辦，這事就有成功的可能了。密斯畢哪一天去？」

畢雲波笑道：「這又沒有時間問題的，今天明天去可以，十天半月之後去也可以。」

余健兒笑道：「十天半月？那就把老柳急瘋了。」

賀夢雄笑道：「好事從緩，何以急得如此呢？」便對畢雲波笑道：「既然如此，你就到金家去一趟，願天下有情人都成了眷屬，也是我們應當盡的義務呀。」

畢雲波道：「我只就給你們調查一下她究竟是誰？其餘我不可管。」

余健兒道：「當然，只要辦到這種地步，其餘的，我們也不管啦。」

雲波笑道：「那可以，讓我先打一個電話，看他們誰在家？」說畢，就打電話去了，過了一會兒，她回來說道：「他們五小姐六小姐都在家，我就去，你們在這裡等著吧。」

畢雲波父親的汽車已經出去了，只有原來送雲波弟妹等上學的馬車還在家裡，雲波便坐著馬車到金家來。

她和敏之、潤之都是很熟的朋友，所以一直到內室來會她。

敏之笑道：「稀客，好久不見。現在假期中有人陪伴著，就把女朋友丟開了。」

雲波笑道：「哪裡話？我因為天氣漸漸熱了，懶得出門，專門在家裡看小說。」

潤之道：「我家梅麗說，前幾天夏家結婚，密斯畢也在那裡。」

雲波道：「我真慚愧，不知是誰的主張，派了我當招待員，真招待得不好。」說到這裡，雲波打算慢慢地說到小憐頭上去，恰好小憐提著一隻晚香玉的花球走了進來。

不但畢雲波出於意外，就是小憐做夢也想不到在夏家的女招待員，今天會家裡來相會。在當時自己本是一個齊齊整整的小姐，現在忽然變成一個丫頭，自己未免有些不好意思。想到這裡，身子向後一縮，便想退轉去。

敏之早會得了她的意思，便不叫她的名字，糊裡糊塗喊道：「別走，這裡有一位女客，我給你介紹介紹。」

小憐聽說，只得走了進來。

雲波連忙站起身，向小憐握手道：「金小姐，猜不到我今天會到你府上來吧？」

小憐笑道：「真想不到的事。」

雲波便拉著她的手，同在一張藤榻上坐下，便笑道：「我還沒有請教臺甫？」

小憐道：「是清曉的曉，蓮花的蓮。」

說到「曉蓮」兩字，敏之、潤之打了一個照面，心裡想著，這小鬼頭真能搗鬼。

雲波道：「這名字是多麼清麗呀。」便笑著對敏之道：「我只知道這位妹妹是你本家，怎樣的關係還不知道呢？」

小憐聽見她這樣問，心裡很是著急，心想，她要老實說出來，那就糟了。可是敏之早聽見梅麗說了那天他們到夏家去是以遠房姊妹相稱，便指著小憐道：「她是我們遠房的姊妹，叔叔嬸嬸都去世了，家母便接她在舍下過活，為的是住在一處，有個照應。」

小憐的臉本來都急紅了，聽了這樣解釋，才出了一身汗。

雲波道：「那麼，這位妹妹在什麼地方讀書？」

小憐正想說並沒有學校，潤之又替她說了，「是和梅麗同學。」

雲波笑道：「怪不得剪了髮啦，我知比利時女學裡的學生，沒有不剪髮的呢。」於是便拉著小憐的手道：「哪天沒事，到舍下去玩玩，我那裡的屋子雖沒有這裡這樣好，可是去看電影、看跳舞、上市場，都很近。」

小憐道：「好的，過幾天一定前來奉看。」

雲波又和他們談了幾句，告辭就走。因看見小憐帶來的那個晚香玉花球插在鏡框子上，便問道：「這花球哪裡買的？這麼早就有了。」

敏之將花球摘了下來，遞給雲波道：「你愛這個，我就送你吧。」

雲波道了一聲謝，回家去了。

到了家裡，余健兒和賀夢雄坐在書房裡談天，還沒有走。

雲波笑道：「你們真是健談，我都做了一回客回來了，怎樣還沒走？」

余健兒道：「我在這裡等你回信啦。」

雲波笑道：「余先生總算不錯，替朋友做事很是盡心的。」

余健兒道：「人家這樣拜託我的，我能不盡心嗎?況且密斯畢是間接的朋友，都這樣幫忙，我就更不能不賣力了。」

雲波笑道：「說得有理，這花球是那金小姐送我的，寶劍贈與烈士，紅粉贈與佳人，請你帶了去，轉送給柳先生，讓他得個意外之喜。」

賀夢雄笑道：「那是害了他，他有了這個花球，恐怕日夜對著它，飯也不吃了。」

余健兒道：「這倒是真話，老柳他就是這樣富於感情，這事最好是給他無縫可鑽，若是有一點路子，他越要向前進行了。」

雲波笑道：「鬧著玩，很有意思的。密斯脫余，只管拿去，看他究竟怎樣？」

余健兒就是個愛玩的人，見著畢雲波都肯鬧，他自然也不會安分，當天便帶著那個花球送給柳春江。

這在柳春江真是做夢也想不到的事，第一次就有這好的成績。把花球掛在窗櫺上，只是對花出神，想個什麼法子，向前途進行？想了一會兒，他居然得了一個主意。將桌子一拍道：「老余，你若再幫我一回忙，我的事就成功了。」

余健兒笑道：「侯門似海，你看得這樣容易啦。」

柳春江道：「只要你能幫忙，我自然有法進行。」

余健兒道：「我一定幫忙，而且幫忙到底。」

柳春江笑道：「只要你協助我這一著棋成功就可以了，以後倒不必費神。」

余健兒道：「是呀，新娘進了房，媒人就該扔過牆了。你說吧，是什麼好錦囊妙計？」

柳春江道：「那密斯畢不是和金家姊妹都認識嗎？只要密斯畢破費幾文，請一次客，將男賓女賓多請幾位，然後將我們二人也請在內，那麼，一介紹之下，我們成了朋友了，成了朋友後就不愁沒有機會。」

余健兒笑道：「計倒是好計！但是左一個我們，右一個我們，你說出來不覺得肉麻嗎？再說，人家密斯畢貪圖著什麼，要花錢大請其客？」

柳春江道：「這是很小的事呀，密斯畢若是嫌白盡義務，可以由我出錢，但是這樣一來，就有藐視人家的嫌疑，不是更得罪了人嗎？」

余健兒道：「就算你有理，可是你要求人家請客，這又是對的嗎？」

柳春江將兩隻手搓著道：「怎麼辦？可惜我和密斯畢交情太淺，若是也和你一樣遇事可以隨便說，那就好了。」

余健兒笑道：「我也這樣說，可惜我不是密斯畢，我若是密斯畢，簡直就可和你作媒，還用得著這些手續嗎？」

柳春江笑道：「老余，你就這樣拿我開玩笑，你總有要我替你幫忙的時候吧？」

余健兒聽他這樣說了，也就答應照辦。

次日和賀夢雄一提，他也願意，就由他和畢雲波兩人出了會銜*的帖子，請客在「京華飯店」聚餐。他們兩人酌量了一番，男女兩方共下了二十封帖子。

賀畢兩方的朋友接到這種帖子，都奇怪起來。奇怪不是別的，就是因為他兩人是一對未婚夫妻，誰都知道的。依理說，未婚夫妻一同出名請客，與婚事當然有些關係，可是賀畢兩家都是有名望的，若是他們舉行結婚，宣布婚約嗎？他倆的婚約，又是人人知道的，此外，似乎沒有合請客的必要。

因為這樣，所請的客都決定到，要打破這一個悶葫蘆。

他們發到金家去的共是四封帖子，三封是給潤之、敏之、梅麗的，一封是給小憐的，梅麗正在外邊回來，看見桌上放著這封請帖，便問道：「咦！這兩個人我都不認得，怎麼請我吃飯？」便問老媽子道：「這帖子是誰送來的？」

老媽子答應道：「是五小姐叫阿囡送來的。還有新鮮話哩，也下了小憐一封請帖子。」

梅麗道：「這更奇了。」連忙就到敏之屋裡來問可有這事，敏之道：「這麼大的姑娘了，什麼也不放在心上。這個下帖子的畢雲波，不是在夏家當招待員的嗎？」

梅麗道：「哦，是了，怪不得她下小憐一封帖子呢，小憐可再不能去了，再要去，真要弄出笑話來了。」

敏之笑道：「鬧著玩，要什麼緊呢？剛才大嫂還巴巴到這裡來了，說是務必要帶小憐去。」

梅麗道：「這是什麼意思？我真不懂。」

潤之道：「你是粗心浮氣的人，哪裡懂得這個？這就是大嫂和大哥開玩笑呀。你別看大嫂那樣待小憐好，巴不得早一刻把她送出了我們家，她才好呢。小憐是沒法子出去交際，真有法子出去交際，叫大嫂出一些錢來她花，我看都是願意的呢。我想這樣一來，大哥一定是著急。我們故意帶著她去，看大哥怎麼樣？」

梅麗笑道：「這法子不錯，就是這樣辦。」

潤之笑道：「你先別亂說，大哥知道了，不會讓她去的。」

梅麗道：「大哥若怪起我們來呢？」

敏之道：「怎麼能怪我們？一不是我們請她，二又不是我們要她去。天塌下來，屋頂著呢，大嫂她不管事嗎？」

她們姊妹三人將此事商議一陣。梅麗年小，最是好事，當天見了小憐，鼓吹著她一同加入，依著小憐，倒是不願去，無如少奶奶叫去，三個小姐也叫去，若是不去的話，反而不識抬舉，所以也不推辭，答應著一同去。

到了赴席這一天，潤之、敏之照例是洋裝，梅麗和小憐卻穿極華麗的夏衣，四人分坐著兩輛汽車到「京華飯店」來。

這時賀夢雄、畢雲波所請的男女來賓，已到了十之七八，不用說，那柳春江君早已駕臨。他今天穿著很漂亮的西裝，喜氣洋洋地在座。在旁人看來，以為他很歡喜，而在他自己，卻是心裡總像有樁什麼事未解決的一般，而又說不出來是有一樁什麼事未曾解決。

及至見了四位女賓進門，穿著光耀奪目的衣服，香風襲人，早已眼花繚亂。再仔細一看，自己腦筋中所印下的幻想，已經娉娉婷婷，真個走在眼前，那一顆心就撲突撲突跳將起來，就是自己的呼吸也顯得很是短促，在這一剎那間，自己不知身置何所。

那新來的幾位女賓，已和在座的賓客一一周旋。有認得的，自然各點首微笑為禮，彼此不認得的，就有主人翁從中介紹。

在這介紹之下，四位小姐不覺已走近柳春江的座位。柳春江好像有鬼使神差地站起來，早是迎面立在來賓之前。

畢雲波便挨著次序給他介紹道：「這是金敏之小姐，這是金潤之小姐，這是金梅麗小姐……」

柳春江不等她說到這是金曉蓮小姐，已經紅了臉。

同時小憐也是很難為情的，但大家都極力鎮靜著，照例各點了一個頭。

敏之聽到柳春江姓柳，便問道：「有一位在美國聖耶露大學的密斯柳，認識嗎？」

柳春江道：「她叫什麼名字？」

敏之道：「叫柳依蘭吧？我記不清楚了。」

柳春江笑道：「那就是二家姊。」

敏之笑道：「怪道呢，和密斯脫柳竟有一些相像。」

大家談著話，不覺就在一起坐下了。

柳春江依次談話，說到了梅麗，笑道：「那天夏家的喜事，密斯金受累了。」

梅麗道：「怎麼著？那天密斯脫柳也在那兒嗎？」

柳春江道：「是的，我也在那兒。」

小憐生怕他提到那天的事，便回過臉去和敏之說話道：「你不說那魏小姐也會來嗎，怎麼沒有看見？」

柳春江道：「這邊主人翁本也打算約她新夫婦二位的，後來一打聽，他們前天已經到北戴河度蜜月去了。」

敏之笑道：「這熱天旅行，沿著海往北走，這是最好的，既不乾燥，又很涼快。」

柳春江道：「尤其是蜜月旅行，以北戴河這種地方為最合宜了。」說時，他的目光不由得向小憐那方射了過去。

敏之、潤之都是西洋留學生，當然對於這種話不很介意，梅麗又是天真爛漫的小姑娘，不知道什麼機械作用，這其間只有小憐和柳春江有那一層通信的關係，和他坐在一起，也說不出來一種什麼意味，總覺得不很安適，可是雖然這樣，若說要想避坐到一邊去，也覺不妥。

這時柳春江說到度蜜月，目光又向這邊射來，真個不好意思，低了頭抽出手絹揩了一揩臉。及至抬起頭來，柳春江的目光還是射向這邊，小憐未免怔怔地望著人，也就微微一笑。不笑猶可，這一笑，逼著柳春江不得不笑。

百忙中，光是笑，不找一句話說，又未免成了一個傻子，急於要找幾句話和人談談才好。又找不出相當的話來，便只得用了一件極不相干的事問小憐道：「暑假的日期真是太長，密斯金現在補習什麼功課？」

小憐心裡想著，我冒充小姐，我還要冒充女學生，我要答應他的話，我可屈心。但是心裡這樣想著，嘴裡可不能不說，只得笑道：「沒有補習什麼，不過看看閒書罷了。」

柳春江道：「是的，夏天的日子太長，看小說卻是一個消遣的法子。密斯金現在看的是哪一種小說？」

小憐笑道：「也就是些舊小說。」

柳春江道：「是的，還是中國的舊小說看著有些趣味，密斯金看哪一類的舊小說？」

小憐道：「無非是《三國演義》、《紅樓夢》之類。」

柳春江道：「是啊，《紅樓夢》的書太好了。我是就愛看這部書。」說時，把臉朝著敏之，笑道：「西洋小說可找不到這樣幾百萬言偉大的著作。」

敏之道：「是的，可是西洋人作小說，和中國人作小說有些不同，中國人作小說喜歡包羅萬象，西洋小說，一部書不過一件事。」

柳春江笑道：「從新大陸回來的人究竟不同，隨便談話，都有很精深的學問在內。」

敏之笑道：「不要客氣吧，到外國去不過是空走一趟，什麼也沒有得著。」

大家先是謙遜了一陣，後來也就隨便談話了。柳春江說話卻不時地注意小憐身上，偏是小憐心虛，又有些閃避的意味。敏之、潤之姊妹倆年事已長，又是歐美留學生，對於男子們求戀的情形，不說身經目睹，真也耳熟能詳。她倆看見這種情形，有什麼不明白的，當時敏之走開，似乎要去和別人說話的樣子，潤之也就跟了出來。

潤之出來，問敏之道：「奇怪，這姓柳的，對小憐十分注意似的，你看出來了嗎？」

敏之道：「我怎樣沒有見，也不知道是什麼緣故，小憐總是躲躲閃閃的？你不聽那姓柳的說嗎，那天夏家結婚，他也在內嗎？我想，自那天起，他就鍾情於小憐了。就是密斯畢請客，把小憐也請在內，這或者也是有用意的。」

潤之道：「你這話極對。當密斯畢給他兩人介紹的時候，小憐好像驚訝似的，如今想起來，越發可疑了。五姐，我把梅麗也叫來，讓那姓柳的鬧去，看他怎麼樣？」

敏之道：「有什麼笑話可鬧呢？無非讓那姓柳的多做幾天好夢罷了。」

她倆在這裡說話，恰好梅麗自己過來了，那裡只剩小憐一個人在椅上坐著。

這一來，柳春江有了進言的機會了。但是先說哪一句好哩？卻是找不到頭緒。

那小憐微微地咳嗽了兩聲，低了頭望著地下沒有作聲。

柳春江坐在那裡，也輕輕地咳嗽了兩聲，大家反沉默起來。

柳春江一想，別傻了，這好機會錯過了，再到哪裡去找呢？當時就說道：「金女士給我那封信，我已收到了，但是……」說到這裡，頓了一頓，又接上說道：「我欽慕女士的話，都是出於至誠，女士何以相拒之深？」

小憐被他一問，臉都幾乎紅破了，一時答不出所以然來。

柳春江道：「我所不解的，就是為什麼不能向金府上通信？」

小憐輕輕地說了三個字：「是不便。」

柳春江道：「有沒有一個轉交的地方呢？」

小憐搖搖頭。

柳春江道：「那麼，今天一會而後，又不知道是何日相會了？」

小憐回頭望了一望，好像有什麼話要對柳春江說出似的，但是結果只笑了一笑。

柳春江道：「我想或者金女士將來到學校裡去了，我可以寄到學校裡去。」

小憐笑了一笑道：「下半年，我又不在學校裡呢。」

柳春江半天找不到一句說話的題目，這會子有了話說了，便道：「我們都在青年，正是讀書的時候，為什麼不進學校呢？」

小憐一時舉不出理由來，便笑道：「因為打算回南邊去。」

柳春江道：「哦！回南邊去，但是……」說到這裡，他不知道應該怎樣說才好，結果，又笑了一笑。於是大家彼此互看了一眼，又沉默起來。

柳春江奮鬥的精神，究竟戰勝他羞怯的心思，臉色沉了一沉，說道：「我是很希望和金女士作文字之交的，這樣說，竟不能了？」

小憐道：「那倒不必客氣，我所說的話，已經在回柳先生的信裡說了。」

柳春江道：「既然如此，女士為什麼又送我一個花球呢？」

小憐道：「我並沒有送柳先生的花球。」

柳春江道：「是個晚香玉花球，由密斯畢轉送來的，怎麼沒有？」

小憐道：「那實在誤會了，我那個花球是送密斯畢的，不料她轉送了柳先生。」

柳春江道：「無論怎樣，我想這就是誤會，也是很湊巧的，我很希望密斯金承認我是一個很忠實的朋友。」

小憐見他一味糾纏，老坐在這裡，實在不好意思，若馬上離開他，又顯得令人面子擱不下去。正在為難之際，恰好來了兩位男客，坐在不遠，這才把柳春江一番情話打斷。

一會兒，主人翁請二十幾位來賓入席，這當然是香氣襲人，履舄交錯。在場的余健兒故意搗亂，把金氏姊妹四人的座位一行往右移，而幾個無伴的男賓，座位往左邊移。

男女兩方的前線，一個是柳春江，一個是小憐，恰好是並肩坐著，這樣一來，小憐心裡也有些明白，連主人翁都被柳春江勾通的了。這樣看來，表面上大家是很客氣的，五步之內，各人心裡，可真有懷著鬼胎的啦。

一個女孩兒家自己秘密的事讓人家知道了，這是最難堪的，就不時用眼睛去偷看主人翁的面色。有時四目相射，主人翁臉上似乎有點笑意，不用提，自己的心事，人家已洞燭無遺了，因此，這餐飯吃飽沒吃飽自己都沒有注意，轉眼已經端上了咖啡，這才知道這餐飯吃完了。

吃完飯之後，大家隨意地散步，柳春江也似乎怕人注意，卻故意離開金氏姊妹，和別人去周旋。偏是潤之淘氣，她卻帶著小憐坐到一處來，笑著對柳春江道：「令姊這時候有信寄回來嗎？柳先生若是回信，請代家姊問好。」

柳春江道：「是，我一定要寫信去告訴家姊，說是已經和密斯金成為朋友了，我想她得了這個消息，一定是很歡喜的。」

潤之笑道：「是的，我們極願意多幾個研究學問的朋友，柳先生如有工夫到舍下去談談，我們是很歡迎的。」

柳春江道：「我是一定要前去領教的，我想四位女士總有一二位在家，大概總可以會見的。」

小憐不過是淡笑了一笑，她意思之中，好像極表示不滿意的，潤之卻笑道：「我這個舍妹，她不大出門，那總可以會見的。」

柳春江道：「好極了，過兩天我一定前去拜訪。」

他們說話，敏之也悄悄地來了，她聽潤之的口音，真有心戲弄那個姓柳的，再要往下鬧，保不定要出什麼笑話，便道：「我們回去吧。」於是便對柳春江點一點頭道：「再見。」就這樣帶催帶引，把潤之、小憐帶走了。

但柳春江自己，很以今天這一會為滿意。第二天，勉強忍耐了一天，到了第三天，就忍耐不住了，便到金家去要拜會金小姐。

敏之、潤之本來有相當的交際，有男賓來拜會，那很是不足注意的。柳春江一到門房，遞進名片，說是要拜會金小姐，門房就問：「哪一位小姐？」

柳春江躊躇了一會兒，若是專拜訪曉蓮小姐，那是有些不大妥當的，頭一次，還是拜訪她們五小姐吧，於是便說道：「拜訪五小姐。若是五小姐不在家……」

門房道：「也許在家，讓我和你看看吧。」

門房先讓柳春江在外面客廳裡坐了，然後進去回話。

敏之因為是潤之約了人家來的，第一次未便就給人家釘子碰，只好出來相會。這自然無甚可談的，柳春江說了一些閒話，也就走了。自這天起，柳春江前後來了好幾次，都沒有會見小憐，他心想，或者是小憐躲避他，也就只得罷了。

約摸在一個星期以後，是七月初七北京城裡各戲園大唱其《天河配》。柳春江和著家裡幾個人，在「明明舞臺」包了一個特廂看戲。

也是事有湊巧，恰好金家這方面也包了一個特廂看戲。金家是二號特廂，柳家是三號特廂，緊緊地靠著。

今天金家是大少奶奶吳佩芳做東，請二三兩位少奶奶。佩芳帶了小憐，玉芬帶了小丫頭秋香，唯有慧廠是主張階級平等，廢除奴管制度，因此她並沒有帶丫環，只有乾淨些的年少女僕跟著罷了。

三個少奶奶坐在前面，兩個丫環、一個女僕就靠後許多。

小憐一心看戲，絕沒有注意到隔壁屋子裡有熟人。女茶房將茶壺送到包廂裡來，小憐斟了一遍茶。玉芬要抽煙捲，小憐又走過去，給她擦取燈兒。佩芳在碟子裡順手拿了一個梨，交給了小憐道：「小憐，把這梨削一個給三少奶奶吃。」

小憐聽說，和茶役要了一把小刀，側過臉去削梨。**這不側臉猶可，一側臉過去，猶如當堂宣告死刑一般，魂飛天外，原來隔壁廂裡最靠近的一個人，便是柳春江。**

柳春江一進包廂，早就看見小憐，但是她今天並沒有穿什麼新鮮衣服，不過是一件白花洋布長衫，和前面幾個豔裝少婦一比，相隔天淵，這時心裡十分奇怪，心想，難道我認錯了人？可是剛走二號廂門口過，明明寫著金宅定，這不是曉蓮小姐家裡，如何這樣巧？

柳春江正在疑惑之際，只見隔壁包廂裡有一個少婦側過臉來，很驚訝的樣子說道：「咦！

小憐，你怎麼了？」

小憐紅著臉道：「二少奶奶，什麼事？」

慧廠道：「你瞧瞧你那衣服。」

小憐低頭一看，哎呀，大襟上點了許多紅點子。也說道：「咦！這是哪裡來的？」正說時，又滴上一點，馬上放下梨，去牽衣襟，這才看清了，原來小指上被刀削了一條口子，兀自流血呢。

還是女茶房機靈，看見這種情形，早跑出去拿了一包牙粉來，給小憐按上。小憐手上拿著的一條手絹，也就是猩紅點點，滿是桃花了。

佩芳道：「你這孩子，玩心太重，有戲看，削了手指頭都不知道。」

慧廠笑道：「別冤枉好人啦，人家削梨，臉沒有對著臺上呀。」

佩芳道：「那為什麼自己削了口子還不知道？」

小憐用一隻手，指著額角道：「腦袋暈。」

佩芳道：「《天河配》快上場了，你沒福氣瞧好戲，回去吧。」

慧廠道：「人家早兩天就很高興地要來看《天河配》，這會子，好戲抵到眼跟前了，怎麼叫人家回去？這倒真是煮熟了的鴨子給飛了。」說時，在錢口袋裡掏出一塊錢給小憐道：「帶秋香到食堂裡喝杯熱咖啡去，透一透空氣就好了，回頭再來吧。」

秋香還只十四歲，更愛玩了，這時叫她上食堂去喝咖啡，那算二少奶奶白疼她，將身子一扭，嘴一噘道：「我又不腦袋痛，我不去。」

玉芬笑道：「狗咬呂洞賓，不識好歹，小憐，你一個人去吧，你叫食堂裡的夥計給你一把熱手巾，多灑上些花露水，香氣一沖，人就會爽快的。」

小憐巴不得走開，接了一塊錢，目不斜視地就走出包廂去了。

柳春江坐在隔壁，已經看得清清楚楚，聽得明明白白，**這真奇了，一位座上名姝變成了人前女侍**。若說是有意這樣的，可是那幾位少婦自稱為少奶奶，定是敏之的嫂嫂了，和我並不相識，她何故當我面鬧著玩？而且看曉蓮女士，驚慌失措，倒好像揭破了秘密似的，**難道她真是一個使女？但是以前她何以又和敏之她們一路參與交際呢？**

心裡只在計算這件事，臺上演了什麼戲，實在都沒有注意到。他極力忍耐了五分鐘，實在忍不住了，便也走出包廂，到食堂裡去。

小憐坐在一張桌子旁，低頭喝咖啡，目未旁視，猛然抬頭，看見柳春江闖進來，臉又紅起來了。身子略站了一站，又坐下去，她望見柳春江，竟怔住了，嘴裡雖然說了一句話，無如那聲音極是細微，一點也聽不出來。

柳春江走上前，便道：「請坐請坐。」和小憐同在一張桌子坐下了。

小憐道：「柳先生，我的事你已知道了，不用我說了，這全是你的錯誤，並非我故意那樣的。」

柳春江照樣要了一杯咖啡，先喝了一口，說道：「自然是我的錯誤，但是那次在夏家，你和八小姐去，你也是一個賀客呀，這又是什麼意思呢？」

小憐道：「那為了小姐要人作伴，我代表我少奶奶去的。」

小憐說到這裡，生怕佩芳們也要來，起身就要走。柳春江看她局促不安的樣子，也很明白。

小憐會了賬，走出食堂來。這裡是樓上散座的後面，一條大甬道，下樓也在這裡。小憐立住，躊躇一會兒，再進包廂去，有些不好意思，就此下樓，又怕少奶奶見責，正猶豫之時，柳春江忽趕上前來，問道：「你怎樣不去看戲？」剛才在食堂裡，小憐抵著夥計的面，不理會柳春江，恐怕越引人疑心。到了這裡，人來來往往，不會有人注意，她不好意思和柳春江說話，低了頭，一直就向樓下走。

柳春江見她臉色依舊未定，眼睛皮下垂，彷彿含著兩包眼淚要哭出來一般，老大不忍，也就緊緊隨著下樓。一直走出戲院大門，柳春江又說道：「你要上哪兒？為什麼這樣子，我得罪了你嗎？」

小憐道：「你有什麼得罪我呢？我要回去。」

柳春江道：「你為什麼要回去？」

小憐輕輕說道：「我不好意思見你了。」

柳春江道：「你錯了，你錯了，我剛才有許多話和你說，不料你就先走了。」說著，順手向馬路對過一指道：「那邊有一家小番菜館子，我們到那裡談談，你看好不好？」

小憐道：「我們有什麼可談的呢？」

柳春江道：「你只管和我去，我自有話說。」於是便攙著小憐，自車子空檔裡穿過馬路，小憐也就六神無主地走到這小番菜館裡來。

找了一個雅座，柳春江和小憐對面坐著。

這時柳春江可以暢所欲談了，便說道：「我很明白你的心事了。你是不是因為我已經知道你的真相，以為我要藐視你呢？可是正在反面了。你要知道，我正因為你是金府上的人，恨我沒有法子接近，而且你始終對我冷淡，我自己也很快要宣告失望了，現在看見你露了真相，很是失望，分明是你怕我絕交才這樣啊。這樣一來，已表示你對我有一番真意，你想，我怎不喜出望外呢？我是絕對沒有階級觀念的，別的什麼我都不問，我只知道你是我一個至好的朋友。」

小憐以為真相已明，柳春江一定是不屑與之往來的，現在聽了他這一番話，真是句句打入她的心坎，**在下一層階級的人，得著上一層階級的人做朋友，這是很榮幸的事情。況且既是異性人物，柳春江又是一個翩翩的濁世佳公子，這樣和她表示好感，一個正在青春、力爭上流的女子，怎樣不為所動？**

她便笑道：「柳少爺，你這話雖然很是說得懇切，但是你還愁沒有許多小姐和你交朋友嗎？你何必和我一個做使女的來往呢？」

柳春江道：「世上的事情都是這樣，也難怪你疑惑我。但是將來日子久了，你一定相信我的。我倒要問你，那天夏家喜事，你去了不算，為什麼密斯畢請客，你還是要去呢？這倒好像有心逗著我玩笑似的。」

小憐正用勺子舀盤子裡的鮑魚湯，低著頭一勺一勺舀著只喝。

柳春江拿著手上的勺子，隔著桌面上伸過來，按著小憐的盤子，笑道：「你說呀，這是什麼緣故呢？」

小憐抿著嘴一笑，說道：「這有什麼不明的，碰巧罷了，到夏家去，那是我們太太、少奶奶鬧著玩，不想這一玩，就玩出是非來了。」

柳春江縮回手去，正在舀著湯，嘴裡咀嚼著聽她交代緣故呢，一說玩出是非來了，便一驚，問道：「怎麼了？生出了什麼是非？」手上一勺子湯懸著空，眼睛望著小憐，靜等回話。

小憐笑道：「有什麼是非呢，就是碰著你呀。不過我想，那次畢小姐請客，為什麼一定要請我去？也許是……」說著，眼睛對柳春江瞟了一下。

柳春江也就並不隱瞞，將自己設計，要畢雲波請客的話，詳細地說了一遍。

小憐道：「你這人做事太冒失了，這樣事情，怎麼可以弄得許多人知道？」

柳春江道：「若是不讓人知道，我有什麼法子可以和你見面呢？」

小憐雖以柳春江的辦法為不對，可是見他對於本人那樣傾倒，心裡倒是很歡喜，昂頭想了一想，又笑了一笑。

柳春江道：「你想著有什麼話要說嗎？」

小憐道：「沒有什麼話說，我們少奶奶以為我還在食堂裡呢，我要去了。」說著，就站起身來。

柳春江也跟站起來，問道：「以後我們在哪裡相會呢？」

小憐搖著頭笑道：「沒有地方。」

柳春江道：「你絕對不可以出來嗎？」

這裡小憐復到包廂裡去，吳佩芳道：「你怎麼去了這久？我還以為你回家去了哩。」

小憐道：「沒有回家，馬路上正有夜市，在夜市上繞了一個彎，我去了好久嗎？」

佩芳道：「可不是！」但是臺上的戲，正在牛郎織女渡橋之時，佩芳正看得有趣，也就沒有理會小憐的話是否屬實。興盡歸家，已經一點鐘了。

這天氣還沒有十分涼爽，小憐端了一把藤睡椅放在長廊下，便躺在藤椅上閒望著天上的銀河，靜靜兒地乘涼。

人心一靜了，微微的晚風，帶得院子裡的花香迎面而來，熏人欲醉，就這樣沉沉睡去。忽然有人叫道：「醒醒吧，太陽快曬到肚皮上了。」

睜眼時，只見燕西站在前面，用腳不住地踢藤椅子。小憐紅了臉，一翻身坐了起來，揉著眼睛笑道：「大清早哪裡跑來？倒嚇我一大跳。」

燕西道：「還早嗎？已經八點多了。」

小憐道：「我就這樣迷糊了一下子，不料就到了這時候了。」站起身來就往裡走，燕西拉著她衣服道：「別忙，我有句話問你。」

小憐道：「什麼事？你說！」

燕西想了一想，笑道：「昨晚上看什麼戲？還好嗎？」

小憐將手一摔道：「你這不是廢話！」說畢，她便一轉身進屋子去了。

佩芳隔著屋子問道：「清早一起，小憐就在和誰吵嘴？」

小憐道：「是七爺。」

燕西隔著窗戶說道：「她昨晚上在廊子下睡覺，睡到這時候才起來，我把她叫醒呢。」

小憐道：「別信七爺說，我是清早起來乘涼，哪是在外頭睡覺的呢？」

燕西一面說話，一面跟著進來，問道：「老大就走了嗎？」

佩芳道：「昨晚沒回來，也不知道到哪裡鬧去了？」說時，身上披著一件長衫，光著腳趿了拖鞋，掀開半邊門簾子，傍門站立著。

她見燕西穿了一套紡綢的西裝，笑道：「大熱的天，縛手縛腳地穿上西裝做什麼？」

燕西道：「有一個朋友邀我去逛西山，我想，穿西裝上山走路便利些。」

佩芳道：「我說呢，你哪能起得這樣早？原來還是去玩。你到西山去，這回別忘了，帶些新鮮瓜菜來吃。」

燕西道：「大嫂說這話好幾回了，愛吃什麼，叫廚子添上就得了，幹嘛還巴巴的在鄉下帶來？」

佩芳道：「你知道什麼？廚子在菜市買來的菜，由鄉下人摘下來，預備得齊了，再送進城，送進城之後，由菜行分到菜市，在菜市還不定擺幾天呢，然後才買回來。你別瞧它還新鮮，他們是把水浸的。幾天工夫浸下來，把菜的鮮味兒全浸沒了。」

燕西道：「這點小事，大嫂倒是這樣留心。」

佩芳笑道：「我留心的事多著呢，你別在我關夫子門前耍大刀就得了，要不然的話，你先一動手，我就明白了。」

這樣一說，倒弄得燕西有些不好意思了，說道：「我倒不是一早就吵你，你不是說，家庭美術研究社你也要加入嗎？現在離著不過十來天了，各人的出品得早些送去，人家會裡和我催了好幾回了，我是約了今天晚晌回來回人家的信，若是這時候不來找你，回頭你出去了，我又碰不著了。」

佩芳道：「什麼大不了的事！這樣忙？」

燕西道：「實在沒有日子了，混混又是一天，混混又是一天，一轉眼就到期了，你們做事因循慣的，我不能不下勁地催。」

佩芳道：「我又什麼事因循了？你說！」

燕西道：「就說美術會這件事吧，我先頭和你們說了，你們都很高興，個個都願意幹，現在快一個月了，也不見你們的作品在什麼地方？一說起來，就說時間還早啦，忙什麼？我延到現在，連這樁事都忘了，還說不因循呢？」

佩芳道：「現在不是還有二十來天嗎？你別忙，我準兩個禮拜內交你東西，你看怎麼樣？」

燕西道：「那樣就好。我晚上就這樣回人的信，可別讓我栽跟頭啦！」燕西說著，便走了，走到月亮門前，回轉頭來笑道：「過兩個禮拜瞧。」

佩芳被他一激，洗了臉，換了衣，便問小憐道：「我綳子上那一塊刺繡的花呢？」

小憐道：「我怕弄髒了，把一塊手巾蓋著移到樓上去了，還是上次晾皮衣的時候鎖的樓門，大概有三個禮拜了。大清早的，問那個做什麼？」

佩芳道：「你別問，你把它拿下來就得了。」

小憐道：「吃了飯再拿吧。」

佩芳道：「你又要偷懶了，這會子我就等著做，你去拿吧。」

小憐笑道：「不想起來，一個月也不動手，想起來了，馬上就要動手，你看，做不到兩個時辰，又討厭了。」

佩芳道：「你這東西，越來越膽大，倒說起我來了！」

小憐不敢辯嘴，便上樓去，把那繡花綳子拿了下來。

佩芳忙著先洗了個手，又將絲線、花針一齊放在小茶几上，和繡花綳子迎著窗子擺著，自己茶也沒喝，趕著就去繡花。一鼓作氣的，便繡了兩個鐘頭。

鳳舉由外面回來，笑道：「今天怎樣高起興來，又來弄這個？」

佩芳抬頭看了一眼，依舊去繡她的花。金鳳舉一面脫長衣，一面叫小憐。叫了兩聲，不見答應，便說道：「小憐現在總是貪玩，叫做什麼事，也不會看見人。」

佩芳問道：「你又有什麼事要人伺候？」

鳳舉道：「叫她給我掛衣裳啦。」

佩芳低著頭繡花，口裡說道：「衣裳架子就在屋裡，你自己順手掛著就得了，這還要叫人，有叫人的工夫，自己不辦得了嗎？小憐不是七八歲了，你也該回避回避，有些不用叫她做的事，就不要叫她。」

鳳舉自己正要掛上長衣，廊子外面的蔣媽聽說大爺要掛長衣服，便進來接衣服，鳳舉連忙擺手道：「不要不要。」自己將衣服掛起，弄得蔣媽倒有些不好意思。

佩芳便道：「蔣媽去替我倒碗茶來。」

蔣媽走了，佩芳對鳳舉瞟了一眼，撇著嘴一笑。鳳舉伸了一個懶腰，兩手一舉，向藤榻上一坐，笑道：「什麼事？」

佩芳拈著花針，對鳳舉點了幾點，笑道：「虧你好意思！」

鳳舉道：「什麼事？」

佩芳低著頭繡花，鼻子裡哼了一聲。

鳳舉笑道：「你瞧這個樣兒，什麼事？」

這時，蔣媽將茶端來，佩芳喝著茶，默然無語。

蔣媽走了，佩芳才笑道：「我問你，你先是叫小憐掛衣服，怎樣蔣媽來掛，你就不要她掛呢？都是一樣的手，為什麼有人掛得，有人掛不得？」

鳳舉道：「這又讓你挑眼了。你不是說了嗎，有叫人的工夫，自己就辦得了，我現在自己掛，不叫人，你又嫌不好，這話不是很難說嗎？」

佩芳道：「好，算你有理，我不說了。」

過了一會兒，兩個廚子提著提盒進院子來，在廊簷下就停住了，再由蔣媽拿進來。蔣媽便問佩芳道：「飯來了，大少奶奶就吃飯嗎？」

佩芳點點頭，蔣媽在圓桌上放了兩雙杯筷，先打開一隻提盒，將菜端上桌，乃是一碟雞絲拌王瓜，一碟白菜片炒冬筍，一碟蝦米炒豌豆苗，一大碗清燉火腿。

鳳舉先站起來，看了一看，笑道：「這簡直做和尚了，全是這樣清淡的菜。無論如何，北京城裡的廚子你別讓他做過三個月，做過三個月就要出鬼了，這簡直做和尚了！這個日子王瓜多麼賤，他們還把這東西弄出來。」

佩芳道：「你知道什麼，夏天就是吃素菜才衛生，這樣的熱天，你要大魚大肉地鬧著，滿肚子油膩，那才好嗎？這是我叫廚子這樣辦的。你說王瓜賤，冬筍和豌豆苗也就不賤吧？」

廚子在外聽見，隔著簾子笑道：「大少奶奶這話真對，就說那冬筍吧？菜市用黃沙壅著，瓦罐扣著，寶貝似的不肯賣哩，就是這樣一碟子，沒有一塊錢辦不下來。大爺要吃葷些的，倒是好辦，就是這素菜，又要嫩，又要口味好，真沒有法子找。」

鳳舉笑道：「大少奶奶一替你們說話，你們就得勁了，廚房裡有什麼現成的菜沒有？給我添上一碗來。」

廚子答道：「有很大的紅燒鯽魚，大爺要嗎？」

鳳舉道：「就是那個吧。」

廚子去了，不多大一會兒，廚子送了鯽魚來。小憐將飯也盛好了，鳳舉道：「別做了，吃飯啦。」

佩芳繡花繡起意思來了，儘管往下繡。鳳舉叫她，她只把鼻子哼了一聲，依舊往下做。鳳舉坐下來，先扶起筷子，吃了兩夾子魚，把筷子敲著飯碗道：「吃飯囉，菜全涼了。」佩芳道：「熱天吃涼菜要什麼緊？我繡起這一片葉子，我就來了，你吃你的吧，只有兩針了。」鳳舉道：「你吃了飯再來繡，不是一樣嗎？你不做就不做，一做就捨不得放手。我來看看，你到底繡的是什麼東西？」說時，就走過來。只見繃子上繡著一叢花，繡好了的，綻著一張薄紙，將它蓋上。佩芳手上正繡著兩朵並蒂的花下的葉子，那花有些像日本櫻桃花，又有些像中國薔薇，欲紅還白，如美人的臉色一般。鳳舉笑道：「這花顏色好看，還是兩朵並蒂，這應該是《紅樓夢》上香菱說的夫妻蕙吧？」

佩芳道：「天下有這樣美麗的男子嗎？」

鳳舉道：「我是說花，我又沒說人。」

佩芳道：「你拿夫妻來打比，還不是說人嗎？」

鳳舉道：「依你說，這該比什麼呢？」

佩芳笑道：「這有名色的，叫二喬爭豔，照俗說，就是姊妹花，你不見它一朵高些，一朵低些，一朵大些，一朵小些嗎？」

鳳舉道：「這兩朵花叫姊妹花，我算明白了，唉！兩朵花能共一個花枝兒，兩個人可就……」說著，偷眼看佩芳，見她板著臉，便道：「它本來的名字叫什麼呢？這種花很特別，我倒是沒見過。」

佩芳道：「這個花你會不知道？這就叫愛情花呀。」

鳳舉笑道：「原來這是舶來品，我倒沒有想到。這很有意思，花名字是愛情，開出來的形狀又是姊妹，那麼，這根是情根，葉是愛葉了。你繡這一架花要送給誰？我猜，又是你的朋友要結婚，所以趕著送這種東西給人，對不對？」

佩芳道：「要送人，我不會買東西送人，自己費這麼大勁做什麼？誰也沒有那樣大面子，要我繡這種花送給他！」

鳳舉笑道：「有是有一個。」

佩芳停了針不繡，把頭一偏，問道：「誰？」

鳳舉用一個指頭點著鼻子笑道：「就是不才。」

佩芳把嘴一撇道：「哼！就憑你？」

鳳舉道：「怎樣著？我不配嗎？那麼，你趕著繡這東西做什麼？」

佩芳道：「我為什麼要告訴你？」

鳳舉道：「不告訴我算了，我也無過問之必要，但是你為著趕繡花，要我等你吃飯，這卻是侵犯我的自由，我不能依你。」

佩芳笑著停了針，舉起手，將針向頭上一插，忽然又想，已經剪了頭髮了，這針插不下去，然後插在繃子一邊。

鳳舉笑道：「我給護髮的女子想一個護髮的理由來了，就是剪頭髮，一來不好戴花，二來不好插針。」

正說到這裡，只聽得簾子外面人接嘴說道：「就是這個理由嗎？未免太小了。」說著，一掀簾子，就走進房來。

進房來的是誰？乃是潤之。

潤之看見他們在吃飯，因笑著說道：「怎麼到這時候才吃飯？」

鳳舉將筷子指著佩芳道：「等她等到這時候。」

潤之道：「大嫂清早上哪兒去了？」

佩芳笑道：「哪兒也沒有去，我是趕著繡一片花葉子，讓他稍為等一等。」

潤之眼看旁邊一架花繃子，對佩芳笑道：「好好的，怎麼想起弄這個？」

佩芳道：「家庭美術研究社快要賽會了，你忘了嗎？」

潤之道：「是呀，沒有日子了，我是撿出幾張舊的西洋畫，拿去充充數就得了，你還趕著這一架花送去嗎？」

佩芳道：「我一點存貨沒有，非趕不可。」

潤之道：「至少也要三四樣才行啦，你就是一樣，不太少嗎？」

佩芳道：「唯其如此，所以我才趕辦啦，我也只有趕出多少是多少吧。」

潤之道：「你要趕不出來，我給你薦一個人幫忙。」

佩芳道：「誰？要條件嗎？」

潤之搖頭笑道：「用不著，用不著。」說時，用手對旁邊站的小憐一指道：「我保薦她，你看怎麼樣？前次我看她和梅麗繡了一條手絹，繡得很好，並不露針腳。」

佩芳道：「可倒是可以，除非教她接手繡我這架花，我另外繡一架別的，可是，不會露出兩樣子來嗎？」

潤之笑道：「不會的，古言說得好，強將手下無弱兵，你繡得好，她也很不錯，準趕得上哩。」

小憐在旁一笑道：「六小姐好事不舉薦我，這樣很負責任的事就舉薦我了。」

潤之笑道：「你不要善於忘事吧？好事沒有舉薦過你嗎？帶你去做上等客，吃大菜，這是幾時的事呀？而且……」說到這裡，看見鳳舉在座，又笑道：「而且和我們一樣的有面子哩。」

鳳舉笑道：「你們吃了飯沒事，就刁鑽古怪地鬧著玩，現在玩著索性鬧到外面去了，仔細給人家說笑話。」

佩芳將臉一紅道：「你為小憐出去兩回笑話不笑話，說了好多回了，這是我的人，笑話不笑話，與你沒有關係，你管得著嗎？」

鳳舉用筷子點著佩芳笑道：「又是生氣的樣子。」

佩芳也笑了說道：「不是我生氣，好像你把這件事老放在心裡似的，事不干己，你何必多此一舉呢？」

鳳舉沒有話說，自笑著吃他的飯。

潤之道：「大嫂，吃完了飯，到我那裡先坐坐，我有話和你說。」說畢，自去了。

佩芳吃完飯，趕著洗了手臉，又來繡花，鳳舉就戴著帽子，拿著手杖，彷彿要出去的樣子，對佩芳道：「你真心無二用了，剛才潤之特意到這裡來，要你去一趟，你怎樣忘了？」

佩芳笑道：「真的，我倒忘了，小憐吃完了飯沒有？吃完了，給我接手繡上，我要到六小姐那裡去了。」

鳳舉聽他夫人這樣說，戴上帽子先走了。佩芳將花交給小憐，也就向潤之這邊來。

他們家裡的午飯，吃得不算早，這時候已到一點鐘，烈日當空，漸漸熱起來。院子裡幾棵樹，濃濃的綠蔭，覆住了欄杆，樹影子也不搖一搖，芭蕉蔭下，幾隻錦鴨都伏在草上睡著了。滿院子靜悄悄的。

小憐低著頭，臨著南窗繡花，有時一陣清風從樹蔭底下鑽進屋來，真有些催眠本領，弄得人情意昏昏，非睡不可。

她是低著頭，兩鬢剪了短髮，向前紛紛披下來，擋住了眼角，自己把手向上一扶，扶到耳朵後去。不到一刻工夫，風一吹，又掉下來。到了後來，索性不管，隨它垂著。自己繡花，正繡到出神之際，忽有隻手伸過來，替她理鬢髮。

小憐道：「蔣媽，你總歡喜鬧，摸得人癢絲絲的。」說了，一抬頭看時，並不是蔣媽，卻是鳳舉，小憐臉上一紅，將身子讓了一讓，依舊去繡花。

鳳舉笑道：「你居然繡得不錯。」說時，背著兩隻手，故意低著頭去看小憐繡的那花。

小憐只好站開一點，讓他看去，鳳舉一個指頭撫摩著道：「你這繡的，比她的還好。」

小憐笑道：「大爺別用手動，回頭弄上了汗印，這一塊花就全壞了。」

鳳舉道：「你繡的花，你知道叫什麼名字嗎？」

小憐道：「剛才不是大少奶奶說了嗎？這叫姊妹花。」

鳳舉道：「不對，單是那兩朵並蒂的叫姊妹花，花的本名是愛情花呢。」

小憐道：「倒沒有聽見過這樣一個名字。」

鳳舉道：「不但這花叫愛情花，就是這花的根叫情根，花的葉叫愛葉。」

小憐笑道：「沒有這話，繡花沒有繡出花根來的。」

鳳舉道：「我是說長的那愛情花，繡的花自然是無須繡出花根來，不過繡花，葉子是要緊，牡丹雖好，也要綠葉兒扶持，葉子若是顏色配不好看，花繡得再好，也是枉然。」

鳳舉說到這裡，便走開一邊，在藤椅上躺著。

小憐依舊走過去繡花，口裡說道：「大爺也懂刺繡？」

鳳舉笑道：「你小看了我了，美術的東西，哪一樣不懂呢？」

小憐道：「大爺不是出門去嗎？怎麼又回來了？」

鳳舉道：「天氣熱得很，走到大門口，我又回來了，我很想睡一場午覺呢。你不熱嗎？我來給你開電扇。」說時，他便站了起來，將電扇的插銷插上，馬上電扇就向小憐這邊，旋風也似的扇將起來。

小憐連忙過去將電扇機扭住，說道：「不很熱，大風刮著，反而不好做事。」說畢，依舊去繡花。

鳳舉躺在藤椅上，默然了一會兒，然後搭訕著問她道：「你怎麼只繡那葉子，不繡那花？」

小憐道：「難道說葉子就好繡嗎？這裡面得分一個陰陽老嫩，也很有考究哩。」

鳳舉道：「所以我就說，牡丹雖好，也要綠葉兒扶持啦，人也是這樣，我和你少奶奶，好比是那一對花。」

小憐道：「那怎麼能比呢？人家是姊妹花，又不是……」說到這裡，頓住了口。

鳳舉道：「你信你大少奶奶胡謅呢，那實在是並蒂花。你呢？就好像花底下的嫩葉子，全是要你陪襯著才好看，若沒有你，我兩人就好些事情不順手了。」

小憐抬頭向簾子外看，也沒有個人影子，廊簷下洗衣服的蔣媽，這會兒也不曉得哪裡去了。院子裡越發現得沉寂，小憐養的那隻小貓機靈兒，正睡在竹簾影下，牠那小小的鼾聲，都聽得很清楚。

小憐也不知什麼緣故，有些心慌意亂。

鳳舉見她不理，索性站了起來，見她繡完了一片葉子，又新繡一片葉子，笑道：「你說我不能比那花，那麼，你和你大少奶奶比那一對愛情姊妹花，我比著你手底下繡的愛葉，你看怎麼樣呢？我倒是很願意做一片愛葉，襯托著你們哩。」

小憐看見鳳舉有咄咄逼人之勢，放下了針，板著臉，將簾子一掀，搶走一步，便走到廊外來了。鳳舉到了此時，追出來是不好，不追出來也不好，只是隔著簾子，向外面看來。

小憐卻蹲在芭蕉蔭下，折了地上一片青草，去撥動那睡熟了的錦鴨。

這時，便有人喊道：「正經事你不做，跑到外面，你弄這鴨子做什麼？你真算沒事啦。」

小憐一抬頭，佩芳已經回來了，便笑著說：「屋裡太熱，繡得出了一身的汗，我現在到外面來涼涼。」

佩芳笑道：「你繡這一會子工夫就會累了，我呢？」一面說話，一面掀簾子走進來。一抬頭，只見鳳舉的帽子和衣服都掛在衣架上，說道：「咦！不是出去了的人嗎？怎麼就回來了？」走進臥室去，只見窗戶洞開，鳳舉放下珍珠羅的帳子，已經睡在床上。

佩芳道：「你剛才那樣忙著要出去，這會子倒跑到屋子裡來睡覺，怪是不怪？」

佩芳見鳳舉不作聲，便道：「睡著了嗎？」

鳳舉依舊不作聲。

佩芳道：「真睡著了嗎？我不信。」

鳳舉一翻身笑道：「睡著了。」

佩芳道：「睡著了，你還會說話？」

鳳舉笑道：「你知道我睡著了不會說話，為什麼老釘著問呢？」

佩芳道：「我就知道你是假睡。」

鳳舉道：「你知道我是假睡，你就不須問我睡著了沒有，乾脆就和我說話得了。」

佩芳道：「你倒說得頭頭是道，起來吧。」

鳳舉掀著帳子起來，佩芳見他穿著皮鞋，忽然想起一件事，便問道：「你回到家，馬上就脫下皮鞋，換拖鞋趿著，你現在連皮鞋都沒有脫，不是預備睡覺的樣子，分明是見我回來才睡覺的，不用提，你這又是搗什麼鬼，故意這樣地裝睡，你怕我不知道呢。」

鳳舉笑道：「睡覺沒有先脫皮鞋，那也是平常的事，這又能算搗什麼鬼？」

佩芳道：「你不算搗鬼，我一說你臉上就紅了呢？你瞧，這是有些緣故不是？」

鳳舉笑道：「我到外面睡去，不和你爭這無謂的閒氣。」說畢，鳳舉自走了。

佩芳再一看窗子外，小憐背過臉去，依舊在樹蔭下徘徊，好像不很自在的樣子。佩芳一看，便存在心裡，且不說，依舊去繡花。過了許久，竟不見回來，因此放下針，偷偷地到小憐房門口一張，見她也在藤榻上和衣而睡了。

佩芳看了這事，越發心裡疑惑。

到了下午四點鐘，小憐走了出來，笑道：「隨便打一個盹兒，不料就這樣睡著了。」

佩芳道：「我還以為你身體不舒服呢，所以沒有叫你，若是這樣，還能指望你做什麼事？六小姐還保薦你呢，你只給我繡幾個葉子，就丟下了。」

小憐道：「今天是有點頭昏，明天我就給大少奶奶趕起來。」

佩芳繡了幾針，然後問道：「我去不多大一會兒，大爺就回來了嗎？」

小憐被佩芳一問，心先虛了，臉上先是一陣驚慌，故意背轉身，去清理茶桌上的杯碟，說道：「不多大一會兒，大爺就回來了。」

佩芳道：「他挺不是個東西，你不要理他。他有什麼事，你讓他叫蔣媽做去，你別替他做。」

小憐依舊背著身體站立。佩芳道：「我雖然年輕，我向來不肯把人家的兒女不當人，你想，你跟我這多年，活也會做了，字也認識了，人也長清秀了，我待自己妹妹也不過如此吧？」

小憐想道，這就奇了，好端端地為什麼談起這些話來？便笑道：「大奶奶這樣說，我怎敢當呢？」

佩芳索性停了刺繡，坐在藤椅上，對小憐說道：

「我並不是無緣無故和你提起這些話，我想你一歲大一歲了，你的婚姻問題不能不想法解決，依著你大爺的糊塗心事，那是不消說，你自然是不願意，我也不能答應，但是老留你在我家，葷不葷，素不素的，那又算什麼呢？

「可是話又說回來了，憑著你這個模樣和你的能耐，若是隨便配一個咱家裡做事的人，那他們還不是中了狀元一般，可是我看一看，誰也配你不過，而且那些東西，究竟也不成器。要說到外面去找一個做生意買賣的吧？你倒可以終身有靠，可是又俗不過的，那種人，連穿衣吃飯的常識也沒有，怎樣和他在一處過日子？

「除此而外，要找個身家好些的，又怕人家除不了階級觀念，這除非像鼓兒詞上的話，哪裡找一個窮秀才，我們津貼他些錢，給他找個事，然後再把你許他。你想，這種事，打著燈籠在哪裡去找呢？所以我為你這個問題想了許多辦法，竟是解決不過來。不知道你自己有什麼辦法沒有？若是有好辦法，我倒很願意聽你的。」

小憐聽見佩芳談到她的婚姻問題，先是有些害臊，後來聽見佩芳所說種種困難卻又是知己之言。但是這些問題在於自己，只要進一步和柳春江定了約，就一些也不為難，可是這句話怎樣好說出口呢？因此，佩芳雖然說了一大篇，她只靜靜地聽著，一句也沒答出來。

佩芳道：「這是你終身大事，你為什麼不作聲？這也用不著害臊。你要我替你決定辦法，你總得對我說實話。」

小憐只得說了一句：「全憑大少奶奶作主。」

佩芳道：「我又不是你的父母，你的婚姻問題，我怎麼能作主？我就是你的父母，在這個時代，也是無法過問的。」

小憐依然是不作聲，搭訕著隔了簾子看院子裡的天色。

佩芳道：「現在我問你，你總是不說，將來人家替你出了主意，不合你的心，你可不要埋怨人。」

小憐望著天道：「又沒誰提起這件事，大少奶奶倒好好地著忙起來。」

佩芳笑道：「不是我著忙，這也不是忙的事，可是真要到了忙的時候，恐怕又來不及了。」

她那知道小憐心裡自有一番打算呢，只是絮絮叨叨地問著。

小憐慢慢地掀簾子，慢慢地就走了出來，不聽佩芳那一套話。佩芳始終認為她是害臊，也就隨她去。

小憐順著腳步走，只管肚裡尋思，卻沒有理會走到了哪兒，忽然有人喊道：「小憐哪裡去？」回頭看時，卻是燕西坐在窗子裡，打開兩扇紗窗，放出兩隻小蜜蜂兒來。

小憐笑道：「打開窗戶，放兩隻蜂子出來，可不知道放了多少蒼蠅進去了。」

燕西道：「我要和你說話，我就忘了關窗戶了，你進來，我有兩句話和你說。」

小憐道：「我有事，你有話就說吧，還要我進去做什麼？」

燕西道：「你進來一下，也耽誤不了你多少工夫呀，你什麼事，這樣忙？」

小憐道：「你又有什麼大不了的事，還不是些廢話。」

燕西笑道：「好哇！我和你好好地說話，你倒罵起我來了。」說時，燕西關了窗戶，便繞著迴廊過來，斷住小憐的去路。

小憐連忙將身子一閃，讓到一邊。

燕西笑道：「這一向子，我們不很大見面，你就和我生疏了許多似的，瞧你這樣子，我們的交情就這樣算了嗎？」

小憐笑道：「這話可不當聽。你是少爺，我是丫頭，怎樣談得上交情兩字？」

燕西道：「我和你向來沒有分過什麼主僕，今天你何以提起這句話？我有什麼事情得罪了你嗎？」

小憐笑道：「這更談不上了，漫說七爺沒有什麼事得罪我，就是有什麼事得罪我，我還敢和七爺計較嗎？」

燕西道：「這也不是，那也不是，那我就很費解了，你想想，我和你的情形，從前是怎樣？現在是怎樣？從前是有些小事情，只要告訴你一聲，你馬上就替我辦到了，現在別說請你做事很不容易，就是找你說一句話，你也見了毒蛇似的，早早地走開，這是什麼緣由呢？我自負是知道女孩子心事的，可是對於你就不知道得很啦。」

小憐被他說得無理可駁，便道：「你現在很忙呀，兩三天也不回來一回，壓根兒就見不著你，怎樣給你做事呢？」

燕西笑道：「你這話說得有理，我現在煩你一點兒事，給我削一個梨吃，成不成？」

小憐將右手一個小指頭伸給燕西看道：「你瞧！這是給三少奶奶削梨削的，現在還不能做事呢，你還好意思叫我給你削梨嗎？」

燕西道：「真是不湊巧，我要求你又不是時候了，果然，我現在不能說是知道女孩子的了。」

正說時，潤之走來，和燕西拿書看，見他迴廊上斷住小憐說話，小憐卻躲躲閃閃的，心裡早明白了，便道：「老七，你書架上的《百科叢書》，我要查一查，全嗎？」

燕西笑道：「除非買來是不全的，若買來是全的就短不了，因為放在書架子上以後，我還沒有翻動過呢。」

潤之笑道：「像你這樣的少年，真是廢物，虧你還說得出口呢。」

燕西笑道：「這部書原不是我要買的，是父親說一個人至少要翻一翻《百科叢書》，才能有些常識，一定逼著我買，我起初以為不過像《辭源》字典一樣，翻翻倒也可以，不料搬回來卻是那些個，不說看書，目錄也記不清，況且我的英文又實在不行，看一頁，倒要翻上好幾回字典，那有什麼意思呢？」

潤之道：「你不要說了，你除了看小說而外，什麼書也不愛看，何況是英文，何況又是《百科叢書》？」

姊弟二人一面說著，一面走進屋來。

潤之回頭由紗窗裡向外一看，見小憐已走了，便道：「你又攔住小憐，要她做什麼事？」

燕西道：「誰要她做什麼事呢？我見她看著我來就是老遠地跑開，好像那種舊家庭的女子，見人就躲似的，我偏要攔住她，看她怎樣？」

潤之道：「漫說是你，連大哥她都愛理不理了。」

燕西道：「這都是大嫂慣的這個樣子。」

潤之道：「她怎樣是大嫂慣的？她並不是沒有上下，壞了規矩，她不過躲開你們這些少爺罷了。」

燕西道：「從前為什麼不躲開，現在卻躲開呢？」

潤之笑道：「她也有男朋友向她獻殷勤了，怎麼能把以前的事打比呢？**這一顆明珠，不是金家人藏得住的了。**」於是便將小憐兩次充小姐出門，和柳春江錯認了人的事細說了一遍。

燕西聽了，不知什麼緣故，心裡好好地難過了一陣，可是在姐姐當面依舊不表示出來，笑道：「這姓柳的，我也認識，他未必把小憐當一顆明珠吧？小憐居然想這樣高攀呢！」隨又指著書架上的書，口裡念道：「文學，礦物、衛生、名人小傳，法律，五姐！你要哪一種？我猜你是要關於美術一類的，對不對？」

潤之道：「我們就永是愛美術的嗎？別的書就不愛看嗎？我是找一本天文學哩。」

燕西道：「那種書，看了還要費思想，真是叫人頭痛。」

潤之道：「所以我說你就是廢物。」

潤之一面說話，一面在書架上找書，她將書找到，拿著向肋下一夾，轉身便要走。燕西道：「五姐，我問你一句話，剛才你所說的話，全是真的嗎？」

潤之道：「自然是真的，我無緣無故造這一段謠言騙你做什麼？」

燕西道：「唉！像大嫂這樣，還鬧個春色滿園關不住，一枝紅杏出牆來，女子真是難說！那讓老大知道了，豈不有一場是非？」

潤之笑道：「聽評書掉淚，替古人擔憂，你不是多此一舉？」

燕西被潤之一駁，只好不說。潤之去後，躺在藤椅上看了幾頁小說，覺得也很無聊。心想，還是到落花胡同去吧，他便坐了汽車，回到他私人的別墅來。

燕西到了落花胡同，已是日落西山。因在院子裡散步，順腳就走到冷宅這邊來。冷太太和冷清秋各端了一張藤椅傍著金魚缸乘涼，一見燕西來了，都站立起來。燕西道：「這個時候了，宋先生怎樣還沒有回來？」

冷太太道：「承你的情替他薦了一個館，就忙了一點，況且他又愛喝兩杯，保不定這又到什麼地方喝酒去了。」

韓媽看見燕西來了，早給他端一張藤椅，讓他坐下。燕西一看清秋，今天改梳了一條辮，穿著白紗短褂，映出裡面水紅色襯衫，她手上執著一柄白絹輕邊團扇，有一下沒一下地搖著，看那背影，越發楚楚有致。

恰好冷太太有事，偶然走了，燕西望著她微微一笑，輕輕地說道：「這會子怎樣忽然改裝來了？」

清秋將口咬著團扇邊，只對燕西看了一眼，沒說什麼。

燕西道：「今天晚上沒事嗎？一塊去看露天電影，好不好？」

清秋對上面屋裡一望，見母親還沒有出來，笑道：「你請我母親，我就去。」

燕西道：「老人家是不愛看電影的，不要請吧。」

清秋道：「沒有的話，你就說不願請她就是了，但是你不請她，我不好對她說。」

燕西道：「我有個主意，我就說有張電影票，自己不能去，轉送給你，那麼，你就可以一個人去了。你先去，回頭我們在電影院屋頂上相逢，你看好不好？」

清秋道：「我不做那樣鬼鬼祟祟的事，瞞著母親去。」

燕西還要說時，冷太太又已出來了，燕西道：「伯母要看電影嗎？」

冷太太笑道：「戲倒罷了，電影是不愛看，因為那影子一閃一閃的，閃得人眼花，我實在不大喜歡。」

燕西道：「我這裡有一張電影票，是今天晚上的，今天晚上不去，就過了期了。我自己既不能去，放在家裡，也是白扔了，我倒想做一個順水人情，請伯母去，偏是伯母又不愛看電影。」

冷太太笑道：「沒有扔掉的道理，請你送給我，我自有用處。」於是笑著對清秋道：「你拿去看，好不好？」

清秋道：「我一個人，不去。」

冷太太道：「那什麼要緊，一個人去玩，多著呢。」

燕西道：「可以去，到了散場的時候，我叫汽車去接密斯冷，好不好？」

冷太太道：「不用的，雇車回來就是了。」

燕西說著，便走過自己那邊去，把自己買的電影票本子撕了一張，拿了過來，就交給清秋道：「可惜我只有一張，若有兩張，連伯母也可以請的了。」

清秋用扇子托著那張票，微笑了一笑。

燕西道：「今天的片子很好，你去，準沒有錯，他們是九點鐘開演，現在還只七點多鐘，吃完飯去，那是剛剛好的了。」

冷太太道：「既然這樣，我們就快點吃飯吧，別耽誤了你。」

燕西再說幾句閒話，也就走開。

這裡清秋吃了晚飯，從從容容地換了衣服，然後雇了一輛車上電影院來。

燕西是比她性子更急，回家之後，早就坐了汽車先到電影院來。

這個時候，夕陽西下，暑氣初收，屋頂花園上各種盆景新灑了一遍水，綠葉油油，倒也有一陣清香，燕西在後面高臺上，揀了一個座位坐下，沏了一壺茶，臨風品茗，靜靜地等著清秋。

不多大一會兒工夫，清秋果然走上屋頂來。她只剛上扶梯，轉身一望，燕西就連忙招手道：「這裡這裡！」

清秋走過來，在燕西對面坐了，笑道：「這還沒有幾個人，早著啦。」

燕西道：「我們原不在乎看電影，找這一個地方談談罷了。」說時，燕西斟了一杯茶，放在清秋面前，又把碟子裡的陳皮梅剝開兩小包，送了過來。

清秋笑道：「為什麼這樣客氣？」

燕西道：「現在我們還是兩家，為尊重女權起見，當然我要客氣些，將來你到了舍下，你要不客氣，就由著你吧，或者有點小事，我要相煩的時候，我也不會客氣的。」

清秋端起杯子，緩緩地呷著茶，望著燕西微笑了一笑。

燕西道：「笑什麼？我這話不對嗎？」

清秋笑道：「對是對，可惜你這話說得太早了，聽你這話，倒似乎預備管我似的。」

燕西笑道：「這可是你說的，我的意思，是誰也不要管誰。」

清秋笑道：「你不是說了嗎？你幾個哥哥都有些怕嫂嫂。」

燕西笑道：「據你這樣說，我是應該學我哥哥的了？」

清秋道：「我也沒有叫你學哥哥，是你自己這樣告訴我的，那個意思就是兄弟之間並不會有什麼分別。」

燕西笑道：「像你這樣繞著彎子說話，我真說你不贏，我不和你談這個了。我問你，今天為什麼改梳著辮子？」

清秋道：「因為洗了頭，梳辮子好晾頭髮，你真愛管閒事。」

燕西道：「似乎沒有幾天你洗了頭似的，怎樣又洗頭？」

清秋道：「這樣的熱天，頭上晝夜地出汗，還能隔好幾天嗎？」

燕西笑道：「說起這件事，我倒很替你為難起來。」

清秋道：「你怎樣為難呢？我倒要請教。」

燕西笑道：「若為著美麗起見，你這一頭漆黑的頭髮，越發可以把皮膚又嫩又白襯托出來，於是我主張你保留。若要說到你幾天洗一回，熱天裡又受熱，我就主張你剪掉！」

清秋道：「你也主張我剪掉嗎？」

燕西笑道：「我不能說絕對主張剪掉，覺得保留也好，不保留也好。」

清秋道：「你這是什麼菩薩話？哪有兩邊好的？」

燕西道：「那個理由，我已經先說了，怎樣是菩薩話呢？」

清秋道：「你以為剪髮不好看嗎？」

燕西道：「剪髮也有剪得好看的，也有剪得不好看的。」

清秋笑道：「聽你這話音，大概我是剪了不好看。」

燕西道：「我可不是那樣說，我以為你若是剪了，就很可惜的。」

清秋道：「這有什麼可惜哩？又不是丟了什麼東西。」

燕西笑道：「又烏又長又細含有自然之美的東西，積一二十年的工夫，才保留到這個樣子，現在一剪刀把它斷了，怎樣不可惜呢？」

清秋道：「據你這樣說，也不過好看而已。好看不是給自己看的，是給人家看的，剪了頭髮，可是給自己便利不少。」

燕西道：「你果然要剪，我也贊成，但是你母親對於這事，怕不能答應吧？」

清秋道：「也許對她說了，她會答應的，我真要剪，她不答應也不成。」

燕西道：「在這上頭，我要看看你的毅力怎樣了？你這回事做成了功，我們的事，就可公開地對你母親說。」

清秋道：「你放心，我這方面不成問題，還是要你先回去，通過你那個大家庭。」

燕西道：「我那方面不成問題，只要你母親答應了，我就可以對我父親說明。」

清秋道：「我說我這方面不成問題，你說你那方面也不成問題，大家都不成問題，就是這樣按住不說，就過去了嗎？」

燕西笑道：「你還有許久畢業？」

清秋道：「還有兩個學期。」

燕西道：「我的意思，是讓你畢業了，再把我們的問題解決，若是說早了，我就不便在落花胡同住，要搬回家去了。」

清秋笑道：「原來你是這一個計畫，但是我在高中畢了業，我還打算進大學本科啦，日子還遠著呢。」

燕西道：「你還要大學畢業做什麼？像咱們家裡，還指望著你畢業以後，去當一個教授，掙個百十塊錢一月嗎？那自然不必。若說求學問，我五姐六姐都是留學回來的，四姐還在日本呢，也沒看見她們做了什麼大事業。還不是像我一樣，不是在家裡玩，就是在外頭玩，空有一肚子書，能作什麼用呢？」

清秋道：「照你這樣說法，讀書是沒用的了，無論是誰，也應該從小玩到老，可是這樣玩法，要像你家裡那樣有錢才可以。若是大家都由你這一句話做去，那麼，世界上的事都沒有人做了，要吃飯沒人種田，要穿衣沒人織布，那成個什麼世界呢？」

燕西道：「你誤會了我的意思了。我不是說世界上人都應該玩，不過有一班女子她無非只要主持家政，管理油鹽柴米小事，何必費上許多金錢去研究那高深的學問？」

清秋笑道：「據你這樣說，我不必求高深的學問，將來也是管理油鹽柴米小事的角色。」

燕西道：「我的話算說錯了，成不成？我的意思原不在此，因話答話，就說到讀書這個問題上去了。你老釘著這一句話問我，我就越說越僵了。」

清秋見燕西宣告失敗，笑了一笑，也就沒有往下追著問。

這時，天色已漸漸地昏黑了，天上的亮星，東一顆，西一顆，緩緩地冒了出來。看電影的人也就紛至遝來，客座位上，男男女女都坐滿了。忽然一陣很濃厚的香味直撲將過來，接上有人叫了一聲燕西，回頭看時，乃是烏二小姐穿著袒背露胸的西服，正站在椅子旁邊。

燕西連忙站起，她已伸過手來，燕西只得握著她的手道：「我們好久不會。」

烏二小姐道：「你就是一個人嗎？」

燕西道：「還有一位朋友。」便給清秋介紹道：「還有這位密斯冷。」

清秋聽說，也就站起來和烏二小姐點頭。

燕西道：「密斯烏和誰來的？」

烏二小姐道：「原約了一位朋友在這裡相會，可是他並沒有來。」

燕西身邊正有一個空位子，烏二小姐就毫不客氣地挨著身子坐下了，燕西心裡雖然十二分不願意，但是既不能叫她不坐，自己也不好意思就和清秋一塊兒走開，只得默默地坐著等電影開映。

烏二小姐向來沒有聽見說燕西有姓冷的密友，自然也沒有加以注意，她卻沒有料到在這裡坐著，阻礙人家的情話。

六 解語花

不多大一會兒，電影已開映了。

燕西和清秋談電影上的情節，越談越親熱，一到了後來，兩個人真成了耳鬢廝磨，就到了一塊去說話，把身邊有位烏二小姐兩個人都忘記了。

這時烏二小姐看到他兩人這種情形，就恍然大悟，坐在一旁，且不去驚動他，讓他二人綿綿情話。

過了一會兒，電影休息，四周電燈一亮，烏二小姐這才和他們說話，因問清秋道：「冷小姐現在在哪個學校讀書？」

清秋笑道：「可笑得很，還在高中呢。」

烏二小姐道：「府上現住在什麼地方？到學校去上課，不大遠嗎？」

清秋道：「不遠，舍下就住在落花胡同，只有一點兒路。」

烏二小姐一想，這落花胡同的地名，耳朵裡好像很熟，怎樣她住在那裡？

燕西聽到清秋說出地名來，就對她望了一望，好像很詫異似的，清秋見燕西如此，臉色也就動了一動，偏是烏二小姐對這事是留了心的，見他二人目挑眉語，越發奇怪。當時放在心裡，且不作聲，只裝並沒有注意。

一直到電影散場，烏二小姐先下樓去了，燕西對清秋道：「門口亂七八糟的全是車子，雇車也不好雇，就同坐我的車回去吧。」

說著一路下樓，只見那花枝招展的女賓，衣服華麗的男賓，上汽車的上汽車，上馬車的上馬車，差不多的，也有一輛人力包車。自己也是這樣風度翩翩的，當街雇起車子來，未免相形見絀，因此不知不覺地就和燕西一路坐上車去。

車子先到了冷家門口，就停了。韓媽出來開門，見清秋是和燕西同車來的，沒有作聲，就引清秋進去。

這個時候，冷太太還在院子裡乘涼，見清秋進來，便問道：「你是坐人家汽車回來的嗎？」

清秋只哼著答應了一聲，卻進房更換衣服去了。

冷太太見她許久沒有出來，使喊道：「這樣熱天，在屋裡待著做什麼？還不出來乘涼。」

清秋道：「電影看得頭暈，我要睡了。」

冷太太道：「外面有竹床，就是要睡，也可以到外面來睡，為什麼在裡面睡？」

清秋被母親再三地催促，只得到外面來。

冷太太先是和她說些閒話，後來便問她今天是什麼電影？好看嗎？清秋道：「片子倒也不壞，是一張家庭片子，大意是叫人家家庭要和睦。」

冷太太道：「不用提，這一定是一男一女，先搗亂了一陣子，後來就結婚。」

清秋道：「大概是這樣吧。」

冷太太道：「我就討厭那外國電影，動不動就抱著頭親嘴。」

清秋笑道：「那是外國的風俗如此，有什麼可怪的？」

冷太太道：「那也罷了，為什麼到了後來總是結婚？」

清秋道：「這一層倒讓你老人家批評得對了，但是據演電影的人說，若是不結婚，就沒有人來看。」

冷太太道：「難道咱們中國人也歡喜看這種結婚的事情嗎？」

清秋笑道：「結婚的事，也不見得張張片子有。就是有，也不過最後一幕才是。為了那一點子，我們就全不看嗎？」

冷太太道：「這些新鮮玩意兒，我們年輕的時候是沒有的，就是有，我們上人*也不會讓你去看。輪到你們，真是好福氣，花花世界任憑你們怎樣玩。」

清秋笑道：「看一看電影，怎麼就算到了花花世界？而且也是你老人家叫我去的呀。」

冷太太道：「不是我說你不該去，我是說只有你們才可以去呢。」

清秋笑道：「我聽你老人家說話，倒好像發牢騷似的。」

冷太太道：「發什麼牢騷呢？只要不焦吃，不焦穿，常讓你出去玩玩，我也是願意的。這又說到金家七少爺，難得他很看得起我們，送吃的送穿的，又替你舅舅找了一個事，這日子就過得寬餘了。我看他那意思……」

冷太太說到這裡，說不下去了，清秋也不便接嘴。

大家沉默著坐了一會，冷太太道：「這是你常對我說的，現在男女社交公開，男女一樣的交朋友，所以我也往寬處看，男女交朋友這也不算什麼。不過……不過……」

說到不過二字，又沒有什麼名詞可以繼續了，只是含糊著咳嗽了兩聲，將這話掩飾過去。

清秋極力地揮著扇子，沒有作聲，冷太太也把手上的扇子拍著腿上的蚊子，啪啪地作響，大家又沉默一會子，清秋突然地對冷太太道：「媽！梳著辮子熱死了。」

冷太太不等她說完，便道：「明天你還梳頭得了。」

清秋笑道：「梳辮子熱，梳頭就不熱了嗎？」

冷太太道：「那有什麼辦法呢？除非剃了頭髮當姑子去，那就不熱了。」

清秋道：「剪頭髮的，現在多著呢，要當姑子才能剪頭髮嗎？媽！我也剪了去，好不好？」

冷太太道：「胡說！好好的頭髮長在頭上，礙你什麼事？」

清秋道：「我不是說了，熱得很嘛？」

冷太太道：「從前的女人都不剪頭髮，怎樣地過了熱天呢？」

清秋笑道：「那是從前的人不敢打破習慣，不曉得享這個福，現在有了這個便宜事，就落得佔便宜的了。譬如從前走旱道沒有火車，走水路沒有輪船，那是多麼不便利！現在有了火車，有了輪船，有不願意坐的嗎？」

冷太太道：「那不過多花兩錢，又不割掉身上一塊肉，怎樣能打譬呢？」

清秋笑道：「這就算不能打譬，從前的男子，腦袋後面都拖著一條辮子，怪不好受的，現在都剪了髮，又便利又好看，這總是一個證據吧？」

冷太太笑道：「你倒越說越有理。但是我以為女子剪髮總不大好看。」

清秋道：「那是你老人家沒有看慣，看慣了，就不覺得寒磣了。」

冷太太道：「你真要剪，我也沒法子，可仔細你舅舅要罵你。」

清秋道：「我自己頭上的頭髮，要剪就剪，要留就留，舅舅怎樣管得著？」

冷太太道：「你只要不怕他囉嗦，你就儘管去剪。」

清秋道：「給他四兩酒喝，那就天倒下來，他也不問了，怕他囉嗦什麼？」

冷太太道：「看你這話是剪定了，好，就讓你自己去剪，我不管。」

清秋笑道：「你老人家可是說了不管，就別再問我了。」

冷太太道：「你當真要剪嗎？」

清秋道：「自然是真的。」

冷太太道：「我先總沒有聽見你說過，怎樣今天你看電影回來，突然提起這件事哩？」

清秋道：「還不是我看見剪髮的人多，想起了這件事。」

冷太太道：「剛才你回家，他們的車子早就在電影院門口等著你嗎？」

清秋和她母親好好地談著剪髮問題，不料突然又轉到汽車上面去了，她心想，**母親對於這事怎麼一再地注意？她向來對於我和燕西的事只是裝著糊塗，並不過問，現在只管追究，這是什麼用意？難道她老人家要變卦嗎？**

就在她這樣沉思之間，一刻兒工夫，並沒有把這話答應出來。冷太太見她說話是默默的，越發有些疑心，當晚也沒有說什麼，各自歸寢。

次日清晨起來，冷太太臉上卻有些不悅的顏色。她兄弟宋潤卿口裡銜著一支煙捲，慢慢地踱到上房裡來，就對冷太太道：「我手下現缺少兩百塊錢使用，若是哪裡能移挪一下子，那就好了。」

冷太太道：「二舅舅有了館事以後，手上應該寬餘些了，何至於還這樣鬧饑荒呢？」

宋潤卿道：「怎麼著？這件事你會忘了嗎？南邊老太太早就來信，說是今年秋天做七十整壽，派我們出個二三百塊啦，現在日子一步近一步，不能不先為設法。昨天是衙門裡一個司長老太太的生日，大家湊分子，我為這事就勾起了一肚子心事，不說二三百元吧，就是弄個數十元敷衍一下，我看都不能夠。」

冷太太道：「這事我倒是一向忘了，真是湊不出來的話，清秋還有幾件首飾可以拿出去換了，總可以湊上一點款子。」

宋潤卿道：「外甥姑娘她肯嗎？這事我看是不提的好。我的意思，想和燕西兄商量商量，移挪個兩百元，到了年冬我再還他。」

冷太太道：「人家幫我們的忙太多了，不好意思老去求人，況且他和我們非親非故，老去找人，也不應該。」

宋潤卿道：「朋友互通有無，那也是很平常的事，有什麼應該不應該？」

冷太太道：「你要借錢，你到別處借去，不要問金家借。」

宋潤卿看冷太太的顏色，似乎有些不然的樣子，也就沒有往下說。

這一天過去了，晚上韓媽送了幾隻空碟子到燕西那邊去，原是燕西送點心過來的，正好燕西在院子裡閒步，看見韓媽，便叫住她道：「忙什麼？幾隻空碟子，放在你那裡使用也不要緊，何必一定送過來？」

韓媽道：「就是你送這些東西，我們太太還過意不去呢，怎好意思把碟子都收下來？」

燕西道：「你們小姐今天一天也沒看見出來，早出去了嗎？」

韓媽周圍一望，然後低著聲音說道：「娘兒倆嘔氣哩。」

燕西道：「什麼事嘔氣？為著昨夜回來晏了嗎？」

韓媽道：「那是昨夜晚上說的事，今天不是為的那個。」因把宋潤卿想借錢，冷太太不肯，要換清秋首飾的話說了一遍。

燕西笑了一笑，說道：「就是為這個事嗎？那沒有什麼難的，明天就解決了。」

到了次日，燕西拿出自己的支票簿，就叫金榮到銀行裡去支三百塊錢，而且叮囑三百塊錢都要現洋。不到一個鐘頭，金榮已把三百塊現洋取來。

燕西便把韓媽叫過來，將那三百塊錢一齊交給她，說道：「你對冷太太說，宋先生也曾提過，說是缺少兩三百塊錢用，我因為事多，把它忘了，這是三百塊現洋，請你太太收下。」

韓媽道：「我家太太就是不好意思和你借錢。這倒好，你先就拿出來了。」

燕西道：「不要緊的，你只管請你太太收下，什麼時候手邊寬餘，什麼時候再還，我並不等候這款子用的。」

韓媽見了這白花花的許多現洋，哪有不拿走的道理？便說道：「我拿去試試看，我們太太不受，我就再拿回來。」說著，她把兩隻手捧著三大包現洋，一直往冷太太屋子裡走，笑著向桌上一放，說道：「這東西真沉。」

冷太太道：「這裡面是什麼？」

韓媽笑道：「是現洋！」

冷太太道：「你以為我這兩天正在打錢的主意呢，你就說是錢來饞我嗎？」

韓媽道：「你不信，我打開來你看。」說著，便連忙透開一個紙包，一把沒有捏住，紙漏了一個大窟窿，嘩啦啦一聲，撒了滿桌子的洋錢。還有十幾塊錢，叮叮噹當一陣響，滾到地下去。

冷太太道：「嘿！真的！你是在哪裡弄了許多錢來？」

韓媽笑道：「我會變戲法兒，聽說太太要用錢，我就變這些個錢來了。」

冷太太道：「不用說，這一定是清秋二舅在隔壁借來的。」

韓媽一面在地下撿錢，一面說道：「錢倒是金少爺的錢，可是舅老爺並沒有過去借。」撿起錢來，韓媽又把撒開的一百元現洋顛三倒四地數著。

冷太太笑道：「**你就這樣沒有見過錢，叫人見了笑話。這個人的手實在是鬆，人家還沒有和他借，他就先送來**，我是收下來好呢？還是不收好呢？」

韓媽道：「為什麼不收下來？錢還會咬人的手嗎？」

冷太太拿著兩包未打開的洋錢，掂了一掂，又把打開的數了一數，沉默了一會兒，說道：「錢我是收下了，你去對金少爺說，暫且和舅老爺說只送來二百塊，將來這個錢，由我去籌還他。」

韓媽道：「就叫他不要對舅老爺說就是了，何必繞著彎子說？」

冷太太道：「瞞著他倒不好，他沒有錢，還是要去向人家借的呢。」

冷太太收了這三百元現洋，自然痛快些，心裡那一層積憂倒解除了許多。

清秋說道：「媽！現在手邊下有錢了，我可以剪頭髮了吧？」

冷太太道：「這孩子說話很奇怪，我有錢沒錢，和你剪髮有什麼相干？」

清秋笑道：「你老人家不是因為沒錢，老對我發愁嗎？因為你老人家發愁，我怕剪了髮，格外惹你生氣，所以不敢下手。」

冷太太道：「我早就說我不管，還問什麼呢？」

韓媽道：「可不是！我聽見金少爺說，他們一家人都剪髮的。」

清秋道：「我剪我的髮，他家裡人剪髮不剪髮，和我什麼相干？」

韓媽道：「我是這樣說，現在太太小姐剪髮的多著呢。」

冷太太且不理她，對清秋道：「剪可是剪，別剪著那樣禿頭禿腦的，那也寒磣。」

清秋笑道：「你老人家不是說不管嗎？」

冷太太道：「我管是不管，但是剪得同爺兒們似的，穿女人的衣服，不嫌不好看嗎？」

清秋道：「自然不會弄得那樣子，東交民巷有一家外國人開的理髮館，他那裡剪得很好，我好多同學都是在那裡剪的髮。」

說到這裡，只聽見外面有人笑道：「密斯冷，真闊呀，還要上東交民巷去剪髮。」說著話，有兩個女子走進來。

清秋掀開一幅窗簾，向外看去，卻是她的兩個同學，一個是華竹平，一個是劉玉屏，正都是剪髮的人，清秋便隔著玻璃招手道：「請進來坐，請進來坐。」

華、劉二人走進來，冷太太客氣了兩句，便走開去。

華竹平道：「密斯冷，怎樣談到剪髮的事，也打算剪髮嗎？」

清秋道：「可不是！我自己不能剪，別人又剪不好，只好多花兩個錢，上外國理髮店去了。」

劉玉屏道：「那何必呢？你瞧瞧我這個樣子，就是密斯華和我剪的，你看好不好？」說著，把頭一偏，讓清秋看。

清秋笑道：「這樣子是很好，密斯華就和我剪剪吧。」

華竹平道：「你得了伯母的同意嗎？這東西剪了下來，可沒法子再接上去。」

清秋道：「自然商量好了，不商量好了，難道要你從中為難嗎？」

華竹平道：「還是不能剪，你這裡沒有推頭的剪子，也沒有剪長髮的剪子，怎麼樣剪？就把平常的剪子剪一剪，就成了吧？」

清秋道：「請你在這兒等一等，我叫人去借去，整套的剪髮東西都有呢。」於是便告訴韓媽，讓她到燕西那裡去告訴一聲，請燕西派人到家裡去拿。

燕西聽到清秋要剪髮，忙打了一個電話回去，和玉芬去借，而且說等著用，即刻就要。玉芬也不知道什麼用意，果然就派人把東西送了來。

這原是一個雕漆木匣子盛著的，燕西性急，也來不及看裡面是些什麼東西，將原匣子就派人送到清秋那邊去。

韓媽接著，要遞給清秋。劉玉屏伸手先接著，笑說：「好漂亮的匣子，這一定是一個愛修飾的人的東西。」說著，將匣子打開，先就有一個信封放在上面。信封寫道：「老七笑展，玉芬緘。」

劉玉屏道：「密斯冷，你排行是第七嗎？這是誰寫給你的？怎麼這樣稱呼？這個寫信的人名字叫玉芬，一定是個女的，大概沒有什麼看不得的，我要拆開來看看，上面說些什麼。」

清秋知道這一封信是燕西三嫂寫給他的，上面明明白白寫了「笑展」兩個字，裡面不定有什麼笑話，連忙伸手將信搶過來，說道：「我自己還沒有看，知道信裡的話能公開不能呢？」

華竹平道：「這人怎麼稱呼你老七？」

清秋道：「這本來是我一個舊同學，口頭上拜姊妹，老六老七，叫得好玩。我就是一個人，怎樣會排行第七？」

清秋說著話，便將信向身上一揣。

劉玉屏笑道：「既然這樣，以後我們也叫你老七吧。」

清秋道：「胡說！原來人家叫我這個名字，我就不答應呢，哪裡還能要你們再叫。不要鬧了，替我剪髮吧。」說時，搬了一張方凳，對著梳妝桌坐下，用腳踩著地，道：「來來來。」

華竹平道：「我有言在先，剪了下來，可就接不上去的。」

清秋笑道：「那不成，你能剪下來，我還要你替我接上去。」

華竹平一看那木匣子裡，果然剪髮的東西樣樣都有，而且有些東西，自己還不知要怎樣的用法，便問道：「你有白布的圍襟沒有？」

清秋道：「我們又不是開理髮館，要個什麼講究，隨便用一塊圍住脖子就得了，為什麼一定還要白布圍襟？」

華竹平道：「你知道什麼？圍襟不圍襟倒不在手，可是圍著衣服，必定要白布。因為頭髮落在白布上才掃得乾淨，有顏色的布，上面很容易藏短頭髮。」

清秋笑道：「看你不出，你對於剪髮問題上倒有很深的學問呢。」於是便開了衣櫥，找了一方白竹布交給華竹平。

華竹平道：「這還沒有辦完全，還差一條圍住脖子的綢手絹呢。」

清秋笑道：「你越說越充起內行來了，這應該替你鼓吹鼓吹，讓哪家理髮館請你去當超等理髮匠。」

華竹平笑道：「若有人請，我真就去，當勞工那也不是什麼下賤事。」

劉玉屏道：「你們兩人就這樣談上吧。」

清秋聽了，這才掉過臉去。

華竹平給她披上白布，又把鈕扣上的綢手絹抽下來，給她圍上脖子，然後將清秋的頭髮解開來，手上操著一柄長鋒剪子，用剪子刀尖。在頭髮上畫了一道虛線，隨著張開剪子，把流水也似的一綹烏絲髮放在剪子口裡，對著鏡子裡笑道：「我這就要剪了！剪了以後，可沒法子再接上去。」

清秋道：「你現在多大年紀了？囉哩囉嗦，倒像七老八十歲似的。」

華竹平笑道：「既然如此，我就動手剪了。」

一語方了，只聽那剪子吱咯吱咯幾聲，已經把一綹髮絲剪下，然後把推髮剪子拿起，給她修理短髮，不到半小時，已經把頭剪畢。

劉玉屏笑道：「密斯冷本來就很漂亮，這一剪頭髮，格外地俏皮了。」

清秋拿著一把長柄小鏡，照著後腦，然後側著身軀，對面前大鏡子左右各看了幾看，笑道：「果然剪得怪好的，聽說這頭髮還剪得有各種名色呢，這叫什麼名字？」

華竹平道：「這名色太好了，叫著瘦月式。」

清秋笑道：「不要自己太高興了，不剪頭的人，他可罵這個樣子是茅草堆，鴨屁股呢。」

劉玉屏道：「密斯冷，你今天新剪髮，是一個紀念，應當去照一張相片。」

清秋道：「這是什麼大不了的事，值得紀念？」

華竹平道：「雖然不必紀念，你剪了髮的確漂亮些，總算改了個樣子，你何妨照一張相自己看看。」

清秋經不住她兩個人的慫恿，果然和她兩人到照相館裡去照了相。照相回來，這才把先收的那一封信拆開來一看。信上寫的是：

你為什麼借理髮的剪子？而且等著要，是你那位好女朋友要剪髮嗎？秀珠妹妹來了，她說對你的事，完全是誤會，很恨孟浪，你願不願和她言歸於好？你若願意，我願做一個和事佬，請你們二位吃一餐小館子。烏二小姐也要來呢，可以請她作陪。我想你要掛上那塊尊重女權招牌的話，恐怕不好意思不來吧？順便敲你一個小竹槓，你回來的時候，把飲冰齋的酸梅湯帶些回來。

此致燕西弟。

玉筆

清秋將這信一看，好生疑惑，心想，從來也沒有聽見燕西說有什麼秀珠妹妹，看這信上說，倒好像兩人的關係非同等閒，而且這種關係，是十分公開，並不瞞著家裡的人，這不很是奇怪嗎？

不過裡面又提到了烏二小姐，不就是在電影院遇到的那個人嗎？信拿在手上，將牙咬著下嘴唇，沉沉地思索。

先本想把這信扔了，免得燕西回家，和什麼秀珠妹妹言歸於好，轉身一想，這事不妥，他的三嫂既然寫了信給他，一定很盼望他回去的。他要不回去，一問起來，說是沒有接到信，顯然是我把信藏起來。這樣辦，倒顯得我不大方，我且佯作不知道，依舊把信放在裡面，看他怎麼樣。因此把信照原封起來，放在匣子裡，便對韓媽道：

「你把匣子送給金少爺的時候，你對他說，這裡面有一封信，想是他沒有知道，因為信是封口的，我們依然放在裡面，不敢給丟了呢。」

韓媽將匣子送還燕西的時候，自然照著話說了一遍。燕西也很是詫異，心想，怎樣會弄出一封信來？打開信來一看，所幸還沒有怎樣提到這邊的事。

不過自己又疑惑起來，這上面的話是不能讓清秋看見的，若是讓她看見，她不明白這上面的情由，一定會發生許多誤會，而且她沒有看見，我要和她解釋，她不免生一種疑障。她要是看見了，我和她解釋，又揭破了她的陰私*，這事實在不好辦。無論她看見沒看見，最好我是今天不回家，那就和信上的約會無關，她的疑團不攻自破了。

燕西這樣想著，所以他這天下午弄了一管洞簫，不時地嗚嗚咽咽吹起來，故意讓清秋那邊聽見，表示並沒有出去。

不想到了四點鐘的時候，梅麗來了電話，笑道：「七哥快回來吧，你的事情發作了。」

燕西聽了，心裡嚇了一跳，問道：「什麼事情發作了？」

梅麗道：「爸爸陡然想起這件事情來了，你猜這是什麼事呢？」

燕西道：「我猜不到，你告訴我，究竟是什麼事？你說。」

梅麗道：「我不知道，我只看見爸爸很生氣，叫我打電話給你。叫你快些回來。」

燕西道：「你又胡說！你是冤我回來的，你怕我不知道嗎？」

梅麗道：「翠姨在這裡呢，請她和你說話，你問她，看我撒謊不是？」說到這裡，電話停了一停，已經換了一個人，果然是翠姨的聲音，說道：「你回來吧，醜媳婦總要見公婆面，你躲得了今天，你還躲得了一輩子嗎？」

燕西聽了，越是著急，問道：「究竟是什麼事呢？你總應該知道一點。」

翠姨道：「我是剛回來，我哪裡知道。你回來吧，大不了挨幾句罵，還有什麼大事發生嗎？」說畢，已經笑著將電話掛上了。

燕西家裡，有三副電話機，有上十處插銷，這電話是從哪人屋裡來的，他沒有問明，往家裡打電話，又怕鬧得父親知道了，越發不妙。

自己背著手，在迴廊上踱來踱去，踱了幾個轉身，想道：「什麼事呢？若是為冷家的事，不會就讓父親知道。或者我上星期在父親賬上支了五百塊錢款子，父親知道了，但是這也是小事，不會這樣生氣呀。」

燕西一個人徘徊了半天，不知如何是好。還是翠姨說的話不錯，醜媳婦總要見公婆，也躲不了一輩子。若是不回去，心裡總拴上一個疙瘩，這一回去，無論事大事小，總把一個疑團揭破了。

自己這樣想著，顧慮清秋這一層就把它丟開了，馬上坐了汽車，就回家去。

到了家裡，先且不去見父親，在自己書房裡坐了一會兒，叫了一個老媽子，把梅麗找來。老媽子去了一會兒，回來說：「八小姐在太太屋裡，總理也在那裡，總理聽說七爺回來了，叫你就去哩。」

這樣一來，逼得燕西不得不去，只得慢騰騰地向母親這邊來。

走進屋去，只見金銓含著雪茄，躺在涼榻上，梅麗捧著一本書坐在一邊，好像就對著金銓在講書上的事情一樣。

梅麗一抬頭，便笑道：「七哥回來了。」

金銓聽說，坐了起來，便偏著臉對金太太道：「阿七也不知在外面弄些什麼事情，我總不很看見他。」

太太道：「不是你叫他在外面鬧什麼詩社嗎？怎樣問起我來？」

金銓道：「我就為了他那個詩社，今天才叫他來問一問。」

燕西這時心裡在那裡只是敲鑼打鼓，不知道父親有什麼責罰，暫且不敢坐下，搭訕著用手去清理長案上那一盆蒲草。

金太太笑道：「三個月前，你就說要看他們詩社裡的詩，直到今天你才記起來嗎？」

金銓笑道：「我是很忙，哪有工夫去問他們那些閒事呢？剛才我清理一些舊檔案，我才看到他送來的一本詩。其中除了一兩個人作得還不失規矩而外，其餘全是胡說。」

燕西一聽他父親的口吻，原來是說到那一冊詩稿，與別的問題無關，這才心裡落下一塊石頭，笑道：「大家原是學作詩，只要形式上有點像就對了，現在哪裡就可以談到好壞二字呢？」

金銓道：「自然是這樣，可是這些詩，連形式都不像，倒是酸氣沖天的，叫人看了不痛快。」

金太太道：「阿七的做得怎麼樣？」

金銓哪裡知道他的大作是宋潤卿打槍的，微微地笑道：「規矩倒是懂的，要往好，那還要加工研究呢。不過我的意思，是要他在國文上研究研究，詞章一類的東西，究竟不過是描寫性情的，隨便學就是了，我原是因為他在學校裡掛名不讀書，所以讓他在家裡研究國文，我看這大半年工夫未必拿了幾回書本子。」

說到這裡，臉色慢慢地就嚴厲起來，接著說道：「這樣子，還不如上學，究竟還掛著一個名呢。我看下半年還是上學吧，那個什麼詩社，我看也不必要了，真是要和幾個懂文墨的人盤桓，那倒無妨，但是也不必大張旗鼓地在外面賃房立社，白費許多錢，家裡有的是空房子，隨便劃出幾間來，還不夠用的嗎？」

燕西也不置可否，唯唯稱是。

金銓道：「你那樣大鬧了一陣子立詩社，幾個月以來，就是這一點子成績嗎？」

燕西道：「還有許多稿子沒有拿來，若是……」

金銓皺眉道：「算了，這樣的文字，你以為我很愛看呢，不必拿來了。」

燕西巴不得父親這樣說，立時便想退身之計，便問金太太道：「三哥回來了嗎？有一件事要問他。」

金太太道：「我也不知道，恐怕不在家吧？」

燕西道：「我去看看。」說著，轉身就走了出來。

一走到屏門邊，就看見翠姨靠著迴廊上的圓柱向自己招手，燕西走了過去，問道：「有什麼事嗎？」

翠姨對燕西渾身上下望了一望，笑道：「你這一向在外面幹些什麼？你父親罵你了嗎？」

燕西道：「沒有罵。」

翠姨道：「你在父親賬上支動了一千塊錢，他不知道嗎？」

燕西笑道：「哪有這些錢？不過五百塊罷了，這事爸爸還不知道，我打算一兩個月內把這款子就設法歸還，不會發覺的。我動了款子，翠姨怎樣知道？」

翠姨笑道：「前天我在賬房裡支款，看見你兩張收據。那柴先生發了雞爪瘋似的，把你那兩張收據向保險櫃子裡亂塞，我就很疑心，你為什麼會到家賬上來領款呢？這一定是和柴先生商量好了，移挪老頭子的錢呢。至於多少，我倒不知道，剛才所說，我是猜想的呢。」

燕西笑道：「這事千萬求你保守秘密，不要說出來，我的信用破產，以後就沒法兒活動了。」

翠姨道：「你並沒有什麼大用途，何至於鬧起虧空來？你在外面鬧了些什麼玩意？你趁早告訴我，將來鬧出什麼問題來，我也好給你遮蓋遮蓋。」

燕西笑道：「自然有一點小事情，別人要瞞，翠姨和五姐六姐我是不瞞的，不過現在還沒有到發表的時候，不必先說出來。」

翠姨笑道：「哼！你雖不說，我也知道一點，我瞧著吧。」

燕西裝著呆笑，揚揚地走開。

因為玉芬寫了信叫自己回來，現在既然回來了，落得做上一個順水人情，去看她一看，表面上就算是應召回來的。他於是繞著一個彎子，轉過牽牛花的籬笆側面，先向裡面看看，她們在那裡做什麼？

只見院子中間擺了一張大理石的小圓几，玉芬和著白秀珠各躺在一張藤椅上。秀珠笑道：

「表姐，你一杯汽水擺了許久，氣全跑了，不好喝了。」

玉芬道：「我先喝了一杯了，我不敢再喝，怕鬧肚子哩。」

秀珠道：「汽水不喝罷了，剛才吃午飯，涼拌雞絲怎樣也不能吃？那是熟東西呢。」

玉芬道：「雖然是熟的，廚子也是用冰塊冰了再拿來的。」

秀珠道：「你向來愛吃涼的，怎麼全不吃了？你忌生冷嗎？」

玉芬笑道：「不錯！我今天忌生冷，你一個姑娘家，留心這些事做什麼？」

秀珠站起來，拿著玻璃杯子在手上，笑著對玉芬說道：「我要潑你。」

玉芬道：「怪呀，這是你自己把話說漏了，倒要怪我呢。」

秀珠道：「你這一張嘴，實在太厲害，怪不得你家三哥見了你，怕得耗子見了貓似的。」

玉芬笑道：「你別胡說！我們是恩愛夫妻，不能像別人，還沒有過門，一會子親熱得蜜似的黏在一處，一會子惱了又成了冤家。」

秀珠板著臉道：「你別這樣說，不葷不素的。你再要這樣說，我可真急了。」

玉芬站起來，笑道：「你這丫頭，越過越不是東西了，既要利用我，又不肯在我面前說實話，總是搭架子，你不知道你表姐，倒有一番癡心，想促成你們的好事，你以為我故意說這些話，把你開玩笑嗎？」

秀珠放下玻璃杯，在藤椅上一躺，背過臉去道：「誰聽你這些瘋話！」

玉芬道：「我這是瘋話嗎？好吧，以後你別求我。」說到這裡，將玻璃杯內半杯汽水順手向牽牛花架上一潑。

這一潑，不偏不倚正潑在花葉後面燕西的臉上，燕西被這冰涼的汽水潑個冷不妨，吃了一驚，失聲哎喲了一聲。

玉芬道：「誰在那裡藏著？」

燕西抽出身上的手絹，一面指著臉，一面走了出來，笑道：「我可不是存心要偷著聽你們說話，因為走到籬笆外，看見你們坐在這裡談天，我不知道來了哪一位客，先在那裡張望一下，你就下這種毒手。」

玉芬道：「七爺，你這可冤枉死人了，我真不知道你在那裡，也不知道怎麼這樣巧，一潑就潑在你臉上。」

燕西回頭見秀珠穿了一件短袖水紅紗長衫，兩雙雪藕也似的胳膊全露在外面，便笑道：「密斯白，幾時來的？」

白秀珠一想剛才和玉芬所說的話全被人家聽見了，正有些不好意思，她早已取出胸前小袋裡面一塊七寸見方的小綢手絹，平鋪在臉上，仰著臉向天，在藤椅上假睡，眼睛在手絹裡面卻是睜開的，偷看著燕西，一見人家目不轉睛地向自己看來，越發難為情。

這時燕西問她的話，又不忍不理會，將手絹取下，身子向上一起，笑道：

「對不住，我不知道是七爺來了。」說畢，站了起來，就要走開。

玉芬將兩手一伸，攔住去路，笑道：「你要往哪裡走？」

秀珠道：「屋子裡擦一把臉去。」

玉芬笑道：「都這麼大了，別小孩子似的捉迷藏了，要擦臉，我叫他們舀一盆水來，何必走開？」

白秀珠被她攔住，只得坐下。玉芬便喊著秋香，也端了一張藤椅來，讓燕西在一處坐下。

玉芬笑道：「我以為我那封信去，你未必來呢，不料你真賞面子，果然來了。」

燕西笑道：「這是什麼話，難道我就那樣不知上下？嫂嫂叫我來，來了還要算賞面子。」

玉芬對秀珠看了一眼，有句話說到口邊，又忍住不說，然後想了一想，笑道：「不是那樣說，因為你很忙，請你抽空回來，那是不容易的呢。」

燕西笑道：「這越發是罵我了，誰不知道我是一個最閒的人，怎樣倒反忙起來了？」

玉芬笑道：「你越閒，就是你越忙。閒得最厲害的時候，怕是連你的人影子都找不著呢！」

秀珠聽說，坐在那裡抿著嘴笑。

燕西道：「這樣一形容，我成了一個無業遊民了。」

玉芬還要說什麼，秋香來說：「來了電話，請三少奶奶說話。」

玉芬站起來對燕西笑道：「請你坐一坐，替我陪一陪客，我就來的。」

玉芬不打招呼，燕西倒不留意，她一說明了，要在這裡替她陪客，若是坐著不動，反覺有些不好意思了，笑道：「你就特為叫我回來陪客的嗎？」

玉芬已經到階沿了，回頭一笑道：「可不是！」說畢，她自進屋子去了。

燕西見秀珠默然不語，用腳踏那地上的青草，很想借個問題和她談兩句，免得對坐著怪難為情的，因一個人自言自語道：「二烏說來的，怎麼沒來？」

一面說著，一面伸手在身上掏出一個小銀匣子，取了一支煙捲，在匣子蓋上頓了兩頓。半晌，想了一句話，笑道：「密斯白，抽一根玩玩？」

秀珠眼睛看著地上的西洋馬齒莧的五彩鮮花，只是發愣，這時燕西請她抽煙，才抬起頭來鼓著臉道：「多謝，我不抽煙。」

燕西笑道：「白小姐，你還生我的氣嗎？」

秀珠道：「那可不敢。」

燕西笑道：「你這就是生氣的樣子，怎麼說不敢呢？」

秀珠也禁不住笑道：「生氣還有什麼樣子，我才聽見。」

兩人經此一笑，把以前提刀動劍那一場大風波又丟在九霄雲外。

秀珠扶著汽水瓶子笑道：「你喝一點汽水嗎？」

燕西道：「不是你提起這話，我倒忘了。三嫂要我買酸梅湯回來，我把這事忘了。」

秀珠道：「你既是因她叫你回來，你就回來，何以把這一件專託的事又會忘了呢？」

燕西對屋子裡看了一看，見沒有人出來，因問秀珠道：「你不是說她忌生冷嗎？怎樣又叫我帶酸梅湯回來？」

秀珠臉一紅道：「誰和你談這個呢，不許說這話了。」

燕西故意做出很奇怪的樣子，因問道：「怎麼著，這話不許說嗎？」

秀珠微笑道：「我也不知道，玉芬姐不許說呢！」說時，偏過頭去看花，不住地聳著肩膀笑。

燕西道：「好好的說著話，藏起來做什麼？」說畢，站起身來，繞到秀珠前面，一定要看她的臉色。

秀珠又掏出那一塊小綢手絹，蒙在自己臉上，身子一扭，笑道：「別鬧，玉芬姐快出來了。」

燕西見秀珠這樣，越發是柔情蕩漾，不克自持。

只聽啪的一聲簾子響，玉芬已在迴廊上站著，望望秀珠，又望望燕西，抿著嘴儘管微笑，隨著又和兩人微微地點了點頭，然後慢慢地走到院子中間來，因對秀珠道：「你兩人這總算是好了，以後可不許再惱，再要惱，我都給你兩人難為情。都這麼大人了，一會子哭，一會子笑，什麼意思呢？」

燕西聽說，只是呆笑。

秀珠道：「表姐，你的口德實在太壞，你得修修才好，仔細將來下拔舌地獄。」

玉芬道：「你們聽聽，這也是文明小姐說的話呢，連拔舌地獄都鬧出來了。」

燕西笑道：「人家也是沒法子，才說出這句話來嚇你，會說話的人，就不然了。」

玉芬笑道：「好哇，你兩人倒合作到一處去了，原來那樣彆扭，都是假的啦。」

說到這裡，只見佩芳走了過來，笑道：「我那邊就聽見你這邊又是笑，又是說，鬧成一團，好不快活。原來這裡也不過三個人，遠處一聽，倒好像有千軍萬馬似的。」

玉芬笑道：「你來了很好，我們這裡是三差一，你來湊一足，我們打四圈，好不好？」

佩芳道：「怪熱的，乘乘涼吧，打什麼牌？」

玉芬道：「我叫他們在屋子裡牽出一根電線，在院子裡掛一盞燈，就在院子裡打，不好嗎？」

佩芳道：「那更不好了，院子裡一有燈，這些花裡草裡的蟲子就全來了，撲在人身上，又髒又癢，一盤也打不成哩。」

玉芬道：「我們就在屋子裡打也不要緊，換一架大電扇放在屋子裡，就也不會太熱。」

佩芳笑道：「今天你為什麼這樣高興？」

玉芬對秀珠、燕西一望道：「我給他們做和事佬做成功了，我多大的面子呀！不該歡喜嗎？」

佩芳笑道：「狗拿耗子，多管閒事，你真肯費心，怕人家不會好，我怕背著咱們早就好了，好過多少次了。」

玉芬笑道：「你這又是一個該入拔舌地獄的！」因問秀珠道：「你聽聽，你說我沒口德，人家比我怎樣呢？」

秀珠道：「你們都是一樣，這是你們家裡，我不敢和你們比試，由你們說我就得了。」

佩芳拍著秀珠的肩膀笑道：「我這七弟妹就比我這三弟妹好得多，有大有小，當真我做大嫂子的說幾句笑話，還能計較嗎？」

秀珠笑道：「大少奶奶，得啦，別再拿我們開心了，當真欺負我是外姓的孩子嗎？」

佩芳笑道：「說得怪可憐見的，我不說你了。你等著，我拿錢去，牌不必打大的，可是我要打現錢的呢。」

佩芳說畢，轉身回房去拿錢，不料她這一進屋，可鬧出一場天大的禍事來了。

當佩芳一進門，只見鳳舉口裡銜著雪茄，背著兩隻手在屋裡踱來踱去，臉色大變。

佩芳見他這樣，逆料他有什麼不如意的事，但是又怕問題就在自己身上，也不敢先問，只當沒有知道。

自回房去拿錢，拿了錢出來，鳳舉還在中間屋子裡踱來踱去，佩芳想道：你不作聲，我也不作聲，看你怎樣？掀開竹簾，徑向外走。

鳳舉喊道：「你回來！我和你說一句話。」

佩芳轉身進來，鳳舉板著臉冷笑道：「我說小憐不可以讓她到外面去參與什麼交際，你總說不要緊，現在怎麼樣，不是鬧出笑話來了嗎？」

佩芳陡然聽了這一句話，倒嚇了一跳，便問道：「什麼事？你又這樣大驚小怪。」

鳳舉冷笑道：「大驚小怪嗎？你看看桌上那一封信。」

佩芳拿起來一看，上面寫的是「金公館蔣媽」收，下面並沒有寫是哪處寄來的，佩芳道：「這是蔣媽的信，和小憐有什麼關係？」

鳳舉道：「你別光看信面上呀，你瞧瞧那信裡面寫的是什麼呀？真是笑話！」

佩芳將信封拿了起來，拆開一看，裡面又是一個信封，上面寫著「轉交小憐女士收啟」。佩芳見了，也不由心裡撲通跳了一下，暫且不說什麼，將這信封再拆開看裡面的信。那是一張八行信箋，也不過寥寥寫了幾句白話。寫的是：

小憐妹妹：

許多日子不見，惦記你得很。我在宅裡沒事，悶得厲害，很想約你到中央公園談一談，不知道你哪一天有工夫，請你回我一封信。千萬千萬！

愚姐春香手上

佩芳也明知道這封信無姓氏無地址，很是可怪，但她不願把事鬧大來，便笑著將信向桌上一扔，說道：「你又活見鬼，這有什麼可疑的？她在你家裡當丫頭，難道和姊妹們通信，都在所不許嗎？」

鳳舉道：「這樣藏頭露尾的信，你準知道是姊妹寫的嗎？這春香是誰？我沒有聽見說過她認識這樣一個人。」

佩芳道：「怎樣沒有這個人，是邱太太的使女，我和她常到邱家去，她們就認識了。你是在哪裡找出這一封信，無中生有地鬧起來？」

鳳舉道：「門房也不知道蔣媽請了假，就把這信送了進來，信上又沒有貼郵票，好像是專人送來的，字又寫得很好，不像是他們這些人來往的信。我接了過來，硬梆梆的，原來裡面還套著一封信呢。而且這信拿在手，很有陣香味，越發不是老媽子這一班人通常有的。我越看越疑心，所以就把信拆開來看了。你說我疑得錯了嗎？」

佩芳道：「或者邱宅有人到這兒來，順便帶來的也未可知，至於有粉香，那也不算一回事，哪一個女孩子不弄香兒粉兒的，信紙上黏上一點，那也很不算什麼呀，這話可又說回來了，就算小憐有什麼秘密事，孩子是我的，我若不管，她就可以自由，這事似乎犯不著要你大爺去白操心。」

鳳舉萬不料他夫人說出這種話來。一個很有確鑿證據的原告，倒變成一個無事生非的被告了，冷笑道：「你總庇護著她，以為我有什麼壞意哩。好！從此我就不管，隨你去辦吧。」說畢，一撒手就向外走去。

佩芳手上拿著那一封信，站在屋子裡發愣，半晌說不出後來。回頭一看屋子裡，卻是靜悄悄的，便叫了兩聲小憐。

小憐屋子裡沒有什麼動靜，也沒聽見她答應，佩芳便自走到小憐屋子裡，看她在家沒有，一掀簾子，只見她蓬著一把頭髮，伏在藤榻上睡。

佩芳進來了，她也不起身。佩芳冷笑道：「你的膽子也特大了，居然和人通起信來。我問你，這寫信的是誰？」

小憐伏在藤榻的漏枕上，只是不肯抬起頭，倒好像在哭似的。

佩芳道：「你說，這是誰？我早就知道你不是能安分的人，不是對你說了嘛？你願怎樣辦？你又假正經，好像要跟著我一輩子似的。」說著，將信向小憐身上一扔，一頓腳道：「你瞧，這是什麼話？你明明白白認得一個什麼人，託出人來和我說，我沒有不依從的。現在你幹出這樣鬼鬼祟祟的事，人家把我們家裡當什麼地方呢？咳！真氣死我了。」

佩芳儘管是發氣，小憐總不作聲。佩芳道：「你怎樣不作聲？難道這一封信是冤枉你的嗎？你聽見沒有？你大爺看到這封信是怎樣地發脾氣。我總給你遮蓋，不讓他知道一點痕跡，你倒遮遮掩掩，對我一字不提，你真沒有一點良心了。」

佩芳說出這一句話，才把小憐的話激了出來，她道：「少奶奶對我的意思，我是很感激的，但是我並沒有做什麼壞事，你不要疑心。」

佩芳又拿起那一封信，直送到小憐臉上來，問道：「你還說沒有做什麼壞事，難道這是天上掉下來的嗎？」

小憐看了那一封信，又不作聲，只是流著眼淚，垂頭坐在藤榻頭一邊。

佩芳道：「你也沒有話說了，你只管說，這寫信的人是誰？只要不差什麼，我未嘗不可成全你這一件事，常言道得好，女大不中留，你就是我的女兒，你生了外心，我也沒有法子，何況你是外姓人，我怎能把你留住呢？不過你總要對我說這人是誰？你若不說出這人，那一定不是好事。我不但不依你，我還要追出這人來，辦他誘引的罪。你說！究竟是誰？」

小憐被逼不過，又看佩芳並沒有什麼惡意，只得低著頭輕輕的說了三個字：「他姓柳。」

佩芳道：「什麼？姓柳？哪裡鑽出這樣一個人來？他住在哪裡？是幹什麼的？」

小憐道：「五小姐六小姐都認識他，少奶奶一問她們就知道了。」

佩芳還要往下問呢，只聽燕西道：「怎麼著？大嫂一拿錢，拿得沒有影兒了，究竟來不來呢？真把人等得急死了。」

佩芳聽燕西說話的聲音已經到了廊簷下，轉眼又看見一個人影子在玻璃窗上一晃，連忙笑道：「我有一點小事，一會兒就來，你先去拾掇場面。場面擺好了，我也到了。」

燕西隔著窗戶說道：「全擺好了，就只等你哩。」

佩芳道：「你先告訴她們一句，我就到。」

燕西道：「你可要就來哩。」說著，燕西已經走去。

佩芳掀開一面窗紗，見燕西去得遠了，然後對小憐道：「這時候她們要拉我去打牌，我要瞞著她們，只好去敷衍一下。打完了牌，回來我再和你算賬！」說畢，提了錢口袋，轉身自向玉芬這裡來。

見她們三人已經都坐下了，把牌理好，靜靜地等著呢。

玉芬笑道：「你的大駕實在難請，怎麼就去了許久？」

佩芳道：「忽然想起一件事沒辦，辦完了才來的。」

誰也猜不著佩芳那裡出了什麼事，所以大家並不注意她的話，安心安意地打牌。

依著佩芳，打了四圈，就要休手，無奈秀珠一再地不肯，打了八圈。八圈打完，還只有九點鐘。玉芬又要打四圈，隨便怎樣不依。佩芳無法，只得又打四圈。

直打到十圈的時候，只見鳳舉一路嚷了進來，說道：「你還不快去看看嗎？小憐跑了。」

大家聽了這話，都是一怔。

佩芳心裡是明白的，臉色就變了，連忙站起來問道：「你怎麼知道小憐跑了？」

鳳舉道：「我剛才在外面進去，屋子裡黑漆漆的，一個人也沒有，我把電燈一扭，桌上就有小憐留下來的一封信。你瞧這信，她不是走了嗎？」

他這一說，大家都為之愕然。佩芳把信拿來一看，只見上面寫道：

大少奶奶臺鑒：

小憐命苦，自小為奸人拐賣在外，不知身家父母。後到貴府，蒙少奶奶格外憐愛，如同親妹，實在感恩不盡。小憐若有絲毫良心，絕不能背主逃走，但是半年以來，少奶奶時時提到要把小憐擇配，此外還有許多事情，萬難容小憐再來伺候，所以無論如何，小憐一定是要走的。不過要等少奶奶擇配好了，小憐再走，那種婚姻絕難圓滿。小憐已經為人賣了一次，做金錢下的奴隸，不能又上一回當，去做婚姻下的奴隸。

小憐的事，本想找一個機會慢慢對少奶奶一說，現在，大爺和少奶奶都已知道，又疑心小憐做了壞事，就是有一百張口也不容易辯論。小憐的婚事恐怕也不能成功，想來想去，只有先躲開一步，先把婚事定了，到那時候，木已成舟，大家都不能反悔，小憐再回來領罪。至於小憐婚事經過的詳情，匆忙之間實在說不完，請問六小姐，就略知一二。總理太太少爺少奶奶小姐各處不能拜辭，死罪死罪。

小憐垂淚上言

佩芳一面看信，臉色是時時刻刻地變幻，到了後來，不覺垂下淚來。

玉芬道：「怎麼樣？這孩子真走了嗎？」

佩芳將信扔在桌上道：「你們大家瞧這信。」

玉芬展開信紙，大家都圍上來看。大家輪流地將信看完，都不勝詫異。

尤其是燕西，好像受了一種什麼刺激似的，有一種奇異的感想。

玉芬道：「她這信上說了，六妹知道她的婚事，把六妹請來問問看，她究竟是跟誰跑了？」

有那多事的老媽，聽見這句話，不要人吩咐，早把潤之就請來了。

潤之笑道：「小憐真走了？我很是佩服她有毅力，能實行自由戀愛。」

玉芬道：「你還說呢，她說這事你全知道，你瞧瞧這信。」說著，就把信遞給潤之看。

潤之道：「不用看，我知道，她是跟那柳春江走了，不過那姓柳的能不能夠始終愛惜她，我可不敢保險。這人老七應該認得，你看他們會弄到哪種地步呢？」

燕西道：「這個人認是認得，也是一個很漂亮的角色，要說他和小憐結婚，我也不敢相信，或者不至於是他吧？」

潤之道：「小憐眼光很高的，不跑則已，若是跑走，姓柳的絕不能沒有關係。」於是就把小憐和柳春江認識的經過略為說了一遍。

鳳舉一頓腳道：「一點不錯，由蔣媽轉交給小憐的信，發信的人，不是自稱春香嗎？春江春香，聲音很有些相近，我看一定是這小子，我們馬上可以到他家裡要人。」

佩芳道：「要你這樣大發脾氣做什麼？人是我的，我願意她走，就讓她走，你有什麼憑據敢和柳家要人？現在這樣夜靜更深，你跑到人家去，說得不好，還仔細挨人家的打呢。」

鳳舉道：「你願意讓她走，那還說什麼，要不然的話，今晚上不找她，明天她遠走高飛，可就沒法子找她了。」

佩芳默然了一會兒，嘆了一口氣道：「罷！我好人做到底，由她去，她若上了別人的當，也不能怪我。」

潤之道：「大嫂這種主張很對，這事一鬧起來，一則傳說開了，不大好聽，二則她既然下了這個決心，跟了姓柳的走，主張是不會變更的，就是勉強把她找回來，她一不好意思，尋起短見來，那更糟了。」

玉芬道：「我們雖不必找她回來，也得打聽打聽她究竟是不是跟姓柳的走了？」

佩芳道：「怎樣地打聽呢？不大方便吧？」

玉芬道：「我們真個派人到柳家裡去打聽不成嗎？只要隨便打一個電話到柳家去問問，那姓柳的還在家沒有？若是接連幾回打聽不出來，這人一定走了。」

佩芳坐在一邊默然無語。大家便料她心裡受有重大的感觸，也就只把看破些的話來寬慰她，不再說小憐不對。

佩芳也不打牌了，無精打采，自回房去。

鳳舉卻嘮嘮叨叨，埋怨她不已。

佩芳道：「你不要起糊塗心思，**你以為小憐跑了，你是失戀了，我敢斷定說一句，她始終沒有把你看在眼裡**，她走了，你在我面前吃這種飛醋有什麼意思呢？人是去了，你大大方方的不算一回事，人家也許說你有人道，現在人既不能回來，做出這樣喪魂失魄不服氣的樣子，白惹人家笑話，我看是不必吧？」

這幾句話正說中鳳舉的毛病，他本躺在外面屋子裡那張藤榻上，便嘆了一口長氣。

佩芳隔著壁扇說道：「嘆氣做什麼？各人有各人的緣分，那是強不來的。睡覺吧，不要生氣了，你還是陪著你的黃臉婆子吧。」說畢，噗哧一笑，又將壁扇拍了兩下。鳳舉也就悄然無聲，自去睡覺。

到了次日，佩芳將這事告訴堂上翁姑，金太太見佩芳的樣子都隨便得很，自己也就不能怎樣追究。

偏是鳳舉解脫不開，他心裡總像拴著一個疙瘩似的。他轉身一想，他夫人昨晚所說，各有各的緣分這句話，實在有些道理，這多年來，他對小憐沒有重罵過一句，總是在心裡憐惜著她，不料她一點沒有動心，卻與一個姓柳的，只幾回見面的工夫就訂下白頭之約，這樣看來，**男子若不得哪個女子的歡心，把心掏出來給她也是枉然的了**，心裡這樣想著，整天地不高興。

這天上衙門，大家在辦公室裡閒談，偶然談到對妓女用情的問題。他的同事朱逸士道：

「人非木石，孰能無情？妓女既然也是一個人，自然一樣的也有愛情。譬如一個叫化子，你屢次三番地給他錢，他會記得你，我們對妓女，儘管地花錢，儘管和她要好，她就不會對我們表示一點好感嗎？」

鳳舉笑著把兩隻手一齊搖起來。說道：「糟了，糟了，要像你這樣替妓女設想，那要把花錢的人一齊送下火坑，妓女犧牲的是色相，賣的是愛情，你為她有色去愛她，不知道她卻認為是一種犧牲哩。你若因為她表面上做得甜甜蜜蜜的，好像愛你，哪裡知道她正賣的是這個愛哩。」

朱逸士道：「照你這樣說，妓女竟是一種沒有感情的動物了？」

鳳舉道：「她們自然也有愛情，不過她所愛的人，不必就是花錢的客人。我經過種種試驗，知道**女子的愛情不是金錢買得到的，就是你花錢買來了，也不過表面上的應酬，絕不是真愛情，有一天，她不需要你的金錢了，她的真愛情一發生，就要和你撒手了。**」

旁邊又有一位同事，叫劉蔚然的，便接上說道：「鳳舉兄既然經過種種試驗，才知道妓女的愛情是這樣的。那麼，這種試驗的經過可得而聞歟？」說著，左腿向右腿上一架，偏著身子，望著鳳舉傻笑。

鳳舉笑道：「這有什麼可談的？大概在胡同裡花過一注子錢的，都應該知道，豈必要我金某人現身說法。就是你二位，不必裝呆，也應該知道若干吧？」

朱逸士笑道：「好久沒有和鳳舉弟逛過了，能不能帶我出去走走，瞻仰瞻仰貴相知？」

鳳舉道：「同去逛倒無所不可，說到相知，一個也沒有，我不過因為應酬朋友，偶然在胡同裡找一個地方坐坐。今兒這家，明兒那家，我是成了得意不宜再往，哪裡有熟人？」

劉蔚然笑道：「鳳舉兄這話倒是事實。因為閫威大震，家法厲害著啦。」

朱逸士笑道：「真的嗎？我若是鳳舉兄，要表明不怕家法厲害，必定舉出一個反證來。」

鳳舉道：「二位說來說去，無非要我請一請你們這一個小東，很不算什麼，要我請就要我請，何必旁敲側擊，繞著許多彎子說話呢？」

朱逸士道：「這樣說，鳳舉兄是很願相請的了。機會不可錯過，要請就是今天。」

鳳舉笑道：「這幾天我也無聊得很，倒願意出去走走，今晚就是今晚，但不知是逛南的？還是逛北的？」

朱逸士笑道：「我是南班子裡熟人太多了，東也撞著，西也撞著，還是北的吧。」

鳳舉指著他笑道：「你聽聽，這才是你不打自招啦。」

朱逸士笑道：「本來我就沒有說我不逛，有什麼不打自招哩？就是蔚然兄與我也有同樣之感。」

劉蔚然笑道：「不敢高攀，我沒有這種資格。」

鳳舉道：「倒是南式小吃逛得膩了，掉一掉口味也好。我早就想了，來一個家家到，看看到底有多少好的？」

朱逸士道：「那還了得？一家坐十分鐘，一個鐘頭也只能走六家，此外還有走道的工夫，點名的工夫，全在內了，走馬看花，那還有什麼趣味？」

劉蔚然道：「我有一個辦法，坐得住的地方，就多坐一會兒，坐不住的地方，扔錢就走。」

鳳舉道：「我以為不逛就不逛，要逛就逛個痛快，家家到也不要緊，不過回來晚一點罷了。」

朱劉二人見鳳舉有此豪興，大概東是由他做定了，樂得贊成，便依了他的話，約著下了衙門不必回家，一直就出南城來，在小館子吃晚飯。

吃了晚飯，街上的電燈已經是通亮了。朱劉二人都是搭坐鳳舉的汽車的，這時鳳舉吩咐汽車回家，三人帶著笑容緩緩地走進胡同。

朱逸士問道：「鳳舉兄，我們先到哪一家哩？」

鳳舉道：「我們反正是家家到，管他那一家開始，只要是北方的，我們就進去。」說話時，只見一家門首，掛了幾塊紅綾繡字的小玻璃匾。那繡的字，有一塊是小金翠，一塊是玉金喜。

鳳舉皺著眉道：「俗俗！這北地胭脂，不說別什麼，就是這名字，就萬不如南方的了。」劉蔚然道：「怎麼樣？一家還沒有到，你就打算反悔了嗎？」

鳳舉笑道：「批評是批評，逛是逛。此來本是探奇，哪有反悔之理。」說話時，朱逸士腳快，一腳已踏進門去。鳳舉笑道：「你為什麼這樣忙？進去搶什麼頭彩嗎？」說時，也和劉蔚然一路跟進去。

走進一重屏門，只見一個穿黑衣服的龜奴*，滿面春風地迎上前來，說道：「你啦，沒有屋子，各位老爺有熟人提一提。」

鳳舉皺著眉對朱劉二人道：「掃興，頭一家就要嘗閉門羹了。」便對龜奴道：「屋子沒有空，人也沒有空嗎？」

那龜奴聽了鳳舉的話，莫名其妙，翻著眼睛，對鳳舉望著。

朱逸士道：「他是問你們這兒姑娘有閒著的沒有？」

龜奴道：「有兩個閒著。」

朱逸士道：「那就成，你叫她出來我看看。」

龜奴也不知道他們什麼用意，只得把那兩位姑娘一齊叫到院子裡來。

鳳舉睜眼看時，一個有二十來歲，腦後垂著一把如意頭，臉上倒抹了不少的胭脂粉。她穿一件豆綠色旗袍，卻是一雙三寸金蓮的小腳，旗袍下面露出大紅絲光襪子，青緞子尖鞋，卻有一種特別刺激性。

她一扭一扭地先走上前來，龜奴就替她報了一句名，是玉鳳。她老實不客氣，倒死命盯了三人一眼，輕輕地說了一句道：「好像是朋友。」

朱逸士也輕輕地對劉蔚然道：「她也安得上一個鳳字？真有些玷辱好名姓的。」

正說時，只聽見有人嬌滴滴地叫了一聲乾媽，隨聲出來一個姑娘，約計有十五六歲。上身穿了一件對襟紅緞子小緊身，下面穿著大腳蔥綠色長褲。梳著一條辮子，倒插上一朵極大的大紅結子。雖非上上人才，兩頰微微地抹了一點胭脂，倒有幾分嬌憨之處。

她穿著一雙高跟鞋，吱咯吱咯走上前來。龜奴見她上前，便替她唱著名道：晚香。

鳳舉笑道：「這名字倒也對付。」

劉蔚然笑道：「鳳舉兄倒有相憐之意，就是她吧。」

晚香看他們的顏色已有些願意樣子，向劉蔚然道：「是哪位老爺招呼？」

朱逸士指著鳳舉道：「你叫他，你可別叫老爺。他是金總理的大少爺，他不愛別什麼，就愛人家叫他這麼一聲少爺，你要叫他一聲少爺，比灌了他的濃米湯還要好呢。」

這孩子也是個聰明人，常聽人說總理是總長的頭兒，他是總理的大少爺，自然是個花花公子，便笑道：「我知道，南方人叫度少，是最有面子的，那麼，我就叫度少了。金度少，你別見怪啦。」

說畢，就握著鳳舉一隻手，說道：「真對不住，請你等一等，我叫他們騰屋子，我屋子讓別人的客占了。」

這晚香正是一個做生意未久的姑娘，沒有紅起來，因為她屋子裡空著，別一個姑娘有了客，引到她屋裡來坐。現在晚香自己有客人，人家自然要想法子讓出來，而且龜奴老鴇在一邊看見這個人舉止非凡，已料到不是平常之輩，現在又聽說是總理大少爺，越發地要加倍奉承。

不一會兒，屋子讓出來了。晚香牽著鳳舉的手引了進去，東邊一間小小的廂房，屋子裡只有一張木床和一張木桌椅，一架小玻璃櫥，另外一套白漆桌椅，連沙發都沒有。

晚香紅著臉道：「屋子真小，你包涵一點。」

鳳舉笑道：「不要緊，我們是來看人的，又不是來看屋子的，屋子大小有什麼關係哩！」

這個時候，晚香的跟媽和晚香的鴇母李大娘，打手巾把，沏茶送瓜子碟，忙得又進又出。

這李大娘原是一個養老妓女的，因為近來手頭擠窄，出不起多錢，就只花了幾百塊錢，弄了晚香一個人小試。

差不多做了一個月的生意，每天不過兩三個盤子，就靠這三四元盤子錢，哪裡維持得過來？因此晝夜盤算，正想設一個法子振作一下。現在忽然有位財神爺下降，哪裡肯輕易放過？便在房門口掀簾子的時候，對晚香丟了一個眼色。

晚香會意，便走了出來，李大娘把她牽到一邊，輕輕地說道：「剛才屋子有一班客人，認得這個姓金的，他說這真是總理的兒子，你要好好地陪著他，別讓他來一回就算了。你紅得起來紅不起來，都在這個人身上，你可別自己錯過了機會。」

李大娘說一聲，晚香哼著答應一聲。說完了，於是他們定計而行起來。

晚香由外面進房去，李大娘也忙著切水果擺糖碟，一次二次只往裡送。

晚香拿著鳳舉的手，同坐在木床上，笑道：「今天晚上很涼快，你瞧，我都穿了兩件衣服。現在你三位來了，我就熱起來了，我要換衣服了。」

說畢，在玻璃櫥裡拿了一件衣服，轉到櫥子後身去，一會兒，脫下那一件紅短衣，換了一件月白綢長衫出來。

朱逸士笑道：「你不該換衣服。」

晚香道：「怎麼不該換？」

朱逸士道：「咱們大家在一處，鬧得熱熱的不好嗎？這一換，就涼了好些個了。」

晚香道：「咱們熱要在心裡，不要在身上，金老爺你說對不對？」

朱逸士笑道：「你這句話就該罰，我們不是約好了不許叫老爺嗎，怎麼又叫起老爺來了？」

晚香笑道：「這是我錯了，應該怎樣罰呢？」

劉蔚然道：「那你就問金大爺吧，要怎樣罰就怎樣罰。」

晚香道：「對了……」

劉蔚然道：「鳳舉兄，你聽見沒有？她願意你罰她呢。」

晚香道：「我還沒說完，你就搶著說，我是這樣說嗎？我是說劉老爺吩咐我稱大爺，那就對了，我們北方人，叫大爺，二爺，就最是客氣，比南方人稱度少還要好呢。」

說話時，朱逸士看了一看手錶。因對劉蔚然笑道：「進這屋子的時候，我是看了這錶的。」

劉蔚然道：「怎麼樣，過了法定時間了嗎？」

朱逸士道：「豈但過了法定時間，已經夠雙倍轉彎的了。」

鳳舉伸了一個懶腰，就站起身來，晚香看那情形，他們竟是要走的樣子，連忙把衣架上三頂帽子搶了下來，拿在手上，對鳳舉笑道：

「大爺，你就這樣不賞面子嗎？我知道屋子不好，人也不好，大爺來了這一回，第二回是不來的，可是今天這一次見面，是難得的事，我總得留你多坐一會兒，心裡才過得去。」

鳳舉笑道：「我不到這地方來就算了，我一來了，那是要常來的。」

這時李大娘和跟媽都站在門外邊，聽見鳳舉有要走的消息，就一擁而進。李大娘也就跟著叫大爺，說道：「大爺，你既然要常來，怎麼今天初次來倒不能多坐一會兒？」

鳳舉道：「這有個原因，一說你就明白了，我今天和這兩位老爺約好了，凡是北班子都進去丟一個盤子，你這兒是第一家，要是坐久了，別處還去不去呢？」

李大娘笑道：「你瞧，這話說出來了，大爺一定是不再來的了，大爺來這一趟本來是隨便的，這一晚晌，至少要到一二十家，知道哪一家的姑娘能中大爺的意呢？」

鳳舉笑道：「你家的姑娘就中我的意。」

晚香把嘴一撇道：「別冤我們了，既然大爺中意，為什麼不肯多坐一會兒呢？」

鳳舉道：「若是在這裡多坐了，那就不能家家去了。」

李大娘道：「家家到是找中意的姑娘，到一家也是找中意的姑娘，只要找到了就得了，何必家家到呢？就怕我們小姑娘不中大爺的意，若是中了意，就不必費事再找去。就是要找，今天這個面子得給我們小姑娘，明天再去找也不遲。」

她說著話，可斷住了房門口。

鳳舉笑著對朱劉二人道：「這種樣子，我們是走不掉了。」

劉蔚然道：「我們是隨主人翁之意，主人願意多坐一會兒，就多坐一會兒。」

晚香拉著鳳舉的手道：「坐下吧，坐下吧，別人都說不走了，你還好意思去嗎？」

鳳舉本也無所用心，就含笑坐下了。

晚香見朱逸士的手絹放在桌上，就叫跟媽打了一盆涼水來，親自在洗臉盆架上，用香胰子給他洗手絹。

朱逸士笑道：「勞駕，可是我們得坐著等手絹乾了再走，要到什麼時候呢？」

晚香走到朱逸士那邊，抬起右手，露出肋下鈕扣上掖的一條黃綢手絹，笑道：「你要不嫌髒，就先拿這一條去使一使。」

朱逸士果然抽下手絹來，在鼻子尖上嗅了一嗅，笑道：「好香，謝謝你了。」

劉蔚然一拍腿道：「我要走，我受不了這個氣。」

晚香對他一笑道：「你別忙呀！」

劉蔚然笑道：「別忙？還有什麼送我的嗎？」

晚香道：「自然有。」說時，她用手巾揩乾了手，在衣服裡面掏了一會，掏出一條小小的水紅綢手絹出來，笑著交給劉蔚然道：「這個怎麼樣？」

劉蔚然道：「謝謝。我看你不出，真有些手段。」

晚香道：「你瞧，我不送你的手絹，你要生氣，送你手絹，你又要說我有什麼手段。」

朱逸士也笑著對鳳舉道：「鳳舉兄，今天算你碰著了，這孩子八面玲瓏，善窺人意，你翩翩濁世之佳公子，用得著這一朵解語之花。」

晚香聽他說話，雖不能懂，看他的面色，卻是在鳳舉面前誇獎自己的意思，目不轉睛地但看鳳舉的顏色。

鳳舉笑道：「我是逢場作戲，不算什麼，可是你兩人都受了人家的賄賂，我看你怎樣地交卷？」

朱逸士道：「你這話我明白了，自己不好出口，要我們和你撮合撮合呢。」

劉蔚然道：「你這一句話正猜到他心眼裡去了。」因掉轉頭來問晚香道：「你知道我們說什麼來著嗎？」

晚香搖搖頭笑道：「我不知道。」

朱逸士和她丟了一個眼色道：「我們對金大爺替你說好話哩，你怎樣不謝謝呢？」

晚香連忙就點點頭道：「謝謝。」又用四個雪白的牙齒磕著瓜子，將瓜子磕破了，用指頭鉗出瓜子仁來，磕了一握*瓜子仁，就分給他們三個人吃。

這樣一來，不覺坐了一個鐘頭，賓主都極其歡喜。鳳舉在身上一摸，摸出兩張拾元的鈔票，放在桌上，把瓜子碟來壓住。

朱逸士看在眼裡，和劉蔚然丟了一個眼色，劉蔚然微微一笑。鳳舉明知他二人說的是自己，他只當沒有知道，依舊是坦然處之。

晚香眼睛一瞟，早看見盤子下壓兩張拾元錢的鈔票，這個樣子，並不是來一次的客人，不由心裡喜歡出來。鳳舉和朱劉二人告辭要走，她也就不再行強留。

朱劉二人已經走出房門，晚香卻把鳳舉的衣服扯著，笑道：「你等一等，我有話說。」就在這個時候，趕緊打開玻璃櫥子，取了一樣東西，放在鳳舉手裡。笑道：「這是新得的，送你做一個紀念。」

鳳舉拿過來一看，卻是一張晚香四寸半身相片，照得倒是很漂亮，於是把它向身上一揣，笑道：「這真是新得的嗎？」

晚香道：「可不是新得的？還沒有拿回來幾天呢。」

鳳舉道：「印了幾張？」

晚香道：「兩張。」

鳳舉道：「只有兩張，就送我一張嗎？」

晚香道：「你這話可問得奇怪，印兩張就不能送人嗎？」

鳳舉道：「不是那樣說，因為我們還是初次見面，似乎還談不到送相片子。」正說到這裡，朱逸士在院子裡喊道：「你兩人說的情話有完沒有？把咱們騙到院子裡來罰站，你們在屋子裡開心嗎？」

鳳舉答應道：「來了來了。」

晚香兩隻手握著他兩隻手，身子微微地望後仰著，笑道：「你明天來不來？」

鳳舉撒開手道：「外面的人等著發急了，讓我走吧。」

一隻手掀開簾子，那一隻手還是被晚香拉住，極力地搖撼了幾下，眼瞧著鳳舉笑道：「明天來，明天可要來。」鳳舉一迭連聲地答應來，才擺脫開了，和朱劉二人一路走出。

朱逸士道：「鳳舉兄，你說一家只坐十分鐘，頭一家就坐了一個多鐘頭了。你還說是花叢常走的人，怎樣便便宜宜地就被人家迷住了？」

鳳舉道：「怎麼被她迷住了？恐怕是查無實據吧？」

朱逸士道：「怎樣查無實據，你第一個盤子就丟下二十塊錢，實在有點過分，這還不能算是證據嗎？」

鳳舉道：「還虧你說呢？你看我們去了，人家是怎樣招待？你兩個人各得一條手絹，就怕要花人家兩元以上的本錢了。難道照例地叫我丟兩塊錢就走嗎？」

朱逸士道：「固然，兩塊錢不能報人家的盛情，但是少則五塊多則十塊也很好了，你為什麼出手就是二十塊？」

劉蔚然笑道：「這一層姑且不說，你第一回就花了二十塊錢，此例一開，以後是怎樣的去法？」

鳳舉道：「以後我不去就得了。」

朱逸士道：「那是違心之論吧？」

鳳舉道：「不要說話了，無意中我們已經走過了一家，這還得走回去。」於是三人掉轉身又走回來。

這一家班子，人倒是清鬆些，龜奴打著門簾子，引他們走進了一個屋子，進去一看，倒陳設得極是華麗，旁窗戶邊下有一張沙發睡椅，一個四十上下的婦人躺在那裡打電話，見進來三人，也不理會，只用目光斜瞟了一瞟，自去打她的電話。

三人坐定，龜奴照例問了一問有沒有熟人？然後就在院子裡大聲吆喚著見客。不一會兒工夫，姑娘來了，龜奴打著簾子唱名，姑娘在門口略站一會兒過去，共過去四個人，都在二十上下，塗脂抹粉的沒有一個看得上眼。

末了，龜奴對沙發上打電話的那婦人說道：「屋裡這個叫花紅香，還有一個出條子去了，沒有回來。」

鳳舉和朱逸士說了兩句英語，朱逸士道：「除非如此，不然，就要問一家了。」

鳳舉便對龜奴道：「我們既坐在這屋子裡，就是這屋子裡的一位吧。」

那花紅香聽了這話，倒出乎意料以外，不料這三位西裝革履的少年竟有相憐之意，便含笑站起來，逐一問了貴姓。

她走近前來，鳳舉仔細看她的臉色，已不免有些微微的皺紋，全靠濃厚的香粉把來掩飾了。她倒很是見諒，進過茶煙以後，便移一張椅子，與三人對面坐下，不像旁的妓女挨挨擠擠的。

她身上只穿了一件淡青的紗綢長衫，倒也不是十分豔裝。她微笑了一笑，說道：「這一位金老爺，我們好像在哪裡會過一次？」

鳳舉道：「會過一次嗎？在什麼地方？」

花紅香道：「今年燈節，你和何次長在第一舞臺聽戲，有這回事嗎？」

鳳舉偏著頭想了一想，笑道：「不錯，是有這回事，原來在包廂裡的就是你，我還以為是何次長的家眷呢。你真好記性。」

花紅香道：「不然我也不記得，是何次長說，這是金總理的大公子，我就記下來了。因為十年前，金總理和何次長常在一處，我是見過的。」

鳳舉道：「這樣說，你和何次長是老交情了？」

花紅香道：「大概認識在二十年上下了。」

朱逸士笑道：「我有一句話，可問得唐突一點，既然如此，為什麼倒不嫁何次長呢？」

花紅香嘆了一口氣道：「這話一言難盡，老實說一句，從前是我不願意，如今是他不願意了。」

劉蔚然道：「那也不見得，他若是不願意，何以還和你往來呢？」

花紅香道：「這也不過舊感情，也像是朋友一樣往來，還能談什麼愛情嗎？」

劉蔚然笑道：「這倒是直話。但不知道和何次長這一樣感情的人，還有幾個？」

花紅香道：「那倒不少，我也就全靠這些老客維持，至於新上盤子的客人，老實說，幾天不容易有一回。」

鳳舉笑道：「何必這樣客氣？」

花紅香道：「我這實在是說真話，並不是客氣，就是三位招呼我，這也不過是一時好奇心，你說對不對呢？」

大家看見她說話，開門見山，很是率直，就索性和她談起來，她倒也練達人情，洞明世事，後來朱逸士就問道：「既然有許多感觸，何必還在外做生意呢？」

花紅香卻嘆了一口氣道：「那也是沒法。」她就只說這幾個字，也不往下再說。談了一會兒，鳳舉本想走。但是人家也說明了，此來是好奇心重，坐了不久，越發可以證明那句話了，因此只得忍耐地坐下，朱劉二位也是顧慮到這一層，不肯馬上說走。大家又坐了一會兒，恰好花紅香有一批熟客來了，大家就趁此告辭。花紅香很明白，沒有說明天來，只說了一句，沒有事請過來坐坐。

大家出得門來，朱逸士哈哈大笑道：「小的太小，顧了面子走不了；老的太老，顧了面子也是走不了，今天晚上還只走了兩家，就這樣麻煩，若是走個十家八家，非到天亮不可了。」

鳳舉道：「那也不要緊，反正是熱天，走一夜到大天亮，只當是乘涼吧。」三人一路說笑，一走又是四五家。

這個時候，夜色已深，胡同裡各班子門口的電燈漸漸熄滅，胡同裡的汽車包車雖依然挨著人家門口接連地排著，可是路上的行人很是稀少。

他們三人偶然走過一條短短的冷胡同，低頭忽然看見地上一片雪白，顯出三個人影。抬頭看時，只見一輪七分滿的殘月斜掛在電線上。

劉蔚然道：「這是陰曆十八九了吧？月亮升得這樣高，已是夜深了。」

鳳舉道：「不是你說，我竟忘記了有月亮，怪不得地下有這片白色了。月亮到了胡同裡少不得也要烏煙瘴氣，竟也看不出來了。」

朱逸士笑道：「由此說來，窯子竟是逛不得的了。」

鳳舉道：「偶然來一兩次，那不過是好玩，沒有什麼要緊，若是老向這裡來，無晝無夜，無天無日，就會把人弄得昏天黑地了。」

朱逸士笑道：「幸而鳳舉兄聲明在先，偶然來一兩回那也不要緊，不然聽老哥這幾句話，我們這就大可馬上回家了。」

鳳舉笑道：「我們今天原是來玩的意思，並不是想在這裡找個什麼愛人，起念不能算淫，還不要緊。」

朱逸士笑道：「反正說來說去，鳳舉兄都有理。走吧，我們還逛幾家吧。」

三人說著話，又走進一家。

這個時候，夜深了，人已稀少許多，幾個妓女正帶著乘涼站在院子裡說閒話。鳳舉他們三人還沒有走上前，忽然人中間有一聲很清脆的聲音，叫了一聲朱老爺。

說話時，走過來一個妓女，便握著朱逸士的手笑道：「今天朱老爺高興，怎樣有工夫到這裡來坐坐？」

鳳舉看那妓女，不上二十歲，倒有幾分姿色，身體嬌小，也不像北方人，便笑道：「原來是逸士兄的貴相知，好極了，好極了。」說著話，主客四位一陣風似的，便進了屋子。

鳳舉問起這姑娘的名字，叫王金鈴，是一位有名的妓女，便笑道：「原來你就是金鈴，久仰久仰。」

王金鈴笑道：「什麼也不曉得，你別笑話。」她對金劉二位都不認識，周旋了幾句之後，便拉著朱逸士的手，同坐在一張沙發椅上，笑道：「我是什麼事得罪了朱老爺，怎麼老不來？」

朱逸士笑道：「你哪有什麼事得罪了我？若是得罪了我，這樣夜深，我還會來嗎？」

金鈴道：「三位在哪位相好的那裡來，鬧到這時候？」

朱逸士道：「我老實告訴你吧，這位金老爺今晚上要在胡同裡查夜哩！」於是就把家家到的話對金鈴說了。

金鈴一看鳳舉的樣子，料他就是一個闊人，現在聽說他有此豪舉，料他也不是等閒之輩，便笑道：「朱老爺到我這裡來，原來是碰上的呢，金老爺在我這裡坐坐，那不能算，應當還要招呼人呢。」

朱逸士笑道：「怎麼樣？請她介紹一個，好嗎？」

鳳舉道：「這裡坐坐就成了，何必還要另外找人？要找也成，就得找金鈴這樣子的人，我才招呼。」

金鈴笑道：「金老爺，你幹嘛占我們的便宜？」

鳳舉道：「這是崇拜你，怎樣是占你的便宜？」

金鈴道：「哎喲！說這話，我就不敢當，招待不好，金老爺不要見怪就得了。」

朱逸士笑道：「不要說這些廢話了。我們逛了一晚，倒有些餓了，有什麼吃的嗎？給我們一點吃吃。」

金鈴遇到這種貴客，就怕不出花頭，越鬧出許多名堂來，她越好弄錢。聽見朱逸士說要吃的，連忙說道：「有，吃麵嗎？」

劉蔚然一笑道：「我們鬧了這一夜，也鬧得精神不濟了，可以弄一點酒來喝喝。」

金鈴道：「這樣天氣熱，有幾家館子是通宵不封火的，叫他帶些酒來得了，這有什麼不成呢？」說著，她走出房去，吩咐了一聲，不到半個鐘頭，館子裡送了兩提盒子酒菜來，一掀開盒子蓋，倒是熱氣騰騰的。

鳳舉道：「還是這樣費事，都是炒菜嗎？」

金鈴道：「我也是聽見老爺們說，涼菜上怕飛上了什麼蟲子，吃了有礙衛生，所以都叫的是熟菜，館子離這兒不遠，我就讓他們先得了幾樣先送來，回頭再送。」

鳳舉道：「這樣想得周到，實在難得，朱老爺一定要給你做一回大大的面子才說得過去，無論哪一樣，我都算一個。」

金鈴笑道：「金老爺，謝謝你啦。」

朱逸士道：「有許願的，也有領謝的，這和我沒有什麼關係了。蔚然兄，我們喝吧。」

金鈴用嘴一撇，瞧著他輕輕地笑道：「你瞧！吃這樣的飛醋！」

劉蔚然拍著掌在一邊叫好，這樣一來，大家就鬧起來了。

這時，酒菜已在屋子中間的桌上擺下，開了風扇，三男一女便開懷喝起來，好在這個時候已到了兩點多鐘，胡同遊人已少，班子裡人聲靜寂，金鈴可以專陪他們說笑。有些好事的姑娘，進來和金鈴說話也來湊趣，金劉二人因話答話，各人又招呼了一個姑娘。鳳舉招呼的叫玉桃，劉蔚然招呼的叫花魁，也坐在各人身後，替二人勸酒。

大家正喝得高興，忽然遙遙地聽見兩聲雞叫，鳳舉道：「哎呀，很夜深了，我們應該散席了。」說著，站起身來，不覺身子晃了幾晃，覺得腦筋有點昏沉沉的，兩隻手扶著桌子，撐住了身體，笑道：「我真不中用，有些醉了。」

玉桃看見，卻親自擰了一把熱手巾給鳳舉，上面多多地灑了些花露水，那香氣一沖，鳳舉覺得人精神些，接上又吃了盤子裡幾片雪梨，便走到一邊沙發椅上一躺，笑道：「鬧得夠瞧的了，明天下午，衙門還有兩件要緊的公事得辦，我們回去休息休息吧。」

玉桃扯著鳳舉的手道：「快天亮了，索性天亮回去吧。」

劉蔚然也是有些倦意，和鳳舉同意，也坐到一邊去。

朱逸士道：「這個時候，車子都沒有得雇的呢，坐下吧。」

鳳舉和劉蔚然丟了一個眼色，笑道：「我們趁著這時到中央公園去走走，新鮮新鮮，你以為如何？」

劉蔚然道：「好，就是那麼辦。」

兩人各找了自己的帽子，拿在手上，各丟了一張十元的鈔票在旁邊一張桌上，算是開各人姑娘的盤子錢，掀簾子就走。

朱逸士道：「要走都走呀，等等……」

鳳舉和劉蔚然不等他把話說完，已走得遠了。

散步吧。」

走上大街來，胡同裡剩了幾輛人力車，不見再有什麼人。鳳舉道：「不要坐車，我們先散散步吧。」

二人一面談著話，走上大街，只見一往直前空蕩蕩的，那一輪殘月雖只略略有些偏西，天色已經黑中透明，卻有幾顆大星，亮燦燦的，和月色相映。

月色照著人，地上只有淡淡的影子。鳳舉道：「這樣走，走到家去，天就大亮了，不上公園去吧，我要趕緊回家睡覺去了。」

劉蔚然也很贊成，各人雇了一輛車就回家去。

鳳舉到家，敲了半晌大門，方才打開，進得家去，裡面一重重門都是關著的。他一敲門，把聽差老媽子全驚醒了。

鳳舉回到自己院子裡，見走廊下懸著一張吊床，吊床上面又垂下一條紗帳，正好睡覺。自己一想，免得再敲這正屋門，驚動了自己夫人，不如先在這裡睡一睡，等老媽子開了門再進去。於是將帽放在藤几上，皮鞋也沒有脫，就躺在吊床上。

不料他一夜冶遊，辛苦已極，只一躺下，眼睛就閉上，不多大一會兒工夫就睡著了。

請假的蔣媽這時還沒有回來，到了七點多鐘，一個做粗事的李媽打開廳門，只見吊床上睡著一個人，倒嚇了一跳。仔細看時，原來是大爺回來了。自己先且不敢驚動，等佩芳醒了，便去告訴她。這一告訴不要緊，可惹出大禍來了。

佩芳因鳳舉一夜未歸，正自惦記著，聽到李媽說他睡在外面，連忙走出來看，一面說：「也不知道他昨晚上在哪裡來？就會躺在這個地方，這要一招涼風又要生病。」說時，便用手來推鳳舉，說道：「進去睡吧，怎麼就在這裡躺下了哩？」

鳳舉把手一撥，扭著身子道：「不要鬧，我要睡。」

佩芳道：「你瞧，他倒睡糊塗了。」又搖著吊床道：「你還不進去，一會兒太陽就要曬過來了。」

鳳舉又扭著身子道：「咳！不要鬧。」

正在他這翻身的時候，他那件西裝衣袋裡有一塊灰色的東西伸出一個犄角來。佩芳隨手一掏，抽了出來，卻是一張相片。原來整夜不歸，身上會揣著這樣的東西，真是出於意料以外。

晚香年紀本輕，這張相片又照得格外清楚，因此顯得很好看。佩芳不見則已，一看之後，心裡未免撲通一跳，對著那張相片呆呆地站著發了一會子愣，竟說不出所以然來，心裡想著，既已有相片，也許還有別的東西，索性伸手到鳳舉衣袋裡去摸一摸。先摸放相片衣袋裡，沒有什麼，再搜羅這邊，卻找出十幾張小名片，那些名字，有叫花的，有叫玉的，旁邊還注明什麼班，電話多少號。佩芳才明白了，鳳舉昨晚上是逛了一晚的胡同。

但是逛的話，也不過三家兩家就算了，何以倒有十多個姑娘和他送名片？真是怪事。站在鳳舉身邊，估量了一會兒，便將相片名片一股腦兒拿著到房裡去。鳳舉睡在吊床上，也就由他睡去，不再過問。

鳳舉躺在風頭上，這一場好睡，直睡到十二點多鐘，樹影子裡的陽光有一線射到臉上來，令人有一點不舒服，這才緩緩醒來。

李媽看見，便問道：「大爺不睡了嗎？」

鳳舉兩手一伸，打了一個呵欠，說道：「你打水去吧，我不睡了。」走下吊床，用手理著頭上的分髮，走進屋去。

只見佩芳手上捧著一本小說，躺在一張藤椅上看，旁邊茶几上，放著一玻璃杯果子露，一碟子水果，兩隻腳互相架著搖曳，正自有趣。

鳳舉笑道：「你倒會舒服？」

佩芳本是捧著書擋住臉的，把書放低一點，眼睛在書頭上看了一眼，依舊舉起書來，並不理他。

鳳舉這時還沒有留心，自去進房洗臉。洗完了臉，一看自己這一身衣服，睡得不像個樣子了，便將它脫下來，在衣櫥子裡找了一套便服換上。

乾淨衣服正穿起來，忽然想起袋裡還有名片、相片，得藏起來，若是夫人看見了，又要發生問題，可是伸手向袋裡一摸時，兩樣全沒有了。

記得回家的時候，手摸口袋，還在裡面，要丟一定也是在家裡丟的，又記得睡得正好的時候，佩芳曾搖撼著身體來叫，恐怕就是她拿去了，便走到正屋裡來，含著笑容道：「你拿了我身上兩樣東西去了嗎？那可不是我的。」

佩芳只看她的書，卻不理會。

鳳舉道：「喂，和你說話啦，沒聽見嗎？」

佩芳還是看她的書，不去理會。

鳳舉道：「吳佩芳，我和你說話呢！」

佩芳將書本向胸面前一放，板著臉道：「提名道姓的叫人，為著什麼？」

鳳舉笑道：「這可難了，我不叫出名字來，不知道我是和你說話；叫出名字來，又說我提名道姓，那應當怎麼樣辦？」

佩芳道：「你愛怎麼辦就怎麼辦。」

鳳舉看夫人這種情形，不用提，一定是那件案子犯了，因說道：「我說這話，你又不肯信，我袋裡那張相片是人家的，我和別人開玩笑，故意搶了來呢。」

佩芳聽了不作聲，半晌才說道：「你當我是三歲的小孩子呢，把這些話來冤我。相片算人家的，那十幾張名片也是人家的嗎？你把人家的名片拿來了，這也算是開玩笑嗎？」

鳳舉道：「怎麼不是呢？我那朋友把相片和名片都放在桌上，我就一齊拿來了。」

佩芳道：「這是你哪一個朋友，倒有這樣闊？有許多窯子到他家裡去拜會，他家是窯子介紹所嗎？那我也不管，昨晚上，在哪裡鬧到天亮回來？」

鳳舉道：「在朋友那裡打牌。」

佩芳道：「是哪一家打牌？在哪一處打牌的，有些什麼人？」

鳳舉見她老是問，卻有些不耐煩。臉一板道：「你也盤問得太厲害一點了，難道就不許我在外面過夜嗎？」

佩芳見他強硬起來，更是不受。望上一站，將書放在藤椅上，說道：「那是，就不許在外面過夜。」

鳳舉道：「你們也有在外面打夜牌的時候，我就不能？」

佩芳道：「別人都能，就是你不能！」

鳳舉道：「我為什麼不能？」

佩芳道：「因為你的品行不好。」

夫妻二人，越鬧越厲害，鳳舉按捺不住，又沒有什麼事情可以出氣的，一眼看見桌上有一隻盛水果的小玻璃缸，就是一拳，把缸碰落地板上。

因為勢子來得猛，缸是覆著掉下去的，打了一個粉碎。一時打得興起，看見上面桌上擺著茶壺茶碗，又要走過去打。

這茶碗裡面有一對康熙瓷窯的瓷杯，是佩芳心愛之物，見鳳舉有要打的樣子，連忙迎上前來攔住。

她是搶上前來的，勢子自然是猛烈的，鳳舉以為佩芳要動手，迎上前去，抓著佩芳兩隻胳膊就向外一推。佩芳不曾防備，腳沒有站得穩，身子向後一仰，站立不住，便坐在地板上。這樣一來，禍事可就鬧大了。

佩芳嚷起來道：「好哇！你打起我來了！」說著，身子向上一站，說道：「你不講理，有講理的地方，咱們一路見你父親去。」

佩芳說畢，正要來拖鳳舉，可是前後院子裡的老媽子早飛也似的進來了五六個人擁上前來，將佩芳攔住。恰好鶴蓀夫婦、鵬振夫婦都在家沒有出門，聽到鳳舉屋子裡鬧成一片，便也跑了過來看一個究竟。一見他們夫妻打上了，慧廠連忙挽著佩芳道：

「大嫂，你這是怎麼了？」

佩芳對大家一看，一言未發，早是兩行眼淚流將下來。

玉芬道：「剛才我從籬笆外面過，看見大嫂躺在這兒看書呢，怎麼一會子工夫就吵起來了？」

佩芳坐藤椅上，垂著淚道：「他欺我太甚，我和他見父親母親去。」

鳳舉道：「去就去，我理還講不過去嗎？」

這一句話說出，兩人又吵了起來。

鶴蓀口裡銜著一支煙捲，背著兩隻手，只是皺眉，說道：「這是什麼大不了的事，吵得這樣子呢。」

慧廠一跺腳道：「飯桶，你還有工夫說風涼話呢，不曉得拉著大哥到外面去坐一會子嗎？」

鶴蓀本是要拉著鳳舉走的，他夫人這樣一說，當著許多人在面前，又有些不好意思那樣辦了。笑道：「怎麼樣？你也要趁熱鬧，和我吵起來嗎？」

慧廠一搖頭道：「涼血動物！虧你還說得出這種話來？」

鵬振知道他二哥是被二嫂征服了的，一說僵，二哥要不好看，走上前抄住鳳舉的手對鶴蓀丟了一個眼色，說道：「走吧，咱們到前面去坐吧。」

他們兄弟三人走了。玉芬和慧廠圍著佩芳問是為了什麼事。

佩芳就把相片和名片一齊拿了出來，往桌上一扔，說道：「就為這一件事，我又並沒有說什麼，不過問一聲，他就鬧起來了。」

大家一想，這事涉於愛情問題，倒不好怎樣深去追問，只是空泛地勸慰。

七 豪門日常

這天下午，燕西從外面回來，正因為玉芬有約，前日的牌沒有打完，今天來重決勝負。一走到玉芬這裡，撲了一個空，那小丫頭秋香卻說道：「大爺和大少奶奶打架了，大家都在那裡，七爺還不看去。」

燕西聽說，趕快走了過去，只見敏之、潤之也走過來。

潤之在院子裡嚷道：「這天氣還沒有到秋高馬肥的時候呢，怎樣廝殺起來了？」

燕西見他姐姐說笑話，這才料到並不是什麼大問題，便問道：「怎麼了？」

潤之道：「我也剛從外面回來，聽見大哥在前面說他一家子的理，我才知道後面鬧過了一場。」說著話，姐弟三人走進屋去。只見佩芳臉上的淚容兀自未曾減去，躺在藤椅上和玉芬、慧廠說話。

玉芬道：「得了，你就裝點模糊，算吃了一回虧得了，一定鬧得父親母親知道，不過是讓大哥挨幾句罵。」

佩芳道：「挨罵不挨罵我不管，就是他挨一頓罵，我也不能了結。」

潤之笑道：「這交涉還要擴大起來辦嗎？大哥挨了罵還不算，還要他這快要做爸爸的人去挨打不成？」

佩芳忍不住笑道：「你又胡說！老七還在這裡呢。」

玉芬笑道：「還是六妹有本領，我們空說了半天，大嫂一點兒也不理會，你一進門，她就開了笑容了。」

潤之道：「倒不是我會說，也不是我格外有人緣，不過提到大嫂可樂的事，她就不能不樂了。」大家一陣說笑，把佩芳的氣卻下去了許多。

只有燕西一個人，是個異性的人物，身雜其間，倒不好說些什麼，只得在廊下走著，閒看著院子地下的花草。

石階之下，原種著幾叢外國來的鳳尾草，現在已經交到秋初，那草蓬蓬勃勃長得極是茂盛。鳳尾草旁邊扔了一把竹剪子，上面都沾滿了泥土。這個院子裡的花草，原來每天是歸小憐收拾，現在小憐去了三天，這剪子就扔在這裡，令人大有室邇人遐之感了。

由此便又想到小憐的身世。現在她若果然跟著柳春江在一處，那也是她的幸福，就怕柳春江是一時的性欲行動，將來一個不高興，把她扔下來，我看小憐倒是有冤無處說呢。一個人儘管發愣，手扶著走廊上的柱子就出了神了。

潤之在屋裡道：「剛才看見老七在這裡呢，怎麼一轉眼的工夫就不見了？」

敏之道：「這孩子就是這樣，每天到晚六神無主，東鑽一下，西鑽一下。依我說，應該把他送到外國一個很嚴厲的學校裡去，讓他 多少求點學問。他現在就這樣糊裡糊塗，不知道過的是什麼生活？」

玉芬道：「**他過的什麼生活呢？就是戀愛生活，一天到晚就計畫著怎樣和人戀愛，**本來呢，有這樣大了。」

玉芬說到這裡，趕快用右手捂著自己的嘴，左手卻對窗外指了幾指，輕輕地笑道：「他還沒有走呢，你看，那不是他的人影子？」

潤之走出來，見他呆呆地望著，只管發愣，便問道：「你看什麼？」

燕西猛然省悟，回頭笑道：「你們在屋子裡說得鬧熱轟天，我插不下嘴去，只好走出來了。」

潤之輕輕地道：「大嫂的氣還沒有消，我們要她打牌，讓她消消氣。」

燕西道：「今天原是來打牌的，自然我是一角，可是我幾個錢全花光了，若是輸了的話，六姐能不能借幾個錢我用用？」

潤之道：「怎麼著？你也沒有錢嗎？你有什麼開銷，鬧得這樣窮？」

燕西道：「父親有半年沒有給我錢了，我怎樣不窮？」

潤之道：「上年三月，我查你的賬，還有兩千多，一個月能花五六百塊錢嗎？」

燕西道：「我也不知道是怎樣弄的，把錢全花光了，不但一點兒積蓄沒有，我還負了債呢。翠姨那裡借了三百塊錢，三嫂那裡也借了三百塊錢，還有零零碎碎的一些小款，恐怕快到千了。我非找一千塊錢，這難關不能過去。」

潤之道：「一千塊錢，那也是小事，你只要說出來，是怎樣鬧了這一場虧空？我就借你一千塊錢，讓你開銷債務。」

燕西道：「這就是個難題了，我也不過零零碎碎用的，哪裡說得出來，說得出來，我也不會鬧虧空了。我想六姐不大用錢，總有點積蓄，替我移挪個三百四百的總不在乎。」

潤之道：「你這樣拚命地借債，我問你，將來指望著哪裡款子來還人？」

燕西還沒有將這個問題答覆，玉芬也走出來道：「你姐弟兩個人怎樣在這裡盤起賬來了？」

燕西笑道：「不是盤賬，打牌沒有本錢，我在這裡臨時籌款呢。」

玉芬道：「打一點大的小牌，還籌什麼款？」

燕西道：「我還有別的用處，老債主子，你還能借些給我嗎？」

玉芬道：「你又要借錢，幹嘛用呀？少著吃的呢？少著穿的呢？他們大弟兄三都有家眷了，還不像你這樣饑荒呢。」

燕西道：「他們都有差事，有支出的也有收入，我是不掙錢的人，怎麼不窮？」

玉芬道：「爸爸每月給你三百塊錢的月費，你做什麼用了？」

燕西道：「我早就支著半年的錢用了，不到下月底還不敢和爸爸開口呢。六姐，三姐，我這裡給你二位老人家請安，多少替兄弟想點法子。」說著便將身子蹲了下去。

玉芬笑道：「好哇，你在哪兒學的這一著兒？可是你這種臭奉承，我們不敢當，多大一把年紀，就要稱老起來哩。」

燕西笑道：「這可該打，我一不留神就這樣說出來了，這『你老人家』一句話，實在不像話，你只當沒有聽見吧。三姐的錢更是活動，人也挺慷慨，大概……」

玉芬道：「別大概大概，掉什麼文袋了，你說還借多少錢？讓我和六妹湊合湊合。」

潤之道：「不成！別叫我湊合，我是個吝嗇鬼，一毛兒不拔，你這樣挺慷慨的人，錢又活動……」

燕西笑著向潤之拱了一拱手，說道：「得啦，六姐，我不會說話，你還不知道嗎？古言道得好，知弟莫若姐。」

潤之搶著說道：「知弟莫若姐？哪裡有這一句古話？」

燕西道：「這可糟了！我今天說話是動輒得咎呢。」

玉芬正想著接著說什麼，秋香一路嚷了進來，叫她去接電話。玉芬聽說，轉身便走，走到籬笆門旁，卻回頭對燕西道：「瞧你的運氣！我今天做了十萬公債票，也許掙個千兒八百的，現在電話來了……」

玉芬一邊說話，一邊走著，以後說些什麼就沒聽見。

過了一會兒，玉芬含著一臉的笑容走了過來。燕西笑道：「我這錢是借到了，我瞧三姐是一臉的笑容，準是賺了錢，也許不止賺個千兒八百的呢。」

玉芬笑道：「賺是賺了。」說了這四個字，笑吟吟地接不上一句話。

燕西道：「這樣子大概賺得可觀，到底是多少呢？」

玉芬背著兩隻手，靠著廊下的柱子，支著一腳，蜻蜓點水般的，點著地磚直響。

潤之道：「你這是窮人發財，如同受罪，也不知賺了多少錢，會樂得這個樣子！」

玉芬笑道：「發了多大的財呢，也不過兩千多塊錢啦。」

燕西道：「三姐，你怎麼賺了許多錢？」

玉芬道：「這有什麼，膽大拿得高官做罷了。我家裡那些人，他們都喜歡做公債的，他們消息很靈通，說是公債今天有得漲，所以昨天我就東挪西扯，弄了五千塊錢，託人在銀號裡放下去，作了保證金，立刻買進十萬票額。今天上午，得了我家裡的電話，說是趕快賣出去可以賺錢，我就聽了他的話賣出去了。剛才回了電話，說是賺了兩千多哩。我頭一次做公債，不料倒這樣會賺錢。」

潤之指著玉芬的臉道：「你留心一點吧，我聽說做公債生意的人，後來有跳河吊頸的呢，你將來別弄得跳河吊頸。」

佩芳道：「你們在外面談半天的錢，究竟為了什麼？」

三個人一路走進來，就把燕西借錢、玉芬做公債的話說了一遍。

佩芳道：「賺了這些個錢，請客請客！」

玉芬笑道：「你沒有聽見嗎？賠了本得跳河呢，我要賠了錢呢，你們也陪我跳河嗎？」

慧廠笑道：「到了跳河的時候再說，現在你總算賺了錢，先請客吧。」

玉芬道：「怎樣請法呢？你們出了題目，我就好做。」

潤之道：「今晚上哪裡有戲？請我們聽戲去。」

慧廠道：「不好，那花得了她多少錢呢？咱們到京華飯店去吃晚飯，上屋頂看跳舞，好不好？」

玉芬把舌頭一伸，笑道：「這個竹槓敲得可不小，若是儘量一花，沒有三百塊錢也不能回來。」

燕西道：「那實在沒有意思，倒不如在家裡吃了飯，去看露天電影去。」

潤之道：「那更省了，你是想問人家借錢，就這樣替人家說話，是不是？」

燕西笑道：「可不是那話，與其跑到飯店裡去一夜花幾百塊錢，何如把這錢交給我呢。」

大家議論了一陣，辦法依舊未曾決定。

玉芬那邊的老媽子卻走來站在門外，輕輕地笑著說道：「三少奶奶，桌子已經擺好了。」

玉芬道：「誰說打牌來著？擺個什麼桌子？」

老媽子道：「今天上午你還說著，前天的牌沒打完，今天下午要再打呢。」

玉芬道：「叫你們做別的什麼事，你只要推得了，總是推，對於這些事偏是耳朵尖，一說就聽見了。打牌，就有這件事，也不見得老在我那邊打，忙著擺什麼桌子呢？我算算這個月，你們弄的零錢恐怕有四五十塊了，還不足嗎？」

玉芬說了一遍，老媽子紅著臉，不好意思說什麼。

燕西道：「既然擺好了，我們就陪著大嫂去打四圈吧。」

佩芳懶懶地道：「你們來吧，我沒有精神，要睡午覺呢。」

玉芬拍著佩芳的肩膀道：「得了，別生氣了，這種熱天嘔出病來也不好。」說時，玉芬嘴裡哼呀哼的，扭著身子儘管來推她。

佩芳道：「你要做這個樣子給三爺看，給我看有什麼用呢？」

潤之道：「不管怎麼樣，大家的面子，你就去一個吧。」

佩芳道：「我沒有興趣，我不願幹。」

玉芬道：「這時候你是沒有興趣，你只要打幾局之後，你就有興趣了。」說著，不由分說，拖了佩芳就走。

佩芳帶著走帶著笑說道：「你瞧，你們這還有個上下嗎？我要端起長嫂當母的牌子，大耳刮子打你們了，世界上只有……」

說到這裡，一看燕西也在一邊笑著站立，便道：「沒有逼賭的。」

這些人哪裡聽她的話，只管拉了她走。

到了玉芬這裡，見正屋子不但桌子擺好，牌擺好，連籌碼都分得停停妥妥了。

慧廠笑道：「世界上只有錢是好東西，你看，有錢的事，不用得吩咐就辦得有這樣好。」

燕西手摸著牌，說道：「誰來誰來？」

敏之道：「我說老七，你和人借錢是真是假？」

燕西道：「自然是真的。」

敏之道：「既然是真的，還有錢打牌嗎？」

燕西道：「我本不願來，因為他們早約了我，少了一角，可湊不起來。」

敏之道：「胡說！這裡有的是人，少了你這一個窮鬼！」

燕西對玉芬拱拱手道：「我退避三舍，你們來吧。」

玉芬笑道：「來得好，也許贏個二三百元，與你不無小補。」

燕西道：「設若輸個二三百元呢？」

敏之道：「你別下轉語，你是不來的好。你那個牌，還贏得了嗎？」

燕西對於敏之倒有三分懼怕，敏之一定不要他來，只得休手，便道：「大嫂一個，二嫂一個，三姐一個，六姐一個，這局面就成了。我給三姐看牌，贏了就借給我吧。」

玉芬道：「你喜歡多嘴，我不要你看。」

燕西道：「那麼，我給六姐看，好嗎？」

潤之道：「我沒有錢給你，你別和我看牌。」

燕西笑道：「不相信我找不著一個主顧，二嫂，我給你看怎麼樣？」

慧廠道：「你倒是派得不錯，我還沒有打算來呢。」

玉芬道：「那就不好意思，大嫂來了，你倒不來嗎？」

慧廠道：「打多大的？大了我可不來。」

玉芬說：「還是照例，一百塊底。」

慧廠道：「太大了，打個對折吧。」

玉芬道：「輸不了你多少錢，你來吧。」

慧廠笑道：「的確我不打那大的，五妹和我開一個有限公司好不好？」

敏之道：「你們這些人，真是買醬油的錢不買醋，誰定了這個章程，非打一百塊底不可？就改為五十塊底，又怎麼樣呢？」

佩芳道：「也好，打了四圈牌，就要三妹請客呢，贏多了也不好下臺。」

玉芬對慧廠道：「這都是為了你，打破了我們老規矩。」說著四個人坐下來打牌，敏之自回去了。

剩下燕西，站在各人身後看牌。看了一會兒，覺得有些腿酸，引腳走了出來，只見鵬振抱著一捧紙片，笑嘻嘻地向裡走。看見燕西，便遞了過來，說道：「你瞧這個怎麼樣？」

燕西接過來看時，是幾張戲裝相片，一張是《武家坡》，一張是《拾玉鐲》，一張是《狸貓換太子》，一張是《審頭刺湯》。相片上的男角，全是鵬振化裝的，女角卻是著名的青衣陳玉芳。

燕西道：「神氣很好，幾時照的？」

鵬振道：「剛才陳玉芳拿來的，我要收起來呢，你別對他們說，他們知道了，又是是非。」

燕西道：「陳玉芳來了嗎？」

鵬振道：「在前面小客廳裡。」

燕西聽說陳玉芳在前面小客廳裡，沒有聽到鵬振第二句話，一直就走了來。燕西一掀門簾子，只見陳玉芳身穿淺綠錦雲葛長衫，外套雲霞紗緊身坎肩，頭髮梳得如漆亮一般，向後梳著。正坐涼椅上，俯著身軀引一隻小巴兒狗玩。他一回頭看見燕西，連忙站起來，又蹲下去請了一個安，叫了一聲七爺。

燕西走上前握著他的手道：「好久不見了。你好？」

陳玉芳笑道：「前沒有幾天還見著七爺哩，哪有好久？」

燕西道：「不錯，禮拜那天你唱《玉堂春》，我特意去聽的，可是你在臺上，我在包廂裡。咱們沒有說話，總算沒見面呢。」

陳玉芳笑道：「七爺現在很用功，不大聽戲了。」

燕西道：「用什麼功？整個月也不翻書本兒呢，因熱天裡，戲院子裡空氣不好，我不大愛去。」說時，見玉芳手拿著一柄湘妃竹的扇子，便要過來看，上面畫著彩色山水，寫著玉芳自己的名字。

燕西笑道：「你的畫越發進步了，這個送我好嗎？」

陳玉芳笑道：「畫幾筆粗畫兒不中看，七爺不嫌棄，你就留下。」

燕西拉著他的手，同在一張藤榻上坐下，笑道：「你的戲進步了，說話也格外會說了。」

正說話時，鵬振也來了，笑道：「我不便讓你一個人坐在這裡，先叫七爺來陪你。」

陳玉芳道：「不要緊，府上我是走熟了的地方。」說著，指著那小巴兒狗道：「牠都認識我，三爺一走，牠就來陪著我哩。」

燕西笑道：「玉芳，你這話該打，我也罵了，你自己也罵了。」

陳玉芳道：「我說話可真不留神，你那可別多心。」說著，站起來又要給燕西請安。

燕西拉著他的手笑道：「說了就說了，要什麼緊呢？」

陳玉芳這才局促不安地勉強坐下了。

鵬振道：「玉芳，你說請我們吃飯的，請到今天，還沒有信兒，那是怎麼一回事？」

陳玉芳笑道：「三爺沒有說要我請呀，你是說要借我那裡請客呢。為這個，我早就拾掇了好幾回屋子了，老等著呢。我沒問三爺，三爺倒問起我來了？」

鵬振道：「我口裡雖是那樣說，心裡實在是要你請客。咱們兩下裡老等著，那就等一輩子也沒有請客的日子了。」

燕西道：「三爺既然這樣說，玉芳，你何妨就請一回客呢？」

陳玉芳道：「成！只要三爺七爺賞臉，先說定了一個日子，我就可以預備。」

鵬振笑道：「那就越快越好，今日是來不及。今天已經來不及下帖子，明天下帖子，明天就請人吃飯嗎？」

燕西道：「你還打算請些什麼人？說給我聽聽。」

陳玉芳道：「我也不知道請誰，全聽三爺的吩咐呢。」

鵬振笑道：「我要請兩位女客，成嗎？」

陳玉芳還沒有說話，臉先一紅。

燕西道：「人家娶來的新媳婦還沒有一百天，這時候在人家那裡請起女客來，晚上讓人家唱《變羊記》嗎？」

陳玉芳道：「沒有的話，你問三爺，在我那裡請客，叫過條子沒有？」

鵬振道：「叫條子是叫條子，請女客是請女客，那可有些不同。」

陳玉芳道：「你只管請，全請女客也不要緊。可是一層，只是別讓報館裡的人知道，一登出報來，那可是一場是非。」

燕西道：「那要什麼緊？唱戲的人家裡還不許請客嗎？」

陳玉芳道：「倒不是不許，一登出來了，他就要說好些個笑話。」

鵬振道：「倒是不讓外人知道也好。平常一樁請客的事，報上登了出來，鬧得滿城風雨，那有什麼意思。」

陳玉芳道：「就是這麼說，我這就得回去預備。」

燕西道：「忙什麼？急也不在一時，在這裡多坐一會兒。我去找一把胡琴來，讓你唱上一段。」

陳玉芳笑道：「別鬧了，上一次也是在這裡唱，剛唱到一半，總理回來了，我嚇得半天沒有說出話來。」

鵬振道：「他老人家也是一個戲迷，常在家裡開話匣子，不過因為事情太忙，沒有工夫常到戲院子去罷了。」

陳玉芳道：「還是不唱的好，若是給總理知道了，說是我常在這裡胡鬧，究竟不好。」說著，站起身來，現著要走似的。

鵬振笑道：「坐一會兒，坐一會兒。」

說到這裡，院子裡的幾棵樹呼呼的一陣響，鵬振和燕西都笑著說：「走不成了，走不成了。」

原來這時刮了一陣大風，將院子裡的樹刮下不少的樹葉子來。

陳玉芳掀起一面窗紗，抬頭隔著玻璃向天上一看，只見日色無光，一片黑雲，青隱隱的，說道：「哎呀，要下雨了。」

鵬振道：「你坐了自己的車來嗎？」

陳玉芳笑道：「我那車子渾身是病，又拾掇去了。」

燕西道：「你何必買這種便宜車？既費油，又常要拾掇，一個月倒有一個禮拜在汽車廠裡。」

陳玉芳道：「哪裡是買的？是人家送的，管他！反正不花錢，總比坐洋車好一點兒。」一言未了，院子裡的樹接上又刷的一聲，陳玉芳道：「雨快要下來，我要回去了。」

鵬振道：「不要緊，真要下下來，把我的車子送你回去。」

陳玉芳被鵬振留不過，只好不走。就在這個時候，天越黑暗得厲害。這裡是個三面隔著玻璃門的敞廳，屋子裡竟會暗得像夜了一般。窗子外面，那樹上的枝葉被風幾乎刮得要翻轉來。

陳玉芳道：「這個樣了，雨的來勢不小，我倒瞧著有些害怕。」一言未了，一道電光在樹枝上一閃，接上嘩啦啦一個霹靂，震得人心驚膽碎。

霹靂響後，接上半空中的大雨，就像萬條細繩一般往地下直瀉，大家本都用眼睛瞧著窗外，這時回轉頭來，只見陳玉芳兩隻手蒙著臉，伏在沙發椅上。

鵬振一拍他的肩膀道：「你這是做什麼？」

陳玉芳坐起來拍著胸道：「真厲害，可把我駭著了。」

燕西道：「你真成了大姑娘了，一個雷會怕得這樣，這幸而是在家裡，還有兩個人陪著你，若是你剛才已經走了，要在街上遇到這一個大雷，你打算怎樣辦呢？」

陳玉芳笑道：「這個雷真也奇怪，就像在這屋頂上響似的，教人怎樣不怕呢？」

鵬振道：「這大的雨，就是坐洋車回去，車夫也沒法開車，你不要回去，就在我這裡住吧？」

陳玉芳道：「不能老是下，待一會兒總會住的。」

燕西道：「何必走呢？找兩個人咱們打小牌玩，不好嗎？」

陳玉芳道：「我不會打牌。」

燕西道：「你真是無用，在新媳婦面前，請一宿假都請不動嗎？」

陳玉芳笑道：「七爺幹嘛總提到她？」

燕西笑道：「我猜你小倆口兒感情就不錯，那天我聽你的《玉堂春》去了，我看見你新媳婦兒也坐在包廂裡，瞧著臺上直樂呢。」

陳玉芳道：「真巧，就是她那一天去了一回，怎麼還給七爺碰見了？」

燕西笑道：「那天我是對臺上看看，又對包廂裡看看。」

鵬振道：「朋友妻，不可戲，虧你當面對人家說出這種話來！」

燕西道：「玉芳，你別誤會了我的意思，我是說你夫妻倆都長得漂亮。」

三人正說得有趣，玉芬的那個小丫頭秋香跑了來，說道：「七爺，我是到處找你，三少奶奶請你去呢。」

燕西聽見說，便對陳玉芳道：「你在這兒坐一會兒，我去了就來的。」跟著秋香到了玉芬屋子裡。

玉芬道：「你哪裡去了？我找你給我打兩盤呢。」

燕西道：「前面來了一個朋友，坐在一處談了幾句話。」

玉芬一面站起身來，一面就說道：「你就來吧，我這就不打了。」

燕西道：「別忙，讓我放下這一把扇子。」

玉芬道：「一把什麼貴重的扇子，還要這樣鄭而重之地把它收起來？」

燕西將扇子捏在手裡，就要往東邊屋子裡送，這裡是鵬振看書寫字的屋子，和臥室對門，笑道：「沒有什麼，不過一把新扇子，怕丟了罷了。」

玉芬道：「你少在我面前搗鬼，你要是那樣愛惜東西，你也不鬧虧空了。你拿來我看是正經，不然的話，我就沒收你的。」

燕西道：「你看就看，也不過是朋友送我的一把扇子。」說著只得把扇子交給玉芬。

玉芬展開扇子，什麼也不注意，就先看落的款，見那上面，上款卻沒有題，下款是「玉芳戲作」。玉芬笑道：「這是一個女人畫的啊。瞧她的名字，倒像是我的妹妹。老七，這又是冷女士送的呢？還是熱女士送的呢？」

燕西一個不留神，笑道：「你猜錯了，人家不是姑娘呢。」

玉芬道：「不是姑娘，那就是一位少奶奶了，是哪一家的少奶奶，畫得有這樣好的畫？」

燕西笑道：「人家是個男子漢，怎麼會是少奶奶？」

玉芬道：「一個爺們為什麼起這樣豔麗的名字？」

潤之笑道：「你是聰明一世，朦朧一時，大名鼎鼎的陳玉芳，你會不知道？」

玉芬道：「老七，他是你的朋友嗎？沒有出息的東西！」

燕西道：「和他交朋友的多著啦，就是我一個嗎？」

潤之早知道鵬振是捧陳玉芳的，聽燕西的口氣，大有以子之矛、攻子之盾的意思。老大夫妻一場官司沒了，老三夫妻一場官司又要鬧起來了，便對燕西望了一眼，接上說道：「你倒是打牌不打呢？只管說廢話。」

玉芬將扇子向桌上一扔，笑罵道：「我不要看這樣的髒東西，你拿去吧。」

燕西把扇子放在一邊，就坐下來打牌。

這時，外面的雨鬆一陣，緊一陣，兀自未止。燕西道：「哎呀，雨只管下，不能出去了，請客的人可以躲債了。」

慧廠道：「這很中你的意了，她可以把請客的錢省下來給你填虧空了。」

潤之道：「那何必呢？今天下雨有明天，明天下雨有後天，這賬留下在這裡，什麼時候也可以結清。」

燕西讓他們去議論，自己將手上的牌卻拚命的去做一色，好在一張牌也沒有下地，越是沒有人知道。

他上手坐的是程慧廠，是一個牌品最忠厚的人，只要是手上不用的牌，她就向外扔。燕西吃了邊七筒，又吃了一張嵌六筒，手上的牌完全活動了，留下一個三四筒的搭子，來和二五筒。

佩芳對慧廠道：「坐在你下手的人，真的有發財的希望。」

慧廠道：「他有發財嗎？不見得吧？」

佩芳笑道：「我不知道你這人怎麼著？當面說話，你會聽不清楚，我的意思說，坐在你下手可以贏錢，有發財的希望，不是說他手上有發財，要碰或者要和，聽你的口音，斷定他手上沒有發財，那大概是你手上有了發財，但不知道有幾張了？」

燕西道：「至少是兩張，不然，她不能斷定我手上沒有。」

慧廠手上，本暗坎中，三張發財，他們一說中了她的心事，便笑道：「不錯，我手上有兩張，你們別打給我對就得了，你們手上有發財要不留著，也不算是會打牌的。」

燕西聽了她的話，更知道她手上是三張，繞了一個圈，自己手裡便也起了一張發財。他心裡不由一喜。原來墩子上第一張，先前被衫袖帶下來了，正是一張五筒。現在打出發財去，慧廠一開槓，就可以把五筒拿去。

慧廠打過六七筒，自己吃了，先又打過一張四筒，無論如何，他掏了五筒上去，是不會要的。於是笑道：「我不信，你家真有兩個發財。」說話，啪的一聲，把一張發字打了出來。

慧廠笑道：「我不但有兩個，還有三個呢！」說著掏出三張發財來，就伸手到墩上去掏牌，口裡道：「槓上開花，來個兩抬。」一翻過來，卻是一張五筒，將牌一丟道：「唉！五六七我整打了一副。」

燕西笑道：「槓上開了花了，哪是兩抬？是三抬呢？」

慧廠道：「我不和五筒。」

燕西笑道：「你不和五筒，我可和五筒。」說著將牌向外一攤，正是筒子清一色。

潤之道：「老實人，你中了人家的圈套了。他看見墩上的五筒，又知道你不要，所以打綠發你開槓，他好來和。」

慧廠一想，果然，笑道：「這牌我不能給錢，老七是弄手腕贏了我的錢。」

燕西道：「你講理不講理？」

慧廠道：「怎麼不講理？」

燕西道：「那就不用說了。我和的是清一色，發財在手上留得住嗎？我若不知道你手上有三張，留著一張，還可以說拚了別人，自己去單吊，我既然知道你手上有三張，我為了不讓你開槓，把清一色的牌拆去不成？」

慧廠一聽，這話有理，笑道：「發財你是要打的，那沒有關係，不過你和二五筒，可是瞧著墩上那張五筒定牌的。」

燕西道：「沒有的話，我手上是三四五，七八九筒子兩副，吃了你的七筒，多下一張七筒。吃了你的嵌六筒，多下兩張三四筒，不和二五筒，和什麼呢？」

潤之道：「隨你說得怎樣有理，你也是不對，你替別人挑水，只要不輸人家的錢，你就很對得住那人了，為什麼一定要和三抬？贏了我們的錢，你又得不著一個大，那是何苦呢？」

佩芬也笑道：「其情實在可惱，把他轟了出去！」

燕西對著屋子裡喊道：「三嫂！你自己快來吧，大家要轟我了。」

玉芬一面走出來，一面問道：「和一副大牌嗎？我在這裡保鏢，你還打一盤吧。」

燕西站起身來說道：「不成不成！眾怒難犯，我走開吧。我這個亂子闖大了，給你和了一盤清一色哩。」

燕西說畢，丟了牌就走。

這時候，雨下得極大，樹葉子上的水流到地下，像牽線一般，院子裡平地水深數寸，那些地下種的花草都在水裡漂著，要穿過院子，已是不能夠。燕西順著迴廊走，便到了敏之這邊來，隔著門叫了一聲五姐，也沒有人答應。推門看時，屋子裡並沒有人。

燕西一個人說道：「主人翁不在家，全走了，這大的雨，他們上哪裡去玩？我真不懂。」一人在這裡想著，忽然聽到屋角邊有喁喁的說話聲。在這牆角上，本來有一扇門，是阿囡的屋子，燕西便停住腳步，靠著那門，聽裡面說些什麼。

只聽見有個女子聲音說道：「我真看不出來，她會就這樣跑了，我們還在這裡伺候人，她倒去做少奶奶了。」

又一個人帶著笑音說道：「這個樣子，你也想做少奶奶了？你有小憐那個本事，自己找得到爺們嗎？」

燕西聽出來了。先說話的那個是秋香，後答話的那個是阿囡，閨閣中兒女情話，這是最有趣的，便在一張椅子上輕輕地坐下。

秋香接上呸了一聲道：「誰像你，和自己爺們通信！聽說你早要回去結婚哩，是五小姐不肯。五小姐說：我比你大四五歲，還不忙這個事呢，你倒急了。」

阿囡笑道：「你這小東西，哪裡造出這些個謠言？我非胳肢你不可！」

秋香喘著氣叫道：「玉兒妹，玉兒妹，你把她的鞋拿走，可不得了。」

只聽見玉兒說道：「阿囡姐姐，饒了她吧。」

阿囡道：「小東西，你幫著她，兩個人我一塊兒收拾。」

這時，就聽見屋裡三個人拉扯的聲音，接上又是撲通一下響。

燕西嚷道：「呵唷！貓不在家，耗子造了反了。」

大家正鬧得有趣，聽得人的聲音，忙停住了，回頭看時，燕西已走進來了。

阿囡沒有穿鞋，光著一雙絲襪子在地板上站著，那絲襪子本是舊的，有幾個小眼。剛才在地上一鬧，裂著兩個大窟窿，露出兩塊腳後跟來，燕西對著地板上先笑了一笑，阿囡坐在床沿上，兩隻腳直縮到床底下去。

燕西道：「你們怎麼全藏在這裡，沒有事嗎？」

秋香道：「前面也在打牌，後面也在打牌，我們就沒事了。」

燕西道：「前面誰在打牌？」

玉兒道：「我們姨太太、二太太、五小姐、太太，打了一桌，大爺、三爺和前面兩個先生也有一桌。七爺怎麼也在家裡？這大雨沒法子出去了，不悶得慌嗎？」

燕西笑道：「你們談什麼？還接著往下談吧，我聽了，倒可以解解悶。」

阿囡究竟是成人的女孩子了，紅著臉道：「七爺老早就來了嗎？」

燕西笑道：「可不是老早地來了。來是來得早，去可去得不早，我在這裡等著，看你幾時才站起來？穿著一雙破襪子也不要緊，為什麼怕讓人看見呢？」

玉兒便推著燕西道：「人家害臊，你就別看了，那邊屋子裡坐吧。」

秋香看見，幫著忙，一個在前拉一個在後推，把他硬推出來。

燕西道：「好哇，我不轟你們，你們倒轟起我來了？別忙，一個人我給你找一件差事做，誰也別想閒著。」

秋香跑出來道：「給我們什麼事做呢？」

燕西道：「必得找一件膩人的事情讓你們去做，讓我來想想看，有了，你少奶奶燉蓮子呢，罰你去剝半斤蓮子。」

玉兒出來笑道：「我呢？」

燕西道：「你呀，我另外有個好差事，讓你把前後屋子裡的痰盂，通統倒一倒。」

說時，阿囡已經換了一雙襪子走了出來，一手理著鬢髮，對燕西笑道：「前前後後都有牌，七爺為什麼不瞧牌去？」

燕西道：「我只願意打，我不願意看，你們也想打牌嗎？若是願意打的話，帶我一個正合適。你們的差事，我就免了。」

那玉兒年小，卻最是好玩，連忙笑道：「好好，可是我們打牌打得很小，七爺也來嗎？」

燕西道：「我只要有牌打，倒是不論大小的。」

玉兒道：「可是不能讓姨太太知道，我們在哪裡打呢？」

燕西道：「我那書房裡最好，沒有人會找到那裡去的。」

阿囡笑道：「玉兒，那樣大鬧，你不怕挨罵嗎？我們在這裡打吧，什麼時候有事，什麼時候就丟手。」

燕西道：「你們只管來，不要緊，有我給你們保鑣。」

阿囡道：「我這裡沒有人，怎麼辦呢？」

燕西道：「老媽子呢？」

阿囡道：「在屋子裡睡午覺去了。」

燕西道：「那就隨她去，回頭五小姐來了，還怕她不會起來嗎？」

玉兒道：「和七爺在一處打牌，不要緊的。有人說話，就說七爺叫我們去打的，誰敢怎麼樣呢？」

秋香笑道：「你這樣要打牌，許是你攢下來的幾個錢又在作癢，要往外跑了。」

玉兒道：「你準能贏我的嗎？」

秋香道：「就算我贏不了，別人也要贏你的，不信你試試看。」

燕西道：「不要緊，誰輸多了，我可借錢給她。」

阿囡笑道：「聽見沒有？誰輸多了，七爺可以借錢給她呢。我們輸得多多的吧，反正輸了有人借錢呢。」

燕西笑道：「對了，輸得多多的吧，輸了有我給你們會賬哩。」

玉兒道：「七爺那裡有牌嗎？」

阿囡笑道：「你看她越說越真，好像就要來似的。」

燕西道：「自然是真的，說了半天，還要鬧著玩嗎？我先去，你們帶了牌就來。」

燕西說完，自走了。

阿囡輕輕地走著，跟在後面，扶著門，探出半截身子向前看去，一直望到燕西轉過迴廊，就對秋香、玉兒笑著一拍手道：「這是活該，我們要贏七爺幾個錢。」

秋香道：「他的牌很厲害呢，我們贏得了嗎？」

阿囡道：「傻瓜，我們當真地和他硬打嗎？我們三個和在一塊兒，給他一頂轎子坐，你看好不好？」

秋香笑道：「這可鬧不得，七爺要是知道了，不好意思。」

阿囡笑道：「七爺是愛鬧的人，不要緊，他知道了，我們就說和他鬧著玩的。贏他個三塊五塊的，他還在乎嗎？」

玉兒笑道：「我怎麼不會？」

秋香笑道：「我倒是懂，就怕玉兒妹不會。」

秋香道：「你會嗎？怎麼打法？你說給我聽聽。」

玉兒笑道：「你們怎樣說，我就怎樣辦。我拚了不和牌，你們要什麼，我就打什麼，那還不成嗎？」

阿囡笑道：「只要你這樣辦，那就成了。」

秋香道：「要什麼牌，怎麼通知她呢？她是個笨貨，回頭通知她，她又不懂，那可糟了。」

阿囡將門關上，就把彼此通消息的暗號約定了。

說了一陣，捧牌的捧牌，拿籌碼的拿籌碼，便一路到燕西的書房裡來。

燕西笑道：「你們帶了錢來了嗎？」

阿囡道：「帶了錢來了，一個人帶了三塊錢，這還不夠輸的嗎？」

燕西笑道：「三塊錢能值多少？」

玉兒道：「七爺不是說了嗎，輸了可以借錢給我們嗎？」

燕西道：「輸了，就要我借錢，設若三家都輸了呢？」

阿囡道：「自然三家都和七爺借錢。難道七爺說的話還能不算嗎？」

燕西道：「算就算，只要你們都輸我就都借，反正我不贏錢就是了。」

阿囡道：「不見我們輸了的七爺都贏去了。」

燕西道：「不是我贏，另外還走出一個人來贏不成？」

阿囡道：「我們還打算抽頭呢。」

燕西道：「你們還打算抽頭給誰？」

秋香道：「誰也不給，抽了頭我們叫廚房裡做點心吃。」

燕西笑道：「很好，我也贊成，那樣吃東西方才有味。」

玉兒道：「七爺也和我們一塊兒吃嗎？」

燕西道：「那有什麼使不得？現在是平等世界，大家一樣大小，你不瞧見柳家的少爺討了小憐作少奶奶嗎？」

玉兒道：「各有各人的命，那怎樣比得？」

秋香紅了臉，啐了玉兒一口，說道：「虧你還往下說！」

燕西笑道：「你又算懂事了，以為我說這話是討你們的便宜哩。」

阿囡撅著嘴道：「還不算討便宜嗎？」

燕西道：「這更不對了，就算討便宜，我也是討他們兩人的便宜，和你有什麼相干呢？」

秋香道：「七爺，這可是你自己說的。」

燕西道：「不要鬧了。我說錯一句話，也不吃什麼勁，何必鬧個不歇呢？打牌吧，回頭打不了四圈，又要吃晚飯了。」

秋香道：「我們在裡面那屋子裡打吧，在這裡有人看見，怪不好意思的。」

這書房後面有一個套間，本是燕西的臥室，因為他不在這裡睡，就空著了。

燕西道：「在這裡打，免得人知道，我就不喜歡人看牌。」

阿囡道：「七爺不喜歡人看牌，為什麼自己又去看別人的牌呢？」

燕西笑道：「大家都是這樣的，剛才你就和秋香鬧著玩，為什麼不許我和你鬧著玩哩？」

阿囡道：「姑娘和姑娘們鬧著玩，不要緊的。」

燕西道：「秋香，你們打她一頓吧，姑娘和姑娘鬧著玩，那是不要緊的。」

阿囡道：「到底是打牌不打牌呢？不打牌，我這就要走了。」說畢，捧了那個籌碼盒子，轉身就要走。

玉兒一拉住，笑道：「別真個鬧翻了，來吧來吧。」於是掩上門，就坐下打起牌來。

燕西坐在阿囡對面，玉兒在他下手，秋香在他上手，他將牌一起，便笑道：「我給你們聲明在先，我是不願打小牌的，但是和你們打牌，大一點兒也不成，我只有一個法子，非有翻頭不和。你們留神點，別讓我和了，和了是要輸好多的錢的。」

玉兒道：「我和七爺講個情，臨到我的莊上，你別做大牌，成不成？」

秋香笑道：「傻瓜，你不讓他做去，他非翻頭不和，哪裡有幾盤和？這樣一來，我們正好賺他的錢呢，你倒怕。」

玉兒道：「不是我膽小，設若在我莊上，和一個大牌，那怎麼辦呢？」

燕西笑道：「那也是活該了，設若我到你莊上不和，她兩人還要說咱們給她轎子坐呢？」

秋香望著玉兒，玉兒忍不住笑，把臉伏在桌子上。

秋香也是笑得滿臉緋紅。

燕西道：「這很奇怪，我這樣一句不相干的話，為什麼這樣好笑？」

阿囡板著臉道：「可不是！就這樣沒出息。」

燕西笑道：「看你們的樣子，不要是真商量了一陣子，並一副三人轎子來抬我吧？」

阿囡笑著將面前的牌向桌上一覆，說道：「我們先難後易，別打完了牌再麻煩。七爺要怕我們用轎子抬你，那是趕緊別打。」

燕西指著阿囡道：「虧你做得出，我就這樣說一句，那也不吃勁，為什麼就不打？」

阿囡笑道：「我們可是一副三人轎子，七爺願坐不願坐？」

燕西道：「你們三人就是合起夥來打我一個人，我也不怕。」

秋香道：「這話全是七爺一人說了，先是怕我們抬轎，過會子又說，就是坐轎也不怕。」

燕西道：「你們不抬我最好，若是硬要抬我，我先要下場，也叫你們好笑，所以我只好那樣說了。」

燕西口裡說著話，手上隨便地丟牌，已經就讓秋香和了。

阿囡笑道：「這可是七爺打給她和的，不是我們的錯吧？」

燕西道：「但願你們硬到底就好。」

自這一牌之後，燕西老是不和，而且老要做大牌，不到三圈，輸的就可觀了。

燕西給他們籌碼的時候，卻是拚命的抽頭錢，笑道：「反正是我這一家輸，多抽兩個頭錢，就多弄點吃的，我還可以撈些本回來哩。」

阿囡道：「要吃東西，就得先說，回頭廚房一開晚飯，又把我們的東西壓下去了。」

燕西道：「我自己吩咐廚子做，料他們也不敢壓下去。」回手在牆上按著鈴，就把金榮叫來了。

金榮也不知道裡面屋子是誰打牌，不敢進來，便在外面屋子裡叫了一聲七爺，燕西道：「你吩咐廚房裡，晚上另外辦幾樣菜，和四個人的點心，就寫在我的賬上。」

金榮道：「不要定一個數目嗎？」

阿囡禁不住說道：「不要太多了，至多四塊錢。」

金榮將門一推道：「阿囡姐也在這裡嗎？」這一推門，見是這三位牌客，便笑了一笑。

燕西道：「下雨天，我走不了呢，捉了她們三人和我打牌，你可別嚷。」

金榮笑道：「七爺不說，我也知道的。」

秋香道：「榮大哥，勞你駕，你知會我那邊的趙媽一聲，若是三少奶奶找人，就來叫我。」

玉兒道：「我也是那話，勞你駕。」

金榮笑道：「你三位都放心贏錢吧，全交給我了。」

燕西道：「你是吃裡扒外，叫她們三個都贏，就輸我一個人嗎？」

金榮一想，這話敢情說錯了，笑著走去。

不多一會兒，天色已黑，燕西索性叫金榮來，換了加亮的電燈泡，繼續往下打。

阿囡道：「這電燈大概是一百支燭的呢？太亮了。若是上房有人打這裡過，看見裡面通亮，一問起來，倒是不好。」

燕西道：「那也要什麼緊？無非是打牌。他們都打牌，咱們打牌就犯法不成？」

阿囡究竟不放心，放下牌來，將藍色的窗簾一齊放下，居然打完四圈牌，一點沒有人知道。

燕西一問，廚房裡的點心也得了，就叫他送了來。一會兒廚子提著兩個提盒子來。玉兒、秋香趕緊將牌收了，揭開提盒，向桌上端菜。

第一碗送到桌上，便是荷葉肉。阿囡道：「我們都怕油膩，怎麼送來又是這些東西？」

廚子笑道：「總理今天要吃這個才辦了些，這還是分來的呢。」

燕西道：「你說這話就該打嘴，你們把總理吃的東西騰挪下一半來，又來掙我們的錢，可見你們做事向來是開謊賬。」

廚子笑道：「並不是那樣，我們辦什麼東西，都有些富餘，不能要多少，就辦多少。」

燕西道：「這樣說，分明是多下來的東西要賣我們的錢了。」

廚子隨便怎樣說都是不討好，站在一邊倒笑了。

等到一個提盒子裡的東西全擺在桌上，是一碟炸鱖魚片，一碟雲腿，一碟炒鱔魚絲，另外一個大碗公，盛了一大碗滷汁，裡面有魚皮海參雞肉之類。

燕西道：「好哇，你以為我當了三天和尚，口淡得厲害哩，把油膩的東西送來吃，連『全家福』這樣東西都會送了來。怪不怪？我知道館子裡的『全家福』就是弄些剩湯剩菜燴在一處算一樣菜，最討厭的。」

廚子笑道：「七爺這個褒貶就錯怪了我們。那碗裡不是『全家福』，是『八仙過橋』。」

他這一說不打緊，屋子裡人全笑了。

阿囡笑道：「有了『八仙過橋』，將來一定還有『二仙傳道』呢。」

廚子道：「大姑娘，你問七爺可有這個名堂？北方打滷麵的滷，南方叫做過橋，『八仙過橋』就是八樣菜打的滷。你瞧這碗裡東西，都是絲兒釘兒，不是『全家福』裡面那樣整大塊子的不是？」

燕西道：「這樣一說，你倒有理了，可是我向來吃這油膩的東西沒有？」

廚子道：「是榮大哥說，有三位姑娘在這兒門牌呢，所以弄了這些，給七爺另外弄得有清爽些的。」說著，一揭那提盒子的蓋道：「這不是？」

燕西看時，是一大碗麵條，一盤雞心饅頭，一盤燒麥，一盤松蒸蛋糕，一盤油煎的香蕉餅，一大碗柳丁羹，一碗雞汁蒓菜湯。

廚子道：「這有好幾樣東西，都是七爺愛吃的，並沒有油膩。」

燕西笑道：「這倒罷了。」

廚子於是一樣一樣地往桌上送，對阿囡道：「大姑娘，先來這個麵，不夠，就再送來。」

阿囡道：「你別廢話了。你怎麼就知道我們愛吃油膩的東西，不給我們弄清爽的？我們就那樣不開眼，沒有吃過葷油？」

金榮站在外面屋子裡擦碗筷，便笑著答道：「這怪我不好，我對廚房裡說，你們弄好一點，不要以為要口輕的，就弄得不見一點油星兒。後來他們打聽是誰吃？我就全說出來了。除了那碗荷葉肉，我想不怎樣油膩。」

燕西笑道：「這倒像幾十年沒有吃過東西似的，東西來了，橫挑眼，直挑眼，弄得廚子滿身不是。他一出這門，可就埋怨上了。」

廚子聽說，又笑了。他們走開，這裡四人坐到便吃。燕西先吃一塊香蕉餅，幾勺子甜羹，見秋香他們挑著麵在小碗裡，加上八鮮的滷汁，吃得很是有趣，便也拿了一只小碗，陪著吃起來。回頭又吃了一個雞心饅頭，一塊炸鱖魚。

那廚子特別加敬，弄的蒓菜湯，倒沒有下勺子，玉兒將筷子在湯碗裡一挑，挑起一根黑條兒，黏汁向湯裡直流，連忙就向湯裡一擲，說道：「糊黏的，什麼好吃？」

阿囡道：「你知道什麼？北方要吃這樣東西真不容易，菜市上還沒有得賣呢。」

燕西道：「你怎麼知道菜市上沒有得賣？」

阿囡道：「上次也是廚子弄了一回給五小姐吃，第二天五小姐還要，他說沒有了，這是在南方帶來的罐頭，北京市上沒有得賣的。」

玉兒聽說，將勺子舀了一勺子，喝了一口，笑道：「也不見得怎樣有味？」

阿囡道：「你是鄉巴佬，不懂得，我們蘇州人就講究吃這個。聽說西湖裡的挺是有名，去年總理為了這樣菜和幾斤鱸魚，還巴巴的大請一回客，燕窩魚翅倒加了不少的錢。」

燕西笑道：「很好的一樁風雅事情，給你這樣一說又說壞了。」

只這一句話，屋子外有個人答道：「好哇！關著大鬧，還說是風雅的事呢。」大家一聽都愣了。

門一推，原來是梅麗鑽了進來。

她笑道：「什麼好風雅事情？怎樣就不帶我一個？」

阿囡笑道：「八小姐，來來來，東西多著呢。」

梅麗道：「都是誰請誰？」

秋香道：「誰也不請誰。」因把打牌抽頭吃點心的話說了。

梅麗對燕西道：「七哥，我和你商量，吃過飯，你讓我打四圈成不成？」

阿囡一聽，先急了。她和梅麗的感情最好，不能抬轎子她坐，便笑道：「你不要來吧，七爺一方，今天是個輸錢的方向，你情願替七爺輸錢嗎？」

梅麗道：「打過四圈，難道不拈風換方向嗎？」

阿囡道：「換方向，你也是頂著他的位分，還得輸錢。」

燕西道：「你這心眼兒不好，難道就認定了我輸錢嗎？梅麗不要來，讓我來爭口氣，非贏她們幾文不可。」

秋香道：「除非後四圈改了辦法。若還是先一樣，非有翻頭不和，未必能贏我們的錢。」

燕西道：「你們不量定我輸錢，我可以還照原先那樣辦，現在你們一定說我輸錢，我不能那樣傻了。」

梅麗道：「阿囡，你讓給我打幾盤吧。」

阿囡道：「八小姐，你不要來吧，換了一個人，大家就都要變了手氣了。」

梅麗道：「你們怎麼全不讓我打？我總得打幾盤，我才甘休。」

燕西道：「你要打，我就讓你打吧。」

梅麗道：「我打可是算我自己的，與你無干。」

燕西道：「我輸了錢，就不用扳本了嗎？牌可以讓你，錢還算我的。」

梅麗笑道：「設若再輸了呢？」

燕西道：「自然還是我的，難道那又算你的不成嗎？」

說好了，吃過點心，梅麗就接著燕西的牌往下打。

阿囡一想，她反正輸的是七爺的錢，何必和她客氣？我們還是往下幹吧。

剛坐下來打牌的時候，給玉兒、秋香各望了一眼，她們兩人會意。

燕西這時不打牌，是局外之人，成了旁觀者的形勢，他見秋香輸了五塊多錢，還是嬉笑自若，一點不著急，很有點奇怪。

正當這個時候，阿囡口內不住地埋怨著牌。話沒說完，秋香憑空就打了一張白板給阿囡對。燕西且不動聲色，過了一會兒，裝著找什麼東西，就繞到秋香身後，一眼看見她面前豎立的牌，還有一張白板，心想，好啊！你這三個小鬼頭，倒是聯合起來想弄我的錢。我先不作聲，將來再和你們算賬。

四圈牌打完，燕西又輸四五塊錢，全算起來，倒輸了上十塊。

依著梅麗，有些不服氣，還要打四圈。燕西笑道：「得了，人家也贏夠了，不好意思再贏了。要打，我讓你來，我不幹了。」

梅麗道：「你輸了許多錢，不想扳本嗎？」

秋香笑道：「輸了就輸了吧，和人拚命不成？等一會兒三少奶奶叫起來沒有人，她又要見怪的，我是不打了。」

燕西笑道：「你捨得輸那些個錢嗎？」

秋香道：「七爺就那樣看我們不起，打牌總有輸贏，怕輸還來嗎？」

燕西笑道：「好大話兒，過兩天我們再來一次吧。」

秋香笑道：「只要有工夫，來就來，怕什麼？」說著話，阿囡和玉兒先走了。

秋香對梅麗道：「八小姐，我們那邊打牌，去看看嗎？」

梅麗道：「打不上牌，我就懶得瞧，我先走了。」說畢，她也出門去了。

燕西見屋裡沒有第三個人，便對秋香道：「秋香，你是一個老實人，現在也學著壞起來了嗎？」

秋香道：「什麼事學壞了？」

燕西道：「我問你，你手上有兩張白板，為什麼拆了對子，打給阿囡去碰？」

秋香道：「哪有這件事？」

燕西道：「沒有這件事？我轉到你身後，親眼看見你打牌的，你還賴什麼？」

秋香道：「我一對，她一對，對死了，怎麼能成牌呢？那牌因為我要打清一色，所以打給她對了，那麼巧就讓你看見了。」

燕西豎起一個食指，指著秋香笑道：「你這孩子，不說實話，我就要告訴三少奶奶，重重地罰你！你們三個約好了，打算把我當傻瓜，贏我幾個錢去買東西吃，對不對？我早就知道了，讓你們贏去，看你們能贏多少？你再要不說實話，真把我當傻瓜了。」

秋香笑道：「七爺輸個十塊八塊，那還算什麼？就算我們抬轎子抬去了，八圈牌，大半天，抬得人怪苦的，花幾個錢，那還不值得嗎？」

燕西笑道：「要是這樣說，我花幾個錢倒也不冤。」

秋香笑道：「誰叫七爺和我們來哩？我們和七爺打牌要是輸了，七爺也不忍心吧？所以我們非贏不可。」

燕西笑道：「既然這樣說，這次饒了你們，可是下不為例。下次若再有這種事，連這次的一齊算出來，要你們加倍歸還。」

秋香道：「話說完了，沒有我的什麼事了吧？我要走了。」說畢，返身要走，燕西道：「我還有一句要告訴你，你不要對阿囡說我已經知道，就這樣模模糊糊過去就算了。」

秋香笑道：「這倒好，抬轎子的不要瞞著，坐轎子的倒要瞞著哩。」

燕西笑道：「我是這一分兒邪門，要不然，你們不給這三人頭轎子我坐哩。」

秋香這才笑著去了。

燕西一看鐘，還只有九點鐘，走又走不了，在家裡又坐不住，這漫漫長夜，是怎樣的過去？坐了一會兒，先踱到上房裡來，只見自己母親和二姨太太、翠姨、敏之四個人打牌得正有勁。

二姨太何氏一回頭，看見燕西，笑道：「老七，恭喜你。」

原來二姨太是生了子女的人，又上了年紀，所以他們嫡出的男女兄弟們，對她要尊敬些，她也不輕易和子女們說笑話。現在她說了這句話，燕西倒莫名其妙，笑道：「好好兒，有什麼可喜的？」

二姨太道：「有好幾個月了，我沒見你晚上在家裡。今天在家裡待住了，還不是可喜嗎？」

燕西道：「幸虧爸爸不在這裡，不然姨媽是給我火上加油了。」

金太太道：「真是的，你那個什麼鬼詩社，快一點收了吧，要找朋友作詩，家裡也一樣的集會，何必花上許多錢另外賃房？我聽說你到處借錢，大概是虧空得不少？再要不收拾，借了許多錢，你父親知道了，肯依你嗎？從今天起，你要不在家。我就派人去打聽你，看你在外面做些什麼？」

燕西道：「誰說了我鬧了虧空？」

翠姨笑道：「你別望著我，我可沒說。」

燕西道：「誰也有錢不湊手的時候，那也不算虧空。」

金太太道：「聽你這口音，你就虧空不少，還用得說哩。天一天二，我要盤算你的用度，瞧瞧這虧空究竟是怎樣拉下來的？」

燕西一聽消息不好，又溜開了。

順著腳步不覺又到玉芬這邊來，隔了院子，看見上房燈光燦爛，就知道牌沒有下場。燕西走進來一看，玉芬面前的籌碼依然堆得很高，笑道：「贏家到底是贏家，現在還攏著那些籌碼啦。」

玉芬道：「你以為我還贏了哩？輸著不認得還家了。」

燕西道：「我去的時候，你很贏啦，而且和了一個三抬。」

玉芬道：「自那牌以後，就沒開過和了。我今天打牌很不成，你替我看著一點吧。」

潤之道：「你請到了他，那算請到了狗頭軍師了！要靠他來替你扳本，那真是夢想。」

燕西笑道：「我在桌上打兩盤，你們就把我轟下來，怎樣倒怕這狗頭軍師哩？」說時，他走到玉芬身後坐著，接連著看了幾盤。

玉芬笑道：「真是狗頭軍師，你不來我牌還取得好看些，你一來了，好牌都取不到了。」

燕西笑道：「這就有點不近人情了，你打得不好，可以說是我軍師不會策劃，至於你取牌取得不好，是你手上的事，和我什麼相干？你若讓我打幾盤，我若不和，我才肯承認狗頭軍師的徽號。在場的各位聽著，是真把我當狗頭軍師嗎？若是不怕我，就讓我上場打幾盤。」

佩芳道：「不讓你打吧，讓你說嘴，讓你打吧，又中了你的計。」

燕西道：「那就聽各位的便了。」

佩芳說：「就讓你打幾盤吧，你不和牌，看你有什麼臉下場？」

燕西聽了，連連就催玉芬讓開，自己便打起來。

只打了一盤，梅麗就來了。說道：「七哥剛在那邊下場，怎樣又在這裡打起來了？」

佩芳道：「老七，你在哪裡打牌？」

梅麗笑道：「誰也想不到是哪一班角色。」

玉芬道：「大概又是在外頭弄了一些烏七八糟的人回來。」

梅麗道：「不是不是，是阿囡、秋香、玉兒三個人，躲在他書房後面打。抽了錢，還叫廚房裡大送其點心來吃哩。」

玉芬道：「是真的嗎？老七。」

燕西道：「你們都不帶我玩，我可不就是這樣窮湊合嗎？」

慧廠道：「玉芬，你提防一點吧，大嫂的一個小憐，讓老七今天和她談自由，明日和她談平等，結果，讓她真去談平等自由了；現在他又在實行下層工作，去煽惑她們。阿囡呢，不要緊，她是自己有主張的，而且是雇傭的人，反正管不著，玉兒小呢，還不懂戀愛，你家的秋香可到了時候，只要他一鼓動，又是小憐第二，你可白疼她一陣子。」

燕西被慧廠當面說了一頓，臉上倒有些變色，勉強笑道：「二嫂，別人可說這話，你不該說這話，你不是主張解放奴婢制度嗎？我就實行下層工作，也是附和你的主義，你不保護我倒也罷了，怎樣還揭穿我的黑幕？」

玉芬笑道：「老七，這可是你說的話。我待你不錯呀，為什麼下這樣毒手，煽惑我的人逃跑？剛才我還說，一定借個千兒八百的救你急，這樣一來，你別想我一個大了。」

燕西急了，不知怎樣說好，放下牌來，站起身卻對玉芬作了兩個長揖，笑著道：「作兄弟的說錯了話，這裡給嫂嫂賠禮，這還不成嗎？」

正好這個時候，鵬振由外面進來，便對玉芬道：「憑著許多人當面，要人家賠不是，這未免有點兒說不過去。」

佩芳道：「你不懂得，你就別問了。他哪是賠禮，他是問玉芬借錢呢！」

鵬振道：「輸不起，就別來，為什麼這樣和人借錢來賭？」

佩芳說的時候，玉芬早是不住地對她以目示意。這會子鵬振認為是燕西要借賭博錢，佩芳將錯就錯，卻不往下說。

燕西也知道玉芬有錢，是不肯告訴鵬振的，也就含糊一笑，不加辯駁。

鵬振道：「要多少錢呢？我借給你吧。」說了，在身上掏出一捲鈔票，向桌上一扔，說道：「這是一百。若是扳了本轉來，可得就還我，錢在你手上是保不住的，不還我，你也是一半天就胡花掉了。」

佩芳笑道：「老三，看你這樣子，是贏了錢。」

鵬振道：「那也有限，這一百裡面，還有我的本錢在內呢。」

燕西接了錢，笑著照舊往下打牌。

玉芬站在身後，更忍不住笑。

慧廠笑道：「人運氣來了，發財是很容易的，肥豬拱門這件事，我以為不過是一句笑話罷了，不料天下倒真有這件事。」

鵬振看了這種情形，倒有些疑惑，便問燕西道：「你不是自己打牌吧？」

玉芬搶著說道：「怎樣不是自己打牌，他好賭，和你也差不多。」

鵬振道：「你怕我真不曉得呢，我也看出來了，這個位子是你的，你大概輸了，叫他替你打幾盤，對不對？」

玉芬知道瞞不住了，笑道：「不錯，是請他替我打牌，你失錯把錢拿出來了，還好意思把錢拿回去嗎？」

鵬振笑道：「我是看見老七輸了，好意借錢給他充本，我倒充壞了嗎？」

玉芬道：「我也沒有說你這事做壞，但是我打牌，你借幾個錢我充本，那也不算什麼，你一定要拿回去，實在也有些不好意思伸手。」

鵬振笑道：「就是那樣辦吧，可是你要贏了，錢可得退回我。」

玉芬笑道：「好吧，你等著吧。」

鵬振看那情形，錢是拿不回來了。便笑道：「話說到這裡，我也沒別法，我只有望贏了，物歸原主啦。」說畢，走過臥室對門去。

只見屋子裡書架上放信件的絲網絡裡，在紙堆裡露出一截湘妃竹扇柄。一看見，心裡不覺一動，趕快拿起來，正是陳玉芳送燕西的那一柄摺扇，自言自語地道：「老七這東西真是粗心，這柄扇子怎樣放在這裡？要是那一位看見了，那還得了！」

拿了那一柄扇子，便要向書堆的縫裡塞。忽聽得有人在後面說道：「塞什麼？我早就看見了。這不是一個小旦送你的表記嗎？」

鵬振一回頭，見是玉芬跟著進來，笑道：「這又算你捉到我的錯處了，這是人家送給老七的。」

玉芬道：「送給老七的，你為什麼說不讓那一位看見哩？我問你，剛才你自言自語說那一位，這那一位是誰？」

鵬振笑道：「別嚷了，外面許多人，聽見了什麼樣子？我是怕你見了生疑心，哪有別的什麼意思呢？」

玉芬道：「有什麼怕人聽見？要怕人聽見，就不該做出這事來。」

鵬振道：「漫說這把扇子不是送我的，就是送我的，這也不算什麼，何必注意呢？」

玉芬道：「注意是不必注意。我以為有錢多逛幾回窯子，多捧幾個坤角兒，還是你們胡來的爺兒們做的事。拿著許多錢，捧一個假女人，這不是發傻嗎？」

鵬振不願意再和他夫人拌嘴，拿了那柄扇子，放在燕西面前道：「這是你的，你拿去吧，不要生出許多是非來。」說罷，揚長而去。

潤之等他走遠了，才笑道：「我看三哥有些移禍過東吳的意思。」又笑著對燕西道：「你瞧見沒有？結了婚以後，有許多事情是要受拘束的。」

燕西聽了這話，當時也不過一笑。

後來牌打完了，一人到書房裡去睡覺，想著潤之的話，倒是有理，你看，大哥雖不怕大嫂，但是在大嫂面前，有些事總得遮遮掩掩。二哥不必說了，見了二嫂，就像蒙學生見了先生一般，一點辦法沒有。

三哥呢，和三嫂感情不錯，但是處處碰三嫂的釘子，也是忍受著，我將來和清秋結了婚，難道也是這個樣子不成？無論如何，我想自己得先振作起來，不要長了別人的威風。

我想**丈夫之所以怕夫人，有些是因為婦人無見識，嘮叨得厲害，不屑與她爭長短；有些是因為心裡愛夫人，不願意讓她難堪，寧可自己委屈些；有些是因夫人有本領，想她輔助，不敢得罪她**。以上三項，要以第一類為最多，第三類最少，第二類不多不少，若論我呢，就怕失敗在這第二層上。

他自己這樣想著，覺得似乎難免，但是這樣事情，也以對手方的態度作為轉移，若是對手方並不是悍婦潑婦刁婦懶婦，只要多少有些溫順之德，越是迷戀著她，就越顯得感情敦篤，應該要受著男子的感化才是。若是男子對他夫人有很厚的愛情，卻落了一個懼內的結果，豈不讓天下男人都不敢愛他妻？

他轉念一想，**以為自己的未婚妻很是溫柔的，絕沒有悍潑刁懶這些惡根性，將來我們要結了婚，大可以做個榜樣，給哥嫂們看看**，哪一天有工夫，我倒要約著清秋到公園裡去，把這話和她談談，看她怎樣說？我想她一定含笑不言的了。

他心裡藏著這個啞謎，想了一晚。

到了次日，只洗了一把臉，喝一口茶，點心還沒有吃，便向落花胡同來。

他的汽車是和姊妹共用的，恰好敏之一早起來，坐著車子走了，燕西便叫聽差，雇了一輛人力車坐了。

到了那裡，覺得有兩天沒有看見那人，心裡有些惦記。慢慢地走到冷家這邊院子裡來，先就喊道：「宋先生在家嗎？」

宋潤卿連忙推著門，伸出半截身子來，笑道：「在家在家。」

燕西一面說著話，一面走過來，說道：「昨晚上好大雨，在家裡打了一晚的牌。」

宋潤卿道：「怪道呢，昨天我到你那邊去，裡面竟是靜悄悄的。」

燕西道：「失迎得很，有什麼事嗎？」

宋潤卿道：「天一天二，我打算到天津去一趟，大概有上十天的耽擱。舍下這邊的事，還要望老兄多多照應。」

燕西道：「這還用得說嗎？宋先生哪天走呢？」

宋潤卿道：「本來是打算今天走，因為衙門裡的假還沒有請好，恐怕要到後天走了。」

燕西笑道：「那麼，應該替宋先生餞行了。」

宋潤卿道：「去個幾天就回來，餞什麼行？」

燕西道：「也不要說餞行，今天在我那邊吃便飯，大家喝兩盅。你看如何？」

宋潤卿道：「那我倒可以奉陪。」

燕西道：「要不然，叫他們把菜送到這邊來，請冷伯母也喝兩盅。」

宋潤卿道：「倒不必那樣費事。」

燕西道：「並不費事，不過叫廚子多添兩樣菜罷了。」

燕西說著，便走到院子裡去喊道：「伯母！我今天晚上預備了一點菜，請吃便飯，也不必到我那邊去，我叫他們送過來。」一面說著，一面向裡看，見清秋正坐在玻璃窗下看書。聽到說話，抬頭望了一望，燕西正向著她笑呢。她並不理會，又低下頭去了。

燕西想：怪呀！這樣子，她十分冷落，有什麼事生氣嗎？

那冷太太卻在簾子裡答道：「金七爺，你怎麼又費事？」

燕西道：「不費事，吃便飯罷了。」口裡說著，腳故意向前移，一直就走到廊簷下來。那邊清秋越是知道他走近，越是不肯抬頭。

燕西站立了一會子，覺得無聊，只好走開。

因見韓媽在院子裡洗衣服，和她丟了一個眼色，讓她走向前來。燕西站在小門下等著，對韓媽點頭，韓媽用身上的藍布圍襟擦著手，笑著輕輕地說道：「她生氣了，你知道嗎？我說，七爺，你這個事，得早些往大路上辦，也免得我牽腸掛肚。」

燕西笑道：「今天你怎麼陡然提起這句話來了哩？」

韓媽道：「人家也是這樣惦記著哩，我看她那樣子，就很發愁。你想想，到了這一分兒情形，這個事還擱得住嗎？」

燕西道：「她若再要發愁，你就可以對她說，我正在想法子呢，不久就要說開來了。」

韓媽道：「那敢情好，我得喝你的喜酒哩。」

燕西笑了一笑，問道：「她就是為這個事發愁嗎？」

韓媽道：「總是吧，家裡是沒有誰得罪了她。」

燕西道：「那就是了，回頭在一處吃了晚飯就會好的，那倒不要緊。」

韓媽見他如此說，仍舊去洗衣服。燕西低著頭，慢慢地踱回去了。

到了晚上六點多鐘，燕西那邊的廚子就把酒菜向這邊送來。

宋潤卿對於吃喝，至少是來者不拒，便叫廚子一直送到上面正屋子裡去。韓媽指抹了桌面，將酒菜一齊安排在桌上，廚子自退去。

燕西也就走了過來，一迭連聲地請伯母坐。冷太太只好走出來，口裡卻說道：「怎好三番兩次地叨擾？」

燕西道：「伯母快不要說這話，連這一點小事還要這樣說，倒叫人笑話了。」

宋潤卿一見清秋沒有出來，便道：「大姑娘怎麼還不出來？」

冷太太因為燕西前次幫了好幾百塊錢的忙，對於他的感情又加濃了一點，也道：「我們索性不必客氣了，你也來坐下吧。」

清秋聽到舅舅和母親都說了，只好走出來。她見了燕西，在人當面，只得叫了一聲金先生。冷太太和宋潤卿對面坐了。

那清秋的眼色，不向燕西正面看來，板著面孔，似乎有些怒色。燕西在席上吃著飯，曾屢次用話去兜攬她，她總是低著頭不理。

燕西仔細一想，是了，前天我回去了，她知道我是去會秀珠的。昨天一天，又沒打一個照面，形跡更是可怪，大概她疑惑我這兩天都陪著秀珠呢。便和冷太太道：「伯母，昨天晚上的雨不小呵。」

冷太太道：「可不是，屋上的水像瓢倒下來一般。」

燕西道：「因為這樣，街上都斷絕了交通，我要出來都出來不了。」

清秋聽了這話，對燕西只看了一眼，依舊低著頭吃飯。吃完了飯，她便先離開了。

燕西說是說了，也不知道她肯信不肯信？若看那種情形，是很不以為然的。吃飯以後，閒談了一會兒，燕西回那邊去，就私自寫了一封信給她。等韓媽出來的時候，遞給她帶了進去。

這一宿，各自藏著一腔心事，自不能無話，大家都急急地盼望著，明日怎樣去解決了。

燕西和清秋各自懸著一個燈謎，急於要揭下。

到了次日下午兩點鐘，燕西由家裡上公園去，走到水榭，只見清秋一人坐在楊柳蔭下一把椅子上，身上只穿了白竹布褂子，一把日本紙傘放在椅上邊，手上捧一卷袖珍本的書，在那裡看。

她頭也不抬，只是低著頭看書。燕西走近前來笑道：「你還生我的氣嗎？」

清秋這才放下書站起來，笑道：「對不起，我沒有看見，請坐。」

燕西道：「不要說瞎話。我老遠地看見你，只往來人的那邊瞧呢，後來不知道怎麼著就看上書了，你這書是剛才拿上手的。」

清秋道：「你老早就看見我嗎？我不信。」

燕西笑道：「望是沒望見，猜可讓我猜著了。」

燕西順手拖了一把藤椅，挨著清秋坐下。

清秋突然說道：「我現在很反對男女社交公開。」

燕西笑道：「為什麼？有什麼感觸嗎？我知道你誤會了，昨天我就要在信中把這事說明，可是又怕說不清，所以約你到這兒來談談。」

清秋把那本袖珍的書放在懷裡盤弄，低著頭，也不望著燕西，口裡可就說：「這你不要胡拉！我是說我自己，不是說人家。」

燕西道：「誰是自己？誰是人家？我不懂，你得說給我聽。」

清秋道：「你自己的事，你自己有什麼不明白？還來問我。」

燕西叫夥計添沏了一壺茶，將新茶替清秋斟了一杯，自己也斟上一杯，捧著茶杯，慢慢地呷茶，望著清秋。見她垂頭不語，衣裳微微有些顫動，兩隻腳大概是在桌下搖曳著，那正是在思想什麼的表示呢。

因她是低著頭的，映著陽光，看見她耳鬢下的短髮和毫毛並沒有剃去，燕西笑道：「給你剪髮的這個同學真是外行，怎樣不把毫毛剪去？」

清秋抿嘴笑道：「你真管得寬，怎麼管到別人臉上來了？」

燕西道：「我是看見了，就失口問了一問。」

清秋道：「我早在理髮館修理了一回了，怎麼還怪同學的呢？」

燕西道：「怎麼理髮館裡也不給剃下去呢？大概這又是女理髮匠幹的，所以不大高明。」

清秋道：「你是沒話找話呢，我不叫他剃去，他怎樣敢剃呢？」

燕西道：「你又為什麼不要他剃呢？」

清秋道：「你不懂，你就別問。你叫我到這裡來，就是問這個話嗎？」

燕西道：「不是問這件事，先說幾句也不要緊啊。你生我的氣，不是因為我在家裡鬼混兩天，沒有給你打照面嗎？這實在你是完全誤會了。」於是把鳳舉夫婦鬧事，從中調和，以及在家打牌的話說了一遍。至於打牌的是些什麼人，卻一字未曾提到。

清秋笑道：「打牌當然是事實，但是打牌是些什麼人呢？」

燕西道：「有什麼人呢？當然是家裡人。」

清秋笑道：「據我說，家裡人也有，貴客也有吧？」

燕西道：「我知道，你不放心的就是那位白秀珠女士。」

清秋道：「我什麼不放心？不放心又能怎麼樣呢？」

燕西見開口就碰釘子，倒不好說什麼。默然了一會，口裡又哼著皮黃戲，清秋見他不作聲，又借著喝茶的工夫，對燕西看了一眼，卻微笑了一笑。

燕西笑道：「今天你怎麼是這樣素淨打扮，有衣服不穿？將來過了不時髦，又不能穿了。」

清秋道：「不穿的好。穿慣了將來沒有得穿，那怎麼辦呢？」

燕西道：「大概不至於吧？我金某人雖不能幹什麼大事業，我想我們一分祖業，總可以保守得住。就靠我這一分家產，就可以維持我們一生的衣食，你怕什麼？」

清秋道：「哼！維持什麼衣食？連信用都維持不住了，依我看，哼！……」

清秋說到一個哼字，手裡撫弄著那卷袖珍的書，往下說不下去了。

燕西道：「你是很聰明的人，怎麼這一點事看不透呢？我若是意志不堅定，我還能背著家庭住在落花胡同嗎？我很想託你舅父把這事和你母親提出來，可是一提出來，她答應了，那是不成問題；若是不答應，我就得回避，不好意思住在你一處了，所以我躊躇。」

清秋道：「你這句話，真是因噎廢食了，我看你這句話也未必真。」

燕西道：「我的確說的是真話，至於你信不信只好由你，但是自昨天起，我決定了，在一兩天之內就對你舅舅說。可是你舅舅明後天又要到天津去，只好等他回來再說了。」

清秋道：「回來那自然也不算遲，為什麼你很躊躇，突然又決定了？你前言不符後語，足見你是信口胡扯！」

燕西道：「這自然也有個道理，是我母親提起，說我在外面另組一個詩社，耗費太大，叫我搬到家裡去辦，我母親既然都提了這句話，我父親定說的不是一次了，不久的日子，我一定是要搬走的，我既要搬走，就不妨說明。縱然碰了釘子，以後可不必見著你母親，我也不必躊躇了。」

清秋道：「我母親絕不會給你碰釘子的，她又不是一個傻子，有些事她還看不出來嗎？你不提，她也會知道的。」

燕西道：「這樣說，她在你面前，表示過什麼意見嗎？」

清秋道：「她又怎好有什麼表示呢？我也不過是體會出來的罷了。我問你，這件事你託誰出來說哩？」

燕西昂頭靜靜地想了一會，搖搖頭道：「這一個相當的人，倒是不容易找，因為我們兩方面並沒有來往哩。」

清秋道：「因為沒有相當的人，這事就應該擱下來嗎？」

燕西道：「我只要有疑問，你就進一步地逼我，我怎麼樣說話呢？我想這事只有一個人可請，而且請這個人還得大費一番唇舌，把這事詳詳細細地告訴她。」

清秋道：「你究竟是請誰哩？什麼話都得告訴人家嗎？」說到這裡，用書抵著鼻尖微笑。

燕西道：「既然請人來說，大概的情形當然得告訴人家，所請的不是別人，就是六家姐，她和你是會過面的，而且我們的事，她也知道一點，請她來和你母親說，我看是很合宜。」

清秋道：「她是你姐姐，這話她肯直接地說嗎？」

燕西道：「除了她，我是沒有相當的人可託了。」

清秋道：「她若哪天到我家來，你先通知我一聲，我好先躲開。」

燕西笑道：「那為什麼？」

清秋道：「怪難為情的。」

燕西道：「那倒不好，反著有痕跡了，她說什麼，反正也不能當著你的面說呀。」

清秋笑道：「不要說得太遠了吧，她來是不來，還不知道呢。」

燕西道：「你現在對我的話總不大肯相信，那是什麼緣故？」

清秋搖著頭道：「我也不明白這緣故，大概是你說話有不符的時候，失了信用吧？」

燕西笑道：「我失了信用的時候當然有，我問你，你沒有失過信嗎？」

清秋道：「我向來講信用，不會失信的。」

燕西道：「你對別人或者不會失信，但是對我而言，不能說這一句話吧？不但失信，而且失信不止一次。你仔細想想看，我這話是真，還是誣賴的？」

清秋將椅子一挪，偏過身去望著水池，將頭一搖道：「我不會想。」

燕西望著她後影子道：「你沒有可說的了吧？你還說我沒有信用呢，究竟是誰沒有信用呢？」

清秋用皮鞋支著地，背撐藤椅，向後搖撼著，卻是不作聲。

燕西道：「你沒有話可說了，我希望你總有一天恢復信用才好。」

清秋回過頭來啐了一口，說道：「胡說！」

燕西笑道：「這不是胡說，這是很合邏輯的話。說到這裡，我想起一個笑話。」

清秋道：「不要說，不要說，我不愛聽笑話。」

燕西不理她，只管向下說，笑道：「就是有兩家熟人結為舊式的婚姻，不用提，女家的小姐長得漂亮，男家的少爺也是長得清秀，可是有一層，這位少爺是有些頑皮。」

清秋道：「這倒說著你了。」

燕西道：「你不是不愛聽嗎？怎樣倒搭起來腔來？你還聽我說吧。那男家的少爺貪著自己的未婚妻，時常借著緣故到岳丈家裡去，他未婚妻見他來了，總是躲閃，他雖然著急，可也沒有別的辦法。」

清秋仍舊是依著藤椅，面向水池坐著，這時便用兩個指頭塞著耳朵。

燕西道：「你塞著耳朵，我還是要說的，一直到新婚接過門，拜天地的時候，新郎新娘同進洞房，新郎揭了新娘頭上的方巾，就死命地盯了她一眼，心裡可就說，再沒有地方躲了，可是新娘也明白這一層，偏著身子，低著頭，還在躲呢。自然，這個時候，新房裡人是很多的了，新郎還不能說什麼，後來鬧新房的人走了，新郎就繞到新娘面前去，新娘身子一閃，閃到床面前，新郎心裡憋著一句話呢，說是看你還躲到哪裡去？所以又跟上前來。那新娘坐在床沿上，把半邊綾帳來藏了臉，那新郎……」

清秋突然一跳，站了起來，說道：「看你有完沒完？我讓開你。」

燕西笑道：「坐下坐下，這就快說完了。」

清秋道：「你還要說嗎？你再要說，我就先回家去了。」說時，便要過來拿那紙傘。

燕西一把將傘搶在手上，笑道：「不許走，我的話還沒有說完哩。」

清秋道：「你還要說嗎？」

燕西道：「我不管人家新房裡的事了，要說的是我們自己的事。你看這事還是等你舅舅天津回來再說呢？還是馬上就說呢？」

清秋道：「這隨便你。」

燕西道：「你不是很著急嗎？」

清秋笑道：「胡說！我著什麼急？」

燕西道：「不在這兒坐了，我們走著談話吧。」

於是燕西會了茶賬，給她拿著紙傘，沿著水池，並排慢慢地散步，繞著柏樹林，兜了一個圈子。

清秋道：「我要回去了，連連碰到好幾個熟人。」

燕西道：「規規矩矩地逛公園，怕什麼熟人？」

清秋道：「遇到的全是同學，將來她要問起來，我說你是什麼人呢？」

燕西笑道：「這是極好答覆的一句話。」

清秋道：「我就敞開來說，我問你，要怎麼對同學說？」

燕西道：「這時，要在外國，還不能怎樣直接地告訴人，在中國無論結婚沒結婚，有一個他字就代表過去了。譬如你的同學問你，那天和你同遊公園的人是誰？你就說，那是他，這不就行了嗎？」

清秋笑道：「除非是你這樣和人說話差不多，別人不能那樣和人說。」

正說到這裡，不覺走到了壇門路口，抬頭一看，恰好又遇見烏二小姐。

烏二小姐老遠地就笑著說道：「哎喲，密斯冷，好久不見了。」

清秋這時要躲閃，也是來不及，只得笑著迎上前去。

烏二小姐道：「天氣還早，二位就打算走嗎？」

清秋道：「來了好大一會兒，該回去了。」

轉念一想，這句話又說得過於冒失一點。正在要想一句話轉圜，烏二小姐卻轉過臉去對燕西道：「來好大一會了，在哪裡坐著呢？」

燕西覺她這話中有刺，笑道：「兜了一個圈子，覺得沒有什麼意思，所以就要回去。」

烏二小姐道：「說你是閒，你又是忙，到府上去，一回也沒有遇見你，說你是忙，你又是閒，在逛的地方倒可以常常相會。」

燕西笑道：「正是這樣，可是密斯烏也和我差不多呢。我打算再涼快一點子，就在家裡用心預備半年英文，明年春季就到美國去上學。」

烏二小姐笑道：「這話真嗎？」

燕西道：「早就這樣打算著，總沒有辦成功，這次我是下了決心的了。」

烏二小姐道：「好極了，我也打算明春到美國去，也許走起來還有個伴呢。」

他們說話，清秋早就接過燕西手裡的傘，用傘尖上的銅管畫著地，只是靜靜地聽著。

烏二小姐一回頭，見她這種情形，彷彿她和燕西的關係還不怎樣深，便道：「密斯冷，公園是常來嗎？」

清秋這才抬頭笑道：「很難得來。」

烏二小姐走上前一步，握著清秋的手道：「密斯冷，我很愛和你談談，哪天有工夫，約著到公園裡來坐坐，好不好？府上電話多少號？」

清秋正想說沒有電話，燕西就搶著把自己這邊的電話號碼告訴了她，原來清秋家裡有電話往還，向來是由這邊借用的。

烏二小姐道：「好極了，哪一天我打電話來邀你吧。我們再會。」說著話，握著清秋的手，搖撼了幾下。她釋著手，高視闊步地逕自去了。

清秋眼望著她在柏樹林子裡沒有了影子，這才對燕西笑道：「這個人倒是個浪漫派的交際家，一點不拘形跡，她和你的交情不算壞吧？倒似乎過從很密呢。」

燕西道：「你既知道她是一個浪漫派的交際家，這過從很密四個字，那還成什麼問題？」

清秋道：「我也沒有說成問題啊，你自己先說了，這倒是成為問題了。」

燕西不作聲，只是笑笑。

沿著迴廊一面走，一面說話，不覺到了大門口，清秋一眼看見燕西的汽車正停在路當中，便道：「你坐車去吧，我走回去。」

燕西正想說自己沒有坐汽車來，一句話還沒有說出口，只見車門一開，玉芬和翠姨一同走下車來。出於不意，心裡倒覺撲通一跳。

這個時候，清秋正在燕西旁邊站著，燕西丟了清秋，迎上前去吧，怕得罪了她；不迎上前去吧，又怕玉芬看見了，非介紹一下不可，這又是自己不願意的。

正在這樣躊躇著，清秋一撐紙傘，竟自在車堆裡擠過去了，燕西見清秋這樣機靈，心裡又是一喜。

玉芬早走過來叫著：「老七，你是剛來呢？還是要走？」

燕西道：「我也是剛來，看見你們來了，我就在這裡站著等呢。」

他們說著話，又一同進來。

玉芬道：「老七，你為什麼一個人來逛公園？」

燕西道：「一個人就不能來嗎？為什麼三個字怎說？」

玉芬笑道：「你還裝傻呢？我看見你和一個女學生一路出大門，不知道怎麼一會兒工夫就不見了，是你的好朋友，給我們介紹見一見，那也不要緊，為什麼這樣藏藏躲躲的呢？」

燕西笑道：「哪裡有這一回事？你是看花了眼了。」

玉芬道：「我又不七老八十歲，一個人我會看不清楚，這還有一個人看見呢，我們憑空造謠嗎？」

翠姨抿嘴一笑道：「三姐也是多事，人家既然當面狡賴，當然是保守秘密的事，你苦苦將這事說破來做什麼呢？」

燕西道：「倒是我一出門口碰見一個人，和她說了幾句話，並不是和她在公園裡會到的。」

玉芬道：「這話越說越不對了，剛才你說是剛到門口，這會子又說打園裡出去，顯見得你是說謊。」

這時，他們已經到了來今雨軒。燕西趁在找座的工夫，便把這事撇了開去。坐了一會兒，借著一點小事，便溜開了。

玉芬道：「我彷彿聽見說，老七和一個姓冷的，不分日夜總在一處，我猜剛才遇到的那個人就是的，你看對不對？」

翠姨道：「大概是吧？模樣兒倒長得不壞，不過老七是喜歡熱鬧的人，怎樣這位冷小姐打扮得那樣素淨哩？」

玉芬道：「這倒是我猜想不到的，我以為那位冷小姐總是花枝招展，十分是時髦的人呢。」

翠姨道：「他們的感情這樣濃厚，不會鬧出笑話來嗎？」

玉芬道：「我看老七近來的情形，和秀珠妹妹十分冷淡了，況且上次還那樣大鬧過一場，恐怕以後不能十分好了。也許老七的意思，就是娶這位姓冷的呢。」

翠姨道：「這倒未必吧？就是老七有這種意思，家裡也未必通得過。」

玉芬道：「這事情爸爸知道嗎？」

翠姨微微笑了一笑，說道：「都不告訴他，他怎樣會知道呢？」

玉芬道：「翠姨也提到過這事嗎？」

翠姨道：「他們家裡大大小小的事，我是全不管的，至於這幾位少爺的事，他自己母親還不大問，我為什麼要去多那些事呢？」

玉芬道：「據你看，老七和白家這一頭親事是辦成的好？還是中止的好？」

翠姨道：「當然是辦成的好，白小姐人很聰明，也很漂亮，配老七正是一對兒。和你們妯娌比起來，未必弱似誰呢。」

玉芬道：「我也是這樣說，這婚事不成，倒怪可惜的。」

翠姨笑道：「既然如此，你何不喝他一碗冬瓜湯，給他們辦成功？」

玉芬道：「他們已經是車成馬就的局面，用不著媒人，不過兩方面都冷淡淡的，就怕由此撒手，只要一個人給他兩人還拉攏到一處就成了。」

翠姨笑道：「一邊是表妹，一邊是小叔子，這一件事，你得辦啦，鵬振動不動就說願天下有情人都成眷屬，你沒有聽見說過嗎？」

玉芬道：「我就是因為和白家有一層親戚關係，這話不好說，若我光是金家的關係人，我早就對媽說了，請她主持一下，把這事辦成了。」

翠姨道：「親戚要什麼緊？世上說媒和作介紹人的，不靠親戚朋友，還靠生人嗎？」

玉芬道：「不過這一件事又當別論，我原先也有這個意思，因為老七不大願意，我就不管了。」

翠姨道：「不能吧？前兩天他兩人還在我們家裡打牌呢。」

玉芬道：「他們鬧了許久的彆扭，就是那天我給他們作和事佬的呢。見了面，兩人倒是挺好。一轉身，老七可就很淡漠的樣子，我倒有些不解，這是什麼緣故？」

翠姨笑道：「男子對於女子都是這樣的，也不但老七如此。」

玉芬正用一個小茶匙舀著咖啡向口裡送，聽了這話，她把小茶匙敲著嘴唇，凝目出了一會兒神，笑道：「這話倒是真的，我們這三爺就是這樣。」

翠姨笑道：「你們小倆口是無話不談的，可別對老三說出這話。我是一個不中用的人，將來說我挑唆你小倆口不和，我可擔不起這大的責任。」

玉芬笑道：「我就那樣沒出息，這種話都說出來了。」

兩人坐著談了一會，這裡就越來越人多。

玉芬道：「太熱鬧了，回去吧。」

翠姨道：「我們繞一個彎兒吧。」

玉芬道：「我怕累，不走了。」

翠姨道：「巴巴地到公園裡來，一進門就上這兒來坐，坐倦了馬上就回去，我們怕在家裡沒有咖啡汽水喝嗎？」

玉芬笑道：「可真也是的，在家裡坐著，老想上公園來走走，來了又覺得沒有什麼味，不願走動。要不，咱們先別回家，到中外飯店屋頂上看跳舞去。」

翠姨道：「算了吧，上次我去了一趟，還有你大嫂子在一塊兒呢，回來也不過一點鐘，老頭子知道了，見了我撅著嘴好幾天。我又不會跳舞，看著人家跳，坐在一邊看著，倒反而沒趣。我倒有一件有趣的事，好久想說沒說出來。」

玉芬道：「想起了什麼事？既然有趣，怎樣不早早說出來？」

翠姨道：「這件事，有兩層難處，第一，不知老頭子答應不答應？第二，這個人可得給他一個地方住。」

玉芬道：「你別繞著彎子說了，什麼有趣的事？你先說出來吧。」

翠姨道：「我先也是不知道，有一天到朱家去，我問他們家少奶奶們打牌不打？他們都說不打，昨天晚上的書說到正要緊的地方，今天晚上要接著往下聽啦。我就問聽的什麼書？他們一說，我才知道，原來他們在蘇州請了兩個說書的人來，一個是說《玉蜻蜓》，一個是說《三笑姻緣》，賞號在外，每人只要兩百塊錢一個月。不過有一層，說書的要住在家裡，得預備他的房子伙食。」

玉芬道：「從前我在南方，也喜歡聽這個，到了北方來，卻沒有機會聽，現在有這個玩意，倒可以在家裡坐著聽，不必出門，現在說書的在哪裡？一說就妥嗎？」

翠姨道：「他原在北京，最近聽說到天津去了，但要叫他來，很容易的，只要打一個電話他就來了。」

玉芬道：「就是這個說《玉蜻蜓》的嗎？」

翠姨道：「不是這個人，另外有個說《珍珠塔》，倒說得很好。我本想聽《三笑》，恐怕說這部書，老頭子不願意，所以沒有提到，現在來了一個說《珍珠塔》的，倒是一個機會。」

玉芬道：「二三百塊錢，錢倒不多，不過要住在我們家裡，這事倒不好辦。」

翠姨道：「我們回去說說看，若同意了，就在前面騰一間屋子，倒也不難。」

玉芬道：「好極了。我回去首先就說，保管他們都會贊成的。」

她一高興，立刻就坐車回去，到了家裡，和大家一提議，金太太二姨太太都贊成。這事有了她倆作主，和金銓一提，金銓只說了一聲俗不可耐，倒沒有反對。

次日，他們就打電話到天津，把那個說書的叫了來。

這說書的叫范小峰，專門說《珍珠塔》這部彈詞，另外有個徒弟，叫林亦青，能說《琵琶記》。他們正在天津，在各公館說些臨時的短書，現在有金府上打電話相邀，這自然是一等大買賣，所以接了電話，當晚就乘火車進京來了。

這事情是太太少奶奶辦的，他們向來就不和老爺少爺接洽。范小峰師徒到了金府，給了名片到號房，號房一直就到上房陳明金太太，金太太道：「就叫他進來吧。」

號房出去，把他師徒引到上房，他們倒是行古禮，見了金太太，各人深深地作了三個揖。

金太太見一個年紀大的，約有五十多歲的光景，兩腮瘦削，一張癟嘴脣，倒有幾點黑的牙齒，那臉上更是一點血色沒有，滿臉的煙容，不過臉上雖然憔悴，身上的衣服卻十分美麗，穿了一件藍春綢的長衫，罩著八團亮紗馬褂。頭上前一半腦殼都禿光了，後面稀稀的有些蒼白頭髮，卻梳著西式頭。

那個年紀輕的，頭髮梳得溜光，皮膚雖尚白皙，可是也沒有血色，眼睛下還隱隱有一道青紋。他的衣服比年紀大的更華麗些。

他們行禮之後，年紀大的，自稱是范小峰，指著那年輕的是林亦青。別看他上了幾歲年紀，倒說著一口嬌滴滴的蘇白。金太太聽到家鄉話，先有三分滿意，再一看范小峰卑躬屈節，十分和藹，更樂意了，便笑著請他兩人坐下。

范小峰道：「本來打算回上海去了，因為接了府上的電話，所以又到北京來伺候太太少奶奶，但不知道從哪一天起？」

金太太道：「我們家裡人就是這樣的脾氣，要辦什麼，馬上就辦，今天晚上是來不及了，就是明天吧。」

范小峰也不敢久坐，打了一拱，和林亦青一路退出去了。

這事一發起，就招動了他們許多認識的太太姨奶奶。到了次日下午八時，在樓下客廳裡，擺了書桌，向著桌子擺下許多座位，另外倒預備了許多茶點，聽候女賓飲用。

玉芬和著翠姨就出來招待，花團錦簇，這一番熱鬧自不待言。可是這回大請客，金府上竟是例外，一個男賓也不曾加入，於是好事的少爺們也就不參加了。

八　公子壽宴

燕西聽說請客，早就回來參與。可是一看到來賓，全是太太少奶奶，不但沒有男賓，而且時髦的小姐也很少。燕西一看這種情形，當然無插足之餘地，在院子裡徘徊了一陣，只得又走了出去。

一拐彎兒只見潤之站在前面。燕西道：「六姐怎麼不去聽書？」

潤之皺眉道：「那有什麼意思？我聽得膩死了，虧他們還有那種興致，聽得津津有味。」

燕西道：「這書不定說一個月兩個月，若是天天有這些個人聽書，招待起來，豈不麻煩死人？」

潤之笑道：「那也是頭兩天如此罷了，過久了，他們就沒有這種興致的。你在這裡做什麼？也要聽書嗎？大概不是，秀珠妹妹在這裡，你是來找秀珠妹妹的吧？」

燕西道：「她來了嗎？我並不知道。」

潤之道：「她大概早就找你了，你倒說不知道，你快快會她吧，人家等著你哩。」

燕西道：「她在那裡聽書聽得好好的，我去會她做什麼？」

潤之道：「她哪裡又要聽書？她來了，也是醉翁之意不在酒。」

燕西道：「六姐，你和他們一樣，說起來總像我和她有好深的關係似的，你一提起，我倒有一件事託你哩，走，我到你屋裡去慢慢地把話告訴你。」

潤之道：「你又有什麼事託我？別的沒六姐，有事就有六姐了。」

燕西道：「這事除了六姐，別人是辦不動的。」

潤之道：「既然如此，你就告訴我，看是什麼事，倒捨我莫屬？」

燕西跟著潤之到她屋裡去，先抽了一根煙捲，後又斟了一杯茶喝了。

潤之道：「你到底有什麼事？快說吧。」

燕西笑了一笑，又斟半杯茶喝了。潤之道：「你這是怎麼了？你不說，就請吧。」

燕西笑道：「說是說的，不說為什麼來了哩？上次我不託六姐一件事嗎？」

潤之道：「上次什麼事託我？我倒記不起來。」

燕西道：「上王家去聽戲，忘了嗎？」

潤之道：「呵！是了，這回又是聽戲不成？」

燕西笑道：「聽戲倒不是聽戲，人還是那個人。」

潤之道：「這個密斯冷，我倒很歡喜的，還有什麼事呢？」

燕西笑道：「我想請六姐到她那裡去一趟。」

潤之道：「你的意思是要我去回拜她嗎？這些個日子了，還去記那筆陳賬？」

燕西道：「不是陳賬，這是去算新賬，你能去不能去哩？」

潤之道：「為什麼事去哩？無緣無故到人家去串門子嗎？」

說到這裡，燕西只是仰著頭傻笑。

潤之道：「這是怎麼回事？你自個兒倒笑起來了？」

到了這種情形之下，燕西不得不說。就把自己和清秋有了婚約的始末略微說了一說。

潤之道：「怎麼著，真有這事嗎？」

燕西道：「自然是真的，好好的我說什麼玩話？」

潤之道：「你怎樣和家裡一個字也沒有提起？」

燕西道：「因為沒有十分成熟，所以沒提，現在我看她母親也是可以同意的，她那方面，總算不成問題，只有看我們這一方面怎樣進行了？」

潤之把兩隻手抱著膝蓋，偏著頭想了一想，沉吟道：「爸爸大概是無可無不可，就怕媽嫌門第不相符，而且這事突如其來，也容易讓她見疑。」

燕西道：「怎樣是突如其來？我和她認識有半年了。」

潤之道：「你們雖然認識有半年了，家裡可不知道。你早要是讓她常在咱們家來往，家裡還知道你有這樣一個朋友。如今倒說你已經在外訂婚了，這不是突如其來嗎？」

燕西道：「依六姐看，怎樣辦呢？」

潤之聽了，半晌想不出一個主意。

突然有個人在後面說道：「我以為你們走了呢？原來在這裡參上禪了。」

原來潤之還是兩隻手抱著膝蓋，只望著燕西，燕西卻拿了一把小刀，在那裡削鉛筆，削了一截，又削一截。這時回頭一看，只見敏之拿了一本英文書從裡面房裡出來。

燕西笑道：「五姐，我說的話，你大概都聽見了，你能不能給我想個法子？」

敏之道：「這要想什麼，婚姻自由，難道二老還能阻止你不結這一門親不成？」

燕西道：「說雖是這樣說，但是家裡全沒有同意，究竟不好，況且人家總是要到咱們家來的，難道讓人家一進門就傷和氣嗎？」

敏之道：「你瞧，媳婦兒沒進門，他先就替人家想得這樣周到。」

燕西道：「什麼想得周到不周到，這是真話。」

敏之道：「依你，要怎樣辦呢？」

燕西道：「就因為我自己沒有主意，有主意，我還請教做什麼呢？」

潤之道：「他的意思，要我先到冷家去一趟，我不懂什麼意思？」

燕西道：「那有什麼不懂？咱們先來往來往，以後認識了，話就好說了。」

潤之道：「你倒會從從容容地想法子，家裡的人很多，為什麼單要我去呢？」

燕西道：「總得請一個人先去的，若是先去的人都說這一句話，那就沒有人可請了，六姐對我的事向來就肯幫忙的，這一點兒小事還和做兄弟的為難嗎？」說畢，就望著潤之嘻嘻地笑。

潤之道：「你別給我高帽子戴，隨便怎麼樣恭維我，我也是……」

燕西連連搖頭道：「得，得，別給我為難了。五姐，你給我提一聲，成不成？」

敏之道：「潤之，你就給他去一趟，這也不要什麼緊。」

潤之道：「緊是不要緊，我無緣無故到人家那裡去坐一會兒，那是什麼意思，不顯著無聊嗎？」

燕西本來託潤之去，是事出有因的，潤之頭一句話，就把他一肚子話嚇回去了，話只說了一半。這時想說，又不敢說，找了一張白紙伏在桌上，用鉛筆只管在上面寫字。寫了一行又一行，把一張紙寫滿了。

敏之道：「你還是這個毛病，正經叫你寫字，你不寫。不要你寫字，你倒找著紙筆瞎拓。」說時，一伸手，把那張紙拿了過來。

只見上面寫著許多「將如之何」四個字，此外零零碎碎地寫著一些冷、結婚、愛情、戀愛神聖、自由，各種字樣。

敏之說道：「就這一點的事兒，何至於就弄得一點辦法沒有？我就替你擔這個擔子，到冷家去一趟，未見得這事就會得罪了誰？」

燕西聽說，走過去，深深地對敏之作了一個揖。

敏之笑道：「瞧你這一副見菩薩就拜的情形，我又要好笑。」

燕西道：「五姐說去，定哪一天去？我好先通知那邊一聲，讓人家好準備歡迎。」

敏之道：「為什麼還要通知人家？」

燕西笑道：「人家是小家庭，連個茶水都不大方便。去了一位生客，她就有得張羅，而且她也託著我了，說是咱們家有人去，得先告訴她。」

潤之道：「小孩子說話，學得這樣貧嘴貧舌的，說幾句話倒接連鬧了兩個她字，她是誰？誰又是她？小家子氣！」

燕西笑道：「我這是順口說的罷了，又不是存心這樣。」

敏之道：「不要說這些廢話吧，我想停天去，或者早一點，就是後天下午去吧。我也不必專程到她那邊去，就算到你貴詩社去玩，順便到冷府上去看望看望得了。話已說完，你去吧，我這裡正在看書，給你嘰嘰呱呱一鬧，我就看不下去。」

燕西還要說什麼，敏之卻只管催他走，燕西沒法，只得走出來。轉過這個屋子，電燈下遇到秋香，她笑著把脖子一縮道：「七爺，白小姐來了。」

燕西道：「白小姐來了，關我什麼事？」

秋香笑道：「怎樣不關事？人家早就等著你呢。」

燕西笑道：「你這小鬼頭，倒壞不過，我要……」說著，伸手要來摸她的頭髮。

秋香身子一閃，一溜煙地跑了。

燕西心想：秀珠來了，我怎樣沒看見？她來了，我簡直不睬她，她也是要見怪的，我且去聽一聽書，看她怎麼樣？於是轉身又走到樓下客廳裡來，在廊外故意慢慢地踱過去。正在這裡，回頭一望，只見秀珠坐在玉芬並排，玉芬卻用手向外指著指給秀珠看。

秀珠向外一看，六目相視，都是一笑。燕西不好停留，自走了，玉芬卻用手拐著秀珠，低低地說道：「去去，人家在等你哩。」

秀珠微微將身子一扭，瞟了她一眼，依然坐著不動。過了五分鐘，秀珠悄悄地就離開座走了，她走出來，先到潤之那裡來坐。

潤之笑道：「老七剛才在這裡，去聽書去了，你沒見他嗎？」

秀珠道：「沒見著。」

潤之道：「這時候，他大概在書房裡哩。」

秀珠笑道：「我不要會他。」

坐了一會兒，卻向玉芬這邊來。

這屋子裡的男女主人翁全不在這兒，秋香道：「白小姐，七爺在家呢，你會見他了嗎？」

秀珠聽了她這話，倒有些不好意思，笑道：「不要胡說！小孩子倒這樣快嘴快舌的。」

秋香道：「這是實話，七爺剛才在這找你呢。」

秀珠道：「我不和你說了。」說畢，抽身就走了。

她走出來，順著長廊走，走盡了頭，這裡已是燕西的書房了。迎面嗆了一口風，不覺咳嗽起來。

這些時候，燕西因父母追問得厲害，就說落花胡同那個詩社已經取消了，在家住的時候較多，今晚上因為混得不早了，也就懶於出門，找了一本小說，躺在床上看。

這時，忽聽得外面有女子的咳嗽聲，似乎是秀珠的聲音，便問了一聲是誰。秀珠答道：「是我，七爺今天在家嗎？難得呀。」

燕西聽著，擲了書本便迎了出來，笑道：「請在我這裡面坐坐，如何？」

秀珠道：「我是坐久了，出來散步散步，我還要聽書去呢。」

燕西道：「那個書有什麼聽頭？我這裡正沏了一壺好茶，坐著談談吧。」

秀珠一面走著，一面說道：「好久沒到貴書房了，倒要參觀參觀。」

秀珠坐下，燕西便要去捺桌邊的電鈴，秀珠瞧著他微笑，站起來連忙用手按住他的手，問道：「這是為什麼？」

大家復又坐下。燕西道：「我叫聽差來，預備些點心給你吃。」

秀珠眼皮一撩，笑道：「你就是這樣，芝麻點大的事，就要鬧得滿城風雨，我坐一會兒就走，又要吃什麼點心？」

燕西道：「貴客光臨，難道就這樣冷冷淡淡地招待嗎？」

秀珠道：「冷淡不冷淡，不在乎這種假做作上做出來，那要看各人心裡怎樣？」

燕西道：「就以各人心裡而論，那也不算壞。」

秀珠道：「哼！你不要說那話吧，把我們當小孩子嗎？」

燕西笑道：「好一會子，鬧一會子，也就和小孩子差不多，把你當小孩子，還不是正恰當嗎？小孩子多半是天真爛漫的，把你比小孩子，就是說你天真爛漫，那還不好嗎？」

秀珠道：「少要瞎扯吧，我倒是有一件事要來和你商量。」

燕西聽到她說有一件事要來商量，心裡倒跳了幾跳，便問道：「有什麼事呢？只要辦得到，我無不從命。」

秀珠道：「這是極容易辦的事，怎樣辦不到？可有一層，就怕你不肯辦。」

燕西道：「既然容易辦，我為什麼不肯？這話很奇了。」

秀珠笑道：「不但是容易辦，而且與你有極大的利益，不過你對於我，近來是不同了，我說的這話，怕你就未必肯依？」

燕西本坐靠近書架的一張沙發椅上，於是順手掏了一本書，帶翻著帶問道：「究竟是什麼事呢？你且說出來，咱們商量商量。」

秀珠笑道：「看你這樣子就不十分誠懇，我還說什麼呢？」

燕西道：「你現在也學得這種樣子，一句平常的話倒要做古文似的，鬧這麼些個起承轉合。」

秀珠笑道：「我問你，記得是什麼日子了嗎？七月可快完了。」

燕西被她這一句話觸動了靈機，不由恍然大悟。笑道：「是了，是了，難得你記得，究竟咱們非泛泛之交。」於是左腿架在右腿上儘管搖曳，笑道：「請問，你要怎麼樣辦呢？」

秀珠道：「怎樣辦呢？還得問著你呀。」

燕西道：「怎樣問著我呢？據我說，我是誰也不敢驚動，免得老人家知道，又要說話。」

秀珠道：「不過你們約著幾個人，私下熱鬧熱鬧，又不大張旗鼓地鬧，有誰知道呢？」

燕西站起來，對著秀珠連作幾個揖，笑道：「我不管你怎樣辦，我這裡先道謝了。」

這個揖作下去，恰好是阿囡送了一碗麥粉蓮子粥進來，倒弄得燕西不好意思。

秀珠倒很不在乎，笑著問道：「阿囡，七爺是八月初二的生日，你知道嗎？」

阿囡道：「是呀！日子快到了，我可忘了哩。」

秀珠道：「我剛才對他說，要替他做生日，怎樣做還沒有說出來，他倒先謝謝了。」

阿囡道：「到了那天，一定給七爺拜壽的，七爺怎樣請我們呢？」

燕西道：「你還沒有說送禮，倒先要我請你。」

阿囡道：「好吧，明天我就會商量出送禮的法子來，只看七爺怎樣請得了。我還有事，明天再說吧。」說畢，轉身就走了。

燕西笑道：「這孩子很機靈，你看她話也不肯多說兩句，馬上就走了。」

秀珠笑道：「你說什麼，我也要走了。」

燕西道：「多坐一會兒吧，難得你來的。」

秀珠道：「你府上，我倒是常來，不過難得你在家罷了。」

燕西道：「不管誰是難得的，反正總有一個人是難得相會，既然難得，就應該多談一會兒了。」

秀珠道：「讓我去吧，坐得久了，回頭又讓他們拿我開玩笑。」

燕西笑道：「既然怕人開玩笑，為什麼又到我這裡來？」

秀珠道：「我原不敢來驚動，免得耽擱了你用功，我是走這裡經過的呢，我要聽說書去。」

燕西道：「那種書，全談的是一些佳人才子後花園私訂終身的事，有什麼意味？倒不如我們找些有趣的事談談，還好得多。」

秀珠來了這久，也沒有喝茶，這時順手拿起桌上的茶杯，燕西連忙按著她的手道：「冰涼的了，喝了你會肚痛，我這碗麥粉粥很熱，找一個碗來，給你分著喝吧。」

秀珠道：「算了吧，這一點東西，還兩人分著吃。」

燕西笑道：「這也不充饑，也不解渴，只吃著好玩罷了。」說著，找了一個四方瓷斗，就把麥粉粥倒給裡面。

秀珠一甩手道：「真是孩子脾氣，我不和你胡纏了。」說畢，起身便走。

燕西要來攔阻，已不及了。

這一天晚上說書，鬧到一點鐘方才散場。因為夜已深了，玉芬不讓秀珠回家，就留住了她。潤之這邊有空床，送她到這邊來住。

秀珠睡的地方，是潤之隔壁二間屋。她因為和敏之閒談，到了三點才睡覺，所以到了上午十點鐘依然未醒。

燕西吃過早上的點心，要出門了，便重新到潤之這邊兒來，問敏之明日是不是決心到冷家去？走來了，在廊簷底下，隔了紗窗就嚷起來道：「五姐！五姐！」

潤之道：「別嚷，她睡了還沒醒哩，有話回頭再說吧，而且還有……」

燕西一掀簾子進來，說道：「我不必問她了，我就是那麼說，明天下午兩點鐘……」

潤之連連對他搖手，睞了睞眼睛，用手對屋子裡連指了幾指，低低說道：「密斯白在那裡睡著呢。」

燕西道：「她怎樣在這裡睡？昨天晚上沒回去嗎？」

潤之道：「昨天晚上，她和五姐談到三點才睡。」

燕西問道：「她說些什麼？提到我了嗎？」

潤之道：「提你做什麼，她們說的是美國的事，你走吧。你的話我明白了，回頭我對五姐說就是了。」

燕西聽說，這就走了。他又穿的是一雙皮鞋，走著是吱咯吱咯一路地響著。

到了這天下午，燕西借了一點事故，找了冷太太說話，因笑道：「我五家姐明天是要到這裡來的，她說了，要來看看伯母。」

冷太太道：「呵唷！那還了得，我們怕是招待不周呢。」

燕西道：「我那五家姐，她是很隨便的人，倒不用著客氣。」

燕西雖然這樣說了，冷太太哪裡肯隨便？自即日起，叫韓觀久和韓媽，將客廳、院子就收拾起來，客廳裡桌上換了新桌布，花瓶裡也插了鮮花，又把壁上幾軸畫取消，把家裡所藏的古畫重新換了兩軸，並且找幾樣陳設品添在客廳裡。

韓媽忙得渾身是汗，因說道：「像這個樣子待客，那真夠瞧的了。」

冷太太道：「你知道什麼？人家才真是千金小姐啦，況且她又出過洋，什麼大世面沒有見過。若到咱們家裡來，看見咱們家裡是烏七八糟的，不讓人家笑話嗎？我就死好面子，不能讓人家瞧我不起，你嫌累，她來了，總有你的好處，我先說在這裡等著，你信不信？」

韓媽笑道：「我倒不是嫌累，我想往後咱們都認識了，大家常來常往，要是這樣臨時抱佛腳地拾掇屋子，可真有些來不及。」

冷太太道：「你說夢話呢，他們富貴人家哪裡會和我們常來常往？也不過高起興來，偶然來一兩趟罷了，你倒指望著人家把咱們這兒當大路走呢。」

韓媽道：「我就不信這話，要說做大官的人家就不和平常人家往來，為什麼他家金七爺倒和咱們不壞呢？」

她這樣一句很平常的話，冷太太聽了，倒是無話可駁，說道：「那也看人說話罷了。」這話說過了，依然還是張羅一切，一直到次日正午十二時，連果碟子都擺了，百事齊備，只待客到。

到了下午二點鐘，敏之果然來了。

她先在燕西詩社中坐了一會兒，就由燕西從耳門裡引她過來。冷太太換了一件乾淨衣服，又套上一條紗裙，一直迎到院子裡。韓媽洗乾淨了手，套上一件藍布褂，頭上插了一朵紅花，笑嘻嘻地垂立在冷太太身後。敏之先和她一鞠躬，冷太太倒是一個萬福還禮，燕西未曾介紹，冷太太就先說道：「這就是五小姐嗎？」

敏之道：「舍弟住在這兒，不免有些吵鬧之處，特意前來看看冷太太。」

冷太太道：「那就不敢當，我們早就應該到府上去問安呢。」說時，冷太太早上前攙著敏之的手，一同到客廳裡來，便回頭對韓媽道：「你去請小姐來。」

韓媽巴不得一聲，便到上屋子裡來催清秋。

清秋穿了一件印花印度布的長衫，又換了一雙黃色半截皮鞋，倒像出門或會客的樣子，這時卻好端端躺在床上。

韓媽道：「客都來了，大姑娘你還不出去嗎？」

清秋道：「有媽在外面招待，我就不必去了。」

韓媽道：「人家一來拜訪太太，二來也是拜訪姑娘，你要不見人家，人家不會見怪嗎？」

清秋坐了起來，伸個懶腰笑道：「我就怕見生人，見了面又沒有什麼可說的。」

韓媽道：「那要什麼緊，一回生二回熟，人家怎樣來著呢？」

清秋道：「待一會兒，我再去吧。」

韓媽道：「要去就去，待一會兒做什麼呢？」

清秋被她催不過，只得起來，先對著鏡子理了一理鬢髮，然後又牽了一牽衣襟。

韓媽拉著她的袖口道：「去吧，去吧，你是不怕見客的人，怎麼今天倒害起臊來了？」

清秋道：「誰害臊呢？我就去。」說著，便很快地走出來。

到了客廳裡，燕西又重新介紹。

敏之見她身材婀娜，面貌清秀，也覺得是一個標緻女子，心裡就誇燕西的眼力不錯。敏之拉著她的手，在一塊坐了，談了一些學校裡的功課，清秋從從容容都答應出來。

韓媽在這時候忙著沏茶擺糕果碟，敏之道：「以後我可以常常來往，不要這樣客氣，太客氣，就不便常來往了。」

清秋笑道：「要說客氣，就太笑話了，五小姐是初次來，我們既不能待得很簡慢，匆促之間又辦不出什麼來；要說款待，還不如五小姐在府上吃的粗點心呢，這不能算是款待貴客，不過表示一番敬意罷了。」

敏之道：「這樣說，越發不敢當，而且也不能這樣稱呼，我雖然是個老學生，倒不肯拋棄學生生活。你要客氣一點，就叫我一聲密斯金得了。」

冷太太道：「我一見五小姐，就知道是個和氣人，這一說話，越發透著和氣了，像五小姐這樣的門第，又極有學問，這樣客氣是極難得的了。」

她母女二人極力地稱讚敏之，連韓媽站在一旁也是笑嘻嘻的。

敏之想起還沒有給賞錢，趁她送茶的時候，便賞她兩塊錢。韓媽得了錢，又請了一個安道謝，便道：「過些時候，再跟著我們小姐到你公館裡去請安。」

敏之握著清秋的手道：「果然的，什麼時候請到舍下去玩玩？我還有個小些的舍妹，頑皮得了不得，我總想讓她交幾個好些的女友，讓她見識見識像密斯冷這樣莊重的人，她能多認識幾個，也許把脾氣會改過來一些。」

清秋笑道：「只要不嫌棄，我一定到府上去的，不過很不懂禮節，到府上去怕會弄出笑話來呢。」

敏之道：「家父家兄雖都在政界裡，可是舍下的人都不怎麼腐敗，官僚那些習氣確是沒有的，密斯冷要去，可以先通一個電話，我一定在家裡恭候。」

兩人說得投機，敏之儘管和她說話，可是清秋心裡想著，她此來是要背著我說幾句話。我坐在這裡，她怎樣開口？看看燕西坐在一邊，也無走意，心裡又一想，他要是不走，這話也是不能說的，急切抽不開身，只得依舊和敏之談話。差不多談了一個鐘頭的話，敏之才告辭說走，依舊是走燕西的詩社那邊出去了。

敏之回了家，就對潤之說道：「那個女孩子的確不壞，老七要娶了她，是老七的幸福，而且人家雖窮一點，也是體面人，大可聯親，讓我慢慢地把這事對母親說一說。」

潤之道：「那層可不要忙，至少也要母親見了見這人才提，不然她老人家未必就同意的。」

敏之道：「我先不提親事，就說有一個很好的女孩子是老七的朋友得了，再聽口風，然後向下說。」

潤之道：「這或者可以，我們就到母親房裡。」

敏之笑道：「你這總是肚子裡擱不住事，說走就走，說辦就辦。」

潤之道：「不是為這個事。我聽說四姐由東京來了信，快要回來呢，我是看信去。」

潤之說畢，便起身到金太太屋裡來。

只見金太太斜躺在一張軟榻上，秀珠拿了一份報紙，坐在一張矮小沙發椅上，不曉得把什麼一段新聞念給金太太聽。

金太太道：「怎麼屋子裡一個人也沒有？要喝一杯茶也不能夠。」

秀珠聽說，扔下了報紙，連忙拿了桌子上的茶杯，斟了一杯熱茶，雙手送將過來。

金太太坐了起來，連忙接著茶杯。

她一句話沒說出，潤之一腳走進來，便笑道：「不敢當，不敢當！」

秀珠一回頭看見是潤之，笑道：「這兒送茶給伯母，你那兒怎樣不敢當起來了？」

潤之道：「這件事，本應該我們做的，密斯白這一來，算是給我們代勞了，我們還不應該道謝嗎？」

秀珠笑道：「我就不願這樣客氣，遇事都應隨便。」

金太太笑道：「雖然隨便，這種反客為主的事情，我們就不敢當呢。」

正說著，只見一個老媽子站在門外邊說道：「太太，大夫來了。」

秀珠忙問道：「誰不舒服了，又請大夫呢？」

潤之道：「是我們大嫂。」

秀珠道：「昨天上午我回家去的時候，她還是又說又笑，隔了一宿怎麼就病了？」

金太太道：「咳！你不知道，這一向子他夫婦倆生氣，我們怎樣說他們也不好，有三四天了，我們那老大是不見人影。大少奶奶接上就病了。」她又回頭對潤之道：「梁大夫來了，你就帶他瞧瞧去吧。」

秀珠道：「哎喲！我是一點不知道，我也瞧瞧去。」

於是潤之到外面客廳裡見了梁大夫，引他到佩芳屋子裡去，秀珠是早在那裡了。

原來這梁大夫差不多是金家的顧問，有人少吃兩口飯，都去問他的。

梁大夫提著一個皮包，走到正中屋子裡，把皮包放下，一打開來，取出一件白布衣服，將身罩了，拿著聽脈器，測溫器，走進佩芳屋子裡去。

佩芳的正面銅床上，垂著一頂竹葉青的羅帳子，帳子掀開一邊，佩芳將一副寶藍錦綢的秋被蓋了半截身，上身穿了一件淺霞色印度綢夾襖，用一條湖綢舊被捲了放在身後，卻把身子斜靠著。

梁大夫雖知床上的大少奶奶便是病人，一看頭髮梳得光光的，臉上沒有施脂粉，僅僅帶一點黃色。除此而外，看不出她有什麼病容，因此也不敢一下便認為是病人。

佩芳見大夫進來，勉強笑著點了點頭。

早有一個老媽子端了一張方凳放在床面前，所幸這位大夫有五十多歲，長了一把蒼白鬍子，這才倚老賣老，就在凳上坐了下來。先是要了佩芳的手，按一按手脈，然後說道：「這得細細地診察，請大少奶奶寬一寬衣。」

金家究竟是文明人家，而且少奶奶小姐們又常常地穿了跳舞的衣服去跳舞，對於露胸袒肩這一層倒並不認為困難，當時便將短夾襖鈕扣解了，半袒開胸脯。

梁大夫將測溫器交給佩芳含著，然後將聽脈器的管子插入耳朵，由診脈器細細地在佩芳肺部上聽了一會兒。

梁大夫聽了脈以後，就對佩芳道：「脈沒有什麼病狀。」說著，又在佩芳口裡取出測溫器來，抬起手來，映著亮光看了一看，說道：「體溫也很適中。只不過精神欠旺點，休養休養就好了。」

潤之道：「這樣說，不用得吃藥了？」

梁大夫笑道：「雖然沒有病，卻是吃點藥也好。」

潤之道：「這是什麼緣故呢？」

梁大夫知道潤之和秀珠都是兩位小姐，笑著點頭道：「自然有緣故。」

潤之和秀珠看他這樣說話，都笑了。

梁大夫把白衣脫了，和用的東西全放進皮包去，便道：「我要去見一見太太。」

潤之聽說，便引他到金太太這邊來。

金太太隔著玻璃窗看見，便先迎出來，陪他在正中屋子裡坐。

梁大夫一進門，先就取下帽子在手上，連連拱著手笑道：「太太，恭喜，恭喜。」

金太太見大夫診了病，不替人解說病狀，反而道喜，倒是一怔。就是其他在屋子裡的人也都不免詫異起來。

梁大夫看到大家這樣驚異的樣子，也就料著是不明就裡，因笑道：「大少奶奶是喜脈，不要緊的，你說這不可喜嗎？」

原來金銓有四個兒子，還沒有一個孫子，金太太日夜盼望的就是這一件事。這一些時候，看到二少奶奶常常有些小不舒服，全副精神都注意在她身上，以為她有了喜，現在醫生說是大少奶奶有喜，這一喜是喜出望外了。便道：「大夫，這話是真的嗎？別是不舒服吧？」

梁大夫笑道：「太太，我做醫生的，連一個有喜沒喜都分別不出來，這還當什麼大夫哩？」

金太太笑道：「梁先生，你不要多疑了，我是因為我們大少奶奶一點也不露消息，突然聽了這話倒很怪的，這就得預備產婆了。梁先生，你看是西洋產婆好些？還是日本產婆好呢？」

梁大夫笑道：「那倒還不忙，現在不過兩三個月呢。」

金太太道：「那倒罷了，我們二少奶奶也是常常不舒服，我也要請梁大夫看看。」

梁大夫聽了金太太的口音，也就猜透了一半，笑道：「倒是看看的好，遇事好留意一點。」

金太太聽了，便吩咐老媽子去請二少奶奶來。

老媽子去了一會兒，走來笑道：「二少奶奶說，她沒有病，不肯瞧呢。」

金太太道：「她為什麼不來瞧？又是你們這班東西多嘴多舌，讓她知道，她所以不來了。」

老媽子道：「我們不知道二少奶奶有什麼病沒有，說什麼呢？」

梁大夫道：「不瞧，那也不要緊，我那裡印著有育嬰須知的小冊子，裡面附有種種保胎法，我可以拿幾份過來，送給幾個少奶奶瞧瞧。若照著書上行事，那比請一個大夫在家裡還強呢。」

梁大夫看看沒有什麼事，提著皮包自走了。

這裡金太太聽到有添孫子的消息，立刻把這事當了一個問題，和這個討論幾句，又和那個討論幾句，可是正要把這事告訴鳳舉，鳳舉偏偏好幾天不見他的面。

鳳舉在家裡，佩芳光是和他吵，鳳舉一賭氣就避開了。佩芳先還說，你不回來，我希望你一輩子也不見我。第一天過去了，第二天不見鳳舉回來，就有些著慌。到第三天，仍不見他回來，便打電話到部裡去問，恰好又是禮拜日。

到第四天，佩芳就病了，病了兩天，還是不回來，到了這時候，佩芳心裡很是焦急，但事已如此，嘴裡可不肯說找他回來，若要說出，分明自己軟化，鳳舉益發得志了，所以她面上依然鎮靜不露聲色，後來被梁大夫診脈診出來了，倒是一喜。

因有一個多月了，自己老是這樣懷疑著是不是有了喜，自己雖然有七八分相信，卻又不敢就告訴鳳舉，怕他一說出去了，若是不是的，那有多麼寒磣，現梁大夫把這事給證實了，第一是婆婆要由我一點，總不讓我生氣。鳳舉要鬧，她必定壓制兒子不壓制媳婦了，就是鳳舉本人聽了這個消息，也得大喜一番，他一定不敢再惹人生氣的，若一說，我為這個病了，他還不回來瞧我嗎？這樣想著，鳳舉之回來不回來越發不管。

誰知鳳舉死了心了，竟是不回家，就是回家，也不進自己的房。不過衙門還是照舊去，下了衙門以後，人到哪裡去了就不得而知了。金家的房子很大，金銓夫妻一兩天不看兒子也是常事，就不過問，老夫妻倆還不過問，旁人哪裡得知哩？

佩芳睡了三天，想靜等不是辦法，便理了一理頭髮，換了一件長衣，走到婆婆屋裡來。金太太戴上大框眼鏡子，拿了一本大字詳注的《金剛經》，正躺在軟榻上念。看見佩芳進來，放下書，摘下眼鏡子，笑道：「佩芳，你好了嗎？就在屋子裡多躺一會兒吧，不要像平常一般那樣歡喜走動了。」

佩芳道：「老坐在屋裡也是悶得慌，總要出來走動走動才好。」

金太太道：「當然是要運動的，不過你睡倒剛起來，總要休息休息，不要把身子累了。」

佩芳笑道：「一個人坐在屋裡，有三四天，也夠悶的了，我想找幾個人打小牌呢。」

金太太道：「打牌，那更不合宜了。鳳舉呢？不在家嗎？」

佩芳道：「我快有一個禮拜沒見他了。」

金太太道：「真的嗎？昨天下午他還在這屋子裡坐一會兒去的呢。」

佩芳道：「他回是回家的，就是不和我見面。」

金太太聽說，默然一會兒，說道：「這孩子的脾氣還是這樣，回頭我打電話到他部裡去，問問他看。」

佩芳道：「隨他去吧，一問了他，更要讓他生氣。」

金太太明知佩芳是氣話，卻又不好怎樣回答，淡淡地說道：「沒看見你們少年夫妻總是歡喜爭些閒氣。」說了這一句，就牽扯到別一件事上去了。

金太太就想到了下午鳳舉回來，背著佩芳問他一個究竟。

不料這日下午，鳳舉依然沒有回來，金太太一問聽差，都說不知道，就去問汽車夫，他說：「每天送大爺到部，回來就坐車，不回來就不坐車，也不知道在哪裡？」

金太太不得要領，就越發地要追問。

這一天過去，到了第二天，鳳舉回來了。金太太一聽到這個消息，立刻傳去問話。金太太劈頭一句便問道：「你這樣不是和我為難嗎？佩芳剛剛身上有些不舒服，你就在這時候和她生氣。你鬧了許久，我一點都不知道，倒像我是放縱你這樣呢。」

鳳舉微笑道：「我沒有和她生什麼氣呀？」

金太太道：「你還說不鬧呢？有整個的禮拜不見她的面了。」

鳳舉道：「她見了我，就和我囉嗦，我不願受這些閒氣，所以躲開她。」

金太太道：「你躲在什麼地方？」

鳳舉道：「我躲在哪裡呢？也不過前面客房裡罷了。」

金太太道：「你天天都在家裡嗎？怎樣我不看見你？」

鳳舉道：「我不到後面來，你怎樣看得見我呢？」

金太太道：「我不和你說上許多，從今天起，你得回自己房裡去睡，這樣東跑西躲，小孩子一般，總不成個事體。」

鳳舉糊裡糊塗地答應著，就走開了。

原來這些時候，鳳舉和劉蔚然、朱逸士結成一黨，每日晚上逛窯子，鳳舉還是對那天在北班子裡認得的晚香，很是滿意，每天必去，接連去了三天。

也是晚香隨便說了一句話，問大爺什麼時候捧捧我們呢？鳳舉笑道：「隨便哪一天都可以。」晚香拿著鳳舉的手，一直看到他臉上，笑道：「隨便哪天都可以嗎？明天怎樣呢？」

鳳舉道：「好，明天就明天吧，你可以預備一點菜，我明天請幾個朋友在這裡吃飯。」

晚香道：「真的嗎？你可不能冤我哩。」

鳳舉笑道：「我們也認識這久了，我冤過你嗎？」

晚香的領家李大娘聽了這話，眉開眼笑，說道：「這話是真的，大爺人極好，不說假話的。」

到了次日，鳳舉就在晚香屋子裡擺了七十二兩的兩桌酒席。吃酒之後，又接上打起牌來，抽了三百多塊錢的頭子。

自捧上了這一場之後，雙方的感情格外濃密，一到了晚上，鳳舉便到晚香那裡去坐，那李大娘另外問鳳舉要了一張五百元的支票，就讓晚香每晚陪鳳舉到中外飯店去看跳舞，不必回來了。

鳳舉有這樣可樂的地方，不回家也沒甚關係，所以他這一個多禮拜都是這樣消遣。

這天金太太雖把他叫來說了幾句，他當面是不置可否，到了晚上，他又帶了晚香一塊兒上中外飯店去了。

佩芳見婆婆的命令都不能挽回丈夫的態度，也只好由他去，晚上拿了一本書，躺在軟沙發上看，院子裡悄無人聲，看著書，倒也淡焉若忘。

忽聽得慧廠隔著窗子叫了一聲大嫂，佩芳道：「請進來吧。」

慧廠笑道：「怎麼這樣客氣？還用上一個請字呢？」說著，便走進來了。

佩芳道：「不是呀，來而不往非禮也，你既然很講禮，先叫了一聲，試探試探，能不能進來？那麼，我就應當先下一個請字了。」

慧廠道：「並不是我多禮，我怕大哥在屋子裡，所以先叫一聲，較為便當一點。」說時，挨著佩芳身旁坐下，順手將佩芳看的書拿起一看，見那書籤子上標著「苦海慈航」四個字，笑道：「現在這新出的小說總是情海欲海這些字樣，這部書大概又說的是一男一女發生了愛情，結果又是經了種種磨折，忽然醒悟過來吧？」

佩芳笑道：「你猜的滿不是那回事。」

慧廠道：「怎樣滿不是那回事？那不是和這個小說名字不相合嗎？」

佩芳道：「本來就不是小說，你瞧瞧看就明白了。」

慧廠聽說，揭開一頁來看，就是二頁彩畫的觀世音的全身像，再往後翻，就是大字石印的《太上感應篇》。慧廠笑道：「咳！你真無聊到了極點，怎麼看起這種書來？」

佩芳道：「你不要說這是無聊的書，你仔細地看看，必然感覺得這種善書裡也有好多名言至理，看了之後，一定會若有所悟，解除不少煩惱。這後面是《楞嚴經》，如來和阿難尊者反覆辯難，說得天下事無一不是空的，非常有味。我覺得和人爭氣，真無意思了。」

慧廠笑道：「人都是這樣，在氣頭上就抱消極主意，氣平就不願消極了。」

佩芳道：「你這話不然，母親並不生氣，她為什麼把《金剛經》都念得爛熟了？」

慧廠道：「年老的人，富貴榮華全有了，就不能不怕出岔事；二來也希望長壽，這兩樣事，都不是人力所能辦到的，就只念佛，做那修行的功夫了。」

佩芳用手指著慧廠笑道：「你少說這話，仔細讓人聽了去告訴母親，要說你批評老人家佞佛。」

慧廠道：「我不和你說這些廢話了，我來和你商量一件事，後天是老七的生日，他們都要送禮，你打算送什麼呢？」

佩芳道：「是啊，去年要鬧，沒有鬧成，今年該玩一玩了。明年他要出洋，不定哪年回來，二十歲是趕不上做的。」

慧廠道：「大家也是這樣說，父親可不成，他說一人年年總有個生日，有什麼可賀的？他平生就討厭人家做壽，一個年輕的人更與壽字不相稱，哪裡還可以慶賀？」

佩芳道：「我們送老七的禮還得瞞著父親嗎？我倒有樣東西老七用得著的，也不致於驚動人。」

慧廠道：「是什麼呢？他用得著的東西太多了。」

佩芳道：「憑什麼，也沒有這東西他中意，我打算送他一筆壽金。」

慧廠笑道：「那可使不得，他能諒解我們，也要說我們不大方；不諒解我們，就要說我們恥笑他了，不如還送東西吧。」

佩芳道：「既然這樣，我送他一套大禮服，讓他結婚的時候穿。你呢？」

慧廠道：「不好，要揀有趣味的才對，他原是一個有趣味的人呢。」

佩芳道：「結婚的禮服還不有趣嗎？」

慧廠道：「他也不一定結婚才穿禮服，那怎樣算趣？我倒有個辦法，賃一捲電影片，到家裡來映。」

佩芳道：「不好，不好。電影在電影院映，他們有銀幕，映出來好看，上次我們映幾回，都是懸著一塊白布，映在白布上，減了不少的精彩，不如叫小科班來演幾齣戲吧。」

慧廠道：「不成，演戲鑼鼓一響，父親就知道了。」

佩芳笑道：「這樣也不行，那樣也不行，那就無可樂的了，豈不是做個素生日？」

慧廠道：「不如問他自己去吧，連他自己要我們送什麼，我也請問他，這倒是最好的方法。他這些時候都在家裡，可以叫人把他請來問問。」

佩芳笑道：「私下問他倒是可以。」便吩咐蔣媽，把燕西叫了來。

燕西隔著屋子，先就說道：「我在家裡，你們又添了一個幫閒的了，什麼時候差角色，什麼時候去叫我，我就可以隨時補缺。」

走進來時，見佩芳、慧廠同靠在沙發椅上談心，只把牆上斜插的綠罩電燈扭開，屋子裡靜悄悄的，不像有什麼動作，笑道：「我以為二位嫂嫂命令叫我來打牌呢，原來不是的。」

慧廠道：「你坐下吧，我問你，你老實說，你現在所欠缺的，到底是哪一樣？」

燕西笑道：「你們又要拿我開心嗎？我就實說了吧，我少了一個少奶奶。」

佩芳道：「我不和你說笑話，問你實實在在缺少了什麼應用的東西？」

燕西笑道：「那就缺少的很多了，總而言之一句話，是缺少幾個錢。有了錢，就什麼事都好辦了。」

佩芳聽了這話，對慧廠睞了一下眼睛，彼此一笑。

燕西道：「怎麼樣？我這話說得太不雅嗎？」

慧廠道：「倒不是不雅，我們先猜了一猜，你就會說這話呢。我問你，上次你三嫂不是借了三百塊錢給你了嗎？你做什麼用了？這還不到半個月呢。」

燕西道：「我這窟窿太大了，不是三百塊錢填得滿的。」

佩芳道：「我並不是要查你的賬，你不要誤會了，我們之所以問，因為你的壽誕到了，我們要送壽禮，不知哪一樣你最合適？要請你自己說一說。我們是決定了送禮的，你也不必客氣。」

燕西道：「二位嫂嫂都猜到了，我還說什麼呢？」

慧廠笑道：「老七，你也稍微爭點氣，別讓人家量著了，怎麼我們猜你要錢，你就果然要錢？」

燕西笑道：「誰教我花得太厲害呢？而且長嫂當母，在嫂嫂面前說實話也不要緊。若是說謊，倒顯得不是好孩子了。」

佩芳笑道：「你瞧瞧，說了一聲給錢，連長嫂當母都說出來了，好孩子也說出來了，二妹，就送他分子吧。你看，我們應該送他多少呢？」

慧廠笑道：「幾毛錢總不像樣子，我們一個送他一塊錢吧。」

燕西笑道：「長者賜，少者不敢辭。無論一塊或一毛，那都是好的，我當然拜領。」

慧廠道：「這話說得冠冕，但是你心眼裡不嫌少嗎？」

燕西道：「我不能嫌少。」

佩芳道：「嫌少就嫌少，不嫌少就不嫌少，為什麼加上一個能字？」

燕西道：「我知道的，二位嫂嫂極是大方，說不定借這個機會送我三百五百，現在說送那一塊錢，自然是鬧著玩；我若說嫌少，你一氣，可就不會給我整批的了，可是一塊錢不能算多，要我說那屈心話這不算少，我也對不住兩位嫂嫂。」

慧廠笑道：「大嫂，這孩子現在學得真會說話，不知道跟誰學的？」

佩芳道：「當然是跟秀珠妹妹學的，她就是一個會說話的人。」

燕西道：「我問這是什麼意思，談論到了我，就會牽連到她？」

佩芳笑道：「因為是你的她，才會牽連到她呢。二妹，你看怎麼樣呢？我以為老七將來很能聽秀珠妹妹的話。」

燕西用兩個指頭塞著耳朵眼，站起來就要走，佩芳道：「跑什麼？話還沒有說完呢。」

燕西道：「你們說的這些話，叫人家怎樣受得了呢？」

佩芳道：「不說這些話就得了，你說願意要錢，我們可就真要送你錢了，你怎樣請客呢？」

燕西道：「請大家吃一餐就是了，怎樣吃法，我可就說不上。」

佩芳道：「不帶一點玩意兒嗎？」

燕西道：「有倒是有一個玩法，現在來了一班南洋魔術團，有幾個女魔術家長得挺好。」

慧廠道：「你是要看她魔術呢？還是要看女魔術家呢？」

燕西道：「魔術也看，女魔術家也看。到了那天，請她來變了幾套戲法，靜靜悄悄地樂一陣，包管誰也不知道。」

佩芳道：「我看不請也罷，這種女人總不免有幾分妖氣，你們兄弟幾人，見了女子就如蒼蠅見血一般，不要節外生枝起來。」

燕西笑道：「這樣一說，我們弟兄還成人嗎？」

慧廠道：「你要找魔術團，就找魔術團吧，但不知你請些什麼客？」

燕西道：「我想不要請客吧，就是家裡人大家吃一點喝一點得了，若是請起客來，就免不了父母知道的。我寧可少樂一點，也不願意多挨幾句罵。」

佩芳道：「家裡人以外，一個生人也沒有嗎？」

燕西道：「說不定也要請幾個外客，那就讓他們在外面客廳裡鬧鬧罷了。」

慧廠道：「沒有加入我們圈裡的嗎？」

燕西道：「不過是幾個同學，和幾個常常見面的朋友，當然不能請到裡面來。」

慧廠因他這樣說，也就和佩芳一笑，不再提了。

到了次日，慧廠和玉芬也商量了，三人各開一百元支票，用一個珊瑚箋紅紙封兒，將支票來套上了，各人親自在上面寫了「壽敬」兩字。

玉芬的支票，卻是叫秋香送了去。

秋香拿著，想七爺待我們很好的，我們倒應當送一點禮才好，於是先不送去，便到敏之這裡來，把阿囡叫到走廊下，把話對她說了。

阿囡笑道：「別獻醜了，我們送得起什麼東西呢？拿了去，倒讓七爺笑我們。」

秋香道：「不是那樣說，千里送鵝毛，物輕人情重。」

敏之在屋裡看書，見她兩人鬼鬼祟祟地說話，就疑心，忽聽物輕人情重一句話，心想，不知這兩個小鬼頭又在弄什麼玩意？遂掀著一角紗窗，向外望了一望。

只見秋香手裡舉著一個紅紙套，說道：「這是我們少奶叫我送給七爺的，我想等我們的禮物辦好了，然後一路送去。」

阿囡道：「你就先送去吧，我們一刻工夫怎樣辦得齊禮呢？」

敏之這才明白，他們是要送燕西的壽禮。便道：「秋香，你拿進來我看看，她們送的是什麼禮？」

秋香聽了，便送了進來。

敏之笑道：「你們少奶奶現在專門賣弄她有錢了，借了不算，送禮也是現款。」

秋香道：「不是我們少奶送錢，大少奶奶、二少奶奶也是送錢呢。」

敏之向著紗幔，對裡面屋子裡嚷道：「潤之，你聽見沒有？她們都送錢呢。」

潤之問道：「送多少呢？」

敏之道：「三嫂是一百元，大概她們都是一樣了。」

潤之道：「他們都是極精細的人，不徵得老七的同意，是不會這樣辦的。她們可以送，我們就可以送。」

敏之道：「不是可不可的問題，是願不願的問題。我就不願湊許多錢給他，讓他胡花去。」

潤之道：「他不是說負了債嗎？湊幾個錢讓他還債去吧。」

敏之道：「這樣說，我們一人一百元了？」

潤之道：「當然和三位嫂嫂一樣。」

敏之笑道：「這真便宜了他，你聽見了沒有？秋香、阿囡也要送他的禮，想了一陣子，沒有想出送什麼東西好。我看，她們也是送錢吧，反正她們眼裡的七爺也是不分上下。老七這樣死要錢，送去也是不會推辭的。」

秋香笑道：「我們哪有那大的膽，不是找罵挨嗎？」

潤之這才走出來，一手掀著紗幔，一手掠著鬢髮笑道：「今兒個幾時了？」

秋香道：「明天一天，後天就是七爺的生日了。」

潤之道：「我是睡早覺睡忘了，沒有到前面去查一查電報去，說四姐今明天要到京呢，若是到了，老七又多一筆收入。」

敏之道：「大概沒有電報來。若有電報來，母親一定會叫我們去告訴的。」

潤之道：「秋香，你剛才是從前面來嗎？聽到說有電報沒有？」

敏之道：「你這是白問，若是她從前面來，只要我們這樣一提，她早就說了，還用得著你問嗎？」

潤之道：「那是什麼道理？」

秋香撅著嘴道：「那有什麼不懂？五小姐罵我是快嘴丫頭呢。」

她一說破，大家都笑了。

秋香不好意思，依舊拉著阿囡到走廊下去說話。

阿囡道：「你打算送什麼呢？」

秋香道：「我想你一個，我一個，再邀玉兒和小蘭，咱們湊著錢，買幾樣屋子裡陳設的東西送他。七爺他就歡喜人家送他這些東西，你看屋子裡不都是擺著人家送的嗎？」

阿囡道：「你倒拿了大拇指當扇子搖呢！我是知道的，他屋子裡東西分三等，頭一等是女朋友送他的；第二等，是男戲子女戲子送他的；第三等，是男朋友送給他的。我們算是哪一等呢？」

秋香道：「反正人家不能扔掉，送去總是一個人情啦。」

正說著，只見兩個花兒匠抬了一盆新開的桂花來，放在臺階上。潤之在屋裡笑道：「我倒給你們想起一個辦法來了，七爺那天是要請客的，你買上幾十盆桂花送七爺，讓他請客賞花，他是很歡喜的，好在你們花錢又不多。」

秋香道：「是的嗎？那算是什麼禮物呢？」

潤之道：「你們是俗人，哪懂得這個呢？你聽我的話送，準沒有錯。」

敏之也笑道：「秋香送桂花，這倒也有趣。憑你這名字，他就得受下了。」

秋香笑道：「那是給我開玩笑的，我不幹。」潤之道：「傻子，這樣又省錢又漂亮的禮，為什麼不送？這是規規矩矩地送禮，誰開玩笑呢？」

秋香聽了潤之這樣說，果然信了，找到玉兒、小蘭一說，每人出三塊錢，就湊著一齊交給花兒匠，託他去買。

秋香把這事辦了，才把玉芬的壽禮送到燕西書房裡來。

燕西接了那紅紙套，抽出那裡面的東西一看，也是一張一百元的支票，便笑道：「怎麼他們都向我送起錢來了？這倒好，大家都是這樣的送法，我要發一個小財了。」

秋香笑道：「七爺你別笑我們，我和阿囡幾個人湊了幾個錢，買了一些桂花，給七爺上壽，不知道七爺肯賞臉不肯賞臉？」

燕西一聽秋香說也湊了幾個錢，不由得臉上一紅，後來她說是送桂花，才笑道：「雅致得很，我一定全受的，那天我請大家吃酒，就可以賞桂花了。」

說話時，在桌上紙盒裡掏出一張仿古雲箋，便提筆寫了一張回條，是降儀拜領，敬使洋四元，秋香站在桌子邊，一眼看見，便伸手來按著紙，不讓他往下寫，笑道：「七爺的生日，我自己也嫌自己送不起好禮，不像個樣子，怎麼七爺倒給起錢來呢？」

燕西道：「你們送禮，是你們的人情，你們少奶奶送我的禮，我敬她的使力，那是我的人情，那怎麼可以省呢？」

秋香道：「七爺寫了，我也是不要的，我不談這些，我就走了。」說畢，轉身便走。

燕西即刻跳起來，揪住她頭上一綹短髮，笑道：「可跑不了啦。」

秋香笑道：「啊喲！頭髮揪斷了。」

燕西笑道：「我還看你跑不跑哩？」

正說笑著，只見玉兒氣喘如牛地跑了來，高舉著兩手道：「還要鬧哩？了不得，後面有了事了，快去瞧吧。」

燕西看見這種情形，倒讓她嚇著了。

秋香看他那神氣，也止住了笑，忙問是什麼事情？玉兒笑道：「快去吧，四姑爺和四小姐回來了。啊喲！還有一個小姑娘，和洋娃娃一般，真好玩。太太屋裡現在擠滿了人了。」

燕西聽說是這麼一件事，笑道：「這也大驚小怪，弄人一跳，怎麼沒有電報來呢？」

玉兒道：「四小姐說，讓咱們猜不到她什麼時候到，到了家好讓大家出乎意外地一樂呢。」

燕西聽說，也不和秋香再說二句話，轉身就跑。

秋香叫道：「七爺七爺，別跑呀，你這桌上的支票不收起來嗎？」

燕西走得遠了，回轉頭來說道：「不要緊的，要不你把紙盒子裡鑰匙拿著，開了抽屜，把支票放進去，將暗鎖鎖上，那就……」

帶說帶走，以下的話已聽不見了。

燕西走到母親房裡，果然看見滿屋子是人，金太太手上抱著一個渾身穿白色西服的小女孩，滿面是笑容。

他四姐道之和四姐夫劉守華，被大家團團圍住，正在說笑呢。

劉守華一見燕西，連忙搶前一步，握著燕西的手，從頭上一看。笑道：「七弟還是這樣，一點沒有見老。」

燕西笑道：「多大年紀的人？就說老了。我看四姐夫倒是黑了些。」

劉守華道：「旅行的人，當然沒有在家裡的人舒服，怎樣不黑呢？」

道之也走過來笑道：「你猜我為什麼今天趕回來了？」

燕西道：「那我怎麼知道呢？」

劉守華道：「你四姐說你是後天的十八歲，趕回來給你做壽呢。」

燕西笑道：「家裡人忘了，遠路人倒記得。謝謝，謝謝！」

潤之道：「你這話得說清楚，我們剛才還說要送你的壽禮呢，怎樣說是忘了？」

燕西道：「也沒有敢說你呀！」

潤之道：「你說誰呢？」

燕西不解說一番倒也罷了，一解說之後，一看屋裡坐的人都是不敢得罪的，竟不知說哪一個好？笑道：「反正有人忘了的，這何必追問呢？生日這件事，不但別的人忘記，就是自己也容易忘記。所以我說家裡人忘了，那也是有的。」

潤之道：「叫你指誰忘了？你指不出人來，卻又一定要說有人忘了，可見你是信口開河。」

梅麗正靠著金太太坐，在逗著那個小外甥兒玩，見燕西受窘，笑道：「忘是有人忘了的，別人我不知道，把我自己說，就是剛才四姐提起，我才想起來了，這樣說，我就是一個忘了的。」

潤之笑道：「他待你也沒有什麼好處，你為什麼要替他解圍？讓他受窘，看他以後還胡說不胡說？」

道之道：「八妹倒還是這樣心地忠厚，要老是這樣就好。」

燕西道：「梅麗，你聽聽，老實人有好處不是？這就得著好的批評了。」

金太太道：「你既然知道老實好，你為什麼不老實呢？」

這一說，通屋子裡的人都笑了。

大家笑定，燕西道：「說了半天，四姐帶了些什麼物事給我們還沒有看見！我想一定不少。」

道之道：「這可對不住，我什麼也沒帶。我一進門，先就聲明了，因為你沒聽見，我不妨再說一句，現在國裡頭不是抵制日貨嗎？連我們三個人從日本來，都犯著很大的嫌疑，我還好意思帶許多日本東西嗎？你們若嫌我省錢，我可以買別的東西送給你們。」

梅麗道：「我們要的是你帶來的東西，若是要你到了北京買東西補送，也就沒有理由了。」

道之道：「你也是戴不得高帽子的人，說你老實，你就越發老實了。」

這一說，大家又笑了。

他們手足相逢，足足說笑了半天。

金太太已經吩咐人打掃了兩間屋，讓道之夫婦居住。原來劉守華，他是在日本當領事，現在部裡下了命令調部任用，夫婦初次到京，還不曾看下住宅，暫且在金宅住下。

劉守華另外還有一位日本姨太太也同來了。這日婦叫明川櫻子，原是在劉家當下女的，日子一久，就和主人發生了愛情，道之因為櫻子沒有什麼脾氣，殷勤伺候，抹不下面子把她辭了，也就由他們去。

後來守華在夫人相當諒解之下，就討了櫻子做姨太太，這次守華夫婦回國，櫻子自然是跟著來，一來，到中國來做姨太太比在日本當下女總強得多；二來，這也合於日本的殖民政策，但守華很怕岳丈岳母，一到岳家，不便一路把姨太太帶進門，所以在車站下車之後，櫻子帶著一部行李，到日本旅館滄海館去了。道之和丈夫的感情本來很好，他既不敢明目張膽地鬧，道之也就不便一定揭穿他的黑幕，所以金家並沒有人知道。

過了一天，已經是燕西的生日，這是金家的規矩，整壽是做九不做十，燕西的二十歲本要在明年做，因為燕西明年有出洋的消息，所以再提前一年。

金太太先一天就吩咐廚房裡辦了一餐麵席，上上下下的人都吃麵。

這裡最高興的，自然算一班天真爛漫的女孩子，只愁找不到熱鬧事，所以一大清早，秋香約著小蘭、玉兒換了衣服，就來給燕西拜壽。

走到燕西書房外邊，只見金榮正拿著一個雞毛撣，反手帶著門，從門裡面出來。他早就笑道：「三位姑娘真早，這時候就來拜壽了。七爺還沒起來，睡得香著哩。」

小蘭跟著金太太，向來守規矩的，聽了這話，倒是有些不好意思，紅著臉道：「我們是有事，來瞧瞧七爺起來沒有？誰說拜壽呢？」說畢轉身走了。

金家算是吸點西洋文明人家，磕頭禮早已免除，所以燕西這天不用去和父母行禮，平輩也沒有什麼人說道賀，不過是大家紛紛地備著禮物，送到燕西這兒來。

雖然他三個姐姐、三個嫂嫂都送了支票，因為面子上不能不點綴，所以他們又另外買了些禮物送來。這其間有送文房用品的，有送化妝品的，有送綢料的，有送食物的。

金銓自己也賜了燕西一個瑞士錶，這是叫他愛惜時間的意思。金太太賜了一套西裝，二姨太和翠姨也是一人一張一百元的支票，二姨太另外送了一枝自來水筆，翠姨送了十四盒仿古信箋，都是算上人含一點教訓的意思。

這其間只有梅麗的東西送得最合適，乃是一柄凡呵零，兩打外國電影明星的大相片。所有送的東西，不是盒子盛著，便是紙包包著，外面依著燕西關係，寫了「弱冠紀念」的字樣，下款有寫賜的，有寫贈的，有寫獻的，金榮把兩張寫字檯併攏一處，禮物全擺在上面。

燕西沒有起來，兩張寫字檯上的東西已經擺滿了，按著輩分，一層一層地排列著。另外有秋香幾個人送的桂花盆景，共有三十多盆，全在屋外走廊的欄杆上。另外是金榮、李升幾個親聽差的意思，給走廊四周掛上萬國旗和著十錦綢帶，雖非十分華麗，這幾間屋子倒也弄得花團錦簇。

睡到十點鐘，燕西一翻身醒了，忽有一陣奇香襲入鼻端。按著被頭對空氣嗅了一嗅，正是桂花香，這就知道他們的禮已經送來了，一骨碌爬起來，也來不及穿衣服，順手摸了一條俄國毯子披在肩上，便趿著鞋，到外面屋子裡來看禮物。

正在這個時候，玉芬也到裡面來看禮物，一見之下，笑道：「今天不是你的生日，我可要形容出一句好話來。」

燕西道：「不用形容，我自己也知道，是不是我像一個洋車夫呢？」

玉芬道：「別頑皮了，剛起來，穿上衣服吧，不然可就要受凍了，我給你叫聽差的，快快地穿起來，我們好一塊兒吃麵去。」說時，給燕西按上鈴，金榮便進來送洗臉水。

金榮看見，也是好笑，燕西讓玉芬坐在外面屋子裡，自己就趕緊洗臉穿衣服。

穿好衣服，依著燕西，還要喝口茶才走，玉芬道：「走吧，走吧，到飯廳裡吃面去，好些個人在那裡等著壽星佬呢，要茶到那裡喝去。」

燕西道：「吃麵太早吧，我剛才起來呢。」

玉芬道：「哪裡依得你？是剛起來，若是你三點鐘起來呢，那也算早嗎？」

燕西被她催不過，只得跟著她去。

原來金家的規矩，平常各人在各院子裡吃飯，遇到喜慶和年節的家宴，就在大飯廳裡吃飯。今天因為是燕西的生日，所以大家又在大飯廳集合，連多日不見的鳳舉也在飯廳上。

大家一見燕西，就笑道：「啊喲！壽星公來了。」

燕西一時忘乎所以，舉著雙手，對大家一陣拱揖，口裡連連說道：「恭喜恭喜。」

慧廠道：「怎麼一回事？你倒對我們恭喜起來？我們有什麼可喜的事呢？」

這一說，大家都樂了。

翠姨正鄰近慧廠座位，輕輕地笑道：「這是彩頭呀，怎麼不知道？」說著，對隔坐的佩芳望了一眼，笑道：「這裡就是你們兩人可以受這句話。」

慧廠笑道：「大庭廣眾之中怎麼說起這話？而且也扯不上。」

這邊佩芳見他們指指點點說笑，因問道：「你們說我什麼？這也是一個小小壽堂，可別亂開玩笑。」

她的心裡，倒以為是指著鳳舉和自己不說話的事，玉芬也怕說僵了，大家老大不方便，便笑道：「我們的壽禮都送了，下午也該是壽公招待我們，我們得先請壽公宣布有些什麼玩意兒？」

燕西道：「還是那一班魔術。不過有幾位朋友送一班雜耍，或者是幾齣坤班戲，我都沒有敢答應。」說時，可就望著金太太。

金太太道：「雜耍罷了，貧嘴貧舌的，怕你父親不願意，倒是唱兩齣文戲，大家消遣消遣，倒沒有什麼。」

燕西道：「既是這樣說，若是爸爸怪了下來，可是媽擔著這個責任。」原來這飯廳上，只有金銓一人沒在座。金太太雖答應了，金銓是否答應？尚不可知，所以燕西就這樣說了。

金太太笑道：「怎麼著？我說的話還不能作主嗎？」大家聽說母親作了主，這事就好辦了，於是大家立即說笑起來。

玉芬道：「這坤角裡面有唱得好的嗎？我要聽一齣《玉堂春》。」

梅麗道：「那有什麼意思？她跪在那兒唱，聽得人膩死了。我上回瞧過一齣戲，一個丫頭冒充了小姐，做了狀元夫人，那個員外見了人叫著飯，叫他勸和他不勸和，一說吃雞絲麵他就來了。還有那狀元的老太爺，畫著方塊子的花臉，拿扁擔當拐棍，還有……」她本在二姨太太一處，二姨太道：「亂七八糟，鬧了半天也不知道說什麼？她還有呢，你就別說了，越說人家越糊塗。」

金太太笑道：「你別說她胡扯，倒是有這齣戲，我也在哪裡聽過一回，把肚子都笑痛了。那齣戲叫什麼何寶珠。」

二姨太道：「那不像戲詞，倒很像一個人的名字了，問問咱們戲博士準知道。」

玉芬道：「這有什麼不知道的？叫《何珠配》。」

佩芳正用筷子夾了一叉肉鬆要吃，於是便用手上筷子點著玉芬道：「你瞧她，自負為戲博士。」

這時恰好秋香送了一碟玫瑰蠶豆醬到這桌上來，見佩芳夾了一筷肉鬆伸過來，忙在桌上拿一個醬碟子，上前接著。笑道：「謝謝大少奶奶，可是我們那桌上也有呢。」當時大家不覺得，後來一想，秋香是誤會了，大家便一陣哄堂大笑，這樣一來，倒弄得秋香不好意思，呆呆地站在人叢中。

還是玉芬笑道：「站在這兒做什麼？還不過去。」

秋香臊成一張紅臉，只得垂著頭走了。

鳳舉也笑道：「不用得要聽滑稽戲了，這就是很好的滑稽戲哩。」

佩芳聽說，對鳳舉瞟了一眼，也沒有說什麼。

燕西很解事，便插嘴道：「既然是大家願聽開耍笑的戲，我就多邀幾個小丑兒。」

玉芬道：「那有什麼意思呢？倒不如好好兒邀兩位會唱的，咱們靜靜聽他幾齣戲。」

金太太皺眉道：「你們就是這樣經不了大事，一點兒芝麻似的小問題，辦還沒有辦，就這樣胡鬧起來。」

燕西笑道：「這也總應該先議好，然後定了什麼戲，人家好帶什麼行頭。」

金太太道：「現在吃著麵呢，吃完了麵再來商議，也不遲呀。」

燕西道：「是真的，快點兒吃麵，吃了麵到我那裡去開緊急會議，有願列席的我一律招待。」

佩芳笑道：「得了吧，又不是什麼好角？還要這樣鄭而重之地去斟酌，說得乾脆，就讓我們的戲博士去做戲提調，由她分配得了，誰願意聽什麼戲，她準知道，她分配得好好的就成了。」

玉芬道：「戲提調談何容易？就是要分配戲，先就該知道有什麼角兒？他是什麼戲拿手？又和誰能夠配戲？哪裡就能依我們愛聽什麼戲，就點什麼戲哩？點了戲，他們唱不好，那也是枉然。」

佩芳笑道：「這究竟是戲博士，你看她說的話就很內行。」

燕西笑道：「要這樣說，連她也交不出卷來。他們送戲的人就沒有告訴我是什麼角兒？但是這裡面有兩個坤戲迷，人很熟，好角兒總不會漏了。」說著，又笑了一笑，對金太太道：「關起門來，都是自己人，咱們票兩齣戲玩玩，成不成？」

金太太笑道：「你不要出乖露醜了，你幾時學會了唱戲？」

玉芬道：「我知道，不是老七票，有一個人嗓子癢哩。」說時，可就望著鵬振。

鵬振麵已吃完了，老媽子送上手巾，擦了一把臉，一面擦臉，一面擺著腦袋，左腳的腳尖便不住地在地上點板。

玉芬望著他，他並不知道。佩芳笑道：「這人發了迷了，看他這樣子，恐怕等不及到晚上呢。」

鵬振才說道：「是說我嗎？票一齣就票一齣，讓你們瞧瞧，三爺的戲可是不錯。」

玉芬道：「不要吹了，我瞧過你的，唱《武家坡》都會把調忘了，還說別的呢。」

鵬振笑道：「你是瞧不起我，可是我對這個戲博士也不敢十分恭維，要不，今天晚上，咱們把臉一抹，來他一齣《武家坡》瞧瞧。」

這一說，大家就起鬨起來。

本來麵已吃了，於是大家都圍著玉芬，慫恿她和鵬振合串，玉芬本來加入一個霓裳雅會，那裡面全是太太、姨太太、少奶奶、小姐四樣合組的票友班，常常自己彩排著玩，不過玉芬因為那裡面混子太多，不大常去，也不敢把她們往家裡引，所以家裡至多只聽她唱得不壞，可沒有見她表演什麼，現在鵬振一提，引起大家好奇的心，就都來慫恿她了。

玉芬被大家慫恿得心動了，笑道：「你們真是要我唱，我唱一齣《女起解》吧。」

大家見她自己答應了，越發鼓動她，說是要唱就唱一齣合演的，而且今天是有人做生日，唱《女起解》那種戲也不大吉利。

玉芬笑道：「《武家坡》這個戲倒沒有什麼難，但是我沒有行頭，而且沒有……」

玉芬這句話沒說完，燕西搶著說道：「有有有，只要你肯唱戲，無論什麼行頭我都可以借得到，我們就此一言為定，不許反悔了。」

大家鬧了一陣，唱戲的事，就算辦定了。

下午這一餐酒，原來是定在飯廳上吃的，現在要唱戲，便只好移到大客廳去了。這大廳一樓一底，上面是跳舞廳，下面正有一個小臺，遇到小堂會，或有什麼演說會，都可以在這裡舉行。今天唱戲，並沒有什麼外客，這裡正好舉行。

只燕西對聽差吩咐一句，他們都是好事的，早是七手八腳將大客廳鋪張起來。金家這種人家，他們的親戚朋友家裡當然都有電話，這消息一傳出去，大家都不便不送禮，到了下午三點鐘，竟有二三十份壽禮送來，金銓先還不願意家裡大鬧，後來一看這樣子，成了騎虎之勢，也只得由他們鬧去。

家裡人大鬧，燕西倒顯得不知道怎麼樣好了，拿了一本書，坐在走廊的欄杆上閒看桂花。正在這個當兒，白秀珠打扮得花枝招展，後面兩個老媽子捧了兩大包東西跟著走來。

秀珠見他手上拿著書，便笑道：「平常不拿書本，該休息的日子，這又用起功來了。」

燕西笑道：「我在家裡，是不知道做哪一樣事好，要出去呢，人家又會說我有意避壽，反而覺得無聊，所以我就拿了一本書在這裡看。你來得很好，咱們談談吧。」

秀珠對兩個老媽子點一點頭，她們就把捧著的東西，一齊送到燕西屋子裡去。

秀珠一看，兩張寫字檯上面擺了東西，五光十色煞是好看，便笑道：「哎喲！全是好東西，讓好的壽禮比下去了，不拿出去也罷。」

燕西答道：「只是你送來的東西，無論是什麼都是珍貴的，我是完全拜領。」

秀珠聽說，瞟了燕西一眼，笑道：「這話真的嗎？我這些包的東西全是雞毛，你也當珍貴東西嗎？」

燕西笑道：「當然的。俗語說，千里送鵝毛，物輕人情重，何況你送的是雞毛，比鵝毛更值錢呢。」

秀珠道：「雞毛比鵝毛值錢？你又是從哪裡知道？」

燕西笑道：「因為經過美人的手，所以就值錢了。」

秀珠道：「可沒有經過我的手呢。」說著，把嘴對兩個老媽子一努，笑道：「全是她們一手包辦的。」

她一說不要緊，倒把兩個老媽子的臉臊得通紅。

秀珠抿嘴一笑，自己上前把那些東西打開，一樣樣拿出，陳設在桌上，原來是一套中西合璧的文房用品，共計一個雨過天青瓷的筆筒，一個鵝紅瓷、雙口筆洗，一個珊瑚小筆架，一塊墨玉凍硯臺，一個水晶墨水瓶，一個白銀西裝書夾子。

燕西看見連連嚷道：「這樣破費，多謝多謝，多謝之至。」

秀珠笑道：「這是普通的，我另外還有兩樣特製的禮物呢。」說時又打開一個紅色的錦匣，在裡取出兩樣光華燦爛的東西來，原來是兩個銀質堆花的相片框子。

這框子和平常的不同，是定打的，沿著框子，一面是一枝楊柳，一面是一枝千葉桃，一上一下，兩隻燕子飛舞，圍成一個圓框，框子中間，是一對燕西的六寸半身相片子。

燕西一見，連連說好，說道：「打得這樣精緻，這工錢恐怕不少了？」

秀珠道：「好是好，可是有一點美中不足。」

燕西道：「阿彌陀佛，這樣好的東西還要說美中不足，那就沒有道理了。」

秀珠道：「不是鏡框子不好，不過兩個框子裡嵌著是一樣的相片子，未免雷同，你自找一張合適的相片，就換上吧。」

秀珠說完，眼睛不由得對燕西望著，看他如何表示。

燕西聽了她的話，知道她是等著一個很俏皮的回笑，但是自己種種關係，那一句俏皮話卻不敢說，明知說了那句話，可以得一個甜蜜的回答，卻又怕圖這一時的愉快，要生出無數的糾紛，因笑道：「隨他去吧，這樣很好了。我的六寸相片倒有的是，要找張和這相配的，倒也不容易呢。」

秀珠以為他沒有領會意思，不便再說，也就算了。

燕西便按著電鈴，叫人來倒茶。秀珠笑道：「別忙，我還沒有給你拜壽呢。」

燕西笑道：「我們還過那個俗套嗎？這裡只我們兩個……」

秀珠聽了，倒是很樂意。

他這一句話，又提醒了兩個老媽子，便走上前來，對燕西說道：「七爺，我們給你拜壽。」說畢，便就磕下頭去。燕西要扶也來不及，只得由她們。

她們起來了，燕西順手開寫字檯盛錢的抽屜，一看裡面沒有零錢，只有幾張五元鈔票，自己正在高興頭上，便不計較多少，一人給了一張五元鈔票，兩個老媽子直樂得眉開眼笑，對燕西又磕了一個頭下去。讓她們起來了，燕西道：「下房裡預備的有麵，你們吃麵去吧。」

兩個老媽子答應一聲是，退出去了。

秀珠對燕西笑道：「你真是公子脾氣，要這樣虛面子，老媽子隨便拜一拜壽罷了，怎樣給許多錢？」

燕西笑道：「一來是你的面子，二來也是她倆運氣，恰好我這兒沒零錢，換了給她們，也怪寒磣的，就給了她們吧。」

秀珠道：「不會待一會兒給她們嗎？」

燕西笑道：「還是那句話，看在主人翁的面子上了。」

秀珠笑道：「我倒不要你這樣感謝我。你府上今天有什麼些玩意兒，能讓送禮的樂一樂嗎？」

燕西笑道：「今晚上你別走吧，也有一個小小的堂會兒，最妙的就是三嫂和三哥讓客散了，最後要合串一齣《武家坡》。你瞧這事多麼有趣！」

秀珠笑道：「真的嗎？我去問問去。」於是轉身出門，便向玉芬這裡來。

玉芬屋子裡，正擁著一屋子人，將戲單剛剛支配停當。

玉芬回頭一望，見秀珠到屋子裡來了，便道：「我算你也該來了。」

秀珠就笑道：「你算著我該來了，我算著你也該露了。」一面說著，一面掀簾子走進來。

佩芳笑道：「這又是誰做的耳報神，把這個消息告訴了她？」

玉芬道：「那還有誰呢？還不是壽星公。」

佩芳笑道：「壽星公這樣多事，早早地接了壽星婆來，將他重申家法，嚴加管束，我想他這嘴快的毛病也許就好了。」說時，故意在秀珠當面，對玉芬一睞眼睛。

秀珠只當沒有看見，也只當沒有聽見，卻和坐在一邊的慧廠道：「怎麼大家全在這裡？商議什麼大事嗎？」

慧廠道：「剛是把戲單子支配好呢。不久的工夫，戲子也就該來了。可是這戲沒有白聽的，要拜壽呢。你拜壽沒有？」

這句話倒把秀珠問為難了，要說不拜壽呢？沒有那個道理，要說拜壽呢？又有些不好意思，卻只笑道：「像你府上這樣文明家庭，還用得著拜壽那種古禮嗎？」

佩芳接嘴道：「用不用？那是主人家的事，拜不拜？是你來賓的事。」

秀珠道：「雖然是這樣說，可是主人不歡喜拜壽，一定要拜壽，那可叫作不識時務，我為什麼要不識時務呢？」

佩芳將大拇指一伸，笑道：「秀珠妹妹，你真會說，我佩服你。」

秀珠正要說什麼呢，老媽子進來說道：「烏家兩位小姐來了，請到哪裡坐？」

佩芳道：「怎麼她兩位也知道了？」

玉芬笑道：「她也是老七的好朋友，還不該來嗎？說起來，老七還有一位女朋友，不知道來不來？」

佩芳偏著頭想道：「是誰呢？」

秀珠聽了很是不快，以為必定說那個姓冷的，玉芬卻答道：「不是還有個邱小姐嗎？這人極歡喜研究電影，一和她談講這件事起來，她就沒有完的。老七也是個愛電影的，所以他兩人很談得來。」

佩芳道：「你說的是她呀，她是一定來的，因為她是密斯烏的好友，密斯烏知道，她一定會知道的。」

慧廠笑道：「我以為異性朋友有一個就夠了，要多了，那是很麻煩的，我很不主張老七有許多女友，只要一個人就夠了。」

佩芳故意問道：「若是只要一個，應該要哪一個呢？」

秀珠被他們調笑得不知怎樣是好，答言固然不妥，不答言也是不妥。

玉芬看出這種情形來，笑道：「不要拿人家開玩笑了，人家好好地來給你家人拜壽，你們拚命拿人家當笑話，這理說得過去嗎？」說畢，大家都哈哈大笑。

秀珠笑道：「外邊客來了，也不推個人去招待嗎？」

玉芬道：「果然的，只管說笑，把正話倒扔開了。」因對老媽子道：「這是來會七爺的，由七爺招待吧。」

老媽聽說，到外面小客廳裡去見二位烏小姐時，正好燕西派人來請，她就不說什麼了。

兩個烏小姐到了燕西屋子裡，只見燕西正指點幾個傭人，在那裡搬運桂花盆景。

烏二小姐隔著迴廊早抬起雪白的胳膊，向空中一揚，笑道：「拜壽來了，請你上壽堂吧，我們好行禮呢。」

燕西遠遠地點著頭道：「壽堂嗎？等我做七十歲整生日的時候再預備吧。嗳呀，大小姐也來了，勞步勞步，真是不敢當。」

烏二小姐笑道：「這樣說，我拜壽，要是不勞步，又敢當了？」

燕西笑道：「我是向來不會說話的，你還見怪嗎？」

烏二小姐道：「我是鬧著玩的，你可不要疑心。今天有多少客？大概夠七爺一天忙的了。」

燕西道：「就是極熟的人在一處談談，可以說是沒有客。」

烏二小姐道：「那位冷小姐也來嗎？」

她老老實實問著，燕西是不便怎樣否認，淡淡地答道：「她不知道，大概不會來。」

烏大小姐問道：「哪個冷小姐？就是你上次對我說的嗎？七爺何妨請了來，讓我也見一見呢？」

燕西道：「別的事可以請，哪有請人來拜壽呢？」

他這反問一句，才把烏家兩位小姐問的話搪塞過去。

他兩人在燕西屋裡坐了一會，外面的男賓也陸陸續續來了，燕西請了兩位烏小姐到裡面去坐，自己到外面來陪客，來的男賓多半是少年，自然有一番熱鬧，一個壽星翁進進出出，燕西在今天總算是快樂極了。

到了下午五點鐘，大客廳裡，戲已開幕，男女來賓分著左右兩邊坐看戲。

燕西隨著眾人前後招待一切，鵬振故意在他面前過，和他丟個眼色，燕西會意，便跟著他一路到外面院裡來。

鵬振一看沒有人，卻笑著說道：「花玉仙也來了，你知道嗎？也不知道你三嫂是曉得內幕還是怎的，她竟沒有點花玉仙的戲，你想，人家不來還不要緊，人家來了，若是沒有她的戲，多麼掃面子？你能不能特點她一齣，而且戲碼子是越後越好。」

燕西道：「那樣辦，我可犯了重大的嫌疑，花玉仙是初次出來的人物，特點一齣，戲碼子還要放在後面，那不是顯而易見地捧她嗎？」

鵬振道：「人家的戲可真不壞。」

燕西笑道：「你說她好不成，要大家說她好才成呢，我不做這樣冒昧的事，弄得冒好大的嫌疑。」

鵬振道：「這樣吧，你去託你三嫂得了，就說男賓裡有人介紹來的，這是人情，要給她一個面子的。」

燕西道：「這樣說也許成了，那人在哪裡呢？」

鵬振道：「你何必去見她？待會子上了臺，你還見不著嗎？」

燕西笑道：「我有什麼不知道？這時，她準在前面那個小書房裡。要去尋，沒有尋不著的。」

鵬振道：「你去把戲說好了，我給你正式介紹，那還不成嗎？」

燕西也不便相逼，再回座時，見戲臺下自己家裡人都離了座。

秋香在角門邊，卻不住和他點頭，燕西也不知什麼事，便走了過去。

只見這大廳後的過堂裡，堆滿了早菊和桂花，花中間，品字式列下三桌酒席，家裡人都坐下了，燕西笑道：「怎樣我主人翁還不知道，客都先坐下了？」

玉芬道：「我們還正正經經上壽吃酒嗎？餓了就吃得了，這會子從從容容地吃飽，回頭就好聽戲。再說，你回頭要招待客，也沒有工夫和我們在一塊兒吃，這會子咱們來個賞名花，酌美酒，給你上壽，你看如何？」

燕西還沒說話，只見右邊席上有兩個人和他點頭。燕西看時，一個是邱惜珍小姐，一個是玉芬的妹妹王朝霞。燕西笑道：「二位也來了，我是不敢驚動。」

那王朝霞比梅麗還小一歲，和梅麗是好朋友，常到金家來玩，也跟著梅麗叫燕西七哥，因道：「咱們家裡有堂會，老早地就請七哥去，七哥自己做生日，又有堂會，可瞞著我們呢？」

燕西笑道：「這話問的倒是不錯，可是我這次唱戲是臨時動議的，一來是來不及下帖子，二來又不便通知你，要通知了，倒好像是和你討禮物似的了。」

王朝霞道：「反正怎樣說，都是七哥有理。」

燕西笑道：「我沒理，我沒理，罰我三大杯。」

邱惜珍笑道：「罰是不敢說，今天我們大家敬壽星公三杯吧。」

燕西笑道：「那可受不了，而且不敢當，大家同乾一杯得了。」

燕西站著，舉了杯子，對大眾一請，是平輩都喝了。

白秀珠見邱惜珍一提議，燕西就辦了，很不高興，正想俏皮兩句，這個時候恰碰在金銓高興頭上，他也來了。

大家一見，趕忙讓坐，金銓瞧見滿座兒女，自然歡喜，連女婿劉守華也在席上，卻是獨少了一個三少爺，金銓便問道：「阿三呢？哪裡去了？倒偏是他忙。」

燕西生怕父親追出緣由來，說道：「家裡人都來吃飯了，一個招待的沒有，究竟不好，三哥是在招待客呢，我略坐一坐，就去換三哥來。」

玉芬笑道：「這兒也是客，你也應該陪著呢，就由他去吧。」

金銓喝酒，四圍一望，見有許多花，說道：「怪不得我在屋子裡外老遠地就聞到一股濃香，屋子裡有這些個花呢。可是花太多了，把空氣也弄得太濃濁，反覺不好，所以古人說，花香不在多，這是誰送的這些花？雅倒是很雅致，可惜不內行。」

佩芳笑道：「這是秋香她們給七爺上壽的，她們懂得什麼叫雅致呢？」

金銓摸著鬍子笑道：「她們也送禮嗎？」便回頭對燕西道：「人家幾個錢，很不容易的，你倒受她們的壽禮。」

燕西道：「我原是這樣說，可是她們已買著送來了，只好收了。」

金銓道：「你收了別人的禮，還要請請人，你對她們的禮，就這樣乾受了嗎？」

燕西笑道：「我原是給她們備一席酒，讓她們自己去吃去。」

金銓笑道：「世界上的事就是這樣不平等，送花的人，倒沒有賞花飲酒的希望。我看這裡很有座位空著，也沒有外人，讓她們也坐上吧。」

小蘭正站在金太太後面，聽了這話，臉先紅了，金太太笑道：「你這番好意，算是抬舉她們，可是她們真要坐上來，那簡直是受罪了。」

金銓回頭一看，見秋香站在一邊，便指著本席上下方一張空椅子道：「我不信，你就坐下來試試看。」

秋香聽說，低了頭，臉都紅紫了，不但不敢坐，反向後退了幾步。

金銓笑道：「我解放你們，你們倒不樂意嗎？」說時，一見各桌子上的人都只是對著互相微笑。

金銓一想，自己一些女兒不敢放浪倒不要緊，這裡還有好幾位客，若讓他們也規規矩矩在這裡坐著，未免太煞風景，因笑著站起身來說道：「你們樂吧，我聽戲去。」因對他夫人笑道：「這是他們少年人集會的地方，你也可以去。」

金太太道：「你自己方便吧，他們是不會討厭我的。」

金銓在碟子裡拿了一個橘子，一面剝，一面走著就離席了。

金銓一去，大家果然歡笑起來。

玉芬道：「父親今天真是高興，連對秋香她們都客氣起來了。」

金太太道：「是真的，這也不是常有的事，你們一桌飯，也就擺在這下面吃吧。吃完了，大家聽戲去，回頭大家都聽戲去了，他們又該著急了。」

秋香巴不得一聲，連忙就吩咐廚子開席。燕西笑道：「在這樣百花叢裡不要太寂寞了，我們找個什麼事兒取樂吧？」

鶴蓀笑道：「爸爸還沒有走遠哩，安靜一點吧。」

慧廠和他坐在一張桌子上，輕輕地笑道：「你這話似乎很知大體，可是一推敲起來，你很有些藐視媽。」

鶴蓀面前醬油碟子裡還留著一塊香蕉餅，他便用筷子夾著，送到慧廠面前，笑道：「這是你歡喜吃的，我拿這個行賄賂，勞駕，你別從中挑眼了。」

劉守華正坐在金太太一張桌子上，遠遠看見，不由抿嘴一笑，卻對金太太道：「伯母，我看二哥二嫂感情很好。」

原來劉金二家是世交，所以不叫她岳母，而叫伯母。本來岳母兩個字，不見得不冠冕，可是少年人總極力去避諱，有親戚朋友關係總是望那一方面叫去，甚至一點關係沒有，寧可叫聲你老人家，不叫岳母。

當時金太太聽了，沒有答應，大家都注意到鶴蓀桌上來。

慧廠是個極大方的人，在這大庭廣眾之中露出這樣形跡，也臊得臉紅。

鶴蓀對劉守華道：「什麼事又被你看見了，要你這樣當眾宣布？」

劉守華道：「說你們感情好，這是好話，難道要說二哥二嫂感情不好，你倒聽著受用嗎？憑伯母在這裡，咱們講講這個理。若是我說錯了，我認罰，二哥二嫂呢？」

慧廠臉上紅暈已經減退了，這才笑道：「我沒有說什麼，別拉扯到我頭上來。」

金太太道：「本來少年夫妻要感情好才對，有了感情，然後才可以合作起來，做一番事業。說到這裡，我就要說鳳舉幾句，這裡雖有幾位客，也是像一家人一樣，我可不嫌家醜不可外傳，你為什麼整個禮拜躲著不見佩芳呢？」

鳳舉被母親當面一質問，不好說什麼，佩芳卻偏過頭去，不肯望著鳳舉。

翠姨笑道：「你瞧，他夫妻倆又在演電影了。這樣吧，我來勸個和吧，平常勸和，中人還得賠本，墊上一桌酒席，我這勸和可討便宜，酒席都是現成的。」

佩芳她和翠姨同席，見翠姨說笑，便低低說道：「不要鬧吧，有客在這兒呢。」

翠姨便對鳳舉道：「大少爺，這兒來坐吧，我這兒還有一個位子空。」

鳳舉笑道：「坐得好好兒的，要掉位子做什麼？」

翠姨道：「你那桌人多，我這桌人少，勻一勻吧。」說著，就和鳳舉桌子上的梅麗一瞅眼睛，意思是要她把鳳舉拖過來。

鳳舉笑道：「我吃飽了，也不用得挪位子了，我這就去聽戲去。」話還沒說完，他已起身離開席了。

金太太對於鳳舉此舉很不以為然，對著他的後影卻搖了一搖頭。

燕西怕為了此事，弄得大家不歡而散，連忙對劉守華道：「我們鬧幾拳吧。」

劉守華也知道他的用意，便隔著席和燕西五兒六兒地嚷了起來。這事當下雖然牽扯了過去，可是佩芳以為還有幾位生客在座，鳳舉閃開，簡直一點不顧全面子，心裡很是難過。

席散之後，大家都去看戲，玉芬在前面走，燕西卻跟在後面，扯了一扯玉芬的衣服。玉芬回頭一看，笑道：「又是什麼事？這樣鬼鬼祟祟的。」

燕西笑道：「有幾個朋友，介紹一個坤角來唱戲，三嫂能不能給她一個面子？特點她一齣。」

玉芬道：「真把我當一個戲提調嗎？叫她唱就是了，何必問我？」

燕西笑道：「你說一句話自然是不要緊，若是沒說這話，也不通知你，憑空就讓花玉仙唱上一齣，可就有些不合適。」

玉芬道：「什麼？這個人叫花玉仙嗎？」

燕西道：「是，不多久從南方來的，但是她北方還沒有露過，三嫂不至於認得她。」

玉芬道：「我是不認得她。可是名字，我耳朵裡很熟，而且還在什麼地方看過她的相片子。」

燕西道：「不能夠，絕不能夠。」

玉芬笑著對燕西臉上一看，然後說道：「你為什麼就這樣地肯定說著？我倒有些好疑了，憑這樣一說，這裡面也許有什麼毛病！」

燕西道：「我就知道三嫂的話不容易說不是？用心說話，你是要疑心，不用心說話，你也是要疑心。」

玉芬道：「你自己藏頭露尾，還說我疑心。」

燕西笑道：「是了，也許她的相片登在什麼雜誌上，讓你瞧見了。」

玉芬道：「看見不看見，倒沒有什麼關係，我不過白問一聲，不干涉你們什麼混賬事。我問你，這孩子有什麼拿手戲？我倒要瞧瞧。」

燕西道：「唱得倒還不錯，你願意聽，就是《玉堂春》吧。不過要給個面子，戲碼得往後挪。」

玉芬道：「我給你全權，願意把她的戲碼兒放在哪兒就放在哪兒，這還不成嗎？」

燕西笑道：「感謝感謝，我回頭請人告訴她，叫她多賣些氣力吧。」說畢，笑嘻嘻地就走了。他不說這話，玉芬倒帶過去了，她一聽說，能叫花玉仙格外賣力，這想必是熟人，因此復又狐疑起來，故意坐著聽了一會兒戲，然後繞著道兒到後臺來。

玉芬只微微推了一點兒門縫向裡張望，只見裡面那些坤伶除了花臉外，其餘的，都把胭脂擦得滿面通紅，還有三四個華服少年正在找著坤伶說笑，另外一群坤伶，又圍著鳳舉、鶴蓀說話，大爺長二爺短，鬧個不了，可是仔細看，不見鵬振，玉芬心裡很奇怪，這種地方，何以他並不來？

既然有男子在這兒，自己也不便進去，便轉身回來，依舊到前面聽戲去。直等到花玉仙快上場，鵬振才入座聽戲。玉芬遙遙地對他望了幾眼，鵬振卻只是微笑。

鵬振因玉芬向這邊望得厲害，不敢叫好，也不敢鼓掌。花玉仙的《玉堂春》演完，已經到晚上一點鐘了。又演了兩齣戲，戲就完了，所有男客都已散去。

玉芬一想，這就該上臺扮戲了，一看在場的人，除了自己家裡人，還有些親戚未散，這一下貿然上臺，和這些人歌舞相見，自然是出人意外，因此忽然之間，說不出有一種什麼奇異的感覺，好好的又害臊起來。心裡一怯，把從前打賭那股勇氣完全減退了。

就在這時，趁人還不大注意，悄悄地就向自己房裡去，心想，悄悄進房，把房門一關，憑你怎樣叫，我總不開門，你也沒有我的法子了。

一個人正在這裡默想著，忽然從電光暗處伸出一隻手來，一把將玉芬的衣服拉住。玉芬出於不備，喲了一聲，回頭看時，卻是秀珠。

玉芬拍著胸道：「你這小東西，真把我嚇著了。」

秀珠笑道：「我就留心你了，怕你要逃跑呢，果然被我的陰陽八卦算準了，你要跑是不成，得演戲給我看，要不然，我嚷起來，許多人來看著，你可沒有面子。」

玉芬笑道：「在你們面前，我是吃得過的，我跑什麼？我是要屋子裡去拿東西呢。」

秀珠道：「你拿什麼？可以說出來，叫人給你拿去。」

玉芬道：「我要開箱子呢。」

秀珠道：「別胡說！這個時候，都大半夜了，還開箱子拿什麼？」一面說著，一面拖著了玉芬就走。

玉芬要跑也跑不了，笑道：「你別拉拉扯扯，我去就是了。」

正說時，慧廠、梅麗引著一大群人追了上來。秀珠笑道：「救兵快來吧，她要跑了。」

大家不容分說，便簇擁著玉芬到前面來。

九 好戲上場

走到臺後，鵬振先在那裡洗臉預備扮戲了，便笑道：「好漢，你別臨陣脫逃呀！」

玉芬笑道：「我脫什麼逃？這就讓你晾著了嗎？」說畢，借著這股子勁，便問道：「東西預備好了沒有？」

鵬振道：「全預備好了，你先去梳頭吧。」

大家見玉芬要扮戲了，早是轟的一聲。

玉芬笑道：「別起鬨，客還沒有走盡，把客嚷回來了，我可是不上場的。」

大家唯恐玉芬不演戲，於是她怎麼說怎麼樣好，便靜悄悄走了開去。

鵬振扮戲在先，衣服早穿好了，手上把一掛髯子拿著，口裡銜著煙捲，在後臺踱來踱去。

一會兒工夫繞到玉芬身後來幾回，玉芬梳頭之後，片子已經貼好，正對鏡子戴首飾呢。

玉芬對鏡裡笑道：「你過去，我不要你在這兒。」

鵬振笑道：「王老闆，我是不大行，咱們先對一對詞吧。」

玉芬笑道：「過去吧，滾瓜熟的《武家坡》都要對詞，還票個什麼戲？」

鵬振道：「我是為謹慎一點起見，你不對也好，回頭忘詞兒，碰詞兒，三條腿，一順邊……」

玉芬回轉頭來，連連搖手道：「得了得了，不用提了，你說的那一套行話，我全懂的，若是這一點兒不行，我也不上臺了。論起來，我這票友的資格也許比你還老呢。」

鵬振道：「好！那就是。」於是坐在上場門，靜靜等候。

玉芬穿上了衣服，場面已經打上，鵬振因為看玉芬看出了神，外面胡琴拉上了倒板，拖得挺長，玉芬跺腳道：「哎喲，快唱呀。」

鵬振聽說，連忙帶上口面，也不抓住門簾子了，就這樣糊裡糊塗地唱了一句：「一馬離了西涼界。」

鵬振定了一定神，這才走出臺去。

他們兄弟姊妹見著，倒也罷了，唯有這些男女僕人，都當著奇新聞，笑嘻嘻地看著。

鵬振掀簾走出臺來唱完了，又說了幾句白，玉芬在臺裡只唱了一句倒板，聽戲的人早轟天轟地的一陣鼓掌，表示歡迎。

簾子一掀，玉芬一個搶步出臺，電燈又一亮，一陣光彩奪人。

金太太也是高興起來了，她坐在臺口上，先看鵬振出臺，她已樂不可支，這時趕緊戴上老光眼鏡，便對身邊二姨太太笑道：「這小倆口兒真是一對怪物，你瞧玉芬這孩子，穿起戲裝來更俊了，我想當年真有一個王寶釧，也不過這樣子漂亮吧？」

玉芬在臺上，眼睛一溜，早見臺下人都眼瞇瞇地笑著，她就不敢向臺下瞧。

玉芬唱完了這一段，便跪在臺上，作採菜之狀，這又該薛平貴唱了。

鵬振他是有心開玩笑，把轍改了，他唱的是：

「這大嫂傳話太遲鈍，武家坡前站得我兩腿疼，下得坡來用目看定，見一個大嫂跪在地埃塵，前面好像他們的王三姐，後面好像我的妻王玉芬……」

他只唱到這裡，臺上臺下的人已經笑成了一片。

原來燕西和梅麗有時候叫玉芬也叫三姐，現在鵬振這一改轍，正是合巧，大家怎樣不笑？玉芬出臺，原已忍不住笑，這時鵬振一開玩笑，她極力地把牙齒咬著舌尖，不讓笑出來，好容易忍住了。

那邊鵬振已道過了「大嫂前來見禮」，玉芬想著，趕忙站起來，一時心慌，把「有禮相還，軍爺莫非迷失路途？」幾句話忘了。

鵬振見她站著發愣，便悄悄地告訴了她，玉芬這才恍然，趕緊往下念，可是臺下的人又轟然笑起來。後來鵬振說到「我若有心，還不失落你的書信囉」，照例是要拍王寶釧一下的，鵬振在這個時候在玉芬肩上真拍了一下，玉芬嫌他開玩笑，她那一拂袖也使勁一摔。

偏是袖子上的水鑽掛住了鬍子，這一下把鬍子向下一扯，扯過了下嘴唇，露出鵬振的嘴來。鳳舉也在臺面前坐著，對他母親笑道：「真胡鬧，該打！」這一下，笑聲又起來了。

臺上兩個一頓亂扯，才把衫袖和鬍子扯開，要唱什麼都想不起來，對站著發愣。

玉芬急著把話也說出來了，說道：「我不幹了，我不幹了。」說著轉身就下場去。

這一來，笑得大家前仰後合，金太太取下老光眼鏡子，笑著掏出手絹去擦眼淚，那臺上的鵬振見玉芬向臺後跑，舞著手上的馬鞭就追了來，牽著她的衣服笑道：「沒完沒完，不能走不能走。」

這時，不但玉芬不知身在何所，就是場面上的人也笑得東倒西歪，鑼鼓弦索，一概是不成調了。

越是這樣，臺下人越是起鬨，梅麗笑得抓著王朝霞，只把腳跺地。兩個人你靠著我，我靠著你，擁成一團。佩芳伏在椅背上，只笑得雙肩聳動，不住地叫哎喲。鶴蓀坐在一邊，劈劈啪啪鼓起掌來，這時臺上臺下亂極了，無論是誰，也沒有人能維持秩序。

金太太把老光眼鏡收將起來，指著臺上笑道：「不要鬧吧，還有客呢。」說著，她先起身走了。家裡的人，都也散開。

燕西見還有許多貴客未走，便笑著走出來，請大家到後面小客廳裡去休息。

鳳舉跟在金太太後面，悄悄地走出來。

金太太一面走，一路笑著道：「梅麗先是老要看滑稽戲，我瞧這一臺滑稽戲，比什麼戲還有趣味。這都是鵬振鬧的，唱得好好兒的，他忽然開起玩笑來。」

金太太一個人只管說，忽然聽得後面噗嗤一笑。金太太回頭看時，卻是梅麗跟在後面，鳳舉早不知道哪裡去了？

梅麗笑道：「我總不言語，看你一個人說到什麼時候為止？」

金太太道：「他又溜走了嗎？」

梅麗道：「剛剛出大廳門，他就走了，我本想問他哪裡去的？他對我只搖手，我還說什麼呢？」

金太太聽說，也只搖了一搖頭。

回到屋裡，便叫老媽到門房裡去問，大爺走了沒有？老媽子才到大門口，鳳舉是剛吩咐門房開大門，也沒有開汽車出門，就這樣走了。

原來這時候，鳳舉和晚香的感情更加上了幾倍的熱烈，已經在「綠槐飯店」包了兩個房間另築香巢，鳳舉嫌坐著汽車來往，汽車夫知道內幕，家裡下人很多，他們彼此一傳說起來，事情就不秘密，所以他每日由家裡到「綠槐飯店」去，都是臨時在街上雇車。

這天晚上，因為夜深了，就想不去了，偷偷到外面客廳裡去，打了一個電話給晚香，說是今天晚上打算不來了。

晚香接著電話說：「那不成，我還等著你呢。」

鳳舉道：「太晚了，街上怕雇不到車。」

晚香道：「不能夠，走上大街，半夜裡都有車雇，就是雇不到車，走來也不要緊，反正你一個人走道，街上的巡察也不能帶你去。你來吧，我在這兒用火酒爐子熬稀飯給你喝哩。」

鳳舉一想，我若不去，她也許要等到天亮，便答應了去。當時掛上了電話，便叫門房開了大門出去。老媽子追來，在後面只叫大爺，鳳舉卻當著沒有聽見，一直走出大門去了。

走了一大截路，遇著街上的夜不收車子，也不講價錢，就叫住了坐上去，便對車夫道：「快拉，我多給你幾個錢。」

車夫道：「先生，你要上哪兒？你叫我快拉，叫我拉上哪兒去呢？」

鳳舉一想，自己胡著急，對人也沒說上哪兒，怎樣就叫快拉呢？這才笑著告訴他，是到「綠槐飯店」。

車夫貪了錢多，拚命地跑，還是三步一顛，兩步一蹶。鳳舉坐在上面，著急非凡，渾身不得勁，比拉車的還受累。

拉了半天，好容易方才拉到，飯店門燈一亮，原來車夫是個老頭子。鳳舉一肚子好氣，本來要罵車夫幾句，一看他蒼白的鬍子，黏著一片鼻涕，那汗在腦袋上還是不住地向下落。看這樣的情形，實在無可說了，扔了兩角錢給他，便進飯店去了。

他因為要看晚香做什麼呢，先且別忙敲門，將門試著推了一推，門還沒有鎖好，是虛掩的，因推著門，緩緩走了進去。

只見晚香靠在大沙發椅上坐了，面向著桌子，桌子上的火酒爐子，一叢綠火，正呼呼地向上，火上坐著一口白鐵小鍋，果然在熬稀飯呢。

看晚香時，雙眸微閉，又略微有一點鼻息之聲。於是在晚香肋下鈕扣上，取下她的一方小綢手絹，在那鼻尖上微微拂了兩下。

晚香用手搓著鼻子，睜眼醒了過來。一見鳳舉站在面前，不由得伸了一個懶腰，笑著站起來道：「走進來了，也不言語一聲，嚇了我一跳。」

鳳舉道：「你還說呢？坐在這裡就睡著了，爐子裡火是這樣大，稀飯一熬乾，燒了房，我看你也不會知道。」

晚香也道：「你還說呢？讓人家一等二等，等到這個時候，虧你打電話還說不來。」

鳳舉道：「你設身處地給我想一想，這樣的深夜，一個人在街上跑，願意嗎？」

晚香道：「夜深了不好走，你為什麼不早些來？」

鳳舉道：「一家人都沒有散，我怎麼好早走呢？」

晚香把嘴一撇道：「一家人什麼關係？你不過怕一個人罷了，十二點鐘我媽就走了，一個人坐在這兒，寂寞死了，歸裡包堆，只有兩間屋子，又不好雇老媽子，你不來，我媽一去，就剩我一個孤鬼。」

鳳舉笑道：「那也難怪我，只怪你母親的話不好說，若是你母親不鬧彆扭，我就早賃屋子住了。」

晚香道：「她提的條件也不算重，你為什麼不回答一個字？」

鳳舉道：「別的都罷了，只有跟著你去的這件事，我不能答應，她果然是你生身之母，我不能說那話，一定要做債主子罷了，我怎樣能常和她來往呢？」

晚香這時把火酒爐子熄了，在桌子抽屜裡找出自備的碗筷，盛了稀飯放在桌上，又把桌子裡的四碟小菜取來。一碟子糖醋拌鹹雪裡紅，一碟海蝦肉拌芹菜，一碟乾桃仁，一碟子生四川泡菜，上面還鋪著幾絲紅椒。

鳳舉笑道：「很乾淨，怎麼全是素菜呢？」

晚香道：「你不是在家裡吃了魚翅燕窩來？滿肚子油膩，還要吃葷不成？你要知道，吃了重葷之後吃素菜才是有味的呢，況且這稀飯裡面又有火腿丁兒，還要怎樣葷呢？」

鳳舉笑道：「你很會辦事，將來娶回去了，一定也會當家，但是我姓金的，未必有這個福分。」

晚香把嘴一撇道：「幹嘛損人啦？我現在是晝夜伺候大爺，要不要？就在你一句話哩。」

鳳舉笑了一笑，且坐下吃稀飯。晚香隔著桌子，和鳳舉對面坐下，卻只喝了一口稀飯，慢慢地來夾桃仁吃。

鳳舉道：「你想想，我剛才所說的話錯不錯？」

晚香道：「你不說這話，我也不敢提，免得你說我灌你的米湯，她背地早就說我們是一條心了。」

鳳舉笑道：「這話是真嗎？那就更好辦了，只要你肯和我合作，要對付她，那還不是很容易的事嗎？我和你說老實話，若是把她扔開，你看要花多少錢呢？」說時，把一碗稀飯正吃完了。

晚香站起來，把自己的碗一舉道：「我不要吃許多，分給你吧。」於是鳳舉將空碗伸過來，晚香將筷子撥著稀飯，分了一大半給鳳舉。

鳳舉正扶起筷子要吃，晚香笑道：「我該打，忘了神了，怎樣把殘了的稀飯分給大爺呢？你倒過來吧，我給你盛去。」

鳳舉用筷子頭點著她笑道：「你這東西矯情。」

晚香道：「怎樣矯情啦？你不嫌髒嗎？」

鳳舉道：「咱們不說這個，你還是答覆我那一句話吧，她要多少錢？就能和咱們脫離關係。」

晚香道：「我這話可難說，說多了，好像我給她說話，說少了，可真辦不到。」

鳳舉點著頭笑道：「先別聽底下的文章，這一個帽子就不錯。」

晚香道：「你瞧，你先就疑惑我不是？我還沒說，你就不大相信了。」

鳳舉道：「不是我不相信，本來你開口就是活動的話呢，你別管多少，你就照著你心眼裡要說著的數目說了出來，讓我斟酌斟酌。」

晚香笑道：「我心眼裡的話嗎？我想……你至少得給三千塊錢。」

鳳舉把舌頭一伸道：「要這些個嗎？你給我算算，她前前後後用我多少了？再加上三千，還要賃房買傢俱，給你添衣服，恐怕一萬過頭了。」

晚香笑道：「你還在乎？本來就是公子，而且自己又是官，花個一萬兩萬討個人，那很不算什麼。」

鳳舉笑道：「你說得我那樣有錢，我要是討上三個四個，不要花四萬五萬嗎？那還了得！」

晚香眼睛一溜道：「怎麼著？你還以為不足嗎？」

鳳舉笑道：「女子的心理，我不知道，若是就男子的心理而言，我以為男子沒有心足的。」

晚香笑道：「虧你說出這種無情的話，這樣說，做女子的還肯相信男子嗎？」

鳳舉笑道：「男子都是靠不住的，我可先說明了，連我也在內，你得留神。」

晚香道：「夜深了，別瞎說了，睡吧，要不明天又該爬不起來了。」說著，瞇著眼睛向鳳舉一笑。

在這樣一笑之間，鳳舉也就受了催眠術了。

次日醒來，那李大娘早已坐在屋子裡，給晚香梳頭。

鳳舉便道：「現在都剪髮，我看晚香也可以把頭髮剪了。你的意思怎樣？」

李大娘笑道：「她現在是大爺的人，大爺要怎樣辦就怎辦，問我做什麼？」

鳳舉笑道：「算我的人，不見得吧？」

李大娘道：「怎樣不算大爺的人呢？事到如今，難道我還把她接回去嗎？就是大爺肯放手，她也不願意。我長了這麼大歲數，我還有什麼不明白？我說，大爺你騰出一兩天工夫來，把房子賃好，早一天安頓了家，早一天人是舒服的，這樣住在飯店裡，像沒廟的佛爺一樣，也受不到一爐好香火，總不是個規矩，我和小姑娘呢？雖當著自己的女兒看待，究竟是兩姓，別說大爺賃了公館，不能讓我去，就是讓我去，我住在你府上這又算什麼？就是小姑娘稱呼我，也有些不便。」

鳳舉笑道：「你這話說得前後周到，我心眼裡要說的話，你全猜著了，你早不說出來，早要說出來，倒省得我牽腸掛肚，老存著一番心事。」說著，對晚香笑道：「得！今天下午沒事，咱們就看房子去。今天看好了房子，明天就可以搬。」復又回過頭去，對李大娘道：「今天晚上我請你吃飯，算是謝謝你。」

李大娘一肚子裡話，只說了一個大帽子，打算慢慢談入正題，不料正經話還沒說出，鳳舉攔頭一棍就把自己的話打斷了，將問題揭了過去，這樣一來，自己的話倒是不大好說。

這時，已給晚香把頭梳起，洗了一把手，又取了一根煙捲，坐在沙發上慢慢地抽著。先噴了一口煙出來，然後對鳳舉笑道：「大爺請我，我就不敢當，不過我還有幾句話要和大爺商量商量。」

鳳舉也躺在對面沙發榻上。支著兩腳抖文，卻笑道：「有什麼話？你就請說吧。最好是痛痛快快說，一點也不要客氣。」

李大娘道：「我說話向來就痛快，大爺當然也知道，事到如今，我要說的話，總要說出來，也不是客氣能結了的事。現在小姑娘已經是大爺的人了，我從前過日子就仗她，現在呢，我是沒有指望了，這碗飯，現在不容易吃了，我也不願意幹了，十天半月我就打算離京回家去。不過這幾年來，事情混得不大好，虧空六七千塊錢，我是有一句說一句，難得大爺這幾個月給小姑娘捧場，零零碎碎也就把債還了一千多。現在外面所借的錢，少說一點，恐怕還在四千以上。」

鳳舉聽到這裡，知道她所說的數目雖然這樣，實在要的錢和晚香說的正差不多，先且不作聲，看她說些什麼？

李大娘接上說道：「別的呢，我也不敢要求，只有求求大爺，把我的債給料理完了，我就心滿意足。」

鳳舉道：「聽你說這個話，你是不是要四千塊錢呢？」

李大娘道：「喲！我怎敢要那些個錢啦？不過小姑娘已經跟了大爺，望大爺看在小姑娘面子上，給我幫一個忙吧。」

鳳舉笑道：「我雖然是個大爺，可是窮大爺。這時要我拿出那些個錢，我可拿不出，讓我籌畫籌畫吧。」

李大娘道：「你就別客氣了，要是大爺都拿不出錢，別一個大爺，連大爺兩個字都不能夠說了。」

鳳舉笑道：「我並不是客氣，這不是一兩個錢，豈能說拿出來就拿出來。」

李大娘道：「聽大爺的便吧，哪能一定要大爺馬上拿出來呢？」

鳳舉和李大娘大動脣舌，晚香端一個茶杯，坐在一邊，只管低了頭一口一口地喝，聽他們說話，不敢作聲。

他兩個人的談判完了，晚香也不便插嘴，屋子裡反而靜悄悄的。停了半晌，李大娘咳嗽兩聲，笑道：「大爺，今天共和戲園裡戲不壞，聽戲去嗎？」

鳳舉道：「昨天晚上鬧了一夜，還沒有睡足，今天晚上要休息了。」說時，便找帽子戴上，馬上就要走。

晚香還是靜靜坐著，一句不言語。直到鳳舉走了，李大娘才說道：「哼！倒會裝傻！就這樣模模糊糊可以讓錢，我還是少說，你要少給一個子兒，我也不能答應！」說時，板著面孔，白裡帶青，凶狠狠的。

晚香看見這個樣子，越發不敢作聲。

李大娘道：「他和你說什麼來著沒有？」

晚香輕輕地答道：「他沒有說什麼。」

李大娘道：「他正要把你帶起走哩，哪能夠不說什麼？現在你和他是走一條道兒了，他說了什麼，你哪裡又肯告訴我？」

晚香道：「你不是老早告訴了我，叫我別理會從良這一句話嗎？所以他提到這一句話，我總不言語。他見我不說話，也就不提了。」

李大娘道：「呸！你還打算花言巧語冤老娘呢，他有錢又有勢，而且年紀又不大，你還不是千肯萬肯願意跟他嗎？我看他這樣愛理不理的樣子，就是你告訴他的主意！你要想便便宜宜就這樣跟了姓金的，那可不能！漫說他是總理的大少爺，就是總統的大少爺，我也不含糊。」

晚香本沒有和鳳舉說什麼，李大娘現在一口咬定她和鳳舉是一條心，有些冤枉她，就不由得擠出一句公道話來。便道：「怎麼樣？人家花的錢少嗎？人家沒有招呼我以前，咱們是怎麼樣？招呼我以後，咱們又是怎麼樣？」

這兩句話，給鳳舉幫忙幫大了，氣得李大娘七竅生煙，不問三七二十一，走過來對晚香就是一巴掌。

晚香冷不防，打得紅了半邊臉，臉剛一避過去，李大娘劈啪兩下，又在脊梁上捶將下來。晚香接連挨了幾下打，忍不住眼淚，便伏在沙發上大哭起來。

李大娘道：「你哭嗎？我也要你知道我的厲害。我再好說話，你還簡直要向我頭上爬呢。

從今日起，我要守著你，看你可跳得出我的手掌心？」

晚香怨氣沖天，哪裡說得出所以然來？哭了一頓，便倒在床上睡了。

由正午一直睡到天快黑了，也不曾起床。身上穿的一條藍綢小夾襖已經皺得不像個樣子。一個一字如意髻也蓬蓬的，一直要垂到脊梁上來，隨便李大娘說什麼，晚香總不理會。

後來快要吃晚飯了，李大娘生怕鳳舉撞了回來，若是見了這種樣子，老大不方便，只得說道：「好孩子，你要體諒我，不要有了好處就把我忘了，你雖不是我生的，這幾年以來，我是怎麼樣看待你？自己養的女兒也不能待得這樣好吧？我費了一番心血，為著什麼？不過指望你紅了起來，我下半輩子也有個靠身。不料你一紅起來，就遇到了金大爺，這樣一來，你是要享福了，我白白操了幾年的心，都是和你出了力，我一點好處也沒有得著，你看我是多冤？再說，我和你在一塊五六年，現在你說一聲走，馬上就要離開我，叫我心裡怎樣不難過？」

說到這裡，聲音就哽咽著，只管朝痰盂子裡摔清鼻涕，兩行眼淚也就撲撲簌簌地落將下來。掏出手絹兒揩了一會子眼淚，說道：「好孩子，你就這樣硬的心腸丟了我去享福嗎？這是你的出頭之日，我原不敢攔阻你，但是你也要念念我幾年待你的情分，幫我一點忙才好。反正只這一回了不是？」

李大娘帶哭帶說，說得件件有理。女子的心是容易感動的，晚香一陣心酸，反倒和她陪了幾點淚。

李大娘見晚香的心思有些轉動了，於是走上前，好姑娘，好孩子，亂叫一頓，又輕輕拍著她的脊梁道：「得了，起來吧，上午是我性子急了一點，失手打了你一下，你還記在心裡嗎？

好孩子，你別讓我為難了。你乾熬著大半天，也沒吃什麼，叫茶房去下一碗麵條兒來吃吧。」

說時，拉著晚香的胳膊，可就把她拉起來了。

晚香也不好意思怎樣拒絕，一面撐起半截身子，一面理著鬢髮向耳朵後扶去。

聽說李大娘要下麵條兒給她吃，便搖著頭輕輕地說了一聲：「我不吃什麼。」

李大娘道：「你這孩子，還生氣嗎？總得吃一點。」

晚香道：「要不，就弄稀飯吃吧。」

李大娘道：「那也好，回頭等金大爺回來了，一塊兒吃飯吧。頭髮亂了，我給你重梳一梳，好嗎？」

晚香道：「這都晚上了，還梳個什麼頭？」

李大娘道：「一刻兒不梳，一刻兒就不好過，回頭大爺回來了，要帶你去看電影，聽個戲，臨時抱佛腳，你又得著急了。」也不由晚香作聲，給她把頭髮拆散，復重新梳好，另外又給她找了一件衣裳換了。

可是這天晚上，到了十二點鐘，鳳舉還沒有來。平常鳳舉不來，是要先照應一聲的。今天既沒有說明，而且去的時候，又有負氣的樣子，今天晚上恐怕不能來了。

平常到了晚上十一點鐘，李大娘就要走的，今天既然不知鳳舉來不來，走了只剩晚香一個人，有些不放心，半天的工夫，大家也沒有作聲。

李大娘道：「自從搬到這裡以後，金大爺從沒有一晚上不來，今天怎麼一回事，難道為了我和他要錢，就一賭氣不來嗎？我們的事情麻煩著呢，不能就這樣算了。小姑娘，你打一個電話到他家去問問看，他回家沒有？」

晚香道：「他家好幾個電話呢，我往哪裡打？」

李大娘道：「你就打他家普通用的那個電話得了，還要你打到他上房裡去不成？」

晚香道：「我不打吧，打了電話他越拿勁兒，不肯來了。」

李大娘道：「這事就是這樣辦，他緊一點兒，我們就鬆一點兒，他鬆一點兒，我們就緊一點兒。若是老是和他鬧著彆扭，那就散了，還說什麼呢？」

晚香道：「還是你打吧，我怕說不好。」

李大娘道：「孩子，我要是你那個年歲，我也自己會打電話了，還會要你說呢。你就去打電話吧，我等著他的回話才好走呢。」

李大娘一再地催促，晚香只得拿了桌上的分機打去。那邊接著電話，少不得問是哪兒？晚香一時大意，說了一句「綠槐飯店」。那邊就說：「大爺沒回來。」

晚香問道：「知道在什麼地方嗎？」

那邊又說：「說不上。」

晚香放下話機，李大娘道：「不是我說你，你簡直是一點兒事也不懂，你打電話給他，為什麼告訴他是綠槐飯店？他要是肯接你的電話，他老早就打電話來了，你該瞎說一個地方才對呢。」

晚香道：「我說哪兒好呢？說了的地方他不知道，還不是要問個清楚明白嗎？」

李大娘道：「我不和你說了，這個樣子，今晚晌他大概也不會來，我不走了，明天再說吧。」

從這天起，鳳舉老是躲避著，既不到飯店裡去，也不接她們的電話。

到了第四天頭上，李大娘沒有辦法，就大著膽子打了電話到鳳舉衙門裡來。因告訴接電話的茶房，說是有個姓李的朋友，病得很厲害，務必請金大爺過來說幾句話。茶房少不得要問是哪裡姓李的。李大娘卻說：「只要提姓李的，他就知道。」

鳳舉先是回絕了。

過了一點鐘，李大娘又打了電話來，還是那一套話，對茶房又是千勞駕萬勞駕，務必請他回一聲。茶房卻情不過，就對鳳舉道：「那位李先生大概真病了，他的太太在電話裡直央告，你就去接一接電話吧。」

鳳舉明知是李大娘搗的鬼，只得前去接著電話，李大娘一聽是鳳舉的口音，便道：「哎呀！大爺，你真狠心哪，咱們就這樣惱了嗎？無論怎樣對大爺不住，小姑娘現在睡在床上，兩天沒有吃東西了，你總得念點舊情，來看一看她。」

鳳舉連道：「好吧，好吧，回頭我來看她，有什麼話我們見面再說吧。」說畢，就掛上電話，不讓她再說了。

鳳舉心裡原只恨著李大娘，對於晚香並沒有什麼不滿，現在聽說晚香病了，無論是真是假，總得去看看才放心，不然，晚香也會發生誤會，以為自己不去是專門對她而發呢。因之，當日下了衙門，就到「綠槐飯店」裡去。

晚香住的樓房，正有一個窗戶下臨著街上，她在窗戶裡，就見鳳舉坐一輛小敞篷汽車來了。

鳳舉走上樓，悄悄推門而進，屋子裡寂無人聲，仔細看過，李大娘坐在一邊抽煙捲，床上紗帳子都放下來了，床前放著晚香兩隻鞋，疊在一處，好像睡得很匆忙，倒上床去亂脫下鞋來似的，因為鞋尖還向著裡呢。

李大娘猛然抬頭，很驚訝的樣子，笑道：「好呀！大爺來了，這真是稀客了。」說著，走上前接了鳳舉的帽子，掛上衣架，一面對床一努嘴道：「睡著不多大一會兒，剛才還問大爺幾時能來呢？」便叫道：「小姑娘，大爺來了。」

晚香未曾答應，鳳舉走上前，先掀開帳子向裡一看，只見晚香衣服也未曾脫，側著身子向裡，扯了半截薄被，蓋著大半截身子，一條光亮的辮子繞在枕畔。

鳳舉笑道：「真會睡覺，睡得頭髮一根都沒有亂。」

晚香並不作聲，好像是睡著了。

鳳舉揭開被，用手扯著她的胳膊道：「醒醒吧。」

晚香還是不作聲。鳳舉道：「你醒不醒？不醒，我就要胳肢你了。」說著，伸手就向肋下掏了過來。

晚香身上一觸著手指尖，身子就是一扭，用手一撥道：「誰？別鬧。」

鳳舉道：「你說，還有誰呢？」

晚香且不說話，扯了被，又把身子蓋上。

鳳舉道：「好！你不理我，我還是走。」說畢，就回轉身來。

晚香將被一掀，突然坐了起來，抓著鳳舉的衫袖笑道：「你走！飛也飛不了。」

鳳舉笑道：「那為什麼不理我哩？」

晚香道：「大爺好幾天都不來，倒說別人不理大爺呢。」

鳳舉道：「哦！剛才你裝睡，就是要報復我嗎？」

晚香道：「人家這一會子沒有理你，你就曉得著急，你好幾天不理人家，那應該怎樣辦呢？我問你，發了什麼瘋？為什麼這幾天不來？」

鳳舉笑道：「我也有我的事，非得天天來不可嗎？」

晚香道：「你有事不能來，那也不怪你，為什麼電話也不接呢？」

鳳舉道：「你什麼時候打電話給我了？我並不知道。」

晚香一隻手拉著他，一面用手拔鞋，站了起來，笑道：「你還矯情，你這人的心肝五臟，我全看出來了。」

鳳舉笑道：「說話就說話，拉著我做什麼？」

晚香笑道：「為什麼拉著你？不拉著你，你又要跑了。」

李大娘笑道：「別鬧吧。大爺剛從衙門裡出來，讓他休息一會兒吧。」

晚香放了手，鳳舉在沙發椅上躺著。晚香跟著過來，也坐在他一處。李大娘借著緣故就走開了。

這一下子，二人就像開了話匣子一般，說了一個牽連不斷。

這晚上，李大娘格外去得早，到了九點鐘，就和鳳舉說：「今晚上有事，要早一點走，明天會吧。」

李大娘走後，晚香就埋怨鳳舉狠心，說是自己沒有得罪你，為什麼不來？後來又提到李大娘生氣，自己挨打的事，伏在鳳舉身上痛哭，鳳舉道：「我並不是對你有什麼不滿，你是知道的，我就恨她，要錢要得太厲害了。我是歇了幾天不來，看她怎麼樣？」

晚香道：「你歇了幾天不來，她要什麼緊？可是我不知道你什麼心思？這裡還要受她的氣，你哪是和她為難，簡直是和我為難了，你最好的辦法，給她幾個錢，把她扔開就好了。」

鳳舉道：「她要千兒八百的，我還有個商量，她要我許多錢，怎樣能答應她？」說時，笑著拍了晚香肩膀道：「你不要傻，你現在和我在一處的日子長，還幫著她要錢做什麼？要了去，她又不給你一百八十，與其讓我現在多花錢，何不把這錢留著，將來好讓你去花呢？」

這一句話倒提醒了晚香。她笑道：「我幾時幫著她要錢呢？將來你的錢就是我的錢，我還願意你多花嗎？」

鳳舉笑道：「你既然不願我多花，你也知道我這幾天是和她鬧彆扭，為什麼我來的時候，你生我的氣？」

晚香道：「咳！你這人說是聰明，又實在是傻瓜，你要我當著她的面不這樣做法，她越發地要疑心了。這一點，你還有什麼不明白？等她不疑心我了，你就好去專門對付她。我又不是她的什麼人，賣了身子，掙錢給她用，還要挨揍，我還會幫她嗎？你這樣想想，就自然明白了。」

鳳舉聽了她的話，倒也相信，二人更顯著親密，就把將來成家的事商量一會。從此以後，晚香也果然暗袒著鳳舉，不是怎樣對鳳舉拿勁兒。

吃窯子飯的人，人情練達，什麼事情看不出來？李大娘知道晚香貪慕鳳舉的富貴榮華，心思已定，是挽不回來的，只得依著勢子轉圜，將晚香的身價緩緩減少，一直減到二千塊錢。

鳳舉也知道無可再減了，就照數給了她，託人在東城各胡同找了兩天，找到一幢西式小樓房，房子雖不大，倒是整齊美觀，電燈、電話、自來水、浴室、車房，樣樣俱全。

鳳舉又添了許多西式傢俱，完全搬了進去，不到三天工夫，諸事都已齊備，鳳舉和晚香就一同般進新屋子裡住，所有和鳳舉要好的幾個同事相送了許多東西慶賀，鳳舉也就辦了兩桌酒，鬧了一晚上。

這邊熱鬧，家裡的佩芳屋裡可就異常寂寞。她本來是有孕的人，就不免纏纏綿綿的帶些病相，現在老不見鳳舉回家，一腔幽怨，未免把病相加深。

這天晚上，大概有十二點鐘了。正是已涼天氣，正好睡覺的時候，所有的人全都睡了。佩芳因為睡不著，便坐了起來靠在床欄上，坐了一會兒，很想喝茶，便按電鈴叫蔣媽。偏是電鈴壞了，又不通電，只得踏著鞋，自己走下床來，去斟茶喝。伸手一摸桌上的茶蓋，卻是冰涼的。倒了半杯，喝了一口，覺得有些冰牙，只得倒在痰盂裡。因用手一拿壁上的溫水壺，裡面卻是輕飄飄的，不用說，這裡面是並沒有熱水。因為想喝得很，只好走到窗戶邊，對外面連喊了幾聲蔣媽，但是接連幾聲，蔣媽並沒有聽見。

佩芳發狠道：「你瞧，她一點兒不聽見，睡死了嗎？」於是倒上床去，斜靠了枕頭躺著。就不由想起小憐來。

小憐在這裡的時候，睡在房後，只要一叫，她就會來的，現在沒有了小憐，就覺得什麼事也不便了。

坐了一會兒，隔著玻璃窗子一望，只見樹梢上掛著有半輪斜月，照著院子裡的樹木模模糊糊的。窗紙漏縫處，吹進一絲涼風來，便覺屋裡冷清清的了。佩芳也不知哪裡一腔幽怨，不由得哭將起來。

哭聲雖然極低，可也傳出戶外。對院子鶴蓀夫婦先聽見佩芳叫了兩聲蔣媽，以為蔣媽必然來了，所以沒有注意。後來卻沒聽到這面有開門關門之聲，已經可怪，這時忽聞隱隱啜泣之聲。鶴蓀便道：「喂！你瞧瞧去吧，大嫂怎麼回事？」

慧廠道：「外面陰沉沉的，我有些害怕，你送我出去，給我扭著廊下的電燈吧。」

鶴蓀道：「外面有月亮呢，怕什麼？」

慧廠道：「有月亮也瞧不見，樹和花架子全擋住了。」

鶴蓀道：「說起來，你是什麼也不怕，男女平等，為什麼在自己家裡，晚上都不敢出房門，還要男子作伴呢？」

慧廠道：「這算什麼？我就不要你做伴，我一個人也能去。」說畢，一賭氣便走出門去。鶴蓀見夫人走了，倒又跟將出來，先就把廊下的電燈完全扭著。慧廠道：「我不要你送，你請進去。不要走出來傷了風，受了涼。」

鶴蓀道：「你瞧，剛才要我送出來是你，現在嫌我送出來又是你。」

慧廠道：「你說我膽小嘛，我就不服這口氣。」慧廠一面說著，一面就走到佩芳這一邊來，因隔著窗戶，問道：「大嫂，你沒有睡嗎？」

佩芳道：「白天睡足了，晚上睡不著，你怎麼在這院子裡站著？」

慧廠道：「我先聽到你叫了兩聲蔣媽，沒有聽見蔣媽答應，你要什麼嗎？」

佩芳道：「我原要一杯茶喝，現在不要了。」

慧廠道：「我那兒有熱茶，我送來吧。」

佩芳道：「不必了，我不喝了。」

慧廠道：「你開門吧，我就送來，又不費事，為什麼不喝呢？」

她們這一說話，又把蔣媽驚醒。

蔣媽早爬起來，開了堂屋門。

佩芳的臥室門並沒有關上，是虛掩的，所以堂屋門開了，慧廠就和蔣媽走了進來，一見佩芳側坐在藤椅上，眼睛微腫，因問道：「大嫂怎麼？你身上不很舒服嗎？」

佩芳道：「不怎麼樣，就是想一口茶喝罷了。」

慧廠便對蔣媽道：「你這人睡得實在死，怎麼那樣叫你，一點也不知道？」

蔣媽笑道：「今天晚上涼一點，睡得香了，所以叫不醒。二少奶奶那裡有茶嗎？我去倒去。」蔣媽說畢就走了。

她們這裡一來一往的開著門響，隔壁院子裡金太太也沒有睡著，便披了衣服，把小蘭叫醒，讓她作伴，一路走到佩芳這兒來。

小蘭走到院裡，便嚷道：「太太來了。」

佩芳連忙迎了出來，問道：「這個時候，媽怎樣來了？」

金太太在燈光之下，對佩芳渾身上下一看，接上又牽著佩芳的手握了一握，笑道：「倒不怎麼樣，我在那邊聽見你們開門關門，人來人去，倒嚇了我一跳。」說著話走進門來，看見了慧廠，便道：「怎麼你也在這兒？你兩人鬧什麼玩意兒了？」

慧廠道：「我也是剛起來呢，聽說大嫂叫蔣媽要茶喝，蔣媽睡著了，所以我送了來。」

金太太便對蔣媽道：「大少奶奶不舒服，你該睡得靈醒點。」回頭又對佩芳道：「你們雙身子，遇事都要留神，我是為你們年輕糊塗放心不下。」說時，連慧廠和佩芳都默然無話。

金太太見慧廠身上只穿了一件花布短褂，那短褂又挖的是套領，有一大塊脊梁露在外面，因道：「這晚上跑了出來，還只穿這一點子衣服，若是受了凍，這又是我的事。」

慧廠笑道：「剛才起來得急了，所以忘了穿衣服，這樣大的人，一個寒熱還會不知道嗎？」

金太太道：「知道是知道，不過大意些罷了。平常我是不管你們，到了現在，我要不管，就沒有盡我長輩的責任。」

佩芳對慧廠道：「不要對她老人家說吧，越說話就越多。」

金太太道：「好哇！你倒嫌我囉嗦了。」

金太太一面說話，一面就偷看佩芳的臉色，見她穿了一件半新舊綠色電光絨的短夾襖，袖子短短的，將手胳膊露了大半截在外面。短頭髮是蓬蓬的掩著兩耳，這種有光的絨衣，在燈光下互相映照，越發是臉色黃黃的。

再一看床上，一條綠色湖縐秋被，敞著半邊，亂堆在一頭，那一頭，並排放著兩個軟枕。由此便想鳳舉這久沒有回家，把佩芳一個人扔在屋裡睡，很是不對。

在平常也不要緊，在佩芳這樣愁病不離身的時候，讓她更添一種心事，便道：「鳳舉這東西越發不成樣子，我明天要把他叫在他父親當面痛加申斥，今天晚上我叫你八妹來和你睡吧。」

佩芳笑道：「八妹睡覺是滿床打滾的，我不敢領教，我並不怕，不要麻煩她吧。」

金太太道：「哦！我也糊塗了，怎樣叫她來？她亂踢起來……」

金太太說這話時，慧廠向著佩芳微笑，佩芳連說道：「喲！你老人家聽錯了，我不是這意思。要不，還是請八妹來吧。」

金太太道：「請她來我可當不起這個責任。」

蔣媽在一旁笑道：「太太向來是不說笑話的，只一提到要添孫少爺，也是樂呢。」

佩芳道：「先是叫你不醒，這會子你的精神倒來了。」

金太太對蔣媽道：「是真的，以後睡覺可別睡得那樣死，這幾日大爺不在家，你格外得小心一點。」又對慧廠道：「你也去睡吧，要是在這裡坐也得添上一件衣服。」

慧廠聽了，只是傻笑。金太太又叮囑了幾句，這才走出去，走到廊上又走回來對慧廠道：「快去添衣服啊，怎麼還在這兒待著呢？」

慧廠笑道：「我這就去。」金太太等她一直回房去，這才走了。

佩芳這屋子裡的事，算是告了一個段落，慧廠那邊，可又鬧起來了。

這邊慧廠剛進門，鶴蓀握著她的手道：「可不是涼？」

慧廠將手一摔道：「動手動腳，什麼意思？」

鶴蓀道：「我看你穿一件單衣服，怕你涼了，摸一摸你手，這倒給我釘子碰？」

慧廠道：「涼不涼，我自己知道，誰要你這樣假情假意的？」

鶴蓀笑道：「我真落不到一句好話，這又算假情假意的，趁著咱們睡足了，得把這理談一談，你不是提倡男女平等嗎？無論如何，這男女平等的原則裡，不能說婦人對於她丈夫要在例外的。」

慧廠笑道：「哼！那難說，也許有人例外。」

鶴蓀道：「不用多提了，憑你說話這種口氣，你先就以弱小民族待我了，哪兒平等去？」

慧廠讓他一人說去，向床上一倒，側身向裡，便一聲不響去睡覺。

鶴蓀見她側著身子睡著，沒有蓋被，就把床裡那條秋被牽開，給她蓋了半截身子。慧廠將身一翻，便把蓋被一掀，掀在一邊。

鶴蓀道：「你這人真是豈有此理！我給你好好地蓋了被，你倒生氣，我就讓你去涼，不管你這閒事。」說畢，便取了衣架上一件湖縐夾襖穿上，撲通一聲，將房門帶上，就走出去了。

慧廠假睡的時候，回頭就看鶴蓀穿了長衣服，且不理他，看他怎樣？後來鶴蓀開了門出去，慧廠便一翻身爬了起來，對著窗子外說道：「你趕快去吧，越遠越好。半夜三更跑了出去，回頭好意思回來嗎？」

鶴蓀在院子裡聽得清楚，只是默默無語的低頭出去。到了外邊，就站在燕西屋外邊，劈劈啪啪打門，燕西問是誰？鶴蓀道：「是我，你把門開了，讓我進來。」

燕西道：「這大半夜了，要什麼東西，明天一早來拿吧。」

鶴蓀道：「我既然要你開門，我自然有事要進來，你打開來吧。」說著，又不住地將手敲著。燕西被催不過，只得爬起來，將門開了。

電燈底下，見鶴蓀穿一件長衣，六個鈕扣，只扣著兩個，敞著一片大衣襟，風吹得飄飄然。因讓他進來，問道：「要什麼東西，這樣雷厲風行地趕著來？」

鶴蓀道：「什麼東西我也不要，你二嫂不住地和我找麻煩，晚上睡不著，我要在外面睡一夜。」

燕西笑道：「不成不成，我一個人睡得很好的，我不贊成憑空地加上一個人。」

鶴蓀道：「這麼一張大床，怎樣不能睡兩個人？」

燕西道：「要鬧要吵，還有天明呢。半夜三更，跑來吵人家，這豈不是城門失火，殃及池魚嗎？」

鶴蓀道：「我就是不願夜晚和她鬧，不然我還不躲開呢，你讓不讓我睡？你不讓我睡，就把那條絨毯給我，我在這沙發椅上睡。」

燕西道：「我不是不讓你睡，明天二嫂知道了，說我們勾結一氣，又要說你們弟兄不是好人那句話了。」

鶴蓀且不說那許多，將燕西床頭邊疊好的那條俄國毯子扯了過來。沙發椅上原有兩個紫緞鴨絨墊，把它疊在一起，便當了枕頭，身子往沙發椅上一躺，扯了毯子，由下向上一蓋，說道：「嘿！舒服。」

燕西笑道：「一條毯子哪成？仔細凍了，還是到我床上來睡吧。」

鶴蓀將身一翻，說道：「我們城門失火，憑什麼你要殃及池魚呢？」

燕西道：「得，你瞧吧，凍了可不關涉我的事。」於是兩人各自睡了。

到了次日一早，金榮進來拾掇屋子，一見鶴蓀躺在沙發上，便道：「二爺怎樣睡在這裡呢？」

鶴蓀業已醒了，聽見說，翻身坐了起來。問道：「什麼時候了？」

金榮道：「早著呢，還不到八點鐘。」

鶴蓀道：「你到我那邊去，叫李媽把牙刷牙粉和我的馬褂帽子一齊拿了來。」

金榮聽了這句話，就知道他又和二少奶奶生了氣，自己哪有那樣大的膽子敢去拿東西，聽說了，只對鶴蓀笑笑。

鶴蓀道：「去拿呀！你笑什麼？」

金榮道：「這樣早，上房裡的人都沒有起來，怎麼拿去？」

鶴蓀道：「李媽比你還起來得早呢，去吧。」

金榮只是笑，卻不肯去。

鶴蓀道：「你為什麼不去？你是七爺的人，我的命令就支使你不動嗎？」

燕西被他說話的聲音驚醒了，因一翻身坐起來，笑道：「不是我替他辯護，二哥自己都不敢進去，他是什麼人，敢進去嗎？」

鶴蓀聽了燕西這話，未免有些不好意思，因道：「我為什麼不敢進去？我怕一早起來吵，吵得別人不好睡覺罷了。」說畢，披了衣服，就向裡走。

剛一走到迴廊門下，只看見秋香蓬一大把頭髮，手上拿了一串白蘭花，由西院過來，鶴蓀對她招了一招手，笑道：「過來過來，我有一件事託你。」

秋香將那串花向背後一藏，笑道：「這個花是有數目的，二爺要拿可不成。」

鶴蓀笑道：「你真小氣，我不要搶你的花喲，我要你進去給我拿東西呢。」

秋香道：「拿什麼東西？讓我把花送回去，再給你拿吧。」

鶴蓀道：「何必多跑那一趟？你就到我屋裡去對李媽說，把我的牙粉牙刷一齊拿來，還有我的帽子馬褂也順帶來。」

秋香把鼻子嗅著白蘭花，向著鶴蓀微笑，因道：「你兩口子又鬧彆扭嗎？」

鶴蓀笑道：「嘿！這東西，越發沒有規矩了，索性把我兩口子也說出來了。」

秋香笑道：「這不算壞話呀，要不，你自家兒去拿去，我不去，別讓二少奶奶罵我。」說畢，轉身就要走。

鶴蓀一把將她拖住，笑道：「我不怪你，還不成嘛？」

秋香道：「我拿是去拿，二少奶奶要不給呢？」

鶴蓀道：「不能。不給你給我一個回話就是了，你去吧，我在七爺屋子裡等你。」

秋香聽說，也就答應著去了。

鶴蓀本想到燕西屋裡去等的，轉身一想，燕西見了空手回來，還不免說俏皮話的，就不走開，還在原地站著。

不到五分鐘，就見秋香飛跑地走來了，鶴蓀見她兩手空空的。便道：「怎麼著？她不讓你拿嗎？」

秋香道：「不是，我少奶奶不讓我去。」說到這裡，可就把嘴一噘，說道：「為你這個事，人家還挨了罵呢！少奶奶說多事。」

鶴蓀道：「唉！你們心裡就擱不住一點事，為什麼要把這事告訴她呢？得了，我不勞你駕了，我自去吧。」

鶴蓀事出無奈，只得硬著頭皮，自回自己屋子裡去。

恰好李媽在掃廊簷下的地，看見鶴蓀，剛要把嘴說話，鶴蓀笑著連連搖手，又指了一指屋子裡，李媽會意，扔了掃帚，就走下臺級迎上前來，因輕輕地笑問道：「二爺怎麼昨晚半夜三更地跑出去了，在哪裡睡了一宿？」

鶴蓀道：「我在七爺那裡睡著的，她起來了沒有？」

李媽道：「沒有，睡著呢。」

鶴蓀道：「你進去把我的帽子和馬褂拿來。」

李媽笑道：「你又生氣呀？你自己去得了。」

鶴蓀看她的樣子，更是不行。心想，求人不如求己，我自己去吧，於是輕輕地走進房去，把衣服帽子拿出來了，又把牙刷牙粉也拿來了。

剛要出房門，慧廠一個翻身坐了起來，冷笑道：「你拿這幾樣就夠了嗎？敞開來多拿些走，省得要什麼又到這兒來，這樣鬼鬼祟祟地做什麼？誰還攔住你，不讓拿不成？」

鶴蓀聽了這話，是有些不好意思走，便將所有的東西又復完全送了進來，因道：「我讓你，那還不好嗎？你若嫌我讓得不好，我就不讓。」於是便叫李媽舀了洗臉水來，就要在慧廠盆架上洗臉。

慧廠道：「這地方不是你洗臉的地方，你愛到哪裡去，就請便到哪裡去吧。」

鶴蓀笑道：「你這樣子似乎有些喧賓奪主了，你也不問問我這兒是姓金姓程呢？」

慧廠道：「姓金怎麼樣？姓程怎麼樣？難道這地方還不讓我住嗎？你說我喧賓奪主，我就喧賓奪主，到底看你怎麼樣？」說著，將鶴蓀手上拿的手巾一把奪了過去。「我不要你洗，你怎麼樣？」

鶴蓀笑道：「得了吧，誰和你淘這些閒氣呢？我等了半天了，你拿給我吧。」

慧廠道：「沒有廉恥的東西，誰和你鬧鬧又笑笑？」

鶴蓀自己再讓一步，見慧廠還是相逼，不由得怒從心起，便道：「好好好！就讓你，難道我還找不到一個洗臉的地方嗎？」說時，穿了馬褂，戴上帽子，就向外走。

慧廠道：「哼！那怕什麼？你也不過學著大哥的樣子躲了不回來。那倒好，落得一個眼前乾淨。」

鶴蓀聽了這話，氣上加氣，心想，婦人有幾分才色，就不免以此自重，威脅她的丈夫。但是有才有色的婦人，天下多得很，我果然就被你威脅著嗎？我就不回來，看你怎樣辦？

鶴蓀一下心狠，到了燕西那裡，胡亂洗了一把臉，只把手巾擦擦牙，牙粉都不用了。

燕西看見，在一邊笑道：「好端端生氣，這是為著什麼？」

鶴蓀並不作聲，斟了一杯熱茶，就站在地下喝。一面喝著，一面直吹。燕西笑道：「我看二哥這樣子是等著要走，有什麼急事，這樣忙法？」

鶴蓀依然不作聲，喝完了那杯茶，放下杯子就走。偏是放得未穩，袖口一帶，碰了一響。鶴蓀一回頭，只對燕西笑了一笑，便向外走了，心裡想著，鹽務署這每月三百塊錢，是準靠得住的，可是自己為了不大向西城去，一月難得到衙門去一回，究竟於良心上說不過去。而況自己又是個參事上行走，毋庸參事，倒也罷了，索性毋庸行走起來，未免說不過去。趁著今天出門很早，何不去應個卯？這樣想著，於是出門之後，直向鹽務署來。

到了衙門裡，一看迎面重門上掛的鐘還是九點半，衙門裡還靜悄悄的，上衙門的人似乎還不多。一直走到參事室外，隔了門簾子，不知道裡面有些什麼人，便把腳步放慢一點。走到門簾子邊，卻搶出來一個茶房，用手高撐了簾子讓鶴蓀進去，鶴蓀一看屋子裡，哪有一個人？倒是各辦公桌上，筆墨擺得齊齊整整的，桌子上光光的，沒有一點灰塵。中間一張大些的桌子，放了一把茶壺，反叩著幾套杯碟，一連放了幾份折疊著的日報。

鶴蓀是個行走，這辦公室裡並沒有他的桌子，所以他將帽子取下，掛在衣架上，先就大桌子邊坐下，茶房打了一個手巾把子，遞到他手裡，他隨便擦了一把，向茶房手上一拋，拿了面前一份報，一面看著，一面向茶房問道：「今天還沒有人來嗎？」

茶房微笑道：「早著哩！不到十一點鐘，趙參事不會來的。」

鶴蓀道：「別個人呢？」

茶房道：「別個人比趙參事更晚，也不能天天到，這也只有幾位辦事的參事是這樣，你……」說著一笑道：「忙著，就別來吧，大家都是這樣。」

鶴蓀翻了一翻報，茶房倒上一杯茶來，又喝了一口，覺得無聊得很，站起來道：「我也不等他們了，走吧。」說著，拿了帽子戴上，就走出鹽務署來。

他這回是坐汽車來的，走衙門出來，依然坐上汽車，本想到小館子裡去，找兩個朋友吃飯的，伸手一摸袋裡，真是出來得匆忙，一個錢不曾帶。錢都在箱子裡，這不能不回去走一趟的了，尤其是自己有一張四百塊錢的支票，字也簽了，圖章也蓋了，只要到銀行裡去兌款就行。這要落到慧廠手上去了，這就別想拿一個錢回來。這一筆款她是不曉得，不如趁早回去，將款拿到手上再說。這樣想著，便叫汽車夫開了回去。

到家之後，就裝成沒有事的樣子，一如平常，走回院子裡去。只見慧廠拿著一對啞鈴，在走廊上，忽高忽低地操著。她穿了短袖的褂子，裙子繫得高高的，露出兩條大腿，便笑道：

「我們家哪裡跑出這大一個小學生來了？」

慧廠依然操她的，只當沒有聽到。

鶴蓀見她並不說什麼，帶著笑容便走到房子裡去，走著路時，一面解著馬褂鈕扣，表示是回來休息的樣子。走到屋子裡，將馬褂脫下，便倒了一杯茶，坐在沙發上喝。

這時，只聽到外面屋子裡，兩個啞鈴在地板上一陣亂滾，接著門簾呼嚕一下捲著響，慧廠走了進來了。

鶴蓀放下茶杯在茶几上，連忙笑著一抱拳道：「對不住，都是我的不是，我們和了吧。」

慧廠本來板著臉的，看了他這樣子，臉就有些板不起來。

接著，鶴蓀就把那茶杯斟滿了茶，雙手捧著給慧廠道：「得！這算是我賠罪一點表示，可是你不能摔這茶杯子。」

慧廠鼓著臉道：「偏要摔，你敢遞過來。你敢把我怎麼樣？」

鶴蓀笑道：「我敢怎麼樣呢？不過這杯子是你心愛之物，還是我們結婚紀念品呢。瞧著這杯子，你喝一口茶吧。不然，我這面子真擱不下來。」

慧廠道：「你還要什麼面子？要面子，也不在我面前討饒了。」說著，噗嗤一聲笑了，接過那茶杯來。

鶴蓀笑道：「因為我愛你，我才怕你，可是你不愛我呢，因為你不怕我。」

慧廠笑道：「你別廢話！你今天是回來賠罪的嗎？你是為了那張支票回來的吧？對不住，我用了。」說畢，一仰脖子把杯茶喝了。

正要將杯子放到桌上，鶴蓀一伸手，將杯子接著，笑道：「還來一杯嗎？」

慧廠笑道：「你不要那支票嗎？」

鶴蓀笑道：「是箱子托上夾的那張支票嗎？我原是交給你保存的，你別冤枉好人，我真是給你賠罪來著。我想，我半夜三更跑出來，當然是我不對，所以回來講和。你不信，那支票你就花著。」

慧廠笑道：「我這人服軟不服硬，明知你是假話，可是說得很好聽，我也就算了，誰花你的錢？我有的是呢，拿去吧。」說著，在衣袋拿出那張支票，向地下一扔。

鶴蓀一彎腰撿了起來，果然是自己要的那張支票，連忙地就將票子疊了起來。

慧廠笑著哼了一聲道：「我說如何？」

鶴蓀笑道：「這可難。你想，要是你扔在地下，我不撿起，這該當何罪？現在聽你的命令，你說，這張支票應當怎麼樣，我就怎麼樣，省得我又做得不對。」

慧廠笑道：「拿去花吧，只要你正正經經地不胡來，你掙的錢你花，我是不干涉的。」

鶴蓀趁著這個機會，將支票向袋裡一揣，對她拱拱手，低聲笑道：「昨天晚上得罪了你，我今天晚上再賠禮。」

慧廠道：「你就是這樣不受抬舉，你今天把老七一只茶杯子捽了，你可知道那是人家心愛之物？吃過午飯，你把這杯子送給他吧。」

鶴蓀正愁不得脫身，就答應了。

吃過午飯，帶了那只青花細瓷海杯，就送到燕西屋子裡來。可是燕西今天大忙特忙，也是不在家了。

原來鶴蓀清早所打破的那只瓷杯，正是燕西心愛之物。他一笑走了不要緊，燕西是懊喪不迭，只嘆氣道：「這是哪裡說起？我夾在裡面倒這樣一個小楣，這是雨過天青御窯瓷，最難得的東西。我共總四個，兩個送人了，兩個自己擺著，現在只剩一個了。」

金榮正站在旁邊，便彎腰拾了起來，笑道：「還好，只破了兩半邊，讓鋸碗的來鋸上幾個釘子，還可以用。」

燕西道：「你知道什麼？這種東西，要一點痕跡也沒有那才是好的，這種清雅的顏色，鋸上一大路釘子，那多麼難看？你說好，你就拿去吧。」

金榮依然站著，還是笑。

燕西道：「一清早就讓二爺鬧得昏天黑地，你走吧，我還要睡呢。」

金榮笑道：「你是忘了一件事了，還不該辦嗎？」

燕西道：「什麼事？」

金榮道：「後日就是中秋了。」

燕西道：「中秋就中秋，與我什麼相干？」

金榮道：「這兩天送禮的熱鬧著呢，你……」

這一句話，把燕西提醒，笑道：「我果然忘記了，你瞧瞧德海在家沒有？讓他開那輛小車，我上成美綢緞莊去。」

金榮道：「也沒有這老早就去買綢緞的，這總是下午去買好。」

燕西道：「那是怎麼一回事？綢緞莊早上就不歡迎主顧嗎？」

金榮道：「不是他不歡迎主顧，早上綢緞莊沒有什麼生意，冷冰冰的沒有什麼意思。到了下午，那可就好了，太太小姐少奶奶全都去了，不說買東西，瞧個熱鬧，也很有意思的。」

燕西笑道：「胡說！我不管你們，你們越發放肆了，倒常常拿我開玩笑！你對大爺二爺說話敢這樣嗎？」

金榮笑道：「誰讓七爺比我小呢，小時候，聽差的伺候你，你隨便慣了，所以到了現在，誰也不怕。」

燕西道：「別廢話了，叫他去開車吧。」

金榮道：「不是我多嘴，你做事就是這樣性急，這樣早，大幹大鬧地坐了車出去，不定上房裡誰知道了，都得追問，這一問出來了，就是是非。到了吃過午飯，你隨便上哪兒，別人也不注意，這會子打草驚蛇地往外跑，不能說沒有事，這不是自搗亂子嗎？」

燕西想了一想，這話很對，便笑道：「我就依你的話，下午再去。這一說話，我不要睡了，你把今天的報拿來我看。」

金榮聽說，便把這一天的日報全拿了來，報上卻疊著兩張小報，燕西躺在沙發上，金榮就把一疊報放在沙發邊的茶桌上。

燕西先拿起兩張小報，什麼也不瞧，先看那戲報上，好幾家戲園子，今天的戲都不錯，又不由得想去看戲，但是要看戲，買東西就得早些才好。

正這樣盤算著，門一推，玉芬伸著半個腦袋進來。燕西看見，連忙坐了起來，笑道：「嗳喲！怎樣這麼早，三嫂就來了？」

玉芬才扶著門，走了進來。笑道：「二哥不在這裡嗎？」

燕西道：「不知道為了什麼？昨晚上就在這沙發椅上睡了一宿，剛才匆匆忙忙地就出去了。有什麼事找他嗎？」

玉芬道：「我不要找他，我問他為什麼和二嫂生氣？我很想來做一個調解人呢。」一面說話，一面就拿起茶桌上的小報來看，笑道：「嘿！今天共和舞臺的戲不錯，配得很齊備的《探母回令》，這個小旦陳玉芳，不是你很捧他的嗎？今天得請我去聽戲。」

燕西笑道：「別家我無不從命，這共和舞臺，算了。」

玉芬道：「為什麼算了？你捧的角兒我們不配去看嗎？」

燕西道：「不是那樣說，因為《探母回令》這齣戲，我實在看得膩了。」

玉芬道：「誰叫你看呢？你聽戲得了，看膩了，聽總聽不膩的，若是聽得膩，為什麼大家老在家裡開話匣子呢？」

燕西只說一句，她倒前後駁了好幾層理由。實在他的意思，因為逢到陳玉芳唱戲，鵬振一班朋友，共有七八個人，總在池子裡第二排上。那第二排的椅子是他們固定的，並不用得買票，戲園子裡自然留著，今天既然有好戲，鵬振豈有不去之理？若是兩方碰著，玉芬是個多心的人，豈能不疑呢？因此，他所以不願去。

玉芬哪裡知道這一層緣故，笑道：「你非請我去不可！你不請我去，我就和你惱了。」

燕西沉吟了一會，說道：「我就請你吧，可是……」

玉芬笑道：「別可是，這用不著下轉語的。」

燕西笑道：「不是別的要下轉語，因為吃過飯，我有一件正經事要辦，不定耽擱一個鐘頭，或者兩個鐘頭，若是我回來晚了，三嫂可以先去，反正我一定到就是了。」

玉芬搖著頭道：「哼！你沒有正經事。你不聲明，我還不疑心，你一聲明，我倒要疑心你想逃了。」

燕西笑道：「我一不讀書，二不上衙門，照說是沒有什麼正經事，但是朋友我總是有的，會朋友還不能算是正經事嗎？」

玉芬道：「好吧，反正你不來，我也是要去，而且我代表你作主，錢花得更多。花了錢，我還怕你不認賬嗎？」

燕西也不再說，就這樣笑了一笑。但是他心裡可在計算，要怎樣知會鵬振一聲才好。若不知會他，事情弄穿了，鵬振不要疑心自己在裡面搗亂嗎？因是各處打聽，看鵬振究竟在什麼地方？偏是各處找遍，並不見鵬振一點影兒，只得慢慢走著，走到鵬振自己院子這兒來。

一見秋香站在迴廊上晾手絹，便和她丟了一個眼色。

秋香一抬頭，見他站在月亮門中，心裡已經會意，眼珠兒對上面屋裡瞟了一瞟，然後望著燕西點點頭，微把嘴向前一努，燕西也懂得她的意思，於是站在月亮門屏風後邊來。

一會兒工夫，秋香來了，笑道：「七爺什麼事？要我給篦一篦頭髮嗎？」

燕西說：「不是。」

秋香道：「要不，就是洗手絹？」

燕西道：「也不是。」

秋香低著頭一看，見燕西手甲很長，笑道：「是了，要我給你修指甲呢？」

燕西道：「都不是，我給你主人報信來了。照說，你也得幫他一個忙。」

秋香笑道：「這又是什麼事呢？你為我們三爺來著嗎？」

燕西道：「你知道三爺哪裡去了嗎？你見著他，你就私下告訴他，今天千萬別去聽戲，就說你少奶奶要我請她，已經包下一個廂了。」

秋香道：「三爺一早就出去了，不知道回來不回來呢？」

燕西道：「不回來就算了。若是回來了，你就把我這話告訴他。」燕西說完，他自出去。

秋香聽了這話，又有一件小功勞可立，很是歡喜。

玉芬正在屋裡撿箱子，燕西和秋香說話，她果然一點也不知道。

倒是事情湊巧，鵬振上午在外面忙了一陣子，恰好回來吃午飯。秋香心裡藏著一句話，巴不得馬上就告訴鵬振。誰知鵬振坐在屋裡老不動身，秋香有話，沒有法子說，只是在屋子裡走進走出，她倒急得心裡火燒一般。

鵬振不明就裡，反說道：「秋香，你丟了什麼東西嗎？老是跑進跑出做什麼？」

秋香被他說破，只好走了出去，不再來了。

一直等到送飯進來，將碗筷擺在桌子上的時候，玉芬不在這裡，秋香趁了空子，站到他面前，輕輕地說道：「三爺，七爺說……」

剛說到這個說字，玉芬在隔壁屋子裡咳嗽著，秋香就把話忍回去了。

到了此時，鵬振才明白過來，今天上午秋香所以來來去去，都是為著這一句話了。聽了這話，當時擱在心裡，吃過飯，便直接去找燕西，看他有什麼話說。但是燕西記著去買綢緞，已經坐了汽車走了。

鵬振向回走時，恰好秋香追了來。鵬振問道：「七爺對你說什麼了，你怎樣不說完？」

秋香道：「七爺說，今天請三少奶奶去聽戲，可請你千萬別去！」

鵬振突然聽了這話，倒愣住了，便問：「那為什麼？」

秋香道：「我也不知道，是七爺這樣告訴我說的。」

鵬振仔細一想，這決計是指著共和舞臺的事。但是他們何以好好的要聽戲？這卻不可解了。當時走回房去，忍不住先問玉芬道：「你要去聽戲嗎？」

玉芬道：「你聽見誰說的？」

鵬振道：「老七告訴我的。」

玉芬道：「瞎說！老七早出門去了。」

鵬振道：「這是很不要緊的事，我瞎說做什麼？老七出去了，他就不能留下話來嗎？」

玉芬道：「他請我看戲，這也是很平常的事，他還巴巴的留下話來告訴你幹什麼？」

鵬振不能再往下辯白了，只好對她一笑，就匆匆離開來，但是他又怕秋香傳話傳錯了，耽擱了今日一天戲沒看也是不好，因此重複到燕西那裡去等著，等他回來問個清楚明白。

但是這個時候，燕西正在綢緞莊樓上，將綢緞大挑特挑呢。

兩三個穿長衣的夥計包圍著燕西，笑道：「七爺是自己買料子？還是替哪位小姐買？」

燕西道：「我買點東西送人。」

一個老些的夥計道：「送人的料子要好些的，有有有。」說時，便對年輕些的夥計道：「去！把新到的法國綢緞……」

燕西道：「不要那個，我是送小姐們的。」

老夥計笑道：「是，我知道，法國綢很好。愛挑熱鬧些的，就是綺雲綢吧？電印綢也好，那是印成的花樣，做旗袍最好，七爺都讓他拿來看看吧？七爺是要漂亮的，我知道。」

燕西笑道：「我只說一句，你就報告這一大套，我都被你說迷糊了，好在綢緞出在你們這兒，愛叫什麼都行，就是無縫天衣也好。什麼叫作綺雲綢？這個名字倒也響亮，你拿了來給我看看。」

但是在他說這句話時，那幾個夥計左一抱，右一抱，早在玻璃罩上堆了一大堆綢緞。一個年輕的夥計拿了一匹料子，將它抖開，就披袈裟一般，披在肩上。他笑道：「七爺，你瞧瞧，就是綺雲綢。」

燕西一看，是杏黃底子，上面印滿了紅花。燕西擺了擺頭道：「太熱鬧。」那個年老夥計道：「七爺你瞧，這個不錯！」燕西看時，只見他手上懸空拿著雨過天青色的綢料，上半截是純青的，並無花樣，但是那顏色越下越淡，淡到最下，變成嫩柳色，在那地方，有一叢五色花樣，就如繡的一般。

那有鬍子的老夥計將綢料貼著胸上懸了下去，那一叢花拖到兩膝邊。他慢慢走著路，把下面那一叢花的綢料故意擺盪著，他翹著鬍子對燕西笑道：「七爺，你瞧，多麼漂亮！這要做一件旗袍，遠望像短衣長裙，近望又是長衫，真好看。」

燕西見這一個老頭子披上這個，他已忍不住笑，現在這老夥計走起來，還是裝成那輕移蓮步的樣子，燕西忍不住哈哈大笑起來。

恰好隔壁一架玻璃罩上，有兩位姨太太式的女客在那裡剪料子，看見老夥計作怪，也笑得前仰後合，只把手絹子來蒙住臉。

那老夥計極力要討好，倒不料砸了一鼻子的灰，羞得一張臉全成紫色。

燕西怕人家過於難為情，就笑道：「這個料子很好，你就照著衣服的尺寸，給我剪上一件吧。」

老夥計借著剪料子就把這事掩飾過去。又撿出許多不同顏色的料子請燕西挑選，說送人的東西總應成雙。

燕西道：「剪衣料有什麼雙不雙？你們想多賣一點就是了。」

老夥計笑道：「七爺，這話不應該你說，遇到你這樣的主顧，不多做一點生意，還到哪裡去找哩？就憑你七爺送禮，也絕不能送一兩樣。」

他們在這裡說話，剛才含笑的那位女賓，就不住地向這邊瞧過來。

燕西見了有人望著，要那個虛面子，便笑道：「那當然不能送一件，但是這幾樣料子，怕受主未必願意。」

老夥計道：「那很容易辦，多買一點就行了，送人家好幾樣，總有一兩樣合人的意思。」

燕西道：「我也不要這些電印的，我要些隨便樣子的吧。」

那些夥計聽了這話，就一陣風似的搬了許多料子，放在燕西面前，那幾位女賓更注意了，彼此交頭接耳，好像就在說些什麼。

燕西見這種情形，落得出個風頭，夥計說哪樣好，就剪哪樣，一刻工夫剪了八九樣。

夥計還要送料子給燕西看時，壁上的鐘已經一點多鐘了，便道：「得了，我沒有工夫了，你給我搬上汽車去吧。」

夥計一面將料子包起，一面開上賬單來，燕西看也沒看，就向袋裡一揣，說道：「寫上賬吧，若要現的也可以，下午到我宅裡去拿吧。」

老夥計道：「寫上得了，七爺是不容易在家的。」

燕西帶著那些綢料，一直就坐上汽車到落花胡同來。他先就給金榮十幾塊錢，買了水果月餅之類，這時，就聯合這些綢料，叫金榮捧著，一齊送到冷家去。

在他，又是一筆得意文章了。

這個時候，宋潤卿在天津有事耽擱還沒回來，冷太太突然又收了這些禮物，真過意不去，便親自到這邊來道謝，因道：「金先生上次過生日，一點也不讓我們知道，我們是少禮又少賀，這會子，我們正想借著過中秋補送一點東西，你瞧，我們這兒東西還沒預備，你又多禮，直教我過不去，清秋的舅父又不在家，我們想做一個東道都不能夠。」

燕西笑道：「伯母快別說這個話，宋先生臨走的時候，他還再三叮囑，讓我照應府上，偏是家父這一陣子讓我在家裡補習功課，我來到這邊的時候極少。」

冷太太道：「我們那兒有個老韓，有些事也就可以照管了，若是真有要緊的事，我自然是會請教的。」

燕西笑道：「我實在沒事，倒好像極忙似的，不然，天氣現在涼了，我應該陪伯母去看兩回戲。」

冷太太道：「我又不懂戲，聽了也是白花錢，清秋現在和同學的家裡借了一個話匣子來，一天開到晚，我就覺得聽膩了。她倒很有味，開了又開。」

燕西道：「我不知道冷小姐喜歡這個，我要知道，我有一個很好的話匣子可以相送，借的是怎麼樣子的話匣子？」

冷太太道：「若沒事，可請到我那邊去看看，現在她正在那開著呢。」

燕西把玉芬看戲的事全忘了，便笑道：「很好很好，我也過去談談。」

於是冷太太在前，燕西跟著後面。那話匣子在北屋門口一張茶几上放著，清秋端了一張小凳，兩手抱著膝蓋，坐在樹底下聽。

這個日子，樹上的紅棗子，一球一球的，圍著半黃的樹葉子直垂下來，有時刮了一陣小風過去，劈撲劈撲，還會掉下幾顆棗子來。就在這個時候，撲的一聲，一樣東西打在清秋頭上，頭髮是鬆的，那東西落下，直鑽進人的頭髮裡去。

清秋用手摩著頭道：「噯喲！這是什麼？」手一掏，掏出一看，是粒棗子，就隨手一扔。這一扔，不偏不倚，恰好燕西一舉手，扔在他衫袖裡面，燕西用手在袖子裡捏著。伸出來一看，見是一粒紅棗，就在冷太太身後對她一笑，把棗子藏在袋裡了。

清秋無意之中倒不料給燕西撿了這樣一個便宜，因為母親在當面，依然和燕西點頭。

燕西道：「我不知道密斯冷愛聽話匣子，我要知道，早就送過來了，我那話匣子，戲片子是全的，出一張，我就買一張，可是擺在家裡，一個月也難開一回。」

清秋笑道：「大概這話很真，我總沒有聽過呢，不然，若是記在心裡，何以沒有和我提過一聲兒呢？」

燕西笑道：「正是這樣，寶劍贈與烈士，紅粉……」

燕西一想，紅粉贈與佳人，這一句話有些唐突西施，便道：「逢到這種東西，早該贈與愛者。」

冷太太道：「嗳哟！話匣子壞了。」

聽聽，原來片子已經轉完了，只是沙沙地響，清秋這才搶上前，關住了閘。

清秋道：「壞了沒有？壞了可賠人家不起。」

燕西笑道：「這也很有限的事，何必說這種話呢？」

清秋仔細看了看，卻幸還沒有什麼損壞，於是拿去唱片，將話匣子套上。

燕西笑道：「為什麼？不唱了嗎？」

清秋道：「客來了，可以不唱了。」

燕西道：「我這是什麼客？有時候一天還來好幾回哩。」

清秋並沒有理會燕西說話，竟自進屋子裡去了。

一會兒功夫，只見她托了兩隻大玻璃盤子出來。燕西看時，一盤子是切的嫩香藕片，一盤子卻是紅色的糖糊，裹著許多小圓球兒，看不出是什麼，倒好像蜜餞一類的東西。

清秋抿著嘴笑道：「金先生不能連這個沒有見過。」說時，就取出兩把雪白的小白銅叉放在桌上，因道：「請你嘗一嘗，你就知道了。」

燕西吃東西，向來愛清爽的，這樣糊裡糊塗的東西卻有些不願，但清秋叫他吃，他不能不吃，因就拿了叉，叉著一個小圓球兒，站著吃了，一到口，又粉又甜，而且還有些桂花香。笑道：「我明白了，這是蘇州人吃的糖芋頭，好多年沒有嘗了，所以記不起來。」

清秋道：「猜是猜著了，但是猜得並不完全，蘇州人煮糖芋頭，不過是用些砂糖罷了，我這個不同，除了砂糖換了白糖外，還加了栗子粉、蓮子粉、柳丁絲、陳皮梅、桂花糖，所以這個糖芋頭是有點兒價值的。」

燕西笑道：「這樣珍品，我一點不知道，我這人真是食而不知其味了，我再嘗嘗。」他說時，又叉了一個小芋頭吃著。

清秋笑道：「這大概吃出味來了。」

燕西道：「很好，很好，但是這樣吃法，成了賈府吃茄卷了。這芋頭倒是不值什麼，這配的佐料，要是太值錢了。」

清秋道：「原來沒有這樣做法的，是我想的新鮮法子。」

這個時候，冷太太剛進內室去了，燕西笑道：「我看這樣子是專門弄給我吃的，謝謝！但是你怎知道我今天會來呢？」

清秋抿嘴笑道：「有兩天沒來了，我猜你無論如何今天不能不來。」

燕西皺眉道：「自從暑假以後，你要上學，我又被家裡監視著，不能整天在外，生疏得多了。你不知道，我對父親說，這裡的房子已經辭了呢。」

清秋道：「我看你有些浪漫，你既然不能在外頭住，你又何必賃隔壁的屋子呢？」

燕西笑道：「你有什麼不明白的？我若不賃隔壁的屋子，我到你家，就要開著汽車一直地來，來多了……」說到這裡，回頭一望，見冷太太並沒有出來，因道：「怕伯母多心。」

清秋道：「多什麼心？你指望她是傻子呢。你看她疼你那一分樣子，肯當著外人嗎？」

燕西道：「雖然這樣說，但是直來直去究竟嫌不好，我想免得越過越生疏，我們哪日再到西山去玩一天，暢談一回。」

清秋微笑道：「生疏一點兒好，太親密了，怕……」

燕西微笑道：「怕什麼？怕什麼？你說。」說時，用食指蘸了一點茶水，大拇指捺著，遙遙向清秋一彈。

清秋微微一瞪眼，身子一閃說道：「你就是這樣不莊重，怕什麼呢？**月圓則缺，水滿則傾**，這八個字你也不知道嗎？」

燕西皺眉道：「你總歡喜說掃興的話。」

清秋道：「我並不是愛說掃興的話，天下的至理就是這樣子。」

燕西笑道：「年輕輕的人說這些腐敗的話做什麼？我就只知道得樂且樂，在我們這樣的年歲，跟著那些老夫子去讀孔孟之道，那是自討苦吃。」

說到這裡的時候，冷太太已經出來了，兩人的言語便已打斷，燕西一面吃著東西，一面和她們母女閒談，總想找一個機會，和清秋約好哪一天再到西山去，偏是冷太太坐在這兒不動，一句話沒有法子說。

忽然噹噹噹，鐘響三下，燕西陡然想起還約了人聽戲，這個時候自己還佯而不睬，玉芬一定在家罵死，便和韓媽要了一把手巾擦臉，笑道：「我是談話忘了，一個朋友約一點鐘會面，現在三點了，我還在這裡，糟糕不糟？」說畢，匆匆地走到隔壁，一迭連聲催著開車，上共和舞臺。

坐上車子，一面掏出錶來，一面又看街上，好容易急得到了，跳下車來就向樓上包廂裡走。心裡可想著，叫是叫了金榮來包一個包廂的，也不知他來過沒有？若是沒有，三嫂一定先來碰個釘子回去了，我這必得大受教訓。

一直走到二號廂後身，四圍一望，並不見自己家裡人，今天這事總算失了信，呆立了一會兒，轉身就要走。

剛剛便要轉身之時，忽然覺衣襟被人扯住，回頭看時，卻是白秀珠。原來自己背對著一號，玉芬就在一號裡，這裡，就是她和秀珠，帶著秋香和一個老媽子，所以燕西沒有留神看出來，此時一看到，他也來不及繞道了，就在包廂的格扇上爬了過來。

玉芬道：「哼！你好人啦，自己說請人，這個時候才到，要不是我們先到，哪裡有座位？」

燕西笑道，還沒說什麼話，秀珠已到右邊去，將自己的那張椅子讓與燕西。

燕西雖然不願意當著玉芬就和秀珠並坐，但是人家已經讓了位子，若是不坐下，又覺得不給人面子，只好裝成漠不經心的樣子，將長衫下截一掀，很隨便地坐了下去。

秀珠將欄杆板上放的茶壺順手斟了一杯茶，放在燕西面前。燕西一伸手扶著杯，道了一聲謝謝。

玉芬笑道：「你真不慚愧，今天是你的東，你早就該包了廂，先到這裡來等著我們。你不來也罷了，也該叫一個人先買下包廂的票，可是你全不理會，自己還是去玩自己的。這會子戲快完了，你才慢慢地來，來了也不道歉，就這樣坐下，你以為秀珠妹妹她是倒茶給你喝呢？你要知道，她可是慣你。」

燕西望著秀珠道：「是嗎？」

這一句話正要問出來，秀珠笑著說道：「我倒茶是一番好意，可沒有這種心思，表姐只管怪人，把我的人情也要埋沒了。」

玉芬道：「這樣說，他來遲了，是應該的？」

秀珠笑道：「我並非說是應該的，不過你怪他，可不能把我這事合為一談。」

玉芬將臉掉過去，望著臺上，說道：「我不說了，你有兩張嘴，我只一張嘴，怎樣說得贏你？」

秀珠本來是無心的話，看那樣子，玉芬竟有些著惱，她也只好不說了，就對燕西丟了一個眼色。

燕西笑道：「我真是該死，總是言不顧行。聽完了戲，我還做個小東道，算是賠罪，你看怎麼樣？」說時，斟上一杯茶，雙手遞了過來。

玉芬笑道：「你這為什麼？就算是賠罪嗎？」

燕西笑道：「得了！你還惦記著這事做什麼！好戲上場了，聽戲吧。」

玉芬向臺上看時，正是一齣《六月雪》上場，這完全是唱工戲，玉芬很愛聽的，就不再和燕西討論了。

等到《探母》這齣戲開始，陳玉芳裝著公主上場，燕西情不自禁的，在門簾彩的聲中，夾在裡面鼓著兩掌。

秀珠對燕西撇嘴一笑，又點了點頭。

燕西見玉芬看得入神，就把自己襯衫袋裡的日記本子鉛筆抽了出來，用鉛筆在本子上寫道：「這人是三哥的朋友，我不能不鼓幾下掌。」

秀珠接了日記本子，翻過一頁，寫了三個大字：「我不信。」

寫時，燕西微笑。燕西又接過本子來，寫道：「這樓下第三排，他有一排座位，是有戲必來的，今天因為玉芬嫂來了，他避嫌不來。你瞧，那第三排不是空著兩個位子嗎？無論如何，有一個位子一定空到頭的，那就是三哥的位子。這話證明了，你就可以相信我不是說謊話了。」

秀珠接過來寫道：「真的嗎?我問問她。」

燕西急了，就急出一句話來，道：「使不得！」

燕西一說出來，又覺得冒失，連忙用手一伸，掩了自己的口。

但是當他兩人寫的時候，玉芬未嘗不知道，以為他兩人借著一枝鉛筆說情話，倒也不去管他，用眼角稍稍地轉著望望他們。

見他兩人很注意自己，趁秀珠在寫，燕西在看的時候，趁空偷看一下日記本，見著「問她」二字，接上燕西說了一句「使不得」，就很令人疑心，因道：「什麼事使不得？」

燕西忙中無計，一刻兒說不出所以然來。

玉芬見他說不出所以然來，越發用全副的精神注視著燕西的面孔。

燕西搭訕著笑道：「三嫂總以為我認識臺上這個陳玉芳呢，其實，也不過在酒席場中會過幾面，他送過我一把扇子罷了。」

玉芬道：「你這是不打自招，我又沒問你這一些話，你為什麼好好的自己說出來？」

燕西還要向下辯，秀珠道：「不說了，聽吧，正好聽的時候，倒討論這種不相干的問題。」

玉芬笑道：「你總為著他。」也就不說了。

看完了戲之後，燕西還要做東請玉芬去吃飯，玉芬道：「我精神疲倦極了，回家去吧。你要請我，明天再請。」

燕西道：「既然不要我做東，我就另有地方要去，不送你們回家了。」

玉芬道：「你只管和秀珠妹妹走，我一個人回家。」

秀珠笑道：「你別冤枉人了，我可和七爺沒有什麼約會。」

燕西笑道：「我並不是請她。」

玉芬道：「這可是你兩人自己這樣說的，秀珠別回去了，到我家裡去吃晚飯吧。」說畢，牽著秀珠的手，就一路上了汽車。

燕西不住地對秀珠以目示意，叫她對那日記本子保守秘密，秀珠也知道他的意思，微笑著點了頭。

玉芬對於他們的行動，都看在眼裡。車子開了，玉芬笑對秀珠道：「你和老七新辦一回什麼交涉呢？」

秀珠道：「沒有什麼交涉，不過說笑話罷了。」

玉芬道：「說笑話沒有什麼不能公開的，你為什麼那樣鬼鬼祟祟呢？」

秀珠笑道：「我們是成心這樣，逗著你好玩。」

玉芬道：「妹妹，你把你姐姐當個傻子呢？你以為我一點不知道嗎？」

秀珠笑道：「你知道也不要緊，他們捧捧角，不過是逢場作戲，有什麼關係？況且男子捧男子，你又何必去注意？」

玉芬聽她的口音，並不是指著燕西說，很奇怪。一想到燕西在早上和自己說話的時候，和鵬振鬼鬼祟祟的情形，似乎這裡面有些問題，靈機一動，於是就順著她的口氣往下說道：「他們捧男角也好，捧女角也好，我管他做什麼？不過這些唱戲的，他憑什麼要給你當玩物，還不是為了你幾個錢？所以由此想去，花錢一定是花得很厲害，有錢花，總要花個痛快，像這樣花錢，免不了當冤桶，那何苦呢？老七雖也歡喜玩，但是花錢花在面子上，而且也不浪費，不像我們那位，一死勁兒的當冤桶。」

秀珠道：「三爺這人更機靈了，他肯花冤錢嗎？要說聽戲，倒很有限，天天聽也不過花個二三十塊錢。若是鬧著，一打兩百塊一底的牌，兩三個鐘頭也許花幾百塊錢，這不強得多嗎？」

玉芬笑道：「你可知道，他們這錢是怎樣花法？」

秀珠一想，我不要往下說了，她是話裡套話，想把這內幕完全揭穿，我告訴了她，她和鵬振鬧起來，那倒沒有什麼關係，可是燕西知道這話是我說出來的，一定說我多事，那又何必！因笑道：「我又沒捧角，我知道他們的錢是怎樣花的？」

說到這裡，汽車停住，已經到了金家門口。

秀珠笑道：「剛是在你府上走的，這會子又到府上來，你們的門房看見都要笑了。」

玉芬笑道：「我府上不久就要變成你舍下，遲早是這裡去這裡來。」

秀珠聽見玉芬的話說得很明白，就不肯接著向下說，因道：「你回去吧，我要找你們八妹談談。」

玉芬道：「你到我那裡去，叫人把她找來就是了。這會子，你一個人瞎闖，到哪裡找她去？」

秀珠道：「我總會找到她的，你就不必管了。」一轉過屏門，秀珠向西邊轉，頂頭卻碰見了鵬振。

鵬振笑道：「密斯白回來了。戲很好嗎？」

秀珠笑道：「都不錯，三爺那排位子，今天空了好幾個，為什麼不去呢？」

鵬振聽她說，倒吃了一驚，因問道：「哪裡有我什麼那排位子？我不知道。」

秀珠笑道：「我全知道了，三爺還瞞什麼呢？但是這個話，只放在我心裡，我絕不會對玉芬姐說的。」

鵬振穿的是西裝，又不好作揖，就舉起右手的巴掌，比齊額角，行了一個舉手禮，笑道：「勞駕！勞駕！其實倒沒有什麼要緊，不過她是碎嘴子，一知道了，她就打破沙罐問到底，真叫人沒法子辦。」

秀珠笑道：「既然是不要緊，那我就對她說吧。」

鵬振連連搖頭笑道：「使不得，使不得，那何必呢！」

秀珠笑道：「既然不讓我說，那得請我。」

鵬振笑道：「密斯白好厲害，趁機而入，但是就不為什麼事，密斯白要我請，我也無不從命的。」一面說著，一面陪著秀珠走到二姨太太房門外面，眼見她進去了，這才出來。走過一重門，只見聽差李升手上拿了一張極大的洋式信套。鵬振問道：「是我的信嗎？」

李升道：「不是，是一封請帖，沒法送到裡面去。」說到這裡笑了一笑。

鵬振拿了請柬拆開一看，卻是花玉仙的名字，席設劉宅。日子卻注的是陰曆八月十五日下午七時。鵬振一個人自言自語地笑道：「這老劉倒會開心，自己不出面，用花玉仙來作幌子。」因問李升道：「什麼時候送來的？」

李升道：「是上午送來的，我一瞧這請柬上的名字，就不敢向裡拿。」

鵬振道：「是劉二爺那邊派人送來的嗎？」

李升道：「另外還有一封請帖，是請七爺的，已經送過去了。」

鵬振將請柬一疊，便揣在身上，留著和燕西商量。

這天晚上，燕西回來了，看見桌上放著一封請柬，便按電鈴叫了金榮進來，問什麼時候送來的？金榮道：「這是李升送來的，我不知道。」

燕西道：「不止這一帖封子送到我們家裡吧？他不能連三爺不請，就請了我。」說到這裡，鵬振在外面接著說道：「別嚷別嚷。」一面說著，推進門來。

燕西道：「真也是別致，分明是老劉請客，怎樣叫花玉仙出名。這傢伙是怕我們不到，所以鬧這個花頭。」

鵬振道：「我想他不敢，他冤了我們到他家裡去，連節都過不成，我們豈能放過他？」

燕西道：「我們還是真按著時刻去嗎？我想，總得在家裡敷衍一陣子。大哥回來不回來，那是沒準。二哥呢，又剛和二嫂鬧彆扭。我們兩人要再不在家，那還像個樣子？」

鵬振道：「若是由家裡吃了飯再去，那就有九十點鐘了，豈不把老劉請的客等煞。」

燕西道：「我們就先通知他，預備點心讓客先吃，也就不要緊了。」

鵬振道：「我也不知他請的是些什麼客，這話不大好說。回頭客都到齊了，專候我們兩人去，人家非罵我們擺架子不可，最好還是我們早些去的是。」

燕西道：「去是去，可是花玉仙要向我們敲起竹槓來，那算你的，我可不過問。」

鵬振笑道：「你就說得那樣不開眼，總共和你見過幾回面，何至於和你開口要什麼？況且在我當面，她絕不會和你要什麼的，你放心吧。」

一談到花玉仙，鵬振就足足地誇了一頓好處，捨不得走。一會子廚子提著提盒，送了飯來，一碗一碗向臨窗一張桌上放下。

鵬振看時，一碗炒三仁，乃是栗子蓮子胡桃仁，一碗清燉雲腿，一碟冷拌鮑魚和龍鬚菜，一碟糟雞。鵬振笑道：「很清爽。」

金榮正抽了一雙牙筷，用白手巾擦畢，要向桌上放，因對鵬振笑道：「三爺嘗一筷子。」

鵬振果然接了筷子，夾了一片鮑魚吃了，因對廚子道：「還添兩樣菜，我也就在這裡吃。」

廚子道：「三爺的飯已經送到裡院子裡去了。」

鵬振放下筷子，偏著頭問廚子道：「你是老闆還是夥計？」

廚子知道要碰釘子，不敢作聲。

鵬振道：「我不是白吃你的，叫你開來，你就開來。裡面開了飯，我不願吃，給你們省下，還不好嗎？人家說，開飯店不怕大肚漢，我看你這樣子，倒有些不同。」

燕西笑道：「嘿！同他說上這些做什麼？你要什麼菜，叫金榮去說吧。」

金榮道：「三爺要吃什麼？」

鵬振道：「不管什麼都成，只要快就好，你不瞧我在這裡等著吃嗎？」

金榮放好碗碟，笑著去了。

不一會兒，他竟捧著托盤，托了一碗燒蹄膀，一盤燒鴨來，另外又是一大盤雞心饅頭。

鵬振笑道：「你倒很知道我的脾氣，不過這一次猜錯了，我是看見清爽的菜，就想吃清爽的東西。」

金榮道：「要不，拿了換去。」

說話時，鵬振早撅著一個饅頭蘸著蹄膀的濃汁，吃了一口，因用饅頭指著燕西道：「很好，你不吃一個？」

燕西道：「罷了，我怕這油膩。」於是用筷子夾了一片燒鴨，在口裡咀嚼著，笑道：「這燒鴨很好，是咱們廚子自己弄的嗎？」

金榮道：「還熱著呢，自然是家裡做的。」

燕西道：「你對他說，明天給我燒一隻大的，切得好好的，蔥片兒甜醬，都預備好了。另外給烙四十張薄餅。」

鵬振道：「你又打算請誰？一隻大鴨，還添四十張餅，這不是一兩個人吃得完的。」

燕西道：「不是請客，我送人。」

鵬振道：「巴巴的送人一隻鴨子，那算什麼意思？」

燕西道：「原是極熟的人，不要緊的。」

鵬振道：「極熟的人是誰呢？」

燕西見他手上拿了半片饅頭，只伸手在桌子上蘸著，眼睛可望著人出神。

燕西笑道：「這有什麼注意的價值，儘管思索做什麼？你瞧，把桌上的油汁都蘸乾了。」

鵬振笑著把饅頭扔了，說道：「我猜著了，反正不是送男友，沒有哪個男朋友有這種資格可以受你的禮。」

燕西道：「管他是不是，這是極小的事，別問了。」

鵬振覺得這事心裡很明白，燕西不說，也是公開的秘密，就不必多談了。

吃過飯，談了一陣子，走回院子去，只見秀珠和玉芬站在院子裡閒談，因道：「密斯白，剛才不是找梅麗去了嗎？」

秀珠道：「我在那裡閒談了許久，玉芬姐找我吃飯來了，我們等好久不見你來，後來聽說，和七爺在外面吃了，所以我們就沒有再等。」

鵬振笑道：「我看見老七那邊開的菜不錯，所以我就順便在那裡吃了。密斯白，我報告你一個消息，明天你有烤鴨吃。」

秀珠笑道：「誰請我吃烤鴨？我猜不到，大概是三爺請我吧？」

玉芬道：「他呀！沒有那樣大方。他不求人，是一毛不拔的。」

鵬振笑道：「憑你這樣一說，我這人還算人嗎？這可不是我誇口，在兩個鐘頭以前，遇到密斯白，我曾許了請她，這不會是假話吧？我總不能當面撒謊。」

玉芬道：「請人吃一隻烤鴨子也是極小的事，值得這樣誇嘴。」

鵬振道：「你又猜錯了，這並不是我請密斯白，另外有人請她，這個人也就無須我說了。」

玉芬笑道：「老七也是小孩子脾氣，無事端端送人一隻烤鴨子吃做什麼？」

鵬振道：「我也是這樣說。因為我在那裡，廚子另外送一碟烤鴨子來。老七嘗了一塊，說是不錯，他就想起來，要送密斯白鴨子吃了。」

玉芬對秀珠笑道：「嘿！老七待你真是不錯，無論有什麼，也不會忘了你。」

秀珠聽了這話，心裡雖痛快，臉上究竟有些不好意思，便道：「這是三爺開玩笑的，你也信以為真嗎？」

鵬振道：「又不是什麼重禮，我撒謊做什麼？你不信，就可以問問老七去。」

玉芬笑道：「我沒有聽見說先問人送禮不送禮的，你以為秀珠妹妹沒有吃過烤鴨子，等著要吃嗎？」

這一說，大家又都笑了。

秀珠倒信以為實，只當燕西真要送她的烤鴨，當晚很高興地回家。次日上午，就等著烤鴨吃，一直到一點鐘，烤鴨還沒送到。秀珠心想，早上本來趕不及，一定是晚上送來，這且出去玩，到了那時，再回來吃晚飯。

但是到了吃晚飯的時候，依然不見烤鴨。她心裡就很疑惑不是鵬振撒謊，就是燕西把這事忘了。燕西本來是有頭無尾的人，倒也就算了，不去惦記這件事。

十　天上人間

中秋這一天，秀珠到金家來玩，正在走廊上走的時候，前面似乎有個像廚子的人和聽差的說話。他道：「前天給七爺送烤鴨出去的那一套傢伙，還沒有拿回來，勞駕，大哥給我們取了回來吧，我們又不知道在什麼地方，日子一久，也許就丟了。」

秀珠聽了這話，分明燕西叫廚子烤了鴨，不過沒有送給自己罷了，當時心裡就感到一陣不舒服。因借著緣故，走到燕西書房裡去。

恰好燕西在家，自然周旋一陣。秀珠道：「這幾天身子倦得很，不願出門，可是在家裡又怪悶的，你有什麼好小說沒有？借兩本給我看看。」

燕西笑道：「你也有借書看的日子，這是難得的，有有有！」於是在書櫥裡找了幾部白話言情小說，一齊交給秀珠。

秀珠將書疊好，夾在肋下，就有要走的樣子。

燕西笑道：「真是用功起來嗎？坐也不坐一會兒，就要走。」

秀珠道：「倒不是我用功，我怕在這裡打攪了你。」

燕西笑道：「打攪我什麼？我不做事，又不讀書。」

秀珠笑道：「你留我在這裡坐，可是我饞得很，你得給些東西我吃。」

燕西道：「那不是容易事，你要吃什麼？我馬上叫人買去。」

秀珠微微一笑說道：「我要吃烤鴨。」

燕西突然聽了這話，臉上一紅，但是依然佯作不知，也笑道：「好端端的，怎麼要吃烤鴨呢？」

秀珠道：「好端端的不能吃，為什麼你倒好端端的送人？」

燕西道：「我送了誰的烤鴨？」

秀珠道：「你能說我這是冤枉你的話嗎？」

燕西道：「你真是有耳報神，是我前天叫廚子烤了一隻鴨子，送給詩社裡幾個朋友，你怎樣知道？」

秀珠將嘴一撇道：「你別信口開河了，哪個作詩的朋友你那樣看得起？還送烤鴨給他吃。」

燕西笑道：「據你說，是送給誰吃了呢？」

秀珠道：「你做的事，我哪裡會知道？但是論起你向昔為人，是不會對男朋友這樣客氣的。」

燕西笑道：「就算是送給女朋友，但是你指不出人來，也不能加我的什麼罪。」

秀珠把頭一擺，擺得耳朵上墜的兩隻長絲懸的玉環搖搖盪盪，只打著衣領。

秀珠還沒有開口，燕西道：「怪不得現在又時興長環子，果然能增加女子一種美態。」

秀珠將身子一扭，說道：「今天不是節下，我要說出好話來了。」說畢，她已走去。

燕西心想，這一隻烤鴨只有老三知道，但是我也沒有告訴他送誰，秀珠怎樣會知道？老三這個人真是多事，這話何必告訴她？

但是這一天，燕西正急於赴劉家的席，晚上好樂一樂，秀珠雖然不大快活，這時候也來不及過問了。

剛到下午六點鐘，廚子被燕西催促不過，就在飯廳上擺下席面。

鳳舉因為要在父母面前敷衍敷衍，所以一到了時候也就來了。鶴蓀今天早約好了幾個人，在戲園裡包了一個廂，吃完飯就要聽戲去了。鳳舉呢，另外有個小公館，正心掛念著那位新夫人一個人過節，未免孤寂，今天家宴這樣早，正合心意，所以在宴會之時，大家都沒有什麼提議，只隨便說笑而已。

梅麗道：「七哥，你帶我聽戲去吧？」

燕西道：「今天晚上，十家有九家是《嫦娥奔月》那種戲，像那種戲你還沒有看膩嗎？」

梅麗道：「那麼，咱們瞧電影去。」

燕西道：「不成吧？時候來不及了。」

梅麗道：「現在不過七點多鐘，怎樣來不及？」

燕西指著鳳舉道：「你找大哥去吧，他下午就說了，今晚上要去瞧電影呢。」

鳳舉笑道：「你信口胡說！我什麼時候說了今晚上瞧電影？」

金太太道：「你們就請她瞧一回電影，也不算什麼，我看你們這樣三推四阻的。」

劉守華就笑說道：「我來請請客吧，要去的，可以隨便加入。」

鳳舉見劉守華解了圍，如遇了大赦一般，非常歡喜。

席散之後，大家就偷偷地走開，鵬振早溜到燕西屋子裡等候。

燕西來了，笑道：「我們走吧，現在已經八點多了。」

鵬振道：「路又不多，我們走去吧，省得打草驚蛇。」

燕西道：「那自然，最好我先去，你後來，別一塊兒走。」

鵬振笑道：「你這是做賊心虛，難道還不許我們一塊兒走路嗎？」於是兩人戴了帽子一聲不響，就走出大門來。

這個請客的劉老二，是金銓手下一個親信的人，名叫寶善，原來是一個寒士，經金銓一手提拔，現在也有七八萬的家產，他就在金家住宅烏衣巷外賃了一幢房子住，現在稅務署當了一個閒差，每日只到衙一二小時，其餘便在家裡閒坐。另外和金銓辦點小信札。

他因常在金宅來往，和一班哥兒們混得極熟，感情也極好。哥兒們有什麼不公開的聚會，都假座劉家辦理。

這劉家的房子，是很精巧的，他又用了好幾個聽差的，兩個好廚子伺候賓客，容易讓人滿意。這次花玉仙請客，原是他的主使，當然在他家裡。所請的客，除了鵬振的弟兄二人外，還有玉芬的兄弟王幼春，鳳舉的好友趙孟元、李瘦鶴，燕西的同學孔學尼、孟繼祖。

鵬振一進大門，大家譁然大笑一陣。王幼春先笑道：「我猜你們還有一個鐘頭才能來呢，不料這就來了，真是難得。」

原來王幼春是鵬振的小舅子，但是在外面遊玩，頗能合作，他在玉芬面前，不但保守秘密，而且極端說鵬振的好話，所以鵬振在外面捧戲子或者逛胡同，對幼春是絲毫不隱瞞的。況且同遊的人彼此消息相通，也無可隱瞞。

鵬振笑道：「今天我們是特別地講交請，設法把家裡這一餐飯提前了兩個鐘頭。玉仙呢？」

劉寶善道：「她因為肚子痛，臨時請假，打算請一個人做代表。」

鵬振笑道：「就憑你？」

劉寶善道：「別忙，我的話還沒有說完呢，她的意思，是想王金玉來和她當代表，偏是金玉也推說身體不大舒服，不肯來。據我看，她兩人都沒有什麼大病，另外有層緣故不能來。」

鵬振道：「有什麼緣故？」

劉寶善道：「玉仙不是肚子痛嗎？我想不是痛，那是要添小孩了。」

鵬振見他說這句話，只睞眼睛，嗓子又特別提高，已然會意，因道：「金玉不來，也是在家裡要添小孩嗎？」

劉寶善道：「大概是吧？你們猜猜，這兩個小孩要出了世，應該姓什麼？」

孟繼祖道：「姓什麼？自然姓金啦。」

這一句話剛說完，右邊一列繡屏一動，早有兩個長衣翩翩的妙齡女郎鑽了出來，一個正是花玉仙，一個正是王金玉。

花玉仙指著孟繼祖道：「該罰多少？」

孟繼祖笑道：「為什麼要罰我哩？」

花玉仙道：「你都說的是些什麼話，還不該罰嗎？」

孟繼祖道：「就算我說錯了，可是這話也不是我一個說的。」

花玉仙回轉身來，對劉寶善揚著眼皮，鼓著小腮幫子，說道：「哼！劉二爺也得罰。」

劉寶善偏著頭，對花玉仙臉上望著，笑道：「花老闆，真要罰我嗎？可別讓我說出好的來。」

花玉仙道：「你儘管挑好的說，怕什麼？」

劉寶善笑道：「得了得了！這話還不是一說就了，只管提他幹什麼？」

花玉仙拉著他的衣袖，不住地將腳跳著，說道：「你說你說，非說不成！」

鵬振皺眉道：「得了，大家斯斯文文地談一會子罷，別鬧得太厲害了。」

花玉仙道：「是誰先鬧起來呢？這會子倒來說我！」

鵬振牽著她的手，拉著到一張沙發椅上坐下，又用手拍一拍這一邊，對王金玉笑道：「你也坐下。」

王金玉和鵬振一點頭，笑道：「千千歲，謝坐。」也隨身挨著鵬振坐下。

王幼春在椅子上跳了起來，說道：「這是什麼話？都陪著他一個人。金玉，咱們倆要好要好，成不成？」

王金玉笑道：「要好就要好，要什麼緊？」說著話，馬上就坐到王幼春一處來。

孔學尼搖搖頭道：「好處盡在你哥兒們身上，別人就沒有分了？」

花玉仙道：「我們統共兩個人，你們這個要沾一點香味，那個也要沾一點香味，那怎麼辦？把我倆割開來吧。這話可又說回來了，我是和三爺感情好一點，我得多陪著他一點。」說時，眼睛斜視著鵬振，笑道：「三爺，你說怎麼樣？」

鵬振笑道：「敞開來說了，這裡有好幾個寡漢條子，你越逗他們，他們越著急。」

孟繼祖道：「著急什麼？三哥沒來的時候，我們先就要好了一會子了。」說時，一抬肩膀，舌頭又一伸。

花玉仙又跳了起來，要抓孟繼祖，孟繼祖一閃，閃在孔學尼身後。孔學尼是個近視眼，一隻手按著眼鏡，一隻手連連搖著：「使不得，使不得。」

孔學尼越說使不得，孟繼祖蹲著身子，藏在他身後，兩隻手按著孔學尼兩隻胳膊，越是左閃右躲。弄得孔學尼像不倒翁般，恨不得要倒下去，急了，口裡只說哎呀。

燕西走上前，將花玉仙扯到一邊，笑道：「我來解個圍。」

花玉仙笑道：「別拉拉扯扯的。」

燕西笑道：「你也要講什麼男女授受不親嗎？」

花玉仙笑道：「我倒是不在乎，咱們太要好了，在座許多人又要說閒話的。」

劉寶善道：「大家別鬧，讓我來想個調和的法子。老趙熟人很多，能不能再請兩位來？大家湊一個熱鬧。」

趙孟元道：「熟人是有，可是今天晚上大家都有戲，不容易把人家請來。」

王金玉對趙孟元道：「有是有人，可是沒有什麼交情，不知道人家來不來？」

趙孟元道：「沒有交情要什麼緊？這一次認識了，下次就是交情。別的我不說，若是打八圈牌，你趙大爺能負這個責任。」

金玉道：「趙大爺不許願則已，若是許願，漂過你們沒有？」

花玉仙從中對趙孟元伸出一個大拇指，笑道：「不含糊！」

趙孟元道：「既知道不含糊，就把你們介紹的兩位人說出來吧。」

王金玉道：「一個是黃四如，一個是白蓮花，都是唱衫子的。」

燕西笑道：「反正是小姑娘，唱鬍子的唱黑頭的也不要緊。」

花玉仙道：「要不，我把劉金魁也叫來，她的黑頭唱得不錯。」

鵬振搖頭笑道：「呵呦！罷了！她那副尊容，又大又粗，又是黑麻子。」

花玉仙道：「七爺不是說，只要是小姑娘，唱黑頭的也歡迎嗎？」

燕西笑道：「別再耽誤了，要請客趕早去請，若是還延遲時刻，我們要等到半夜吃飯了。」

王金玉道：「用不著再去請，讓花大姐打一個電話去，她就來了。」

王幼春笑道：「嘿！好響亮的名字，這花大姐三個字多麼好聽啦。花大姐，你快打電話吧。」

這花玉仙認識幾個字，也會看《紅樓夢》。聽了王幼春這樣說，是學《紅樓夢》叫襲人的口吻，是有意討便宜，便道：「王二爺是最調皮的人，說什麼話也不肯放鬆人一步，我總算怕了你就是了。」

王幼春笑道：「我又不吃人，你怕我做什麼？」

花玉仙道：「你不吃人，你比吃人還狠呢。」

燕西道：「別說了，你們二人鬧著唱上《梅龍鎮》了，有完沒有？再要鬧下去，就天亮回家了。」

花玉仙道：「就是這樣說，我去打電話。電話在白蓮花家裡，黃四如是他們街坊，一叫就來了。可是有一層，她們若是肯來，要借哪一位的汽車用一用。」

這句話剛說完，鵬振和王幼春、李瘦鶴、孔學尼、劉寶善五個人同聲答應一句有。

趙孟元道：「我們沒有汽車的人，答應不上這個有字，多麼寒磣！孟三爺，我們發一個狠心，也去買一輛破貨來裝裝面子吧。」

燕西道：「要汽車，有許多人答應算什麼？必得……」

花玉仙早用個指頭塞住耳朵，自打電話去了。打了電話回來，果然兩位客都算答應來，還是劉寶善算半個主人翁，把自己的汽車去接。

果然很快，不到三十分鐘，就把白蓮花、黃四如接到。花玉仙就給她兩人一一介紹。

黃四如的臉子雖不算十分地漂亮，但是她在臺上唱起戲來，聲音非常清脆，而且唱玩笑戲的時候，傳神阿堵卻是嫵媚動人。她雖然不認得在座的人，在座卻都認識得她。花玉仙一介紹之下，她就對燕西笑道：「我們好像在什麼地方會過。」

燕西笑道：「當然會過，而且會過多次，不過一個在臺上一個在臺下罷了。」

王幼春笑道：「了不得，你們一個在臺上一個在臺下都會認識起來，你們彼此注意的程度也就可觀了。」

鵬振笑道：「幼春說話實在不客氣，大家還是初次見面的朋友，你怎樣就開起玩笑？」

黃四如笑道：「不要緊，我向來就在臺上和人開玩笑的。」

王幼春道：「好！老黃是真開通，這種人和我就很對勁。」

黃四如在這裡隨便說笑，那個白蓮花，卻是攜著花玉仙的手默默坐在一邊。她也不過一十七八歲的光景，穿一件寶藍印度綢的夾旗袍，沿身滾白色絲辮。

她不像別個坤伶，並沒有戴那種闊邊的博士帽，她也沒有剪髮，挽了一個辮子蝴蝶髻，耳朵上墜著兩片翡翠秋葉環子，很有楚楚依人的樣子。

燕西看著，就說道：「白老闆，怎麼沒有搭班？」

花玉仙笑道：「七爺，你說錯了，我這大妹子雖叫白蓮花，她可是姓李。」

燕西笑道：「哎呀！我失言了。」

白蓮花抿嘴一笑道：「沒關係，姓什麼都成。」

說這話時，聽差來報告，要不要就開席？李瘦鶴笑道：「我是沒吃飯來的，喉嚨裡恨不得伸出手來，還等嗎？」

大家笑了一聲，就到一個小客廳裡來。

這個時候，正中放了圓桌，杯筷和冷葷均已擺好，大家虛讓了一會，究竟讓鵬振坐在上面，劉寶善對花玉仙道：「你也坐上去。」

花玉仙笑道：「劉二爺，怎麼啦？你是連誰下的請客帖子都忘了？」

她這句話一提，倒讓劉寶善無什麼話可說。

燕西卻不作聲，在左邊坐下，上手是黃四如，下手卻是白蓮花。劉寶善故意笑道：「七哥怎樣不上坐？」

燕西笑道：「上面兩個位子就讓我兄弟倆坐嗎？沒有這個道理吧？」

其餘的人卻也沒有留意什麼，因此大家就坐下。鵬振坐在上面，正望著院子裡，只見一輪金盤皓月正由院子裡槐樹頂上簇擁上來，月亮下邊，微微地拖著幾片稀薄的金色雲彩，越映得月色光華燦爛。

鵬振一看電燈機鈕，就在身後牆上走出去，把走廊上的電燈先滅了，復回座來又把屋子裡電燈也滅了。在座的人先是覺得眼前一黑，回頭又覺一陣清光，顯在眼前，大家才明白鵬振的意思，是要賞月。孔學尼用筷子敲了桌子，說了一聲有趣。

劉寶善道：「有趣是有趣，這樣黑朦朦的，廚子上菜也沒有法兒上。」

燕西道：「有這大的月亮照著，還不成嗎？無論如何，不會把菜塞進鼻子去，你只曉得上京華飯店去跳舞，那就是趣事。」

劉寶善笑道：「七哥，你別說那個話，論起上飯店喝洋酒看洋婆子跳舞，我不會比你多吧？」

李瘦鶴道：「你們開雄辯會吧，我餓了，可是等不及了。」說時，拿起筷子，已吃將起來。

這一開端，大家把談鋒壓下去了。

好在這月亮實在是大，所以大家在月亮下倒也吃喝如常，不嫌黑暗。吃過幾碗菜之後，大家酒興上來，鵬振道：「今天晚上咱們得儘量地樂一樂。」

因是執著花玉仙的手道：「你先來一段，好不好？」

花玉仙笑道：「我們自然要獻醜的，我早就想好了，咱們共是四個人，回頭咱們共來一段《五花洞》。」

一言方畢，好聲、巴掌聲震天也似的響了一陣。

孟繼祖讓大家叫完了好，還獨自叫了幾句好。

王金玉道：「怎麼算上我一個啦？我是唱小生的，怎麼唱起衫子來？」

燕西道：「今天咱們是大家找個樂兒，誰也不能拿喬*，要拿喬可就不夠朋友了。」

王金玉笑道：「並不是拿喬，這個《五花洞》是大家比嗓子的玩意兒，論起這個，我真比不上人。」

鵬振道：「這麼辦吧，你和玉仙一對兒。你唱到中間要歇夥兒，有玉仙唱著，也就帶過去了。」

花玉仙道：「你信她胡說！她正打算改唱衫子呢，怎麼嗓子不好？」

劉寶善趁他們說話，把鼓板胡琴全搬出來了，因將胡琴隔了桌子向鵬振這邊一伸，笑道：「三爺勞你駕。」

左手夾著檀板一閃手，啪地打了一下，笑道：「這個就交給我了，準沒有錯。」

孟繼祖道：「有四翳子沒有？我也別閒著，湊上一個。」

劉寶善道：「有！我那裡還有一把月琴，讓老李也湊上一個。咱們來個男女合演，大雜和菜！」

李瘦鶴笑道：「你自己掌鼓板，你不怕鬧出笑話來嗎？」

花玉仙笑道：「大家湊合吧，這又不是臺上，大家鬧著玩，認什麼真呢？」

鵬振將座位挪了一挪，調了調弦子，於是先拉了一個小過門，笑道：「胡琴很好。」

花玉仙道：「不是胡琴很好，是拉胡琴的拉得好吧？」

依著燕西馬上就要唱起來，王幼春道：「你哥兒倆吃飽了喝足了來著，就不問別人了，這兒男男女女一桌子，大概都還沒有吃呢。」因回頭對站在一邊的聽差道：「上菜吧，吃完了，你們也落個聽。這樣的好義務戲，你們能碰著幾回？」

聽差的聽說，也笑起來，於是重新亮起電燈，忙著上菜。吃到上了甜菜，大家就打著拉著唱將起來。

花玉仙、黃四如去真金蓮，白蓮花、王金玉去假金蓮。這白蓮花格外要好，唱得字正腔圓。燕西先是兩頭叫好，後來就按下真金蓮，專叫假金蓮的好。

戲唱完了，聽差的打上手巾把，送上茶來，送到白蓮花的茶，燕西一笑，接著遞了過去。

大家隨便吃了一些東西，花玉仙四人，又唱了一段，白蓮花大賣力，唱了一大段《祭江》。那反二黃的調子本來就清怨動人，白蓮花更唱得抑揚婉轉，十分好聽。燕西讓她唱完了，鼓著掌道：「好極了，好極了！」

孔學尼取下近視眼鏡，將手絹擦了一擦，然後戴上，望著白蓮花笑道：「李老闆，你可知道這六個字大有講究？好不算奇，好極了也不算奇，好極了之上再好極了，那才算奇呢。」

白蓮花笑道：「我想七爺也是隨便說著玩罷了，不能還有那些講究。」

王幼春笑道：「李老闆，你知道我是老幾？」

白蓮花搖搖頭道：「我說不上。」

王幼春笑道：「真邪門兒，燕西老七，你偏知道，七爺長七爺短，好像是很熟的朋友似的，怎麼到我就說不上？」

白蓮花笑道：「呦！這可讓你挑上眼了，大家都叫老七，我也跟著叫七爺，我可沒聽見人家叫你什麼，我知道怎樣叫法呢？」

王幼春笑道：「你說的是，反正不能沒有理。」

燕西笑道：「老二今天在家裡多喝了兩盅吧？老和人抬槓子，是怎麼一回事？」

王幼春笑道：「老實說一句，我瞧你們交情那樣好，偏是我不成，我是有一點兒吃飛醋。」

燕西站起來，拉著黃四如的手，把她拉到王幼春面前，黃四如把手絹捂住嘴，笑得身子只向後仰，說道：「這是幹什麼？」

燕西道：「老二，這位黃老闆，是我最佩服不過的一個人，我現在特別介紹你和她為朋友，你看好不好？再不能說我不講交情了吧？」

王幼春心裡可在罵道：「老七挺不是東西，把一個幽嫻貞靜的白蓮花自己留著，就把黃四如這騷貨介紹給我。」可是礙著面子，又不能當面拒絕。笑道：「我早認識了，何須乎要你這一道手續？」

黃四如笑道：「可不是！七爺是成心開玩笑呢。」

燕西道：「不，普通認識那沒有什麼，必得特別介紹一下子，讓二位格外熟識些。來！拉一把手。」於是左手牽著黃四如的手，右手牽著王幼春的手，將他二人的手合在一處，笑道：「以後是好朋友了，別為了要豆子吃打吵子。」

在座的人看見這樣子，樂得湊趣，都對他二人叫好。

王幼春對黃四如笑道：「你看見沒有？他們瞎起鬨，拿我們開胃。」

黃四如隨身就在王幼春面前一張椅子上坐下，笑道：「咱們正正堂堂交朋友，怕什麼？越是害臊，人家越是起鬨了。」

劉寶善伸了一個大拇指道：「不錯，到底是黃老闆大方。」

大家一起鬨，王幼春倒真像和黃四如發生了什麼關係似的，老在一處坐著。

燕西和白蓮花二人卻是不同，大家下了席，他們卻在一張沙發椅上從從容容地細談。燕西道：「剛才有一句話，我們還沒有說完。我不是問你為什麼沒有搭班子嗎？」

白蓮花道：「在北京唱戲，沒有人捧是站不住腳的。」說時，用手去摸鬢髻瞟了燕西一眼。

燕西笑道：「不過我的力量有限，你若能出臺的話，我願助你一臂之力。」

白蓮花在衣底下將手握著燕西的手，眼珠斜視著，微笑道：「這話是真的嗎？」

燕西被她一握一笑，心都蕩漾起來了，笑道：「怎麼不是真話！我憑什麼把話來冤你呢？」

白蓮花道：「大概在第二個禮拜我就要出臺，不知道七爺是怎樣幫我的忙？」

燕西道：「登廣告，定包廂，紮電燈牌坊，都可以，你愛怎樣吧？」

白蓮花微笑道：「我愛怎樣辦呢？依我的意思，巴不得全都辦到。」

燕西道：「全都辦到也可以，你得請請我。」

他們二人說話，在座人的眼光都射在他二人身上，白蓮花因就接著說道：「在座的人我全請，可就是怕不賞面子，不肯到呢。」

劉寶善笑道：「是外江來的人究竟不錯，你看李老闆，真是眉動眼睛空，見話說話，說出來的話，自然全場都照應到了。」

白蓮花笑道：「這是什麼話？我不懂。」

劉寶善笑道：「反正不是說你壞話，你懂不懂，沒有關係。」

燕西道：「我們規規矩矩說一句，這位李老闆出臺，你得幫一點忙。」

劉寶善笑道：「那還成什麼問題呢？有你金七爺出面子，這一點小事還怕辦不了嗎？」

燕西道：「牡丹花兒雖好，也要綠葉兒扶持，我一人就是出面子，也得諸位幫忙，譬如我包一個廂，我一人可以坐著，我若包兩個廂呢？還能分開身子來坐嗎？」

劉寶善笑道：「只要有七爺花錢，這還愁什麼？要多少人幫忙，我相信都有。」

白蓮花笑道：「不敢說請哪位幫忙，大家賞面子吧。」

孔學尼點頭道：「不說別的什麼，就憑你這幾句話，我們就得去，何況我們和七爺又是好兄好弟呢？」

劉寶善笑道：「你聽著，這事可不成問題了，你就預備請我們吧，我們張著嘴等。」

大家說笑一陣，時已夜深，燕西拉著白蓮花回到院子中間來看月亮。

只見月輪已在槐樹梢西邊，青天隱隱，一點雲彩也沒有。月輪之外，加上一道月暈，猶如一個五彩綢子紮的大圈圈一樣，月亮本來就很亮，被這五彩月暈一襯托，只覺光耀奪目，連叫了幾聲好。大家一聽，也都擁到了院子裡看。

燕西道：「可惜這院子太小，又沒有水，不然，這月色比月亮還要好看。」

孟繼祖笑道：「七哥的書大有進步了，這樣吐屬不凡，和以前大不相同了。」

燕西笑道：「這就叫士別三日，刮目相看了。」

劉寶善道：「彷彿聽見說，七爺現在交了一個很有學問的女朋友，大概現在學問進步，都是由那位女先生教的了？」

燕西聽了只是微笑，但是心裡倒想起了一件事，今天晚上，清秋一個人在家裡看月亮，是異常冷清，無論如何，今天晚上我應該去看她一下才好，不過到了這時，夜已深了，就是去找她，她也睡了。明天晚上的月亮，一定還不錯，明天再去找她吧。但是今天晚上並沒有打一個照面去，恐怕是要見怪的。

想到這裡，不覺無精打采，心裡一不高興，敷衍了白蓮花幾句，便對鵬振道：「我們都出來了，似乎要先讓個人回家才好，我先回去吧。」

鵬振也覺得兄弟們全在外邊有些不妥，也贊成他這話。他就借了這個機會，先回家去了。鬧了半夜，身子實在疲倦了，回家一餐飽睡，睡到次日十二點，方才醒過來。胡亂吃了一餐早飯，便到落花胡同來，站在冷家院子裡就先嚷道：「還有月餅沒有？趕著吃月餅的來了。」

冷太太笑著迎了出來說道：「有有，昨天我們就等你來吃月餅，等了半晚也不見來，我猜大概是聽戲去了。」

燕西道：「可不是聽戲去了，而且還是我做東呢。」一邊說著，一邊走進房來。

清秋一隻手掀了門簾子，一隻手撫著頭髮笑道：「早哇！」

燕西笑道：「現在雖然有一點多鐘，但是我剛剛起床不多大一會兒。」

清秋道：「昨天晚上大概是樂了一晚上，所以今天早上起不來。」

燕西道：「本來聽戲回來就不早了，回來之後，接上家裡人又拉著賞月，直到兩三點鐘才睡。」

清秋道：「昨天晚上的月亮實在不錯，真讓我看了捨不得睡。」

燕西笑道：「據我猜，今天晚上的月亮也不會錯。」

清秋笑道：「我只聽說八月十五賞月，沒有聽說八月十六賞月的，今晚的月亮縱然不錯，也過了時候，有什麼意味？」

燕西道：「反正只要月色好就是了，管它是哪一天呢？」

說話時，冷太太進屋子料理果品去了。清秋笑道：「你極力說今天晚上的月色好，那是什麼意思？」

燕西笑道：「你還問什麼?你早知道了，還不是我要請你賞月。」

清秋道：「昨天你不請我賞月，今天卻來賞這一輪殘月，我不幹。」

燕西道：「昨天白天我來和你拜節的，你又出去了，晚上想來呢，偏是又走不開，今天晚上我請你公園裡月亮下走，你去不去？」

正說這話，冷太太恰好出來了。清秋不好怎樣答覆，冷太太也就沒有作聲。韓媽忙著，早擺下好幾碟子果品。

清秋笑道：「這是俗套，要說請，那就俗上加俗。聽你便，你愛吃什麼，就吃什麼吧。」

燕西笑道：「我是不客氣，但是主不請，客不飲。」說著，端起茶杯呷了一口茶。

清秋笑道：「你還說主不請客不飲嗎？話沒說完，先就飲上了。」

燕西一想，也笑起來。

冷太太捧了一管水煙袋在旁邊一張椅上斜著坐了，她見燕西笑容滿面地在那裡吃糖炒胡桃仁，清秋站著在小屏風下，也含著微微的笑容，冷太太慢抽著水煙，眼看這一對少年，真是一雙璧人，讓他們婚姻成就，也是平生心願。

本來呢，上次他們五小姐來了，這婚事就有進行的機會，偏是清秋舅父一到天津去了，這邊衙門裡倒教他在那裡辦事，老不能回來，這婚事也就無人好出面來提了。

燕西見冷太太滿面笑容，只對自己看著，倒不好意思起來，因笑道：「我就喜歡吃花生仁胡桃仁這些東西，伯母看我吃得太多嗎？」

冷太太笑道：「這是我們家裡炒的，有的是，你吃吧。」

燕西笑著對清秋道：「很好吃。再送我一點，讓我帶回去吃吧。」

清秋聽說，轉身就要進房去拿，燕西道：「不忙，我今天不回家了，就在隔壁住著，因為我有一個朋友打算搬家，要接住這房子，我趕緊收拾東西，騰出房子來，我今天要把這些小件古董先收拾起來，明後天就要來搬笨重傢俱了。」

清秋聽了這話，心裡倒覺得有一樁什麼心事似的，因問道：「是真嗎？上半年，你們如火如茶，弄得非常熱鬧，現不到幾個月就這樣冰消瓦解，真是虎頭蛇尾。」

燕西道：「我不是早說了嗎？家父早就要我搬回去。我只敷衍故事，一面在家裡鋪張，一面仍舊保存這裡的屋子。我也聽了金榮的話，把廚子聽差全都撤銷了，這裡只用兩個人看守房子。不料這樣一來更不方便，要一杯茶水都極費事，所以我想有朋友來接著住也很好。他家裡人口並不多，可以騰出一部分屋子來，我們一些朋友若是還願意把詩社辦下去，依舊可以不搬家，費用一層那就省得多了。」

清秋微笑道：「像金七爺這樣貴家公子，還省幾個小錢嗎？」

燕西笑道：「這是罵我的話了，我是只會花錢、並不掙錢的人，若是再不約束一點，自己未免有些不好意思。」

冷太太聽到這裡，就插嘴說話了，笑道：「像府上這樣的人家，還在乎金先生掙錢哪？而且你還是求學的時代，現在也談不到此。」

燕西道：「掙錢不掙錢倒不要緊，可是太浪費了，怕將來用慣了，不能收束，也是不好。」

冷太太口裡噴著煙，點了一點頭道：「這話很對，不惜錢，也惜福。」

清秋笑道：「噯喲，這哪裡又用得著你老人家搬出陰騭文來呢？七爺也不過是幾句客氣話罷了。」

冷太太對燕西笑道：「上了年歲的人說話總有些迷信的，不要見笑。你那邊既然沒有廚子，不必客氣，下午就在我這裡便飯。」

燕西道：「可以可以，但是伯母務必只要弄些家常菜，不要太多了。」

冷太太笑道：「家常菜也是沒有什麼可吃，就是特別辦一些菜，把府上的菜一比，也簡直不成東西，所以這一層倒不用得你先聲明。我這並不是客氣話，實在是這樣的。」

燕西道：「若論起花錢來呢，舍下是廚子弄的，當然不同些，但是天天開那些大魚大肉，吃得人怪膩的，他們做的，是他們的做法，和家常菜不同，而且裡面加上許多佐料，許多味之素，把菜的原味都失掉了。」

冷太太笑道：「要吃別的什麼，怕辦不到，若是要吃小菜，這很不難，我可以多多地辦上幾樣。」

燕西道：「那樣才好。」

冷太太說時，便去吩咐韓觀久買小菜。

燕西笑著對清秋道：「這樣一來，又要勞你的駕了。」

清秋笑道：「你就猜準了是我做菜嗎？」

燕西笑道：「我想一定是這樣。」

清秋道：「算你猜著了，你把什麼謝我哩？」

燕西道：「坐汽車逛西山，好不好？」

清秋道：「你怎麼老提這一件事？」

燕西道：「你不是常說要到郊外去吸新鮮空氣嗎？我已經預算好了，就是明天去吧。」

清秋笑道：「你真是一個忙人，逛一趟西山都得預算日子。」

燕西道：「不是忙，既到西山去，就應該痛痛快快地玩一日，什麼事都要擺脫它，然後才不心掛兩頭，你說是不是？這兩天天氣很好，明天又是星期，你也沒有事，這也算是難遇到一個日子。」

清秋道：「你不用轉彎抹角說上許多，你就是要我和你一路出城就是了。」

燕西笑道：「那麼，你是去定了？我在哪裡等你呢？」

清秋道：「不要那樣鬼鬼祟祟的，乾脆就和我母親說明，說是一路逛山。」

燕西道：「那不好吧？一來我不好意思說，二來我又怕碰釘子。」

清秋道：「你不必說，你明天將汽車開到我門口，大大方方地等我就是了。」

燕西道：「好極了，從來我沒有看見你這樣痛快答應我的什麼事。」

一會兒冷太太來了，大家說了一陣閒話，燕西就到那邊監督著人收拾零件陳設。他看了看，凡是家裡不知道的東西，他都不要，併攏在一處，用藤籮提著，一籮一籮地送到冷家來。大凡富貴人家的東西，在一般平常的婦女看來都覺可愛。燕西那邊的陳設，冷太太心愛的就多，現在送來很不少，冷太太自是歡喜。

到了晚上，燕西就在這邊吃飯。果然依著燕西的話，弄了不少家常小菜，燕西見冷太太越發解放了，心裡很是歡喜，吃過飯之後，又在冷太太家裡閒談了一會，一看冷太太並沒有絲毫不快的樣子，這也就是很可高興的一件事，因此，大家越談越入港，一直到十二點鐘才去睡覺。

到了次日，清秋和她母親說，說要借燕西的汽車去逛半天西山，同車去的，是兩個同班的女同學。冷太太道：「是哪幾個人？」

清秋道：「不很到我們家裡來，你不認得。」

冷太太道：「玩玩不要緊，不過要早些回來，若是回來晚了，就會關在城外的。」

清秋道：「何至於玩到那樣，在三四點鐘我就要回來。」

冷太太聽她說如此，就不加以追究了。

到了十一點鐘，燕西那邊派人來對韓媽說，汽車已經預備好了。清秋聽說，就向這邊來，走到大門口，大小汽車夫都已上車。

燕西坐在車裡，見她來了，又點頭，又招呼，連連笑道：「上來上來。」

燕西將車門打開，讓清秋上車。

清秋一坐下，喇叭嗚的一聲，車子就開走了。

燕西問道：「伯母現在真開放了，男女的界限看得很淡了。」

清秋抿嘴笑道：「那也除非是你這樣，對於別的人是辦不到的，但是公開地說和你出來玩，我還怕碰釘子，我只是說借你的車子用一用。」

燕西笑道：「這話有些勉強，你又沒有什麼大不了的事，借我的車子上哪兒去呢？」

清秋道：「這也無非是掩耳盜鈴，她又何嘗不知道我們是一路出去玩呢？」

燕西道：「老伯母倒是一個慈祥愷悌的人，和我的母親差不多。我的母親，人真和善，將來你就可證明這話了。」

清秋聽他說到這裡，就默然不語，只是向車窗子外面看去。

燕西笑著拉了她的手道：「你怎不言語？」

清秋皺眉道：「你不要提這個吧，你一提這，我滿肚子都是心事。」

燕西道：「有什麼心事？」

清秋對前面車夫座上努了一努嘴，沒有作聲。

燕西會意，也就不說什麼。

車子出了西直門，只見遠遠近近，那些莊稼地已經將高粱麥子都割去，一片平原，其中夾些半青半黃的樹木，空氣非常清爽。

汽車走得很快，風由當面吹來，人聞到鼻子裡去，精神很是爽快。

清秋笑道：「好些日子沒到城外來，突然出城，非常有趣。」

燕西道：「我老早就要你出城來玩，你總不肯來，現在你也說痛快了。以後我想若是沒事，我們就坐車子到西山來談談，豈不痛快？」

清秋道：「一逛西山就是一天，老是來逛，我不要上學了嗎？」

燕西道：「我們就擇定禮拜日來得了，每個禮拜來一次，你看好不好？」

清秋笑道：「你做事就是這樣躐等，第一次來逛，還在路上，這又談到以後的事了。」

燕西道：「我並不是躐等，我是想到哪裡，就是說到哪裡。」

清秋道：「唯其如此，你說到哪裡，也就忘到哪裡了。你說是不是？」

燕西笑道：「你這話有根據嗎？」

這時候，車子已經到了玉泉山。清秋目視窗外山頂上的一列古屋，幾層小塔，越來越迎上前來，正出了神，燕西問她的話，她卻沒有留神，燕西又以為是自己的話或者逼得太緊了，她說不出所以然，因此，也就不願向下再說。

車子到了八大處，停在山腳下一片空場上。燕西走下車，清秋下來，就一把攙著。這裡便是西山旅館的門外。那門外露臺下，許多茶座都坐滿了人，有一大半卻是外國人。雖然其中還有一二處空座，清秋嫌是外國人當中，不願坐下，只管上前走。

走過這裡，有一片空地，有兩個空座，正在那個小花圃後面，望著上碧摩崖的山脈迎面而去。清秋笑道：「就是這裡好。」

燕西道：「你總是這樣，要到這人不到的地方。坐在這裡，要個茶水，要個點心，也不方便。」

清秋隨身向一張藤椅上一坐，笑道：「你是來看山的呢？還是來喝茶吃點心的呢？要為吃點心而來，我就不說了。若是說看山，總以這兒的地方算好吧？」

燕西道：「我是無可無不可，你既然說這裡好，我就在這裡坐下，這也就算很肯聽話的了。」說時，躺在藤椅上兩腳一伸，說道：「好空氣，舒服！」

清秋笑道：「這是闊人說的話。你看山腳下那些抬轎的，三百六十天，天天在這裡坐著，也不見得他說一句舒服。他們是不在乎空氣好不好，若是能到你們廚房裡去，聞著一陣肉香，恐怕他們才說是舒服呢。那些地方是你們所不肯到的地方吧？」

燕西笑道：「你很反對資產階級呢。這樣說，我找個小事混混，我們一塊去過清苦的平民日子，好不好？」

清秋抿嘴一笑，什麼也不說。手捏著一塊花綢手絹子，托著左腮，對著山色出神。

燕西也順著她的眼光看去，只見山上的高低松樹，綠色格外蒼老了。樹中所夾雜的各種果樹，葉子都有一半焦黃，風吹著樹葉，沙沙地響起來。

那風吹過去，刮著那些黃葉，飄飄泊泊，一陣一陣，四處飛舞。山上的草，這個日子都長得有二三尺長。草叢裡長的那小樹剛剛過草頂，越是黃得多。就是那些草，也就東倒西歪，黃綠相間。陽光射著，便覺得一帶山色，黃的成分比綠的成分居多。

燕西笑道：「秋天景致真也是極有風趣，可是今年的秋色比去年的秋色來得更快，那是怎麼一回事？」

清秋先還是一面出神，一面聽他說話，後來不覺噗哧一笑。

燕西道：「你笑什麼？」

清秋笑道：「你是剛才在老師面前學了手藝去，馬上就要在老師面前賣弄。」

燕西道：「這是什麼話？」

清秋道：「上次我不和你說了嗎？秋風先瘦異鄉人，你說今年秋天來得更快，分明是在這句詩上套下來的。」

燕西笑道：「怪不得人家說我有了個新老師，學問進步多了，所以現在說話很是文雅，難道我從前在老師面前沒有領教以前，連話都不會說嗎？」

清秋怕他誤會了，連忙笑道：「你發什麼急呢？那句詩也不是我作的，不但你沒有套他的話，就是套他的話，也是學古人的話，與我什麼相干？我不過捉著一個空子，說一句笑話罷了，你怎麼左一句老師，右一句老師叫起來？讓人家聽了，什麼意思？」

這西山飯店裡的茶房是認得燕西的，便不用燕西吩咐，早是沏了一壺紅茶，盛了兩碟點心，一路送來了，放在桌上。

清秋見紅茶來了，就斟了一杯，送到燕西面前，微微笑道：「別生氣，請喝茶。」

燕西見她這種情形，大有賠罪的意味，心裡更是不安，笑道：「這是什麼意思？我是笑話，你倒認真嗎？」

清秋道：「什麼認真？我給你斟上一杯茶，無非是客氣，難道還有什麼惡意？」

燕西站起來，不作聲，也給清秋斟上一杯茶，笑道：「來而不往非禮也！」

清秋不便拒絕，只好站起來笑道：「謝謝。」

燕西不往下追究，清秋更是不願意追究，因此，兩人對了笑一笑，把這事就揭了過去了。

清秋望著山上的黃葉，笑道：「你看這樣深的秋色，像圖畫一般，有多麼好！我要是一個畫家，一定要把它畫將下來。」

燕西道：「現在我兩人都不是畫家，那怎麼辦呢？」

清秋道：「可以作……」到這裡，忽然想起剛才一樁公案，連忙把這句話縮了轉去。

燕西說話，向來是不留意的，因就笑道：「要我作詩嗎？那簡直是讓我受罪。」

清秋笑道：「你這幾個月，詩才大有進步，怎麼說作詩是受罪？」

燕西笑道：「我又不敢班門弄斧，你怎麼知道我的詩才大有進步了？」

清秋道：「我聽到我舅舅說起你的詩，總是誇獎得了不得，我是想請教，又沒有機會。」

燕西笑道：「今天在這兒，就是考我的機會嗎？」

清秋道：「你不要說這樣的俏皮話，成不成？」

燕西道：「不是俏皮話，我是真心話。無論如何，我的學問不能如你，這一點，我還沒有自知之明嗎？而且我還存了一個心事，我們早早結合，以後我就可以跟著你補習補習一點國文。」

清秋豎起一個食指，耙著臉道：「一個男子漢說出這種話，豈不害臊？」

燕西笑道：「在你面前說軟話，也不算害臊。我不說，我的學問就會高似你嗎？」

清秋道：「人家男子漢，以不能勝過婦女為恥，你倒甘心退讓。」

燕西道：「這也不是自我作古，人家不是早已說過拜倒石榴裙下嗎？我也是拜倒石榴裙下一分子了。」

清秋隨手掏了塊餅乾，一隻手撐了頭，一隻手送到嘴裡，慢慢咀嚼，眼睛還是看著滿山的黃葉。

這個時候，西風停止了，那深草裡的蟲聲卻是嘰嘰喳喳地又起又落，聽了讓人心裡起了一種異樣的感觸。他們坐的這前面，正是一株洋槐樹，天氣冷了，這樹就枯黃了不少的樹葉。忽然之間，有一陣稀微的西風，把樹上的枯黃葉子吹落了一兩片，在半空中只管打迴旋，一直吹落到他們吃茶的桌上來。

清秋用手捉了一片葉子，舉到眼面前一看，笑道：「秋氣真是深了，樹葉黃到這種樣子，若是再過十天半月，樹葉一落空，就更顯得淒涼慘澹了。人生的光景，也是這樣容易過。」

燕西笑道：「唯其如此，所以我說少年人應該及時行樂，但是你對於我這話總不大同意，以為行樂是人生墮落的行為。」

清秋笑道：「你所說的行樂是和別人不同的，**我們所認為行樂，看花賞月，遊山玩水，這都是行樂。你所說的行樂，是越熱鬧越好，嫖賭吃喝穿，門門都到。這裡說是行樂，豈不讓天下人群趨於下流一途？**」

燕西道：「然而我所說的行樂，並不是吃喝嫖賭穿，你為什麼說我也是墮落呢？」

清秋低了頭，半天不作聲。

燕西道：「我覺你是中了舊書的毒，有些地方，你簡直是自己拘束自己，自尋苦惱。」

清秋笑道：「你這是無理取鬧了，為這個事，怎樣能牽扯到讀舊書上去？」

燕西道：「我覺得你那樣遵守周公孔子之禮，我有些不同意，對於一般社交上，你要那樣，我還贊成，但是對我，也是這君子人也似的，倒有些酸溜溜。」

清秋默然了一晌，慢慢地說道：「並不是我酸溜溜。你想，日子正長，我們何必……」說到這裡，便停頓了。

燕西笑道：「隨便怎樣，你是說不出一個理由來。走吧，我們在這山路上散散步吧，有話走著說，那更是有趣。」

燕西也不問清秋是否同意，拿了她的花傘，向上撐開，笑道：「走！走！」

清秋牽著衣襟，站了起來，笑道：「其實，坐坐也就行了，何必走？我有些怕累。」

燕西舉了傘，給清秋擋住陽光，左手攙住她一隻胳膊，笑道：「怕累？我攙著你得了。」於是二人並肩在一把花傘之下，穿過那小花圃慢慢地走著，行上山腳的一條小路。

這時候，雖然遍地秋風，滿林黃葉，但是山裡長的那野花，黃的紫的，開著那一球一球的小朵兒，也幽媚動人。草裡的小蚱蜢兒，小黃蝴蝶兒，迎著風勢，在日光裡亂飛。彷彿之中，這草叢裡有一種清芬之氣。

清秋道：「你聞聞，這種香味有多麼好？在城裡蓋園子，無論蓋得怎麼好，這樣天然的景象是沒有法子可以得到的。你府上什麼都有，怎樣不在西山蓋一所別墅？」

燕西道：「怎樣沒有？不過現在送給人了。」

清秋道：「為什麼蓋屋子倒讓給別人？」

燕西笑道：「我要說出來，你又要罵資產階級了。」

清秋笑道：「你倒好像是我罵怕了，一討論什麼問題，總要先封我一句門。」

燕西笑道：「不是你罵怕了，我是很以出於資產階級自愧。」

清秋道：「不要說這個題外的問題，你還是說何以把別墅送了人吧。」

燕西道：「就在這山裡頭，我們原蓋了一所別墅，屋子雖不多，也有二十多間，一個院子還帶一個花圃，在這山上不算小了，可是這樣一來，花費就大了，要用兩個廚子，兩個聽差，一個花兒匠，屋子裡東西而且時常損壞，總要添補。」

清秋道：「那也是自然之理，算什麼耗費？」

燕西道：「你不知道，從前沒有蓋別墅的時候，你也說要上山來住些時候，我也說要上山來住些時候，後來真有別墅了，大家各住了兩天，都覺得悶得慌，不再來了，就是偶然到西山來一次，也只到山腳下西山飯店為止，就不願意再上山了。因此，那座別墅放在山頭上，就讓幾個底下人在那裡大享其福。一個月雖然不過百十塊錢，三年下來簡直就可驚，一過三年，都是這樣。後來家母想起來了，說我們這事未免太傻，不如把幾個底下人叫他回城，把門鎖起來。但是這又有問題，沒有人管理，花木是要死乾淨，就是屋子也容易損壞，不到一年，這屋子就要倒了，於是就有人說，把這屋子賣了，不過賣屋子是和體面有關係的事，若是人家誤會了，說是金家要賣產業了，豈不是笑話，所以非常為難，留是留不得，賣又賣不了。後來有一個美國人，和家父交情很好，家父樂得作個人情，把那別墅讓給他住了。」

清秋道：「這美國人倒是子產之魚，得其所哉了，但是他也不能天天住在這山上吧？」

燕西道：「他倒是很有準的，每逢星期六上山，逢星期一下山，他倒也不肯白住，每年總送一點東西給我們，就是房子壞了，也歸他修補。」

清秋道：「這樣說來，這屋子不也像租界一般，暫時歸美國人管，論起產業，還是你金府上的。」

燕西說：「那是自然。」

清秋道：「若是要收回來呢，費事不費事？」

燕西道：「總不至於費事吧？」

清秋道：「若是如此，我就主張收回來。」

好不好？」

燕西笑道：「為什麼收回來？你願住在山上嗎？」

清秋默然不作聲，只是向前走去。

燕西笑道：「今天是禮拜，美國人一定在山上的，我們去拜訪他，引你看一看房子，你看好不好？」

清秋將手錶一看，不過是一點鐘，問道：「路遠不遠？下山不會晚嗎？」

燕西道：「山下有的是轎子，我們坐轎子去得了。」

清秋見路邊松樹底下有一塊圓石頭，隨身就坐在石頭上，因點著指頭算了一算，笑道：「一來一去，至少也得三個鐘頭，下得山來，就是四點鐘了。」

燕西道：「就是四點鐘回家，來得及呀。」說著，他也挨身在石頭上坐下。

這個地方，是一條小路，並沒有人來往，只有風吹著樹葉子的聲音，像下猛雨一樣，沙沙地一陣一陣過去。腳下的草被風吹著，也像水上的浪紋一層一層地向下風倒著。

清秋看著，未免出了神。

燕西見她一隻手撐在石頭上，用手一摸，卻是冰涼，便用手握住，笑道：「不要發愣了，坐轎子上山去吧。」

清秋回頭一笑。

燕西道：「天氣還不十分涼，我走得十分發熱，你怎樣手是冰涼的？」

清秋道：「人家扶了石頭，讓石頭冰著的，並不是身上發涼。」

燕西握住她的手，見她的胳膊又白嫩，戴上一隻細鎖鏈翡翠片的軟金鐲，別有風致，便笑道：「這金鐲你倒戴得很合適，你從前就不喜歡什麼金的玉的，我很反對，我以為這些金玉的

東西，在俗人身上，增長俗氣，在美人身上，就會添出不少的美麗來。人生在世，無論是男是女，誰不愛好？你瞧，那萬牲園的孔雀看見人穿了綢緞，牠還要開屏呢，你從前反對美麗的辦法，我覺不對。」

清秋道：「提到這一副金鐲，我是謝謝你，但我在母親面前還不敢說是真的，不過說是假的罷了，所以我為這個，我非和你出門我是不戴的，我雖不是俗人，你恭維我的美人兩個字，我也不敢拜領，不過蒙你的盛情，送了我，是希望我戴的，你願意這樣辦，我就這樣辦。」

燕西笑道：「不敢當，不敢當！你這話的意思，就是士為知己者死……」

清秋道：「這有什麼不能說的？你不是說我女為悅己者容嗎？其實，這也不算侮辱女性，就算是侮辱女性，我看很平等，天下也不知多少男子為悅己者容哩，你是交際很廣的了，你去見女朋友的時候，不刮臉，不理髮，不穿得很好的去嗎？這猶小焉者也，今古男子為了女子犧牲性命財產的多著呢。我以為那個士字，改一個男字，比較的妥當些。」

燕西笑道：「這一改，我倒沒有什麼不同意，就是你說我交際很廣，我不能服你這句話。」

清秋笑道：「你所認識的女朋友，有小姐、有女學生、有戲子，還有交際明星，豈不是交際很廣？」

燕西道：「這是哪裡來的謠言？全沒有這回事。」

清秋笑道：「管他有沒有，大家心裡明白就是了。」

燕西道：「不要說了，我們上山去逛吧。」說畢，跑下山來，對茶房招了一招手。茶房過來，燕西道：「你給我雇兩乘小轎，到山上金家花園。」

茶房道：「是來回的嗎？」

燕西聽了，躊躇了一會子，說道：「就雇來回的吧，回頭再說得了。」茶房雇轎子，是有好處的，連忙雇就了抬到山腳下。

清秋因一人坐在那裡，也就一步一步地向山下走來。一看那轎子，先不由笑起來，原來是兩根轎槓，抬著一把小藤椅。椅子上有幾根小竹竿，撐著一個小藍布棚兒，椅子底下，吊下一塊小木板，繩子拴在轎槓上，看那樣子，就是踏腳的。

清秋笑道：「就是這樣子的嗎？坐上去，要掉下來的。」轎夫都說道：「很是穩當的，一點兒也不要緊。小姐，你坐上去試試看，準沒有錯。」燕西聽他這樣說，先就坐上轎子去，對轎夫道：「你抬起來試試。」兩個轎夫聽說，果然抬著轎子顛了一顛，燕西兩隻腳踏著板子，伸了一伸，對清秋招了招手道：「你坐上吧，很穩當的，而且很舒服。」

清秋用手指點著燕西笑道：「摔下來，你得保我的險。」

燕西道：「坐上吧，我保你的險，準沒有錯。」

清秋因為他已坐上，也只好坐了上去。兩乘轎子沿著山邊小徑，一路上去。這一去，在他倆愛情史上，卻占了重要之一頁，與平常人遊山，卻是不同的哩。

他們坐著轎子上山，約摸有半里之遙，到了一個山坡前。坡的三面綠樹叢生，枝葉交加，遮得如綠牆一般，一點也不漏縫。靠山徑的這面，有兩三尺來寬沒有樹木，山徑就由這裡直鑽進去。到了裡面，轎子便歇在一片草地上。這山坡是坐西北，斜向東南，正傍著一個小山峰。

燕西吩咐轎子就在這裡等，扶著清秋上了幾層石階，穿過一道小柏枝短籬，一拐向東，有一片小花圃。如鳳尾草、雞冠花、紅桂、紫薇之類，都開得很好。花圃下臨懸崖，圍著很高的欄杆。有一座青松架，還有一個小茅亭。正面是一個洋月臺門，兩扇綠油油的鐵紗門，向外關著。月臺是半邊八字亭子，一列四根石柱，上面牽著密密層層的爬山虎綠藤。月臺門下，有一副石桌凳，桌上擺著幾盆早菊、秋海棠之類，非常雅致。

花圃向下一望，近是山岡，遠是一片平原。平原中，煙霧沉沉裡有幾個高樓和高塔的影子，那就是北京城了。清秋一見大喜，連說好地方。

燕西道：「自然是好地方，當年我們在這裡蓋房子的時候，就費了一番心血，去找地點。既然找得，當然地點不壞了。」

正說著話，一隻小哈巴狗由樹腳下鑽了出來，一枝箭似的帶喊帶跑竄了過來。清秋兩隻手一揚，哎喲了一聲，連忙藏在燕西身後。

燕西頓著腳，正要喝著那狗，上面的綠紗門就開了，出來一個短裝人，把狗喝住。

燕西笑道：「一說起男女問題來，你總不承認女子是個弱者，不說別的，你僅僅遇到一隻小哈巴狗兒，還要我做保護者，何況其他呢？」

他倆正在說笑話，那個短衣人已經走上前來，給燕西請了一個安，笑道：「呵！是七爺來了。你好？」

燕西一看，是從前看園子的小李，因點了點頭道：「你倒接了下手，還在這裡幹嘛？」

小李道：「你是不管閒事，一點不知道，這兒麻先生說，沒有熟人不成，給咱們總理去信，要借兩個人用用，總理就著我和老王來了。老王幹了半年下山去了，現在就剩我一個人。」

他說這話時，眼睛可就瞟著清秋。見她和燕西並肩而立，滿臉的笑容，料定了這是少奶奶，便對燕西笑道：「你大喜的日子，我一點也不知道。」說著，走上前一步，又給清秋請了一個安。清秋也只好點了點頭，明知道他是誤會了，又不好否認。而且他雖誤會，也不過是一部分誤會，不是全部誤會，似乎也不必否認。

小李道：「麻先生和太太都在這兒，我給你去回一聲兒。」

燕西道：「你不要多說話，你就說我們來逛山，順道來看房子的。」

小李答應去了，燕西便和清秋在茅亭裡坐著。

不多一會的工夫，那位美國人麻克蘭和他的太太一塊出來，一直迎上這邊的茅亭。

燕西走上前，兩個人笑著握了手。麻克蘭操著很熟的京調道：「歡迎歡迎。」於是彼此介紹麻太太、清秋大家見面。

麻氏夫婦在前引導，將他們倆引到屋子裡去。清秋一進門，見迎面一層臺階上，是半中半西三面環抱的屋子，牆上都爬滿了藤籮。那臺階兩邊的石壁長滿了青苔，綠茸茸的，直有半寸來厚。清秋輕輕地說道：「別說林泉之樂了，就是這種藤籮青苔都也顯得乾淨清幽，這種地方我實在是愛它。」

燕西點首微笑。走上臺階，這裡是個小院子，三方都有走廊環抱著，沿著欄杆下石頭縫裡，栽些虎耳草，大葉秋海棠，也幽媚動人。

到了這裡，不是直上了，卻由走廊之旁，開個海棠葉石門。門裡斜著有一道石廊，由這石廊轉去，另是一個院子。靠院子北，有一座小樓房，麻氏夫婦便請他們在樓下客廳裡坐。

清秋一進門，倒出於意料以外，裡面一樣舶來品也沒有，全是紫檀木器、中國的古董字畫。麻克蘭雖是常到燕西家裡去，但是他只和金銓有交情，他怎樣一個大家庭，家庭裡有些什麼人，當然無從知曉。就是燕西兄弟，他也不過偶然會過一二面，誰是老大，誰是老二，他也分不清楚。

他因為小李報告，說是金總理的少爺和少奶奶來了，他就認為是世交朋友，出來歡迎。一來這屋子是金家的，人家還是主人，當然更對他客氣，二來外國人是尊重女權的，對女子不得薄待。若是美麗一點的女子，無論老少，更要殷勤些。

麻克蘭和他夫人一商量，就對燕西說，要請他在山上吃便飯，以表示歡迎。那麻太太雖是中國話不大流利，但是慢慢地說也還可以，和清秋一談，見她是個受了教育的好少女，也很歡喜，非留她吃飯不可。

燕西本就覺得人家盛情難卻，可是怕清秋不同意，現在偷眼看清秋的樣子，被麻太太糾纏著，也像不好言辭，因就笑著說道：「那是很願意的，可是怕時間耽誤多了，趕不進城。」

麻克蘭笑道：「不要緊的，我這兒有好幾副床鋪，是讓逛山的朋友來住的，金先生趕不進城，就在山上住了，我們明天一路下山。若是嫌不好，山下還有旅館可以住下。」

燕西笑道：「不必不必！麻先生若留我們吃飯，就早一點，我也用不著客氣了。」

麻克蘭點頭笑道：「那倒可以，我就吩咐他們去辦。」

清秋聽到麻克蘭那樣說，心裡就是一陣亂跳，臉上也不由得微微地起了一層紅暈。不住地偷看燕西的臉色，看他說些什麼，後來見燕西不肯答應，也覺他是個解人，心裡想著，最好是不吃飯。

因為麻克蘭說了，吩咐廚子就辦，那倒也罷了。但山上辦東西，無論預備得怎樣齊備，究竟不及城裡那樣便當。麻克蘭又是加倍客氣，按著中國人的習慣，先叫他們預備茶。原來他們除了早茶吃點心而外，平常是不大喝茶的，廚房裡簡直也不預備開水，這會子臨時叫進茶，又要預備餅乾點心，又要預備開水，這已經耽擱了半點鐘。

麻克蘭為讓來賓賞觀風景起見，將他們請到平臺上來坐。石凳上鋪了氈毯，然後坐下，茶壺點心，卻由聽差一齊搬到石桌上來。這裡近觀遠瞰，是人前環翠，腳下生雲，這個日子，又是天高氣清，真是馳目騁懷。

這位麻克蘭先生，在中國多年，現時還在大學院裡當一個教務長，他和中國少年男女是接近的日子極多，稍微時髦一點少年人的脾氣，他完全知道，所以這一和清秋、燕西說話，談得很入港。每每說一句似懂不懂的中國話，就會引得人發笑。

談話的時間是最容易混過去的，不知不覺又過去了一個多鐘頭。那個時候，太陽偏到西邊，山頂上這半邊山光全是陰暗的。沿山一帶，那些蒼松翠柏發出一種幽暗之色，另有一種景象。山下一帶平原，陽光斜照著地下的塵土，向上蒸騰，平地一層卻是霧氣騰騰的。

燕西看見，對清秋道：「這斜陽暮景，實在要到這種高山向平原望去才看得出來，我覺得這種景致多看幾回，也可以讓人胸襟開闊。」

清秋輕輕說著笑道：「這是心理作用吧？這時候你看到了山野風景，你就覺得山野風景好。若到了城裡酒綠燈紅的場中，又覺得那裡快樂逍遙，把這裡清涼景況忘記了。」

那麻克蘭先生倒也略懂她所說的幾句話，微笑道：「風景的確是和人的心境互相感應的。我在這山上，每在夜裡，那月亮下面，照著山的影子很是彷彿，四圍都是風吹著樹聲，好像另外是個世界。我的心裡不能不另有一種印象。金先生，你不能不在山上看一看月色！」

他說話的時候，聲音極是遲慢，說一句，半晌才接上一句，一面說，一面手上帶比著勢子，好像說得極是沉著。

燕西笑道：「果然如此，倒是非在山上賞鑒一回不可，哪一天月亮好的時候，我一定來試試看。」

麻克蘭道：「剛過去中秋兩天，今夜的月亮就好，何不今天就在這裡住下？」

清秋逼得不能不說了，紅著臉笑道：「我們明天一早就要上課呢，回去就來不及了。」

燕西道：「是的，而且我們出城，沒有對家父說的，是不敢隔夜回家的。」

麻克蘭知道中國人的規矩，凡是上等人家都要講個禮節，禮節之中，尤其是這一個「孝」字。燕西一提到要稟明父親，知道就是不可勉強的事情，笑道：「好吧！若是金先生下次要來，請你先通知我一聲，我是禮拜六必然上山的。要來的話，我們就可以一同坐車子出城來。」

燕西笑道：「那怕今年年內沒有這個機會了，現在天氣很涼，再過去一個月，北風一吹，山上也許就要下雪。」

麻克蘭笑道：「那何至於，但是在這要晚的天色裡，風景也就不壞，我們可以在這山後小亭裡去看看，那裡很好。」

清秋道：「不去吧？天色不早了。」

但是她說的時候，燕西已站起身來了，也沒法兒攔阻他，於是麻克蘭陪著燕西去逛山，清秋和麻太太依舊坐在這裡談話。

不料燕西這一去，又耽誤不少的時間。直待燕西回來，清秋就對燕西說：「已經四點多鐘了，我們要趕快下山才好，不然就會關在城外面的。」

燕西見清秋臉上很著急的樣子，便對麻克蘭笑道：「飯，我們不敢奉擾了，回頭會關在城外的，我們這就告辭。」

麻太太拉著清秋的手，先就不肯。

麻克蘭笑道：「不要緊，我吩咐他們這就開飯，絕不會耽誤時間的。」於是就叫聽差趕快預備，將燕西引到後層飯廳裡來。

清秋因為人家的飯已經預備了，若是拒絕不去，未免太不合情理，況且那位麻太太又是十二分客氣，拉著手有說有笑，自己就不好意思說不去。

他們這飯廳，正在先談話的那客廳後面，地方高了一層，陽光充足些，又彷彿時間還早。麻克蘭夫婦坐了主席，請他們二人坐下。

因為是特別客氣，菜上得很多，許久許久咖啡才送來。吃完了，又不能立刻就走，所以大家又閒談了一些話，然後向主人翁告辭下山，轎夫知道他們是主人翁留住了，大家都在草地上躺著睡覺，舒服極了。

燕西出來了，他們整理著東西，讓他二人上轎。這轎子下山，非同平常人行路，格外要仔細，所以走得還是非常地慢。

清秋抬頭一看，只見天上的雲彩有一大半映成絳色，那歸巢的烏鴉三三兩兩，背著陽光，從頭上飛了過去，遠望小樹林子裡冒出一縷青青的炊煙，大概是鄉下人家，已經在做晚飯了。

清秋因為一味地焦急，手錶忘了上發條，早已停了，恰好那飯廳上又沒有掛鐘，不知道是什麼時候。現在一見種種風景，都含著很濃厚的暮色，這就快晚了，燕西的轎子在後，因回頭對燕西道：「怎樣辦？快晚了，能回去嗎？」

燕西道：「秋天了，天黑得早。西直門七點鐘才關城門，要黑得不見人影才會關起來呢，現在不過五點鐘吧？有四十分鐘，盡可以趕到西直門，絕不會關在城外的。」

清秋道：「你準能保不關城門嗎？」

燕西道：「怎麼不能保？我晚上進城也不止一回，準沒有錯。」

清秋聽到他如此說，心裡又放寬了些。

轎子到了西山旅館前，開發轎錢茶錢已畢，再來看山下停車場上，一輛汽車也沒有，自己那汽車不知道已開到哪裡去了。燕西頓腳道：「時候已經不早了，他們還要搗亂，今天別想回去了。」

清秋道：「你叫了他們走開的嗎？」

燕西發急道：「這叫怪話了，我們兩人，始終誰也沒離開誰，怎麼我會吩咐他呢？」

清秋道：「也許他們見我們上山去，他以為不下山了，所以把車子開回家去了。」

燕西沉吟著道：「也許是這樣的，但是他們太混蛋，我又沒說上山不下來，為什麼著急要走呢？這一定是他們在家裡晚上有什麼聚會，所以趕了回家去。」

清秋道：「你不要說閒話了，想個什麼法子進城吧。」

燕西道：「有什麼法子想呢？除非是這兒有車，搭人家的車進城。現在這兒一輛車也沒有，就是搭車也沒有法子辦。」說時，他們在空場裡不住地徘徊。

清秋一言不發，只是生悶氣。

這個時候，天色也越發晚了，一輪紅日早已落向山後，眼前一片平原已是暮色蒼茫，遙望是分不清田園屋宇。

清秋道：「你還乾著急什麼？現在除非是坐飛機進城了。」

燕西不徘徊了，停住腳噗嗤一笑道：「我看你生氣生到什麼時候？現在也說話了。」

清秋道：「就是你天天說要逛西山，要出城，這可鬧得好！」

燕西道：「這也不能怪我。一來是那位麻先生留客留得太厲害，二來是汽車夫搗亂。」

這飯店裡的茶房見他兩人在這兒徘徊，便走到燕西面前，笑道：「七爺，你和少奶奶是不能進城了，開一個房間吧？」

燕西望著清秋道：「你看怎麼樣？」

清秋道：「不，我看還是上山去的好。」

燕西道：「也好，加上麻先生麻太太可以談得熱鬧些。」

茶房道：「不成了吧？轎夫都走開了，找他們不到，況且天黑了，這山上的路也不好走。」

燕西笑道：「房間我知道你們有的是，不知道晚上可有什麼吃的沒有？」

茶房道：「中餐西餐都可以預備。」

燕西一面說話，一面就走了進來，清秋也只好跟著。一道上了樓，茶房就打開一扇房門，讓他們進去。

清秋一看，有一張銅床，另外兩張桌子，幾張沙發椅。臨桌子兩扇窗門洞開，正對著一列平山。窗子裡，正吹來幾陣悠悠的晚風，吹得人精神為之一爽。

茶房道：「我先給你沏一壺茶來，好嗎？」

燕西道：「好吧，你沏一壺茶來，不要紅茶，就是龍井吧。我們在這兒賞月，慢慢地品茶。」

說這話時，茶房已是走了，燕西卻對著清秋說。清秋坐在一張軟榻上，離著燕西很遠。斜著身子躺下，一點也不作聲。

燕西道：「我們今天晚晌，會在西山賞月，這也是想不到的事。」

清秋道：「我就在這屋裡，你找一間屋子吧。」

她是躺著的，燕西看不見她的臉色，因就走近前來，問道：「那為什麼？」

清秋自覺得臉像火燒一般，極不好受，側過臉去，望著牆上掛的風景畫片，半晌才說道：「我就是這樣辦。」

燕西道：「這飯店裡的茶房都指望……那更不好了，我今天晚上就睡在這軟榻上，你看如何？」

清秋道：「那為什麼？你還捨不得那幾個錢，多開一間房子嗎？」

燕西道：「倒不是為了這個，這是一個山野地方，很冷靜的，開了窗子，外邊就是一片山，若是有什麼響動，你一個人住上這一大間房，你不怕嗎？」

這一句話說出來，清秋一伸頭，只見一座黑巍巍的山影正對著窗戶。山上一些高高低低的樹木，被風一吹，都晃動起來。這個時候，天已十分黑了，月亮又沒有上來，屋子裡電燈下一望外邊，更是彷彿有些陰暗。

清秋笑道：「把窗戶關起來吧，說著人怪怕的。」

這時，茶房送了茶進來，聽說關上窗戶，走上前，就給他們把窗戶關上。回頭就問燕西還要吃什麼？燕西道：「你們這裡的中餐，那是罷了，我們又是剛吃飯的，吃不下什麼，省事點，你就給我們來幾碟子點心得了。」

茶房答應去了，燕西笑對清秋道：「你就這樣膽小，連有人在這裡，開了窗戶都怕。」

清秋道：「你不說，我倒是不怕，你一說，我可有些膽怯怯的了。」

燕西道：「這不過是對著一座山，又不是鬼窩。」

清秋一聽說，便皺眉道：「唉！人家正怕這個，你還要說。」

燕西笑道：「越說你膽子越小了，現在關了窗戶，連說都不許說。若是在鄉下住家的人，一年怕到頭，這都不用活著了。一會兒工夫月亮就要出來了，我們不但要打開窗戶瞧，我們還要走到外面月亮地下踏一踏月色，才不辜負今天晚上的月亮。這種機會是難得的，你說這話未免太煞風景了。」

清秋不服氣道：「你以為我當真怕嗎？回頭我們就一塊兒出去，你看我怕不怕？」

燕西道：「那就好極了，回頭我們一塊出去步月吧。」

說話時，茶房將點心送來了。燕西笑道：「別躺著，坐起來吃點心吧。」說著，便來拉清秋的手。

清秋笑著站起來說道：「吃點心倒罷了，你吩咐茶房叫個電話回去，叫你那邊的聽差，和我說話，讓他向我家裡送個信，省得我母親念著。」

燕西道：「念什麼？這樣大人還會跑了不成？」

清秋道：「總要送個信才好。」

燕西道：「那可別說是在西山。」

清秋笑道：「誰也不會比你傻，這還用得著要你吩咐嗎？」

燕西道：「那就好極了。」於是按著電鈴，叫了茶房進來，讓他叫電話。

這裡叫北京城裡的電話又是極費事，正等了半個鐘頭，不曾叫通。清秋先是等不過，只在屋裡走來走去。行坐不安。燕西笑道：「少安毋躁。反正叫通了就是了。」

清秋皺了眉，一頓腳道：「不知道怎麼著，今天什麼也不如意，這電話我不叫了。反正叫通了，明天回去，也是少不了要受說的。」說畢，伸腳向軟榻上一躺，正在這時，茶房上樓來報告，電話已經叫通了，請清秋去說話。

燕西道：「電話不要了。」

清秋向上一跳，連說道：「誰說的？」於是就跟著茶房一路去打電話。約去了二十分鐘之久，清秋才回房來，看她那樣子，臉上有點笑容，不是以前那樣愁眉不展了。燕西道：「去得久呀。」

清秋道：「你剛才為什麼不讓我去打電話？若是這電話不打，那更糟了。」

燕西道：「我何嘗不叫你去打電話，是你自己發牢騷說不打了。」

清秋道：「不是發牢騷，實在今天的事都嫌彆扭，可是剛才這電話打得倒算痛快。」說到這裡，自己先忍不住笑了。

燕西道：「什麼好事情這樣痛快？能說給我聽聽嗎？」

清秋自坐在桌子邊斟了一杯茶，只管呷著帶吃餅乾，卻不住地微笑。

燕西道：「你笑什麼？不能說給我聽的事嗎？」

清秋道：「我們什麼事不能對人說？不過這件事太巧，我想著好笑罷了。」

燕西道：「究竟什麼好事？你說出來，大家痛快痛快。」

清秋道：「剛才是韓媽接的電話，她說有兩個同學請我去看電影，票買好了，在電影場等著我呢，我就說不回家了，直接就去，若是太晚，我就住在同學家裡，不回家了。有這個機會，倒鑽出兩個給我說謊的人來了。我在母親面前，向來是有一句說一句的，為了你，撒一次謊，又撒一次謊，我總算對得住你吧？」說著，用手向燕西指點著，抿嘴微笑。

燕西道：「照骨肉的情分說起來，當然是母女為重。但是往後一想，恐怕我們的關係密切一點。」

清秋搖頭道：「哼！不是憑這一句話，我能和你一路到西山來嗎？我看你今天的事，是有些成心。」說時，將餅乾撅成一小塊，隔了桌子，拋著打燕西的面孔。

燕西道：「這可實在冤枉，但就讓你說我是成心，那也不要緊，就是告到官去，我也沒有罪。」

清秋揚眉一笑道：「怎麼沒有罪？……」

說到這裡，燕西已站起身來，把兩扇窗戶打開，猛然見一輪明月已經掛在窗外樹梢。燕西道：「這月亮太好了，不可辜負它。」說時，回頭一看，那電燈的門子正在身邊，順手一摸，就把電門關上。

屋裡先是一陣黑暗，接上又是一線幽光一閃，清秋道：「這山頭月和街頭月的確是兩樣，你看它是多麼清潔！」

說這話時，燕西伏在窗戶上，清秋也過來伏在窗戶上，兩個人並肩看月。

清秋道：「你不是說到外面去踏月色嗎？走！我們就去。」

燕西笑道：「這樣說，你是不怕了。黑漆漆的，我扶著你吧？」

燕西剛一攙著她的手，便笑道：「你的衣服太少了，手是冰涼的，這野外有涼風吹著，又是正在下露水的天氣，出去踏月，仔細受涼，還是在屋了裡坐著談談吧。」

清秋正望著一輪明月出神，沒有作聲。

燕西道：「你想什麼？」

清秋道：「我想這月球懸在空中，裡面也有山也有水，當然和地球一樣。可是據許多天文家說，上面是沒有生物的，若是真沒生物，那裡的土地豈不是光禿禿的？中國文人常說月亮裡面，是清涼世界，那真是清涼世界了。我想從前月亮和地球一樣，是花花世界，後來死了，什麼東西都沒有，由此就想到地球，將來也會有這一日。那個時候，你在哪裡？我在哪裡？這旅館又在哪裡？眼前一切的……」

燕西在衣袋裡，取出手絹，給她一個猛不提防將她的嘴掩上，說道：「那是幾千萬年後的事，用得著我們白操心嗎？我不那樣想。」

清秋將手絹奪了，向燕西西裝袋裡一塞，笑道：「你怎麼想？你說。」

燕西道：「我是向好處想，我想唐明皇他不愧是個多情種子。」

清秋道：「胡扯！怎樣談上唐明皇了？」

燕西道：「我還沒有說出來呢，你怎樣就知道我胡扯？」

清秋道：「你就說吧，我看你說些什麼？」

燕西道：「唐明皇他在八月十五曾做一個夢，夢到了廣寒宮，見了許多神女，還偷了一套跳舞回來。」

清秋笑道：「那個時候沒有跳舞，我告訴你吧，那叫霓裳羽衣之曲。」

燕西笑道：「不錯，是它。我只覺得這舞名很香豔，一時記不起來。」

清秋道：「天上真有這個曲子嗎？這是一派鬼話。不過唐明皇自己新編了這個曲子，要讓梨園子弟學得起勁，所以說是仙曲罷了。」

燕西道：「無論鬼話不鬼話，他聽說嫦娥是個美人，他就夢到月宮。就算是假話，也可見他欽慕的程度了。」

清秋道：「怎樣把荒唐夢話來附會言情？這完全不對。唉！可是這話又說回來了，**多情自古空餘恨，好夢由來最易醒。就不是荒唐，一夢又有幾時？**」

燕西道：「咳！得了得了，你常說別人無病而呻，你這不是無病而呻嗎？」燕西說時，手又伸到衣袋裡掏出手絹。

清秋在月光底下看得明白，便按著他的手道：「你又打算胡鬧。」

燕西道：「你不許發牢騷，我就不蒙你的嘴。」

清秋道：「你引得我發牢騷，怎樣又怪我呢？」

燕西笑道：「我們好好地談一談吧。」說畢，順手又扭了電燈，清秋笑著，偏過臉就走開去。依舊在那張軟榻上躺下。

燕西道：「這地方怎能睡？仔細涼了。」

清秋閉了眼睛，不作聲。

燕西道：「怎麼不言語？」

清秋道：「我睡著了。」

燕西道：「睡著了，你還會講話？」

清秋道：「我是說夢話呢。」

燕西笑道：「你真睡著了嗎？我來胳肢你了，你可別躲。」

清秋聽了笑著向上一跳，說道：「不許鬧。要這樣鬧，我可要惱了。」

燕西也就哈哈大笑，真個是閨房之樂甚於畫眉，這種快樂，也不是言語可以形容的了。

這西山的電燈，雖不是城裡去的，然而他們那裡自設有發電廠，倒徹夜通亮。屋子裡的電燈罩著兩個帶穗子的細紗花罩，別有一種光彩。窗子的玻璃門雖然關上，兩扇百葉木門，就沒有帶攏。

隔著了窗子，看那外面，樹顛秋月，只在薄薄的秋雲裡猛鑽，如冰梭織絮一般。依著紗燈之邊，有兩隻珊瑚色玻璃瓶，各插了一束晚香玉和玉簪花。

到了這晚上，透出一種很濃厚的幽香。這時，清秋想到黃之雋的《翠樓吟》，什麼「月魄荒唐，花靈彷佛，相攜最無人處」，倒有些像這秋夜眠花，山樓看月的情形了。秋夜雖不像冬夜那樣長，卻也不像夏夜那樣短。

這月光之下，照著許多人家，人家的癡兒愛女，到了這時，都也擁著溫暖的枕被去尋他的好夢，人心各異，夢境自然也不一樣，可惜這夢，只有做夢的人自己知道，**若是那天上月亮裡，真有一個嫦娥，她睜開一雙慧眼，看月光下這些男的女的老的少的俊的醜的，大家都在做夢，那夢裡所現的貪嗔癡頑，光怪陸離，一些夢中人顛三倒四，都像登場傀儡一般，嫦娥雖然可笑他們，恐怕還是要可憐他們呢。**

這晚人間天上，一宿情形，按下不表。

卻說次日清晨，清秋便醒了。這房間的窗戶偏向東南，一輪初出的紅日擁上山頭，窗戶正照得通亮耀目，她就對牆上掛的大鏡，用小牙梳，把一頭蓬鬆的烏絲理了一理，一個人正對了鏡子出神。

燕西在床上一翻身，睜眼看見清秋在理晨妝，便笑道：「你為什麼起來得這樣早？」

清秋道：「我是非在自己的床子，就睡不著覺。」

燕西道：「反正是今天進城，忙什麼？難道還會像昨天一樣不成？又關在城外。」

清秋微笑道：「這倒是你一句實話，別反著說了。」

清秋說話時，正彎著胳膊，繞到脖子後去理髮。

燕西看見她這雪藕似的胳膊，便笑道：「清秋，我想起一首詩來了，念給你聽聽，好不好？」

清秋笑道：「我很願意領教。」

燕西一面起床，這裡一面念道：

一彎藕臂玉無瑕，略暈微紅映淺紗，
不耐並頭窗下看，昨宵新退守宮紗。

清秋紅了臉，說道：「呸！這是哪裡的下流作品？輕薄之極！大概是你胡謅的。」

燕西笑道：「你這是抬舉我了。我的詩是六月天學的，有些臭味，別人可以瞞過，你還什麼不知道嗎？」

清秋道：「既然如此，你是哪裡找來的這樣一首詩？」

燕西道：「我只記得是什麼雜誌上看到的，因為很是香豔，就把它記下來了。」

清秋道：「據我舅舅說，你的詩有些進步了，這詩大概是你謅的。我非罰你不可。」

燕西道：「要罰我嗎？怎樣的罰法呢？」

清秋笑道：「不罰你別的什麼，依然罰你作一首詩。」

燕西道：「這個處分不輕，別的什麼我都可以對付，作詩我實在不行。作了不好，罰上加罰，那怎麼辦呢？」

清秋道：「到了那個時候再說。但是作得好，也許有些獎勵。」

燕西笑道：「命令難違，我就拚命地作一首吧。」他說這話之後，洗臉喝茶，鬧了半天，口裡總是不住的哼著詩。後來笑道：「有了，我念給你聽吧：昨宵好夢不荒唐，風月真堪老此鄉。……」

清秋手上正拿著手絹，便將手絹對著燕西連拂了幾拂，口裡連說道：「嘿！嘿！不要往下念了。反正狗口裡長不出象牙來，下面你不念我也知道了。」

燕西道：「要我作是你，不要我作也是你。你又不出個題目，糊裡糊塗的，叫我何從說起？」

清秋笑道：「這樣說，你倒是有理。本來要罰你，但是因為你這詩作得典則一點，的確有些進步，我就將功折罪，饒恕了你吧。」

燕西道：「念兩句詩，你就將功折罪，若是四句全念出來，豈不是大大的要賞一下嗎？」

清秋笑道：「賞是要賞你，不過賞你二十六板就是了。」

兩個人說笑著，茶房進來說：汽車已開回來了，於是燕西開發了旅館費，和清秋坐車進城。燕西在路上，對於汽車夫並沒有加以申斥，也沒有另說別的什麼話。

進城之後，先送清秋回去，然後自己才回家。一進門，只見鳳舉板著面孔，從二門出來。

燕西倒嚇了一跳，以為老大是發他的氣。

鳳舉見了燕西，便問道：「我要坐車，你回來得正好。」

燕西道：「你坐去吧，車子還沒有開進來呢。」

他因鳳舉也沒有說什麼，自回上房。剛剛走不了幾步，鳳舉又追來道：「老七！老七！我有話吩咐你。」

燕西聽說，便回身站住了。

鳳舉道：「你到裡面不要說碰到我，也不要說我坐車子出去了。」

燕西道：「這有什麼不能公開的？何必瞞人？」

鳳舉道：「我自然有我的緣故在內，你就不必多問了。」

燕西一想道：一定又是這一趟出去，今晚上不回來的，不願人家跟蹤去追尋，自己也就默然不語。

鳳舉去了，燕西走到上房混了一陣，然後才回自己屋子裡去，正向沙發上一躺，要補睡一個中覺。忽見鵬振推門而入，說道：「你昨晚上又到哪裡鬼混去了？找了你半天，也找不著人。」

燕西道：「我去看電影去了，回來的時候，我找你也找不著哩。」

鵬振笑道：「你有什麼不知道的？還不是那個老地方。你回來的時候打個電話，不就找著我了嗎？」

燕西道：「我又沒有什麼了不得的事，我找你做什麼呢？」

鵬振道：「你沒有什麼了不得的事嗎？中秋晚上，你當著大家的面大吹大擂的，說要給人家捧場，怎麼現在就拋到腦後去了？人家癡漢等丫頭，可是天天在那裡指望著呢。」

燕西道：「不就是白蓮花的事嗎？她登臺還有幾天呢。」

鵬振道：「有幾天，總得先預備著呀。你是在高興頭上說了一句，能算不能算，自己也沒有準兒，那白蓮花可是當著一道聖旨，全盼望著呢。」

燕西道：「這倒奇了，三哥比她本人還著急些。」

鵬振道：「這不干我的事，我管得著嗎？不過白蓮花為了這事，天天打電話到老劉那裡去麻煩，看那樣子是很著急，你總得先安慰她一句才對。不然人家要急壞了。」

燕西道：「既然如此，晚上我們在老劉家裡聚會得了。」

鵬振道：「你說了可要去，不然，我先告訴了人家，你又不到，我倒對人家撒謊似的。」

燕西道：「今天晚上，我哪裡也不去，一定到。」

鵬振看那樣子不假，自走了。

燕西掩上門剛要睡，門又一推，燕西道：「咳！人家正要睡覺，這門就不斷地有人開。」抬頭一看，卻是鶴蓀。

燕西還沒有開口，鶴蓀先說道：「老七，昨晚上你打牌去了嗎？怎麼這時候要睡覺？」

燕西道：「昨晚上我看電影去了。」

鶴蓀道：「看電影看得一晚上都不回來嗎？」

燕西道：「我這怎樣沒回來？我是十二點多鐘來的。」

鶴蓀道：「你當面撒謊，我昨天晚上就睡在這裡的，我睡到十點才醒。你不但昨晚沒回來，今天早上你也沒有回來吧？」

燕西道：「二哥又和二嫂吵上了，所以又到外面來睡，二嫂不知道這一層緣故，倒要說我從中生是非了。」

鶴蓀道：「哪個說吵了？上次吵著，一直鬧得父親知道，罵了我一頓，我只好遞降表，現在要吵也只好忍耐呀。昨天是你二嫂來了客，把我驅逐出境的。」

燕西道：「來了誰？」

鶴蓀道：「是家裡的客，不是外來的客。」

燕西道：「哦！是了。聽說老大昨晚上回來，和大嫂又生氣，大概二嫂把大嫂拉過去了。」

鶴蓀道：「倒不是二嫂拉，是大嫂自己去的，你還不知道呢，有個大問題還沒有鬧開，若是一鬧開，這戲就有得唱了。」

燕西道：「什麼大問題？我倒想不起來。」

鶴蓀道：「難道你一點都沒聽見嗎？老大這一向子不回來，我從前以為他不過住在飯店裡，誰知道他倒大吹大擂，現在居然在外面賃房子住了。」

燕西道：「也不算意外，外面大家早就傳說他和晚香贖身，贖身之後，家裡固然是不能來，老住在飯店裡又不是個辦法，你想他不賃房子，將應該怎樣辦？」

鶴蓀道：「你倒說得好，就讓大嫂不說話，你想父親知道了，豈能輕易放過？玩是不要緊的，居然把人弄回來，而且還另住，這未免找麻煩。」

燕西道：「他事已做了，只好大家瞞到底，難道叫把人退回去不成？」

鶴蓀道：「退回去固然是不可能的，但是這事，知道的人一天比一天多，要瞞到底萬萬不能夠。有一天，這事突然說破了，我看老大有些不得下臺。」

燕西笑道：「他比我們法子多，不要替他發愁，他有法子辦這事，他自然有膽量擔當下來，我們只要和他守秘密，不說出來就是了。」

鶴蓀道：「這事關係極大，我們當然不能亂說，可是你一高興起來，就不顧利害，什麼也說得出來的，正是你自己小心一點吧。」

燕西道：「你就為這事來告訴我的嗎？」

鶴蓀道：「那倒不是，我昨天在這兒睡覺，丟下了一個日記本子在你這枕頭底下，你看見沒有？」說時，將枕頭一掀，只見一個日記本子，一個手巾包，又是一張軟套的相片，只在這一掀之間，就是一陣香氣。

燕西拿起來看時，鶴蓀早已搶了過去，向身上一端。燕西道：「這要搶什麼？我看見了也不會對那個說的。」

鶴蓀道：「我並不是不讓你看，但是……」說到這裡，自己就笑起來了。

燕西道：「你不是也說不出理由嗎？何妨給我看看呢。」

鶴蓀笑道：「這不是我自己得來的，是我搶得一個朋友的。這相片好是實在好極了。」說時，將相片遞給燕西。

燕西看時，是赤著上身，光著兩腿的一個女子。她身上只圍了一個小抹胸，乳峰兀自隱隱突起，除了這抹胸，擋住小小一塊肌膚而外，其餘完全是露在外面了，下身只穿一條兜肚褲子，只比大腿縫長出一點點，她人是側睡在一張軟榻上，兩隻白腿高高的架起，兩隻手挽到脖子後面，捧了自己的頭。

燕西笑道：「這不算什麼，不過是一張模特兒而已。」

鶴蓀道：「若是一張模特兒，那就不值什麼，比這更公開的，整打的也買得著，何必這樣看得重？這是人家小姐自己拍的一張小照呢，你看看那相片後面寫著什麼？」

燕西在軟套中抽出相片來，看那反面，用鋼筆寫的「浴後」兩個大字。又有「鶴蓀先生惠存，倩雲攝贈」兩行小字。

燕西道：「倩雲是誰？我沒聽見說交際場中有倩雲小姐。」

鶴蓀道：「這名字自然是隨便寫的，在這種相片子上，她還能用真名字嗎？」

燕西道：「那也真叫掩耳盜鈴，既然像都照在上邊，認得她臉子的朋友，自然認識她，寫個假名字，就掩飾得了嗎？」

鶴蓀笑道：「這是各人的意見不同，掩飾不掩飾，我就不知道，你和密斯邱很好，她就是密斯邱的好友。你問問密斯邱，有這個人沒有？」

燕西笑道：「我管得著這事嗎？何必去問。」

鶴蓀笑道：「你不去問，也就算了，你若去問，包可以問得出許多趣事出來。」

燕西道：「那還有兩樣東西呢？能給我看看嗎？」

鶴蓀又正要交給他看，只聽梅麗在外面說道：「你們看見二爺沒有？」

鶴蓀趕快將東西向身上一揣，便推了門出來，問是什麼事？

梅麗用手指點著鶴蓀道：「你又找麻煩。二嫂說：她的支票簿子少了一頁，猜著一定是你學她的筆跡，蓋了她的圖章支款用了，但不知你支了多少？」

鶴蓀笑道：「這傢伙真是厲害！怎麼她支票簿子的頁數都常常算的？」

梅麗道：「誰像你這樣，花錢不用手數呢，你借支了多少？趕快還她吧，她要打電話到銀行裡去查賬呢，一查出來是你支了，這多麼寒磣。」

鶴蓀笑道：「可不少，是一千二百塊錢。」

梅麗伸了舌頭道：「你怎麼下這樣的毒手？支一二百也罷了，你倒支出一千開外去！」

鶴蓀道：「也是我氣不過。前一向子，我向她通融幾塊錢零花，一星期就還，她老是不肯。有一天她去了，鑰匙忘了帶去。在小坎肩袋裡，我就打開箱子，拿了支票簿，蓋上圖章，大大地偷她一筆，料她作夢也想不到的。等到銀行結賬來了，我給她糊弄過去，兩三個月之後，她又坐了月子，這事一定安穩度過，我白用她一千二百塊錢，不料她支票簿的頁數都記著的。這錢我還留著一半沒花光呢，退還她就是了。」

梅麗道：「你倒說得輕鬆，退還一半就是了，你去看看去，二嫂現在氣得什麼樣兒。」

鶴蓀笑道：「我不要見她了。你替我傳一個信去，就說錢是我拿了的，後天就奉還，可是一層，你別說我拿了許多。」

梅麗笑著去了。鶴蓀也不敢進去，溜出門看戲去了。

請續看《金粉世家》中

金粉世家【典藏新版】上

作者：張恨水
發行人：陳曉林
出版所：風雲時代出版股份有限公司
地址：10576台北市民生東路五段178號7樓之3
電話：(02) 2756-0949
傳真：(02) 2765-3799
執行主編：朱墨菲
美術設計：許惠芳
行銷企劃：林安莉
業務總監：張瑋鳳

初版日期：2021年2月
ISBN ：978-986-352-919-4
風雲書網：http://www.eastbooks.com.tw
官方部落格：http://eastbooks.pixnet.net/blog
Facebook：http://www.facebook.com/h7560949
E-mail：h7560949@ms15.hinet.net
劃撥帳號：12043291
戶名：風雲時代出版股份有限公司

風雲發行所：33373桃園市龜山區公西村2鄰復興街304巷96號
電話：(03) 318-1378
傳真：(03) 318-1378
法律顧問：永然法律事務所 李永然律師
北辰著作權事務所 蕭雄淋律師

行政院新聞局局版台業字第3595號 營利事業統一編號22759935

國家圖書館出版品預行編目資料

金粉世家／張恨水 著. -- 初版 -- -- 臺北市：風雲時代出版股份有限公司，2021.01- 冊；公分

ISBN 978-986-352-919-4（上冊；平裝）

857.7 109019454